NEUNWÜRGER

Christian Oehlschläger, 1954 in Hannover geboren, ist Förster bei der Landwirtschaftskammer Niedersachsen. Er war mehrere Jahre als forstlicher Berater in Mittel- und Südamerika tätig, bevor er die Bezirksförsterei Burgwedel übernahm. Seit 1984 schreibt und veröffentlicht er Fachartikel, Kurzgeschichten und Kriminalromane. www.christian-oehlschlaeger.de

CHRISTIAN OEHLSCHLÄGER

NEUNWÜRGER

Niedersachsen Krimi

emons:

Bibliografische Information der Deutschen Nationalbibliothek
Die Deutsche Nationalbibliothek verzeichnet diese Publikation
in der Deutschen Nationalbibliografie; detaillierte bibliografische
Daten sind im Internet über http://dnb.d-nb.de abrufbar.

© Emons Verlag GmbH
Alle Rechte vorbehalten
Umschlagmotiv: dergestalter/photocase.de
Umschlaggestaltung: Nina Schäfer, nach einem Konzept
von Leonardo Magrelli und Nina Schäfer
Umsetzung: Tobias Doetsch
Gestaltung Innenteil: César Satz & Grafik GmbH, Köln
Druck und Bindung: CPI – Clausen & Bosse, Leck
Printed in Germany 2018
ISBN 978-3-7408-0423-7
Niedersachsen Krimi
Überarbeitete Neuausgabe
Dieses Buch erschien 2016 unter dem Titel »Der Neunwürger«
im Verlag J. Neumann-Neudamm AG, Melsungen.

Unser Newsletter informiert Sie
regelmäßig über Neues von emons:
Kostenlos bestellen unter
www.emons-verlag.de

Für meine Mutter
Elisabeth Oehlschläger

»... es genieße dieser Vogel nichts, er habe denn neunerley todt gemachet, als wovon er den Namen Neuntödter erhalten haben soll.«

Johann Heinrich Zedler,
Grosses vollständiges Universal-Lexicon,
1731–1754

EINS

Er war spät dran. Die Besprechung hatte länger gedauert als geplant.

Siebzehn Uhr siebenunddreißig zeigte das Display seines Dienst-BMW. In acht Minuten musste er am verabredeten Treffpunkt sein. Selbst wenn er die Geschwindigkeitsbeschränkungen im Straßenverkehr missachtete, war das kaum zu schaffen.

Mit über siebzig Stundenkilometern raste Claus Benrath über die Müdener Straße auf den Bahnhof zu. Das Smartphone auf dem Beifahrersitz vibrierte. Ohne es in die Hand zu nehmen, konnte er erkennen, dass seine Frau Evelyn versuchte, ihn zu erreichen.

Nachdem er Bluetooth aktiviert hatte, nahm er das Gespräch über die Audioanlage des Autos an.

»Hallo, Schatz, was gibt's?« Wegen der Neunzig-Grad-Kurve am Bahnhof musste er runter vom Gas.

Eine müde, gelangweilt klingende Frauenstimme antwortete: »Ach, nichts Besonderes. Oder doch – ich vermisse dich.«

»Na komm, ich bin ja morgen wieder zu Hause. Wie ist denn das Wetter in Düsseldorf?« An der nächsten Kreuzung fuhr er geradeaus weiter, in Richtung Hermannsburg.

»Nieselregen. Schon den ganzen Tag. Alles grau in grau, hebt nicht gerade die Stimmung. Sag, kannst du nicht schon heute nach Hause …?«

»Geht nicht. Hab noch eine Konferenz.« Nebenbei lockerte er seine Krawatte, zog sie unterm Hemdkragen hervor und warf sie zu dem schwarzen Jackett des italienischen Maßanzugs, das lieblos zusammengefaltet auf der Rückbank lag.

»Wieder mit diesen dubiosen Waffenhändlern? Die aus Saudi-Arabien?«

»Bitte verkneif dir solche Kommentare über meinen Job …« Seine Stimme klang ungehalten. Er öffnete den obersten Knopf seines blütenweißen Hemdes.

»Na, komm schon. Wer für einen Rüstungskonzern arbeitet, noch dazu an führender Stelle, der muss das aushalten können«, kam es spitz aus den Lautsprechern.

»Okay, okay …«, lenkte er ein. »Ich hab einen anstrengenden Tag hinter mir.«

»Du Armer. Aber … du wolltest es doch so. Rheinmetall ist dein Leben. Von frühmorgens bis spätabends. Gibt's bei dem Meeting wenigstens was Leckeres zu essen?«

»Selbst… selbstverständlich.«

»Und wo? Etwa in Unterlüß?«

»Nein. Natürlich nicht. Heute sind wir in … in Celle.«

Am Ortsausgang beschleunigte er den 7er-BMW auf hundertdreißig Stundenkilometer. Die K 17 verlief schnurgerade Richtung Westen, mitten durch einen Kiefernwald. Die Dämmerung setzte bereits ein.

»Mit dem ICE könntest du es doch noch schaffen.« Ihre Stimme klang nun wie eine Mischung aus nörgelndem Kind und verführerischem Vamp. »Ich bleib auch noch so lange wach, bis du kommst … zieh mir dann was Hübsches an … oder aus … und warte auf dich …«

»Evelyn, der ICE hält nicht in Unterlüß«, unterbrach er sie genervt. »Nicht mal in Celle. Das weißt du doch.« Seine Stimme nahm einen härteren Tonfall an. »Und ich bin mit dem Dienstwagen unterwegs. Da kann ich nicht so einfach … ach komm, das hatten wir doch alles schon mal.«

»Ja, ja … ist schon klar.« Sie verfiel wieder in ihre gelangweilte Tonlage. »Du liebst eben das Autofahren, deine Freiheit … und verstopfte Autobahnen.«

Der Wald öffnete sich, rechts und links tauchten Felder auf, dann die Häuser von Neu-Lutterloh. Von hier brauchte er noch fünf Minuten bis zu seinem Ziel.

Der Blick auf die Uhr. Siebzehn Uhr fünfundvierzig.

Das war der Zeitpunkt, zu dem er verabredet war. Verdammt, er schaffte es nicht. Wie er Unpünktlichkeit hasste. Andere warten zu lassen, zu spät zu kommen.

»Du, ich muss Schluss machen«, sagte er gereizt. »Ich warte noch auf einen wichtigen Anruf.«

»Schon klar. Hab verstanden«, erklang es pikiert. »Dann bis morgen also.«

Ohne seine Antwort abzuwarten, hatte sie das Gespräch beendet.

Mit stark überhöhter Geschwindigkeit fegte der dunkelblaue BMW durch Lutterloh. Das D auf dem Nummernschild wies darauf hin, dass das Fahrzeug in Düsseldorf zugelassen war, dem Hauptsitz des internationalen Rüstungs- und Automobilzuliefererkonzerns Rheinmetall. Mit rund eintausendsiebenhundert Mitarbeitern in seiner Niederlassung im benachbarten Unterlüß galt das Unternehmen als mit Abstand größter Arbeitgeber in der Region. Autos der gehobenen Klasse, die aus Düsseldorf kamen, waren in der Südheide daher keine Seltenheit.

Der so wichtige Anruf ließ auf sich warten, was Benrath nicht weiter störte. Die billige Ausrede hatte genügt, um das Telefonat mit seiner Frau zu beenden.

Vier Minuten später nahm Claus Benrath den Fuß vom Gas. Linker Hand waren die Freiflächen der Misselhorner Heide aufgetaucht. Er schaute in den Rückspiegel, um sicherzugehen, dass ihm kein Auto folgte. Wenn Kollegen von Rheinmetall beobachten würden, dass er auf diesen gottverlassenen Parkplatz fuhr, konnte das unangenehme Fragen aufwerfen.

Bis auf einen Bundeswehr-Lkw, der ihm entgegenkam, war die Landstraße verwaist. Nachdem der Laster vorbeigedonnert war, bremste Claus Benrath den BMW scharf ab und bog auf den Parkplatz ab.

Siebzehn Uhr einundfünfzig, sechs Minuten zu spät. Er war untröstlich.

Der graue Audi Q5 mit den getönten Scheiben stand an der vereinbarten Stelle, mutterseelenallein in der äußersten Ecke des Parkplatzes. Aus Sicherheitsgründen wählten sie für ihre Treffen stets einen neuen Ort. Diesen weit über Hermannsburg hinaus bekannten Touristenparkplatz hatten sie bisher gemieden, zu groß war die Gefahr, von jemandem, der sie kannte, zusammen gesehen zu werden. Doch inzwischen lag die Hauptsaison, die Zeit der Heideblüte, viele Wochen zurück. Den riesigen Parkplatz nutzten im November nur wenige Autos.

Der BMW rollte dicht neben dem Audi aus und stoppte auf dessen Beifahrerseite. Claus Benrath schaltete den Motor ab und stieg aus. Bevor er sich der Beifahrertür des Audi zuwandte, schaute er sich noch einmal um. Weit und breit war keine Menschenseele zu sehen. Zufrieden nickend öffnete er die Autotür und stieg ein.

»Sorry«, sagte Claus Benrath. Auf seinen bis dahin ernsten Gesichtszügen erschien unvermittelt ein charmantes Lächeln. »Aber ich wurde aufgehalten. Ich werde –« Weiter kam er nicht.

Die Frau auf dem Fahrersitz war nicht angeschnallt. Es war eine ausgesprochen hübsche Frau, dezent geschminkt, geschmackvoll und teuer gekleidet.

Sie beugte sich weit zu ihm hinüber. Kurz entschlossen nahm sie seinen Kopf in beide Hände und begann, ihn leidenschaftlich zu küssen. Er leistete keinen Widerstand. Im Gegenteil: Seine manikürten Hände glitten über ihre Oberschenkel, die Taille, die wohlgeformten Brüste.

»Nicht … nicht hier!«, stieß sie hervor, nachdem die erste Gier befriedigt schien. »Das ist zu gefährlich. Lass uns woanders hinfahren. Ich kenne da ein nettes Plätzchen.«

Mit einem Seufzer lehnte er sich zurück. »Na, dann los. Hoffentlich ist es nicht so weit.«

Sie startete den Motor, legte den ersten Gang ein und fuhr los.

Niemand bemerkte den Audi mit dem Celler Kennzeichen CE, der vom Parkplatz auf die K 17 rollte. Nach einem kurzen Stück in Richtung Unterlüß nahm der Wagen den Abzweig nach Norden, in Richtung Weesen.

»Verflixt! Da steht ein Auto.«

Sie trat auf die Bremse. Der Audi kam auf dem sandigen Waldweg zum Stehen. Die Bremslichter des ansonsten unbeleuchteten Fahrzeugs waren in der Dämmerung weithin zu erkennen.

»Ein grüner Geländewagen«, flüsterte sie. »Genau an der Stelle, wo ich hinwollte. Zu dumm ...«

Er beugte sich vor, um besser sehen zu können.

»Wahrscheinlich ein Jäger. Der hockt da irgendwo auf 'nem Hochsitz ... heute läuft aber auch alles schief.« Er schaute sie fragend an. »Was jetzt?«

»Ich fahr hier rechts rein. Dahinten gibt's noch 'ne lauschige Ecke ... Da sieht uns kein Mensch ...«

Der Audi bog in einen schmalen Weg ein, der sich durch eine Erlenanpflanzung schlängelte. Kurz darauf erreichten sie einen Wildacker, an dessen östlicher Flanke sich ein Hochsitz in den dunklen Herbsthimmel reckte. Eine überdachte Kanzel.

»Langsam. Lass mich erst nachsehen«, murmelte Claus Benrath, während er die Augen zusammenkniff. Schon wollte er die Seitenscheibe herunterlassen, doch schnell zog er die Hand vom Fensterknopf zurück. In ihrer jetzigen Situation galt die Maxime: Deckung geht vor Sicht.

»Da ist keiner«, erwiderte sie. Im Schritttempo fuhren sie weiter. »Man kann gut in die Fensterluken schauen. Trau mir, meine Augen funktionieren exzellent.«

»Wie so vieles an dir.« Er legte seine Hand auf ihren Oberschenkel. »Wird Zeit, dass wir –«

»Du, die Hochsitztür steht offen«, unterbrach sie ihn. Sie waren jetzt nur zwanzig Meter von der Kanzel entfernt. »Der ... der ist leer.«

»Komisch. Aber da hängt was, oben an der Leiter.« Er ließ die Seitenscheibe jetzt doch herunterfahren. »Sieht aus wie ... wie ein Gewehr ...«

Sie trat auf die Bremse. Der Wagen hielt wenige Meter vor dem Hochsitz. Beide schauten nach oben. »Stimmt«, sagte sie leise. »Da baumelt tatsächlich ein Gewehr.« Unsicher schaute sie ihn an. »Vielleicht ist der Jäger ja gerade mal für kleine Mädchen ...?«

Er blieb skeptisch. »Glaub ich nicht. Wer hängt denn seine Büchse so dilettantisch an eine Leitersprosse? Das ist doch saugefährlich, die kann jeden Augenblick runterfallen.«

»Vielleicht hatte er es sehr eilig ...«

»Stell besser den Motor aus«, sagte Claus Benrath. »Hier stimmt was nicht.«

Das Motorengeräusch erstarb. Angespannt lauschten sie durch das geöffnete Seitenfenster in die Dämmerung. Direkt neben ihnen schimpfte eine Amsel in einem Wacholderbusch, in der Ferne schreckte ein Reh.

»Schon merkwürdig, das Ganze«, flüsterte sie. Nicht nur wegen der Abendkühle, die durch die offenen Fenster ins Wageninnere drang, lief ihr ein kalter Schauer über den Rücken. »Also ... ich find das richtig unheimlich.«

»Hallo!«, rief Claus Benrath unvermittelt zum Autofenster hinaus. »Ist da jemand?«

Die Amsel flog erschrocken davon. Ansonsten blieb alles still.

»Hallo! Hallo!«, rief er erneut. Jetzt deutlich lauter.

Wieder keine Antwort.

Kurz entschlossen öffnete er die Autotür.

»Was hast du vor?« In ihren Augen flackerte Panik.

Besänftigend strich er über ihren Arm. »Bleib du hier«, sagte er. »Ich schau mal nach.«

Dann stieg er aus.

Ohne ihre Antwort abzuwarten, ging er um den Wacholderbusch herum zum Hochsitz.

Es dauerte keine Minute, da kehrte er zurück. Sein Gesichtsausdruck hatte sich deutlich verändert, der sonnengebräunte Teint war in Leichenblässe umgeschlagen.

»Wir ... wir müssen hier weg«, rief er. »Ganz schnell!« Claus Benrath hastete zur Beifahrertür. »Da ist ... da ist was ... was Schreckliches passiert.«

⁕⁕⁕

Die erste Nachricht erreichte ihn noch im Auto. Eine SMS.

Sie fuhren gerade über den Hauptdamm zwischen Luisenhof und Wulfshorst, einen Schleichweg – und eine enorme Abkürzung, wenn man von Boye nach Wettmar gelangen wollte. Robert Mendelski kannte diesen für den Otto Normalverkehr gesperrten Wirtschaftsweg aus dem denkwürdigen Fall »Waldvogel«, der ihn und seine Kollegin Maike Schnur vor gut fünf Jahren in diese einsame Gegend verschlagen hatte.

»Carmen, liest du bitte …? Die Straße ist hier so schmal.« Der Kommissar reichte das Smartphone seiner Frau, die auf dem Beifahrersitz saß. Sie hatten sich in Schale geworfen für den gemeinsamen Abend. Als stolze Spanierin, die in Barcelona aufgewachsen war, verstand Carmen es, sich für einen Konzertbesuch hübsch zu machen.

»*Por favor* …«, stöhnte sie auf. »Bitte jetzt nichts Dienstliches.« Sie schaute auf ihre Armbanduhr. »Du hast seit einenhalb Stunden Feierabend.«

»Wird schon nichts Schlimmes sein«, versuchte er sie zu trösten. Doch insgeheim ahnte er Böses.

»›Toter Jäger bei Hermannsburg‹«, las sie vor. »›Liegt unterm Hochsitz. Heiko und ich fahren erst mal alleine hin. Genieß das Konzert. HdOs Maike‹.«

»Na, siehst du«, sagte er erleichtert. »Das wird ein Jagdunfall sein.«

»HdOs? Was heißt das denn?«

»Halt die Ohren steif.« Mendelski grinste. »Passt doch super zu einem Konzertbesuch, findest du nicht?«

Als sie kurz vor Beginn der Aufführung ihre Plätze eingenommen hatten, traf die zweite Nachricht ein.

Mendelski hatte sein Smartphone auf lautlos und vibrieren gestellt. Trotzdem fing er sich einen bösen Blick seiner Frau ein, als er so unauffällig wie möglich die Nachricht las: *Sind unterwegs. Die Kollegen von der PoSt Hermannsburg funkten, da wäre was faul. Fahren trotzdem erst mal allein hin.*

Die St.-Marcus-Kirche in Wettmar war bis auf den letzten Platz gefüllt. Ana, ihre Tochter, hatte sie hergelotst, zum Herbstkonzert des Chores TotalVokal, in dem sie seit einigen Monaten mitsang. Den heimischen Chor, zu dem über fünfzig Sängerinnen und Sänger gehörten, leitete ein junger, charismatischer Dirigent namens Silas, den Ana von der Musikhochschule in Hannover her kannte. Als Bonbon zum Konzert hatte der Chorleiter seine eigene Gruppe HörBänd mitgebracht, ein fünfköpfiges A-cappella-Ensemble, das mit raffinierten Arrangements die Zuhörer mitriss.

Bis zur Pause gab es einen bunten Reigen unterschiedlicher Stücke – gekonnt und mit Begeisterung vorgetragen. Das Programm spannte einen weiten Bogen von Bachs »Bourrée« über die walisische Hymne »Calon Lân« bis hin zu dem alten deutschen Schlager »Liebeskummer lohnt sich nicht«.

»Na, wie fandet ihr's?«, wollte Ana wissen, als sie in der Pause auf ihre Eltern stieß. Es lag nicht nur am Prosecco, an dem sie nippte, dass sie so aufgekratzt war. »Klingt doch gut, oder?«

»*Muy, muy bien!*« Carmen drückte ihre Tochter an sich. »Ihr könnt stolz auf euch sein. Bei dem einen Lied hatte ich *piel de gallina* – Gänsehaut.«

»Pa, wir brauchen dringend Tenöre«, wandte sich Ana an ihren Vater. »Hättest du nicht Lust?«

»Ich …?« Mendelski schaute seine Tochter verwundert an. »Singen? Also …«

»Warum denn nicht? Du hast doch 'ne tolle Stimme. Und Ma könnte auch mitkommen. Überlegt's euch wenigstens mal …«

Mendelski registrierte erneut das Vibrieren seines Smartphones in der Hosentasche. Möglichst unauffällig holte er es erst hervor, während sie zurück zu ihren Plätzen gingen. Im Gehen las er heimlich:

Oh, oh! Tut mir leid. Musst doch kommen. Da ist echt was faul. Das Spusi-Team ist schon unterwegs.

***

Der Fundort der Leiche war nicht leicht zu finden. Trotz der GPS-Koordinaten, die ihm Maike aufs Handy geschickt hatte. Das Navi in seinem Privat-Pkw war für Stadt, Dorf und Straßen ausgelegt, nicht für Wald, Flur und Feldwege. Selbst der Streifenwagen, der Robert Mendelski am Parkplatz Misselhorner Heide abholte, verfuhr sich zweimal.

Erst um einundzwanzig Uhr dreißig traf er am Fundort ein. Eine knappe Stunde hatte er von Wettmar hierher gebraucht. Carmen war natürlich *not amused*, als er ihr von dem Einsatz berichtete und sich verabschiedete. Sie blieb zurück, um das Chorkonzert zu Ende zu hören, und wollte sich anschließend von Ana nach Hause fahren lassen.

Es war stockfinstere Nacht. Nicht ein einziger Stern oder gar der Mond zeigten sich am Firmament über den ausgedehnten Waldungen östlich von Weesen. Wildacker und Hochsitz waren jedoch mit mobilen Strahlern taghell ausgeleuchtet. Im Hintergrund brummte der Motor eines Stromgenerators.

Die vielen Fahrzeuge vor Ort verrieten, dass nicht nur die Kollegen vom Kommissariat Bergen und das Spusi-Team aus Celle zu diesem nächtlichen Einsatz ausgerückt waren. Die Kameraden der Freiwilligen Feuerwehr Hermannsburg leisteten technische Hilfe, Rettungssanitäter, ein Abschleppunternehmen und Mitarbeiter eines Beerdigungsinstituts standen bereit. Auch einige Privat-Pkw parkten am Wegesrand, zumeist Geländefahrzeuge und von grüner Farbe.

»Mensch, siehst du aber schick aus«, wurde der Kommissar von Maike Schnur empfangen. »So gehst du also ins Konzert?«

»Wenn es in einer Kirche stattfindet, dann ja«, erwiderte er sparsam lächelnd. Mit beiden Händen strich er über sein sandfarbenes Jackett. »So gehört sich das doch … Und? Was gibt's denn hier zu so nachtschlafender Zeit?«

»Hallo, Robert.« Heiko Strunz, der Leiter der Spurensicherung, hatte sich zu ihnen gesellt. »Tja, jedenfalls nichts Alltägliches. Frau Dr. Grote ist gerade bei der Leiche. Sie braucht noch einen Moment. Dann mal los.« Strunz hatte seinen Notizblock gezückt. »Also der Reihe nach: Um achtzehn Uhr dreizehn geht ein Notruf ein. Von einer Notrufsäule in Lutterloh. Anonym, männlich, verstellte Stimme. Der Anrufer meldet einen toten Jäger unterm Hochsitz, beschreibt mehr schlecht als recht den Fundort und legt auf.«

»Ein anonymer Anrufer?«, vergewisserte sich Mendelski. »Seltsam …«

»Wart's ab. Es kommt noch verrückter.« Strunz blätterte in seinem Notizheft. »Gegen achtzehn Uhr fünfundfünfzig erreichen die Kollegen aus Bergen nach langem Suchen den Fundort. Erst finden sie das Auto des Toten, dann ihn selbst. Er hatte Papiere bei sich. Es handelt sich um Harald Urban aus Faßberg, sechsundfünfzig Jahre, pensionierter Offizier der Bundeswehr, stellvertretender Kreisjägermeister, verheiratet, kinderlos.«

»Den kenn ich doch«, kommentierte Mendelski erstaunt. »Der ist in Celler Jägerkreisen bestens bekannt.«

»Gefunden haben sie ihn da drüben, direkt unter dem Hochsitz. Aufgespießt auf einer Egge.«

Heiko Strunz legte eine Pause ein, um Mendelski Zeit zum Verdauen des Gehörten und für eine eventuelle Nachfrage zu lassen. Die Frage kam prompt.

»Aufgespießt? Auf einer Egge?«

»Ganz richtig. So 'n landwirtschaftliches Gerät aus Eisen, mit dem man den Acker aufreißt.«

»Und die Zinken standen nach oben?«

»Na wie denn sonst«, fuhr Maike ungeduldig dazwischen. »Heiko sagte doch ›aufgespießt‹. Kannste dir gleich alles in Ruhe ansehen. Aber das Beste kommt noch.«

»Also ...« Strunz übernahm erneut: »Wir fanden Spuren, die eindeutig belegen, dass die Egge erst heute dort positioniert worden ist. Zuvor hatte sie rund zehn Meter entfernt unter einer Birke gelegen. Mit den Zinken nach unten, wie es sich gehört. Irgendjemand hat sie unter den Hochsitz geschleift – und umgedreht.«

»Donnerwetter!«

»Der Jäger ist vom Hochsitz gefallen und auf der Egge gelandet. Sein Gewehr hing noch oben, an einer der Leitersprossen. Wahrscheinlich wollte er gerade ...«

»Nun erzähl's ihm schon«, unterbrach Maike erneut. »Der Rest ist doch erst mal zweitrangig.« Robert Mendelski schaute sie verdutzt an, als die junge Kommissarin mit dem Zeigefinger einen Kringel in die Luft malte.

»Also schön«, erwiderte Strunz gereizt. »Maike lässt einem

ja keine Ruhe. Der Tote hat auf der Stirn eine Zahl. Geschrieben mit 'nem wasserfesten Filzer, einem Edding.«

»Wie bitte …?«

»Ja. Eine Neun. Eine grüne Neun.«

»Tja, ich bin erst mal so weit«, erklärte Frau Dr. Grote, nachdem sie Robert Mendelski begrüßt hatte. »Relativ rasch eingetretener Tod durch eine Reihe von Pfählungsverletzungen, die wahrscheinlich zu starken inneren Blutungen geführt haben. Genauer geht es hier nicht, der muss bei mir auf den Tisch.«

»Vorher möchte ich ihn mir aber noch angucken«, entgegnete Mendelski. »Todeszeitpunkt?«

»Nach dem jetzigen Kenntnisstand zwischen sechzehn Uhr dreißig und siebzehn Uhr dreißig«, schätzte die Rechtsmedizinerin.

»Unfall oder …?«

»Bisher konnte ich keinerlei Hinweise auf Fremdeinwirkungen oder Abwehrhandlungen feststellen. Habe Kopf, Unterarme, Hände und Fingernägel des Toten untersucht. Sämtliche Verletzungen scheinen durch den Sturz entstanden zu sein. Mehr kann ich erst nach der Obduktion sagen.«

»Und diese Egge …?« Heiko Strunz ahmte mit den Fingern seiner rechten Hand das eiserne Werkzeug nach. »Dass die da ausgerechnet heute hingelegt wurde, mit den Zinken nach oben? Wirkt doch wie ein Tatwerkzeug …«

»Dazu kann ich nichts sagen«, erwiderte Dr. Grote. »Aber wäre der nicht auf die Egge gestürzt, hätte er den Sturz aus vier Metern Höhe vielleicht überlebt … bei dem relativ weichen Sandboden und der dichten Grasschicht …«

»Suizid scheidet dann wohl aus«, meinte Mendelski mehr zu sich selbst als zu den anderen.

»Das würde ich so nicht sagen.« Frau Dr. Grote rückte ihre Brille zurecht. »Da hab ich schon noch verrücktere Selbstmorde gesehen.«

»Wie? Das soll ein Suizid sein?«, empörte sich Maike. »Um sich umzubringen, gibt es aber einfachere und vor allem schmerzfreiere Methoden, als sich in so 'ne Egge zu stürzen.

Der Mann war doch Jäger, der hatte eine geladene Waffe bei sich.«

Strunz nickte zustimmend. »Schon klar. Gegen Selbstmord spricht auch, dass es keine Spuren eines Absprungs gibt. Im Gegenteil: Der Körper ist beim Sturz mit der Leiter kollidiert.« Strunz wandte sich Mendelski zu. »Wenn du mich fragst: Der ist gefallen, nicht gesprungen.«

»Ich muss mir das erst mal selbst ansehen.« Mendelski wollte sich schon abwenden, als Maike noch etwas einfiel.

»Können Sie was zu der Zahl sagen?«, fragte sie die Ärztin. Das mysteriöse Zeichen auf der Stirn des Toten ließ ihr keine Ruhe. »Zu der Ziffer Neun?«

»Das ist schon sehr merkwürdig«, antwortete Dr. Grote. »Da hat jemand der Leiche diese Zahl auf die Stirn gemalt. Und zwar nicht lange nach dem Exitus.«

Mendelski pfiff durch die Zähne. »Sind Sie da sicher?«

»Ganz sicher, Herr Kriminalhauptkommissar.« Die Rechtsmedizinerin schaute ein wenig grimmig, bevor sie sich zum Gehen wandte. »Sehen Sie sich das doch selbst an. Kleinste Blutspritzer auf der Stirn, übermalt von dem grünen Stift. Ganz eindeutig post mortem.«

Der Tote lag bäuchlings auf einer Plastikplane, daneben die blutverschmierte Egge.

Der Kopf war zur Seite geneigt. Dunkelblond, Kurzhaarschnitt. Untersetzter Körper, muskulös, etwa neunzig Kilogramm schwer und einen Meter fünfundsiebzig groß. Arme und Beine waren weit ausgestreckt.

Er war bis auf die Unterhose nackt. Nachdem die Spurensicherung mit ihrer Arbeit fertig war, hatte Frau Dr. Grote die Kleidung für ihre Untersuchung entfernen lassen. Zerschnitten und ordentlich zusammengelegt lagen die Textilien in einem Plastiksack neben dem Toten.

»Sei bloß froh, dass du nicht dabei warst, als wir die Leiche von der Egge gezerrt haben«, sagte Strunz, nachdem er sich in ein Stofftaschentuch geschnäuzt hatte. »Brauchten acht starke Arme, um ihn von den Zinken zu lösen.«

»Kann ich mir vorstellen«, knurrte Mendelski. Soweit es seine malade Hüfte zuließ, ging er in die Hocke. »Dabei … sieht doch gar nicht so schlimm aus.«

Auf den ersten Blick schien der Tote fast unversehrt. Die Zinken der Egge waren tief in den Körper ein-, aber nicht durch ihn hindurchgedrungen. Die Rückenpartie zeigte keine Verletzungen.

»Dann dreh ihn mal um …« Maike verzog die Mundwinkel zu einem bitteren Feixen.

»Mir reicht erst mal der Kopf«, konterte Mendelski. »Der scheint nicht viel abbekommen zu haben.«

»Richtig.« Strunz hockte sich neben seinen Chef. »Thorax und Beine waren aufgespießt, der Kopf nicht.«

Mendelski beugte sich zu dem Gesicht hinunter. »Tatsächlich. Das ist er. Harald Urban aus Faßberg.«

»Du kanntest den?«

»Nicht persönlich. Mehr aus der Presse und anderen Medien. War in der Celler Jägerschaft sehr aktiv, Gremien, Öffentlichkeitsarbeit und so …«

Obwohl das Terrain durch die leistungsstarken Scheinwerfer gut ausgeleuchtet war, ließ sich Mendelski eine Taschenlampe geben. Er richtete den Lichtstrahl auf die Stirn des Toten.

»Wirklich. Eine Neun. Keine Sechs. Der unbekannte Schreiberling hat sogar einen Punkt gemacht.«

»Ist mir auch aufgefallen.«

»Da wollte jemand, dass man die Zahl auf jeden Fall richtig liest.«

»Könnte das nicht der Finder der Leiche, also der anonyme Anrufer gewesen sein?«, ließ sich Maike aus dem Hintergrund vernehmen.

»Daran hab ich auch schon gedacht«, meinte Strunz. »Aber … wozu das Ganze?«

»Wenn wir Glück haben, ist unser Anrufer in Lutterloh gesehen worden«, sagte sie. »Fällt doch auf, wenn jemand eine Notrufsäule benutzt. Da guckt man schon mal genauer hin und fragt sich: Hat der denn kein Handy?«

»Woher stammen die Blutspritzer auf der Stirn?«, wechselte Mendelski das Thema.

»Von der Halsschlagader«, erklärte Strunz. »Die hat was abbekommen.«

»Dann war der sehr schnell hinüber. Und Dr. Grote hat recht: Das grüne Geschreibsel ist über dem Blut.« Mendelski erhob sich. »Seid ihr mit der Leiche fertig?«

»Ja, haben alles haarklein dokumentiert. Die Kollegen sind mit einem Haufen Beweismaterialien bereits auf dem Weg nach Celle. Meinetwegen kann der Tote abtransportiert werden.«

»Okay, ist mir recht. Und vergesst die Egge nicht. Die muss auch mit.«

»Also, von vorn.« Mendelski war die drei Schritte bis zum Hochsitz gegangen und schaute nach oben. »Der Urban wollte auf den Abendansitz. Wahrscheinlich so gegen sechzehn Uhr dreißig. Ob allein oder zu zweit, das wissen wir nicht.«

»Das Auto von ihm sieht aus, als wäre er allein unterwegs gewesen«, ergänzte Strunz. »Auf dem Beifahrersitz lag allerhand Zeugs, was darauf schließen lässt, dass da niemand gesessen hat.«

»Klingt logisch. Die Stelle, wo der Wagen gestanden hat, sehe ich mir auch noch an … Also, der kommt hier allein an und klettert die Leiter hoch. Was ist mit der Egge?« Mendelski deutete mit der Fußspitze auf ein im heruntergedrückten Gras mit Sprühfarbe markiertes Rechteck. »Die hat hier gelegen?«

»Genau. Mit den Spitzen nach oben.«

»Dann hat der Urban die gar nicht gesehen, oder? Das Gras ist beziehungsweise war hier doch sehr hoch …«

»Richtig.« Strunz nickte. »Außerdem … die Egge ist ein rostiges Uraltmodell, quasi in Tarnfarbe. Die verschwindet leicht im Gras.«

»Du als Jäger …«, fragte Maike dazwischen. »Würde dir so eine Egge auffallen, wenn du auf einen Hochsitz steigst?«

»Na ja.« Mendelski grübelte. »Vielleicht stand ja bereits Wild auf dem Wildacker. Da guckt man sonst wohin, aber nicht unter den Hochsitz.«

»Nehmen wir also an, er hat die Egge nicht gesehen«, schlussfolgerte Maike.

»Aber die Schleifspuren, die von der Egge … Wenigstens die muss er doch bemerkt haben«, gab Strunz zu bedenken. »Allerspätestens dann, als er oben angekommen war.«

»Wo hat die denn ursprünglich gelegen?«, wollte Mendelski wissen, während er sich umschaute. »Von Schleifspuren kann ich nichts erkennen, beim besten Willen nicht.«

»Haben alles fotografiert«, sagte Strunz. »Und sackweise Gras eingetütet. Mach dir da mal keine Sorgen.«

»Jetzt weiß ich immer noch nicht, wo das Ding vorher gelegen hat«, knurrte Mendelski.

»Dort drüben, unter dem Baum.« Strunz wies mit dem Zeigefinger auf eine dünne Birke, die ungefähr zehn Meter entfernt am Wildackerrand stand. »Aber mit den Zinken nach unten, wie es sich gehört.«

»Kann die ein Einzelner bewegen?«

»Kein Problem. Wiegt höchstens fünfzig Kilogramm. Wenn man die über den Boden schleift, geht das ziemlich leicht.«

»Liegen da nicht noch mehr von den Dingern? Normalerweise gehören doch drei oder vier davon an einen Querbaum, um damit rationell arbeiten zu können.«

»Hör mal, hier geht's um einen popeligen Wildacker, nicht um eine landwirtschaftliche Nutzfläche«, erklärte Strunz. »Einer von den Feuerwehrleuten meinte, dass sein Vater das Museumsstück den Jägern überlassen hat. Vor Jahren schon.«

»Okay. Weiter.« Mendelski wandte sich wieder dem Hochsitz zu. Er nahm die Leiterholme in beide Hände. »Urban hat die Büchse geschultert, um die Leiter hochzuklettern. Ich mach das jetzt mal.«

Sprosse um Sprosse erklomm er die Leiter. Immer wieder machte er halt und sah sich um. Oben angekommen rief er den anderen zu: »So. Hier oben nimmt man in der Regel die Büchse von der Schulter. Denn im Hochsitzinneren ist es zu eng, um geräuschlos mit einer Langwaffe zu hantieren. Also öffnet man die Tür und stellt das Gewehr in die Kanzel, bevor man selber hineinsteigt.«

»Nicht ungefährlich.« Strunz hatte beide Hände zu einem Schalltrichter an den Mund gelegt. »Beim Hantieren mit Tür und Waffe … da kann man schon mal ins Straucheln geraten, oder?«

»Vielleicht ist ihm ja dabei die Büchse aus der Hand gerutscht«, sagte Mendelski. »Er wollte nach ihr greifen, strauchelte … und dann … Wo hat die Waffe gehangen?«

»An der Verlängerung der obersten Leitersprosse. Genau dort. Baumelte am Riemen. Sah nicht aus wie absichtlich hingehängt, sondern eher wie … eben wie unabsichtlich hängen geblieben. Drohte jeden Augenblick herunterzufallen.«

»Ihr habt sicher Fotos davon.«

»Soll das 'ne Frage sein?« Maike stapfte unruhig unter dem Hochsitz umher. »Natürlich haben wir Fotos. Hunderte. Gesamtansichten, Detailfotos und die von der Dreihundertsechzig-Grad-Kamera.«

»Da hätte ich ja gar nicht herkommen brauchen«, murmelte Mendelski im Selbstgespräch. »Wenn ich das zu Hause erzähle …«

»Was hast du denn zu grummeln?«, rief Maike hinauf. Sie konnte sich schon denken, was ihren Chef beschäftigte. Dazu kannte sie ihn zu gut.

Mendelski ging auf die Frage nicht ein. Er schaute durch die geöffnete Holztür ins Hochsitzinnere. »Hier fehlt ja das Sitzbrett?«

»Ja, das haben Ellen und Jo mitgenommen. Fürs Labor.«

»Gibt's Belege dafür, dass Urban überhaupt im Inneren der Kanzel war? Oder ist er schon vorher abgestürzt?«

Strunz war es leid, herumzubrüllen. Er kletterte die Leiter hinauf. »Das ist noch nicht sicher«, erklärte er schnaufend. »Wir haben den Holzboden und das Sitzbrett provisorisch untersucht. Da drinnen in der Kanzel ist es erstaunlich sauber, nahezu staubfrei. Daher haben wir auch keine verwertbaren Finger- oder Fußabdrücke gefunden. Nur im Türrahmen konnten wir ein paar Textilfasern sicherstellen. Die müssen wir aber noch mit der Kleidung des Toten vergleichen.«

Mendelski drehte sich um hundertachtzig Grad. »Harald

Urban stürzt also in die Tiefe«, rekonstruierte er weiter. »Seine Büchse bleibt hier oben hängen. Hatte er keinen Rucksack oder eine Jagdtasche dabei?«

»Nein. Der hatte alles Nötige am Mann. Fernglas, Munitionsetui, Jagdmesser.«

»Kein Gehörschutz, Sitzkissen, Proviant, nichts zu lesen?«

»Nichts dergleichen. War wohl 'n Hardcore-Jäger. Du jagst wohl anders, stimmt's?«

»Könnte auch geklaut sein.«

»Was?« Strunz guckte konsterniert.

»Na, der Rucksack könnte auch geklaut worden sein. War doch jemand vor uns hier. Der anonyme Anrufer.«

»Ach so … na klar …«

»Apropos Anrufer: Hatte der Urban kein Handy dabei?«

»Das hatte er im Auto gelassen. Der wusste wohl, dass er hier draußen im Busch keinen Empfang hat. War ausgeschaltet. Die letzten Anrufe werden bereits gecheckt …«

»Hey! Ihr da oben!«, brüllte Maike verärgert dazwischen. »Wärt ihr vielleicht so gnädig, mich an euren geistigen Ergüssen teilhaben zu lassen?«

»Augenblick noch«, beschwichtigte Mendelski. »Wir kommen gleich runter.« Er schaute in die Tiefe, auf das markierte Rechteck im Gras. »Hier ist er also heruntergekracht. Nahezu senkrecht. Du hast recht, gesprungen ist der nicht.« Mendelski schaute prüfend die Leitersprossen an. »Du hast vorhin von Zwischenkollisionen gesprochen. Wo war das denn?«

Strunz wies nach unten. »Dort, der Falllinie folgend, etwa in der Mitte der Leiter. Da sind leichte Absplitterungen am Holz, an denen wir Faserspuren gefunden haben. Sind alle eingetütet.«

»Die Zwischenkollisionen wird uns sicher auch Frau Dr. Grote bestätigen.« Mendelski schaute noch einmal in die Runde, bevor er die Leiter hinabstieg.

»Die meisten Spuren sind eh zum Teufel«, empfing ihn Maike Schnur missgestimmt. »Vor uns waren zwei Streifenwagenbesatzungen hier, dazu der Notarzt, die Sanitäter und zwei Jagdkumpane des Toten. Die sind überall herumgelatscht. Und haben mit ihren Autos die Spuren auf dem Sandweg da vorn platt gemacht. Natürlich auch die des anonymen Anrufers, der ja vor allen anderen hier gewesen sein muss.«

»Habt ihr diese Leute ausführlich befragt?«

Maike sah ihren Chef vielsagend an, zog es aber vor zu schweigen. Wie kam der nur darauf, so eine Frage zu stellen?

»Sorry.« Mendelski sah seinen Fehler ein. »Es ist spät. Wir machen Schluss für heute. Eine letzte Frage: Was ist mit den Angehörigen?«

»Die Frau ist verreist.« Strunz blätterte in seinem Notizblock. »Yvonne Urban, siebenundvierzig Jahre alt. Macht offenbar gerade einen Wanderurlaub mit einer Freundin auf Madeira. Konnte noch nicht erreicht werden.«

»Kinder?«

»Sagte ich vorhin bereits: Gibt's keine. Eltern leben auch nicht mehr. Keine Geschwister.«

»Okay, okay.« Mendelski gähnte. »Feierabend. Und auf dem Rückweg zeigt ihr mir noch, wo sein Auto gestanden hat ...«

ZWEI

»Sonderkommission Neunwürger. Da haben Sie sich aber einen ... schönen Namen ausgedacht.«

Kriminaldirektor Hans Steigenberger konnte sich ein Grinsen nicht verkneifen. »Wer von Ihnen ist denn auf die Idee gekommen?«

»Na, wer wohl?« Jo Kleinschmidt klopfte sachte mit der zusammengerollten Celleschen Zeitung auf Maike Schnurs Unterarm. Seine Kollegin, die neben ihm im kleinen Besprechungsraum des Fachkommissariats 1 saß, zog den Arm weg.

»Was habt ihr denn?«, teilte sie aus. »Is doch ein geiler Name für 'ne Soko.«

»Wie man's nimmt. Kennen Sie denn die eigentliche Bezeichnung für den Neunwürger?« Steigenbergers Frage kam sehr schulmeisterlich daher. Robert Mendelski, Heiko Strunz und Ellen Vogelsang schauten sich genervt an. Wussten sie doch, dass Maike die erste Stunde ihres Dienstes heute Morgen im Internet zugebracht hatte. Mit Googeln ...

»Klar weiß ich das«, erwiderte sie schnippisch. »Der Neunwürger ist ein heimischer Singvogel.«

»Der Name Neuntöter ist geläufiger«, wandte Steigenberger ein.

»Ich finde Neunwürger aber passender, gruseliger ... deshalb.«

Eine Spur verschämt zog sie einen Wikipedia-Ausdruck hervor. »›*Lanius collurio*‹«, las sie vor. »Wird auch Rotrückenwürger genannt. Vogel aus der Familie der Würger. Er ist vor allem durch sein Verhalten bekannt, Beutetiere auf Dornen aufzuspießen.« Sie blickte zu Steigenberger. »Also auf Dornen und Stacheln von Büschen, aber auch auf Stacheldraht von Weidezäunen. Dazu die Zahl Neun im Namen. Also, wenn das nicht zu unserem Fall passt ...«

»Passt wie die Faust aufs Auge«, kommentierte Jo Kleinschmidt trocken.

»Was frisst denn so 'n Neunwürger?«, wollte Ellen Vogel-sang wissen.

»Meist Großinsekten, wie Maikäfer und Libellen, aber auch junge Eidechsen, Mäuse, Jungvögel, Blindschleichen und so.«

»Und die spießt er auf? Warum?«

»Als Vorrat, für schlechtere Zeiten. Zum Beispiel für Regen-tage. Dann fliegen ja kaum Insekten.«

»Auch als Wintervorrat?«

»Nee, das ist 'n Zugvogel. Überwintert in Südafrika.«

»Scheint ein schlauer Vogel zu sein …«

»So, jetzt aber genug aus Brehms Tierleben«, forderte Stei-genberger. »Schönen Dank für den Exkurs in die Biologie, Frau Schnur. Zurück zum Fall Harald Urban.«

»Eines wüsste ich in dem Zusammenhang aber doch noch gern«, wagte sich Mendelski dazwischen. »Auch wegen der Zahl auf Urbans Stirn. Warum der Name Neunwürger oder Neuntöter? Genauer: Warum die Neun?«

»Der Name ist uralt«, antwortete Maike. »Das mit der Zahl entspringt dem Volksglauben, dass der Vogel erst neun Beute-tiere aufspießt, bevor er anfängt, sie zu verspeisen. Das ist aber Unfug. Die Zahl der Beutetiere kann durchaus variieren.«

»Zufrieden?« Steigenbergers Gesichtsausdruck wurde ernst. »So, und nun hätte ich gern den Bericht. Robert, bitte …«

※※※

Durch ein kaum wahrnehmbares, nur von Insidern zu deuten-des Gesichtszucken gab Rolf Kitzmann zu verstehen, dass er zur Abfahrt bereit war.

Die Altenpflege-Auszubildende Adnana, eine junge dunkel-haarige Schönheit mit albanischem Migrationshintergrund, trat hinter ihn und schob den Rollstuhl auf den Flur hinaus.

»Herr Kitzmann, stimmt es, dass Sie heute so gut gefrüh-stückt haben?«, fragte Adnana gut gelaunt, während sie die Zimmertür hinter sich ins Schloss zog. »Nicht wie sonst? Sie sollen nicht einen Krümel vom Müsli übrig gelassen haben.«

Ihre Fragen waren rein rhetorischer Natur. Seit seiner Einlieferung in das Alten- und Pflegeheim Sonnenhof gegenüber dem Celler Hauptbahnhof vor sechs Monaten hatte Kitzmann noch kein einziges Wort von sich gegeben. Adnana wusste das, trotzdem setzte sie unbekümmert ihren Monolog fort: »Weil Sie alles aufgegessen haben, ist heute auch ein besonders schöner Herbsttag. Die Sonne scheint, es ist für diese Jahreszeit außergewöhnlich warm. Nach der Zeitungsrunde kann ich Sie gern hinaus in den Garten fahren.«

Ein gutes Dutzend Senioren saß bereits im Speisesaal an den Tischen, die von den dienstbaren Geistern des Hauses nach dem Frühstück abgeräumt und gereinigt worden waren. Zwischen den Stühlen hatten sie Lücken für Rolf Kitzmann und einen weiteren Rollstuhlfahrer frei gelassen.

»So, Herr Kitzmann, ich hol Sie nachher wieder ab«, sagte Adnana, nachdem sie die Feststellbremse am Rollstuhl betätigt hatte. »Viel Vergnügen dann.«

Zur Zeitungsrunde kamen vor allem diejenigen, die wegen einer Behinderung, einer Sehschwäche oder krankheitsbedingt nicht selbst lesen konnten. Des Weiteren die Bewohner, die nicht mit der Tageszeitung vor der Nase allein in ihrem Zimmer hocken wollten und die Gemeinschaftsaktion schätzten. Denn im Anschluss an die Lektüre kam es häufig zu lebhaften Diskussionen über das politische Weltgeschehen, die neuesten Sportereignisse oder die erwähnenswerten Vorkommnisse in Celle und umzu.

Rolf Kitzmann wurde in der Runde freundlich begrüßt. Die meisten nickten ihm zu, wünschten einen guten Morgen oder suchten seinen Blickkontakt, was aber wegen seiner schiefen und gesenkten Kopfhaltung nicht einfach war. Die Frau zu seiner Rechten, eine vornehm wirkende Seniorin mit silbernem Kurzhaarschnitt und Hörgerät, streichelte zur Begrüßung seinen Unterarm. Doch Kitzmann zeigte keine äußerlich wahrnehmbare Regung. Auch wenn sich sein Alter wegen seines Handicaps schwer schätzen ließ, war er der mit Abstand Jüngste in der Runde.

»Ruhe bitte!«, rief ein schlohweißer Vollbartträger mit Nickelbrille. Er war weit über achtzig Jahre alt, wirkte jedoch wie ein Mittsechziger. Auf seinen Knien lag die neueste Ausgabe der Celleschen Zeitung. »Guten Morgen allerseits. Es geht los.«

»Den Sportteil zuerst«, rief der andere Rollstuhlfahrer. Ein korpulenter Senior mit rotem, kugelrundem Gesicht und Glatze, der fröhlich in die Runde schaute.

»Buh!«, konterten die Frauen in holder Eintracht. Dabei hoben sie in gespielter Empörung die Fäuste.

»Erst Lokales«, forderte ein Weiterer.

»Och nö, den Weltspiegel«, rief eine Frau.

»Bitte erst den Kulturteil«, kam es von einem anderen Tisch.

Der Vorleser schüttelte amüsiert den Kopf. Das Theater um den Vorlesestoff kannte er schon. Dieses Ritual wiederholte sich fast jedes Mal.

»Schon gut, schon gut«, sagte er. »Wir machen's am besten so wie immer. Ich blättere die Zeitung von vorn bis hinten durch. Dabei lese ich die Überschriften vor, und ihr sagt mir dann, ob ich weiterlesen soll.«

Eine halbe Stunde später – aus dem vorderen Teil der Zeitung waren Artikel mit den aktuellen Themen Flüchtlingskrise, Griechenlands Schulden, Y-Trasse der Bahn und Wölfe ausgewählt und vorgetragen worden – blätterte der Vorleser zum Landkreisteil weiter.

»›Jäger tot unter Hochsitz aufgefunden‹«, las er laut vor. »Interessiert das jemanden?«

»Wo denn?«, wollte einer wissen.

»Moment … Ach ja, da steht's: bei Hermannsburg.«

»Aber hallo! Das interessiert mich. Ich komm nämlich aus Müden, das is gleich nebenan.«

»Also …« Der Vorleser rückte seine Brille zurecht. »›Im Wald bei Hermannsburg ist am gestrigen Abend der Jäger Harald U. aus Faßberg tot unter einem Hochsitz aufgefunden worden. Nach Angaben der Polizei ist aller Wahrscheinlichkeit nach von einem tragischen Unfall auszugehen …‹«

Rolf Kitzmann war der Zeitungsrunde bislang mit unveränderter Miene gefolgt. Doch plötzlich, als der Name Harald U. und dessen Wohnort Faßberg fielen, zeigte sich eine Regung – so wenig wahrnehmbar die Veränderung auch war. Nur seine

Nachbarin, die ihm wiederholt den Arm gestreichelt hatte, bemerkte etwas und beugte sich zu ihm hinüber.

In den Augenwinkeln von Kitzmann entdeckte sie Tränen. Das hatte sie bei ihm noch nie gesehen. Ob es Schmerz, Trauer oder Freude war, was die Tränen hervorrief, wusste sie nicht.

***

»Das klingt ja einigermaßen merkwürdig«, bemerkte Steigenberger, nachdem Mendelski seinen Bericht beendet hatte. »Doch bevor wir darauf eingehen: Habt ihr inzwischen die Ehefrau von Harald Urban auf Madeira erreicht?«

»Ja. Sie ist bereits auf der Heimreise«, erklärte Maike. »Wird gegen Mittag am Flughafen Hannover-Langenhagen eintreffen. Ellen und Jo fahren hin.«

»Wir müssen sie vor der Presse abschirmen. Die weiß mal wieder mehr, als uns lieb sein kann, und macht ordentlich Druck.«

»Sorry«, wehrte sich Strunz, »aber es war gestern Nacht absolut unmöglich, den Leichenfundort abzuschotten. Feuerwehrleute, Sanis, Jäger – da war der Bär los. Und jeder hat heute 'n Smartphone, mit dem sich ruckzuck Fotos schießen und verschicken lassen.«

»Hmm«, knurrte Steigenberger. »Dann der Staatsanwalt. Will so schnell wie möglich Ergebnisse. Genau wie die Jägerschaft, wie ihr euch ja denken könnt. Harald Urban war ihr Sprachrohr – und stellvertretender Kreisjägermeister.«

Der Kriminaldirektor erhob sich und trat ans Fenster des Besprechungsraumes. »Im Grunde sind es drei Umstände, die den vermeintlichen Nullachtfünfzehn-Jagdunfall mit tödlichen Folgen in ein zweifelhaftes Licht rücken.«

Er bediente sich seiner Finger, um die drei Rätsel aufzuzählen. Als Erstes streckte er den rechten Daumen in die Höhe:

»Zunächst der Umstand, dass die Egge erst wenige Stunden zuvor unter dem Hochsitz platziert worden war. Bis dahin hatte sie monatelang an einer anderen Stelle gelegen.«

»Da aber noch mit den Zinken nach unten, im Erdreich, so wie üblich«, ergänzte Mendelski.

»Ja. Beim Umsetzen hat man sie dann umgedreht, mit den spitzen Zinken nach oben, was wahrscheinlich den Tod des Gestürzten verursacht hat.« Steigenberger nickte. Zum Daumen hielt er nun auch den Zeigefinger hoch. »Zweitens die Zahl auf der Stirn des Toten. Diese Neun. Jemand Unbekanntes war also vor uns am Fundort, um dieses rätselhafte Zeichen zu hinterlassen. Zeuge? Oder gar Mittäter? Die Zahl allein verrät es nicht.«

»Ausgerechnet eine Neun in grüner Schrift.« Maike Schnur hob vielsagend einen Filzstift in die Höhe. »Doch dazu gleich mehr.«

»Und drittens«, setzte Steigenberger sein Resümee fort, indem er zusätzlich den Mittelfinger streckte, »der anonyme Anrufer von der Lutterloher Notrufsäule. Warum meldet der sich überhaupt, wenn er unerkannt bleiben will? Erste Hilfe scheidet aus. Soweit ich verstanden habe, war das Opfer nur wenige Sekunden nach dem Sturz tot.«

»Das sagte jedenfalls Frau Dr. Grote«, stimmte ihm Mendelski zu. »War ihr erster Eindruck am Tatort. Nach der Obduktion wissen wir mehr.«

»Also dann.« Steigenberger klatschte in die Hände. »Bis die Ergebnisse von Obduktion und Kriminaltechnik vorliegen, ein kurzes Brainstorming bitte.«

»Der Schreiber der Neun und der anonyme Anrufer sind ein und dieselbe Person«, kam es von Jo Kleinschmidt wie aus der Pistole geschossen.

Nach einer kurzen Denkpause meldete sich Ellen Vogelsang zu Wort: »Suizid mit anonymem Helfer, um es nicht als solchen aussehen zu lassen. Vielleicht wegen einer Lebensversicherung.«

»Kein Suizid, dafür ist das viel zu brutal«, konterte Maike. »Mit einer Jagdwaffe lässt sich doch ein tödlicher Unfall simulieren, der viel … na ja … humaner ist.«

Heiko Strunz schaute in die Runde. Als sich niemand anschickte, einen weiteren Beitrag zu leisten, sagte er: »Anonymer Anrufer ist am Unfall, Mord, Suizid et cetera unbeteiligt. Kam zufällig vorbei. Will aber nicht mit dem Zwischenfall in Verbindung gebracht werden. Aus welchen Gründen auch immer.«

Als nichts weiter kam, schaute Steigenberger auf Mendelski: »Und du, Robert? Was sagt denn deine jagdliche Spürnase dazu?«

»Spekulationen sind nicht mein Ding, das weißt du.« Mendelski wandte sich an Maike Schnur. »Aber du wolltest noch was zu der Zahl sagen, zu der grünen Neun.«

»Richtig.« Maike blätterte in ihren Unterlagen. »Ich glaube nämlich, dass die Farbe Grün nicht zufällig gewählt wurde.«

»Und warum bitte?« Steigenberger guckte skeptisch.

»Ihr kennt doch alle die Redewendung: ›Ach, du grüne Neune!‹, oder?«

»Logo«, erwiderte Jo Kleinschmidt vorlaut.

»Und was bedeutet das?«

»Na ... ›Ach du Scheiße!‹ – oder so ähnlich. Ist schon ziemlich negativ besetzt.«

»Und wisst ihr, woher der Spruch kommt? Wo er seinen Ursprung hat?«

Kleinschmidt musste passen. »Nö.«

Da auch die anderen keine Antwort wussten, legte Maike los: »Laut Wikipedia und anderen Internetquellen hat das mit der Übertragung der französischen Spielkarten auf das deutsche Blatt zu tun. Das war anno Tobak, vor rund zweihundertfünfzig Jahren. Die Pik-Neun ersetzte die Gras-Neun, entsprach also dem grünen Neuner, der grünen Neun.«

»Wenn's nur das ist ...« Jo Kleinschmidt gähnte.

»Warte, jetzt kommt's doch erst: Beim Kartenlegen, also beim Wahrsagen, gilt die Pik-Neun traditionell als Karte, die nichts Gutes verheißt. Sie soll für Unheil und Verderben stehen.«

»Du meinst, unser geheimer Schreiberling wusste das?«, fragte Mendelski. »Der wollte uns mit der grünen Neun diese Botschaft schicken?«

Maike zuckte mit den Schultern. »Warum nicht? Würde doch gut passen, oder?«

***

Als er mit seinem BMW in Weyhausen auf die B 191 bog, um in Richtung Celle zu fahren, meldete sich das Handy. Der Bordcomputer zeigte einen unbekannten Anrufer mit unterdrückter Rufnummer an. Er konnte sich schon denken, wer ihn erreichen wollte, und nahm den Anruf entgegen.

»Benrath«, meldete er sich.

»Ich bin's«, hauchte eine Frauenstimme. »Stör ich?«

»Nein. Ich sitze im Auto. Allein.«

»Bist du schon auf der Autobahn?«

»Nein. Hatten noch eine unplanmäßige Frühbesprechung. Bin gerade erst los.«

»Hast du heute Morgen die Zeitung gelesen?«

»Die CZ? Nein. Hab's im Internet gesehen. Es gibt wohl Zweifel, dass es ein Unfall war.«

Sie seufzte auf. »Hab ich auch gelesen. Und hier in Hermannsburg macht die Runde, dass die Kripo aus Celle ermittelt.«

»Das ist normal bei Unfällen mit Todesfolge.«

»Ja, aber es soll sich um die Mordkommission handeln.«

»Mordkommission?« Claus Benrath schlug mit der flachen Hand aufs Lenkrad. »Verflucht, das klingt nicht gut …«, sagte er.

»Was jetzt?«

Er überlegte kurz. »Vielleicht hat mich ja doch jemand an der Notrufsäule gesehen. Außerdem gibt's sicher eine Aufzeichnung von dem Anruf.«

»Oje. Und von meinem Auto … die Reifenabdrücke im Wald beim Fundort der Leiche … die haben sie auch.«

»Das glaub ich nicht. Feuerwehr, Notarzt, Polizeiautos – da wurde doch alles platt gefahren, bevor jemand an solche Spuren gedacht hat.«

»Na hoffentlich …«

»Mach dir keine Sorgen. Wird schon ein Unfall gewesen sein.«

»Also verhalten wir uns erst mal still? Und warten ab …«

Im Inneren des BMW war für einen Moment nur das Schnurren des Motors zu hören.

»Claus? – Bist du noch da?«

Er schnaufte laut hörbar. »Nein, das wäre nicht schlau …«, erklärte er. »Wir müssen die Initiative ergreifen, das Heft in die Hand nehmen. Wenn man mich mit einem ungeklärten Todesfall in Zusammenhang bringt, dann … Rheinmetall ade.«

»Aber … auch für mich wäre es eine absolute Katastrophe, wenn ich da auch nur irgendwo –«

»Dich werde ich da raushalten«, unterbrach er sie. »Das schaff ich schon. Nehm das auf meine Kappe. Vertrau mir einfach.«

»Was willst du denen denn sagen?«

»Überleg ich mir noch. Am besten fahr ich gleich hin. Wo, sagtest du, finde ich die Kripo in Celle?«

»In der Jägerstraße, Ecke Hannoversche Straße. Südlich vom Stadtzentrum.«

»Jägerstraße … das find ich schon. Hab ja 'n Navi.«

»Pass auf dich auf. Ich möchte –«

»Ups, da sind sie ja schon.«

»Wer?«

»Die Polizei. Die haben mich gerade geblitzt – mit neunzig Stundenkilometern in Eschede. Schöner Mist. Da vorn winkt schon eine Polizistin mit der Kelle. Melde mich später wieder …«

✳✳✳

»Die Frau ist da.« Maike Schnur hatte den Kopf zur Tür hereingesteckt.

»So … so schnell?«, nuschelte Mendelski, schluckte das Stück Apfel herunter und stellte den Obstteller hinter sich aufs Fensterbrett. »Herein mit ihr.«

»Es sind zwei«, erwiderte Maike, während sie die Tür weit öffnete. »Yvonne Urban und ihre Freundin Sandra Keller.«

»Gut. Aber dann bring bitte noch einen Stuhl mit.«

Dass sie gerade einen Wanderurlaub im Süden hinter sich hatten und direkt vom Flughafen kamen, sah man den beiden Frauen an. Braun gebrannte Gesichter, Tücher im Haar, funktionale Outdoorkleidung und der Tagesrucksack in den Händen sprachen für sich.

Der Kommissar konnte nicht auf Anhieb erkennen, wer von den beiden Frauen mit dem Toten verheiratet gewesen war. Zu ähnlich waren Mimik und Körpersprache, keine der beiden drängte sich nach vorn.

»Frau Urban, Frau Keller«, stellte Maike die beiden der Reihe nach vor. »Und das ist Kriminalhauptkommissar Mendelski. Nehmen Sie bitte Platz.«

»Möchten Sie vielleicht einen Kaffee … oder was anderes zu trinken?«, fragte Mendelski, nachdem er den Frauen die Hand gereicht hatte. »Tee, Mineralwasser oder dergleichen?«

Beide schüttelten den Kopf. »Danke, aber wir haben gerade im Flieger was bekommen«, sagte Sandra Keller.

Robert Mendelski setzte sich ebenfalls.

Erst jetzt, wo er Frau Urban direkt in die Augen sah, stellte Mendelski fest, dass sie einen Silberblick hatte. Da er nicht recht wusste, welches Auge er fixieren sollte, entschied er sich für das linke.

»Herzliches Beileid zunächst einmal«, sagte er mit ernster Stimme. »Was da gestern geschehen ist, hat Sie sicher hart getroffen.«

Yvonne Urban senkte den Blick, sagte aber nichts. Sie wirkte gefasst. Ihre Freundin berührte tröstend ihren Arm.

»Und herzlichen Dank dafür«, fuhr Mendelski fort, »dass Sie unserer Bitte gefolgt sind, gleich nach Ihrer Rückkehr mit uns zu sprechen.«

»Immerhin haben Sie uns ja auch vom Flughafen abgeholt«, erwiderte Sandra Keller. »Ihre Leute waren sehr freundlich und wollen uns nachher sogar nach Hause fahren.«

»Kommen Sie auch aus Faßberg?«

»Nein, ich wohne in Bergen.«

Mendelski suchte den Blickkontakt mit der Witwe. Doch sie schaute weiterhin auf ihre Knie. »Frau Urban, sind Sie vorzeitig abgereist, oder war das Ihr planmäßiger Rückflug von Madeira?«

Sandra Keller schaute Yvonne Urban fragend an. So als ob sie sich ihr Einverständnis einholen wollte, die Fragen zu beantworten. Doch von ihrer Freundin kam keinerlei Reaktion. »Es war der planmäßige Flug«, sagte sie schließlich. »Die Nachricht vom ... von dem Unglück haben wir erst spät in der Nacht bekommen. Da machte eine Umbuchung keinen Sinn mehr. Heute Morgen dann haben wir –«

»Wie ist es passiert?«, unterbrach Yvonne Urban ihre Freundin mit kaum hörbarer Stimme. Sie hob den Kopf. »Hat er leiden müssen?«

»Nein.« Mendelski schüttelte den Kopf. »Die Ärztin meinte, dass es sehr schnell gegangen ist.«

»Wie schnell?«

»Innerhalb weniger Sekunden.«

Yvonne Urban atmete einmal tief durch, bevor sie ihre nächste Frage stellte. Sie sprach immer noch sehr leise: »Er soll vom Hochsitz gestürzt und in eine Egge gefallen sein?«

»Das ist richtig.«

»Aber ... was haben Sie dann damit zu tun?« Sie sprach nun lauter. Und eine Spur ungehalten. »Sie sind doch von der Mordkommission? Ich dachte, es war ein Unfall.«

Mendelski verschränkte die Arme vor der Brust und lehnte sich zurück. »Nun«, sagte er, »auch bei Unfällen, insbesondere bei solchen mit tödlichem Ausgang, schauen wir genau hin. Ob es da nicht vielleicht doch etwas Auffälliges gibt, etwa Hinweise auf Fremdverschulden.«

»Hinweise auf Fremdverschulden?« Yvonne Urbans Stimme klang nun spitz. Ihr Oberkörper schwankte leicht hin und her. Mendelski fragte sich, ob sie eventuell Beruhigungsmedikamente oder gar Alkohol zu sich genommen hatte. »Und ... so etwas haben Sie gefunden?«

»Ja, es gibt da ein paar Ungereimtheiten.« Der Kommissar beugte sich wieder vor und sah ihr in die Augen. »Doch bevor wir darüber sprechen, hätte ich gern gewusst, ob Sie sich überhaupt in der Lage fühlen, unsere Fragen zu beantworten. Immerhin haben Sie in den letzten Stunden Schlimmes durchgemacht.«

»Na ja, geschlafen habe ich letzte Nacht nicht.«

»Sollen wir trotzdem weitermachen?«

Nach kurzer Pause antwortete sie: »Ja. Dafür sind wir ja

schließlich hergekommen. Außerdem habe ich es dann hinter mir …«

Yvonne Urban zeigte wenig Gefühle. Keine Träne bisher, kein Jammern oder Schluchzen.

Eigentlich wirkte sie nicht wie jemand, der erst seit einigen Stunden wusste, dass ihr Mann tödlich verunglückt war. Als langjähriger Leiter des Fachkommissariats 1 hatte Mendelski schon ganz andere Reaktionen erlebt.

»Okay«, sagte er. »Folgende Fragen hätten wir gern noch beantwortet – wenn möglich. Haben Sie bei Ihrem Mann in letzter Zeit Veränderungen festgestellt? War er anders als sonst? Wie verbrachte er die Tage? Welche Kontakte pflegte er? Und ganz wichtig: Hatte er Feinde?«

»Nicht so viel auf einmal«, beschwerte sich Yvonne Urban. »Da muss ich erst mal sortieren. Also, was die letzten zwei Wochen betrifft, dazu kann ich gar nichts sagen. Wir waren ja auf Madeira, ziemlich weit weg.« Sie blickte kurz zu ihrer Freundin hinüber.

»Hatten Sie in der Zeit denn keinen Kontakt zu Ihrem Mann?«

»Nein«, wandte sie sich wieder Mendelski zu. »Wenn Sandra und ich wandern, vergessen wir gern Raum und Zeit. Die Handys sind dann ausgeschaltet.« Sie senkte ihren Blick. »Aber … Ihre wichtigste Frage …«

»Ja, bitte …«

»Die zu den Feinden …«

Mendelski schaute sie stumm an. Das Klingeln seines Telefons ignorierte er.

»Ja.« Yvonne Urban hob den Kopf. »Mein Mann hatte Feinde«, sagte sie ruhig und bedacht. »Und zwar eine ganze Menge.«

***

Ellen Vogelsang war schon auf dem Sprung in die Mittagspause, als der Anruf einging. Er kam aus der Wache im Erdgeschoss.

»Ich hab hier einen Kollegen aus Eschede am Apparat. Will

den Leiter der Soko Neunwürger sprechen, aber der geht nicht an sein Telefon. Können Sie das übernehmen bitte?«

Ellen Vogelsang ließ sich wieder auf ihren Bürostuhl fallen. »Stellen Sie durch«, sagte sie.

»Plesse, Polizei Eschede«, hörte sie am anderen Ende der Leitung. Die Stimme war laut und klang preußisch korrekt. »Wir haben da was Interessantes für Sie. Es geht um den tödlichen Zwischenfall von Hermannsburg gestern Abend.«

»Schießen Sie los.«

»Bei einer Geschwindigkeitskontrolle heute Vormittag in Eschede haben wir einen gewissen Claus Benrath aus Düsseldorf in seinem BMW geblitzt, mit zweiundachtzig Stundenkilometern. Bei der Personenüberprüfung gab er an, auf dem Weg zu Ihnen zu sein. Zur PI Celle in der Jägerstraße, genauer zum Leiter der Ermittlungen zum Todesfall Harald U. aus Faßberg gestern Abend. Er behauptet, ein wichtiger Zeuge zu sein, deshalb sei er so gerast.«

»Davon wissen wir aber nichts.« Ellen Vogelsang holte Schreibblock und Bleistift aus der Schublade hervor. »Hat er Ihnen Näheres geschildert?«

»Nein. Er war völlig zugeknöpft. Er wollte mit dem Leiter der Soko persönlich sprechen, mit sonst niemandem.«

»Wo befindet sich der Mann jetzt?«

»Auf dem Weg zu Ihnen.«

»Wie bitte?« Ellen Vogelsang wurde unruhig. »Herr Kollege, Sie haben den Mann einfach so davonfahren lassen?«

Am anderen Ende blieb es einen Moment still. Dann hörte sie die Antwort, in der deutlich Genugtuung mitschwang.

»Nicht einfach so. Wo denken Sie denn hin? Mit Eskorte natürlich. Eine Streife lotst ihn in die Jägerstraße. Die müssten jeden Augenblick bei Ihnen sein.«

Ellen Vogelsang ließ einen Stoßseufzer hören. »Puh, das ist natürlich was anderes. Herzlichen Dank für die umsichtige Mitarbeit, Herr Plesse. Ich werde alles Weitere veranlassen.«

***

Obwohl Maike Schnur das Protokoll führte, nahm Mendelski einen Kugelschreiber in die Hand und schob sich ein leeres Blatt Papier in Position.

»Das hört man ja nicht so oft«, sagte er erstaunt. »Wer sind denn diese Feinde?«

Ohne lange überlegen zu müssen, zählte Yvonne Urban auf: »Radikale Jagdgegner, durchgefallene Jagdscheinprüflinge, Wolfsfreunde, militante Tierschützer und Veganer, ehemalige Kameraden vom Bund.« Sie holte kurz Luft. »Dann unser Nachbar zur Rechten, meine werte Mutter, ein verbiesterter Landwirt aus Müden –«

»Moment, Moment«, unterbrach Mendelski ihren Redefluss. »Wenn ich von Feinden spreche, dann meine ich natürlich nur solche, die … denen der Unfall Ihres Mannes gelegen kam, die seinen Tod nicht gerade bedauern. Nicht die, denen Ihr Mann irgendwann mal und aus irgendeinem Grund ins Gehege gekommen ist. Sonst hätte ja jeder von uns eine halbe Hundertschaft solcher Todfeinde.«

Yvonne Urban schaute ihn mit hochgezogenen Augenbrauen an. »Ja, ja. Ich hab Sie schon richtig verstanden. Aber das waren wirklich nur die Leute, die garantiert heute Morgen in Jubel ausgebrochen sind, als sie vom Tod meines Mannes in der Zeitung gelesen haben.«

»Übertreiben Sie da nicht ein wenig?«

»Ganz und gar nicht. Sie kannten meinen Mann nicht. Oder etwa doch?«

Mendelski verneinte.

»Er war … na ja, nicht ganz einfach. Er polarisierte. Entweder mochte man ihn, oder man hasste ihn. Dazwischen gab es nichts.«

In diesem Augenblick klopfte es an der Tür, und Ellen Vogelsang trat ein. Mit einer kurzen Entschuldigung legte sie Mendelski ein handbeschriebenes Blatt Papier auf den Schreibtisch, das dieser sogleich überflog. Er blickte erstaunt und reichte das Blatt an Maike Schnur weiter. »Danke. Zwei Minuten noch …«

»Okay«, wandte sich der Kommissar wieder an Yvonne

Urban, nachdem Ellen Vogelsang gegangen war. »Bevor Sie meiner Kollegin die Liste der möglichen Feinde Ihres Mannes ins Protokoll diktieren, habe ich noch zwei Fragen.«

»Eine Ihrer Fragen kann ich mir schon denken«, sagte sie leise. »Sicher wollen Sie wissen, wie harmonisch unsere Ehe war, nicht wahr? Ob ich mich mit meinem Mann gut verstanden habe?«

»Da haben Sie richtig geraten. Ja, es wäre für die Ermittlungen eventuell hilfreich, wenn Sie uns das näher darlegen.«

»Also wissen Sie …«, kam es resigniert, »siebenundzwanzig Jahre Ehe, keine Kinder. Kaum noch gemeinsame Interessen und Freunde, getrennte Schlafzimmer und Urlaube. Man hat sich irgendwie auseinandergelebt. Mein Mann ist … er war im Grunde mit der Jagd verheiratet. Mit niemandem sonst. Das Waidwerk war sein Ein und Alles.«

»Aber es gab doch sicher mal bessere Zeiten?«

»Natürlich. Wie in jeder Ehe.«

»Aber an eine Scheidung haben Sie beide nie gedacht?«

»Nein. Das hätte doch nur einen Haufen Geld gekostet. Wir wohnen in einem großen Haus, da kann man sich gut aus dem Weg gehen. Jeder macht … jeder machte sein Ding. So hatten wir uns all die Jahre irgendwie arrangiert.«

»Meine zweite Frage –«

»Jetzt geht es bestimmt um die Ungereimtheiten, auf die Sie beim Tod meines Mannes gestoßen sind, oder?«

»Wieder richtig. Schauen Sie doch mal.« Mendelski nahm einen schwarzen Edding aus dem Stiftefach im Schreibtisch und malte damit eine große Neun samt Punkt auf ein neues DIN-A4-Blatt. Dann drehte er das Blatt um, sodass die beiden Frauen es lesen konnten.

»Können Sie hiermit etwas anfangen?«

Yvonne Urban schaute ihn erstaunt an.

»Nein … nein«, antwortete sie. »Eine Neun. Was soll das?«

»Hatte Ihr Mann eine besondere Beziehung zur Ziffer Neun? Hatte diese Zahl eine spezielle Bedeutung für ihn?«

»Warum fragen Sie das?«

»Auf seiner Stirn stand eine Neun. Eine grüne Neun. Jemand

Unbekanntes hat die Zahl kurze Zeit nach dem tödlichen Sturz dort hingemalt.«

»Bitte?« Yvonne Urban schluckte. »Anstatt zu helfen, schreibt da jemand eiskalt ...« Ihre Stimme versagte. Hilfesuchend schaute sie ihre Freundin an.

Auch Sandra Keller war völlig perplex. »Ungeheuerlich«, sagte sie. »Wer macht denn so was?« Sie blickte besorgt zu Yvonne Urban, dann wandte sie sich wieder an Mendelski. »Aber ... dann ... das heißt, dass jemand bei dem Unfall dabei war? Harald war also nicht allein?«

»So sieht es aus«, erwiderte Mendelski.

Die beiden Frauen brauchten einen Moment, um das zu verarbeiten.

»Wer hat ihn gefunden?«, fragte Yvonne Urban.

»Das wissen wir noch nicht. Wir bekamen einen anonymen Anruf ...«

»Einen anonymen Anruf?« Yvonne Urban rutschte auf ihrem Stuhl hin und her. »Das wird ja immer verrückter.«

»Tja, das ist eine weitere Ungereimtheit. Aber vielleicht fällt Ihnen zu einer dieser Seltsamkeiten etwas ein ...«

Mendelski schaute zu Maike hinüber, die unauffällig mit dem rechten Zeigefinger auf ihren linken Unterarm deutete. Dorthin, wo andere Menschen eine Armbanduhr tragen.

Er nickte ihr zu, er hatte verstanden. »Ich muss leider mal kurz raus«, sagte er, indem er sich erhob. »Frau Schnur bleibt bei Ihnen und wird die Namen notieren. Die Namen der vermutlichen Feinde Ihres Mannes.«

Yvonne Urban erhob sich ebenfalls. »Kann ich ... kann ich ihn sehen?«, fragte sie.

»Selbstverständlich. Wir brauchen noch eine offizielle Identifizierung. Jemand von uns wird Sie nachher dorthin begleiten.«

DREI

Sein elegantes Erscheinungsbild fiel sofort auf. Claus Benrath passte so gar nicht in die Räumlichkeiten der Polizeiinspektion Celle, in die kahlen Flure des Fachkommissariats 1. Einen Meter neunzig groß, dunkle, nach hinten gekämmte, gegelte Haare, braun gebrannter Teint, ebenmäßige, nahezu klassische Gesichtszüge. Dazu ein schwarzer Maßanzug mit schneeweißem Hemd, dezenter Krawatte in Altrosa und schwarzen Designerschuhen. Der Prototyp eines Geschäftsmanns und Frauenhelds, wie man ihn aus der TV-Werbung oder vom Film kannte.

Auch wenn sich Mendelski bisher kaum Gedanken über den anonymen Anrufer gemacht hatte: So hatte er ihn sich nicht vorgestellt.

»Wo gehen wir hin?«, fragte Strunz, nachdem sich Mendelski und sein Gast begrüßt und gegenseitig vorgestellt hatten.

»Bei mir ist besetzt«, erwiderte Mendelski. »Lass uns den Versammlungsraum nehmen.«

»Tut mir wirklich leid«, begann Claus Benrath ohne Umschweife, nachdem er auf einem Stuhl Platz genommen hatte. Robert Mendelski, Heiko Strunz und Ellen Vogelsang setzten sich ihm gegenüber. »Aber es war eine Riesendummheit von mir, was ich da gestern Abend gemacht habe. Ich –«

»Bevor wir starten«, unterbrach ihn Mendelski, »muss ich Sie fragen, ob Sie damit einverstanden sind, dass wir das Gespräch aufzeichnen?«

Claus Benrath zögerte kurz, dann nickte er. »Selbstverständlich. Ich habe nichts zu verbergen.«

Heiko Strunz aktivierte das digitale Aufzeichnungsgerät auf dem Tisch, nannte Ort, Datum und Uhrzeit und überließ Mendelski die weitere Befragung.

»Ihren Namen, Geburtstag und Geburtsort bitte.«

»Claus Benrath, mit C und h als erstem und letztem Buchstaben, 11. Oktober 1969 in Grevenbroich.«

»Wohnort?«

»Düsseldorf, Schlehengasse 5.«

»Beruf?«

»Betriebswirt im Management von Rheinmetall.«

»In Unterlüß?«

»Nur zeitweise. Vielleicht zwei- bis dreimal im Monat. Ansonsten im Konzernsitz in Düsseldorf.«

Mendelski zog die Hände vom Tisch und lehnte sich zurück.

»Gut. Dann erzählen Sie uns bitte, was da gestern Abend im Wald bei Hermannsburg passiert ist.«

»Da gibt es gar nicht viel zu erzählen«, plauderte Benrath los. »Nach Feierabend, so gegen achtzehn Uhr, bin ich – wie so oft, wenn ich hier bei Ihnen in der schönen Heide arbeite – noch raus in die Natur. Zur Entspannung, denn die Arbeitssitzungen in Unterlüß sind oft öde und anstrengend. Dazu suche ich mir einsame und abgelegene Ecken, um möglichst allein zu sein. Ich fahre also in den Wald bei Weesen, parke an einer Wegekreuzung und laufe los. Zehn Minuten später komme ich zu diesem Wildacker mit Hochsitz. Da sehe ich, dass dort oben ein Gewehr an der Leiter baumelt. Der Hochsitz scheint unbesetzt. Ich rufe. Keine Antwort. Als ich näher trete, sehe ich den Mann, den Jäger, wie ich annehme, unter dem Hochsitz liegen, in seinem Blut. Mausetot.«

Claus Benrath schaute Mendelski an, als erwarte er eine Zwischenfrage.

»Erzählen Sie ruhig weiter«, sagte dieser. »Wir fragen hinterher.«

»Tja, ich sah gleich, dass da nichts mehr zu machen war. Das viele Blut … die Fliegen schwirrten schon um seinen Kopf. Handyempfang gibt's da nicht. Also bin ich schnell zurück zum Wagen und nach Lutterloh zur Notrufsäule gefahren. Von da aus hab ich dann den grausigen Fund gemeldet.«

Wieder legte Claus Benrath eine Pause ein. Doch jetzt wirkte er nicht mehr so souverän wie zuvor. Als sich niemand anschickte, etwas zu fragen, fuhr er mit einem angedeuteten gequälten Lächeln fort: »Ja, ich weiß, das war saublöd von mir. Das mit der verstellten Stimme … ich hätte einfach meinen Namen nennen können.«

Da er nicht weiterredete, hakte Mendelski nach: »Erzählen Sie uns, warum Sie anonym bleiben wollten?«

Claus Benrath zerrte an seinem Krawattenknoten. »Ist mir ein wenig peinlich, was ich Ihnen jetzt sage, aber vielleicht verstehen Sie das ja.«

Mendelski nickte ihm aufmunternd zu. »Reden Sie nur.«

»Und ... darf ich um Diskretion bitten? Sonst bekomme ich daheim einen Riesenärger.«

»Das können wir Ihnen jetzt noch nicht zusichern. Hängt davon ab, was Sie uns erzählen.«

»Na gut.« Claus Benrath gab sich einen Ruck. »Meine Frau ist krankhaft eifersüchtig. Jedes Mal wenn ich nach Unterlüß oder zu anderen Geschäftsterminen fahre, bekomme ich etwas zu hören. Sie denkt immer, ich gehe fremd. Deshalb spioniert sie mir nach, fragt meine Kollegen aus, schikaniert meine Kolleginnen. Mir droht sie alle naselang mit Trennung und Scheidung. Es ist schrecklich.«

»Aber was hat das mit dem Leichenfund zu tun?«, wollte Mendelski wissen.

»Das ist doch ganz einfach. Wenn sie erfährt, dass ich im Wald spazieren war, um nach der stressigen Sitzung auf andere Gedanken zu kommen, das glaubt sie mir nie und nimmer. Dann denkt sie doch gleich, ich hätte ein Schäferstündchen im Grünen gehabt.«

»Und? Hatten Sie?«

Benraths braunes Gesicht lief knallrot an. Erst vor Zorn, dann vor Verlegenheit. »Nein, zum Henker!«, rief er. »Ich bin verheiratet. Und ich liebe meine Frau immer noch. Trotz allem. Ich brauche keine Affären ... keine Liebschaften oder One-Night-Stands.« Er schmollte. »Das hat man nun davon, wenn man freiwillig zur Polizei fährt, um zu helfen.«

»Okay.« Mit den Fingerspitzen berührte Mendelski das Aufnahmegerät. »Ich rekapituliere: Weil Sie nicht wollten, dass Ihre Frau in Düsseldorf von Ihren Spaziergängen hier im Wald erfährt, haben Sie anonym die Notrufzentrale angerufen.«

»So ist es.«

»Warum haben Sie dann überhaupt angerufen? Der Mann

war doch tot, ihm konnte eh niemand mehr helfen. Also warum dieses Risiko?«

»Ich bin Katholik«, murmelte er. »Man kann doch einen Toten nicht so einfach liegen lassen. Schon wegen der Wölfe …«

»Wegen der Wölfe?«

»Ja, die gibt's da oben. Auf dem Gelände von Rheinmetall waren damals die ersten aufgetaucht. Mittlerweile haben sie sich in der gesamten Heide ausgebreitet. Wenn die den toten Jäger gefunden hätten … da wäre jetzt nicht mehr viel von ihm übrig.«

»Haben Sie den Toten angefasst?« Die Frage von Mendelski kam schnell und unvermittelt.

»Nein. Wie kommen Sie denn darauf?« Claus Benrath hatte beide Hände gehoben. »Um Gottes willen. Ich war bestimmt fünf Meter entfernt. Habe gleich auf den Hacken kehrtgemacht, und nichts wie weg.«

»Das Gesicht des Toten, insbesondere seine Stirn, haben Sie nicht gesehen?«

»Nein. Das Gesicht war von mir abgewandt. Und ich hatte wenig Lust, um die Leiche herumzulaufen.«

»Andere Besonderheiten? Abgesehen von dem Gewehr, das oben an der Leiter baumelte, und der offenen Hochsitztür?«

Claus Benrath überlegte einen Augenblick. »Nein. Nichts«, antwortete er mit einem Kopfschütteln.

»Und auf Ihrem Weg hin zum Wildacker und wieder zurück zu Ihrem Auto ist Ihnen niemand begegnet?«

»Nein.« Er räusperte sich. »Ähem, ich meine: Ja, es ist mir niemand begegnet.«

»Das Auto des Jägers?«

»Ja, genau. Das haben wir … das habe ich gesehen. Ein grüner Geländewagen. Stand in der Nähe des Wildackers an einer Waldwegekreuzung. Ich nehme jedenfalls an, dass der Wagen dem Toten gehörte.«

Mit einem Ruck beugte sich Mendelski weit vor. »Und Sie wollen uns weismachen, dass Sie allein im Wald waren?« Die Frage kam wie ein Schuss aus der Dienstpistole. Direkt, hart und laut.

Claus Benrath sackte etwas zusammen, dann raffte er sich wieder auf. »Ja, das will ich«, antwortete er trotzig. »Beweisen Sie mir doch das Gegenteil.«

***

»Mensch, der lügt wie gedruckt«, schnaubte Ellen Vogelsang, als Claus Benrath gegangen war.

»Das ist so sicher wie das Amen in der Kirche.« Mendelski stützte beide Ellenbogen auf den Tisch vor sich und rieb sich die Augen. »Der allein im Wald? Nur zum Spazierengehen? Ich lach mich kaputt. Der hatte eine Frau dabei. Ob seine Freundin, eine Prostituierte, eine Kollegin oder die Heidekönigin höchstpersönlich, ist mir völlig egal. Nur: Seine Frau darf nichts davon wissen.«

»Das ist das eine«, ergänzte Strunz. »Er will sich den Ärger zu Hause ersparen. Das andere könnte sein, dass er seine Begleiterin nicht verraten will. Vielleicht ist sie ebenfalls verheiratet und würde in die Bredouille geraten, wenn ihre heimlichen Treffen mit diesem Schönling herauskämen. Vielleicht arbeitet sie auch bei Rheinmetall, das wäre höchst peinlich für beide. Oder sie ist eine bisher unbescholtene, etablierte Ehefrau mit Familie aus Unterlüß, Hermannsburg oder umzu.«

»Wie dem auch sei«, erklärte Mendelski. »Es ändert nichts daran, dass wir ihm rein gar nichts anhängen können, auch keine unterlassene Hilfeleistung. Harald Urban war bereits tot, als er ihn fand. Wir können den Benrath allenfalls wegen Irreführung der Behörden, Behinderung von Ermittlungsarbeiten oder solcher Kinkerlitzchen belangen.«

»Lohnt nicht!« Heiko Strunz griff nach dem Aufnahmegerät. »Für unseren Fall ist das unterm Strich ohne Belang«, sagte er. »Claus Benrath – ob nun allein oder in Begleitung – stieß allem Anschein nach rein zufällig auf die Leiche. Überprüfen können wir ihn ja vorsichtshalber noch mal. Aber wie ich das sehe, gibt es keinerlei Anzeichen für eine Verbindung zwischen ihm und Harald Urban. Daher sollten wir unsere Ermittlungen lieber in andere Richtungen lenken.«

»Das werden wir auch.« Mendelski erhob sich. »Eine der drei Ungereimtheiten hat sich also geklärt. Bleiben noch die beiden anderen, die Egge und die Neun. Das sind schon härtere Nüsse, die es zu knacken gilt.« Er schaute auf seine Uhr. »Schlage vor, dass wir fünf uns in zwei Stunden, also um sechzehn Uhr, noch einmal zusammensetzen. Dann dürften auch der Obduktionsbericht und die ersten Ergebnisse von der Kriminaltechnik vorliegen.«

✳✳✳

Auf der A 37, kurz hinter der Abfahrt Beinhorn, erreichte ihn endlich der Rückruf. Zuvor hatte Claus Benrath es ein paarmal auf ihrem Handy versucht, aber sie war nicht drangegangen. Und da sie vereinbart hatten, sich nicht gegenseitig auf die Mailbox zu sprechen, hatte er geschwiegen. Auch ihre Telefonnummer wurde nicht angezeigt, das Display wies lediglich auf einen eingehenden Anruf von einem Unbekannten hin. Das alles waren Vorsichtsmaßnahmen, um nicht eines Tages von ihren jeweiligen Ehepartnern erwischt zu werden.

»Tut mir leid, aber ich war beim Friseur«, sagte sie. »Hat heute etwas länger gedauert. – Und, wie ist es gelaufen?«

»Alles bestens«, prahlte er. »Die haben nicht die Spur von einem Verdacht.«

»Gut. Ich hab auch ein paar Neuigkeiten, aber … erzähl du erst mal.«

Claus Benrath nahm ein wenig den Fuß vom Gas. Der Motor seines BMW war kaum noch zu hören. Linker Hand tauchten die Baumwipfel des Altwarmbüchener Moors auf.

»Da gibt's gar nicht viel zu erzählen. Ich hab einfach behauptet, dass ich allein im Wald unterwegs war. Mehr nicht.«

»Und das haben sie dir geglaubt?«

»Mussten sie doch. Wer soll mir – oder uns – denn das Gegenteil beweisen? Weitere Zeugen scheint es nicht zu geben. Und selbst wenn mich jemand an der Notrufsäule in Lutterloh beobachtet haben sollte, spielt das jetzt alles keine Rolle mehr. Ich hab ja eingeräumt, den Notruf abgesetzt zu haben.«

»Und was hast du denen als Begründung für deine Heimlichtuerei präsentiert? Wie konntest du denen den anonymen Anruf erklären?«

»Evelyn … und ihre krankhafte Eifersucht.«

»Wie bitte?«

»Na, dass sie ausrasten würde, wenn sie erfährt, dass ich nach Feierabend im Wald war. Die kennt mich doch. Ich und Wald? Das geht doch gar nicht. Sie würde sofort denken, ich hätte ein Rendezvous …«

Sie lachte kurz auf. »Mensch, Claus, das ist aber dreist. Und welchen Grund hast du denen aufgetischt, warum du dich gestern Abend überhaupt gemeldet hast?«

»Ich hab erklärt, dass ich als guter Christ Sorge gehabt hätte, dass die Wölfe den Toten anfressen.«

»Du … ein guter Christ! Nicht zu fassen …« Wieder musste sie lachen. Doch rasch legte sich ihre Heiterkeit. »Dabei … eigentlich ist mir gar nicht zum Lachen zumute.«

»Warum?«

»Beim Friseur habe ich ein paar Neuigkeiten mitgekriegt. Die werden dir gar nicht gefallen.«

Der BMW rauschte über das Autobahnkreuz Hannover-Kirchhorst in Richtung Westen. »Ach, darum bist du also zum Friseur«, dämmerte es dem Fahrer, auf dessen Stirn sich Sorgenfalten gebildet hatten. »Um den neuesten Klatsch und Tratsch zu hören?«

»Genau, deswegen. Meine Haare wären eigentlich noch nicht wieder dran gewesen. Hast du das gestern Abend nicht gemerkt?«

»Pardon, Pardon! Asche auf mein Haupt. Jetzt erzähl endlich.«

»Also, beim Friseur war's proppenvoll. Anscheinend hatten auch noch andere Frauen aus Hermannsburg die Idee, sich ein bisschen umzuhören. Natürlich ging es nur um ein Thema: Den toten Jäger im Wald.«

»Kann ich mir denken.«

»Und jede wusste es noch genauer als die andere. Die eine ist mit 'nem Feuerwehrmann verheiratet, eine andere mit einem

Sanitäter aus Bergen liiert. Beide Männer waren wohl gestern Abend im Einsatz und hatten ausführlich berichtet.«

Sie machte eine Pause, es klang, als würde sie an einer Kaffeetasse nippen.

»Ja und? Was haben die erzählt?« Claus Benrath, der gerade in die Auffahrt zur A 2 auf dem Autobahnkreuz Hannover-Buchholz einbog, wurde immer ungeduldiger.

Sie setzte hörbar die Kaffeetasse ab. »Das Erste, was mich geschockt hat: Wahrscheinlich war das gar kein Unfall, denn da soll jemand nachgeholfen haben. Die Frauen erzählten, dass da eine umgedrehte Egge, also mit den Zinken nach oben, unter dem Hochsitz gelegen hätte. Da muss der Jäger wohl draufgestürzt und dann verblutet sein.«

»Heftig. Deswegen also …«, erwiderte Claus Benrath. »Die Egge ist mir gar nicht aufgefallen. Das hohe Gras, dann der Schreck …«

»Es geht ja noch weiter. Jemand soll dem Toten eine Zahl auf die Stirn gekritzelt haben. Mit Filzstift. Eine Sechs oder Neun. Was sagst du dazu?«

»Puh …« Benrath stieß die Luft aus. »Ach deshalb hat mich die Polizei gefragt, ob ich sein Gesicht gesehen hätte.«

»Aber … was mich dann komplett umgehauen hat, war der Name des Toten.«

»Wieso das?«

»In der Zeitung stand ja nur Harald U. aus Faßberg. Damit konnte ich zunächst nichts anfangen. Doch als ich den richtigen Namen erfahren habe, ist mir fast das Herz stehen geblieben …«

Im BMW, der auf der A 2 in Richtung Dortmund auf hundertachtzig Stundenkilometer beschleunigte, blieb es still.

»Harald U. für Harald Urban.«

»Sagt mir nichts …«

»Michael nannte ihn immer nur Uzi-Urban.«

»Dein Mann? Der kannte den?«

»Ja, gut sogar. Michael war mit dem zusammen bei der Bundeswehr.«

»Scheiße!« Claus Benrath schluckte. »Habt ihr denn heute Morgen nicht darüber gesprochen?«

»Hallo?« Ihre Stimme klang zunehmend genervt. »Michael ist in Hamburg. Zu einem Lehrgang. Das hab ich dir doch erzählt.«

»Sorry. Bin etwas verwirrt. Also … Uzi-Urban. Komischer Name. Und? War das ein guter Freund von Michael?«

»Guter Freund?« Sie stöhnte auf: »Von wegen. Beim Bund sind die mehrmals aneinandergerasselt. Richtig heftig. Mit Disziplinarstrafen, gegenseitigen Anzeigen und so weiter. Kurz, sie waren sich spinnefeind.«

Wieder blieb es still im BMW. Der Wagen fegte gerade an der Ausfahrt Hannover-Langenhagen vorbei. Claus Benrath überlegte fieberhaft.

∗

Gegen die Fenster des Besprechungsraums des Fachkommissariats 1 im zweiten Stock der Polizeiinspektion Celle klatschte der Regen. Es war Punkt sechzehn Uhr, als sich die Soko Neunwürger mit Robert Mendelski und seiner Mannschaft zu ihrem Nachmittagstermin versammelte.

Maike Schnur hatte zwischendurch Kuchen besorgt. Den war sie der Truppe noch schuldig, da sie am letzten Wochenende ihren vierunddreißigsten Geburtstag gefeiert hatte. Dazu gab es Kaffee und Tee.

»Beginnen wir mit dem Obduktionsbericht«, eröffnete der Kriminalhauptkommissar die Sitzung. »Ellen, bist du so nett.«

»Ist erst der vorläufige«, räumte Ellen Vogelsang ein. »Frau Dr. Grote hatte gut zu tun. Der endgültige Bericht kommt später.«

»Kein Problem. Wir brauchen jetzt nur das Wichtigste.«

Ellen Vogelsang nahm die beiden DIN-A4-Blätter vom Tisch und begann vorzutragen:

»Okay. Name, Alter, Geschlecht, Größe, Gewicht, Körperbau, Bekleidung und so weiter … das können wir erst einmal vernachlässigen.«

Ihre Augen übersprangen ein paar Zeilen. »Todesursache«, fuhr sie fort. »Tod durch Blutaspiration. Ansaugen von Blut in die Atemwege während der Einatmungsphase infolge fehlender Schutzreflexe, hier wegen Bewusstlosigkeit. Blut bis in Luftröhrenäste und Lungenbläschen nachweisbar. Vorausgegangen sind Lungenstiche sowie Lungenanspießungen durch Rippenbrüche. Wegen der Fallhöhe von circa vier Metern nur mäßige bis geringe Zertrümmerung von Knochen und inneren Organen. Knochenbruchstücke wirkten von innen heraus auf die Weichteile und die Haut, führten allerdings nicht zu Durchspießungen.«

»Dafür haben schon die Zinken der Egge gesorgt«, kommentierte Jo Kleinschmidt trocken.

»Jetzt wird's interessant.« Ellen Vogelsang hob ihre Stimme: »Sämtliche Verletzungen sind ohne Zweifel auf das Sturzgeschehen – mit Zwischenkollisionen in der Falllinie auf der Hochsitzleiter – und den Aufprall auf die Zinken der Egge am Erdboden zurückzuführen.«

Mendelski zog die Augenbrauen hoch. »Keinerlei Hinweise auf Fremdverschulden?«

»Wie es ausschaut, nein.« Ellen Vogelsang blätterte um. »Hier steht: keine Griffspuren, Würgemale, Stauungsblutungen. Keine Zahnkonturabdrücke durch Faustschläge, Bissspuren, geformte Wunden und Frakturen, die auf Fremdeinwirkungen oder Abwehrhandlungen hinweisen.«

»Und die Blutalkoholbestimmung und die toxikologisch-chemische Untersuchung?«

»Unauffällig beziehungsweise negativ. Letztere ist noch nicht endgültig abgeschlossen.«

»Hm«, grübelte Mendelski. Ihm wäre ein anderes Ergebnis willkommen gewesen. »Todeszeitpunkt?«

»Dr. Grote bleibt bei ihrer ersten Einschätzung: zwischen sechzehn Uhr dreißig und siebzehn Uhr dreißig.«

»Na gut. War's das?«

»Vorläufig ja.« Ellen Vogelsang legte die Blätter wieder auf den Tisch.

Mendelski wandte sich an Heiko Strunz. »Jetzt bist du an der Reihe. Was gibt's Neues aus dem Fachkommissariat 5, von der Kriminaltechnik?«

»Die KT war sehr fleißig heute.« Strunz hatte einen Stapel Papiere vor sich liegen. »Aber die Ergebnisse sind überschaubar. Ich fasse mal zusammen: Textilfasern von der Hochsitzleiter, dem Traubenkirschenstrauch und aus dem Auto des Toten sind mit denen von Harald Urban identisch. Im Hochsitzinneren gibt es allerdings weitere Faserspuren, die sich bisher nicht zuordnen lassen. Wie es scheint, ist der Hochsitz erst vor Kurzem, eventuell sogar am Tag des tödlichen Sturzes, gründlich gereinigt worden.«

»Wer putzt denn Hochsitze?« Maike Schnur zog ein schiefes Gesicht. »Und wie geht das? Etwa mit 'nem Akkustaubsauger?«

»Nein, mit Besen, Handfeger oder dergleichen. Das belegen deutliche Spuren. Derjenige, der da geputzt hat, hat wahrscheinlich die Faserspuren hinterlassen. An dem sichergestellten Sitzbrett, das ist rau und ungehobelt. Da bleibt leicht was hängen.«

»Ist doch schon sehr merkwürdig, dass dort ausgerechnet an dem Tag jemand sauber macht, an dem Harald Urban vom Hochsitz stürzt«, brummte Mendelski, während er sich Kaffee nachschenkte. »Weiter.«

»Zur Egge: keinerlei verwertbare Griffspuren. Derjenige, der die Egge bewegt hat, trug Handschuhe. Wahrscheinlich grobe, billige Arbeitshandschuhe. Den Spuren zufolge hat nur eine Person die Egge bewegt, denn es gibt lediglich zwei dicht beieinanderliegende Abdrücke am rostigen Eisen. Hätten zwei Personen das Ding bewegt, würde das anders aussehen.«

»Sehr gut beobachtet«, lobte Mendelski. »Deckt sich das denn mit den Spuren im Erdreich und im Gras?«

»Die Spuren im Sand können wir vergessen.« Strunz winkte ab. »Die Ersthelfer haben nichts heil gelassen. Das Gras, was wir eingetütet haben …« Aus Maikes Richtung kam ein albernes Kichern. Heiko Strunz blickte irritiert zu ihr hinüber. »Also das Gras gibt genauso wenig her. Wir hatten gehofft, auch da Faserspuren zu finden. Aber nichts zu machen.«

»Tja, Pech. Wie sieht es mit fremden Fingerabdrücken aus, an der Waffe des Toten oder im Auto?«

»Negativ. Apropos Waffe: Die war durchgeladen und gesichert. Mit fünf Patronen im Magazin. Kaliber … warte eben …«

»Lass gut sein.« Mendelski wiegte unzufrieden den Kopf. »Und das Auto?«, fragte er. »Gab das wenigstens irgendwas her?«

»Wieder Fehlanzeige«, antwortete Strunz. »Das Einzige, wo was zu holen ist, dürfte das Handy des Toten sein, das im Handschuhfach lag. Abgeschaltet. Der letzte Anruf war am Nachmittag erfolgt, gegen fünfzehn Uhr dreißig. Ein Jagdkumpel hatte sich mit ihm für nächstes Wochenende aufm Schießstand in Scheuen verabredet. Haben wir schon gecheckt.«

»Überprüft auch die vorherigen Anrufe. Ich brauche eine Liste sämtlicher Personen, mit denen Harald Urban in den letzten Tagen in telefonischem Kontakt stand. Dazu die persönlichen Kontakte, das übernehmt am besten ihr beide.« Mendelski wandte sich zu Jo und Ellen. »Also Befragung der Nachbarn, Freunde, Jagdkumpane et cetera, ihr wisst schon, schön diskret …«

»Wie, diskret?« Jo Kleinschmidt schien nicht begeistert. »Was sollen wir den Leuten denn sagen, wenn sie uns fragen, warum wir vom FK1 ermitteln? Weder Obduktion noch die KT brachten bisher zweifelsfreie Hinweise dafür, dass Fremdverschulden vorliegt. Wir haben nichts in der Hand, nur vage Vermutungen«, machte er seiner Verstimmung Luft. »Ich habe heute früh mal im Internet recherchiert: Tötungsdelikte durch Sturz aus dieser Höhe sind total selten. Das ist doch viel zu riskant. Ob das wie beabsichtigt klappt, ist ziemlich unkalkulierbar. Da gibt es viel zu viele Umstände, auf die der Täter praktisch keinen Einfluss hat.«

»Es sei denn, der gewollte Sturz ist gut vorbereitet und wird von einem Überraschungseffekt begünstigt, wenn nicht sogar ausgelöst«, konterte Mendelski. »Derjenige, der die Egge umgepackt und umgedreht hat, versteckt sich auf dem Hochsitz. Der Jäger klettert hoch, er hat vielleicht schon ein Stück Wild auf dem Wildacker entdeckt. Noch auf der Leiter stehend, hantiert er mit Fernglas und Waffe – habe ich selbst schon tausendmal so erlebt –, und dann wird er auf dem falschen Fuß erwischt: Die

Hochsitztür vor ihm wird aufgestoßen, ein leichter Schubser – und schon saust er in die Tiefe.«

Jo Kleinschmidt blieb skeptisch. »Und dann? Nach getaner Arbeit fegt der Mörder den Hochsitz sauber, klettert die Leiter hinab und begutachtet sein Werk? Und erst als er sicher ist, dass sein Opfer hinüber ist, pinselt er noch rasch 'ne Zahl auf die Stirn des Toten – dann macht er sich davon? Welcher Idiot macht denn so was Hirnverbranntes?«

»Tja.« Mendelski legte die Hände in den Nacken. »Es ist unser Job, genau das herauszufinden.«

»Vielleicht war es ja jemand, der hier auf meiner Liste steht«, mischte sich Maike Schnur ein. Breit grinsend wedelte sie mit ihrem Notizblock. »Ich konnte Yvonne Urban kaum bremsen, als ich sie um die Namen der Feinde und potenziellen Mörder ihres Mannes bat.«

Ein Handyklingeln unterbrach ihre Diskussion. Um Entschuldigung bittend zog Heiko Strunz sein Smartphone aus der Tasche und verließ den Raum.

»Kurze Pause«, verkündete Mendelski.

Nach drei Minuten war Heiko Strunz zurück.

»Okay, Maike, leg los«, sagte Mendelski, nachdem er sich noch ein zweites Stück Kuchen genommen hatte. »Übrigens, der Apfelkuchen schmeckt ausgezeichnet. Hast du den selber gebacken?«

»Haha. Dass ich nicht lache.« Sie guckte pikiert in die Runde. »Nenn mir mal einen aus der PI Celle, der es trotz der vielen Überstunden schafft, daheim noch Kuchen zu backen …«

Mendelski musste schmunzeln. Dass Maike vom Backen so viel verstand wie eine Kuh vom Skatspielen, war bei diesem Geplänkel völlig unter den Tisch gefallen.

»Also«, fuhr Maike fort. »Harald Urban scheint in der Tat ein streitbarer Mensch gewesen zu sein. Seine Frau sprach von etlichen Anzeigen, Gegenanzeigen, Schlichtereinsätzen, Gerichtsverhandlungen und so weiter. Meist ging es um private Dinge, Bagatellen wie Nachbarschaftsstreitigkeiten, aber auch Beleidigungen, üble Nachrede, Verkehrsdelikte oder andere kleinere Vergehen. Bei unseren Kollegen von der Polizeistation Faßberg war Harald Urban jedenfalls ein ständiger Gast. Meist als jemand, der eine Anzeige erstatten wollte.«

»Ach, so einer wie der Knöllchen-Horst aus Osterode«, kommentierte Jo Kleinschmidt. »Solche Leute liebe ich. Die machen Arbeit, nichts als Arbeit. Und das meiste ist völlig überflüssig.«

»Yvonne Urban nannte mir aus dem Kopf eine ganze Reihe Namen und Fallbeschreibungen. Den Rest bekommen wir von den Faßberger Kollegen.« Maike Schnur klappte die nächste Seite ihres Notizblockes auf. »Die zweite Gruppe von ›Feinden‹, die mir seine Witwe genannt hat, stammt aus seiner Bundeswehrzeit. Da gab es etliche, mit denen er über Kreuz lag. In den fünfunddreißig Dienstjahren bei der Truppe scheint er keinem Streit oder Konflikt aus dem Weg gegangen zu sein. Kein Wunder, dass er es zu zig Verwarnungen, Disziplinarverfahren, einer Therapie, einer Zwangsversetzung und einer Degradierung gebracht hat. Mehr als einmal, meinte seine Frau, sei er mit einem blauen Auge oder einer gebrochenen Nase vom Dienst nach Hause gekommen.«

»Donnerwetter!«, rief Ellen Vogelsang. »Ein Teufelskerl! Viel Feind, viel Ehr.«

»Die Namen hast du?«, fragte Mendelski Maike.

»Einige. Yvonne Urban hatte nicht mehr alle parat. Die übrigen zu bekommen wird keine Schwierigkeit sein. Ist alles aktenkundig.«

»Hab ganz gute Bundeswehr-Kontakte«, sagte Strunz. »Melde dich, wenn du Hilfe brauchst.«

»Mach ich glatt.« Maike blätterte erneut um. »Die dritte Gruppe von potenziellen Hochsitzschubsern hat mit der Jagd zu tun. Diese wiederum kann man in zwei Untergruppen einteilen. A: die Jagdgegner und B: die durchgefallenen Jagdscheinprüflinge.«

»Klar, jetzt erinnere ich mich«, ergänzte Mendelski. »Harald Urban saß in der Prüfungskommission …«

»Und dort war er als harter Hund bekannt«, ergänzte Maike. »Das meinte jedenfalls seine Frau. Er ist wohl nicht zimperlich mit den Prüflingen umgegangen und hat so manchen über die Klinge springen lassen.«

»Du meinst, er hat einige Kandidaten bewusst durch die Jagdscheinprüfung fallen lassen?«

»Genau das. Wenn ihm die Nase eines angehenden Jungjägers nicht passte, dann ließ er ihn das spüren.« Maike holte tief Luft. »Yvonne Urban hat mir ein paar Namen genannt, an die sie sich erinnerte. Da soll es einige Male richtig böses Blut gegeben haben.«

»Na ja, ich weiß nicht recht«, versuchte Mendelski zu beschwichtigen. »Kommen wir lieber zur ersten Gruppe zurück, zu den Jagdgegnern. Was hat sie zu denen gesagt?«

»War mir klar, dass du auf die hinauswillst.« Maike befeuchtete ihren Zeigefinger, um die nächste Seite aufzuschlagen. »Du bist ja auch so 'n flintenschwingender Lodenträger. Ja, ja, eine Krähe hackt der anderen kein Auge aus ...«

»Genug jetzt.« Mendelski reagierte ruppig. »Sonst nehm ich das mit deinem Kuchen zurück.«

»Schon gut.« Maike griente. »Du hast ja recht. Die Jagdgegner scheinen viel interessanter. Yvonne Urban sprach von mehreren Zusammenstößen ihres Mannes mit militanten Jagdgegnern beziehungsweise radikalen Tierschützern und extremistischen Veganern. Bei der Fachmesse ›Jagd und Hund‹ in Dortmund zum Beispiel soll er letztes Jahr einem Protestierer bei einer Rangelei den kleinen Finger gebrochen haben. Während einer Treibjagd auf Hasen in der Wesermarsch ist er Jagdstörern mit seinem Geländewagen dermaßen auf den Leib gerückt, dass sie in einen Kanal gefallen sind. In eiskaltes Wasser. Und bei Munster soll er neulich ein junges Pärchen mit Buttersäure auf einem Hochsitz erwischt haben. Was hinterher fürchterlich nach Schwefel und sonst was stank, waren die Klamotten der beiden Idealisten.«

»Du meinst Chaoten ...« Mendelski rümpfte die Nase. »Ist das alles aktenkundig?«

»Wohl nicht. Denn die Geschädigten haben keine Anzeige gegen Harald Urban erstattet.«

»Wieso nicht?«

»Wahrscheinlich waren es Unterstützer der ALF, der Animal Liberation Front. Die laufen nicht zu Behörden, die setzen sich anders zur Wehr.«

»Nie gehört. PETA ja, aber ALF ...«

»PETA, die kenn ich auch. Was heißt eigentlich das Kürzel?«, fragte Ellen Vogelsang.

»People for the Ethical Treatment of Animals«, antwortete Maike wortgewandt in akzentfreiem Englisch. »PETA ist nach eigenen Angaben die weltgrößte Tierrechtsorganisation und ein anerkannter Verein. Haben, glaube ich, weltweit drei Millionen Unterstützer. Finanzieren sich ausschließlich durch Spenden. Sind im Vergleich mit der ALF aber wohl eher harmlos.«

»Na, na, die zündeln auch ganz schön«, meinte Jo Kleinschmidt. »Beim Geflügelschlachter in Wietze sind die immer vorne mit dabei.«

»Die ALF ist da eine ganz andere Nummer«, hielt Maike entgegen. »In den USA schätzt man sie sogar als terroristische Vereinigung ein. Ihre Anhänger operieren in kleinen, autonomen Gruppen, dezentral und militant. Die Kommandos und Zellen führen Namen wie ›Mordpräventionskommission‹ oder ›Zornige Bambis‹. Die halten sich nicht mit Buttersäure auf, sondern zünden Mastanlagen an, beschädigen Fleischtransporter, sprengen Hochsitze in die Luft, stören Gesellschaftsjagden und befreien Nerze und anderes Getier aus den Käfigen von Tierfarmen.«

»Schlimm, schlimm«, sagte Mendelski. »Dass die alles in einen Topf werfen. Die Jagd hat mit der Massentierhaltung doch gar nichts zu tun.«

Maike guckte in ihre Unterlagen. Sie zitierte: »Laut Bundeskriminalamt sollen solche Ökoextremisten in den vergangenen zehn Jahren mehr als zweitausend Straftaten in Deutschland verübt haben. Einer der Schwerpunkte ist ganz klar Niedersachsen.«

»Logo, wegen der vielen Mastställe hierzulande«, ergänzte Jo Kleinschmidt.

»In erster Linie ging es um Sachbeschädigung, Nötigung und Brandstiftung. Zu ihrer Ehrenrettung: Die militanten Tierrechtler haben sich auf die Fahnen geschrieben, weder Mensch noch Tier bei ihren Aktionen körperlich zu schädigen.«

»Wie edel. Das passt aber nicht zu unserem Fall.«

»Passt nicht?« Maike wedelte mit ihrem Notizblock herum. »Die ALF-Aktivisten hinterlassen Zeichen an den Tatorten.«

»Nicht zufällig Zahlen?«

»Nein, in der Regel nur ihr Kürzel: ALF. Mit Sprühfarbe.«

Mendelski wiegte zweifelnd den Kopf. »Die Ziffer Neun und die drei Buchstaben ALF haben aber nicht viel gemein. Oder hast du für uns noch eine kleine Überraschung parat?«

»Reicht es dir nicht?«, meckerte Maike. »Immerhin haben wir jetzt jede Menge potenzielle Hochsitzrunterschubser, nicht wahr?«

»Bist du jetzt fertig mit deiner Liste?«

»Nicht ganz.« Maike blätterte noch einmal in ihren Unterlagen. »Zum Schluss hat mir Yvonne Urban noch jemanden genannt. Scheidet aber wegen Alters und Gebrechlichkeit aus dem Kreis der Verdächtigen aus.«

»Nämlich?«

»Ihre Mutter. Die achtzigjährige Altenheimbewohnerin hat sich vor wenigen Wochen jeden weiteren Kontakt zu ihrem Schwiegersohn verbeten und ihm die Pest an den Hals gewünscht.«

»Wieso das denn?«

»Weil er sich als Wolfsgegner geoutet hat. Und sie liebt Wölfe über alles.«

»Wahrscheinlich hat sie klammheimlich eine ALF-Zelle gegründet«, alberte Jo Kleinschmidt. »Mit dem poetischen Kommandonamen ›Rotkäppchen‹.«

»Um dann einen Berufskiller zu beauftragen, der dem bösen Wolfsjäger Harald Urban draußen im Wald auflauert …?«

»Reicht jetzt!«, fuhr Mendelski dazwischen. »Gestern war's spät genug, heute machen wir pünktlich Feierabend. Bis morgen.«

***

Es war noch nicht ganz dunkel, da regte sich etwas in dem alten Baum, der nahe am Ufer des Fuhsekanals stand.

Der Stamm der Roterle war beulig, dick und krumm wie ein Flitzebogen, deformiert durch Krebsgeschwüre und Pilzbefall. In das durch Fäule aufgeweichte Holz hatten Spechte Löcher gehackt, deren ovale Eingänge zum Teil größer als Bierdeckel waren. Vor allem in den mittleren und oberen Stockwerken bewohnten jetzt dankbare Nachmieter wie Raufußkauz, Fledermaus oder Siebenschläfer die verwaisten Höhlen. Parterre jedoch, im unteren Drittel des Stammes, hatte sich in einer besonders geräumigen Höhle ein Baummarder sein Tagesversteck eingerichtet.

Vorsichtig steckte der Marder seinen Kopf aus der Öffnung, um die Lage zu peilen. Dabei wurde sein eidottergelber Kehlfleck sichtbar, der ihn von seinem gern in Menschennähe lebenden Verwandten, dem Steinmarder, unterschied. Der eineinhalb Jahre alte Rüde hatte im vergangenen Sommer erstmalig an der Ranz teilgenommen.

Das Raubtier schnupperte, holte sich Wind, wie es in der Jägersprache heißt, und kundschaftete mit seinen lebhaften tiefschwarz schimmernden Knopfaugen die unmittelbare Umgebung aus. Sowohl nach möglichen Feinden als auch nach Beutetieren.

Der Marder hatte Hunger. Schrecklichen Hunger. Seine letzte Mahlzeit, ein paar schimmelige Wildäpfel, lag mehr als zwölf Stunden zurück. Deshalb verließ er zeitig sein Versteck und sprang hinab auf den Waldboden.

Am Ufer des Fuhsekanals, der für November erstaunlich wenig Wasser führte, schnürte er durch das nasse Laub Richtung Süden. Sein Ziel war die Waldgaststätte »Unterm Vogelbeerbaum«, die nicht weit entfernt an der B 214 lag, der Bundesstraße zwischen Celle und Hambühren.

Für den Marder war das Ausflugslokal ein lohnendes Ziel – vor allem aber der dortige Komposthaufen, den die Betreiber der Gaststätte hinter dem Nebengebäude angelegt hatten. Hier gab es in schöner Regelmäßigkeit frische Essensreste zuhauf: Brot, Kuchen, Kartoffeln, Obst, Gemüse und an manchen Tagen – meist am Wochenende – sogar Wurst oder Fleisch.

Doch der kleine Räuber musste sich sputen, denn die Konkurrenz schlief nicht. Bei Gevatter Fuchs und bei Waschbär, Marderhund, Krähen, Elstern und Ratten hatte es sich längst herumgesprochen, was hier Leckeres zu holen war. Selbst Wildschweine aus dem Neustädter Holz waren vergangenen Winter bis an die Gaststätte gedrungen und hatten ordentlich zugelangt.

Der Marder steuerte zunächst die Bocksbrücke an, um das für ihn lebensgefährliche Überqueren der viel befahrenen Bundesstraße zu vermeiden. Die Kanalunterführung war ein gern benutzter Zwangswechsel für allerhand wildes Getier, insbesondere bei Niedrigwasser. Dann konnte man sicher und trockenen Fußes an beiden Ufern des Fuhsekanals entlangpirschen.

Schon bald drang der Lärm der auf der Bundesstraße dahinbrausenden Autos an seine empfindlichen Ohren. Die Bocksbrücke und die Waldgaststätte waren nicht mehr fern.

Dann nahm das Unheil seinen Lauf.

Der Marder hatte die Böschung der Bundesstraße erreicht und wollte gerade unter der Brücke hindurchschlüpfen, als er vor sich – keine drei Luntenlängen entfernt – eine Bewegung im abgestorbenen Gras registrierte. Er verhoffte, hob den Kopf und nahm Witterung auf. Es roch nach frischem Mäuse-Urin.

Der Komposthaufen des Lokals mit seinen profanen Futterresten geriet augenblicklich in Vergessenheit. Jetzt war sein Jagdinstinkt auf lebende Beutetiere mit frischem, warmem Blut geweckt.

Erneut raschelte es im Böschungsbewuchs, eine wippende Schwanzspitze wurde sichtbar. Eine fette Waldmaus hatte im Schutze der Dunkelheit ihren Erdbau verlassen und sich zu einem Toilettengang aufgemacht.

Ohne zu zögern, machte der Marder einen gewagten Sprung. Doch die Maus war auf der Hut; sie sah einen fliegenden Schatten kommen und wich aus. Die Pranten des Marders stießen ins Leere.

Der Rückweg zu ihrem Bau führte die Böschung hinab und um den Marder herum. Diese Fluchtmöglichkeit war versperrt. Und der Marder setzte bereits zum nächsten Angriff an. Der Maus blieb keine andere Wahl, als in die entgegengesetzte Richtung die steile Böschung hinaufzuklettern. Hin zur lebensgefährlichen Straße. Dabei lief sie einen Zickzackkurs, um ihren Verfolger abzuschütteln. Doch der Marder blieb ihr auf den Fersen, die Nase stets kurz hinter der Schwanzspitze seines potenziellen Beutetiers.

In der Hitze des Jagdfiebers übersah das Raubtier jedoch, dass es plötzlich nicht mehr durchs weiche Gras der Böschung rannte, sondern über den harten Asphalt der Bundesstraße.

Doch da war es zu spät.

Gleißendes Licht erfasste den braunen Balg des Marders, Reifen quietschten, ein Knall – und der Räuber flog im hohen Bogen durch die Luft. Die Stoßstange des Golf GTI hatte ihn direkt am Kopf erwischt. Noch im Flug erloschen seine Lebensgeister. Mausetot, alle viere von sich gestreckt, landete der Baummarder am Straßenrand.

Die Waldmaus hatte dagegen unbehelligt die andere Straßenseite erreicht und huschte die Böschung hinab.

Der Fahrer des Golf GTI hielt nicht lange an der Unfallstelle. Nach einer kurzen Schrecksekunde gab er wieder Gas und jagte mit röhrendem Motor davon.

Weitere Autos fuhren vorbei, zwischen Hambühren und Celle herrschte reger Feierabendverkehr. Doch niemand kümmerte sich um den toten Marder am Straßenrand. Seine Lunte wehte im Fahrtwind, wenn die Autos mit achtzig, neunzig oder sogar hundert Stundenkilometern dicht an ihm vorbeirauschten.

Spät am Abend, es mochte ungefähr dreiundzwanzig Uhr sein, waren nur noch wenige Autos auf der Bundesstraße unterwegs, als ein Pkw plötzlich abbremste. Das Auto war schon vorbeigefahren, sein Fahrer hatte das tote Tier am Straßenrand erst im letzten Augenblick gesehen.

Der Wagen hielt circa fünfzig Meter hinter der Unfallstelle. Da weit und breit kein anderes Fahrzeug zu sehen war, setzte der Fahrer kurzerhand zurück und kam neben dem toten Marder zum Stehen.

Die Fahrertür öffnete sich. Jemand stieg aus, öffnete die Heckklappe, nahm ein paar Arbeitshandschuhe und einen Plastiksack heraus und streifte die Handschuhe über. Dann bückte sich die Gestalt nach dem toten Marder, ergriff die Hinterläufe und bugsierte den Kadaver in den Müllsack, der wiederum im Kofferraum landete. Türen klappten, das Auto setzte sich erneut in Bewegung und verschwand in der Nacht.

Vom Marder blieben lediglich ein paar Haare und eine kleine Blutlache zurück.

VIER

Für Ernst Fütterer waren es bittere Tage.

Immer wieder. Die Tage im November und Dezember, wenn der Tiergarten Hannover von Montag bis Mittwoch geschlossen blieb, weil dort gejagt wurde.

Zum einen musste er die Route seines gewohnten Vormittagsspaziergangs verlegen, etwa in den unmittelbar an den Tiergarten angrenzenden Hermann-Löns-Park. Der hatte zwar auch seine Reize – Annateich und Bockwindmühle steuerte er am liebsten an –, doch fehlten ihm hier die Tiere. Das Damwild, die Wildschweine, das Rotwild. Die gab es nur nebenan zu bestaunen, im Tiergarten, einer über hundert Hektar großen, mit uralten Eichen und Buchen bestandenen Parkanlage.

Zum anderen machte sich Ernst Fütterer große Sorgen, dass einer seiner Lieblingshirsche in diesem Jahr sein Leben lassen musste. Einige dieser Tiere kannte er mittlerweile seit sieben Jahren. Seit dem Jahr, in dem er aus gesundheitlichen Gründen seinen Job bei Bahlsen aufgegeben hatte und in den vorzeitigen Ruhestand verabschiedet worden war. Der damalige Betriebsarzt hatte ihm tägliche Spaziergänge oder Fahrradtouren ans Herz gelegt. »Ans Herz« – im wahrsten Sinne des Wortes, denn bei dem inzwischen Achtundsechzigjährigen bestünde ein hohes Herzinfarktrisiko. Tägliche Bewegung sei da eine gute Präventionsmaßnahme, hatte der Arzt gesagt. Und da man im Tiergarten – Ernst Fütterer wohnte gleich nebenan am Simeonkirchplatz – nicht Fahrrad fahren durfte, hielt er sich mit regelmäßigen Rundgängen in dem weitläufigen Areal fit.

Im Laufe der Jahre, in denen der allein lebende Witwer Tag für Tag den Tiergarten, eines der ältesten Wildgehege Deutschlands, aufsuchte, hatte er eine intensive Beziehung zu den Tieren aufgebaut – insbesondere zum Damwild. Die Wildschweine und das Rotwild lebten in gesonderten Gattern, die nicht frei zugänglich waren. Das schaffte Distanz. Beim Damwild dagegen gab es solche Schranken nicht, die Tiere liefen im Gelände frei herum und waren gut zu beobachten. Mit etwas Geschick kam man schon mal dicht an sie heran, auch wenn man als Besucher die Fußwege nicht verlassen durfte.

Vom ersten Tag seiner Herz-Spaziergänge an hatte Ernst Fütterer ein Fernglas dabei, um das Damwild besser beobachten zu können. Wie sie im Frühjahr ihre Kälber setzten, sie säugten und den Sommer über aufzogen. Dann die Paarungszeit im Herbst, das grunzende Röhren der Hirsche in ihren Brunftkuhlen, ihre heftigen Konkurrenzkämpfe untereinander. Die Rudelbildung im Winter, das intensive Füttern bei Schnee und Eis. Im Frühjahr dann das Abwerfen der Geweihe, im Sommer die Ausbildung neuer, immer gewaltigerer Schaufeln.

Später ergänzte Ernst Fütterer sein Fernglas um einen Fotoapparat, eine hochwertige Spiegelreflexkamera mit Teleobjektiv, mit der er das Leben seiner Lieblinge dokumentierte. Daheim setzte sich seine Begeisterung für diese Tierwelt fort, er erstellte Listen, legte Fotoalben an und führte genau Protokoll über seine Beobachtungen.

Besonders auffälligen Tieren gab er Namen. Männliche Stücke hießen für ihn Siegfried, Heinrich, Karl der Große oder Rambo. Einen schwarzen, besonders kapitalen Damhirsch hatte er Othello getauft, ein nicht minder starker Weißling bekam den Namen Yeti. Die weiblichen nannte er getreu deutschen Sagen und Märchen Kriemhilde, Ute, Aschenputtel oder Frau Holle. Schneewittchen war ein ausgesprochen hübsches weißes Kalb.

Die Weißlinge hatten es ihm besonders angetan. Denn sie umwehte etwas Fremdartiges, Fabelhaftes, Beschützenswertes. Es handelte sich nicht um Albinos, denn die gab es im Tiergarten nicht. Augen, Hufe und Nasenschwamm der Weißlinge wiesen eine normale Färbung auf.

Wie jedes Jahr im Herbst ging es seinen Lieblingen mal wieder an den Kragen. Dann wurde der Tiergarten täglich einige Stunden für die Öffentlichkeit gesperrt. Von Anfang November bis in den Dezember hinein. Sechs Wochen lang. Jeweils montags bis mittwochs, stets am Morgen bis zwölf Uhr. An den darauffolgenden Donnerstagen konnte man dann Wildbret kaufen, frisch aus der Wildkammer des Forstamtes direkt am Park. Das war sehr beliebt. Doch obwohl Ernst Fütterer einem leckeren Hirschbraten nicht abgeneigt war, brachte er es nicht über sich, eine Keule oder ein Rückenfilet von einem seiner ehemaligen Lieblinge zu verspeisen. Da ging es ihm so wie dem rührseligen Bio-Bauern, der seine mit eigener Hand aufgezogenen Schweine weder selbst schlachten noch aufessen mochte.

Sicher, Ernst Fütterer hatte volles Verständnis dafür, dass im Tiergarten gejagt werden musste. Jedes Jahr wurden sechzig bis siebzig Stücke Damwild neu gesetzt, für so viele Tiere war der Park zu klein. Umgeben von den Straßen und Häusern der Stadt, war das Gelände wildsicher eingezäunt, die überschüssigen Stücke konnten also nicht einfach davonlaufen. So blieb der Forstverwaltung nichts anderes übrig, als den Bestand durch Bejagung zu dezimieren. Betäuben, einfangen und aussetzen oder Lebendverkauf – all das ließ sich nicht realisieren. Dazu gab es zu viel Wild in Deutschlands freier Natur, Zoos und andere Wildgehege waren überbelegt.

Am Morgen des 1. November machte sich Ernst Fütterer wie gewohnt auf den Weg. Obwohl der Tiergarten – wie er wusste – geschlossen war. Ausgestattet mit Fernglas und Fotoapparat wollte er von der Tiergartenstraße aus, einem breiten geteerten Fahrradweg, der im Westen den Park begrenzte, einen Blick in das an diesem Vormittag für die Öffentlichkeit gesperrte Gelände werfen.

Dabei ging es ihm nicht um Sensationsgier. Er wollte seinen Lieblingen so nahe wie möglich sein, wenn sie die schrecklichsten Tage des Jahres durchmachen mussten. Es würde Blut fließen, denn einige von ihnen, darüber war er sich im Klaren, würden den Abend nicht mehr erleben.

Tief hängende Wolken, Dunst und Nieselregen ließen kaum Tageslicht zu, es war unangenehm kühl. Es schien, als wollte es gar nicht richtig hell werden an diesem Novembermorgen.

Er stand an dem grünen Eisentor, einem knapp zwei Meter hohen, selten benutzten Nebeneingang des Tiergartens, der mit einem Vorhängeschloss gesichert war. Hinter ihm lagen der breite Fahrradweg und weiter dahinter die verwaisten Tennisplätze des TSV Kirchrode. Rechts und links vom Tor begrenzte ein Maschendrahtzaun, dessen Oberkante zusätzlich mit zwei Stacheldrähten versehen war, das Gelände.

Regenjacke und Kapuze schützten Ernst Fütterer vor der kalten Nässe. Den Regenschirm hatte er zu Hause gelassen, da er beide Hände für das Hantieren mit dem Fernglas brauchte. Von der Stieleiche, unter deren mächtiger Krone er jetzt stand, tropfte es unaufhörlich.

Heute Morgen war er der einzige Beobachter. Bislang. Kein Wunder bei dem Wetter. An schönen Tagen versammelten sich gewöhnlich etliche Zaungäste an dieser Stelle. Denn von hier aus konnte man gut mit bloßem Auge in den Park hineingucken, um das Geschehen bis hin zum zentralen Futterplatz mit der historischen Vorratsscheune zu verfolgen.

Ernst Fütterer schaute durch sein Fernglas. Er entdeckte einige Stücke Kahlwild, die rechter Hand auf einer Freifläche unbekümmert ästen. Ein Hirsch – er war nicht ganz sicher, ob es Siegfried oder Heinrich war – lag nicht weit davon entfernt unter einem Eichenveteranen.

Alles sah aus wie immer, ruhig und friedlich. Nur die täglichen Spaziergänger, die menschlichen Tiergartenbesucher fehlten.

Moment mal! Ernst Fütterer setzte sein Fernglas ab. Da war etwas durch sein Gesichtsfeld gehuscht, ganz nah.

Das durfte doch nicht wahr sein! Lief da doch tatsächlich ein Jogger auf einem der Fußwege. Innerhalb des gesperrten Parks, keine zehn Meter von ihm entfernt. Ein Mann in schwarzem Läuferdress, mit Handschuhen und mit tief ins Gesicht gezogener Kapuze.

Ernst Fütterer wusste, dass es zwischen Leonardo-Hotel und dem Haupteingang des Gartens statt des Wildzaunes eine an einigen Stellen lediglich hüfthohe Mauer gab, über die ein einigermaßen sportlicher Mensch ohne große Schwierigkeiten in den Park gelangen konnte. Diese Schwachstelle nutzten zuweilen die Jogger. Meist unverbesserliche Trotzköpfe oder uneinsichtige Adrenalin-Junkies, die sich im gesperrten Tiergarten den nötigen Kick für den Tag holen wollten.

Einige von ihnen hatte Ernst Fütterer im Laufe der Jahre kennengelernt. Auch sie zogen im Tiergarten regelmäßig ihre Runden. So wie er selbst gingen sie einer geliebten Gewohnheit nach. Man grüßte sich freundlich. Und mit dem einen oder anderen hatte er sich auch schon mal unterhalten.

Der Jogger von eben kam ihm nicht bekannt vor. Auch wenn Ernst Fütterer wegen der Kapuze nicht viel von dessen Gesicht erkennen konnte.

Der Fremde war kaum aus seinem Blickfeld verschwunden, als ein Schuss fiel. Ein einzelner Schuss mit Kugelschlag. Er kam von weiter weg, aus dem östlichen Teil des Tiergartens.

Sofort kam Bewegung in das Damwild. Ernst Fütterer nahm das Fernglas hoch. Er beobachtete, wie sich der Hirsch erhob und in Richtung Haupteingang davontrabte. Jetzt erkannte er ihn, es war Heinrich, einer der älteren Hirsche, der unruhig geworden war, obwohl der Schuss nicht ihm galt. In den vergangenen Jahren hatte er lernen müssen, was es bedeutet, wenn plötzlich Schüsse im Tiergarten fielen. Das Kahlwild, das auf der Freifläche gestanden hatte, folgte dem Hirsch unverzüglich.

Beim Schwenk mit dem Fernglas tauchte plötzlich wieder der Jogger im Blickfeld von Ernst Fütterer auf. Offenbar vom Schuss erschreckt, hatte der auf dem Absatz kehrtgemacht und kam die gleiche Strecke zurückgelaufen. Jetzt jedoch deutlich schneller als zuvor. Er folgte dem flüchtenden Damwild, zurück in Richtung Haupteingang.

Da entdeckte Ernst Fütterer einen Jäger. Oder besser eine Jägerin. Ausgestattet mit orangefarbener Warnweste und Hutband, war sie leicht zu erkennen. Im Schutze der Bäume pirschte sie langsam in Richtung Futterplatz und Vorratsscheune.

Durchs Fernglas war klar zu sehen, dass sie die Waffe über der Schulter trug. Anscheinend hatte ein zweiter Jäger den Schuss abgegeben, drüben auf der anderen Seite des Tiergartens. Meist jagten sie zu zweit, einer im Westen, der andere im Osten. Weit genug auseinander, um sich gegenseitig nicht zu behindern oder gar zu gefährden.

Bevorzugte Jagdart im Tiergarten war die Pirsch, da es an Hochsitzen oder Ansitzböcken mangelte. Die mächtigen

Stämme der alten Bäume fungierten dabei als Deckung und auch als Kugelfang – da man vom Boden aus jagte, konnte die Kugel, war sie erst einmal aus dem Lauf, mehrere hundert Meter weit fliegen.

Die Jägerin hatte gerade den Futterplatz erreicht, als im Hintergrund ein Rudel Damwild auftauchte. Dicht gedrängt, sich gegenseitig Schutz bietend, näherten sich die Tiere der Freifläche mit den Futterraufen und der Vorratsscheune. Wahrscheinlich waren sie von dem zweiten Jäger durch dessen Schuss auf Trab gebracht worden, dachte Ernst Fütterer.

Sein Herz schlug schneller. Er beobachtete durchs Fernglas, dass auch die Jägerin das Rudel entdeckt hatte. Routiniert und ohne Hast machte sie ein paar Schritte nach rechts, um die Vorratsscheune zwischen sich und das Rudel zu bekommen. Das im Jahr 1751 gebaute, denkmalgeschützte Gebäude gab eine hervorragende Deckung ab. In seinem Schatten konnte sich die Jägerin frei bewegen, ohne von dem mit einem sehr guten Gesichtssinn ausgestatteten Damwild entdeckt zu werden. Sie lief an der Scheunenwand entlang und streifte gerade die Büchse von der Schulter, als sie plötzlich innehielt.

Ernst Fütterer sah, dass die Frau zwei Schritte zurückging und zu dem Anhänger hinüberblickte, der wenige Meter neben der Vorratsscheune abgestellt worden war. Die hohen Seitenteile an dem landwirtschaftlichen Gefährt – Flachten genannt – wiesen darauf hin, dass mit ihm Heu oder anderes Raufutter für das Damwild angeliefert worden war.

Immer noch im Schatten der Scheune ging sie auf den Anhänger zu. Durch einen kurzen Schwenk mit dem Fernglas sah jetzt auch Ernst Fütterer, was die Frau zur Umkehr bewegt hatte. Auf dem Boden, direkt neben dem linken Hinterrad des Anhängers, lag etwas. Ein dunkles, pelziges Bündel mit langem Schwanz. Ein Tier.

Ein Fuchs oder Marder, vermutete der Beobachter aus der Entfernung. Er verfolgte durchs Fernglas, wie sich die Jägerin vorsichtig ihrem Fund näherte. Die Büchse hielt sie weiterhin schussbereit in den Händen.

Als sie am Hinterrad des Anhängers angelangt war, streckte

sie ihren Fuß aus und berührte das Tier am Boden mit der Schuhspitze. Sie wollte wohl sichergehen, dass es tot war, mutmaßte Ernst Fütterer. Dann bückte sie sich plötzlich und hob das Bündel auf. Mit gestrecktem Arm hielt sie einen ausgewachsenen Marder hoch, den sie interessiert musterte.

In diesem Augenblick tauchte im Hintergrund das Rudel Damwild auf. Gut achtzig Meter entfernt. Die Jägerin musste es aus den Augenwinkeln entdeckt haben. Wie in Zeitlupe ging sie in die Knie und legte den Marder ab. Hinter dem Anhänger Deckung nehmend erhob sie sich wieder.

Das Damwildrudel wurde langsamer.

Rasch tauschte Ernst Fütterer das Fernglas gegen den Fotoapparat. Seine Hände zitterten vor Aufregung, als er die Verschlussklappe vom Teleobjektiv fingerte. Sollte er tatsächlich Zeuge und Chronist eines jagdlichen Abschusses werden? Entsetzt bemerkte er, dass sich bei ihm freudige Aufregung, eine Art Jagdfieber eingestellt hatte. Das Schießen eines gelungenen Fotos schien ihm plötzlich wichtiger zu sein als das Mitgefühl für eines der erlegten Tiere.

Durch Drehen am Objektivring zoomte er näher an das Geschehen heran. Die Jägerin war in der Zwischenzeit an der hinteren Ecke des Anhängers angelangt. Langsam hob sie die Büchse.

Ernst Fütterer schoss rasch ein paar Fotos von der Frau mit dem Gewehr im Anschlag. Um auf das ahnungslose Damwildrudel scharf zu stellen, drehte er erneut am Objektiv. Die Konturen der Jägerin im Vordergrund verschwammen im Sucher.

Das Damwild verhoffte. Sämtliche Stücke äugten zum Anhänger an der Vorratsscheune hinüber. Vielleicht hatten sie etwas Verdächtiges gesehen, gehört oder gar Witterung von der Jägerin bekommen.

Zwei Stücke standen etwas außerhalb des ansonsten dicht gedrängten Rudels. Nur wenige Meter entfernt. Zwei Stücke Kahlwild. Sie standen breit und still. Für einen Schützen boten sie also ein ideales Ziel.

Ernst Fütterer blieb mit seiner Kamera auf dem Rudel. Immer wieder betätigte er den Auslöser und wartete auf den

Schuss. Das entscheidende Foto, den sprichwörtlichen »Treffer«, wollte er auf keinen Fall verpassen.

Etliche Sekunden verstrichen. Auf der Stirn des Fotografen mischte sich Schweiß mit den Regentropfen.

Obwohl Ernst Fütterer darauf vorbereitet war, ließ ihn der Knall zusammenfahren.

Es war ein Doppelknall gewesen.

Eindeutig. Als ob zwei Schüsse direkt hintereinander abgegeben worden wären. Innerhalb ein und derselben Sekunde.

Ernst Fütterer blieb keine Zeit, sich zu wundern. Er schoss Foto um Foto und zielte mit seinem Teleobjektiv weiterhin auf das Rudel. Oder eher auf einzelne Stücke. Denn das Damwild war in alle Himmelsrichtungen auseinandergespritzt. Er zoomte etwas zurück, denn er hatte Mühe, die Tiere im Blickfeld zu halten. Noch schien keines zu taumeln, keines tödlich getroffen zusammenzubrechen.

Einige blieben verschreckt stehen, äugten, um sich neu zu orientieren.

Eine günstige Gelegenheit für einen weiteren Schuss, dachte Ernst Fütterer. Warum schoss die Jägerin nicht noch einmal?

Er zoomte auf den Anhänger.

Mein Gott – was war das?

Instinktiv drückte er auf den Auslöser. Immer wieder.

Die Jägerin lag am Boden. Seltsam zusammengekrümmt. Hut und Büchse waren ihr entglitten und lagen neben ihr.

Und es gab noch eine Veränderung zu vorher. Eine der Flachten des Anhängers war jetzt heruntergeklappt. Sie pendelte noch leicht.

Ernst Fütterer setzte den Fotoapparat ab. Kurz entschlossen holte er sein Handy hervor und wählte die 110.

Nachdem er den Notruf abgesetzt hatte, blieb Ernst Fütterer, wo er war: am grünen Eisentor, dem selten genutzten Seiteneingang zum Tiergarten. Dazu hatte ihn der Mann aus der Notrufzentrale aufgefordert. Wenn möglich, sollte er Augen und Ohren offen halten, er sei vielleicht ein wichtiger Zeuge.

Er solle abwarten, bis Hilfskräfte und Polizei eingetroffen waren, sich aber unter keinen Umständen einer Gefahr aussetzen.

Da er durch den hohen Wildzaun vom Schauplatz des Unglücks getrennt war, blieb ihm eh nichts anderes übrig, als zu warten. Erste Hilfe mussten andere leisten.

»Ach, der Herr Fütterer!«, hörte er plötzlich eine Stimme hinter sich. Trotz der Heiserkeit klang die Stimme unmissverständlich weiblich. »Müssen Sie sich das wirklich antun? Zusehen, wie Ihre geliebten Rehe totgeschossen werden?«

»Damwild, Frau Stüwe«, erwiderte er, während er sich zu ihr umdrehte. »Keine Rehe. Hier geht's um Damwild.« Vor ihm stand eine alte Frau mit Rollator. Ihr blassblaues, gut verschnürtes, bodenlanges Regencape ließ nur die Schuhe, Fingerspitzen und einen kleinen Spalt zum Gesicht frei. Augen, Nase, Mund – mehr war nicht zu sehen.

»Ist doch schnurzpiepegal«, krächzte sie. »Bambis also. – Und? Gibt's schon Tote?«

Die Antwort kam zögernd. »Ich will's nicht hoffen.« Er wandte sich wieder dem Tierpark zu. Mit dem Fernglas fixierte er Vorratsscheune, Anhänger und den leblosen Körper der Jägerin daneben.

Von einer Sekunde zur anderen wurden seine Knie weich. War er unfreiwillig Zeuge eines Unfalls geworden? Der Doppelknall fiel ihm ein. Waren da zwei Schüsse gefallen? Einer von der Jägerin und einer von dem zweiten Jäger? Und wem oder was hatten die Schüsse gegolten? Dem Damwild oder etwa …? Er wagte nicht, den Gedanken zu Ende zu denken.

»Meine Phantasie geht mit mir durch«, murmelte er, während er das Fernglas absetzte.

»Wie bitte?« Vera Stüwe hatte ihren Rollator durch das knöcheltiefe Eichenlaub neben ihn geschoben. »Sie sind ja ganz blass geworden. Wenn Sie so mit Ihren Lieblingen leiden, warum kommen Sie dann bloß hierher?«

»Liebe Frau Stüwe!« Ernst Fütterer wurde ungehalten. Er deutete mit dem Fernglas zum Futterplatz. »Dort drüben liegt eine Frau leblos am Boden. Eine Jägerin.«

»Was Sie nicht sagen.« Vera Stüwes Interesse war geweckt. Sie schob ihren Rollator bis dicht an das Tor. Mit zusammengekniffenen Augen stierte sie in den Park. »Vielleicht liegt sie da, um den Bambis aufzulauern«, meinte sie trocken. »Oder sie probiert 'ne neue Art zu jagen: sich tot stellen.«

»Keinesfalls!« Ernst Fütterer hielt erneut das Fernglas vor die Augen. »So wie die da liegt, ist was Schreckliches passiert.«

»Haben Sie schon einen Krankenwagen bestellt?«

»Klar doch. Der muss jeden Moment eintreffen.«

Tatsächlich war in der Ferne ein Martinshorn zu hören. Stadteinwärts, in der Nähe des Haupteingangs. Dann noch eins, weiter weg, im Zentrum des Parks oder am Eingang zum Forstrevier Süd, wo es eine weitere Zufahrt für Pkw gab. Die Einsatzfahrzeuge kamen rasch näher.

»Wie aufregend!«, krähte Vera Stüwe. »Endlich passiert hier mal was. Und ich wollte bei diesem Schietwetter erst gar nicht los. Nur gut, dass ich mich umentschieden habe.«

Ernst Fütterer guckte konsterniert. »Sie sollten sich schämen«, schimpfte er. »Hier untätig rumstehen und sich am Leid anderer zu erfreuen, ist nicht die feine englische –«

»Ach, papperlapapp!«, unterbrach sie ihn. »Ich alte Schachtel kann doch eh nichts tun als glotzen. Aber Sie, warum sind Sie noch hier? Klettern Sie gefälligst über den Zaun und helfen der armen Kreatur dahinten.«

Ernst Fütterer hörte gar nicht mehr hin. Er hatte wieder zum Fernglas gegriffen. »Da sind sie ja endlich«, sagte er mit Erleichterung in der Stimme.

Sie trafen nahezu zeitgleich am Ort des Geschehens ein: die Ambulanz, ein Streifenwagen – und ein weiterer Jäger zu Fuß. Er kam über den Futterplatz gelaufen. Wie die Jägerin trug er eine Warnweste, dazu eine Schirmmütze in Signalfarben. Seine Büchse mit Zielfernrohr hielt er in der rechten Hand.

»Das wird der zweite Jäger sein«, sprach Ernst Fütterer leise, mehr zu sich selbst als zu seiner Bekannten. »Der guckt ganz schön verdattert. Ob der aus Versehen auf seine Jagdkumpanin geschossen hat?«

»Vielleicht auch mit Absicht«, plärrte Vera Stüwe. »So was

soll's geben. Männer und Frauen können ganz schön garstig zueinander sein. Ich kann ein Lied davon singen.«

Die Einsatzfahrzeuge bremsten zwischen Anhänger und Vorratsscheune, dicht bei der verunglückten Jägerin. Zwei Sanitäter, ein Notarzt, der Jäger und die beiden Polizisten hasteten zu der Frau am Boden.

»Hoffentlich kommen die noch rechtzeitig.« Ernst Fütterer setzte sein Fernglas ab und atmete erst einmal tief durch. »Puh. Ich hab jedenfalls mein Möglichstes getan. Jetzt liegt es nicht mehr in meiner Hand.«

»Sie sind da noch nicht raus«, entgegnete Vera Stüwe energisch. »Sie müssen sich als Zeuge melden. Los, los! Machen Sie jetzt bloß nicht schlapp. Vielleicht gibt's ja Zeugengeld.«

Ernst Fütterer trat einen Schritt zur Seite. »Frau Stüwe! Sie … Sie sind unmöglich!«

Doch Vera Stüwe war nicht zu stoppen. »Hallo!«, krähte sie in Richtung Futterplatz. »Hallo! Hören Sie mich? Hier ist ein wichtiger Zeuge. Hallo …«

Es dauerte eine Weile, bis einer der beiden Polizisten auf ihr Geschrei aufmerksam wurde. Da sich schon genug andere Helfer um die Jägerin kümmerten, schien seine Anwesenheit entbehrlich. Kurzerhand setzte er sich in den Streifenwagen und kam an das Tor gefahren.

»Wird aber auch Zeit, dass Sie kommen«, empfing Vera Stüwe den Beamten, nachdem dieser ausgestiegen war. »Ich habe einen wichtigen Zeugen für Sie. Der Herr hier, der hat alles genau gesehen. Und geistesgegenwärtig mit seiner Kamera festgehalten. Die Fotos kosten Sie allerdings 'ne schöne Stange Geld.«

Ernst Fütterer bekam Augen und Mund nicht mehr zu. Am liebsten wäre er vor Scham im Erdreich versunken.

***

»Jetzt haben wir den Salat!«

Ohne anzuklopfen, kam Steigenberger in Mendelskis Büro gestürmt. »Hast du's schon gesehen?«

»Guten Morgen, Herr Kriminaldirektor«, erwiderte Mendelski betont ruhig und entschleunigend. »Was, bitte schön, soll ich gesehen haben?«

»Die Mail, die ich an dich weitergeleitet habe. Vor zwei Minuten.«

»Hab meinen Rechner gerade erst hochgefahren. Einen Moment.«

Nach ein paar Klicks erschien das Mailprogramm auf dem Bildschirm. »Eine Nachricht von der Celleschen Zeitung? Vom Schriewe? Ausgerechnet. Was will er denn von uns?«

»Der will nichts, der hat was. Zwei Fotos«, kam ihm Steigenberger zuvor. »Im Postkasten der CZ lag ein Briefumschlag mit zwei ausgedruckten Fotos von Harald Urban. Schriewe hat die eingescannt und rübergeschickt. Erst mal behält er die unterm Deckel, schrieb er. Hoffentlich.« Steigenberger fuhr sich mit einer hektischen Geste durch die Haare. »Denn … das sind keine Porträts, es sind Teilansichten. Entscheidende Teilansichten. Vorher und hinterher.«

»Wie, vorher und hinterher? Erst lebendig und dann tot?«

»Schau selbst.«

»Jetzt hab ich's«, murmelte Mendelski, während er das erste Foto vergrößerte. Es zeigte Augenpartie, Stirn und Haaransatz eines Mannes. Eines offenbar toten Mannes. Die offenen Augen waren gebrochen, auf der Stirn waren feine Blutspritzer zu sehen.

»Harald Urban«, murmelte Mendelski. »*Carajo!* Doch wo ist die Neun? Hat man die rausretuschiert?«

»Öffne mal das nächste Bild.«

Mendelski klickte auf den anderen Anhang der Mail.

»*Madre mia!*«, entfuhr es ihm, nachdem sich das zweite Foto aufgebaut hatte. »Da ist sie ja. Das gleiche Foto, jetzt mit der grünen Neun. Eindeutig: Die Blutspritzer sind übermalt. Wer zum Teufel …?«

»Hallo und guten Morgen die Herren.« Eine gut gelaunte Maike stand im Türrahmen. »Hier war offen, ich hörte aufgeregte Männerstimmen, da dachte ich, ich schau mal vorbei.«

»Morgen, Frau Schnur«, begrüßte sie Steigenberger sachlich.

»Kommen Sie herein. Und schließen Sie die Tür hinter sich. Wir haben die erste Schreckensmeldung des Tages bereits hinter uns.«

Nachdem Maike nähergetreten war, drehte Mendelski seinen Monitor um. »Schau dir das an. Harald Urbans Stirn. Zweimal. Einmal mit und einmal ohne die Neun.«

»Woher …?« Maike brauchte gar nicht weiterzusprechen.

»Die Aufnahmen wurden als Ausdruck bei der CZ eingeworfen. Ohne Absender«, erklärte Steigenberger. »Die Experten vom LKA in Hannover werden sich das wohl noch genauer angucken müssen …«

»Auf beiden Fotos sind die Augen des Toten noch offen«, stellte Mendelski fest. »Die wurden also geschossen, bevor der Notarzt sie zugedrückt hat – der als einer der Ersten den Fundort erreichte. Vor ihm waren lediglich die zwei Beamten der Streife dort. Das heißt, dass die Fotos von jemandem gemacht wurden, der noch früher da war. Wahrscheinlich unmittelbar nach dem tödlichen Sturz.«

»Zum Beispiel Claus Benrath, der anonyme Anrufer«, bemerkte Maike.

»Glaub ich nicht.« Mendelski verzog seine Mundpartie. »Bis auf den Punkt, dass er allein im Wald unterwegs gewesen sein will, glaub ich ihm seine Geschichte. Ich denke da eher an den hinterhältigen Eggenschlepper …«

»Den ominösen Hochsitzrunterschubser und Zahlenmaler?«, hängte Maike an.

»Richtig.«

Steigenberger kniff ärgerlich die Augen zusammen. »Könntet ihr bitte mal Klartext reden? Ich verstehe hier die ganze Zeit nur Bahnhof.«

»Gleich«, vertröstete ihn Mendelski. »Zunächst die Frage: Wozu das Ganze? Warum wirft dieser Jemand solche Fotos bei der Zeitung ein? Was bringt ihm das?«

»Ganz einfach: Das soll an die Öffentlichkeit.« Maike legte los. »Durch die Medien weiß inzwischen jedermann von Harald Urbans Tod. Was aber noch kaum jemand weiß, ist die Sache mit der Neun auf der Stirn. Das haben nur wenige mitgekriegt, eine Handvoll Leute, die gestern in der Nähe der Leiche waren. Das soll sich durch diese Aktion nun ändern.«

»Da ist was dran«, sinnierte Mendelski, während er auf seinen Monitor starrte. Er hatte beide Fotos nebeneinander positioniert. »Es geht also gar nicht um das Gesicht des Toten, sondern um die Ziffer … Dann ist die Neun eine Art Botschaft. Doch von wem, für wen und wozu?«

»Das Von-wem sollten wir erst mal hintanstellen«, antwortete Maike. »Mit an Sicherheit grenzender Wahrscheinlichkeit war es jemand, der Harald Urban Böses wollte. Das Für-wen ist einfach. Die breite Öffentlichkeit soll von der Neun erfahren – vielleicht auf diesem Wege auch eine Gruppe Eingeweihter. Dann wäre es schlussendlich eine Botschaft für Insider. Beim Wozu sollten wir ansetzen.«

»Na, dann mal los.« Mendelski lehnte sich in seinem Bürostuhl zurück. Er und Maike taten so, als ob ihr Chef gar nicht da wäre. Steigenberger hatte sich mit dem Rücken an den Aktenschrank gelehnt und hörte interessiert zu.

»Da will jemand prahlen«, spekulierte Maike ins Blaue. »Ein ganzer Kerl. Der es mit Harald Urban aufgenommen hat. Der ihn bezwingen konnte. Warum auch immer.«

»Prahler sind in der Regel Dummköpfe«, gab Mendelski zu bedenken. »Hier scheint aber kein Dummkopf am Werk zu sein, oder? Ich wette, dass es weder Fingerabdrücke noch andere Spuren gibt, die auf den Absender der Fotos schließen lassen.«

»Okay, Einwand akzeptiert«, gab Maike zu. »Nächster Versuch: Da will jemand drohen. Ängste schüren. Die Botschaft lautet: Leute, passt auf. Solche ›Unfälle‹ könnten auch euch passieren.«

»Klingt schon besser. Adressaten wären also diejenigen, die wie Harald Urban zum Beispiel auf Hochsitzen sitzen und Tiere töten.«

Maike nickte und deutete mit dem Finger auf ihr Gegenüber hinter dem Schreibtisch. »Also ihr Jäger … Bleibt das Rätsel um die Neun.«

»Vielleicht folgt auf die Neun ja bald die Zehn«, knurrte Mendelski voll böser Vorahnungen.

»Und was ist mit Eins bis Acht?« Maike winkte ab. »Nein, nein, da will jemand spielen, zocken oder so. Mit uns. So 'ne Art Sherlock-Holmes-Rätsel.«

»Hm. Vielleicht wissen Insider ja Bescheid, was die Neun zu bedeuten hat. So wie bei den Neonazis. Da stehen Zahlen für Buchstaben. Die Achtzehn ist ein Synonym für die Initialen von Adolf Hitler. Die Eins für A und die Acht für H. Welches ist der neunte Buchstabe im Alphabet?«

Maike schaltete nicht schnell genug.

»Nach dem H kommt das I«, kam ihr Steigenberger zuvor. »I wie Ida, Insider oder Internet.«

»Oder I wie Isegrim«, sagte Mendelski. »Isegrim, der Wolf.«

»Na klar.« Maike strahlte. »Harald Urban war doch als Wolfshasser bekannt. Vielleicht ist das ja eine heiße Spur –«

»Moment, Moment!«, unterbrach sie Steigenberger. »Jetzt gehen aber die Pferde mit euch durch. Ich schlage vor, dass …«

Weiter kam er nicht.

Das Handy in seiner Brusttasche vibrierte. Er nestelte das Gerät hervor und nahm das Gespräch an. Mit dem Telefon am Ohr öffnete er schon die Tür und wollte gerade auf den Flur treten, als er plötzlich kehrtmachte. Mit erstauntem Gesicht und erhobenem Zeigefinger signalisierte er Mendelski und Maike, dass es wichtige Neuigkeiten gab.

»Erschlagen, sagten Sie?«, fragte der Kriminaldirektor ins Mobiltelefon. »Eine Jägerin? Im Zoo? – Ach so, im Tiergarten Hannover. – Und auf der Stirn der Toten steht eine Zahl geschrieben? – Donnerwetter! – Sekunde, ich übergebe an den Leiter der Soko Neunwürger.«

FÜNF

»Eine Acht, sagst du?«

»Ja. Eine grüne Acht. Mitten auf der Stirn. Genau wie beim Urban.«

Maike Schnur nahm den Fuß vom Gas. Sie hatten Groß Hehlen erreicht und bogen von der B 3 ab in Richtung Norden. Auf die L 240 in Richtung Scheuen, Eversen, Hermannsburg. Sie wollten sich den Fundort von Harald Urbans Leichnam noch einmal bei Tageslicht angucken.

»Und 'ne Jägerin obendrein?«

»Exakt.« Robert Mendelski guckte gedankenverloren in die bunt gefärbten, jedoch tropfnassen Baumkronen der Straßenbäume. Es war ein regnerischer Herbsttag, typisch für den November. Dichte Wolkendecke, fieser Sprüh-Nieselregen, kaum Wind und unangenehm nasskalte Temperaturen. Nicht gerade das ideale Wetter für einen Außentermin im Wald.

»Eine Jägerin aus Celle«, setzte Mendelski fort. »Jetzt müssen wir nur noch die Verbindung zu Harald Urban herstellen.«

»Die werden sich gekannt haben, sonst fress ich 'nen Besen. Wie war noch mal ihr Name?«

»Barth, mit ›th‹. Heike Barth. Achtundvierzig Jahre alt. Ledig. Irgendwo aus Wietzenbruch. Aber der Name sagt mir nichts.«

Maike gab mehr Gas. Die Ortschaft lag hinter ihnen, sie fuhren jetzt durch dichten Wald.

»Deine Busenfreundin Treskatis hat ja schnell geschaltet«, meinte sie. »Kaum am Tatort, ruft sie uns schon an.«

»Ja, Verena guckt schon mal über den Tellerrand der Region Hannover und ist fleißig im Intranet unterwegs. Insbesondere bei so einem mysteriösen Todesfall wie dem hier.«

»Sonst noch Einzelheiten?«

»Das meiste weißt du schon. Auffinden der Leiche heute Morgen gegen neun Uhr. Mit schwersten Kopfverletzungen.

Verursacht durch eine heruntergeklappte, zentnerschwere Anhängerflachte. Ob die nicht ordnungsgemäß verriegelt war und es also um grobe Fahrlässigkeit geht oder ob Sabotage und Manipulation in Frage kommen und ein Straftatbestand vorliegt, ist bisher nicht geklärt. Das Ganze passierte im Tiergarten Hannover, einem eingezäunten, über hundert Hektar großen Areal, wo Heike Barth zusammen mit einem Förster auf Jagd war.«

Maike kräuselte die Stirn. »Bitte? Im Tiergarten darf gejagt werden?«, fragte sie ungläubig.

»Auch in einem Tiergarten gibt's Nachwuchs«, entgegnete Mendelski. »Und die natürlichen Feinde fehlen. Da wird es schnell zu eng für alle, und man muss die Wildbestände regulieren.«

»Komplett pervers, das alles. – Zeugen?«

»Scheint so. Ein Rentner spazierte in der Nähe mit Fernglas und Fotoapparat herum und hat wohl was mitgekriegt. Er wird gerade befragt. Aber lass die in Hannover erst mal in Ruhe ihre Arbeit machen. Sie wollen uns alles Weitere heute Nachmittag in einem ausführlicheren Bericht übermitteln.«

»Da bin ich aber gespannt.« Maike musste schon wieder bremsen. Sie hatten Scheuen erreicht. »Und die Ziffer wurde wieder mit einem grünen Edding geschrieben?«

»So hab ich's verstanden.« Mendelski schaute rechts aus dem Seitenfenster, wo im Regendunst große Bauernhöfe unter mächtigen Eichen auftauchten.

»Wieder post mortem?«

»Das nehme ich an«, erwiderte er. »Wer läuft schon zu Lebzeiten mit einer Zahl auf der Stirn herum? Aber das wird Hannover sicher schnell klären können.«

»Nach der Neun jetzt 'ne Acht.« Maike guckte verkniffen. Das intensive Grübeln sah man ihr deutlich an. »Hast du 'ne Idee?«

Mendelski schüttelte den Kopf. »Nicht wirklich.« Er gähnte. »Aber lass uns eins nach dem anderen erledigen. Wir kümmern uns jetzt erst einmal um Harald Urban. Und Hannover nimmt sich die tote Jägerin vor. Dann sehen wir weiter.«

Doch Maike ließ sich nicht stoppen: »Das könnte auch 'ne Serie werden. Eine Mordserie runter von Neun auf –«

»Jetzt beschrei das bloß nicht«, unterbrach er sie. »Neun potenzielle Opfer? Nee danke. Und erst mal sollten wir mit dem Begriff Mord äußerst vorsichtig umgehen.«

»Ja, ja. Ich weiß, Herr Lehrmeister.« Maike stöhnte auf. »Ist doch schnurzpiepegal. Dann eben Totschlag oder auch fahrlässige Tötung. Aber die Serie bleibt.«

»Vielleicht bleibt davon am Ende nur ein Unfalltod übrig«, warnte Mendelski mit müder Stimme.

»Wie das? Und die ominösen Zahlen bitte schön? Was ist mit denen?«

Mendelski zuckte wortlos mit den Schultern. Seine Blicke schweiften in die endlosen Kiefernwälder rechts und links der Straße. Das Sitzen im gut geheizten Auto, ohne fahren zu müssen, machte ihn schläfrig.

»Eine Acht. Nicht wieder eine Neun. Und auch keine Zehn«, fuhr Maike putzmunter fort. »Unsere Schriftexperten können doch bestimmt beweisen, dass wir es mit ein und demselben Schreiberling zu tun haben, oder?«

»Denke schon.« Mendelski gähnte erneut.

»Na, Herr Kriminalhauptkommissar«, frotzelte Maike. »Ist schon Zeit für den Mittagsschlaf?«

»Nee, hab nur letzte Nacht sehr schlecht geschlafen«, maulte Mendelski zurück. Nach langer Zeit hatten ihn heute Morgen mal wieder heftige Kopfschmerzen geweckt. In aller Herrgottsfrühe, gegen vier Uhr dreißig. Er war sofort aufgestanden und hatte Tabletten genommen. Leider steckte die Cellesche Zeitung noch nicht im Briefkasten, sodass er sich etwas anderes zum Schmökern hatte holen müssen. Gegen fünf Uhr dreißig, als die Kopfschmerzen endlich nachließen, hatte er sich noch einmal hingelegt. Für eine Stunde. Aber er hatte mehr gedöst als geschlafen. Carmen hatte von alledem nichts mitbekommen – wie sonst auch.

»Hattest du wieder Kopfweh?«

Mendelski nickte stumm.

»Sorry. Dann halt ich jetzt besser die Klappe«, sagte Maike

kleinlaut. Am Straßenrand tauchte das Ortsschild von Altensalzkoth auf. »Mach die Augen zu und ruh dich aus. Wir brauchen noch 'ne Weile bis Hermannsburg. Den Weg zum Fundort der Leiche im Wald find ich auch allein.«

Robert Mendelski nahm das Angebot dankend an. Er schraubte die Rückenlehne seines Sitzes etwas zurück und lehnte den Kopf zur Seite.

Als sie drei Minuten später Eversen erreichten, war er bereits eingeschlafen.

✳✳✳

»Na, finden Sie sich zurecht in der Kommandozentrale meines Mannes?«

Fast lautlos war Yvonne Urban über den Laminatboden in das Arbeitszimmer ihres verstorbenen Mannes geschlurft. Auf dicken bunten Wollsocken, die wie selbst gestrickt aussahen.

»Kommandozentrale?«, wiederholte Jo Kleinschmidt. Er hatte sich im Schreibtischsessel niedergelassen, um die einzelnen Schubladen zu durchsuchen. Dabei trug er Einweghandschuhe.

Die Arbeitsplatte des Schreibtischs quoll über von einem Berg von Papieren. Aktendeckel, Schnellhefter, Zeitschriften, Briefumschläge und unzählige einzelne DIN-A4-Bögen bildeten ein undurchschaubares Durcheinander. Aus dem Wust ragten der hochgeklappte Bildschirm eines Laptops, die Antenne eines Transistorradios und die Enden eines kapitalen Rehbock-Sechsers hervor.

»Ja, so nannte Harald sein Büro. Er war halt durch und durch Soldat.«

Yvonne Urban lächelte müde. Den kleinen Augen zufolge hatte sie letzte Nacht kaum Schlaf gefunden. »Von diesem Kellerraum aus hat er wichtige Entscheidungen getroffen und seine Kommandos gegeben. Per Telefon, Fax, E-Mail, Skype, Funk …« Sie schaute in die Runde. »Ja, hier muss sogar irgendwo noch ein altes Funkgerät rumstehen.«

»Das hilft uns eher weniger«, erwiderte Kleinschmidt.

»Sein Laptop ist da schon interessanter. Kennen Sie das Passwort?«

»Nein. Das hätte Harald mir nie verraten. Interessierte mich auch nicht sonderlich.«

»Dann würden wir den PC gern in Celle untersuchen. Haben Sie etwas dagegen?«

»Sie können ihn gern mitnehmen. Mir nützt das Ding sowieso nichts. Sonst noch was?«

»Danke. Wir kommen schon klar«, sagte Ellen Vogelsang. Sie stand vor einem Metallregal mit unzähligen Hängeordnern und sah Papiere durch. Auch sie trug Schutzhandschuhe. »Wenn wir eine Frage haben, melden wir uns bei Ihnen.«

»Das Chaos und den Staub müssen Sie bitte entschuldigen.« Yvonne Urban fuhr mit der Kuppe ihres Zeigefingers über ein Regalbrett, auf dem Bücher mit historischer Jagdliteratur aufgereiht standen. Halb angewidert, halb belustigt musterte sie die Staubflocke auf ihrem Handteller. »Aber ich durfte hier weder aufräumen noch putzen. Abgesehen davon hatte ich dazu auch überhaupt keine Lust. In diesem Durcheinander fand sich nur Harald zurecht.«

»Sieht ganz so aus«, seufzte Jo Kleinschmidt. Ächzend schob er eine übervolle Schublade zurück, um sich die nächste vorzuknöpfen. »Ihr Mann hatte schon so seine ganz spezielle Ordnung.«

»Meinen Sie, Sie finden etwas, das Ihnen weiterhilft?«

»Keine Ahnung. Wir müssen uns erst mal 'nen Überblick verschaffen.«

»Na dann, viel Erfolg.« Yvonne Urban wollte schon die Treppe hinaufgehen, als sie sich noch einmal umdrehte. »Kann ich Ihnen vielleicht etwas zu trinken anbieten? Kaffee, Tee, Mineralwasser?«

»Wenn's keine Umstände macht, nehme ich gern einen Kaffee«, erwiderte Jo Kleinschmidt.

»Mir reicht ein Wasser«, sagte Ellen Vogelsang.

»Mit oder ohne Kohlensäure?«

»Gern ohne.«

Im Erdgeschoss klingelte das Telefon.

»Sandra, gehst du bitte mal dran«, rief Yvonne Urban nach oben. »Wenn's wieder die Presse ist, schick sie zum Teufel!«

Sie wandte sich noch einmal um. »Bin ich froh, dass ich Sandra hier habe. Die hält mir die Aasgeier von Journalisten vom Leib. Draußen auf der Straße lungern die ganze Zeit welche rum.«

»Wenn's Ihnen zu bunt wird, können wir auch gern 'ne Streife rufen«, bot Ellen Vogelsang an. »Die Faßberger Kollegen sind in fünf Minuten hier.«

»Danke, aber … ist nicht nötig.« Yvonne Urban strich sich fahrig eine Haarsträhne aus der Stirn. »Jedenfalls noch nicht. Zum Glück liegt unser Haus nicht direkt am Erikaweg, sondern etwas zurückgesetzt. Und die vielen Büsche und Bäume, die Harald mal gepflanzt, gehegt und gepflegt hat … ich hab das Grünzeug ja stets verabscheut … aber heute ist es mir willkommen. Als Sichtschutz.«

Yvonne Urban wandte sich gerade ab, als Jo Kleinschmidt die unterste Schublade des Schreibtischs aufzog.

»Sieh mal einer an«, rief er. »Das sollte eigentlich nicht so sein.« Mit spitzen Fingern holte er eine schwarz brünierte Handfeuerwaffe hervor. »Eine P8 von Heckler & Koch. Die Dienstpistole der Bundeswehr.«

Uninteressiert guckte Yvonne Urban auf die Waffe. »Das überrascht mich wenig. Harald nahm das hier zu Hause nicht so genau. Einmal hatte ich 'nen geladenen Revolver in der Schmutzwäsche. Nach 'ner nächtlichen Nachsuche auf Sauen …«

»Geladen, aber zumindest gesichert.« Jo Kleinschmidt nahm das Magazin aus der Waffe und legte es auf den Schreibtisch.

»Hatte Ihr Mann Angst vor Einbrechern?«

»Angst? Das ist das falsche Wort. Ich nehme an, er wollte einfach nur vorbereitet sein, falls hier mal jemand einsteigt. Männer hantieren doch gern mit so was.«

Jo Kleinschmidt schaute sich im Raum um. »Wo befindet sich denn der Waffenschrank?«, fragte er. »Den würden wir uns gern mal ansehen.«

»Im Nachbarraum. Im Hobbykeller meines Mannes. Das

ist aber ein Monstrum von Schrank. Ich glaube kaum, dass Sie den aufkriegen.«

»Einer mit Zahlencode?«

»Genau. Und den Code hat mir mein Mann nicht verraten.«

»Hat er ihn vielleicht irgendwo aufgeschrieben?«

»Glaube ich nicht. Harald hatte ein sehr gutes Zahlengedächtnis.«

»Dann müssen eben die Spezialisten ran.«

Oben im Haus klingelte erneut das Telefon. »Die arme Sandra«, sagte Yvonne Urban. »Ich sollte sie mal ablösen. Aber erst hole ich Ihnen was zu trinken. Bis gleich.«

»Ihr nichts von den Fotos bei der Zeitung zu erzählen halte ich für falsch«, sagte Ellen Vogelsang mit leiser Stimme, kaum dass Yvonne Urban den Raum verlassen hatte. »Die Bilder werden garantiert noch woanders auftauchen. Irgendwann kriegt sie es ja doch mit.«

»Das war nicht meine Entscheidung.« Jo Kleinschmidt erhob sich vom Schreibtischstuhl. »Order vom Chef. Sie hoffen, dass die CZ das unterm Deckel hält … und dass es keine weiteren Kopien der Bilder gibt.«

»Und wenn doch? Wäre vielleicht besser, wenn wir ihr zumindest sagen, dass es diese Fotos gibt.«

»Und wenn sie die dann sehen will? Steigenberger meinte, wir sollten sie damit verschonen. Zumindest erst mal. Die hat so schon genug zu verkraften.« Er trat näher an seine Kollegin heran und deutete auf den Schnellhefter in ihrer Hand. »Was hast du denn da?«

»Hier im Aktenschrank sind jede Menge Vorgänge abgeheftet«, erwiderte sie. »Ganz ordentlich nach Datum sortiert. Zum Beispiel ein penibel dokumentierter Vorgang aus diesem Frühjahr. Harald Urban ist Mitglied im Förderverein für die Erinnerungsstätte Luftbrücke Berlin e. V. gewesen. Der hat seinen Sitz hier in Faßberg. Urban war langjähriges Mitglied, hat in dem Museum sogar Vorträge gehalten und Führungen gemacht. Aber Anfang des Jahres haben die ihn rausgeschmissen.«

»Warum das?«

»Wie es scheint, hat sich Urban während einer Führung mit Veteranen der Luftbrücke angelegt. Mit ehemaligen Piloten der U.S. Air Force, die in Deutschland zu Besuch waren. Es ist wohl zum Eklat gekommen, bei dem sogar die amerikanische Botschaft eingeschaltet wurde.«

»Eklat?«

»Mehr steht hier nicht.«

»Gab es denn einen Prozess?«

»Anscheinend nicht. Aber wir können ja mal Yvonne Urban fragen.« Ellen Vogelsang hängte den Schnellhefter zurück in den Hängeschrank und nahm sich den nächsten Vorgang vor. »Nach dem, was wir bis jetzt wissen, scheint der Urban ein streitbarer Mensch gewesen zu sein. Wir werden mit Sicherheit auch die eine oder andere Prozessakte finden ...«

Aufgeregte Rufe drangen von oben aus dem Haus. Sekunden später kamen Yvonne Urban und Sandra Keller die Treppe hinab. Die Hausherrin hielt ein eingeschaltetes, aufgeklapptes Notebook in den Händen.

»Haben Sie das schon gesehen?«, platzte es aus ihr heraus. Dabei packte sie das Notebook auf den Schreibtisch. »Das hat mir gerade eine Freundin geschickt.« Ihre Stimme wurde lauter, kippte. »Fotos von meinem Mann. Von meinem toten Mann. Im Internet. Das ist doch ekelhaft.«

Jo Kleinschmidt und Ellen Vogelsang beugten sich vor, um besser sehen zu können. Auf dem Bildschirm war die Webseite einer großen Boulevardzeitung zu sehen, mit den beiden Detailfotos von Harald Urbans oberer Kopfhälfte. Einmal mit, einmal ohne die Zahl Neun.

»Nein, das haben wir nicht«, antwortete Ellen Vogelsang. »Wir zwei haben erst auf dem Weg hierher erfahren, dass es diese Fotos überhaupt gibt.«

»Und warum haben Sie mir nichts davon erzählt?« Yvonne Urbans vorwurfsvoller Blick traf die Kommissarin bis ins Mark.

»Tut mir leid. Aber man wollte Sie damit verschonen.«

»Verschonen? Mich?« Yvonne Urban lachte auf. »Da gibt's nicht mehr viel zu schonen. Eine Hiobsbotschaft mehr oder weniger … darauf kommt's nicht mehr an. Mir wäre es jedenfalls lieber, Sie halten nicht mit solchen Informationen hinterm Berg.«

»Diese Fotos können doch nur in der Rechtsmedizin gemacht worden sein«, ereiferte sich Sandra Keller. »Und welcher Perversling stellt die dann ins Netz?«

»Diese Bilder sind ganz sicher nicht in der Forensik gemacht worden«, entgegnete Jo Kleinschmidt. »Sehen Sie, die Augen sind da noch offen. Die hat erst der Notarzt geschlossen, der als einer der Ersten am Fundort war. Die Fotos können nur direkt nach dem Sturz geschossen worden sein.«

»Von demjenigen, der auch die Neun geschrieben hat?«, fragte Yvonne Urban.

»Das ist wohl anzunehmen.«

»Wer macht denn so was? Warum? Wozu?«

»Wenn wir das wüssten, wären wir ein ganzes Stück weiter. – Einen Moment bitte.«

Jo Kleinschmidt wandte sich ab und zog sein Smartphone aus der Hosentasche. Dort war eine SMS eingegangen, eine Textnachricht mit drei Sätzen. Die ersten beiden Sätze las er zweimal, weil er seinen Augen nicht traute.

»Na, Neuigkeiten?«, fragte Sandra Keller forsch.

»Kann man so sagen.« Jo Kleinschmidt suchte den Blickkontakt zu seiner Kollegin. Doch da sie nicht allein waren, gab er nur den Inhalt des letzten Satzes preis. Der war unverfänglich. »Wir haben um sechzehn Uhr eine Besprechung in der Jägerstraße«, sagte er. »Wir müssen uns sputen, wenn wir rechtzeitig in Celle sein wollen.«

✻✻✻

Die Besprechung begann mit zehnminütiger Verspätung, denn Robert Mendelski telefonierte noch mit Hannover. Seine Kollegin Verena Treskatis vom Zentralen Kriminaldienst der Landeshauptstadt hatte erst wenige Augenblicke zuvor den vorläufigen Obduktionsbericht zur toten Jägerin erhalten.

Sie saßen zu fünft im kleinen Besprechungsraum des Fachkommissariats 1. Außer Mendelski scharten sich Maike Schnur, Ellen Vogelsang, Jo Kleinschmidt und Heiko Strunz um den Tisch.

»Heute ist so einiges passiert«, begann Mendelski, nachdem er Platz genommen und einen grauen Aktendeckel auf den Tisch geknallt hatte. Seine Müdigkeit, die ihn – mit Maikes freundlicher Unterstützung – am Mittag noch in eine Pause getrieben hatte, schien wie weggeblasen. »Der Fall Urban nimmt neue und gewaltigere Dimensionen an.«

»Wohl wahr«, pflichtete ihm Jo Kleinschmidt bei, während Ellen Vogelsang neben ihm leicht nickte. »Deine SMS mit der Nachricht über die tote Jägerin in Hannover hat uns ziemlich umgehauen. Hat mich Mühe gekostet, das erst mal für mich zu behalten. Am liebsten hätte ich Yvonne Urban gleich nach der Toten gefragt, ob sie die kennt oder ob vielleicht ihr Mann mit der zu tun hatte.«

»War gut, dass du erst mal geschwiegen hast«, sagte Mendelski. »Wir sollten nichts überstürzen.« Er klappte den Aktendeckel auf. »Also der Reihe nach. Erst der neue Fall in Hannover mit der toten Jägerin. Dann als Zweites die Neuigkeiten vom Fall Harald Urban.«

»Kurze Zwischenfrage.« Heiko Strunz hatte die Hand gehoben. »Habt ihr was dagegen, wenn ich unser Gespräch aufzeichne? Bei der Fülle von Informationen, die sich da ankündigen, habe ich keine Lust, fürs Protokoll alles mitzuschreiben.«

»Schau mal einer an«, neckte Maike. »Der Heiko kommt in die Jahre, seine grauen Zellen machen allmählich schlapp. Meinetwegen kannst du's aufzeichnen. Aber stell's bloß nicht ins Netz …«

»Haha …« Heiko Strunz lächelte gequält. Nachdem die anderen ihre Zustimmung signalisiert hatten, stellte er ein eingeschaltetes Diktiergerät auf den Tisch.

Mendelski ergriff wieder das Wort: »So, Maike, bist du so nett und berichtest von dem Fall in Hannover.«

Maike Schnur schaute auf ihre Unterlagen, bevor sie zu sprechen begann.

»Heike Barth, achtundvierzig Jahre alt, geschieden, alleinstehend, wohnhaft in Celle-Wietzenbruch, wurde heute Morgen gegen neun Uhr im Tiergarten Hannover – nicht zu verwechseln mit dem Zoo Hannover – tot aufgefunden. Erschlagen von einer Anhängerflachte.« Sie blickte kurz auf: »Das ist eine abklappbare Bordwand bei Lkws und Anhängern. Weiter: Heike Barth und ein Jäger vom Tiergartenpersonal waren unterwegs, um den Wildbestand in dem hundertzwölf Hektar großen, eingezäunten Areal zu dezimieren. Dabei jagt jeder für sich allein, meist ohne Sichtkontakt, sodass der Jägerkollege zunächst nichts von dem Unglück mitbekommen hat. Er und ein weiterer möglicher Zeuge, ein Rentner, der von außerhalb des Geländes die Jagd beobachtet hat, hörten zwei Knallgeräusche. Innerhalb von ein, zwei Sekunden. Also einen Doppelknall. Erst einen Schuss, eindeutig, und danach einen weiteren schussartigen Knall. Der Jäger, ein erfahrener Forstbeamter, schloss einen Kugelschlag sofort aus.«

Maike griff nach ihrer Kaffeetasse und nahm einen Schluck. Dann fuhr sie fort. »Wie sich später herausstellte, war das zweite Geräusch also nicht ein Kugelaufschlagsgeräusch auf ein Ziel, sondern das Geräusch, als die Flachte auf das Chassis des Anhängers knallte – und vorher auf ihren Kopf. Sie war sofort tot.« Die Kommissarin schaute kurz auf – in zweifelnde, fragende Gesichter. »Laut vorläufigem Obduktionsbericht ist sie durch eine Impressionsfraktur des Schädels gestorben, nachdem die zentnerschwere Anhängerflachte mit voller Wucht gegen ihren Kopf geprallt war.«

»Wie soll ich mir das denn vorstellen?« Ellen Vogelsang guckte fragend. »Erschlagen von einer Anhängerflachte?«

Robert Mendelski erhob sich und trat an das Flipchart in der Ecke des Raums. Mit wenigen Strichen zeichnete er die grobe Skizze eines landwirtschaftlichen Anhängers: zwei Räder, Chassis, Flachten, Deichsel. Daneben einigermaßen maßstabsgetreu ein Strichmännchen. Stehend.

»Wenn ich den Bericht aus Hannover richtig verstanden habe, muss es sich ungefähr so abgespielt haben.« Mit dem Stift deutete er auf das Strichmännchen. »Das hier soll Heike Barth sein. Bei der Pirsch hat sie Deckung hinter dem Anhänger gesucht, der unweit einer Futterscheune auf dem Gelände des Tiergartens abgestellt war. Im Schutz des Anhängers hat sie anscheinend auf ein Stück Wild geschossen. Im gleichen Augenblick klappt die Anhängerflachte neben ihr herunter. Das schwere Teil trifft sie mit voller Wucht am Kopf. Sie bricht zusammen und stirbt noch am Unfallort.«

»So eine Flachte öffnet sich nicht von allein.« Heiko Strunz brachte es auf den Punkt. »Da muss jemand auf der Ladefläche gewesen sein und nachgeholfen haben. Oder hat jemand an dem Anhänger herumgebastelt?«

»Bisher gibt es keinerlei Hinweise darauf, dass die Verriegelung manipuliert wurde. Auch darüber, ob sich jemand auf dem Anhänger versteckt hielt, wissen wir nichts. Die Ladefläche war leer und blitzblank. Der Dauerregen vom Morgen hat nicht viele Spuren übrig gelassen.«

»Aber da gibt es ja noch einen weiteren Hinweis auf den großen Unbekannten«, kommentierte Jo Kleinschmidt. »Die post mortem gemalte Acht, die auf der Stirn der Toten gefunden wurde.«

»Ihr seid mir zu schnell«, grollte Mendelski, während er wieder Platz nahm. »Der Reihe nach. Maike, beende bitte erst mal deinen Bericht.«

Die Kriminalkommissarin ordnete ihre losen Zettel, dann fuhr sie fort: »Also, zurück zur Schussabgabe. Heike Barth hatte auf ein Stück Damwild geschossen, es jedoch nicht getroffen. Das Geschoss wurde später von den hannoverschen Kollegen der KT in einem Eichenstamm sichergestellt. Dieser Hergang wurde auch von einem Rentner bestätigt, der außerhalb des Tierparks stand und das Geschehen mit Fernglas und Fotoapparat beobachtet hat. Leider schaute der Zeuge im entscheidenden Moment durch sein Teleobjektiv auf das Damwild. So hat er nicht mitbekommen, was mit Heike Barth in ihren letzten Sekunden geschah.«

»Haben die seine Fotos schon ausgewertet?«, wollte Heiko Strunz wissen.

»Nur oberflächlich. Vergiss mal nicht, dass das Ganze erst heute Morgen passiert ist. Jedenfalls ist die Kamera, bezie-

hungsweise der Speicherchip, sichergestellt und in der Mache.«
Maike blätterte um und holte tief Luft. »Der Rentner hat eine –
zumindest laut Hannover – erwähnenswerte Begebenheit geschildert, die sich unmittelbar vor dem tödlichen Zwischenfall
ereignet hat. Er berichtete, dass Heike Barth zunächst wohl
gar nicht vorhatte, den Anhänger als Sichtschutz zu benutzen.
Sie befand sich bereits im Schatten der Vorratsscheune, als sie
neben dem Anhänger etwas auf dem Boden liegen sah. Sie wäre
hingegangen und hätte es aufgehoben, sagt er. Es war ein toter
Marder.«

»Ein toter Marder?«, fragte Jo Kleinschmidt erstaunt.

»Ja. Wurde sichergestellt und soll untersucht werden. Die
Hannoveraner spekulieren, dass der Marder eventuell als eine
Art Lockvogel benutzt wurde. Um Heike Barth zum Anhänger
zu locken, wo die tödliche Falle auf sie wartete.«

Jo Kleinschmidt pfiff durch die Zähne. »Ist schon unheimlich. Alles ziemlich ähnlich wie beim Fall Urban. Nun auch
noch die grüne Acht.«

»Zu der komme ich jetzt.« Maike zog ein Blatt Papier aus
dem Stapel, ein Foto aus dem Tintendrucker. Auf ihm war
ein menschlicher Kopf abgebildet, in Farbe. Der Kopf einer
toten Frau. Es war eine Frontansicht, die Augen waren geschlossen, Blut oder äußere Verletzungen waren nicht zu erkennen. Notdürftig zurückgestrichene nasse Haare klebten
an den Schläfen, die Stirn war frei. Auf ihr prangte eine grüne
Acht, mittig oberhalb des Nasenansatzes. Handtellergroß, ein
wenig asymmetrisch, wahrscheinlich in Eile und mit Schwung
geschrieben.

»Reicht es bitte herum. Ich habe nur einen Ausdruck.«

Es klopfte. Bevor jemand reagieren konnte, öffnete sich die
Tür, und Kriminaldirektor Steigenberger trat ein. Er warf einen
sorgenvollen Blick in die Runde.

»Habe noch weitere schlechte Nachrichten«, sagte er und
zog sich einen Stuhl herbei.

✳✳✳

»Hast du das mit Heike schon gehört?«

»Ja. Ich bin völlig fertig.«

»Erst Harald, jetzt Heike. Jetzt sind wir noch sieben. Das gilt doch uns, ganz klar.«

»Meinst du? Bist du sicher?«

»Na, ziemlich sicher jedenfalls.«

»Was sollen wir denn bloß tun?«

»Wir müssen uns treffen. Heute noch.«

»Okay. Wenn du meinst, bin ich dabei. Wo und wann?«

»Bei mir. Um neunzehn Uhr. Sag du den anderen Bescheid.«

»Mach ich. Über unsere WhatsApp-Gruppe.«

»Nein, ruf lieber direkt an. Ich trau diesem Internetkram nicht. Wenn da der Falsche mitliest …«

»Okay. Dann bis nachher.«

∗∗∗

»In den sozialen Netzwerken und einschlägigen Blogs ist ein wahrer Shitstorm losgebrochen«, rief Steigenberger empört. »Guckt euch das an!« Er schwenkte aufgebracht sein Smartphone in der Luft. »›Geschieht ihnen recht‹ oder ›Endlich killt mal einer die Tiermörder‹ … Das sind noch die harmlosesten Kommentare.«

Mendelski winkte müde lächelnd ab. »So was lese ich gar nicht mehr. Das werden Unterstützer der militanten Tierschützer und Jagdgegner sein. Dumme, schadenfrohe, pietätlose Trittbrettfahrer. Apropos: Stehen die beiden Fotos von Harald Urban noch im Netz?«

»Nein, wir haben durchgesetzt, dass die Redaktion die Aufnahmen löscht. Aber wer weiß, wie viele Leute sich das schon runtergeladen haben.«

»Und die gehen dann damit hausieren«, ergänzte Strunz. »Dagegen lässt sich kaum was unternehmen.«

»Damit nicht genug.« Steigenberger steckte sein Smartphone in die Hemdtasche. »In der Gemarkung Adelheidsdorf haben heute Morgen zwei Hochsitze gebrannt.«

»Wurde jemand verletzt?«, fragte Mendelski.

»Nein. Zum Glück. Aber es war ganz klar Brandstiftung.«

»Bekennerschreiben?«

»Bislang wurde nichts gefunden.«

»Oder ominöse Zahlen an den Bäumen?«

»Keine Ahnung. Nein.«

»Dann sollten wir das vernachlässigen. So was hat's schon immer gegeben. Ich gehe nicht davon aus, dass solche Aktionen etwas mit unserem Fall zu tun haben.«

»Gegen diese Hassmails sollte man aber was unternehmen«, meinte Ellen Vogelsang. »Diese Leute machen sich womöglich strafbar. Wegen Anstiftung zu einer Straftat zum Beispiel.«

»Ich weiß. Habe bereits Kontakt zum LKA aufgenommen. Die kümmern sich drum.« Steigenberger seufzte auf. »Aber unsere Freunde von der Sensationspresse werden das natürlich bringen. Der Staatsanwalt hat auch schon mehrfach angerufen. Uns trifft es am meisten, denn beide Opfer stammen aus dem Landkreis Celle. Gibt's denn was Neues?«

»Nicht viel«, antwortete Mendelski. »Hannover schickt heute Abend noch einen ausführlichen Bericht zum Tod von Heike Barth. Den kriegst du dann sofort auf den Tisch. Und was es im Fall Harald Urban Neues gibt, ist dürftig. Wir wollten gerade alles durchgehen.«

»Dann lasst euch nicht stören. Ich höre einfach zu.« Steigenberger schlug die Beine übereinander und lehnte sich in seinem Stuhl zurück.

»Okay, dann mach ich mal den Anfang«, sagte Jo Kleinschmidt. »Ellen und ich waren heute in Faßberg unterwegs. Die Befragung der Nachbarn und die Durchsuchung von Harald Urbans Haus haben nicht viel gebracht. Seinen PC haben wir beschlagnahmt, da kam ich ohne Passwort nicht ran. Unsere Spezis müssen den Rechner knacken.« Er blickte in die Runde. »Tja, und dann noch der Klassiker: geladene Pistole in der Schreibtischschublade. Das scheint aber bei ehemaligen Berufssoldaten und Jägern nicht so außergewöhnlich zu sein. Seine Frau hat den Umstand jedenfalls heruntergespielt. Der Waffenschrank, in den die Pistole gehört hätte, stand abgeschlossen im Nachbarraum. Einer mit Codeschloss. Yvonne

Urban kennt die Zahlenfolge nicht. Da kommen wir also ohne einen professionellen Dosenöffner nicht weiter.«

»Den sollten wir aber unbedingt öffnen lassen«, ergänzte Mendelski. »In solchen Schränken wurden schon ganz andere Dinge versteckt als nur Waffen. Weiter.«

»In seinen Papieren war kein Hinweis auf einen zeitnahen, aktuellen Konflikt zu finden«, berichtete Ellen Vogelsang. »Dafür jede Menge alte Geschichten. Streitgeschichten und Auseinandersetzungen mit Ex-Kollegen von der Bundeswehr, Nachbarn, Vereinen, Jagdgegnern und so weiter. Er hat alles fein säuberlich dokumentiert. Insbesondere die Vorgänge, bei denen es zu Zivilprozessen gekommen ist. Mit der Erlaubnis von Yvonne Urban habe ich einen ganzen Wäschekorb voll Akten mitgebracht, die es jetzt zu sichten gilt.«

»War's das?«, fragte Mendelski.

Ellen Vogelsang nickte. Jo Kleinschmidt hob kurz die Hand. »Vielleicht noch eins: Das Haus der Urbans wird von Presse und Funk belagert. Die Frau ist nicht zu beneiden. Außerdem weiß sie inzwischen von den Fotos im Netz. Von den Fotos ihres toten Mannes. Irgendeine Freundin hat sie darauf aufmerksam gemacht.« Jo schaute Mendelski an. »Sie war nicht begeistert ...«

»Bin ja mal gespannt, ob sie Heike Barth kennt«, bemerkte Maike.

»Viel interessanter ist doch, ob sich Harald Urban und Heike Barth kannten«, ergänzte Strunz. »Sind ja beide von der grünen Zunft.«

»Da guck ich doch gleich mal, was es im Netz zu finden gibt«, erwiderte die Kommissarin und klappte ihr Notebook auf. »Vielleicht weiß Google mehr.«

»Tja, dann bin ich jetzt an der Reihe.« Mendelski streckte seine Wirbelsäule durch. »Maike und ich haben uns heute noch mal den Fundort der Leiche angeschaut. Bei Tageslicht, auch wenn das Wetter hundsmiserabel war. Der Wildacker mit dem Hochsitz liegt doch sehr verborgen, obendrein ist er kaum einzusehen ... also ich rechne nicht damit, dass sich noch Zeugen melden. Wir sind beide noch mal rauf auf die Kanzel geklettert und haben versucht, das Szenario nachzustellen. Als Maike sich oben versteckt hatte, bin ich die Leiter hoch. Habe den Ahnungslosen gemimt und mich ordentlich erschrecken lassen. Dabei wär ich wirklich fast von der glitschigen Leitersprosse gerutscht und runtergestürzt. Dann haben wir noch die weitere Umgebung abgesucht, insbesondere die Randbereiche des Waldweges. Ergebnis unserer nasskalten Tour ins Grüne: keine neuen Erkenntnisse.«

Steigenberger beugte sich vor. »Hm, sehr dürftig. Sonst noch was?«

»Die Überprüfung von Harald Urbans Handy brachte auch keine Überraschungen«, erklärte Strunz. »Wir sind den protokollierten Gesprächen der letzten Tage nachgegangen, haben zig Telefonate gecheckt. Aber das waren allesamt Alltagsgespräche: Anmeldung beim Zahnarzt in Bergen, Verabredungen mit Jagdkumpels und mit der Doppelkopfrunde, Telefonat mit dem Landkreis, genauer der Naturschutzbehörde, Gespräch mit einem Tierpräparator in Fuhrberg, mit einer Tante im bayrischen Landshut und so weiter und so weiter. Alles Belanglosigkeiten.«

»Kein Gespräch mit seiner Frau auf Madeira?«, wollte Ellen Vogelsang wissen.

»Nein. Nicht übers Handy. Jedenfalls nicht in den letzten sieben Tagen. Auch keine SMS oder WhatsApp-Nachricht.«

»Und – rein zufällig – kein Telefonat mit einer gewissen Heike Barth?«, fragte Maike Schnur in lang gezogenen Worten. Während sie über den Rand ihres Notebook-Bildschirms hinwegpeilte, blitzte der Schalk in ihren Augen.

Mendelski ahnte sofort, dass seine junge Kollegin etwas Interessantes im Internet entdeckt haben musste. »Na, Maike. Spuck's aus. Was hast du gefunden?«

Mit Schwung drehte sie ihr Notebook um. »Hier, schaut mal«, rief sie. Doch der Text auf dem Bildschirm war so klein, dass die anderen ihn nicht lesen konnten.

»Habe nur mal nach den beiden Namen suchen lassen«, berichtete sie. »Dabei fand ich diesen Beitrag. Über die diesjährige Jagdscheinprüfung in der Jägerschaft Celle.« Sie deutete mit einem Bleistift auf den oberen Bereich des Bildschirms. »Dieses Jahr im Mai haben vierundzwanzig Jungjägerinnen und Jungjäger die Jagdscheinprüfung bestanden, drei Kandidaten sind durchgefallen. Und nun ratet mal, wer außer Harald Urban noch zur Prüfungskommission des Landkreises Celle gehört.«

Jo Kleinschmidt war der Schnellste: »Unsere tote Jägerin in Hannover: Heike Barth.«

»Bingo. Genau so ist es.«

»Die beiden waren also Mitglieder einer Jagdscheinprüfungskommission.« Steigenberger hatte sich weit vorgebeugt, um besser lesen zu können. »Das ist ja interessant.«

»Das muss die Verbindung sein«, sagte Ellen Vogelsang.

»Kann … muss aber noch lange nicht.« Mendelski blieb skeptisch.

»Moment. Ich bin noch nicht fertig.« Maike hielt die Bleistiftspitze an ihre Unterlippe. Sie wartete, bis sie sich der Aufmerksamkeit aller sicher war. Dann fragte sie: »Und nun ratet mal, wie viele Personen zu dieser Prüfungskommission zählen?«

Im Raum kehrte unheilvolle Stille ein.

»Du meinst die Gesamtzahl der Prüfer?« Jo Kleinschmidt wollte auf Nummer sicher gehen.

Maike nickte.

»Sag nicht, dass es neun sind«, raunte Mendelski.

Maike nickte erneut.

⁕⁕⁕

In dicken Schwaden zog kalter Herbstnebel von der Aller hinein nach Südwinsen. Das Thermometer zeigte wenige Grade über Null.

An der Bahnhofstraße mühte sich das Licht der Straßenlaternen, durch den dichten Wasserdunst zu dringen. Ihr spärlicher Schimmer reichte kaum hinab auf den nassen, mit Eichenlaubmatsch bedeckten Asphalt.

Es war kurz vor neunzehn Uhr.

Innerhalb von weniger als drei Minuten kamen sechs Pkw nacheinander auf den Buchholz-Hof gefahren. Drei kleinvolumige Geländewagen und drei Kombis verschiedener Hersteller. Die vorherrschende grüne Farbe, der frische Schmutz an den Radkästen und die Hundeboxen aus Aluminium im Heck der Fahrzeuge legten nahe, dass es sich bei den Besitzern um aktive Jäger handelte.

Die sechs Autos stoppten unter dem Vordach einer riesigen Scheune. Fein säuberlich in Reih und Glied. Aus jedem der Fahrzeuge stieg jeweils nur eine Person aus.

Fünf Männer und eine Frau.

Bevor sie über den Hof zum Wohngebäude gingen, begrüßten sie einander mit Handschlag. Wortkarg, betroffen, in sich gekehrt.

»Scheiß-Anlass für ein Treffen«, murmelte einer der Männer im Gehen. Ein großer vollbärtiger Kerl mit kohlrabenschwarzem Haar.

»Das kannst du laut sagen«, erwiderte sein Nachbar. Ein untersetzter Brillenträger mit speckiger Lederhose.

»Also ich bin völlig von der Rolle«, sagte die Frau, eine zierliche, kleine Person, die ihre blonden Haare zu einem kurzen Pferdeschwanz gebunden hatte. »Hab den ganzen Tag keinen Bissen runtergekriegt.«

»Mir ging's genauso.« Der Mann, der hinter ihr ging, hinkte leicht. So als würde er unter einem nicht behobenen Hüftschaden leiden.

Als sie das Hauptgebäude erreichten, schaltete der Bewegungsmelder mehrere Halogenscheinwerfer ein, welche die Gruppe in grelles Licht tauchten. Mit schnellen Schritten stiegen sie die zwölf Treppenstufen zur Haustür hinauf.

»Bin ja gespannt, ob Bernd was Neues gehört hat«, sagte der Vollbärtige, während er die Türglocke betätigte.

»Soweit ich weiß, hat er mit der Kripo in Celle telefoniert«, erklärte die Frau. »Hoffentlich hat er Personenschutz für uns beantragt.«

»Ob das reicht?« Der Brillenträger zog eine skeptische Miene. »Ich für meinen Teil hab jedenfalls vorgesorgt.« Er

deutete auf die rechte Seite seines Hosenbundes, wo eine Aus-
beulung zu sehen war. »Seit heute …«

Die Tür öffnete sich. Der Hausherr begrüßte die Besucher
mit einem Nicken und bat sie herein.

»Seit heute trage ich eine Kurzwaffe mit mir rum«, beendete
der Brillenträger seinen Satz. »Man kann nie wissen.«

SECHS

Obwohl im Haus eine Magen-Darm-Grippe grassierte, war die Zeitungsrunde im Alten- und Pflegeheim Sonnenhof sehr gut besucht. Der Vorleser mit dem schlohweißen Vollbart hatte die aktuelle Cellesche Zeitung vor sich auf dem Tisch ausgebreitet. Er nahm noch einen Schluck von dem Kräutertee, den er sich wegen des Magengrummelns gebraut hatte, und wollte gerade mit der Berichterstattung beginnen, als schon der erste Zwischenruf erscholl.

»Die Mordstory zuerst.«

Da sein Nervenkostüm heute nicht so belastbar war, blickte der Vorleser missbilligend über den Rand seiner Brille ins Publikum. Er kannte den Störenfried – der hatte sich vorgestern in der Zeitungsrunde als Müdener geoutet.

»Darf ich um Disziplin bitten«, sagte er mit Nachdruck. »Wir sind alle ein wenig angeschlagen.«

»Es soll auch gleich auf der ersten Seite stehen«, beharrte der Müdener mit schnarrender Stimme. »Das über die tote Jägerin aus Wietzenbruch.«

»Ja, das bitte zuerst«, rief eine Frau.

»Das interessiert uns doch alle«, kam von einem Mann im Rollstuhl.

Der Vorleser lenkte ein. »Na gut, wenn's denn von der Mehrheit gewünscht wird ...« Er senkte den Kopf und begann, die Überschriften auf der Titelseite zu überfliegen.

»›Celler Jägerin tödlich verunglückt‹, meint ihr das?«

»Ja« und »Genau«, kam es aus dem Publikum.

Der Vorleser fuhr fort: »›Im Tiergarten Hannover ist gestern früh Heike B. aus Celle-Wietzenbruch tödlich verunglückt. Die im Landkreis Celle bekannte Jägerin nahm an einer Wildreduzierung im Tierpark teil, als sie unter mysteriösen Umständen ums Leben kam. Gegen neun Uhr wurde ihr Leichnam neben einem landwirtschaftlichen Anhänger gefunden ...‹«

Die Frau mit dem silbernen Kurzhaarschnitt, die in der Nähe

des Ausgangs saß, schaltete genervt ihr Hörgerät ab. Sie mochte solche Geschichten nicht. Berichte über Mord, Totschlag und andere Verbrechen waren ihr zuwider, sie interessierte sich eher für Politik und Kultur. Obendrein spürte sie, dass ihr Magen plötzlich rebellierte. Hatte sie das Frühstück nicht vertragen? Oder sollte die im Haus um sich greifende Magen-Darm-Grippe nun auch sie ereilt haben?

Kurz entschlossen erhob sie sich von ihrem Stuhl und ging zur Tür hinaus.

»Frau Lüdeke, ist Ihnen nicht gut?«, hörte sie eine helle Mädchenstimme neben sich. Adnana war ihr gefolgt.

»Ist schon gut, danke. Mir ist nur ein wenig schummerig.«

»Ich begleite Sie doch gern.« Die Auszubildende ließ nicht locker. »Kommen Sie, haken Sie sich bei mir ein.«

Marianne Lüdeke gab nach. »Na, meinetwegen.« Zu zweit schritten sie den Gang entlang.

Als sie kurze Zeit später im Südflügel eine Verschnaufpause einlegten, deutete Marianne Lüdeke auf eine der Zimmertüren. »Der Herr Kitzmann war ja heute gar nicht dabei. Normalerweise lässt er sich doch keine der Zeitungsrunden entgehen. Hat ihn etwa die Grippe erwischt?«

»Nein. Ganz im Gegenteil«, erwiderte Adnana. Mit einem schelmischen Grinsen fügte sie an: »Er ist für seine Verhältnisse putzmunter. Hat nämlich heute Besuch. Damenbesuch.«

»Aha.« Marianne Lüdeke hob die Augenbrauen. »Dann will ich lieber nicht weiter nachfragen.«

Adnana lachte auf. »Sie sind mir ja eine Schlimme«, tadelte sie. »Nein, nein, Herr Kitzmann hat Besuch von seiner Schwester. Und wie ich sehen konnte, hatte sie die Cellesche Zeitung unterm Arm. Herr Kitzmann bekommt heute also eine ganz private und exklusive Vorlesestunde.«

»Na, dann bin ich beruhigt.«

**

Am nächsten Morgen um zehn Uhr stand erneut eine Besprechung der Soko Neunwürger auf dem Plan. Die fünf involvierten Mitarbeiter trafen pünktlich im Besprechungsraum im vierten Stock der Polizeiinspektion Celle ein. Kriminaldirektor Steigenberger, der gern dabei gewesen wäre, hatte sich entschuldigt. Der Landrat wollte ihn sprechen. Natürlich ging es um die beiden Todesfälle Urban und Barth. Celle und der Landkreis waren in heller Aufregung, die Medien hatten das Thema zur Top-Story hochgepuscht.

Mendelski kam schnell zur Sache. »Maike, bitte«, erteilte er seiner engsten Mitarbeiterin das Wort, nachdem sie sich in aller Kürze begrüßt hatten. »Dein Bericht.«

»Bernd Buchholz, der Kreisjägermeister, dann Anke Sievers, Heinrich Gerken, Thomas Heuer, Dirk Schwabe, Hubertus Stolzenberg, Berthold Kaiser«, las Maike Schnur laut vor. »Das sind die aktuell noch lebenden sieben Mitglieder der Prüfungskommission für die Jagdscheinprüfung im Landkreis.«

»Rechnet man Harald Urban und Heike Barth dazu, waren es neun«, ergänzte Mendelski. »Mit dem Kreisjägermeister Bernd Buchholz, einem Landwirt aus Winsen/Aller, habe ich gestern Abend noch telefoniert, um ihn in groben Zügen über unsere Erkenntnisse und Befürchtungen zu informieren. Als oberster Jäger im Landkreis schien Buchholz vorbereitet, er hatte sich auch schon einen Reim auf die beiden Todesfälle in seinen Reihen gemacht. Für den gestrigen Abend war ein Treffen der sieben verbliebenen Mitglieder der Prüfungskommission geplant, sagte er. Mein Angebot, spontan dazuzustoßen, lehnte er dankend ab. Sie wollten sich erst mal allein und intern beraten. Über das Ergebnis will er mir heute im Laufe des Vormittags berichten.«

»Denen muss ja der Arsch auf Grundeis gehen«, kommentierte Jo Kleinschmidt. »Bei dem Treffen hätte ich gern mal Mäuschen gespielt.«

»Ich auch. Aber warten wir's ab. Maike, bitte weiter.«

Die Kommissarin räusperte sich, bevor sie loslegte. »Ich zitiere mal kurz aus der Niedersächsischen Verordnung über die Jäger- und die Falknerprüfung: ›Erster Teil, Jägerprüfung, Paragraf eins, Prüfungskommission. Für die Durchführung der Jägerprüfung wird bei der Jagdbehörde eine Prüfungskommission unter Vorsitz der Kreisjägermeisterin oder des Kreisjägermeisters gebildet. Die Kreisjägermeisterin oder der Kreisjägermeister‹ – einfach zum Kotzen dieses gendergerechte Beamtendeutsch – ›beruft die weiteren Mitglieder der Prüfungskommission für die Dauer von fünf Jahren. Die Mitglieder der Prüfungskommission müssen jagdpachtfähig sein.‹« Sie hob den Kopf. »Was soll denn das bedeuten, ›jagdpachtfähig‹?«

»Jagdpachtfähig ist man erst, wenn man soundso viele Jahre den Jagdschein gelöst hat«, erklärte Mendelski. »Ich glaube, man braucht drei Jahresjagdscheine.«

»Okay.« Maike nickte und beugte sich wieder über ihre Unterlagen. »Weiter: ›Das vorsitzende Mitglied der Prüfungskommission sorgt für die Organisation und den Ablauf der Jägerprüfung, soweit nichts anderes bestimmt ist. Paragraf zwei, Prüfungsausschüsse.‹« Maike holte tief Luft. »Jetzt wird's spannend: ›Für die jeweilige Jägerprüfung bildet das vorsitzende Mitglied der Prüfungskommission aus den Mitgliedern der Prüfungskommission für erstens das jagdliche Schießen, zweitens die schriftliche Prüfung und drittens jedes Fachgebiet der mündlich-praktischen Prüfung jeweils einen Prüfungsausschuss. Jeder Prüfungsausschuss besteht aus mindestens zwei Mitgliedern.‹« Maike schaute auf. »Deutsche Sprache, schwere Sprache. Könnt ihr mir folgen?«

»Klar doch.« Dem Gesichtsausdruck seiner Kollegen zufolge hatten die anderen nur Bahnhof verstanden. Trotzdem bejahte Mendelski die Frage. »Ich sag's mal einfacher: Für jeden der drei genannten Prüfungsausschüsse beziehungsweise Prüfungsfächer sind hier bei uns in Celle drei Personen ausgewählt worden. Das hat mir Buchholz gesteckt. Und drei mal drei macht neun. Unsere neun Leute. Ist doch ganz einfach.«

»Hat er dir auch gesagt, in welchen Ausschüssen Harald Urban und Heike Barth waren?«, wollte Heiko Strunz wissen.

»Ja. Im selben. Beide saßen im Ausschuss der mündlich-praktischen Prüfung.«

»Interessant. Wer ist bei diesem Ausschuss der Dritte im Bunde?«

Mendelski zuckte mit den Schultern. »Weiß ich nicht. Das werde ich Buchholz aber noch fragen. Guter Tipp, danke.«

»Robert, wann hast du deinen Jagdschein gemacht?«, fragte Ellen Vogelsang.

»1972, da war ich siebzehn. Den Jugendjagdschein, ich war ja noch Schüler. Lang, lang ist's her. Warum willst du das wissen?«

»Kannst du dich noch an deine Prüfung erinnern?«

»Aber ja doch. Das war schon was ganz Besonderes. Das grüne Abitur sozusagen. Ich hab für den Jagdschein mehr gebüffelt als für die Schule.«

»Hast du denn mit den Prüfern irgendwie schlechte Erfahrungen gemacht?«

»Nö. Ganz im Gegenteil. Weil ich so jung war, haben die bei mir das eine oder andere Auge zugedrückt.«

»Hast du mal gehört, dass irgendjemand schlechte Erfahrungen mit Prüfern gemacht hat?«

»Ah, jetzt weiß ich, worauf du hinauswillst: Du suchst ein Motiv. Ein Motiv für jemanden, der den Leuten aus der Prüfungskommission an den Kragen will.«

»Ist doch naheliegend, oder?«

»Sicher. Also – natürlich habe ich von solchen Geschichten gehört. Prüfer sind auch nur Menschen, haben Schwächen, können sich irren …«

»Oder jemanden mutwillig durchfallen lassen«, schob Jo Kleinschmidt nach. »Wenn einem von denen zum Beispiel die Nase des Prüflings nicht passt.«

»Ach, das glaub ich so nicht«, hielt Mendelski dagegen. »Zumal eine Person allein ja gar nicht über bestanden oder nicht bestanden entscheidet. Deswegen sind es ja immer drei Leute in jedem Prüfungsfach.«

»Trotzdem – ich denke, wir sollten dieser Spur nachgehen.« Jo Kleinschmidt blieb hartnäckig.

»Das sehe ich auch so.« Ellen Vogelsang pflichtete ihrem Kollegen bei. »Wir sollten uns die Leute anschauen, die in den letzten Jahren durch die Prüfung gerauscht sind.«

»Wirklich?« Heiko Strunz guckte skeptisch. »Nur weil einer die Jagdscheinprüfung nicht bestanden hat, geht er nicht gleich auf einen Rachefeldzug. So wichtig ist der Schein auch wieder nicht.«

»Für 'nen Psychopathen, der gern mit Waffen hantiert, vielleicht schon«, meinte Maike. »Und wie sonst kommt man relativ leicht und legitim an Waffen hier in Deutschland? Da musste als Taxifahrer arbeiten, Mitglied in einem Schützenverein sein – oder den Jagdschein besitzen …«

»Überzeugt mich nicht.« Strunz blieb bei seiner Linie. »Wir sollten uns eher auf die radikalen Tierschützer konzentrieren. Für die sind alle, die mit Jägerei und Waidwerk zu tun haben, ein rotes Tuch. Gerade Jagdscheinausbilder, Prüfer, überhaupt Funktionäre der Jägerschaft – die haben diese Tierschützer doch ganz besonders im Visier. Denn die sind ja ihrer Meinung nach maßgeblich dafür verantwortlich, dass sich bisher unbescholtene Männer und Frauen zu schießwütigen Tiermördern entwickeln.«

»Gut gebrüllt, Löwe.« Ellen Vogelsang schmunzelte. »Das klingt ja fast wie ein Flugblatt von der PETA oder der ALF.«

»Heiko hat recht.« Mendelski erhob sich von seinem Stuhl, trat ans Fenster und streckte seinen maladen Rücken. »Nachgewiesenermaßen hatte Urban mehrmals unangenehme Berührungen mit militanten Jagdgegnern … bei der Jagdmesse in Dortmund, bei einer Treibjagd … dazu die Sache mit der Buttersäure. Ob auch Heike Barth derlei Zwischenfälle erlebt hat, sollten wir schnellstens klären. Wenn ja, wäre das ein weiteres Bindeglied.«

»Der ALF traue ich so was eher zu«, sagte Maike Schnur. »Die sind richtig radikal. Die PETA dagegen … die sind doch viel zu brav. Bei Facebook gab's heute 'nen netten Kommentar von denen.« Sie begann ein Kinderlied zu singen. Mit leicht abgeändertem Text. »Neun kleine Jägerlein, die gingen auf die Jagd; der eine schoss den anderen tot, da waren's nur noch acht …«

Jo Kleinschmidt setzte noch eins drauf: »Acht kleine Jägerlein, die stahlen gerne Rüben; den einen schlug der Bauer tot, da waren's nur noch sieben.«

Wieder Maike: »Sieben kleine Jägerlein, die trafen eine Hex; den einen zaubert sie gleich weg, da waren's nur noch –«

»Hört auf mit der Kinderei!«, rief Mendelski vom Fenster. »Das ist nun wirklich nicht zum Spaßen.« Sichtlich verärgert nahm er wieder Platz.

Bevor er fortfuhr, zog er sein Smartphone aus der Tasche, um nach der Uhrzeit zu sehen. Seine Armbanduhr hatte er in der Hektik am Morgen mal wieder vergessen. »Wir dürfen keine Zeit verplempern.« Er schickte einen strengen Blick in die Runde. »Also, ich fasse zusammen: Die neuesten Erkenntnisse haben dazu geführt, dass die anfangs relativ große Gruppe der Verdächtigen und potenziellen Täter, die wir nach dem Tod von Harald Urban auf dem Zettel hatten, deutlich kleiner geworden ist – durch den zweiten Todesfall, den von Heike Barth. Demzufolge stehen die Feinde aus dem privaten und beruflichen Umfeld von Harald Urban nicht mehr primär im Fokus unserer Ermittlungen. Ich gehe derzeit von zwei Zielgruppen aus, die beide mit der Jagd zu tun haben: die militanten Tierschützer und Jagdgegner auf der einen, die durchgefallenen Jagdscheinabsolventen auf der anderen Seite.«

Mendelski legte das Smartphone vor sich auf die Tischplatte. »Folgende Vorgehensweise«, sagte er. »Maike und ich fahren zuerst zum Kreisjägermeister in Winsen. Dort holen wir uns Infos, Namen und Adressen der sieben verbliebenen Jagdscheinprüfer. Danach klappern wir jeden einzeln ab und befragen sie. Nach Auseinandersetzungen mit Jagdgegnern, aber auch nach den letzten Jagdscheinprüfungen. Ich denke, wir warnen sie – vorsichtig, ohne Panik zu verbreiten. Neben den Ermittlungen hat es oberste Priorität, einen weiteren Todesfall zu verhindern. – Ellen und Jo, ihr kümmert euch um die Tierschützer und Jagdgegner. Forscht nach, wer mit Harald Urban schon mal zusammengerasselt ist. Findet raus, ob sie auch Heike Barth kannten, ob es auch mit ihr Zusammenstöße gegeben hat. Dann knöpft euch die einschlägig Bekannten hier in Celle und im Landkreis vor. Dabei brauchen wir unbedingt Unterstützung vom LKA und, wenn's sein muss, auch vom BKA. Stichwort PETA und ALF. – Heiko, bei dir laufen hier die Fäden zusammen. Bleib an Hannover dran, zur Not machst du einen Termin mit Verena Treskatis und fährst hin. Aus Hannover fehlen noch:

der endgültige Obduktionsbericht, die Zeugenaussage von dem Rentner, die Auswertung seiner Fotos … und schließlich die Untersuchungsergebnisse der Kriminaltechnik, insbesondere die Spurenlage von dem Anhänger.«

»Puh!« Maike Schnur stöhnte auf. »Na dann … Das Wochenende ist gelaufen. Matthew und ich wollten eigentlich nach Berlin.«

»Und ich sollte morgen 'nem Freund beim Umzug helfen.« Kleinschmidt grinste breit. »Da muss ich wohl leider absagen.«

»Nur die Ruhe.« Mendelski versuchte Zuversicht zu verbreiten. »Wir haben noch nicht mal Freitagmittag. Da können wir noch einiges schaffen. Um sechzehn Uhr treffen wir uns noch mal hier. Steigenberger will das so. Vielleicht sind wir – oder auch Hannover – dann schon ein Stück weiter.«

Das Vibrieren seines Smartphones vor ihm brachte die Tischplatte zum Schwingen. Mendelski warf einen flüchtigen Blick auf das Display und stutzte. Dann nahm er das Telefon in die Hand.

»Wenn man vom Teufel spricht …«, murmelte er. Und lauter zu den anderen: »Entschuldigt bitte. Ist Hannover.« Er erhob sich, trat ans Fenster und nahm das Gespräch an.

***

Sandra Keller lugte durch den Spalt in der Gardine.

»Du, guck doch mal, den da links außen, das hübsche Kerlchen von der CZ – den können wir doch reinlassen. Oder?«

Yvonne Urban stand im Bademantel neben ihr, ein halb leeres Sektglas in der rechten Hand. »Bist du verrückt? Ich will doch keine Presse im Haus.« Der ungewohnte Singsang in ihrer Stimme verriet, dass sie beschwipst war.

Vom Schlafzimmer im ersten Stock aus konnte man das Geschehen auf dem Erikaweg gut beobachten. Über die Büsche im Vorgarten hinweg sah man jede Menge Autos, die normalerweise nicht hierhin gehörten. Pkw von Journalisten und Fotografen, ein Kleinbus von einem Fernsehteam – und ein Streifenwagen der örtlichen Polizei. Etwas weiter abseits parkten zwei Übertragungswagen, deren Parabolantennen auf dem Dach in den grauen Himmel ragten. Den Kfz-Kennzeichen nach zu urteilen, stammten sie nicht aus dem Landkreis Celle.

»Nur gut, dass die Faßberger Streife da ist.« Yvonne Urban nippte an ihrem Glas. »Sonst hätten diese Blutsauger bestimmt schon das Grundstück gestürmt.«

»Gestern waren es noch weniger«, sagte Sandra Keller. »Pass auf, am Ende wirst du noch berühmt.«

Yvonne Urban lachte hämisch auf. »Ich? Nee, nee … Die machen doch nur so 'nen Rummel, weil's jetzt noch 'ne Tote gibt. Eine, die wie Harald zur Jagd ging und die wie er 'ne Zahl auf der Stirn hatte.«

»Was für'n Wahnsinn.« Sandra Keller schnappte sich die Sektflasche vom Nachtschrank und leerte den drei Finger hohen Rest in einem Zug. »Wer macht denn so was, wer kommt auf solche Ideen? Da läuft doch irgend'n Psycho rum, der Jäger umbringt …«

Yvonne Urban ließ sich auf der Bettkante nieder. »Umbringen? Das ist noch gar nicht bewiesen«, erwiderte sie. »Bisher sieht das alles nach Unfällen aus, bei Harald und auch bei der Frau in Hannover.«

Sandra Keller stellte die Flasche zurück auf den Nachttisch. »Aber … die Zahlen auf der Stirn sprechen doch eindeutig gegen einen Unfall. Da gab es ganz klar 'nen Täter.«

»'nen Schreibtäter, ja …«

Die beiden Frauen kicherten albern.

»Apropos Schreibtäter.« Sandra Keller trat wieder ans Fenster. »Komm, wir lassen den rein. Der guckt so … so traurig.«

Yvonne Urban trat zu ihr und schielte durch den Gardinenspalt. »Woher weißt du denn, dass der von der Celleschen kommt?«

»Ach, der war mal bei uns im Kindergarten, für 'ne Reportage über Migrationskinder. Is 'n aufgewecktes Bürschchen mit Manieren.« Vielsagend grinsend hängte ihre Freundin an: »Außerdem hat er 'nen knackigen Po.«

Wieder gackerten beide um die Wette.

»Na gut«, lenkte Yvonne Urban schließlich ein. »Wenn du meinst, lassen wir ihn rein.«

»Prima.« Sandra Keller grinste vieldeutig.

»Aber erst zieh ich mir noch was Schickes an.«

**

»Hallo, Robert. Ich komme gerade aus der Tierärztlichen Hochschule. Da gab es interessante Neuigkeiten.« Kriminalhauptkommissarin Verena Treskatis stand auf dem Bürgersteig des Büntewegs, direkt vor dem Eingang zur Kleintierklinik, und telefonierte.

»Bitte? Was machst du denn da?«, hörte sie ihren Kollegen von der PI Celle fragen. »Ist die MHH so überbelegt, dass ihr eure Leichen zu den Veterinären bringen müsst?«

»Nur die kleinen pelzigen«, erwiderte sie mit einem Schmunzeln. »Nein, Spaß beiseite. Heike Barth ist in der Medizinischen. Aber den toten Marder, der neben ihr lag, haben sich die von der Tierklinik angeschaut.«

»Ach ja. Den hätte ich beinahe vergessen. Und? Ist er auch von der Flachte erschlagen worden?«

»Witzbold!« Sie wurde ernst. »Also, Überraschung Nummer eins: Es ist ein Baummarder, kein Steinmarder – wusste gar nicht, dass es bei uns zwei Sorten Marder gibt.«

»Hm«, brummte Mendelski. »Baummarder meiden in der Regel menschliche Siedlungen. Wie der Name schon sagt, sind sie im Wald zu Hause. Daher ist es schon ungewöhnlich, dass in eurem städtischen Tiergarten ein Baummarder liegt.«

»Da spricht der Fachmann …« Verena Treskatis lehnte sich an den Kotflügel ihres Dienstwagens, den sie am Straßenrand geparkt hatte. Das lange Stehen bekam ihren arthrosegeplagten Knien nicht. »Überraschung Nummer zwei«, fuhr sie fort. »Das Tier, ein eineinhalbjähriger Rüde, war schon länger als zwölf Stunden tot, als es von Heike Barth gefunden wurde.«

»Was bedeutet das für –«

»Moment, es kommt noch mehr. Überraschung Nummer

drei: die Todesursache. Der Veterinär meint, dass der Marder überfahren worden ist.«

»Wie? Von dem Anhänger, neben dem er lag?«

»Nein. Dann wäre er platt wie eine Flunder gewesen. Nein, sehr wahrscheinlich ist er im Straßenverkehr umgekommen. Der Kopf ist völlig zerschmettert, was dafür spricht, dass ihn ein Auto mit hoher Geschwindigkeit getroffen hat. Auf einer Autobahn, einer Schnellstraße oder Landstraße.«

»Was folgt daraus?«

»Na, erst einmal, dass der Marder auf keinen Fall im Tiergarten getötet wurde. Dort sind die Fahrzeuge – wenn überhaupt – mit höchstens dreißig Stundenkilometern unterwegs. Also die Autos des Betriebshofes, vom Förster und so weiter.«

»Gut, verstehe. Weiter.«

»Zweitens folgere ich daraus, dass den toten Marder irgendjemand außerhalb der Stadt aufgesammelt und neben dem Anhänger platziert hat. Gezielt und mit Absicht.«

»Warum sollte das jemand tun?«

»Na, überleg mal.«

Verena Treskatis hörte deutlich, wie Mendelski sich räusperte. Dann fragte er: »Du meinst, der Kadaver vom Marder hat was mit Heike Barths Tod zu tun?«

»So kann man das sehen.«

»Du denkst, der hat quasi als Lockvogel gedient?«

»Genau das glaube ich. Der Marder könnte ein Köder für Heike Barth gewesen sein.«

»Damit sie zum Anhänger kommt, nachschaut, was da liegt, sich bückt …«

»Und dann knallt ihr völlig unerwartet die Flachte auf den Kopf.«

Mendelski schwieg einen Moment. »Heftig. Was sagt denn eure KT dazu?«, fragte er dann.

»Dass das durchaus möglich wäre. Wir haben das Szenario in Gedanken durchgespielt: Jemand versteckt sich oben auf dem leeren Anhänger. Die Flachten sind einen Meter hoch, mehr als genug, um einen Menschen zu verbergen. Wahrscheinlich hat der Unbekannte die Flachte so präpariert, dass ein Fingerstupser reichte, um das zentnerschwere Metallteil runterkrachen zu lassen. Er wartet den richtigen Moment ab, bis sein Opfer in der gewünschten Position ist, und zack ...«

»Danach springt er vom Wagen«, setzte Mendelski fort, »überzeugt sich, dass sein Plan aufgegangen ist, malt die Zahl und flüchtet unerkannt.« Mendelski stockte. »Unerkannt ... was ist denn mit eurem Zeugen, dem fotografierenden Rentner?«

»Fehlanzeige.« Verena Treskatis zog ein schmerzverzerrtes Gesicht, denn ihre Knie mochten auch die angelehnte Haltung nicht länger. Die Kommissarin löste sich von dem Kotflügel, mit ihrer freien Hand tastete sie nach dem Autoschlüssel. »Im entscheidenden Augenblick hat der Zeuge auf das Damwild geachtet, nicht auf die Jägerin. In der Hoffnung auf einen sensationellen Schnappschuss hatte er sein Teleobjektiv auf die Tiere gerichtet.«

»Also hat die Auswertung der Fotos nichts erbracht?«

»Bislang nicht, nein.« Verena Treskatis hielt endlich ihren Autoschlüssel in der Hand. Mit einem Klacken entriegelten sich die Türen.

Mendelski pfiff durch die Zähne: »Dann hat der mutmaßliche Täter ja riesiges Glück gehabt. Wie leicht hätte der heimliche Fotograf ihn aufnehmen können. In Großformat sogar.«

Die Kommissarin öffnete die Autotür und ließ sich auf den Fahrersitz gleiten. Erleichtert, dass die Schmerzen weniger wurden, seufzte sie hörbar. »So scheint es wohl. Aber wahrscheinlich war er eh vermummt.«

»Sonst noch was vom Zeugen?«

»Nee. Zwar erzählte er von einem Jogger, der kurz vor der Tat durch den gesperrten Tiergarten lief. Aber auch von dem hat er nur wenig – oder besser nichts – Verwertbares gesehen. Trotzdem gehen wir dem natürlich nach.«

Für einen Moment schwiegen sie. Mendelski setzte nachdenklich wieder an: »Die Muster gleichen sich. Bei beiden Fällen haben wir es nicht mit eindeutigen Tötungsdelikten zu tun, jedenfalls lässt sich so etwas derzeit nicht nachweisen. Beides könnten auch Unfälle gewesen sein. Doch verrät sich der

Täter – oder besser Unfallverursacher –, indem er die Zahlen schreibt.«

»Was für ein verrückter Fall.« Beim Versuch, den Schlüssel mit links ins Zündschloss zu stecken, glitt ihr das Schlüsselbund aus der Hand. Verena Treskatis verschluckte ein Fluchen, als sie sich in den Fußraum bückte. »Ich … ich kann mir auch noch keinen Reim darauf machen.«

»Für diese Zahlenschreiberei geht der Täter ein hohes Risiko ein, entdeckt zu werden«, analysierte Mendelski weiter. »Also muss das für ihn enorm wichtig sein, als Teil seines Plans.«

»Gar keine Frage. Das ist ganz eindeutig eine Botschaft.« Die Kommissarin steckte den Schlüssel ins Zündschloss, dieses Mal mit der Rechten. »Fragt sich bloß, an wen die gerichtet ist. An uns oder –«

»Vielleicht sind die nächsten Opfer gemeint«, fiel ihr Mendelski ins Wort. »Die sollen sich warm anziehen …«

Verena Treskatis hörte, wie jemand anderes versuchte, sie am Handy zu erreichen.

»Ich muss Schluss machen«, sagte sie. »Da klopft jemand an. Ich fürchte, das ist das Innenministerium …«

✳✳✳

»Axel Schriewe«, stellte sich der Journalist vor. »Von der Celleschen Zeitung. Danke, dass Sie mich reingelassen haben.« Mit einem charmanten Lächeln schob er seine Visitenkarte über den Couchtisch.

»Das haben Sie nur meiner Freundin zu verdanken«, sagte Yvonne Urban, während sie nach der Visitenkarte griff. Sie hatte zuvor den Bademantel gegen einen kurzen grauen Rock und eine auberginefarbene Bluse getauscht. Neben ihr auf dem Sofa im Wohnzimmer saß Sandra Keller. »Die kennt Sie von früher.«

Fragend sah der Reporter Sandra Keller an. Er schien sich nicht zu erinnern.

»Unsere Kita ›Neuer Weg‹, letztes Jahr«, half sie ihm. »Ihr Bericht über Kinder mit Migrationshintergrund.«

»Klar doch.« Axel Schriewe lächelte sie an. »Sorry. Jetzt fällt's mir wieder ein. In Bergen war das. Dann muss ich bei Ihnen ja einen leidlich guten Eindruck hinterlassen haben. Sonst säß ich wohl jetzt nicht hier.«

Sandra Keller winkte verlegen ab. Ein Hauch von Röte huschte über ihre Wangen.

»Erst einmal herzliches Beileid«, wandte sich Axel Schriewe wieder an Yvonne Urban. »Der plötzliche Tod Ihres Mannes – so was tut weh …«

Ohne zu antworten, starrte die Witwe an ihm vorbei ins Leere.

»Auch wenn Sie jetzt vielleicht kaum einen Gedanken daran verschwenden …«, fuhr der Reporter nach einer kurzen Pause fort. »Nicht nur die Polizei, sondern auch die Öffentlichkeit will wissen, wer oder was schuld am Tod Ihres Mannes ist.«

Yvonne Urban nickte wortlos.

»Außerdem können wir Reporter durch unsere investigative Arbeit mithelfen, Licht in bisher ungelöste Kriminalfälle zu bringen. Dazu stehen uns Mittel zur Verfügung, welche die Polizei nicht nutzen kann.«

»Fragen Sie ruhig«, erwiderte Yvonne Urban.

»Darf ich unser Gespräch aufzeichnen?«, fragte Axel Schriewe und schaute die beiden Frauen nacheinander an. Mit der rechten Hand hielt er ein Diktiergerät hoch. »Dann muss ich nicht alles mitschreiben …«

Yvonne Urban reagierte prompt. »Nein, bitte nicht«, sagte sie rasch. »Ich habe ein Glas Sekt getrunken, da redet man schon mal dummes Zeugs. Außerdem … seien Sie mir nicht böse … macht mich so ein Gerät nervös. Nervöser, als ich ohnehin schon bin. Mir wäre es lieber, Sie schreiben mit.«

»Kein Problem. Wie Sie möchten.« Er zog Schreibblock und Kugelschreiber aus der Umhängetasche. »Es ist zwar sonst nicht üblich, aber in diesem Falle werde ich Ihnen den Text vor der Veröffentlichung zukommen lassen. Wenn Sie dann mit einzelnen Passagen nicht einverstanden sind, ändern wir das ab.«

»Einverstanden.« Yvonne Urban suchte den Blickkontakt zu ihrer Freundin. Sandra Keller nickte bejahend.

»Also denn.« Axel Schriewe begann zu schreiben, während er sprach. »Frau Urban, Sie haben sicher von dem zweiten Todesfall gehört, ebenfalls mit einer Zahl auf der Stirn?«

»Ja, hab ich. Die Leute von der Kripo in Celle haben mich informiert.«

»Heike Barth, die in Hannover ums Leben kam, stammt aus Celle-Wietzenbruch. Auch sie war Jägerin, auch sie war gerade zur Jagd, als das Unglück geschah.«

»Das weiß ich alles schon.«

»Haben Sie irgendeine Idee, was die beiden Todesfälle verbinden könnte ...?«

»Wie sollte ich denn?« Yvonne Urban zeigte eine Spur von Unmut. »Wegen der Zahl auf der Stirn? Oder weil auch die Frau gejagt hat? Oder ...?«

»Vielleicht spielt beides eine Rolle.«

»Keine Ahnung. Ich weiß nicht, was die Zahlen bedeuten sollen. Und dass Harald und diese Frau ... also irgendwas Gemeinsames ...« Ihre Stimme erstarb.

»Kannten Sie Heike Barth? Vielleicht auch nur dem Namen nach?«

»Nein. Bis heute Morgen, als die Kripo anrief, hatte ich noch nie etwas von ihr gehört.«

Axel Schriewe rückte auf seinem Sessel ein Stück nach vorn. »Hat die Polizei Ihnen nicht gesagt, dass Ihr Mann und Heike Barth sich kannten?«

»Wie bitte?« Yvonne Urban und Sandra Keller schauten sich verdutzt an. »Wie meinen Sie das jetzt?« Der Witwe fehlten die Worte. Sandra Keller hakte nach: »Sie meinen doch nicht, dass Harald und diese Frau ...«

»Nein, nein«, korrigierte sie der Reporter schnell. »Heike Barth und Harald Urban hatten nur jagdlich oder auch behördlich miteinander zu tun. Beide gehörten zur Celler Prüfungskommission für Jagdscheine.«

»Puh.« Yvonne Urban atmete tief durch. »Ich dachte schon ...«

»Nein, so was nicht.« Axel Schriewe lächelte kurz. »Trotzdem ... vielleicht spielt es eine wichtige Rolle: Beide gingen zur

Jagd, beide saßen im Prüfungsausschuss, beide waren Entscheidungsträger. Kann doch sein, dass sie sich dabei Feinde gemacht haben.«

»Schon möglich.« Yvonne Urban gähnte. »Das kann ich nicht ausschließen.«

»Haben Sie eventuell einen Verdacht?«

»Ach, wissen Sie, ich kenne doch Haralds Jagdbekanntschaften gar nicht. Das war seine Welt, nicht meine.«

»Hat Ihr Mann von einem besonderen Vorfall erzählt, vielleicht bei der letzten Prüfung im Mai?«

»Harald erzählte wenig von sich, noch weniger von der Jagd. Und das bisschen, das ich weiß, hab ich der Polizei schon alles gesagt.« Ihre Bereitschaft, die Fragen des Journalisten zu beantworten, schwand zusehends. Hilfesuchend schaute sie ihre Freundin an.

»Die Kripoleute haben haufenweise Akten mitgenommen«, half Sandra Keller aus. »Mehr können wir Ihnen jetzt auch nicht verraten.«

»Okay, okay«, gab Axel Schriewe kleinlaut nach. Er sah seine Felle wegschwimmen. »Vielleicht haben die Todesfälle ja gar nichts mit den Jagdscheinprüfungen zu tun. Mag sein, dass ihre Aktivitäten als Funktionäre der Jägerschaft militante Jagdgegner oder radikale Tierschützer auf den Plan gerufen haben.«

»Danach hat die Polizei auch schon gefragt«, erwiderte Yvonne Urban. Ihr Tonfall wurde unwirsch. »Die ermitteln in alle Richtungen.«

Trotz der dürftigen Ergebnisse schrieb Axel Schriewe fleißig mit. »Hat Ihr Mann schon mal Drohbriefe bekommen?«, fragte er fast beiläufig.

»Bestimmt. Bei den vielen Streitereien, die er angezettelt hat.«

»Konkretes wissen Sie aber nicht?«

»Nein.«

»Oder hat er in den letzten Wochen über besonderen Ärger berichtet? Dass er sich vielleicht bedroht fühlt?«

Yvonne Urban lachte kurz auf. »Sie kannten meinen Mann

nicht. Wie ich schon gesagt habe: Harald redete nicht viel. Schon gar nicht über Gefühle.«

»Ihre Ehe, ihr Verhältnis … war das …?«

»Lassen wir das bitte …«

Axel Schriewe nickte schweigend. Nach einer kurzen Denkpause wechselte er das Thema: »Sagt Ihnen das Kürzel ALF etwas?«

»Nein.«

»Das ist eine radikale Tierschutzorganisation –«

Ein Klingeln an der Haustür unterbrach ihn. Sandra Keller erhob sich wortlos und ging hinaus.

»Ich glaube, wir müssen jetzt Schluss machen«, sagte Yvonne Urban. »Das wird der Pfarrer sein.«

Axel Schriewe klappte seinen Schreibblock zusammen und stand ebenfalls auf. »Die relevanten Unterlagen Ihres Mannes sind also bei der Kripo in Celle«, resümierte er. Die Enttäuschung über dieses wenig ergiebige Exklusiv-Interview war ihm deutlich anzusehen. »Dann werde ich wohl die Pressekonferenz abwarten müssen. Aber haben Sie erst mal herzlichen Dank.«

Sandra Keller tauchte im Türrahmen auf. »Ein Herr Buchholz«, sagte sie mit unterdrückter Stimme. »Bernd Buchholz aus Winsen. Kreisoberjäger oder Kreisjägermeister oder so ähnlich.«

»Ach, den kenn ich«, erwiderte Yvonne Urban. »Der kann ruhig reinkommen.« Zum Abschied reichte sie Axel Schriewe die Hand. »Und nimm bitte den Herrn von der Celleschen Zeitung gleich mit hinaus.«

Als der Reporter den Raum verließ, sah sie ihn von hinten. Sandra hatte nicht zu viel versprochen.

※※※

Sie standen neben dem Dienstwagen auf dem Parkplatz und wollten gerade einsteigen, als ein Handy klingelte. Keiner der beiden machte Anstalten, sein Mobiltelefon hervorzuholen.

Maike Schnur schaute von der Fahrerseite aus über das Wagendach. Robert Mendelski versuchte, die Beifahrertür zu öffnen. Sie ließ ihren Chef zappeln.

»Was guckst du?«, knurrte er. »Mach endlich auf.«

»Dein Handy bimmelt.« Sie zog die Worte in die Länge, als hätte sie ein Kaugummi im Mund.

»Oh … danke.« Er kramte in seinen Taschen. »Verfluchter Tinnitus. Heute ist es mal wieder besonders übel. Hört sich genauso an wie's Telefon.«

»Dann such dir einen neuen Klingelton«, erwiderte sie genervt, entriegelte die Autotüren und stieg ein. »Oder mach 'nen Termin beim Ohrenarzt.«

»Dagegen kann man nicht viel …« Mendelski unterbrach sich selbst. Er hatte inzwischen das Handy am linken Ohr. »Hallo? Wer spricht denn da?« Mit der freien Hand öffnete er die Beifahrertür.

»Ich bin's noch mal«, hörte er Verena Treskatis am anderen Ende der Leitung sagen. »Wir brauchen eure Amtshilfe.«

Auch er stieg ins Auto und zog die Tür hinter sich ins Schloss. »Um was geht's denn?«, fragte er.

»Ich hab momentan hier niemanden, den ich nach Celle in die Wohnung von Heike Barth schicken kann. Da sollten wir uns jedoch unbedingt zeitnah umschauen. Vielleicht finden wir ja dort einen Hinweis …«

»Können wir übernehmen.« Mendelski fingerte nach dem Sicherheitsgurt. »Die Adresse in Wietzenbruch haben wir ja. Wie kommen wir da rein?«

»Der Hausmeister weiß Bescheid. Ostermeyer. Wilfried Ostermeyer. Wohnt im gleichen Haus.«

»Okay. Am besten machen wir das gleich.« Mendelski nickte Maike zu. »Auf dem Weg nach Winsen fahren wir über Wietzenbruch. Ist kein großer Umweg.«

Maike startete den Motor, legte den ersten Gang ein und fuhr forsch los.

»Sollen wir die Wohnung versiegeln?«, fragte Mendelski.

»Kann nicht schaden. Die wenigen Verwandten, die Heike Barth hatte, leben alle weit weg. In ihrer Wohnung hat also niemand was zu suchen.«

»Okay. Wir melden uns, wenn wir durch sind.«

»Danke. Ich fahre jetzt noch einmal in den Tiergarten. Ortstermin mit dem Zeugen, du weißt schon, der Rentner mit dem Fotoapparat. Vielleicht kommt dabei ja doch mehr heraus.«

»Na dann, viel Glück. Bis später«, beendete Mendelski das Telefonat.

»Wartet denn der Buchholz nicht auf uns?«, wollte Maike Schnur wissen, während sie an einer Fußgängerampel bremste.

»Nicht wirklich.« Mendelski schaute auf seine Armbanduhr. »Hab ihn selbst nicht erreicht, sondern nur seine Frau. Die meinte, er wäre noch unterwegs. Passt doch prima. Machen wir vorher noch schnell einen Abstecher in die Wohnung.«

SIEBEN

»Stört es Sie, wenn wir Sekt trinken?«

Sandra Keller hatte eine geöffnete Flasche aus milchigem Glas in der einen Hand. Das schwarze Etikett wies auf einen bekannten spanischen Hersteller hin. In der anderen hielt sie eine kurzstielige leere Sektflöte.

»Nein, überhaupt nicht.« Doch der Gesichtsausdruck des Besuchers entsprach so gar nicht dieser Antwort. Bernd Buchholz schien einigermaßen irritiert zu sein. Eine Witwe, die keine schwarze Kleidung trug und stattdessen mit ihrer Freundin Sekt trank, am helllichten Tage – das passte nicht in das Weltbild des Bauern.

»Möchten Sie auch ein Glas?«, fragte Sandra Keller keck.

»Nein danke, lieber nicht.« Die natürliche Röte in Bernd Buchholz' rundem Gesicht wurde eine Spur intensiver. Der große, stattliche Mann in der Lodenjacke, der am Esstisch Platz genommen hatte, wischte sich eine seiner zahlreichen rotblonden Haarsträhnen aus der Stirn. »Ich muss gleich noch fahren.«

»Vielleicht etwas anderes?«

»Nein, vielen Dank.«

»Dieses Durcheinander in meinem Kopf ist anders nicht auszuhalten«, entschuldigte sich Yvonne Urban, während sie sich einen Stuhl zurechtrückte. »Wäre ich doch bloß auf Madeira geblieben ...«, murmelte sie.

»Ich kann das ganz und gar nachempfinden«, sagte Buchholz hölzern. »Sie machen sicher Schlimmes durch.« Er räusperte sich, schluckte. »Mir ... mir als Kreisjägermeister war Ihr Mann ein treuer Weggefährte, ein loyaler Mitstreiter in jagdlichen Belangen. Vor allem als langjähriges Mitglied der Jagdscheinprüfungskommission hat er sich um unsere Anliegen verdient gemacht. Wir, die gesamte Jägerschaft des Landkreises Celle, werden ihn schmerzlich vermissen.«

Es klang wie eine unbeholfene Grabrede.

»Danke.« Yvonne Urbans kurze Antwort verriet keinerlei Gefühlsregung.

»Heute bin ich hergekommen«, fuhr Buchholz fort, »um Ihnen meine Hilfe anzubieten. Was immer wir für Sie tun können, rufen Sie mich an, ich werde das Nötige veranlassen. Das sind wir Harald – und Ihnen – schuldig.«

»Danke.« Wieder fiel die Antwort bemerkenswert kurz und knapp aus.

»Können Sie schon was über die Beerdigung sagen?«, nahm der Kreisjägermeister einen neuen Anlauf.

»Nein.« Yvonne Urban schüttelte den Kopf. »Die Polizei hat den Leichnam noch nicht freigegeben. So was dauert seine Zeit, sagen sie.«

»Dann kann man ja alles in Ruhe vorbereiten. Wir von der Jägerschaft würden Sie da gern unterstützen. Zur Beerdigung, beziehungsweise zur Trauerfeier, werden sicher viele Leute aus der Jägerschaft und aus dem Bekanntenkreis kommen.«

Yvonne Urban wurde zornig: »Ausgeschlossen!«, rief sie. »So einen Massenauflauf will ich auf gar keinen Fall. Die Trauerfeier wird intim und familiär sein. Das steht schon fest. Also kein Jagdhornblasen, keine Reden von Offiziellen, kein letzter Bruch. Harald wollte im Wald bestattet werden. Wie es sich für einen Grünrock gehört. Im Ruheforst in Feuerschützenbostel. Das soll er bekommen. Er wird eingeäschert und kommt unter einen Baum. Ohne das ganze Tamtam. Basta.«

»Wenn Sie das denn so wollen ...« Bernd Buchholz ruderte zurück. An seinen Schläfen hatten sich winzige Schweißperlen gebildet. »Haben Sie schon von der toten Jägerin aus Wietzenbruch gehört?«, fragte er.

»Ja. Die Polizei hat davon erzählt, auch von den Einzelheiten und den Parallelen zu Haralds Tod. Sie war ebenfalls in diesem Prüfungsgremium.«

»Richtig.« Bernd Buchholz rieb sich die schweißnassen Hände an der Hose trocken. »Beide Todesfälle machen uns, also die Jägerschaft, sehr betroffen, wie Sie sich ja denken können. Das alles ist ein großes Rätsel für uns.«

»Sie haben also auch keine Idee?«

»Nein. Nicht die leiseste Ahnung.«

»Was ist denn jetzt mit den übrigen Mitgliedern der Prüfungskommission?«

»Die haben natürlich große Angst, dass ihnen auch was zustößt.«

»Und Sie selbst?«

»Mit mir ist das nicht anders.«

»Ist ja auch kein Wunder.« Yvonne Urban stellte das leere Sektglas ab. Gefährlich nahe an der Tischkante. »Wie viele Leute gehören denn noch zur Prüfungskommission?«

»Sechs, mit mir sieben. Also jetzt. Ursprünglich waren wir neun.«

»Ich verstehe, daher die Zahlen Neun und Acht. Als Nächstes wäre die Sieben dran, wie bei einem Countdown. Grausig.«

»Ja. Schon böse, so was. Deshalb ... ich hatte eigentlich im Stillen gehofft, dass ich vielleicht von Ihnen ... dass Sie eventuell einen Hinweis für mich haben, wer oder was dahintersteckt ... hinter diesen grausigen Unglücksfällen.«

»Ach, deswegen ...« Yvonne Urban reagierte zunehmend ärgerlich. Mit der flachen Hand wischte sie über den Tisch, berührte dabei das leere Sektglas und warf es um. Zum Glück kippte es auf den Tisch und blieb heil. »Aushorchen wollen Sie mich, anstatt mir uneigennützig zu helfen. Das ist aber nicht die feine Art ...«

»Aushorchen? Nein. Ganz sicher nicht. Damit tun Sie mir unrecht.« Buchholz blieb ruhig und versuchte, mit einem Lächeln die Situation zu retten. »Aber es wäre vielleicht klug, wenn wir uns gemeinsam den Kopf zerbrechen. Wenn es gelingt, die beiden Todesfälle rasch aufzuklären, könnte man damit eventuell weitere Unglücke verhindern.«

»Gemeinsam den Kopf zerbrechen ... Dabei kann ich Ihnen nicht helfen«, kam es trotzig zurück.

»Ich wäre Ihnen jedenfalls sehr dankbar, wenn Sie mich auf dem Laufenden halten würden«, bat er. »Denn ... Weil Sie ja direkt betroffen sind, erzählt Ihnen die Kripo wahrscheinlich mehr als mir.«

Yvonne Urban schaute unschlüssig zu ihrer Freundin hinüber. Sandra Keller zuckte mit den Schultern. »Im Moment wissen Sie vermutlich mehr als wir.«

Buchholz zog sein Smartphone aus der Jackeninnentasche und schaute nach der Uhrzeit. »Ich muss jetzt gehen«, erklärte er. »Bin mit dem Leiter der Sonderkommission verabredet. Wenn ich was Neues höre, rufe ich Sie an.«

Er erhob sich schwerfällig und reichte ihr die Hand.

»Also ich an Ihrer Stelle ... ich würde eine Weile verreisen«, sagte Yvonne Urban zum Abschied. »Erst mal untertauchen. Am besten auf einer einsamen Insel mitten im Atlantik ...«

Sandra Keller nickte ihm zu. »Wir hätten da einen Tipp ...«

»Nämlich?«

»Madeira.«

**

Die Wohnung von Heike Barth lag im ersten Stock eines Mehrfamilienhauses im Immenweg. Doch bevor sie nach oben gingen, klingelten sie beim Hausmeister, der im Erdgeschoss wohnte.

»Hab schon auf Sie gewartet«, sagte Wilfried Ostermeyer, nachdem Robert Mendelski und Maike Schnur sich vorgestellt und ausgewiesen hatten. »Eigentlich ja schon gestern«, fügte er mit einem tadelnden Dackelblick hinzu. Der Mann im besten Rentenalter trug einen grauen Kittel und eine gleichfarbige Schiebermütze. Beide Kleidungsstücke sahen aus wie festgewachsen.

»Dann wollen wir mal.« Er klimperte mit einem Schlüsselbund und zog seine Wohnungstür hinter sich ins Schloss. In Filzhausschuhen schlurfte er in Richtung Treppenhaus voraus.

»Die Kollegen aus Hannover haben uns erst heute gebeten, die Wohnung zu überprüfen«, erklärte Mendelski. »Seit wann wissen Sie denn von dem ... dem Tod Ihrer Mieterin?«

»Gestern Nachmittag, da tauchte hier einer von der CZ auf«, antwortete Ostermeyer. »Ein gewisser Schreiber, Schriebe oder so. Da waren die Reporter mal wieder schneller als die Polizei ...«

Maike Schnur war plötzlich hellwach. »Schriewe? Axel Schriewe? Haben Sie den etwa in die Wohnung gelassen?«, fragte sie.

»Seh ich so aus?« Wilfried Ostermeyer hob fragend den Zeigefinger. »Nee, nee. Keine Bange. Den hab ich schön draußen gelassen.«

Sie hatten das Treppenhaus erreicht und stiegen die Stufen zum ersten Stock hinauf.

»Haben Sie dem was über Frau Barth erzählt?« Maike ließ nicht locker.

Der Hausmeister blickte kurz über seine Schulter zurück und stapfte schweigend die Treppenstufen hoch. Erst als er oben auf dem Treppenabsatz angekommen war, blieb er stehen und sagte: »Na ja, ich hab ihm erzählt, was hier sowieso jeder weiß. Diese … Schmierfinken lassen einem eh keine Ruh.«

»Und?«

»Was und?«

»Was haben Sie dem Zeitungsmenschen verraten?«

»Na, nichts Spezielles, so ʼn allgemeines Zeug halt. Dass die Frau alleine lebte, dass sie erst ein Jahr hier gewohnt hat. Drei Zimmer, Küche, Bad, keine Garage, dass sie beim Landgestüt arbeitete und so weiter. Mehr nicht. Das könnte wirklich jeder hier im Haus erzählen. Geheimnisse hab ich keine ausgeplaudert.«

»Sehr beruhigend.« Maike war noch nicht ganz fertig mit ihm. »Was für Geheimnisse über Heike Barth hätten Sie denn preisgeben können?«

Wilfried Ostermeyer hatte schon den Griff der Glastür in der Hand, hielt dann aber inne. Mit einem Seufzer schob er seine Schiebermütze in den Nacken. Leise dämmerte ihm, dass er drauf und dran war, sich um Kopf und Kragen zu reden.

»Sie sind ja schlimmer wie der Zeitungsfuzzi«, schimpfte er. Sein Dackelblick suchte Hilfe bei Mendelski. Doch der schaute ihn unerbittlich an.

»Was für Geheimnisse?«, bohrte er.

»Was soll das, wird das jetzt ein Verhör?«, erwiderte Ostermeyer mit unterdrückter Stimme. Beunruhigt schaute er sich im Treppenhaus um, ob vielleicht unerwünschte Ohren lauschten.

»Nein. Das ist eine einfache Unterhaltung.« Mendelski beugte sich ein Stück vor, um nicht so laut sprechen zu müssen. »Nun rücken Sie raus mit der Sprache.«

»Na ja, das sind … ich meine, ich weiß ja keine richtigen Geheimnisse, sondern mehr so Interna. So Sachen, die man als Hausmeister mitkriegt.«

»Und das wäre?«

»Tja …«, druckste Ostermeyer herum, »zum Beispiel, dass Frau Barth nie Männerbesuch hatte. Kamen immer nur Frauen.«

»Was ist denn daran so auffällig?«, fragte Maike verwundert.

Der Hausmeister zuckte mit den Schultern. »Also, diese Frauen … die benahmen sich schon 'n bisschen … komisch. Nicht wie Verwandte oder Angehörige. Nee, sondern … wie Freundinnen. Die haben sich umarmt und geküsst und so …«

»Aha.« Maike verdrehte die Augen.

»Und dann, dass sie zur Jagd geht«, schob er rasch nach. »Eine Frau, die Tiere totschießt … also ich finde das schlimm.«

»Hallo?« Maike stemmte beide Hände in die Hüften. »Und Männer dürfen das, oder wie?«

»Genau. So ist das eben.« Ostermeyer verschränkte die Arme vor der Brust. »Waffen gehören einfach nicht in Frauenhände«, setzte der Hausmeister einen obendrauf. »Sie sehen ja, wozu das führen kann.«

Maike kochte. »Ich fass es nicht.«

Mendelski ahnte, dass sie kurz davor war, Ostermeyer ihre Dienstwaffe, eine nagelneue, frisch polierte und gut geölte Heckler & Koch P 2000, unter die Nase zu halten. Für eine kleine Demonstration, wie gut Frauen mit Schusswaffen umgehen können. Rasch kam er ihr zuvor.

»Gibt's sonst noch was Nennenswertes über Heike Barth?«, fragte er.

»Nee, mehr weiß ich auch nicht«, wandte Ostermeyer sich Mendelski zu, froh, dass der sich in das Gespräch eingeschaltet hatte.

»Dann zeigen Sie uns jetzt bitte die Wohnung.«

Der Hausmeister stieß die Glastür auf und schlurfte den Gang entlang. Bei der nächsten Tür blieb er stehen. Mendelski und Maike, die ihm gefolgt waren, lasen das Namensschild neben der Klingel: »H. Barth«.

»So, bitte schön.« Ostermeyer hatte aufgeschlossen und war zur Seite getreten. »Nach Ihnen.«

»Sie bleiben schön draußen«, fauchte ihn Maike an, während sie an ihm vorbei die Wohnung als Erste betrat.

»Aber ... ich bin der Hausmeister«, protestierte Ostermeyer.

»Das bleiben Sie ja auch. Aber wo meine Kollegin recht hat, hat sie recht«, fertigte Mendelski ihn ab und folgte seiner Kollegin. »Lassen Sie uns jetzt bitte in Ruhe unsere Arbeit tun. Allein. Wir melden uns nachher noch einmal bei Ihnen.«

»Aber –«

»In einer halben Stunde sind wir durch«, unterbrach ihn der Kommissar.

»Ich –«

Weiter kam Wilfried Ostermeyer nicht. Mendelski hatte ihm die Tür direkt vor der Nase zugemacht.

✶✶✶

Die Wolkendecke über Nienhagen riss für einen kurzen Moment auf. Die langen Strahlen der Novembersonne bahnten sich einen Weg durch Dunst- und Nebelfetzen, erreichten die Dächer im Butterstieg und brachten die grauen Dachziegel zum Dampfen.

Auf dem Parkplatz vor den Reihenhäusern stand ein anthrazitfarbener VW Passat mit Celler Kennzeichen. Drinnen saß ein Paar, er am Steuer, sie auf dem Beifahrersitz. Sie machten keine Anstalten, auszusteigen oder loszufahren.

Ellen Vogelsang hielt eine aufgeschlagene Akte auf den Knien, Jo Kleinschmidt fingerte an seinem Smartphone herum.

»Matthias Roth«, las sie vor, »sechsundzwanzig Jahre alt, alleinstehend. Gelernter Zahntechniker, zurzeit arbeitslos gemeldet. Ehemaliger PETA-Aktivist. Wurde wegen Radikalisierung vor zwei Jahren von der Gruppe ausgeschlossen. Die beim LKA vermuten, dass er eine ALF-Zelle gegründet hat.«

Jo Kleinschmidt steckte sein Smartphone ein. »War das der, der damals in Dortmund den Stress mit dem Urban hatte?«, fragte er.

»Genau. Dem soll Urban auf der Messe ›Jagd und Hund‹ bei einer Rangelei den kleinen Finger gebrochen haben. War ihm allerdings nicht nachzuweisen. Roth hatte damals Anzeige erstattet, die Sache ist jedoch niedergeschlagen worden.«

»Also hat er gleich zwei Gründe, Harald Urban nichts Gutes zu wünschen. Zum einen ganz allgemein, für die Sache, als überzeugter Tierschützer. Und zweitens persönlich, als Wiedergutmachung für den gebrochenen Finger.«

Ellen Vogelsang hielt dagegen: »Reicht das als Motiv für einen Mord?«

»Vielleicht wollte der ja gar nicht morden, sondern nur ein bisschen ärgern ...«

»Ärgern ... du bist gut ... mit einer Egge unterm Hochsitz?«

»Was weiß ich.« Jo Kleinschmidt zog den Zündschlüssel ab. »Noch was, worüber wir vorher sprechen müssten? Oder können wir jetzt rein?«

»Moment noch.« Ellen Vogelsang blätterte weiter in der Akte. »Hier: Für sein Alter hat der schon ein beachtliches Vorstrafenregister. Hausfriedensbruch, Nötigung, vorsätzliche gefährliche Körperverletzung, Widerstand gegen die Staatsgewalt und so weiter. Viele kleine Delikte, über die Jahre verteilt. Zwar nichts Dramatisches dabei, aber immerhin ...«

»Das alles stand im Zusammenhang mit seiner Ideologie? Als Tierschützer?«

»Ja, bis auf eine Ausnahme: Vor zwei Jahren ist er als Ultra von Hannover 96 straffällig geworden. Hatte beim Auswärtsspiel gegen Eintracht Braunschweig ein paar Autos demoliert.«

»Ultra bei einem Fußballverein zu sein kann man auch eine Art Ideologie nennen.«

»Wenn du so willst ...«

»Gesessen hat er bisher nicht?«

»Nein. Nur Geld- und Bewährungsstrafen. Ist immer glimpflich davongekommen. Hatte milde Richter.«

»Das waren bestimmt Vegetarier oder Veganer …«

»Quatschkopf!«, schimpfte Ellen. Sie klappte die Akte zu und verstaute sie in einer Tasche zu ihren Füßen. »Komm jetzt. Diesen Knaben knöpfen wir uns mal vor.«

***

Noch im Flur pusteten sie Luft in die Einweghandschuhe, dann streiften sie sich die ungeliebten Plastikteile über. Um sich einen ersten Überblick zu verschaffen, unternahmen sie einen raschen Rundgang durch die Wohnung.

Geräumiges Wohnzimmer, kleines Arbeitszimmer, dazu ein Schlafzimmer in normaler Größe, eine winzige Küche mit angrenzendem Wirtschaftsraum und ein großzügiges Bad – das war einfach und praktisch. Die großen Fenster und die spärlichen Gardinen ließen die Räume hell und freundlich wirken. Viel Holz, relativ neue Möbel, Sitzgruppe aus Rattan. Antikgraues Eichenlaminat ohne einen einzigen Teppich. Nur im Bad lag ein hellgrüner Flokati vor dem Waschbecken. Die gesamte Wohnung schien frisch renoviert.

»Lass uns im Wohnzimmer anfangen«, schlug Robert Mendelski vor. »Mir ist es lieber, wenn wir zusammen in einem Raum bleiben.«

Den Satz hätte er sich schenken können, dachte Maike Schnur. Aus der jahrelangen Zusammenarbeit wusste sie um die Marotten ihres Chefs – dies war eine von ihnen: bei Haus- und Wohnungsdurchsuchungen stets zu zweit dicht beieinander zu agieren. Wahrscheinlich gab es dazu eine Vorgeschichte. Nur gehört hatte sie die bisher noch nicht.

»Also wie immer«, erwiderte sie lakonisch.

Das Wohnzimmer hatten sie rasch durchkämmt. Esstisch mit vier Stühlen, eine Sitzgruppe mit Sofa, einem Sessel und einem Designercouchtisch aus Holz und Glas. An der dem Fenster gegenüberliegenden Wand ein Bücherregal mit TV-Flachbildschirm und kleiner Stereoanlage. In einer der Ecken stand eine einsame Zimmerpflanze, eine ungewöhnliche, bizarr geformte Kaktusart in einem Terrakotta-Topf auf dem Boden. An den Wänden hingen zwei Aquarelle im Original, eher mittelmäßig gelungene Landschaftsansichten aus der Toskana. Die Signatur H. B. legte nahe, dass Heike Barth sie selbst gemalt hatte.

Das Bücherregal im Wohnzimmer ließen sie erst einmal links liegen. Der Nachbarraum – das Arbeitszimmer – versprach ergiebiger zu sein.

Anders als im aufgeräumten Wohnzimmer gab es hier mehr persönliche Gegenstände: Auf dem Schreibtisch, auf einem Beistelltisch, in den Regalen, auf der Fensterbank lagen Stapel von Papieren, Fotos und Briefen, dazwischen Schnellhefter, Aktendeckel, ein Tischkalender mit handschriftlichen Eintragungen. Mittig auf dem Schreibtisch fanden sie ein zugeklapptes Notebook, dessen Anschlusskabel unter den Papierstapeln verschwanden.

Als Erstes schauten sie sich die Fotos an. Manche waren gerahmt, hingen an den Wänden oder standen im Regal. Sie zeigten ausnahmslos verschiedene Frauen. Auf den meisten sah man zwei Personen; es gab aber auch einige Porträts oder Gruppenbilder.

»Heike Barth, das ist die Dunkelhaarige hier, oder?«, versuchte sich Maike zu erinnern. Bisher hatte sie lediglich Fotos von der Toten gesehen.

Mendelski schaute ihr über die Schulter. »Genau.« Er tippte mit dem Zeigefinger auf das Bild. »Das ist sie. Anscheinend mit einer guten Freundin.« Das Foto zeigte zwei Frauen, die in einer Achterbahn Arm in Arm ein lustiges Selfie von sich schossen.

»Oder mit ihrer Loverin«, meinte Maike. »Sie war geschieden, kinderlos und lebte allein. Dass sie sich zu anderen Frauen hingezogen fühlte, kann also durchaus sein.«

»Dann hätte unser Hausmeister ja richtig beobachtet …«

»Hör mir bloß mit diesem Chauvi auf.« Maike zog ein grimmiges Gesicht, wandte sich um und nahm ein weiteres Foto in die Hand. »Hier, Heike Barth zu Pferde. Aufgenommen im Landgestüt. Das ist doch gleich bei uns um die Ecke. Im

Hintergrund sieht man sogar ein kleines Stück von unserem Palazzo Prozzo.«

»Das könnte passen.« Mendelski ging zum Regal. »Sie arbeitete ja dort, soweit ich weiß, als stellvertretende Verwaltungsleiterin im Landgestüt.«

»Reiterin und Jägerin? Wie passt das denn zusammen?«, fragte Maike.

»Warum denn nicht? Das gibt's öfter.«

»Für mich wäre beides nichts.« Sie hängte das Foto zurück an die Wand und zog die Nase kraus. »Pferde kann ich nicht riechen, und das angeblich so edle Waidwerk ist mir zu verlogen. – Nee, nee, da geh ich doch lieber auf 'ne zünftige Verbrecherjagd.«

»Jedem Tierchen sein Pläsierchen.« Mendelski grinste. »Apropos Tierchen: Hier hängen gar keine Trophäen an der Wand. Ungewöhnlich für eine Jägerin.«

»Das finde ich wiederum sympathisch.« Maike machte sich am Papierkorb zu schaffen. »Frauen brauchen das nicht. So ein perverser Knochenkult ... ist wohl eher was für euch Männer.«

Mendelski setzte bereits zu einer Erwiderung an, entschied sich aber doch dafür, das Thema nicht weiter zu vertiefen. Er schaute sich suchend im Raum um. »Und den Gewehrschrank? Hast du den schon irgendwo entdeckt?«

»Im Kleiderschrank im Schlafzimmer«, erwiderte Maike. »Mit normalem Schloss. Hab allerdings keinen blassen Schimmer, wo der Schlüssel sein könnte.«

»Hm«, brummte Mendelski. »Den finden wir schon irgendwo.« Er beugte sich über den Schreibtisch und nahm ein Stück Papier in die Hand. Einen mit einer Schere ausgeschnittenen Zeitungsartikel, der neben dem Notebook gelegen hatte.

»›Jäger tot unter Hochsitz aufgefunden‹«, las er vor. »Der CZ-Artikel über Harald Urban, vom Mittwoch.«

»Logisch, dass sie das interessierte«, kommentierte Maike, während sie das Notebook aufklappte und einschaltete. »Sie kannten sich ja schließlich.«

»Und hier ...« Mendelski hielt ein anderes Blatt in der Hand. »Die Einladung zur Jagd im Tiergarten. Eine Einladung mit fatalen Folgen.« Er faltete es zusammen und steckte es in eine Klarsichthülle. »Das werden wir Verena zukommen lassen. Sie soll mal prüfen, wer alles von dem Termin wusste.«

»Windows 7, mit Passwort«, murmelte Maike. Sie schaltete den Rechner wieder aus. »Nehmen wir am besten auch mit.«

Mendelski drehte sich im Kreis. »Sag mal, hast du irgendwo ein Telefon gesehen? Telefonanlage? Festnetzanschluss?«

»Nö.«

»Kein Telefon, kein Anrufbeantworter. Sie hatte also nur ein Handy. Machen immer mehr Leute so.«

»Und das Handy wird sie bei sich gehabt haben. Die Hannoveraner analysieren das sicher schon.«

Sie stöberten noch weitere zwanzig Minuten in der Wohnung herum, ohne etwas Besonderes zu entdecken. Mendelski wurmte es, dass der Schlüssel für den Gewehrschrank nicht zu finden war. Maike amüsierte sich derweil über den Klavinius-Kalender, der im Flur zwischen Garderobe und Spiegel an der Wand hing.

»Diese Cartoons sind affengeil«, giggelte sie. »Guck mal, ein inkontinenter Dackel, der seinem blaublütigen Herrchen, Graf Zitzewitz oder so, in den Rucksack pinkelt. Zu scharf.«

»Kannste mal sehen«, rief Mendelski aus dem Schlafzimmer. »Wir Jäger sind doch ein tolerantes Völkchen. Können uns sogar selber auf die Schippe nehmen.«

»Hammer!« Maike kriegte sich nicht mehr ein. Sie lachte lauthals los. »Ist der Zeichner wirklich einer von euch?«

»Klavinius? Ein Jäger? Aber natürlich. Sonst könnte der das doch gar nicht so detailgetreu –«

Das Klingeln an der Haustür ließ ihn verstummen.

Jemand klingelte Sturm.

Maike stand in Reichweite zur Eingangstür. Ihre rechte Hand glitt zum Pistolenholster am Hosenbund. Mit der linken ertastete sie den Türgriff.

Erst als Mendelski im Flur aufgetaucht war und ihr zunickte, drückte sie die Klinke herunter.

Vor der Tür stand der Hausmeister. Kreidebleich.

»Ich … ich hab da was … was Schreckliches gefunden«, stotterte Wilfried Ostermeyer. »Unten, im Keller. Im Verschlag von der Frau Barth …«

***

»Scheint niemand da zu sein.«

Ellen Vogelsang drückte den Klingelknopf bereits zum dritten Mal. Hinter der Wohnungstür konnte man deutlich den Summer hören.

»Der Vogel ist ausgeflogen.« Jo Kleinschmidt wandte sich bereits ab, als ein Klicken zu hören war. Das metallische Klicken eines Riegels. Die Tür öffnete sich nur einen schmalen Spalt.

»Ja?«, fragte eine männliche Stimme aus dem Dunkel des Wohnungsflures.

»Kripo Celle«, antwortete Ellen Vogelsang knapp. Die beiden Kommissare hielten ihre Dienstausweise hoch. »Herr Roth? Matthias Roth?«

Die schemenhafte Gestalt hinter der Tür wich einen Schritt zurück. Es dauerte einen Augenblick, bis eine weitere Reaktion kam.

»Was wollen Sie?«

»Sind Sie Matthias Roth?«

»Ja, bin ich.«

»Können wir Sie kurz sprechen?«

»Um was geht's denn?«

»Das möchten wir lieber in Ihrer Wohnung besprechen. Vielleicht würden Sie das ja vorziehen, bevor jemand mitkriegt …«

Wieder dauerte es einige Sekunden, bis die Antwort kam.

»Wenn's denn unbedingt sein muss.«

Der Spalt in der Tür öffnete sich weiter, Ellen Vogelsang und Jo Kleinschmidt stießen sie ganz auf und betraten die Wohnung. Der junge Mann, dem sie durch den dunklen Flur folgten, trug außer lila-schwarz gestreiften, knappen Retroshorts nichts am Leibe.

Sie betraten die Küche. Die typische Wohnküche eines sechsundzwanzigjährigen Junggesellen. Das fahle Licht der

Nachmittagssonne drang durch die milchigen Fensterscheiben und beschien ein herrliches Chaos: Küchentisch, Spüle, Anrichte, Stühle, Fensterbank – alles versank unter dreckigem Geschirr. Töpfe, Teller, Tassen, Becher, Gläser, Besteck. Dazwischen Getränkekartons, Pizzaschachteln, Wein- und Mineralwasserflaschen, Bierdosen, benutzte Servietten und Essenreste. Jo Kleinschmidt fühlte sich unwillkürlich an seine wilden Göttinger WG-Zeiten erinnert.

»Was gibt's?« Matthias Roth hatte sich mit dem Po an eine freie Stelle der Fensterbank gelehnt. Ihm schien die Unordnung keineswegs peinlich zu sein. Trotzig hielt er die Arme vor der nackten Brust verschränkt und machte keinerlei Anstalten, sich etwas überzuziehen. An eine Sitzgelegenheit für seine Gäste schien er keinen Gedanken zu verschwenden.

Erst jetzt konnten sie ihr Gegenüber genauer betrachten. Matthias Roth war mindestens einen Meter neunzig groß und ausgesprochen schlank. Trotz wenig ausgeprägter Muskulatur hatte er eine ansehnliche Figur. Zum unkonventionell gestutzten dunkelblonden Vollbart trug er durch einen Mittelscheitel geteilte, nahezu schulterlange Haare. Zu den gleichmäßigen, gefälligen Gesichtszügen und den trotzigen vollen Lippen bildeten die dunkelbraunen, stechenden Augen einen seltsamen Kontrast. Seine rechte Schulter zierte ein auffälliges Tattoo, die Abbildung eines Wals, dessen Maul bis zur Brustwarze reichte und dessen Schwanz sich den Oberarm entlang bis zum Bizeps krümmte.

»Es … es geht um Harald Urban.« Ellen Vogelsang kam gleich zur Sache. Sie wollte sich nicht unnötig lange mit dem unhöflichen jungen Mann aufhalten. Außerdem irritierte sie seine weitgehende Nacktheit und die Gelassenheit, wie er damit umging. »Sie erinnern sich? Dortmund, die Messe letztes Jahr …«

»Ach das.« Matthias Roth hielt seinen kleinen rechten Finger hoch – seltsam verkrümmt. »Mein Andenken an dieses Arschloch.«

»Wann haben Sie Harald Urban das letzte Mal gesehen?«, fragte Jo Kleinschmidt.

»Keine Ahnung. Im April, Mai. Beim Gericht. Das steht doch bestimmt in Ihren Akten.«

»Danach sind Sie ihm nicht wieder begegnet?«

»Nein. Sollte ich?«

»Auch vor vier Tagen nicht, am Dienstag?«

»Auch da nicht.«

Sie schwiegen einen Moment.

Matthias Roth stand unbeweglich an die Fensterbank gelehnt und machte den Eindruck, die Ruhe und Gelassenheit in Person zu sein. Obwohl es ziemlich kühl in der Küche war, schien er nicht zu frieren. Aus dem Nachbarraum drang leise Musik herüber. Sanfter melodiöser Rock.

»Sie wissen, dass er tot ist?«, unterbrach Ellen Vogelsang das Schweigen.

»Ja.«

»Seit wann?«

»Keine Ahnung. Seit zwei, drei Tagen oder so.«

»Wie haben Sie davon erfahren?«

»Zeitung, Radio, Internet, von Freunden – hab's mir nicht gemerkt.«

»Und Sie wissen also auch, wo und wie er ums Leben gekommen ist?«

»Ja, so ungefähr.« Zum ersten Mal grinste er. Ein zynisches, schadenfrohes Grinsen. »Ab und zu gibt es noch so was wie Gerechtigkeit auf unserem beschissenen Planeten«, erläuterte er. »Den Kerl hat's genau da erwischt, wo er selbst zigmal gemordet hat. An einem Hochsitz. Wenn das kein Symbol ist …«

»Ein Symbol? Für wen denn?«

»Für uns natürlich.« Matthias Roth drehte plötzlich auf. »Da brauche ich gar nichts zu verheimlichen. Dass es den Urban erwischt hat, darüber freuen wir Tierschützer und Jagdgegner uns natürlich. Er und seinesgleichen … das sind unsere Feinde. Erwarten Sie also keine Trauerbekundungen, wenn einer von denen ins Gras beißt.«

»Trauerbekundungen?« Mit ihren Händen stützte sich Ellen Vogelsang auf eine der Küchenstuhllehnen vor sich. »Der Shitstorm im Netz ist ziemlich heftig.«

Matthias Roth antwortete nicht, zuckte lediglich mit den Schultern.

Jo Kleinschmidt übernahm: »Unterstützen Sie die ALF?«

»A-L-was?«

»Ach, spielen Sie mal nicht den Ahnungslosen. Bei der PETA sind Sie rausgeflogen, da haben Sie sich eben eine neue Gruppierung gesucht. Eine radikalere. Die ALF.«

»Keine Ahnung, wovon Sie reden.« Matthias Roth war wieder in den Gelassenheitsmodus zurückgefallen.

Die Musik wurde plötzlich lauter. Ellen Vogelsang erkannte einen Titel von Bruce Springsteen. Die Tür zum Nachbarraum hatte sich geöffnet, sodass die Musik ungehindert bis in die Küche dringen konnte. Eine junge Frau, vielleicht gerade mal zwanzig Jahre alt, tapste barfuß zum Kühlschrank. Sie war lediglich mit Slip und einem hauchdünnen ärmellosen Top bekleidet. Wortlos, ohne irgendeine Notiz von den anderen in der Küche zu nehmen, öffnete sie den Kühlschrank, nahm einen Karton Apfelsaft heraus und verschwand wieder. Die Zimmertüre schloss sich, die Musik wurde wieder so leise wie zuvor.

Für Matthias Roth schien der Auftritt seiner Bekannten das Normalste auf der Welt zu sein. Er zeigte keinerlei Regung.

War das eine Fata Morgana, fragte sich dagegen Jo Kleinschmidt. Ellen Vogelsang und er schauten verwundert zu der Tür, hinter der die junge Frau wieder verschwunden war. Eine Schlafwandlerin? Oder eine bekiffte Elfe? Für einen Augenblick hatte er den Faden verloren. Schneller als er hatte sich Ellen Vogelsang wieder gefangen.

»Herr Roth«, fragte sie mit Nachdruck. »Wo waren Sie am letzten Dienstagnachmittag zwischen sechzehn und achtzehn Uhr?«

»Aha, also da ist es passiert«, stellte der Gefragte fest. Er wirkte leicht amüsiert.

»Sagen Sie uns einfach, wo Sie waren.«

Matthias Roth deutete grinsend mit dem Zeigefinger auf den Boden. »Hier.«

»Gibt's Zeugen dafür?«

Der junge Mann deutete nun auf die Tür zum Nachbarraum. »Dort. Charlotte.«

»Können wir sie kurz sprechen?«

Matthias Roth rührte sich nicht von der Stelle. »Das muss sie schon selber entscheiden. Sie ist groß genug.«

Jo Kleinschmidt hatte die Nase voll. Kurz entschlossen klopfte er an. Ohne eine Antwort abzuwarten, trat er ein.

∗∗∗

»Das Teufelszeugs da!«

Wilfried Ostermeyers Stimme krächzte vor Aufregung.

Sie standen im grellen Schein einer Glühbirne, deren nackte Fassung an zwei dünnen Drähten von der Kellerdecke baumelte. Es war die einzige Lichtquelle in dem Raum mit den grob verputzten Wänden und dem ungeschliffenen Estrichfußboden. Das spärliche Mobiliar bestand aus einem ausgedienten Küchenschrank, einem rostigen Metallregal und einem Campingklapptisch. An der Wand lehnte ein Damenfahrrad, dessen beide Reifen platt waren, daneben hatte jemand diverse Kartons, Kisten und Eimer aufgestapelt. Aus einer der Ecken ragten die Spitzen eines Rothirschgeweihs.

Robert Mendelski und Maike Schnur schauten skeptisch drein. Mit ausgestrecktem Arm und zitterndem Zeigefinger deutete der Hausmeister auf den Kanister am Boden.

»Wasserstoffperoxid. Damit kann man Leichen auflösen«, legte er los. »Kennt man ja von der Mafia. Oder Bomben basteln ... die radikalen Islamisten machen so was ...«

»Herr Ostermeyer ...«, versuchte Mendelski den Redefluss des Hausmeisters zu bremsen. Doch der ließ ihm keine Chance.

»Und da ... der Eimer mit Blut.« Er trat einen Schritt zur Seite, um den Blick auf einen ausrangierten Farbeimer frei zu machen. Auf dessen Grund pappte eine dunkelrote, undefinierbare, eklig aussehende Masse.

»Wie das stinkt! ... Dann die Knochensäge dort drüben an der Wand. Da klebt noch Blut dran ... und Haare ...«

»Herr Ostermeyer. Bitte! Lassen Sie uns –«, unternahm Robert Mendelski einen neuen Anlauf, den Hausmeister zu beruhigen.

»Wenn ich nur früher was davon gewusst hätte«, setzte der unbeeindruckt seine Tirade fort, »dann … dann hätte ich doch …« Hektisch schnappte er nach Luft. »Dann hätte ich doch längst bei Ihnen angerufen. Diese Frau war mir schon immer verdächtig. Erst die Waffen, das mit der Jagd, und jetzt das hier, diese … diese Giftküche …«

»Sie haben noch die Frauenliebschaften von Frau Barth vergessen …«, knurrte Maike.

»Schluss jetzt!« Mendelski wurde laut. Er packte den Hausmeister am Oberarm. »Was hatten Sie hier unten eigentlich zu suchen? Das ist doch unser Job.«

»Äh … ich dachte, ich guck schon mal … um Ihnen zu helfen. Konnte ja nicht wissen, dass Sie den Keller ebenfalls auf Ihrem Zettel hatten.«

Maike seufzte auf: »Oh Mann, das darf doch nicht …«

»Außerdem kam aus dem Raum hier schon länger so 'n verdächtiger Gestank«, setzte sich Ostermeyer zur Wehr. »Da muss ich als Hausmeister doch einschreiten. Ich hatte an tote Ratten gedacht oder so was. Aber jetzt das hier …«

»Das hier ist in Jägerkreisen stinknormal.« Ungewollt betrieb Mendelski Wortakrobatik, fuhr aber unbeirrt fort. »In dem Eimer hat Frau Barth wahrscheinlich Aufbruch oder Innereien von erlegtem Wild transportiert. Die Knochensäge braucht man beim Zerwirken von Wildbret. Und Wasserstoffperoxid, dieses – wie Sie sagen – Teufelszeugs wird benutzt, um die Schädelknochen von geschossenen Hirschen oder Rehböcken zu bleichen. Um sie anschließend als Trophäen herzurichten. Das ist also alles ganz normales Handwerkszeug eines Jägers oder – wie in diesem Falle – einer Jägerin.«

Wilfried Ostermeyer sperrte den Mund auf. »Ähem … dann … ich wollte …« Mehr kam nicht.

»War der Raum abgeschlossen?«, fragte Maike Schnur betont sachlich. Sie untersuchte die Tür.

»Jawohl.« Ostermeyer fing sich wieder. »Das war er. Ordnungsgemäß, mit einem Vorhängeschloss. Als Hausmeister habe ich natürlich Reserveschlüssel. Aus Sicherheitsgründen, schon wegen dem Brandschutz und so, Sie verstehen …«

Mendelski hatte genug. Er schaute auf seine Armbanduhr. »Wir müssen weiter«, sagte er zu Maike. »Um den Rest kümmern wir uns später.« Im Gehen wandte er sich erneut an Ostermeyer, jetzt aber im Kommandoton: »Sie schließen bitte den Kellerraum wieder ab. Wir werden die Tür versiegeln. Auch die Wohnungstür oben bekommt ein Polizeisiegel, nachdem wir ein paar Sachen fürs Präsidium eingepackt haben. Sie schließen dann bitte sorgfältig ab.«

»Geht klar. Wie Sie wünschen. Mach ich.« Wilfried Ostermeyer wirkte kleinlaut. Er knipste das Licht aus, schloss die Tür und ließ das Vorhängeschloss zuschnappen.

Mendelski und Maike stiegen die Treppe hinauf. »Wir kommen so schnell es geht wieder her«, sagte der Kommissar. »Vielleicht schon morgen.«

»Gerne. Sie können jederzeit mit mir rechnen.«

Im Erdgeschoss angekommen, drehte sich Maike noch einmal um. »Und kein Sterbenswörtchen mehr an die Presse«, raunte sie dem Hausmeister zu. »Wehe Ihnen, wenn morgen in der CZ steht, Heike Barth hätte einer radikal-islamistischen Lesbenmafia angehört …«

Wilfried Ostermeyer stand da wie vom Donner gerührt.

***

Charlotte Krüger hatte sich ein Herrenoberhemd übergezogen, bevor sie Jo Kleinschmidts Bitte nachkam und erneut in die Küche tapste. Immer noch barfuß fröstelte sie etwas. Auf ihren nackten Oberschenkeln und Waden hatte sich eine Gänsehaut gebildet.

»Sie können also bestätigen, dass Ihr Freund, Matthias Roth, am letzten Dienstag zwischen sechzehn und achtzehn Uhr hier in dieser Wohnung mit Ihnen zusammen war?« Ellen Vogelsang stellte die Alibifrage.

»Klar. Kann ich.« Das kam schnell, ohne nachzudenken. Zu

schnell, wie abgesprochen. Mit einem engelhaften Unschulds-lächeln in ihrem hübschen Gesicht.

»Da sind Sie sich ganz sicher? Immerhin ist das bereits vier Tage her.«

»Dienstag hatte ich meine Tage. Mir ging's nicht gut, deswe-gen hab ich blaugemacht bei der Arbeit. Bin den ganzen Tag im Bett geblieben. Hier in Nienhagen, bei Matthias.«

»Wohnen Sie denn mit hier in der Wohnung?«

»Nein. Ich wohne in Hannover, in einer WG in Linden.«

»Und wo arbeiten Sie?«

»Ich habe zwei Jobs. Zwei Halbtagsjobs. Einen – tagsüber – in einem Blumenladen. Den zweiten abends in einer Kneipe. Im Fiasko. Beides ist bei mir um die Ecke in Linden.«

»Und Herr Roth war den ganzen Dienstag zu Hause? Er war nicht mal zwischendurch weg?«

»Doch. Einmal. Aber nur kurz.«

»Aha.« Ellen Vogelsang hakte nach: »Wann und für wie lange?«

»Gegen drei. Zehn Minuten vielleicht. Ich hatte keine Tam-pons mehr. Matthias ist dann schnell zur Drogerie hier gleich um die Ecke. Ist doch lieb von ihm, oder?« Sie schaute ihren Freund an und lächelte süffisant. Er dagegen verzog keine Miene.

»Und Sie sind ganz sicher, dass Sie sich nicht doch täuschen? Vielleicht haben Sie zwischendurch geschlafen und gar nicht mitbekommen, dass er nicht da war.«

»Ich hab nicht geschlafen«, kam es trotzig zurück. »Matthias war den ganzen Dienstag hier. Hat sich lieb um mich geküm-mert und mich verwöhnt.«

Ellen Vogelsang schaltete auf betont freundlich: »Okay. Dann brauchen wir bitte noch Ihre Daten, Name, Geburtsda-tum, Adresse. Aber bevor wir die aufschreiben … ein weitere Frage.« Abrupt hatte sich die Polizistin Matthias Roth zuge-wandt. »Gestern? Donnerstagvormittag? Wo waren Sie da?«

»Hab mir schon gedacht, dass diese Frage noch kommt.« Matthias Roth löste seine verschränkten Arme. Fast wie ein Boxer, der zum Angriff bereit war, ging er in Position. »Jeden-falls war ich nicht in Hannover.«

»Sie wissen also bereits, was gestern dort im Tierpark geschehen ist.«

»Natürlich. Die sozialen Netzwerke sind voll davon. Geht hoch her über die tote Jägerin, die auf eingesperrte Tiere schießen wollte. Hat ihr Fett weggekriegt. Zu Recht.«

»Ersparen Sie uns solche Sprüche bitte.« Ellen Vogelsang war genervt. »Also: Ihr Alibi für gestern früh?«

»Hab keins. War alleine hier. Charlotte hat gearbeitet. Aber Sie wollen mir doch nicht im Ernst so ein Ding da anhängen?«

»Kannten Sie die Tote?«

»Nein. In der Zeitung stand Heike B. aus Celle-Wietzenbruch. Das sagt mir nichts, ich hab keine Ahnung, wer das ist.«

Charlotte Krüger überreichte einen Zettel, auf den sie Namen, Adresse und Telefonnummer notiert hatte. »Kann ich jetzt wieder gehen?«, fragte sie, die Arme eng um den Körper geschlungen. »Mir ist kalt.«

»Ja, okay. Kann aber sein, dass wir Sie noch nach Celle ins Präsidium vorladen. Um Ihre Aussage zu protokollieren.«

Im Gehen murmelte sie kaum verständlich: »Als wenn dabei was anderes herauskommen würde …«

»Darf ich mal bitte Ihre Toilette benutzen?«, fragte Jo Kleinschmidt Matthias Roth.

Der war immer noch auf Krawall gebürstet: »Kommt gar nicht in Frage«, entgegnete er. »Sie wollen ja doch nur rumschnüffeln. Und so ganz nebenbei ein paar Haare von mir mitgehen lassen. Oder meine Zahnbürste einsacken. Für 'nen DNA-Abgleich. Aber nicht mit mir. Da läuft nix. Nicht ohne richterlichen Beschluss. Sonst noch was?«

Jo Kleinschmidt war mächtig angefressen. »Okay«, grummelte er. »Für heute sind wir fertig mit Ihnen. Aber wir kommen wieder. Darauf können Sie Gift nehmen.«

Matthias Roth antwortete mit einem müden Augenaufschlag. »Ach ja?«

Ellen Vogelsang versuchte es ein wenig moderater: »Halten Sie sich bitte zur Verfügung«, sagte sie zum Abschied. »Sie hören dann von uns.«

Draußen auf der Straße ließ Jo Kleinschmidt erst mal Dampf

ab. »So 'n Kotzbrocken. Arrogant bis in die Haarspitzen. Aber den greifen wir uns noch.«

»Glaubst du an sein Alibi von Dienstag?«

»Keine Silbe. Durchsichtiges Theater, abgekartetes Spiel zwischen den beiden. Aber mich verarscht der nicht ...«

»Reg dich ab«, stoppte ihn Ellen Vogelsang. »Mit dem Alibi ... Ich weiß nicht so recht ...« Im Gehen suchte sie nach dem Autoschlüssel. »Und ... musstest du wirklich aufs Klo – ich meine pinkeln?«

»Was du alles von mir wissen willst ...« Er grinste frech. »Natürlich nicht. Ich wollte tatsächlich ein bisschen rumschnüffeln. So dämlich ist der Bursche dann offenbar doch nicht.«

»Hab ich mir schon gedacht.« Sie entriegelte den Dienstwagen. »Aber wer weiß, was dir erspart geblieben ist. Wenn das im Bad so aussieht wie in der Küche, dann gute Nacht. Nächste Stufe Kammerjäger ...«

»Und von wegen Umweltschutz und so ... Schimpft sich Naturfreund und fabriziert Müll ohne Ende«, meckerte Kleinschmidt weiter, während er zur Beifahrertür ging. »Hast du die Pizzaschachtel gesehen? Militanter Veganer, aber billige Fertigpizza essen. So ein verlogener Quatsch.«

»War 'ne Pizza für Vegetarier.«

»Wie bitte?«

»Ja, eine Veggie-Pizza von Dr. Oe. – und nichts von wegen billig. Die hol ich mir auch ab und zu.«

»Was es nicht alles gibt ...«

Sie stiegen in den Dienstwagen.

Das Auto auf der gegenüberliegenden Straßenseite, hinter dessen Lenkrad – getarnt mit ins Gesicht gezogenem Schal und Baseballkappe – eine Person saß, bemerkten sie nicht.

Als sie rückwärts aus der Parklücke fuhren, duckte sich diese Person zum Beifahrersitz.

Es war Freitagnachmittag, kurz vor drei.

ACHT

Bernd Buchholz hatte sie bereits erwartet.

Ohne große Vorrede führte der Kreisjägermeister Robert Mendelski und Maike Schnur ins Wohnzimmer. Drei Personen saßen am Esstisch, einer mächtigen, blank polierten Tafel aus Eichenholz, wie sie für niedersächsische Bauernhäuser typisch war. Zwei Männer und eine Frau.

»Darf ich vorstellen«, sagte Buchholz. »Frau Sievers – Anke Sievers. Und das sind Heinrich Gerken und Hubertus Stolzenberg. Alles Mitglieder der Jagdscheinprüfungskommission.«

Die drei Angesprochenen nickten leicht, sagten aber nichts. Sie wirkten sehr ernst. Der Farbe ihrer Kleidung nach machten sie kein Geheimnis daraus, der grünen Zunft anzugehören.

»Fehlen noch Dirk Schwabe, Thomas Heuer und Berthold Kaiser. Sie haben heute Nachmittag andere Termine und konnten leider nicht kommen.« Buchholz drehte sich um neunzig Grad zur Seite. »Und das hier sind die Kommissare Mendelski und Schnur von der Kripo Celle«, erklärte er. »Bitte nehmen Sie Platz.«

Bevor er sich selbst setzte, fragte er noch: »Möchten Sie vielleicht etwas trinken? Kaffee, Tee, Wasser?«

»Nein danke«, wehrte Mendelski ab. »Wir haben leider nicht viel Zeit. Sind auf dem Weg hierher noch unplanmäßig aufgehalten worden. Wir sollten gleich zur Sache kommen. Spätestens um halb fünf müssen wir zurück in Celle sein.«

»Um vier«, korrigierte ihn Maike Schnur, die neben ihrem Chef Platz genommen hatte. Leise fügte sie hinzu: »Die Besprechung ist um sechzehn Uhr.«

»Na, meinetwegen«, grummelte Mendelski.

Buchholz setzte sich auf einen Stuhl neben seine Jagdkameraden. »Dann bleibt uns nur 'ne knappe halbe Stunde«, sagte er. »Wir sollten also keine Zeit verlieren. Ich leg mal los: Harald Urban ist bereits vier Tage tot, Heike Barth ist gestern ums

Leben gekommen. Wie ist denn der Stand der Dinge? Haben Sie schon Neuigkeiten für uns?«

»Ich … ich kenne ja Ihren Wissensstand nicht.« Mendelski überlegte rasch, was er preisgeben durfte und was nicht. Die neuesten Erkenntnisse aus Hannover – wie die Sache mit dem Marder zum Beispiel – würde er erst mal für sich behalten. »Aus ermittlungstechnischen Gründen darf ich Ihnen leider nicht alles erzählen. Sie müssen verstehen …«

Am entrüsteten Gesichtsausdruck seines Gegenübers merkte Mendelski, dass er das Gespräch ungeschickt begonnen hatte. Die Quittung kam prompt.

»Nein. Das kann ich nicht nachvollziehen«, hielt Buchholz lautstark dagegen. »Das können *wir* nicht nachvollziehen.« Die anderen drei Waidgenossen am Tisch neben ihm blickten ebenfalls düster drein. »Bei uns, den noch lebenden Kommissionsmitgliedern, geht die Angst um. Die Todesangst. Da können wir erwarten, dass Sie uns umfassend informieren.«

»Natürlich«, ruderte der Kommissar zurück. »Alle Informationen, die Ihre Sicherheit betreffen, werden Sie selbstverständlich bekommen. Nur darf ich zum aktuellen Ermittlungsstand keine Details preisgeben.«

»Haben Sie denn schon eine heiße Spur?« Anke Sievers, die einzige Frau am Tisch, beugte sich leicht vor. Sie mochte Mitte vierzig sein und sah auf den ersten Blick zierlich aus, war jedoch alles andere als zerbrechlich. Ihre schulterlangen blonden Haare wurden durch einen exakt gezogenen Mittelscheitel geteilt. Mit sanfter Stimme hakte sie nach: »Das können Sie uns doch sicher verraten, oder?«

»Nein, wir haben noch keine heiße Spur«, gab sich Mendelski einsilbig.

»Dass beide Fälle zusammenhängen … das gilt bei Ihnen aber als gesichert?« Der Mann, der als Hubertus Stolzenberg vorgestellt worden war, hatte tiefe Sorgenfalten auf der Stirn. Mendelski schätzte sein Alter auf weit über sechzig Jahre.

»Ja, davon gehen wir – zumindest zum jetzigen Zeitpunkt – aus. Wir –«

»Und das Motiv? Der Grund für diese irrwitzigen Taten?«,

unterbrach ihn der Dritte im Bunde. Heinrich Gerken, ein Mann kaum einschätzbaren Alters, dessen wilder Vollbart das halbe Gesicht versteckte, beugte sich ebenfalls vor. »Das geht doch gegen uns Prüfer, oder?«

»Ähem«, räusperte sich Mendelski. »Das kann so sein, muss aber nicht …« Unruhig rutschte er auf seinem Stuhl hin und her. Es ärgerte ihn maßlos, dass er, der Neuigkeiten erfahren wollte, nun in die Rolle dessen geriet, der zu antworten hatte.

»Diese Zahlen auf den Gesichtern der Toten«, fuhr Gerken indes unbeirrt fort. »Da haben Sie doch sicherlich schon was herausgefunden.«

Mendelski schüttelte den Kopf. »Nein, haben wir nicht. Aber –«

»Und es gibt doch garantiert Profiler unter Ihren Kollegen. Ermittler-Profis, die sich mit Fallanalyse beschäftigen –«

Es reichte ihm. Brüsk unterbrach Mendelski sein Gegenüber: »Jetzt sind erst mal wir an der Reihe«, bellte er. »Sonst kommen wir hier nicht weiter.«

»Der Kommissar hat recht«, unterstützte ihn Buchholz. Auch ihm war wichtig, das Gespräch in geordnete Bahnen zu lenken. »Wir sollten lieber chronologisch vorgehen.« Er wandte sich an Mendelski und Maike Schnur: »Bitte, was wollen Sie von uns wissen?«

Mendelski lehnte sich zurück und versuchte sich mit einem Seufzer zu entspannen. »Also: Sie hatten gestern Abend eine Krisensitzung. Sie sieben. Was ist dabei herausgekommen?«

»Wir sind erst einmal vom Worst-Case-Szenario ausgegangen«, antwortete Buchholz.

»Das heißt?«

»Dass es sich eben nicht um zufällige Unfälle mit Todesfolge handelt, sondern um gezielte Anschläge. Um Mordanschläge auf uns, auf die Celler Jagdscheinprüfungskommission. Das war unser Ausgangspunkt – und so haben wir überlegt, warum der oder die möglichen Täter es auf uns abgesehen haben. Wir sind dabei vor allem auf zwei Gruppierungen gestoßen: einmal die militanten Jagdgegner und Tierschützer und zum anderen die enttäuschten durchgefallenen Jagdscheinanwärter.«

»Das sehen wir ganz ähnlich.« Mendelski nickte Maike Schnur zu, wandte sich dann wieder an Buchholz. »Fahren Sie fort.«

»Wir denken, es wäre wohl sinnvoller, schwerpunktmäßig die Gruppe der Tierschützer und Jagdgegner aufs Korn zu nehmen. Denen trauen wir solche Gräueltaten eher zu als den gescheiterten Prüflingen.«

»Hat einer von Ihnen denn irgendwann schon mal Drohungen erhalten?«, meldete sich Maike Schnur zu Wort. »Anrufe, Mails, Briefe, Schmierereien an Hochsitzen oder etwas in dieser Richtung?«

»Natürlich. Das kommt doch andauernd vor. Gehört für uns Jäger zum täglich Brot. Na ja, also Anrufe, Mails und Briefe eher weniger. Dafür aber Zerstörungen von jagdlichen Einrichtungen, Farbattacken, zerkratzte Autos und so.«

»Und zeigen Sie das jeweils an?«

»Nur die gravierendsten Fälle. Aber … bringen tut das eh nichts. Ihre Kollegen sind machtlos. Man kriegt die Burschen nicht. Ganz im Gegenteil: Wenn wir mit diesen Geschichten an die Öffentlichkeit gehen, gibt's noch höhnischen Beifall in den sozialen Netzwerken. Und: Es ruft Nachahmungstäter auf den Plan. Nach dem Motto: Ach, einen Hochsitz könnten wir doch eigentlich auch mal zerlegen. Oder bei so 'nem Jägerauto die Reifen zerstechen. Die armen Tierlein werden's uns danken.«

Mendelski schielte auf seine Armbanduhr. Die Zeit schritt voran, er musste drängeln: »Weitere Ergebnisse Ihrer gestrigen Versammlung?«

»Zum Thema militante Jagdgegner und Tierschützer haben wir kaum Material. Auch die Landesjägerschaft kann uns da nicht groß helfen. Bei denen habe ich heute nachgefragt, aber ihre Quellen diesbezüglich sind begrenzt. Da finde ich bei Google schneller mehr heraus. Daher: Bei diesen Gruppierungen sind wir auf Informationen von Ihnen, der Polizei, angewiesen.«

»Tja, da haben wir schon so einiges. Wir sind an denen dran.«

»Was die zweite Gruppe betrifft, die durchgefallenen Jagdscheinprüflinge, da haben wir natürlich ausreichend Material.«

Buchholz' große Hände griffen nach einem Aktendeckel, der vor ihm auf dem Tisch lag. »Hier sind alle Prüflinge der letzten zehn Jahre aufgeführt. Also auch die, die vorzeitig abgebrochen haben oder durchgefallen sind.«

»Wie viele waren das?«

»Sechsundsiebzig Personen. Wie gesagt, da sind auch all diejenigen dabei, die gar nicht mehr zur Prüfung angetreten sind, also vorzeitig einen Rückzieher gemacht haben. Aus privaten, finanziellen, gesundheitlichen oder sonst welchen Gründen.«

»Und von diesen sechsundsiebzig ist Ihnen niemand besonders in Erinnerung geblieben?«

»Nein.« Buchholz klappte den Aktendeckel auf. »Wir sind gestern gemeinsam die Namen durchgegangen. Bei keinem Einzigen kam bei einem von uns der Verdacht auf, dass er – oder sie – einen derartigen Hass auf uns haben könnte, um solche Taten zu begründen. Sie können sich diese Unterlagen gern ausleihen.«

»Gut. Die nehmen wir gleich mit.« Mendelski nickte nachdenklich. »Nun zu Ihrer Sicherheit: Sie wollen bestimmt von uns hören, wie Sie sich in den nächsten Tagen am besten verhalten sollten.«

»Genau. Das wäre meine nächste Frage gewesen.« Anke Sievers rückte auf ihrem Stuhl wieder ein Stück vor. »Bekommen wir sieben Polizeischutz?«

»Nicht ganz so, wie Sie sich das vielleicht vorstellen« wiegelte Mendelski ab. »Zum einen ist dazu die Gefahrenlage nicht eindeutig genug. Zum anderen verfügen wir einfach nicht über genügend Personal, um Sie alle rund um die Uhr zu bewachen. Was wir aber tun können: An Ihren Wohnorten werden Sie von den örtlichen Kommissariaten unterstützt. Die Kollegen von der Streife können vor Ihrem Haus verstärkt Präsenz zeigen, sich in unregelmäßigen Abständen bei Ihnen melden.«

»Na ja, ob das groß was nützt …?«, gab Heinrich Gerken zu bedenken.

»Auf jeden Fall nützt es, wenn Sie Ihr Verhalten ändern«, erwiderte Mendelski. »Gehen Sie in den nächsten Tagen nicht zur Jagd. Vor allem nicht auf Einzeljagd wie Ansitz oder Pirsch.

Harald Urban und Heike Barth sind beide während der Jagd ums Leben gekommen. Meiden Sie – wenn's geht – auch Gesellschaftsjagden.«

»Das wird schwer ...«, stöhnte Buchholz auf. »Es ist die Zeit der Drückjagden. Jetzt im November bin ich jede Woche mindestens auf zwei Jagden eingeladen. Als Kreisjägermeister müsste ich mich da eigentlich blicken lassen.«

»Bei mir sieht's auch nicht anders aus«, erklärte Hubertus Stolzenberg. »Allein morgen sollte ich auf drei verschiedenen Drückjagden sein.«

»Melden Sie sich krank, entschuldigen Sie sich«, empfahl Mendelski. »In der jetzigen Situation auf Jagd zu gehen könnte unter Umständen fatal enden. Außerdem verzichten Sie bitte auf Alleinunternehmungen, insbesondere in der freien Natur. Keine Revierfahrten mit dem Auto, keine Hundespaziergänge in Feld und Wald, keine Fahrradtouren oder so etwas. Bleiben Sie – wenn irgend möglich – zu Hause, im Kreis Ihrer Familie.«

»Und wie lange sollen wir diesen Zirkus mitmachen?« Hubertus Stolzenberg wirkte ungehalten.

»Heute ist Freitag.« Mendelski überlegte. »Versuchen Sie sich erst mal übers Wochenende an diese Empfehlungen zu halten. Am Montag sollten wir uns dann wieder zusammensetzen. Dann aber bitte mit allen sieben. Vielleicht wissen wir bis dahin ja schon mehr.«

»Sollen wir uns nicht besser bewaffnen?«, fragte Heinrich Gerken. »Die meisten von uns haben eine Handfeuerwaffe im Gewehrschrank liegen.«

»Das bleibt Ihnen selbst überlassen«, erwiderte Mendelski. »Als Jäger dürfen Sie ja eine Kurzwaffe führen. Aber vergessen Sie nicht: Die beiden Opfer waren bewaffnet – und es hat ihnen nichts genützt.«

Maike Schnur zeigte Mendelski auf ihrem Smartphone die Uhrzeit. Es war kurz vor halb vier.

»So weit erst mal. Wir müssen los.« Mendelski griff nach dem Aktendeckel, den Buchholz ihm zugeschoben hatte, und stand auf. »Und bitte informieren Sie die übrigen drei Mitglieder des Prüfungsausschusses. Am Montag sehen wir weiter.«

»Zwei Dinge noch«, sagte Buchholz, während er sich ebenfalls erhob. »Geht auch ganz schnell.«

»Bitte.«

»Können Sie schon sagen, wann der Leichnam von Harald Urban freigegeben wird? Wegen der Trauerfeier?«

»Nein, kann ich nicht. Das wird sicher noch eine Weile dauern, schätze ich.«

»Dann: Könnten Sie nicht dafür sorgen, dass die aufdringliche Medienmeute vor Urbans Haus verschwindet?«

»Das ist nicht ganz so einfach.« Mendelski ging mit Maike zur Tür, Buchholz folgte ihnen. »Ich spreche mal mit den Kollegen in Faßberg. Vielleicht fällt denen was ein.«

»Also, ich hätte da eine Idee«, raunte Heinrich Gerken Anke Sievers zu. So leise, dass es niemand sonst hören konnte.

»So? Was denn?«

»Och.« Er grinste verschmitzt. »So 'n Schweinemäster wie ich hat jede Menge Gülle. Und einen großen Güllewagen. Da kann beim Rumkutschieren schon mal ein Schlauch platzen …«

∗∗∗

Claus Benrath parkte seinen BMW direkt am Fluss. Auf einem kleinen Parkplatz am Robert-Lehr-Ufer, mit der Schnauze zum Wasser. Der viele Regen, der in den letzten Wochen in Süddeutschland gefallen war, hatte den Rhein mächtig anschwellen und zu einem reißenden Strom werden lassen.

Kaum stand der Wagen, da bahnte sich die Sonne einen Weg durch die dunklen Wolken. Die herbstbunten Bäume des Rheinparks Golzheim und die Pfeiler der Theodor-Heuss-Brücke erstrahlten in einem malerischen Glanz.

»*Yes!*«, brüllte Benrath fröhlich, während er mit beiden Händen das Lenkrad bearbeitete. »*Weekend!*«

Es war Freitagnachmittag, endlich Feierabend, das wohlverdiente Wochenende stand vor der Tür. Claus Benrath hatte eine anstrengende Woche hinter sich. Montag, Dienstag in Unterlüß, Mittwoch die Fahrt zurück nach Düsseldorf, von der Autobahn gleich in eine Marathonsitzung. Den Rest der Woche verbrachte er in der Zentrale. Es ging von Sitzung zu Sitzung, Meeting reihte sich an Meeting. Zehn bis zwölf Stunden täglich. Heute hatte er ausnahmsweise mal pünktlich Feierabend gemacht. Und sogleich die kürzeste Strecke von seiner Arbeitsstelle, vom Rheinmetall-Hauptgebäude in der Ulmenstraße, hinab zum Rhein gewählt.

Die Weiten der Flusslandschaft genießen, auf den Rhein schauen. Fließendes Wasser faszinierte ihn. Im Geiste den Strom herunterfahren. Oder einfach nur Schiffe gucken. Er brauchte diese Zeit für sich. Zehn, zwanzig Minuten, mehr nicht.

Außerdem war er noch einen Anruf schuldig. Den Rückruf nach Hermannsburg, allein und in Ruhe. Vor einer halben Stunde hatte ihn die SMS erreicht. Mit der dringenden Bitte, zurückzurufen.

Um siebzehn Uhr würde er sich mit seiner Frau Evelyn in der Stadt treffen, zu einem Sundowner in der Pardo Bar. Anschließend waren sie zu einem französischen Fischessen im Andrej's eingeladen. Ein Rheinmetall-Kollege feierte heute Geburtstag. Einen besseren Start ins Wochenende konnte sich Claus Benrath kaum vorstellen.

Er griff nach dem Smartphone in der Mittelkonsole und tippte eine Mobilfunknummer. Bereits nach dem zweiten Klingeln wurde das Gespräch angenommen.

»Na endlich«, hauchte eine weibliche Stimme ins Telefon. Im Hintergrund waren Gelächter und Kaffeetassengeklapper zu hören. »Warte. Ich bin im Candace. Ich geh mal kurz raus hier.«

Claus Benrath lehnte sich zurück und schloss die Augen. Er musste nur wenige Sekunden warten, dann hörte er: »Ich dachte schon, du würdest dich erst morgen melden.«

»Hab heute ausnahmsweise etwas eher Schluss gemacht. Was gibt's denn aufregendes Neues aus eurer schönen Heide?«

»Kannst eigentlich erst mal fragen, wie's mir geht?« Ihre Stimme klang fröstelnd.

»Ach komm. Das weiß ich doch schon. Du stehst draußen vorm Ludwig-Harms-Haus und frierst. Ich hör förmlich deine Zähne klappern. Hast vergessen, eine Jacke überzuziehen, stimmt's?«

»Genau. Deinetwegen frier ich jetzt. Aber es gibt Neuigkeiten.«

»Gute oder schlechte?«

»Von beidem etwas. Was willst du zuerst hören?«

»Die schlechte natürlich. Dann hab ich's hinter mir.«

»Na gut.«

Claus Benrath hörte, wie sie ein paar Schritte ging. Er hörte deutlich ihre Schuhabsätze auf einem Fußweg klackern. »Die Polizei war bei Michael«, sagte sie. »Die Kripo aus Celle. Ein Mann und eine Frau.«

»Das musste ja so kommen.« Er seufzte auf. »Und?«

»Sie haben ihn zu Harald Urban befragt. Zur gemeinsamen Vorgeschichte, zu den Streitigkeiten und so weiter.«

»Damit war zu rechnen.«

»Doch die Auseinandersetzungen, die sie während ihrer Dienstzeit beim Bund hatten, interessierten die nicht sonderlich. Sie haben Michael gefragt, was er von der Jagd hält. Und vom Tierschutz.«

»Ach, daher weht der Wind.«

»Genau. Die hätten ihn am liebsten als militanten Öko enttarnt. Da sind sie bei Michael aber an den Richtigen geraten. Der und Tierschützer! Da musste sogar ich lachen.«

»Wie ging das dann aus?«

»Sie wollten noch wissen, wo sich Michael am letzten Dienstag aufgehalten hat.«

»Das Alibi für den Todestag von Uzi-Urban. Verstehe. Konnte er es liefern?«

»Na klar. Er war ja auf einem Bundeswehrlehrgang in Hamburg. Für drei Tage. Dafür gibt's zig Zeugen.«

»Dann ist doch alles in Butter. Für ihn zumindest.«

»Zum Schluss haben sie ihn zu der toten Jägerin aus Celle ausgefragt. Die, die sie im Tiergarten in Hannover gefunden haben.«

»Und?«

»Die kennt er überhaupt nicht. Mit der Celler Jägerszene hat Michael nicht viel am Hut.«

»Trotzdem wollten sie auch hier sein Alibi, richtig?«

»Richtig. An besagtem Vormittag, dem Donnerstag, war er zu Hause. Das konnte ich bezeugen.«

Claus Benrath erschrak. »Dich hat die Polizei ebenfalls gefragt?«

»Nein. Nicht wirklich. Ich saß halt dabei. Die einzige Frage, die ich beantworten musste, war die zum Donnerstagmorgen.«

»Bloß kein falsches Wort ... Und weiter?«

»Nichts weiter. Zum Schluss haben sie Michael gebeten, sich zur Verfügung zu halten. Falls es noch weitere Fragen gäbe.«

Claus Benrath streckte sich in seinem Autositz aus, so gut es irgend ging. Dabei gähnte er ziemlich laut.

»Langweile ich dich?«, fragte sie pikiert. »Ich stehe hier draußen im kalten Wind, ohne Jacke, bekomme langsam steife Finger und blaue Lippen. Und du gähnst.«

»Sorry. War 'n anstrengender Tag. Das war also die schlechte Nachricht. Und welches ist die gute?«

Sie ließ sich einen Augenblick Zeit, bevor sie antwortete: »Die gute Nachricht ist, dass es noch etliche Leute mehr gibt, mit denen Harald Urban im Clinch lag. Michael ist nur einer von vielen. Insbesondere Jagdgegner und militante Tierschützer hat die Polizei im Fokus. Der Besuch bei uns war also reine Routine. Und das Wichtigste: Es hatte mit uns beiden nichts zu tun.«

»Wollen wir hoffen, dass es so bleibt.«

»Die Kripo hat wegen des zweiten Todesfalls ziemlich viel um die Ohren. Für uns haben die gar keine Zeit. Wahrscheinlich werden die dich wegen deines anonymen Anrufs gar nicht weiter behelligen.«

»Dein Wort in Gottes Ohr.«

»Ich geh jetzt wieder rein.« Er hörte erneut ihre Schritte auf dem Pflaster.

»Kommst du Montag wieder her?«, fragte sie mit vor Kälte zitternder Stimme.

»Vermisst du mich?« Eitel wie ein Pfau musterte er sein Gesicht im Rückspiegel. »Komm, gib's zu.«

»Ja, es stimmt«, erwiderte sie leise. »Ich kann's kaum erwarten, dich wiederzusehen.« Sie blieb stehen und schluckte hörbar. »Aber wir sollten uns besser erst mal nicht treffen.«

»Bitte?«

»Ja, Claus. Bis Gras über die Sache gewachsen ist. Vielleicht wird Michael ja heimlich überwacht. Und ich gleich mit. Wer weiß schon, was die Polizei macht. Dieses Risiko sollten wir nicht eingehen.«

»Das ist nicht nett«, stöhnte er. »Von dieser schlechten Nachricht hast du am Anfang gar nichts gesagt ... Was soll ich denn ohne dich all die Abende in Unterlüß anfangen?«

»Nur ein paar Wochen. Du hältst das schon durch. Bitte, mir zuliebe.«

»Oh nee!«, jammerte er.

»Ich muss Schluss machen.« Sie war nur noch bruchstückhaft zu verstehen. »Sonst erfrier ich ... Wir telefonieren ...«

Die Verbindung wurde unterbrochen. Wütend pfefferte Claus Benrath das Smartphone auf den Beifahrersitz.

***

Dirk Schwabe hatte gerade die Eingangstür zu seinem Haus im Meißendorfer Ortsteil Auf dem Sande aufgeschlossen, als das Telefon klingelte – der Festnetzapparat. Da außer ihm niemand zu Hause war, musste er sich sputen. Rasch legte er Aktentasche und Mantel auf einen Stuhl im Flur und eilte zur Telefonstation im Wohnzimmer.

»Hast Glück, dass du mich noch erwischst«, sagte er, nachdem sich am anderen Ende der Leitung Bernd Buchholz gemeldet hatte. »Komme gerade aus Bremen nach Hause und muss auch gleich wieder los ...«

Schwabe merkte schnell, dass es Ernstes zu besprechen gab. Als Letzten aus der Prüfungskommission, der am heutigen Nachmittag nicht dabei gewesen war, wollte der Kreisjägermeister ihn über das Gespräch mit der Kripo Celle informieren.

Als Buchholz seinen Bericht beendet hatte, stöhnte Schwabe hörbar auf.

»Oh Mann! Das Wochenende hatte ich mir ganz anders vorgestellt. Ich wollte nachher auf Sauen, auf Nachtansitz. Gegen zehn soll es etwas aufklaren. Und da soll ich zu Hause bleiben und Däumchen drehen?«

Buchholz reagierte ungehalten, präzisierte die von den Kripobeamten empfohlenen Verhaltensmaßnahmen und ließ keinen Zweifel, dass diese Vorgaben auch für Dirk Schwabe gelten würden.

»Okay, okay. Hab verstanden«, erwiderte dieser schließlich. »Dann bleibe ich eben daheim, auf dem Sofa, bei Susanne. Glotze statt Schweinesonne. Na prima! Aber wenn die Kripo meint, dass es nicht anders geht … müssen wir da jetzt wohl durch.«

Nachdem er das Telefonat beendet hatte, stand Dirk Schwabe einige Augenblicke unschlüssig im Wohnzimmer. Obwohl es noch nicht mal sechzehn Uhr war, dämmerte es bereits. Die Wolken hingen an jenem Novembernachmittag besonders tief über Meißendorf.

Gedankenverloren trat er an das Panoramafenster und schaute in den Garten. Die gepflegte Obstwiese grenzte an ein kleines Wäldchen, ein Kiefernfeldgehölz. Dessen dichtes Unterholz könnte ein gutes Versteck abgeben, dachte er. Für jemanden, der unerkannt und heimlich sein Haus beobachten wollte.

»Ich seh schon Gespenster«, murmelte Schwabe, während er rasch die Gardinen zuzog.

Eilig machte er die Runde durchs Haus, kontrollierte die Fenster, ließ die Rollläden herunter und zog sämtliche Gardinen zu. Erst danach knipste er die Lampen an.

Als Nächstes suchte er sein Jagdzimmer auf und öffnete den Gewehrschrank. Nacheinander nahm er seine beiden Kurzwaffen in die Hand, eine 357er Smith & Wesson und eine Glock 43. Er wählte letztere aus. Die kleine, handliche Pistole ließ sich besser verdeckt tragen als der schwere Revolver.

Schon in den letzten Tagen hatte er meist diese Waffe bei sich gehabt. Seit letztem Mittwoch, als er von dem mysteriösen Unglücksfall von Harald Urban gehört hatte. Zu seinen heutigen geschäftlichen Terminen in Bremen war er ohne die Pistole gefahren. Hier jedoch, in heimischen Gefilden, fühlte er sich sicherer, wenn er seinen kleinen Freund aus Österreich in direkter Reichweite wusste.

Zusammen mit der Pistole trug er noch Fernglas und Taschenlampe in den Flur und verstaute alles im obersten Fach des Schuhschranks. Dort hatte seine Frau nichts zu suchen, da es für seine Schuhe reserviert war.

Schwabe hielt es für besser, ihr erst einmal nichts von den Sicherheitsvorkehrungen und der Alarmstimmung zu sagen. Susanne hatte schon genug unter ihren Migräneattacken zu leiden. Zusätzliche Aufregung und Unruhe – und dann ihr Gejammer und Gezeter –, das war das Letzte, was er in dieser Situation brauchte.

Erst jetzt fielen ihm Mantel und Aktentasche wieder ein. Beides lag noch auf dem Stuhl im Flur.

Als er den Mantel an der Garderobe aufhängte, ertönte ein vertrautes Signal. Er fischte sein Smartphone aus der Manteltasche und schaute aufs Display. Dort wurde eine neue Textnachricht gemeldet. Im Gehen las er: *Morgen früh 10:00 Uhr. Bekannter Treffpunkt. Nachricht umgehend löschen. Man kann nie wissen, wer mitliest.*

Dirk Schwabe war inzwischen im Wohnzimmer angekommen. Er setzte sich an den Esstisch und tippte: *Geht klar. Soll morgen regnen. Ist günstig für uns ...*

Nachdem er die Antwort gesendet hatte, löschte er beide Nachrichten.

Über die mit Kies gestreute Einfahrt rollte knirschend ein Auto. Susanne kam heim.

***

Es regnete in Strömen. Der von den Meteorologen angekündigte Starkregen klatschte gegen die Fassade des sechsstöckigen Polizeihochhauses in der Jägerstraße.

Als sie aus dem Gebäude auf den Parkplatz traten, war es kurz nach achtzehn Uhr.

»Igitt!« Maike Schnur machte einen Schritt zurück. Im Büro hatten sie gar nicht mitbekommen, was draußen in der Dunkelheit für ein Wetter herrschte. »Das wird eine kalte Dusche auf dem Fahrrad.«

»Ich kann dich ja eben heimfahren«, bot ihr Mendelski an. Mit einem Knall ließ er seinen Knirps aufschnappen. Um unter dem kleinen Schirm Schutz zu finden, drängte sich Maike an seine Seite. Schnellen Schrittes überquerten sie den Parkplatz.

»Ach, lass mal. Dann musst du ja extra in die Stadt. Ich nehm den Bus. Danke trotzdem.«

Um den Pfützen auszuweichen, hielt sie den Kopf gesenkt und schaute auf den Boden. »Aber den Schirm könntest du mir leihen. Das wäre nett.«

Mendelski steuerte seinen schwedischen Kombi an. »Klar doch. Musst aber erst mit zum Auto kommen. Vorher geb ich das Ding nicht her.«

Der viel zu kleine Regenschirm schaffte es nicht, die kalte Dusche abzuhalten, die ein böiger Wind aus sämtlichen Richtungen heranblies. Beide waren klitschnass, als sie Mendelskis Volvo erreichten.

»Und tschüss«, empfahl sich der Kommissar, während er die Autotür öffnete und auf den Fahrersitz glitt. Den Schirm hatte er zuvor Maike in die Hand gedrückt.

»Warte.« Sie huschte um das Auto herum zur Beifahrertür. »Hab's mir anders überlegt. Kannst mich doch mitnehmen.«

Nachdem Maike den triefnassen Schirm in den Fußraum gelegt hatte, fuhren sie los. Im Schritttempo verließen sie den Parkplatz und bogen in die Jägerstraße ein. Im regen Feierabendverkehr stauten sich vor der Ampel zur Hannoverschen Straße etliche Fahrzeuge in einer langen Autoschlange.

»Die Besprechung gerade hätten wir uns echt schenken können«, meinte Maike. Mit beiden Händen fuhr sie durch ihr Stoppelhaar, dass das Wasser nur so spritzte. »Und die blöde Pressekonferenz auch.«

»Muss das sein?«, maulte Mendelski. Er hatte ein paar Tropfen abbekommen. Trotz des bevorstehenden Wochenendes schien seine Stimmung nicht die beste zu sein.

»Gab doch eh keine Neuigkeiten«, fuhr sie unbekümmert fort. Die nassen Hände wischte sie an ihrer Jeans trocken. »Und dass sie uns erst 'ne halbe Stunde vorher über die anstehende Pressekonferenz informiert haben, ist schon krass.«

»Ja, das war starker Tobak.« Als Letzter in der Autoschlange steuerte er den Volvo bei Dunkelgelb über die Kreuzung. »Uns einfach so ins kalte Wasser zu werfen. Da hätte ich von Steigenberger etwas mehr Kollegialität erwartet.«

»Vielleicht wurde der ja genauso überrannt wie wir …«

»Durchaus denkbar. Wenn schon Staatsanwalt und Landrat im Kombipaket aufschlagen, ist höchste Alarmstufe. Dazu die dauernden Anrufe aus dem Innenministerium in Hannover und die Anfragen der Medien. Momentan möchte ich nicht in Steigenbergers Haut stecken.«

Sie rauschten über die regennasse Sägemühlenstraße, bis die rote Ampel am Badeland sie stoppte.

»Jedenfalls hast du das ziemlich gut hingekriegt«, lobte Maike ihren Chef. »Kurz und bündig.«

Mendelski zog schweigend kurz die Augenbrauen hoch.

»Dafür, dass wir nichts wirklich Neues hatten«, schob sie nach. »Besser gesagt dafür, dass wir ja nur sehr wenig preisgeben durften.«

»Hoffentlich haben sich die Gemüter jetzt etwas abgekühlt«, knurrte er, während er wieder anfuhr. »Wie sollen wir denn sonst am Montag in Ruhe weiterarbeiten?«

»Und wenn am Wochenende noch was passiert?«

»Gott bewahre!«, stieß er aus. Sie bogen links ab, in die Wehlstraße. »Ich will morgen mal wieder mit Pablo zum Fußball. Ins Stadion nach Hannover.«

»Wer spielt denn?«

»96 gegen Ingolstadt.«

»Oh.« Maike rümpfte die Nase, während sie das Neue Rathaus rechts liegen ließen. »Klingt nicht gerade spannend.«

»Und du?«

»Matthew und ich gehen morgen ins Theater. Wir gucken ›Tschick‹ von Wolfgang Herrndorf.«

»Davon hab ich gehört. Im Schlosstheater?«

»Nein. In Halle 19.«

»Ach, das neue Theater in der CD-Kaserne?«

»Genau.«

Schweigend passierten sie den Französischen Garten und erreichten wenige Augenblicke später den Nordwall.

»Du brauchst nicht zu mir abbiegen«, sagte sie. »Kannst mich am besten da vorn am Steintor absetzen, ich muss noch was besorgen.«

Mendelski schaute in den Rückspiegel, stellte fest, dass er niemanden behinderte, bremste ab und fuhr rechts ran.

»Dann bis Montag«, rief Maike, während sie die Beifahrertür öffnete und aus dem Wagen sprang. »Und danke fürs Mitnehmen.«

»Bis Montag«, erwiderte er. Das »Hoffentlich nicht eher!«, das er ihr noch nachrief, hörte sie schon nicht mehr. Sie hatte die Tür bereits zugeschlagen.

NEUN

Als an diesem Samstagmorgen der Škoda Octavia mit dem Verdener Kennzeichen durch Ostenholz rollte, hörte der Regen schlagartig auf.

»Was hab ich gesagt.« Johann Redecker schielte dankbar gen Himmel. »Auf den Wetterbericht ist Verlass.«

Der Lehrer aus Achim machte mit seiner Frau und seinen beiden Kindern einen Familienausflug. Mit exakt fünfzig Stundenkilometern fuhren sie durch das einsam gelegene Heidedorf. Keine Menschenseele ließ sich blicken. Im Zentrum, wo die Westenholzer Straße auf die Hauptstraße stieß, hielten sie.

»›Onkel Nickel‹«, las Merle, mit neun Jahren die Jüngste im Auto, was sie draußen sah. Sie schaute zum linken Seitenfenster hinaus. »›Kneipencafé‹. Ist das ein lustiger Name.«

»Wenn ihr euch vertragt, können wir ja auf der Rückfahrt hier einkehren«, schlug Ira Redecker vor. »Aber zuerst geht's zu unserem Ausflugsziel.«

»Was gibt's denn hier schon Interessantes …«, quengelte Linus genervt. Er war zwei Jahre älter als seine kleine Schwester. Missmutig hockte er auf dem Platz hinterm Beifahrersitz und starrte durch die regennassen Scheiben nach draußen.

»Schau mal, da vorn das Schild«, empfahl seine Mutter. »Das weiße meine ich.«

Merle streckte ihren Kopf, um an der Nackenstütze des Beifahrers vorbeischauen zu können.

»Sieben … Sieben Steinhäuser«, las sie vor. »Da wollen wir hin?«

»Richtig, Merle!« Johann Redecker hob den Zeigefinger. »Willkommen in der Steinzeit.«

»Gibt's da sieben Häuser aus Stein?«

»Nee, fünf!«, kam von Linus wie aus der Pistole geschossen. Er bedachte seine Schwester mit einem hämischen Grinsen. Das mit der Fünf hatte er nur aus Quatsch gesagt.

»Und das sind auch keine Häuser, sondern Gräber«, fügte der Vater hinzu.

Linus verdrehte die Augen. »So was Langweiliges. Der reinste Horrortrip heute.«

Er ahnte nicht, wie recht er damit haben sollte.

***

»Na, schlecht geschlafen?«, fragte Carmen Pidal-Mendelski, als sie sich zu ihrem Mann an den Frühstückstisch setzte. »Sieht aus, als wäre der Tisch schon etwas länger gedeckt.«

Es war Usus bei den Mendelskis, dass Carmen in der Woche, Robert dagegen am Wochenende das Frühstück vorbereitete. Nur wenn eines der beiden Kinder, Ana oder Pablo, zu Besuch war, ließ es sich die Hausherrin nicht nehmen, den Tisch selbst zu decken.

»Seh ich so zerknittert aus?« Er schob ihr den Korb mit den aufgebackenen Brötchen zu. »Aber du hast recht. Erst konnte ich nicht einschlafen, und dann hab ich zu allem Überfluss auch noch wild geträumt.«

Sie nahm ein helles Brötchen, er ein dunkles mit Körnern. Als gebürtige Spanierin hatte sie sich trotz der fünfunddreißig Jahre in Deutschland ihren mediterranen Geschmack bewahrt – und die Vorliebe für Weißbrot.

»Dein aktueller Fall?«, erkundigte sie sich.

Eigentlich vermied Mendelski es, zu Hause über seine Arbeit zu sprechen. Verbrechen, Mord und Totschlag sollten bitte schön draußen bleiben. Dort, wo sie hingehörten: an den Tatorten – oder in seinem Büro in der Jägerstraße.

Heute machte er eine Ausnahme.

Bedächtig nickte er. »Zwei zusammenhängende ungeklärte Todesfälle in einer Woche. Das nagt schon an einem.«

Carmen hielt ihm ihre Tasse hin, damit er Kaffee einschenken konnte. »Du zählst also die Tote in Hannover dazu?«, fragte sie.

»Ja klar. Die beiden Fälle gehören definitiv zusammen.«

»Hab davon in der Zeitung gelesen«, erklärte sie. »Die mysteriösen Zahlen auf der Stirn der Toten – das ist die Verbindung?«

»Nicht nur das. Beide Opfer gehörten zur Jagdscheinprüfungskommission in Celle.«

Sie nickte. »Das stand auch in der Zeitung. Wie kommen die Kollegen in Hannover denn voran?«

»Auch nicht besser als wir. Die Spurenlage ist an beiden Tatorten dürftig.«

Mendelski zögerte einen Augenblick, bevor er mit sorgenvoller Miene fortfuhr: »Aber das Schlimmste ist, dass es jederzeit weitergehen kann. Dass ein weiteres Opfer hinzukommt. Ein drittes Opfer. Nach den Ziffern Neun und Acht vielleicht die Nummer sieben.«

»Du denkst wahrscheinlich an jemanden von den sieben übrig gebliebenen Kommissionsmitgliedern ...«

»Genau.« Er schaute zum Fenster hinaus, in den Garten, in dem gerade zwei Elstern über den Rasen staksten. »Ich hoffe inbrünstig, dass dieses Wochenende nichts passiert. Die diensthabenden Kollegen halten die Augen auf, aber die können nicht überall sein.«

»Gewarnt sind die sieben? Kennen sie das Risiko?«

»Ich hoffe, sie nehmen unsere Warnungen ernst.«

»Ihr könnt sie ja auch nicht einfach wegsperren.«

»Eben.«

Für einige Augenblicke kehrte Ruhe ein. Aus dem Garten war das Krakeelen der beiden Elstern zu hören, die sich um eine Walnuss stritten. Appetitlos nippte Mendelski an seinem Kaffee, die zweite Hälfte seines Brötchens ließ er erst mal liegen.

»Und dann ... dieser Traum«, sagte er nach einer Weile. »Das ist schon eigentümlich.«

»Erzähl.«

»In dem Traum ging es um einen alten Fall. Damals war es trotz Ankündigung seitens des Mörders zu einem dritten Mordfall gekommen. Direkt vor unserer Nase. Wir waren ja schon vor Ort. Erinnerst du dich an die Schwanenhals-Geschichte?«

»Das war doch das in der verschneiten Jagdhütte bei Bergen? Natürlich.«

»Bis heute mache ich mir Vorwürfe, nicht zumindest den dritten Mord verhindert zu haben. Und jetzt habe ich Angst, dass sich so etwas wiederholt.«

Carmen schüttelte behutsam den Kopf. »Ach, Robert. Ich glaube kaum, dass du die beiden Fälle vergleichen kannst. Damals warst du mit Maike auf dich allein gestellt. Ihr wart von der Außenwelt abgeschnitten.«

»Darum geht es gar nicht. Ich mache mir Sorgen, dass wir irgendwas Entscheidendes übersehen haben«, fuhr er unbeirrt fort. »Ein Detail, eine winzige Kleinigkeit, die uns eventuell auf die Spur des Mörders bringen könnte …«

Das Läuten des Telefons schreckte Mendelski auf. Doch da nicht sein Diensthandy klingelte, sondern das private Festnetztelefon, entspannte er sich wieder.

»*Hola, Pablo!*«, sagte Carmen, die das Gespräch angenommen hatte. »Schön, dich zu hören. Du rufst sicher wegen des Fußballspiels heute Nachmittag an. – Ja, dein Vater freut sich schon riesig. – Ich geb dich mal weiter. Viel Spaß nachher, mein Lieber. – *Hasta luego!*«

***

Sie verließen das Dorf in östlicher Richtung und überquerten eine breite Straße. Der Wagen rollte auf eine geschlossene Schranke zu, neben der ein Wärterhäuschen stand.

»Posten 8b«, referierte Johann Redecker. »Zufahrt zu den Sieben Steinhäusern – und zum NATO-Truppenübungsplatz Bergen-Hohne.« Wie immer hatte sich der Lehrer auf den Ausflug gut vorbereitet.

»Truppenübungsplatz, krass!« Linus, der in den letzten Minuten beinahe eingeschlafen wäre, meldete sich plötzlich hellwach zurück. »Da dürfen wir rein?«

»Ja. Das dürfen wir.« Johann Redecker stoppte an der Schranke. »Um zu den Sieben Steinhäusern zu kommen, muss man hier lang. Allerdings geht das nur am Wochenende. An normalen Wochentagen wird hier scharf geschossen.«

»Wahnsinn!« Linus presste seine Stirn gegen die Scheibe.

Er sah, wie ein Mann aus dem Wärterhäuschen kam und um das Auto herumging. Bei laufendem Motor ließ sein Vater das Seitenfenster hinab.

»Guten Morgen«, grüßte der junge Mann mit den sehr kurzen Haaren und der Narbe an der Oberlippe. Seine Kleidung und ein Abzeichen auf dem Pullover wiesen ihn als Mitarbeiter eines privaten Sicherheitsdienstes aus. »Hier sind ein paar Informationen über die Sieben Steinhäuser.« Der Wachmann händigte zwei DIN-A4-Zettel aus.

»Guten Morgen«, erwiderte Johann Redecker. »Nicht viel los heute, wie es scheint?«

»Nein, Sie sind erst das zweite Auto heute. Kein Wunder bei dem Wetter.«

»Wie weit ist es noch bis zu den Gräbern? Fünf Kilometer?«

»Fünf Komma vier, genau.«

»Na denn …«

»Halten Sie sich bitte genau an die Anweisungen.« Der Mann deutete auf die Papiere. »Gute Fahrt.«

Johann Redecker reichte die Zettel an seine Frau weiter und wartete, bis der Wachmann die Schranke hochgeklappt hatte. Dann fuhr er weiter. Im Rückspiegel sah er, wie sich die Schranke wieder senkte.

»Nicht schneller als fünfzig.« Ira Redecker deutete auf den ersten Zettel. »Und hier steht noch mehr …«

»Lass mich vorlesen«, rief Merle von hinten und streckte ihre Arme nach vorn. Ihre Mutter reichte ihr wortlos das Papier.

»›Sehr geehrte Besucher der Sieben Steinhäuser!‹«, las Merle vor. »›Damit Sie die Sieben Steinhäuser in guter Erinnerung behalten, ist Folgendes zu beachten. Erstens: Zur Hin- und Rückfahrt ist nur die vorgegebene Straße zu nutzen. Zweitens: Das Verlassen der Straße oder die Weiterfahrt über das Kulturdenkmal hinaus ist verboten. Drittens: Die zulässige Höchstgeschwindigkeit beträgt fünfzig Stundenkilometer.‹«

»Wie spannend«, gähnte Linus.

Seine Schwester guckte streng und wandte sich dann wieder dem Papier zu: »›Viertens: Abseits der Straße ist – für Sie nicht erkennbar – mit gefährlichen Blindgängern zu rechnen, die bereits bei Annäherung oder leichten Erschütterungen explodieren können.‹ Und dann ganz fett: ›Achtung Lebensgefahr!‹« Merle stutzte. »Was ist das, ein Blindgänger?«, fragte sie nach vorn zu ihren Eltern.

»Oh nee. So was von blöd …!«, wollte Linus gerade vom Leder ziehen, als sein Vater ihn unterbrach: »Blindgänger, das sind Bomben, Granaten oder Patronen, die eine Fehlzündung hatten, also noch nicht – wie eigentlich vorgesehen – explodiert sind. Da das aber jederzeit passieren kann, sind sie sehr gefährlich.«

»Hab verstanden«, erwiderte Merle, wobei sie trotzig zu Linus schaute. »Weiter: ›Fünftens: Aufgrund militärischer Übungen ist mit Querverkehr von gepanzerten und ungepanzerten Fahrzeugen zu rechnen. Das Sichtfeld der Fahrer kann durch Tarnmaterial oder baulich bedingt stark eingeschränkt sein. Die Besatzung der Gefechtsfahrzeuge kann Sie erst sehr spät erkennen.‹ Und wieder fett: ›Fahren Sie stets mit äußerster Vorsicht und mit Fahrlicht! Ich wünsche Ihnen einen angenehmen Aufenthalt und bleibende Erinnerungen an das Kulturdenkmal Sieben Steinhäuser. Der Leiter des Truppenübungsplatzes Bergen – Helftenbein, Oberstleutnant.‹« Merle atmete tief durch. »Puh, das klingt ja … spannend.«

Ihr Vater lachte. »Wenn wir uns an die Regeln halten, kann nichts passieren.«

✳✳✳

Das Café Rio's am Neumarkt war bis auf den letzten Platz besetzt. Maike und Matthew hatten Glück, dass gerade jemand aufstand und ging, als sie dort unangemeldet auftauchten, um zu frühstücken. In dem Szenelokal war es am Samstagvormittag ratsam, vorher einen Tisch zu reservieren.

»Bring auf dem Rückweg bitte die CZ mit«, rief Maike Matthew nach, der auf dem Weg zur Toilette war. »Die muss da auf der Tonne liegen.«

Die Bedienung tauchte auf, und Maike bestellte schon einmal zwei Milchkaffee.

»Du kannst es auch am Wochenende nicht lassen«, nörgelte Matthew, als er mit der Zeitung zurückkehrte. »*Come on.* Gib's zu: Du willst nur gucken, was über euren Fall drinsteht.«

»Stimmt überhaupt nicht.« Maike legte demonstrativ die CZ auf einen leeren Stuhl. »Wir schmökern doch oft in der Zeitung, wenn wir frühstücken.«

»*Just sometimes*«, gab er zurück. »Nur wenn wir Stress haben.«

»Quatsch mit Soße!« Sie klapste ihm mit der Speisekarte auf den Kopf. »Such dir schnell was aus, ich hab 'nen Mordshunger.«

»Bist ja auch von der Mordskommission ...«

Sie gackerten wie verliebte Teenies. Ihre Milchkaffees kamen, und sie bestellten ihr Frühstück. Sie »Das Leichte de luxe«, er »Das Üppige«.

»Du magst doch gar keinen Sekt«, wunderte sich Maike.

»Ist meins mit Sekt?« Matthew studierte erneut die Speisekarte. »*Doesn't matter. It's for you ...*«

Am Nachbartisch fand ebenfalls ein Wechsel statt. Zwei Mädchen im wilden Punklook erhoben sich, drei neue Gäste rückten sofort nach. Ebenfalls junge Leute, zwei Männer und eine Frau. Den geröteten Gesichtern, ihrer durchnässten Outdoorkleidung und den schmutzigen Schuhen nach zu urteilen, hatten sie gerade einen Spaziergang auf dem Allerdeich, einen Waldausflug oder Ähnliches hinter sich.

Sie zogen ihre klammen Sachen aus und hängten sie über die Stuhllehnen. Bevor sie sich setzten, wandte sich der größere der beiden Männer an Maike.

»Darf ich mal kurz die Zeitung haben?«, fragte er, während er auf die CZ auf dem Stuhl deutete.

»Klar doch.« Sie reichte ihm die Zeitung. Dabei fiel ihr auf, dass der kleine Finger an seiner rechten Hand deformiert war. Und dass der junge Mann gut aussah. Sehr gut sogar. Der gestutzte dunkelblonde Vollbart und die zu einem kleinen Mozartzöpfchen gebundenen gleichfarbigen Haare gaben ihm etwas Verwegenes. Hinzu kamen geheimnisvolle dunkle Augen und ein schön geschwungener Mund. Maike musste an diesen

Stargeiger denken. Wie hieß der noch gleich? Ach ja, David … David Garrett.

»Kriegt ihr auch gleich wieder.« Sein Lächeln galt wieder nur Maike.

Kaum hatte er sich abgewandt, da streckte Matthew seinen Arm unter den Tisch und packte zu. Mit herzhaftem Griff kniff er Maike in den Oberschenkel. Kurz vor dem Knie, dort, wo es besonders unangenehm war.

Sie stieß mit dem Knie von unten an die Tischplatte. »Autsch!«, entfuhr es ihr. »Bist du verrückt?« Der Tisch bebte, das Geschirr klapperte. Zum Glück schwappte der Milchkaffee nicht über.

Der blonde Zopfträger drehte sich noch einmal kurz um. Sein verschmitztes Grinsen verriet, dass er sich seiner Außenwirkung sehr wohl bewusst war.

Maike wäre vor Wut am liebsten im Erdboden versunken. Befänden sie sich nicht in einem öffentlichen Lokal, hätte sie Matthew eine geknallt. Was fiel ihm eigentlich ein?

Kurz bevor sie ihn mit Blicken töten konnte, kam die Bedienung an ihren Tisch, um das Frühstück zu servieren. Die Lage zwischen den beiden Streithähnen beruhigte sich allmählich, sie begannen zu essen. Zunächst wortlos.

Vom Nachbartisch drangen ein paar Wortfetzen an ihre Ohren, die Maike aufhorchen ließen.

»… rätselhafte Todesfälle …«, »… Polizei tappt im Dunkeln …« oder »… Jägerschaft in Alarmbereitschaft …« hörte sie. Verstohlen schaute sie zu den dreien hinüber.

Die hatten die Köpfe zusammengesteckt und studierten die Zeitung. Allem Anschein nach hatten sie großes Interesse am Neunwürger-Fall. Maike vermochte nicht einzuschätzen, ob das für sie von Belang war. Halb Celle sprach im Moment über den Fall.

Trotzdem befiel sie ein komisches Gefühl. Sie beschloss, wachsam zu bleiben.

»*Sorry!*«, murmelte Matthew nach einer Weile, ohne von seinem Teller aufzuschauen. Und lauter: »Hast du eigentlich ›Tschick‹ gelesen?«

»'türlich.« Maike zeigte sich versöhnlich. »Du etwa nicht?«

»Doch, doch. Aber in meiner Muttersprache.«

»Hat das Buch da den gleichen Titel?«

»Nee. Da heißt es ›Why We Took the Car‹.«

»Das passt ja.« Maike winkte die Bedienung herbei. »Möchtest du auch noch einen Milchkaffee?«, fragte sie Matthew.

Der nickte. »Bin gespannt, wie die das auf der Bühne umsetzen.«

»Ist schon eine Herausforderung.« Nebenbei gab sie die Bestellung auf. »Und ich bin gespannt auf Halle 19. Hab jedenfalls gute Kritiken gelesen. Ich freu mich schon ...«

»Acht Uhr?«

»Ich glaube. Bin mir aber nicht sicher ...«

»Danke!« Der Mozartzopf vom Nachbartisch hatte seinen Arm ausgestreckt, um die Zeitung zurückzugeben. Ohne ihm in die Augen zu schauen, griff Maike nach der CZ.

Dabei fiel ihr Blick erneut auf seinen verbogenen kleinen Finger der rechten Hand.

✳✳✳

Rechts und links der Straße wich der Wald zurück, machte Platz für eine end- und baumlose Heidefläche. Bis zum Horizont. Jetzt im November sah das wintergraue Heidekraut alles andere als reizvoll aus. Kreuz und quer durchs Gelände verliefen von Panzerketten aufgewühlte Sandwege, deren Ränder zerschossene Birkenbüsche und Krüppelkiefern säumten. Windschiefe Hausattrappen standen in der Gegend herum, neben ausrangierten, weil schrottreifen Fahrzeugen oder einfach nur bunt bemalten Holztafeln. All das diente dem Militär als Zielobjekte.

»Echte Schießbahnen! Krass!«, staunte Linus. »So was hab ich bisher nur auf dem PC ...« Zu spät merkte er, dass er sich gehörig verplappert hatte. Die Eltern guckten konsterniert.

»Was war das denn?«, fragte Johann Redecker. Seine Stimme klang unheilvoll. »Kennst du etwa diese blutrünstigen PC-Ballerspiele wie Counter-Strike, Call of Duty oder so 'n Irrsinn?

Spielst du so was? Saudämliche, gewaltverherrlichende Ego-Shooter-Spiele?«

»Nee … Quatsch! Ich …«, stammelte der Junge. »Ich hab nur mal bei Mike über die Schulter geguckt.« Sehr glaubwürdig klang seine Behauptung nicht.

»Mike?«

»Sebastians großer Bruder«, erklärte Ira Redecker.

»Sebastian?«

»Der Nachbarsjunge. Sein Bruder geht auf die Waldorfschule Bruchhausen-Vilsen.«

Johann Redecker stöhnte: »Waldorfschule schützt vor Dummheit nicht.«

»Lassen wir das jetzt.« Ira Redecker nahm den zweiten Zettel zur Hand, den ihnen der Wachmann ausgehändigt hatte. »Zurück zu den Sieben Steinhäusern: Es handelt sich um fünf Großsteingräber aus der Jungsteinzeit …«

»Fünf?« Merle hörte aufmerksam zu. »Warum nur fünf?«

»Hier steht: Sieben bedeutet im Volksmund einfach mehrere.« Ira Redecker deutete auf das Blatt Papier. »›Siebensachen‹ bestehen auch nicht aus genau sieben Gegenständen.«

»Die magische Zahl Sieben …«, ergänzte ihr Mann. »Früher nahm man das eben nicht so genau.«

Die Mutter las weiter: »›Die fünf Steingräber wurden in der zweiten Hälfte des dritten Jahrtausends vor Christus von den Menschen der Trichterbecherkultur – den ersten sesshaften Bauern dieser Region – als Beinhäuser für ihre Toten errichtet.‹«

»Was sind denn Beinhäuser?«, fragte Merle dazwischen.

»Gruselige Sammelstationen für Skelette und Menschenknochen.« Linus war mal wieder schneller als seine Mutter.

»So ungefähr«, erwiderte Ira Redecker. Sie konnte sich ein Schmunzeln nicht verkneifen.

»Aus dem dritten Jahrtausend vor Christus«, wiederholte Johann Redecker. »Also vor fünftausend Jahren?«, ergänzte seine Frau. »Das ist schon 'ne unglaublich lange Zeit. Man kann sich gar nicht vorstellen, wie und von was die Menschen damals hier in der Heide gelebt haben.«

»Landwirtschaft, Jagen, Fischen«, zählte Johann Redecker auf. »Das Leben in der Steinzeit war sicher kein Zuckerschlecken.«

»Wann sind wir endlich da?«, nörgelte Merle. »Ich muss mal.«

»Oh nee!« Linus mischte sich wieder ungefragt ein. »Typisch Mädchen …!«

»Da vorn ist schon das Parkplatzschild«, beruhigte sie ihr Vater. »Gleich haben wir es geschafft.«

***

Sie hatte wegen ihrer nächtlichen Migräneattacke lange keinen Schlaf finden können. Nach Stunden des qualvollen Wachseins – aus Prinzip und Überzeugung verweigerte Susanne Schwabe die ihr empfohlenen Medikamente – war sie erst gegen Morgen eingeschlafen.

Als sie gegen zehn Uhr erwachte, war es draußen schon mehrere Stunden hell, obschon man von Helligkeit eigentlich nicht sprechen konnte. An jenem Sonnabendvormittag lag Meißendorf unter einem bleigrauen, regengeschwängerten Himmel.

Im Bademantel schlurfte sie in die Küche. Sie wollte sich einen Kaffee aufsetzen, der ihre Lebensgeister wecken würde. Die Stille im Haus verriet ihr, dass sie allein war.

Dirk Schwabe, ihr Mann, war nicht zu Hause. Wie so oft. Auf dem Küchentisch hatte er einen handgeschriebenen Zettel hinterlassen. Auf dem stand knapp und lieblos: »Bin kurz im Revier.«

Kein »Guten Morgen, liebste Susanne«, kein »Na, ausgeschlafen, mein Schatz?«, kein »Bringe Brötchen mit. Dann frühstücken wir schön …«. Das war früher so gewesen und lange vorbei. Seit Jahren schon hielt er andere Dinge für wichtiger. Seine Arbeit, seine Firma, diese ständigen aushäusigen Termine in der gesamten Republik. Dann die Jagd, das Revier, die vielen Funktionen in der Jägerschaft. Für ein harmonisches Eheleben blieb weder Platz noch Zeit.

»Bin kurz im Revier«, wiederholte sie in Gedanken. Weil

keine Uhrzeit dabei stand, konnte sie herzlich wenig damit anfangen.

Während sie das Kaffeepulver in den Filter löffelte, kamen ihr Zweifel. Ihr Blick schweifte durch das Küchenfenster hinaus in den tropfnassen Garten.

»Bei dem Sauwetter …?«, führte sie ein Selbstgespräch. »Revier? Welches denn …?«

Susanne Schwabe ließ die Kaffeemaschine allein arbeiten und begab sich in das Arbeitszimmer ihres Mannes. Das Versteck des Gewehrschrankschlüssels hinter einem der Gehörnbretter an der Wand kannte sie seit Langem. Ihr Mann war in dem irrigen Glauben, dass er allein davon wusste. Sie holte den Schlüssel hervor, schloss den Stahlschrank auf und zählte die Gewehre. Nicht eins fehlte.

»Im November ins Revier … ohne Gewehr?«, murmelte sie. »Für wie blöd hältst du mich eigentlich?«

Sie trat an seinen Schreibtisch und überflog die Papiere. In dem aufgeklappten Tischkalender war für den Samstagvormittag nichts eingetragen.

Kurz entschlossen griff sie nach dem Festnetztelefon auf dem Schreibtisch und tippte seine Handynummer ein. Doch sie erreichte lediglich die Mailbox.

Von zig Telefonaten mit ihm wusste sie, dass er im Revier nahezu überall guten Handyempfang hatte.

»Was treibst du Aas?«, entfuhr es ihr. »Mit wem und wo?«

Ihr kam sofort die Neue in den Sinn. Die jagende Blondine, die erst seit Kurzem zur Prüfungskommission zählte. Sievers, Anke Sievers … genau. Wie Dirk sie neulich beim Jägerball angehimmelt hatte. Und wie die Blondine darauf reagierte … einfach schamlos. Dieser Schlampe traute Susanne Schwabe alles zu. Und ihrem Mann sowieso.

Ohne zu zögern, griff sie erneut zum Telefon. Die Telefonnummer der Sievers kannte sie nicht, aber die von Bernd Buchholz, dem Kreisjägermeister.

***

Der Parkplatz »Sieben Steinhäuser« lag verlassen im Dunst. Obwohl der Regen längst aufgehört hatte, tropfte es noch immer von den Bäumen. Es war nahezu windstill.

Als der Škoda mit dem Verdener Kennzeichen in die Zufahrt einbog, holperte der Wagen über frisch aufgewühltes Eichenlaub.

»Hier waren heute Nacht Wildschweine«, mutmaßte Johann Redecker, »und haben nach Eicheln gesucht.«

»Wildschweine auf 'nem Truppenübungsplatz?«, staunte Linus. »Wie geht das denn?«

»Hier gibt's viel Wild«, erklärte der Vater, während er den Wagen ausrollen ließ. »Jede Menge Rotwild, Wölfe, Adler und andere seltene Tiere. Truppenübungsplätze sind in der Regel ein Eldorado fürs Wild.«

»Das geht doch gar nicht.« Linus zweifelte immer noch. »Hier wird doch scharf geschossen.«

»Aber nur auf den Schießbahnen. Die übrigen Wald- und Heideflächen sind tabu. Hier hat das Wild seine Ruhe. Und die Ballerei stört sie nicht weiter. Wildtiere lernen schnell, was ihnen gilt und was nicht.«

»Da ist ein Dixi-Klo«, plärrte Merle dazwischen. Sie hatte sich schon abgeschnallt und die Tür geöffnet. »Mama, kommst du mit?«

Mutter und Tochter verschwanden in Richtung Toilettenanlage. Außer den beiden grünen Plastikhäuschen gab es keine weiteren Gebäude auf dem Parkplatzgelände.

»Hier soll das sein?«, fragte Linus ungläubig, indem er sich umschaute. Er warf die Autotür hinter sich zu. »Voll öde. Man sieht ja nur Bäume.«

»Wart's doch ab«, erwiderte der Vater. Auch er war ausgestiegen. Er ging um den Wagen herum und öffnete die Heckklappe, um an seine Jacke zu gelangen.

Linus machte ein paar Hopser aus dem Stand, um sich nach der Autofahrt ein wenig zu bewegen. »Wir sind heute anscheinend die Einzigen hier. Also … ich find's richtig unheimlich.«

»Eigentlich sollte hier doch noch ein Wagen stehen.« Johann Redecker spähte in die Runde. »Hatte der Wachmann nicht gesagt, dass wir heute das zweite Auto sind? Soweit ich mich erinnere, ist uns niemand entgegengekommen.«

»Ich glaub, dahinten steht eins.« Linus deutete in die äußerste Ecke des Parkplatzes, wo etwas Helles durch tief hängende Eichenäste schimmerte. Das Heck eines halb versteckten Pkw.

»Ach ja. Siehst du. Hier hat alles seine Ordnung.«

Bald waren Ira und Merle zurück. Auch sie holten ihre Jacken aus dem Kofferraum. Linus verzichtete zunächst.

»Es ist doch kalt, du wirst frieren«, tadelte ihn seine Mutter.

»Das tust du doch ganz leicht«, echote Merle.

»Ich friere nicht!«, herrschte er seine Schwester an. »Und jetzt erst recht nicht.« Linus bewies mal wieder seinen Dickkopf.

»Wo geht's jetzt lang?«, fragte Merle quietschfidel. »Dort zum Zaun?«

Ohne eine Antwort abzuwarten, sprintete sie los. Die anderen folgten.

Ein Zwangswechsel, den rechts und links ein einfacher, aus halbierten Rundhölzern gefertigter Holzzaun markierte, führte sie in den Wald hinein.

Noch bevor sie das erste Steingrab erreichten, fiel Linus ein, dass er seinen Fotoapparat im Auto vergessen hatte. »Papa, gib mir mal den Autoschlüssel bitte, ich hab was vergessen …« Und schon rannte er zurück.

»Zieh dir bitte deine Jacke über«, rief ihm die Mutter nach. »Es ist doch ziemlich kühl. Nicht dass du dich erkältest.«

Doch da war er schon außer Hörweite.

***

Es läutete einmal, da nahm Buchholz das Gespräch schon an.

»Hallo, Bernd, hier spricht Susanne. Bist du so nett und gibst mir mal die Telefonnummer von Anke Sievers?«

»Hat die nicht dein Mann?«

»Dirk ist im Revier. Ich kann ihn nicht erreichen.«

»Bitte? Im Revier? Etwa allein?« Am hysterischen Tonfall ihres Gegenübers merkte sie sofort, dass da etwas nicht stimmte.

»Keine Ahnung. Auf dem Zettel hier steht nur: ›Bin kurz im Revier.‹ … Aber … Was hast du denn?«

»Liest du keine Zeitung?« Er klang aufgebracht. »Und hat dir Dirk nichts erzählt? Von den Todesfällen in unseren Reihen …?«

»Ach das«, unterbrach sie ihn. »Nein, nur am Rande. Du weißt doch, meine Migräne … Er verschont mich mit derlei Geschichten.«

»Bitte hör mir zu.« Bernd Buchholz sprach eindringlich. »Die Polizei hat uns gebeten, bis auf Weiteres nicht zu jagen und dieses Wochenende zu Hause zu bleiben. Aus Sicherheitsgründen. Es besteht die Gefahr, dass wir –«

»Du kennst doch Dirk.« Erneut fiel sie ihm ins Wort. »Der macht immer, was er will. Glaubst du, den kann man einfach ein Wochenende lang unter Hausarrest stellen?«

Bernd Buchholz seufzte auf. »Okay. Hab verstanden. Aber so kommen wir nicht weiter.« In energischem Ton setzte er fort: »Muss jetzt Schluss machen. Hab zu tun. Meldet euch bitte sofort, wenn Dirk heimkehrt.«

»Ja, machen wir. Wahrscheinlich ist alles nur ein Missverständnis. Aber trotzdem, ich hätte gern noch von dir …« Susanne Schwabe verstummte.

Bernd Buchholz hatte das Gespräch bereits beendet.

»Wie seltsam …«, murmelte sie. Sie stellte das Telefon zurück auf die Basis und wandte sich wieder dem Gewehrschrank zu, um ihn zu schließen. Noch bevor sie die schwere Stahltür zuklappte, fiel ihr Blick auf den verschlossenen Innentresor. Dort, das wusste sie, bewahrte ihr Mann seine Munition und die beiden Kurzwaffen auf. Sie zog den Schlüssel aus der Tür und öffnete das Sicherheitsfach.

Der große Revolver, die 357er Smith & Wesson, lag an seinem Platz. Was fehlte, war die kleine Pistole, die Glock 43.

»Verflixt und zugenäht«, murmelte Susanne Schwabe betreten. Langsam wurde auch ihr mulmig. »Mein lieber Dirk. Was jagst du da nur …?«

***

Als Linus über den Parkplatz auf das Auto der Familie zulief, stutzte er.

Aus den Augenwinkeln hatte er ein Blinken wahrgenommen. Aus der Richtung, wo das fremde Auto stand.

Er drehte den Kopf zur Seite und sah, dass plötzlich die Warnblinkanlage des Pkw eingeschaltet war.

Oder war das etwa die Alarmanlage, schoss es dem Jungen durch den Kopf. Aber nein, dann wäre auch die Hupe losgegangen.

Da sich das Licht in den Scheiben des Wagens spiegelte, war aus der Entfernung nicht zu erkennen, ob jemand darin saß.

Linus lief weiter zu ihrem eigenen Auto, entriegelte den Wagen und öffnete die hintere Seitentür. Er hob seine Jacke hoch, doch sein Fotoapparat lag nicht darunter.

Hastig suchte er die Rückbank ab, schaute in die Mittelkonsole und in den hinteren Fußraum.

Nichts.

Durch die Heckscheibe sah er, dass die gelben Leuchten des fremden Fahrzeugs immer noch blinkten.

Mit der rechten Hand hielt er seine Jacke in die Höhe. Die an sich federleichte Daunenjacke erschien ihm schwerer als sonst.

Na klar!

Jetzt fiel es ihm wieder ein. Er hatte den Fotoapparat in eine der Taschen gesteckt.

Rasch ertastete er, was er suchte. Aber die Jacke samt Fotoapparat mitnehmen? Nee …

Er wollte Merle doch nicht den Gefallen tun und mit seiner Jacke zurückkommen. Dann stünde er ja als Weichei da.

Mit klammen Fingern öffnete er den Reißverschluss der Jackentasche und kramte den Fotoapparat hervor. Dann schleuderte er die Jacke – wütend, dass er sich so lange damit aufgehalten hatte – zurück in den Wagen.

Mit Wucht schlug er die Autotür zu. Keuchend verriegelte er das Fahrzeug wieder.

Obwohl die ganze Aktion deutlich länger gedauert hatte als gedacht, nahm Linus sich die Zeit für einen kleinen Schlenker. Das fremde Auto hatte seine Neugier geweckt.

Als er nur noch zwanzig Meter von dem Fahrzeug entfernt war, entdeckte er zweierlei: erstens, dass es sich um einen BMW X3 mit Celler Kennzeichen handelte. Und zweitens, dass jemand in dem Fahrzeug saß.

Auf dem Fahrersitz.

Schon seltsam, dachte der Junge. Warum schaltet der den Warnblinker nicht aus?

Hin- und hergerissen zwischen Vorsicht und Neugier näherte er sich zögerlich dem Auto.

Die Warnblinkanlage blinkte unaufhörlich.

Drei Schritte weiter stellte Linus fest, dass die Seitenscheibe der Fahrertür heruntergelassen war.

Und dann sah er den Mann. Sein Oberkörper war nach vorn gebeugt, der Kopf ruhte auf dem Lenkrad.

Schläft der etwa?, fragte er sich. Oder ist dem nicht gut?

Zwei letzte Schritte Richtung Auto brachten die Gewissheit, dass da etwas ganz und gar nicht stimmte.

ZEHN

Es war kurz nach dreizehn Uhr.

Wegen des reichhaltigen Frühstücks hatte es zum Mittagessen nur einen kleinen Imbiss gegeben. Bevor Robert Mendelski sich auf den Weg zum Fußball machte, hatte er einen kurzen Mittagsschlaf eingeplant. Danach wollte Carmen ihn mit dem Auto zum Celler Bahnhof bringen, damit er um dreizehn Uhr siebenundvierzig mit dem Metronom nach Hannover fahren konnte. Der sollte um vierzehn Uhr vierzehn in Hannover am Hauptbahnhof eintreffen.

Vom Bahnhof aus würde er die Stadtbahn bis zum Waterlooplatz nehmen und den Rest zu Fuß laufen. Um vierzehn Uhr fünfundvierzig war er mit Pablo an der »Nordkurve« verabredet, einem Lokal am Haupteingang Nord des ehemals sogenannten Niedersachsenstadions. Eingefleischte 96-Fans, so auch Pablo, vermieden es tunlichst, für ihren Fußballtempel eine Bezeichnung aus einem dreibuchstabigen Kürzel mit angehängtem »Arena« zu verwenden.

Doch der entspannte Nachmittag mit Fußballbundesliga und seinem Sohn war dem Kriminalhauptkommissar an diesem Samstag nicht vergönnt.

Um dreizehn Uhr siebzehn klingelte sein Diensthandy.

Böses ahnend quälte sich Mendelski vom Sofa hoch und nahm das Gespräch an. Am anderen Ende der Leitung meldete sich sein Chef: Kriminaldirektor Steigenberger.

Mit ernster Miene hörte Mendelski zu, zunächst wortlos, lediglich einmal kurz aufstöhnend. Sein Gesicht verfinsterte sich zunehmend. Um sich besser konzentrieren zu können, knetete er mit der freien Hand seine Stirn, bis sie schmerzte.

»Ich mach mich sofort auf den Weg.«

Um vierzehn Uhr fünfzehn trafen sie am Posten 8b des NATO-Truppenübungsplatzes Bergen-Hohne ein. Es regnete in Strömen.

Maike Schnur hatte Mendelski mit dem Dienstwagen zu Hause in Boye abgeholt. Über Winsen und Meißendorf waren sie auf der Panzerringstraße bis Ostenholz gefahren. Dass sie gut einen Kilometer hinter Meißendorf den Landkreis Celle und somit ihren Zuständigkeitsbereich verlassen hatten, war ihnen bewusst. Steigenberger hatte die für Ostenholz zuständige Polizeiinspektion Heidekreis mit Sitz in Soltau über ihren Einsatz informiert.

Die Schranke neben dem Wachhäuschen war verschlossen. Direkt daneben parkten ein Streifenwagen und ein Geländefahrzeug der Militärpolizei. Etwas abseits stand der Privat-Pkw des Wachmannes.

Gleich drei Mann traten an ihren Wagen: der Wachmann, ein Streifenpolizist und ein Feldjäger. Alle drei trugen Regenjacken, ihre Dienstmützen hatten sie tief ins Gesicht gezogen.

»Sie werden schon erwartet«, sagte der Streifenpolizist, nachdem sich Maike Schnur und Robert Mendelski als Kollegen von der Celler Kripo ausgewiesen hatten. »Sind noch gut fünf Kilometer. Immer der Straße und der Beschilderung ›Sieben Steinhäuser‹ nach.«

»Danke. Ich weiß«, antwortete Mendelski. »War schon oft hier.« Der Wachmann klappte die Schranke hoch und ließ sie passieren.

»Du bist schon öfter hier gewesen?«, fragte Maike, während sie weiterfuhren. Um der Wassermassen auf der Frontscheibe Herr zu werden, lief der Scheibenwischer auf schnellster Stufe. »Sind diese Steinblöcke denn so interessant?«

»Sag bloß, du kennst das Stonehenge der Heide nicht?«

»Nee. Hab keine Ahnung, was uns hier erwartet.«

Mendelski holte tief Luft. »Was uns hier erwartet? Na, das kann ich dir sagen«, grantelte er plötzlich unvermittelt los. »Uns erwartet in erster Linie Arbeit. Stupide polizeiliche Ermittlungsarbeit.«

»Ach komm, Robert. Jetzt ärger dich doch nicht über das verpasste Bundesligaspiel ...«

»Das Fußballspiel?« Mendelski wurde lauter. »Mensch, Maike! Wir haben den dritten Toten in diesem Fall ... in einem

Fall, der immer groteskere Ausmaße annimmt ... und du glaubst, ich bin sauer über das verpasste Bundesligaspiel?«

»So hatte ich das ja gar nicht gemeint ...«

»Kannst du dir nicht denken, dass ich mir Vorwürfe mache? Dass ich befürchte, wir haben irgendetwas Wichtiges übersehen, die falschen Prioritäten gesetzt? Und dass ich mich frage, ob wir den Tod von Dirk Schwabe nicht eventuell hätten verhindern können?«

»Versteh dich ja«, sagte sie leise. »Aber bleib bitte fair. Vor allem zu dir selbst. Wir haben alles Menschenmögliche getan. Haben alle Vorsichtsmaßnahmen getroffen, haben die Betroffenen gewarnt. Doch bei Selbsttötung müssen auch wir passen.«

Mendelski schnaufte einmal tief durch. »Pah – Selbstmord! Davon bin ich nicht überzeugt. Wie viele vermeintliche Suizide haben sich später als Tötungsdelikte entpuppt ...«

Jetzt war es an Maike zu schnaufen: »Nu warte doch erst mal ab. Die Kollegen aus Soltau sind auch keine Anfänger. Die haben sicher schon in alle Richtungen geschaut.« Sie schaltete die Scheibenwischergeschwindigkeit zurück, der Regen wurde schwächer. »Bis dahin kannst du mir noch ein wenig über diese Sieben Steinhäuser erzählen?«

»Sind nur fünf.«

»Bitte?«

Mendelski blieb stur. »Dafür hab ich jetzt keinen Kopf. Frag deinen Briten nach den Steingräbern. Der wird sie aus seiner Army-Zeit kennen.«

»Oh, vielen Dank für die freundliche Auskunft«, erwiderte Maike sarkastisch. Die Fünfzig-Stundenkilometer-Schilder ignorierend gab sie tüchtig Gas. Das Wasser auf dem schmalen Asphaltweg spritzte zur Seite.

***

Der Wolf verhoffte und spitzte die Gehöre.

Das Auto, dass da keine dreißig Rutenlängen von ihm entfernt über den nassen Asphalt rauschte, konnte er lediglich hören, nicht äugen. Ein mit niedrigen Bäumen bestandener Erdwall, der zwischen Straße und Sandweg verlief, blockierte die Sicht.

Der junge Rüde stand wie angewurzelt da und zitterte. Vor Angst, weil er schon einmal unliebsamen Kontakt mit einer dieser stinkenden Blechkisten gemacht hatte. Auf der Panzerringstraße zwischen Meißendorf und Ostenholz hatte ihn vor sechs Wochen ein Kleinlastwagen an der linken hinteren Flanke touchiert. Seitdem lahmte er.

Ein estnisches Sprichwort besagt: Den Wolf ernähren seine Beine. Wohl wahr. Denn wenn die ihre Funktion einbüßten …

Der Wolfsrüde litt seit dem Unfall. Ob allein oder im Rudel, er konnte nicht mehr wie gewohnt jagen, er musste sich anderweitig versorgen. Bewusst suchte er die Nähe der Menschen und machte sich über die Essensabfälle von Soldaten und Touristen her: auf den Schießplätzen, an Wanderwegen oder Papierkörben. Obwohl der Isegrim eigentlich Fleisch bevorzugte, musste er jetzt nehmen, was sich bot. Die großen Säuger wie Rehe, Rotwild und Wildschweine waren für ihn unerreichbar, neben Abfällen blieben ihm nur noch Kleinsäuger, Frösche, Insekten, aber auch Aas und pflanzliche Kost.

Der junge Rüde zitterte an jenem trüben Novembertag nicht nur vor Angst, sondern auch vor Hunger. Seinen täglichen Futterbedarf von vier Kilogramm Fleisch zu decken war ihm seit dem Unfall nicht mehr gelungen. Seine letzte Mahlzeit war eine totgefahrene Maus gewesen, die er letzte Nacht von der Landstraße gekratzt hatte.

Das Auto entfernte sich rasch, der Rüde schnürte langsam weiter. Zum Glück war der Boden auf dem Erdweg festgefahren und hart wie Beton, sodass es sich ohne großen Energieaufwand und bequem laufen ließ. Gleich nebenan gab es tiefe Panzerspuren, das Geläuf dort war weich und schwer. Der lädierte Wolf musste seine verbliebenen Kräfte gut einteilen.

Plötzlich nahm er Witterung auf.

Er stoppte abrupt und streckte sein Haupt in den Wind. Tatsächlich. Ein seltsamer Geruch stieg ihm in die Nase, eine Duftnote, die ihm in seinem jungen Leben noch nie zuvor begegnet war. Ein penetranter säuerlicher, aber nicht uninteressanter Geruch. In der Hoffnung, dass es sich dabei um Fressbares handeln könnte, trabte er weiter.

Der Geruch wurde stärker. Da das Gelände rechts und links des Weges vegetationsfrei war und einer Wüste glich, hatte der Wolf eine gute Sicht. Doch es war weit und breit nichts zu sehen, was als Quelle der merkwürdigen Geruchsfahnen in Frage kam. Mit der Nase tief am Boden suchte er weiter.

Unversehens stieß er auf Spuren. Auf relativ frische Spuren im Sand, die trotz des Vormittagsregens noch gut zu sehen waren.

Spuren von einem Auto – und einem Menschen.

Das Auto war im Randbereich des Weges in das lose Erdreich gefahren. Dort hatte es gestoppt und seine Reifenabdrücke hinterlassen.

Die Menschenspuren – Fußabdrücke einer einzelnen Person – führten vom Auto in den tiefen Sand der Panzertrasse. Nur ein paar Meter. Und wieder zurück.

Der Geruch war jetzt stärker denn je.

Der Wolf folgte der Menschenspur. Bis zu dem Punkt, von wo sie zurückkehrte. An dieser Stelle fand er den schweren und nassen Sand leicht aufgehäuft. Den Spuren nach zu urteilen, hatte der Mensch das lose Erdreich mit seinen Füßen zusammengeschoben, notdürftig und hastig, zu einem kleinen Haufen von der Größe eines Maulwurfshügels.

Hier war der Geruch am stärksten.

Der Wolf begann zu scharren.

Schon bald stieß er auf Essensreste. Kleine Bröckchen von einem hart gekochten Ei, unverdaute Gurkenstückchen, Käse- und Brotreste.

Gierig machte sich der Wolf über das Erbrochene her.

***

»Wredemeier«, stellte sich der Kollege vor. Ein hagerer, durchtrainierter Mittvierziger mit Zwirbelbart und lebhaften Augen. »Vom Zentralen Kriminaldienst Soltau.«

Robert Mendelski und Maike Schnur waren zu ihm in den VW-Transporter gestiegen, der mit einem Tisch und zwei Sitzbänken ausgestattet war. Genügend Platz für drei Leute.

»Ist nett, dass Sie auf uns gewartet haben«, sagte Mendelski, nachdem sie sich vorgestellt hatten. »Der Rest Ihrer Truppe ist schon abgerückt?«

»Ja. Die Kollegen sind seit 'ner halben Stunde fort«, erwiderte Wredemeier. »Zurück Richtung Soltau. Ebenso die anderen. Für einen Suizidenten war das hier schon ein mächtiger Aufmarsch. Unsere komplette Truppe, dazu die Militärpolizei, Ambulanzwagen, der Notarzt, dann Bestatter, Abschleppunternehmer und so weiter.«

»Danke, dass Sie uns umgehend informiert haben.«

»Das ist doch selbstverständlich. Der Mann kam schließlich aus Ihrem Landkreis. Außerdem wissen wir natürlich von Ihrem aktuellen Fall mit den beiden toten Jägern. Vielleicht kommen Sie ja durch den Selbstmord der Lösung näher –«

»Erzählen Sie bitte der Reihe nach«, unterbrach ihn Mendelski. Er hatte einen Notizblock und Bleistift, Maike Schnur ein Diktiergerät aus der Tasche gezogen.

»Darf ich?«, fragte sie, indem sie das Aufnahmegerät hochhielt.

»Selbstverständlich.« Wredemeier klappte das Notebook auf, das vor ihm auf dem Tisch lag, und drückte ein paar Tasten.

»Okay. Also der Reihe nach«, begann er, während er auf den Bildschirm schaute. »Heute Vormittag um zehn Uhr dreiunddreißig ging bei uns ein Notruf ein. Genau von dieser Stelle, vom Parkplatz ›Sieben Steinhäuser‹. Der Notruf wurde von einem gewissen Johann Redecker, siebenunddreißig Jahre alt, wohnhaft in Achim, abgesetzt. Per Handy. Er war mit seiner Familie unterwegs, mit Frau Ira, ebenfalls siebenunddreißig Jahre alt, und den beiden Kindern Linus und Merle. Elf und neun Jahre alt. Der Anrufer meldete den Fund einer männlichen Leiche …«

»Haben Sie den Anruf auf Ihrem Notebook?«, fragte Mendelski dazwischen.

»Nein. Aber den kann ich Ihnen zukommen lassen.«

»Das wäre nett.«

Wredemeier blickte zurück auf den Bildschirm. »Die Familie war hier, um sich die Steinzeitgräber anzuschauen«, fuhr er fort. »Außer ihrem Auto gab es lediglich einen weiteren Pkw, der in der äußersten Ecke des Parkplatzes stand. Ein BMW X3 mit Celler Kennzeichen, wie sich später herausstellte. Die vier Redeckers waren bereits in der Anlage unterwegs, als Linus, der Filius, bemerkte, dass er seinen Fotoapparat im Auto vergessen hatte. Er lief allein zum Parkplatz zurück, um die Kamera zu holen. Dabei bemerkte er, dass bei dem fremden Fahrzeug plötzlich die Warnblinkanlage angegangen war. Zögernd näherte er sich dem Auto – und als er nah genug heran war, sah er durch das offene Seitenfenster die Bescherung. Ein Mann lag regungslos über das Lenkrad gebeugt. Mit offenen Augen und blutverschmierter Wange.«

***

In den Fluren des Alten- und Pflegeheims Sonnenhof konnte man eine Stecknadel fallen hören. Im Hause herrschte strenge Mittagsruhe.

Von draußen drang verhaltener Verkehrslärm durch die geschlossenen Fenster. Vor allem das tiefe Brummen an- und abfahrender Busse am Bahnhofsplatz. Ab und zu waren auch Zuggeräusche zu hören. Die ICEs, die Celle ohne Halt passierten, rauschten relativ leise vorbei, die elend langen Güterzüge hingegen ratterten laut über die Schienen.

Rolf Kitzmann lag in seinem Bett. Auf dem Rücken, fein säuberlich zugedeckt bis unters Kinn. Er hielt seinen täglichen Mittagsschlaf und atmete regelmäßig und tief.

Behutsam wurde die Klinke heruntergedrückt, die Zimmertür öffnete sich. Adnana betrat leise den Raum, in den Händen eine Vase mit roten Rosen. Langstielige blutrote Rosen.

Vorsichtig stellte die Auszubildende die Vase auf den Nachttisch. Sie wollte Rolf Kitzmann nicht wecken.

Bevor sie ging, richtete sie noch einmal die Blumen. Ihre

schlanken Hände streichelten die samtigen Blütenblätter. In Gedanken zählte sie.

Es waren sieben rote Rosen.

✳✳✳

Kriminalhauptkommissar Wredemeier räusperte sich, bevor er fortfuhr: »Der Junge machte sofort auf dem Absatz kehrt und ist zu seinen Eltern gelaufen.«

»Arme Socke!«, entfuhr es Maike. »Ich hoffe, es geht ihm gut.«

»Den Umständen entsprechend, ja«, erwiderte Wredemeier. »Unsere Psychologin hat sich um ihn gekümmert. Die gesamte Familie Redecker ist mit nach Soltau gefahren.«

»Und wie kommen Sie nun auf Selbstmord?«, wollte Mendelski wissen. Seine Ungeduld war ihm deutlich anzusehen.

»Gemach, gemach!«, antwortete Wredemeier. »Immer der Reihe nach, werter Herr Kollege.« Er lächelte verständnisvoll, als er sich wieder seinem Bildschirm zuwandte. »Weiter im Text: Der Vater setzte den Notruf unter 110 ab. Um zehn Uhr dreiundfünfzig trafen nahezu zeitgleich eine Streife vom Kommissariat Walsrode, die Ambulanz und die Militärpolizei hier ein. Sie sperrten umgehend den Parkplatz und das Steingräbergelände. Gegen elf Uhr fünfzehn waren wir mit unserem gesamten Team vor Ort.«

Wredemeier scrollte auf seinem Bildschirm, bevor er weitersprach.

»Die Untersuchung der männlichen Leiche ergab, dass es sich um Dirk Schwabe aus Meißendorf handelt. Er hatte seine Papiere bei sich. Todesursache sowie Quelle des Blutes war eine Schussverletzung am Kopf. Aller Wahrscheinlichkeit nach hervorgerufen durch einen einzelnen, selbst aufgesetzten Schuss mit der Handfeuerwaffe, die im Auto des Toten sichergestellt werden konnte. Eine Pistole, eine Glock 43, die laut Waffenbesitzkarte rechtmäßig in Schwabes Besitz war. Im Magazin fehlte eine Patrone, die leere Hülse lag in der Mittelkonsole. Das Geschoss steckte in einem Baum, der gut zehn

Meter vom Auto entfernt stand? Schwabe hatte das Seitenfenster halb heruntergelassen, sodass die Scheibe unversehrt blieb.«

»Wo war der Schuss gesetzt?«, fragte Mendelski, wobei er seinen Bleistift an die Stirn tippte.

Wredemeier hielt sich, einer Waffe gleich, Zeige- und Mittelfinger an die rechte Schläfe. »Ungefähr hier. Laut Schusskanal – der Ausschuss befindet sich über dem linken Ohr – hat das Geschoss den gesamten Stirnhirnlappen durchschlagen. Die Gerichtsmedizin lehrt, dass solche Durchschüsse nicht zwingend zum sofortigen Exitus führen. Zum Verlust des Bewusstseins ja, aber nicht gleich zum Tod.«

»Irre …« Maike staunte. »Wie lange hat er denn noch mit der Verletzung gelebt?«

Wredemeier beugte sich zum Notebook. »Unser Gerichtsmediziner meinte, wohl noch dreißig bis vierzig Minuten. Lebenswichtige Organe wie Herz und Lunge haben noch eine ganze Zeit lang funktioniert. Als Schwabe schließlich starb, ist er nach vorn aufs Lenkrad gesackt und hat mit dem Knie die Warnblinkanlage aktiviert.«

»Nicht zu glauben!«, stieß Maike aus. »Und das mit so einem Kopfschuss. Nur gut, dass der Junge ihn nicht noch lebend gesehen hat.«

Wredemeier zuckte mit den Schultern. »Die Jugend von heute ist von den PC-Ballerspielen so einiges gewohnt«, sagte er lakonisch.

»Hat der Junge – oder die Familie – haben die denn keinen Schuss gehört?«, wunderte sich Mendelski.

»Nein. Die Schussabgabe muss unmittelbar vor deren Eintreffen auf dem Parkplatz erfolgt sein.« Wredemeier nickte bedächtig. »Wir nehmen an, dass die Obduktion der Leiche unsere Theorie vom Suizid bestätigen wird.«

»Moment, Moment!« Mendelski ging das alles viel zu schnell. Er blätterte seinen Notizblock um. »Ich habe da noch ein paar Fragen.«

»Aber gerne doch.« Wredemeier lächelte betont freundlich. »Dafür bin ich ja hiergeblieben.«

»Haben Sie Schmauchspuren an der Hand des Toten sichergestellt?«

Wredemeier wirkte für einen Moment pikiert, antwortete dann aber gelassen: »Selbstverständlich. Es waren welche an seiner rechten Hand. An der Schusshand.«

»Die Waffe wird auf fremde Fingerabdrücke untersucht?«

»Nicht nur die Waffe. Das gesamte Auto.«

»Gibt's Abwehrverletzungen irgendeiner Art?«

»Negativ.«

»Sonst irgendwelche Spuren oder gar Hinweise im Wagen des Toten, dass er nicht allein war?«

»Wieder negativ. Außerdem hat der Wachmann bestätigt, dass Schwabe allein gekommen ist. Außer ihm und den Redeckers aus Achim ist in dem Zeitfenster niemand Richtung Sieben Steinhäuser gefahren.«

»Wann hat Schwabe denn die Schranke passiert?«

»Ungefähr eine halbe Stunde vor den Redeckers. Kurz vor zehn Uhr.«

»Und dem Wachmann ist nichts aufgefallen?«

»Nein. Außer ›Guten Morgen‹ und ›Gute Fahrt‹ haben sie nicht miteinander gesprochen.«

»Der BMW wird aber noch gründlich untersucht, nicht wahr?«

»Das sagte ich bereits. Dazu haben wir den ja nach Soltau gebracht.«

»Schwabe hatte doch sicher ein Handy?«

»Klar doch. Das haben wir in der Mache. Heute Morgen hat er nicht ein einziges Mal telefoniert, wir fanden aber zig Anrufe in Abwesenheit. Einmal von seiner Frau, meist jedoch von der gleichen Nummer. Auf der Mailbox war ein gewisser Bernd zu hören, der ihn unbedingt sprechen wollte und um Rückruf bat.«

»Wahrscheinlich Bernd Buchholz«, kommentierte Maike Schnur. »Das ist der Kreisjägermeister von Celle.«

»Irgendwelche Textnachrichten?«, fragte Mendelski.

»Auch alle älter und anscheinend belanglos.«

»Ein Abschiedsbrief?«

»Nein.« Wredemeier stöhnte leicht genervt auf. »Das hätte ich Ihnen doch längst erzählt.«

»Auch nicht bei ihm zu Hause in Meißendorf?«

»Äh ...« Wredemeier stutzte. »Weiß ich nicht. Die Kollegen, die zur Witwe gefahren sind, haben sich noch nicht zurückgemeldet.«

»Wäre schön, wenn Sie uns von dem Ergebnis kurz in Kenntnis setzen«, bat Mendelski.

»Natürlich. Das werde ich veranlassen.«

»Nichtsdestotrotz müssen wir Frau Schwabe auch noch einen Besuch abstatten.« Mendelski blätterte in seinen Notizen und ließ sogleich die nächste Frage vom Stapel: »Gab es frische Fahrzeugspuren von weiteren Autos auf dem Parkplatz?«

»Nein. Dazu hätte jemand unbemerkt am Schrankenhäuschen vorbei aufs Gelände fahren müssen. Sie können ja den Wachmann fragen, ob das möglich ist. Außerdem hat der Starkregen, der heute immer wieder auf dem Gelände runterkam, ganze Arbeit geleistet.«

Mendelski machte eine Pause und überlegte. Dann schlussfolgerte er: »Sie schließen also Fremdbeibringung aus?«

»Wir schließen gar nichts aus. Doch aus der vorgefundenen Spurenlage folgern wir, dass es sich aller Wahrscheinlichkeit nach um eine Selbstbeibringung handelt. Warten wir die Obduktion ab, dann wissen wir mehr.«

Robert Mendelski und Maike Schnur schauten sich in die Augen, dann nickten sie einander leicht zu. Es sah aus wie eine wortlose Übereinkunft.

»Eine letzte Frage«, sagten sie nahezu unisono.

»Ja, bitte?« Wredemeier guckte verwundert.

»Wie sah die Stirn des Toten aus?«

»Schwabes Stirn?« Wredemeier schlug sich an dieselbe. »Ach natürlich. Jetzt weiß ich, warum Sie fragen. Die anderen beiden Toten bei Ihnen hatten Zahlen auf der Stirn. Eine Neun und eine Acht, wenn ich mich recht erinnere.«

»Richtig.«

»Da muss ich Sie enttäuschen. Wenn Sie eine Sieben auf der

Stirn von Schwabe vermutet haben, liegen Sie hier leider daneben. Da war nichts.«

»Ganz sicher?«

»Kleinen Moment.« Wredemeier klickte auf seinem Notebook herum. Als er nach ein paar Scrolls das Gesuchte gefunden hatte, drehte er den Bildschirm zu den Celler Kollegen hin. »Hier sind die Fotos von Schwabes Kopf. Sehen Sie.«

Es war eine ganze Serie von Fotos. Frontansicht, Seitenansicht, der Kopf von oben und hinten, Detailfotos von Ein- und Ausschuss. Die Stirn jedoch, das sah man deutlich, war bis auf wenige kleine Blutspritzer unversehrt.

»Tatsächlich«, kommentierte Maike Schnur das Gezeigte. »Da steht nichts.«

Mendelski grübelte. Er wandte seinen Blick vom Bildschirm ab, schaute hinaus auf den Parkplatz.

»Vielleicht war das auch gar nicht erforderlich«, murmelte er. »Schließlich befinden wir uns hier bei den Sieben Steinhäusern.«

***

»Ist das die einzige Botschaft, die Ihr Mann hinterlassen hat?«, fragte Ruth Menge in ruhigem, sanftem Ton. »Kein Anruf, keine SMS? Kein Abschiedsbrief?«

Susanne Schwabe schüttelte ihren geplagten Kopf, der wieder angefangen hatte zu schmerzen. Eine neue Migräneattacke kündigte sich an. Ihre vom Weinen geröteten Augen hielt sie geschlossen.

Zu dritt saßen sie am Wohnzimmertisch. Kriminalhauptkommissarin Ruth Menge und ihr Kollege Malte Brünning vom ZKD der Polizeiinspektion Heidekreis hatten die unschöne Aufgabe übernommen, Susanne Schwabe vom Tod ihres Mannes zu unterrichten. Trotz ihrer Bestürzung und Trauer war die Witwe bereit gewesen, einige Fragen zu beantworten.

»Hier steht nur ›Bin kurz im Revier‹«, las Ruth Menge vom Zettel vor. »Schrieb er nie mehr? Ist das die übliche Art, wie sich Ihr Mann ausdrückte?«

Susanne Schwabe nickte.

»Gab es Anzeichen von Depressionen bei Ihrem Mann?«, fragte Malte Brünning. »War er anderweitig krank, steckte er in privaten oder geschäftlichen Schwierigkeiten?«

»Nicht dass ich wüsste«, schluchzte die Witwe. Mit einem Papiertaschentuch, das sie zu einem Knäuel zusammengedrückt hatte, betupfte sie ihre Augen. »Jedenfalls ... wenn es so wäre, hat er mir nichts davon erzählt.«

»Ist Ihnen in letzter Zeit bei Ihrem Mann etwas aufgefallen? War er anders als sonst? Gereizter, schlecht gelaunt? Gab es Streit zwischen Ihnen?«

Wortlos schüttelte Susanne Schwabe den Kopf.

»Haben Sie mal über Selbsttötung gesprochen? War das ein Thema bei Ihnen?«, übernahm Ruth Menge wieder.

Susanne Schwabe verneinte erneut.

»Trug denn Ihr Mann die Pistole, mit der er ... die wir im Wagen gefunden haben, oft mit sich herum?«

»Keine Ahnung.« Susanne Schwabe zuckte mit den Schultern. »So eine Waffe ist nicht groß. Die kann man doch problemlos unbemerkt bei sich haben.« Sie verschwieg, dass sie ihrem Mann nachspioniert und den Waffenschrank kontrolliert hatte. Auch von ihrer Vermutung, dass ihr Mann fremden Frauen nachstellte und eventuell eine Affäre gehabt haben könnte, sagte sie nichts.

»Hat Ihr Mann Ihnen von den beiden Bekannten erzählt, die letzte Woche ums Leben gekommen sind?«, fragte Malte Brünning. »Von dem Mann aus Faßberg und der Frau aus Celle, die wie Ihr Mann zur Jagdscheinprüfungskommission gehörten?«

Susanne Schwabe riss sich zusammen. »Nur am Rande«, erwiderte sie. »Dirk verschont mich ... verschonte mich mit solchen Geschichten. Wegen meiner Migräne ...«

»Sie wussten also gar nicht, dass die Kripo Celle Ihrem Mann und den anderen Kommissionsmitgliedern dringend geraten hatte, aus Sicherheitsgründen am Wochenende zu Hause zu bleiben?«

»Das hab ich erst im Nachhinein erfahren. Der Kreisjägermeister Buchholz hat mir am Telefon davon erzählt. Aber da war es ja schon zu spät.« Sie schlug aufschluchzend die Hände vors Gesicht.

»Beruhigen Sie sich«, sagte Ruth Menge leise. Sie streckte ihre Hand aus und berührte Susanne Schwabe am Arm. »Wir lassen Sie für heute erst mal in Ruhe. Haben Sie jemanden, der sich um Sie kümmert? Freunde, Familie?«

»Meine Nachbarin.« Susanne Schwabe schnäuzte in ihr Papiertaschentuchknäuel. »Heute ist Samstag, da ist sie sicher zu Hause. Sind Sie so nett und rufen für mich bei ihr an?«

Ruth Menge zog ihr Handy aus der Jackentasche. »Gern. Wie ist denn die Nummer?«

***

Der Regen hatte zwar aufgehört, aber noch immer tropfte es von den Bäumen. Wredemeier, Mendelski und Maike stapften über den verwaisten Parkplatz.

»Hier hat der Wagen von Schwabe gestanden«, erklärte der Kollege aus Soltau, als sie das im Wind flatternde Polizeiabsperrband erreichten. Er deutete auf die Farbmarkierungen am Boden, die den Umriss des Fahrzeugs zeigten.

»Die Schnauze stand Richtung Grabanlagen. In der Kiefer dort drüben haben wir das Geschoss sichergestellt.«

Auch aus der Entfernung konnte man deutlich sehen, dass ein Loch in die Rinde des Baumes gestemmt worden war. In rund eineinhalb Metern Höhe.

»Glückwunsch zu dem Fund«, sagte Maike Schnur. »So 'nen kleinen Bleiklumpen muss man erst mal finden.«

»Wir hatten einfach riesiges Glück«, gestand Wredemeier. »Ohne den Baumstamm als Kugelfang würden wir wahrscheinlich jetzt noch danach suchen.«

Mendelski schaute in die Runde. »Ist die weitere Umgebung des Parkplatzes untersucht worden?«, wollte er wissen.

»Nein. Wir haben uns erst mal auf das Wesentliche konzentriert. Grabstellen, Rundwege, Papierkörbe, Dixi-Klos, Zufahrt – mehr nicht. Schließlich ist der umliegende Wald gesperrt und sollte wegen der Blindgänger tunlichst gemieden werden.«

»Und die Familie aus Achim – wie hießen die Leute gleich …?«

»Redecker.«

»Genau. Die Redeckers haben auch nichts Auffälliges bemerkt? Ein drittes Auto, weitere Besucher oder dergleichen?«

»Nein. Nur das hier.« Wredemeier deutete auf das zerwühlte Eichenlaub unter den Bäumen. »Die haben ganz richtig erkannt, dass hier letzte Nacht Wildschweine ihr Unwesen getrieben haben.«

»Unwesen …?« Maike runzelte ihre Stirn.

»Na ja. Die Schwarzkittel haben nach Eicheln gesucht und dabei ein wenig Flurschaden angerichtet. Hält sich aber in Grenzen.«

»Wildschweine …« knurrte Mendelski. Man sah ihm deutlich an, dass er unzufrieden war. Sein Blick schweifte suchend über den Parkplatz. »Und wo genau stand das Fahrzeug der Redeckers?«

»Dort drüben.«

Sie gingen die knapp sechzig Meter bis zu der Stelle, wo Flatterband ein Areal absteckte. Auch hier markierte Sprühfarbe am Boden den Standort des Autos.

In Gedanken versunken rieb sich Mendelski das Kinn. »Der Fotoapparat von dem Jungen lag im Auto. Damit hatte also vorher niemand hier draußen Fotos gemacht. Was ist mit den anderen Familienmitgliedern? Haben die eventuell fotografiert? Mit ihren Handys vielleicht?«

»Tja …« Auf diese Frage war Wredemeier nicht vorbereitet. »Muss ich klären. Wenn ja – werde ich Ihnen die Fotos zukommen lassen.«

»Wäre schön, wenn wir auch bald das Protokoll von der Befragung der Redeckers bekämen. Sie und der Wachmann sind ja wohl die einzigen brauchbaren Zeugen.«

»Geht klar.«

Sie kehrten zu den Fahrzeugen zurück.

»Parkplatz und Kulturdenkmal bleiben erst mal gesperrt?«, erkundigte sich Mendelski.

»Ja. Das haben wir mit der Kommandantur des Truppenübungsplatzes und der Denkmalpflege in Soltau so vereinbart. Bis auf Weiteres ist die komplette Anlage gesperrt.«

»Die ist ja eh nur am Wochenende für Besucher geöffnet.«

»Genau. An Samstagen, Sonn- und Feiertagen.«

»Gut so weit.« Mendelski reichte Wredemeier die Hand. »Fürs Erste wär's das wohl. Haben Sie herzlichen Dank für Ihre Mühen. Wir werden jetzt noch mit dem Wachmann reden.«

Wredemeier schaute auf seine Armbanduhr. »Da müssen Sie sich aber beeilen. Der hat gleich Schichtwechsel.«

**

Eigentlich hatte Bernd Buchholz mit Bundesliga-Fußball nicht viel am Hut.

Als junger Mann hatte er beim SSV Südwinsen 1931 e. V. gekickt, daher verfolgte er den lokalen Fußball noch mit mäßigem Interesse. Allerdings weniger auf dem Platz, sondern eher im Sportteil der Celleschen Zeitung. Die Truppe aus seinem damaligen Verein spielte jetzt immerhin in der Bezirksliga.

Der Profifußball jedoch, dieses aufgeblasene Millionengeschäft, war ihm fremd. Horrende Spielergehälter, überbordende Fernseheinnahmen und wilde Geschäftemacherei, gekrönt durch die Dominanz eines einzigen superreichen Vereins namens Bayern München – all das stieß ihn ab. Der eigentliche Sport trat immer mehr in den Hintergrund, es ging nur noch um Geld – oder um noch mehr Geld. Die Identifikation mit dem Verein blieb auf der Strecke, die Fans waren für die Bosse der Bundesliga-Vereine nur als zahlungskräftige Masse interessant. Zu dieser Masse wollte er nicht zählen, also war er auch kein Fan eines Bundesligisten. Wer gerade Meister wurde oder wer in die Zweite Liga abstieg, war ihm herzlich schnurz.

Zur heutigen Bundesligapartie Hannover 96 gegen den FC Ingolstadt 04 hatte ihn Thomas Heuer überredet. Seinem Jagdgenossen aus der Prüfungskommission war es gelungen, über Beziehungen zwei Freikarten im VIP-Bereich zu ergattern. Heuer hatte argumentiert, wenn sie wegen dieser unheilvollen

Geschichte schon nicht zur Jagd gingen, könnten sie sich doch wenigstens beim Fußball ein wenig ablenken.

Buchholz hatte vorsorglich bei der Kripo in Celle angerufen, um zu fragen, ob das in Ordnung ginge. Ein Kommissar namens Strunz hatte seine Bedenken ausgeräumt. Im Gegenteil, er hatte ihn sogar zu dem Besuch ermuntert, denn in ihrem speziellen Fall sei er wegen der vielen Kontrollen, Sicherheitsmaßnahmen und Polizeipräsenz während eines Fußballspiels in einem Bundesligastadion relativ sicher.

Ein Stau auf dem Messeschnellweg hatte dazu geführt, dass Buchholz und Heuer erst recht spät, nämlich gegen fünfzehn Uhr, auf dem Schützenplatz in Hannover eintrafen. Auf der Suche nach einem Parkplatz kurvten sie mit ihrem Auto durch die schmalen Gassen zwischen den abgestellten Fahrzeugen, als der Anruf einging.

Kriminaldirektor Steigenberger persönlich rief Buchholz an, um ihm die schlechte Nachricht zu übermitteln. Die Nachricht vom Tod Dirk Schwabes.

»Nein …!«, stöhnte Buchholz auf. »Das kann doch nicht …«

Heuer trat unvermittelt auf die Bremse und brachte den Wagen zum Stehen. Mit sorgenvoller Miene sah er seinen Beifahrer an. Dessen Gesicht hatte plötzlich jede Farbe verloren.

»Suizid?«, rief Buchholz aufgebracht ins Handy. »Kann gar nicht sein. Das glauben Sie doch selber nicht. Dirk und Selbstmord – nie und nimmer!«

Hinter ihnen hupten Autos, deren Fahrer ebenfalls einen Parkplatz suchten.

»Haltet die Klappe!«, schimpfte Heuer. »Ich fahr ja schon.« Er legte den ersten Gang ein und rollte langsam weiter.

»Mit seiner eigenen Pistole?«, wiederholte Buchholz heiser. »Das … das gibt's doch gar nicht … auf einem Waldparkplatz, in seinem Auto?« Gebannt lauschte er in sein Mobiltelefon.

»Stell mal auf laut«, flüsterte Heuer ihm zu. Doch Buchholz war von der Nachricht derart geschockt, dass er gar nicht reagierte.

»Wann war das denn?«, fragte er stattdessen ins Telefon. »Heute Morgen? Gegen zehn Uhr …«

Fast mechanisch wiederholte Buchholz das Gehörte. Wieder hörte er eine Weile dem Bericht des Kriminaldirektors zu.

»Keine Ziffer auf der Stirn? Sind Sie da ganz sicher?«

Sie hatten in der vom Stadion am weitesten entfernten Ecke des Schützenplatzes einen freien Parkplatz gefunden. Heuer fuhr in die Lücke und schaltete den Motor aus.

»Und keine Zahl irgendwo sonst? Auf der Wange, am Hals, den Händen oder was weiß ich? Auch nicht auf seiner Kleidung oder dem Auto?«

Heuer beugte sich über das Lenkrad. Angespannt lauschte er dem Telefonat.

An ihrem Wagen zog eine Gruppe krakeelender Fußballfans vorbei: »Jedes Jahr ein Kind, jedes Jahr ein Kind, bis es 96 sind …«

»Wo genau ist das passiert?« Buchholz versuchte das Gegröle zu übertönen. »In Ostenholz? Bei den Sieben Steinhäusern?«

Heuer blieb die Spucke weg. Er und Buchholz starrten sich an.

»Sieben Steinhäuser? Sieben …!«, krächzte Buchholz ins Telefon. Panik spiegelte sich in seinen Augen.

Ohne lange zu überlegen, ohne eine Aufforderung abzuwarten, startete Heuer den Motor und stieß rückwärts aus der Parklücke. Um ein Haar hätte er dabei ein anderes Auto gerammt.

»Wir fahren sofort nach Hause!«, rief Buchholz aufgeregt ins Telefon. »Um die anderen zu informieren. Jetzt …« Er atmete schwer, als ihm klar wurde, was er da sagte: »Jetzt sind wir nur noch sechs.«

***

Sie hatten Glück. Der Wachmann wollte gerade in seinen Wagen steigen, um nach Hause zu fahren, als Robert Mendelski und Maike Schnur bei ihm auftauchten.

»Ich habe Ihren Kollegen doch schon alles erzählt«, beschwerte sich der junge Mann. »Es ist Samstagnachmittag, ich habe Feierabend, und die Bundesliga wartet.«

»Ins Stadion schaffen Sie's doch eh nicht mehr«, konterte

Mendelski. Insgeheim war er froh, einen Leidensgenossen getroffen zu haben.

»Nicht Stadion. Sky in der Kneipe. Der HSV muss heute auswärts ran.«

»Sie meinen den großen HSV? Den aus Hamburg?«

»Natürlich, was denn sonst?«

»Okay, okay. Wechseln wir lieber das Thema.« Mendelski lehnte sich an das Auto des Wachmanns. »Geht auch ganz schnell. Das erledigen wir hier draußen im Stehen.«

»Na, dann schießen Sie mal los.«

Nachdem Maike Schnur ihr Aufnahmegerät eingeschaltet und Mendelski Block und Stift aus der Tasche gezogen hatte, begann der Kommissar: »Dieser Posten 8b ist vierundzwanzig Stunden von Ihrem privaten Wachdienst besetzt?«

»Exakt.«

»In drei Acht-Stunden-Schichten?«

»Richtig.«

»Ihre Schicht hat wann angefangen?«

»Um sechs Uhr.«

»Von sechs Uhr bis jetzt, fünfzehn Uhr, sind's aber neun Stunden.«

»Normalerweise mach ich auch nur bis um zwei. Hab meinem Kollegen einen Gefallen getan. Der war gestern Abend feiern.«

»Verstehe. Wann ist Dirk Schwabe hier aufgetaucht?«

»Sie meinen den Selbstmörder?«

»Ich meine den … ich meine den Verstorbenen, ja.«

»Kurz vor zehn.«

»Ist Ihnen da etwas aufgefallen?«

»Nicht wirklich. Ich hab mich nur gewundert, dass einer bei diesem Sauwetter zu den Gräbern wollte. Der war der erste Besucher an diesem Morgen.«

»Er war allein?«

»Ja.«

»Ganz sicher?«

»Ganz sicher. Ich mach immer einen Kontrollblick in den Wagen, wenn ich die Papiere übergebe.«

»Was für Papiere?«

»Na, Infomaterial über die Gräber, den Platz und so. Haben Sie das vorhin nicht bekommen?«

»Nein. Hätte ich aber gern noch. – Weiter: Von wann bis wann dürfen hier Gäste rein?«

»Von acht bis achtzehn Uhr. Aber nur am Wochenende und an Feiertagen.«

»Wenn ich mich recht erinnere, war die Anlage vor Kurzem vorübergehend gesperrt?«

»Vorübergehend ist gut.« Der Wachmann lachte auf. »Das waren immerhin eineinhalb Jahre. Von Ende 2013 bis Mitte 2015. Wegen den dringenden Renovierungsarbeiten. Nach so 'nem Dauerregen war eins der Steingräber eingestürzt.«

»Okay.« Mendelski wedelte mit seinem Notizblock. »Zurück zu heute: Dann kam die Familie aus Achim?«

»Ja.«

»Wann genau?«

»Eine halbe Stunde später. Gegen zehn Uhr dreißig.«

»Dokumentieren Sie die Besuche?«

»Wir führen lediglich 'ne Strichliste. Damit wir wissen, ob abends alle wieder vom Platz runter sind.«

»Sie notieren also keine Pkw-Typen, Kennzeichen, Personenzahl und dergleichen?«

»Nein. Dürfen wir nicht. Von wegen dem Datenschutz.«

Der Dativ ist dem Genitiv sein Tod, schoss es Maike durch den Kopf. Mendelski nickte verständnisvoll. »Zur Schranke«, sagte er. »Die ist immer unten?«

»Ja, wir müssen jedes Auto einzeln reinlassen … und auch wieder raus.«

»Und wenn Sie auf Toilette sind? Sie sind doch allein in Ihrem Wachhäuschen.«

»Dann bleibt die Schranke zu.«

»Hier kann also keiner unbemerkt durch?«

»Nein, hier nicht.«

»Wo denn?«

Der Wachmann drehte sich um und deutete wortlos zu den Erdwällen hinüber, hinter denen die Schießbahnen lagen.

»Was ist denn da?«

»Na, Schleichwege. Wenn einer unbedingt ungesehen auf den Platz will, dann schafft der das auch.«

»Interessant«, staunte Mendelski. Er machte große Augen. »Sie meinen, es ist durchaus möglich, dass heute Morgen noch jemand Drittes bei den Gräbern war? Jemand, den Sie nicht registriert haben? Und nicht mal gesehen?«

»Sagen Sie es bitte nicht weiter«, bat der Wachmann. Ihm schien nicht wohl in seiner Haut zu sein. »Sonst krieg ich vielleicht Ärger. Aber so ein riesiges Gelände wie der Truppenübungsplatz lässt sich gar nicht hundertprozentig überwachen. Schon gar nicht am Wochenende, wenn vom Militär keiner da ist.«

»Das im Zeitalter der Satelliten, Drohnen und Videotechnik?«

»Is wohl so.« Der Wachmann zuckte mit den Schultern. »War's das jetzt? Ich muss nämlich los.« Er guckte auf das Display seines Smartphones. »Sonst komm ich zu spät zum Spiel.«

Mendelski löste sich von der Kühlerhaube des Autos. »Wo spielt denn heute der HSV?«

»In Bremen.«

»Das Nordderby? Donnerwetter!«

»Ja, genau. Deswegen muss ich mich jetzt auch dringend vom Acker machen.«

Mendelski wandte sich an Maike: »Hast du noch was?«

»Die Strichliste.« Sie zog die Augenbrauen hoch. »Ihre Liste von den Besuchern. Können wir die bitte mal sehen?«

»Was bringt Ihnen die? Sind doch nur Striche drauf.«

»Egal.« Maike blieb unnachgiebig.

»Wenn's unbedingt sein muss …« Er wies zur Tür des Wächterhäuschens. »Dann müssen Sie schon den Kollegen fragen. Ich bin jetzt weg.«

ELF

Carmen Pidal-Mendelski mochte diese Tage nicht.

Wenn Hannover in der Fußballbundesliga gewonnen hatte, fuhr ihr Mann – ein in letzter Zeit arg gebeutelter 96-Fan – am darauffolgenden Morgen besonders gern zum Bäcker, um von dort neben frischen Brötchen eine druckfrische Sonntagszeitung mitzubringen. Nicht die mit den vier Buchstaben, sondern Die Welt oder die Frankfurter Allgemeine. Beim Frühstück verkroch er sich dann hinterm Sportteil, schaute anschließend stundenlang Wiederholungen des Spielberichts im TV oder im Internet und war erst gegen Mittag wieder ansprechbar.

Pech für Carmen: Hannover hatte gegen Ingolstadt mit vier zu null gewonnen.

Erschwerend kam hinzu, dass ihr leidgeplagter Robert gestern sowohl die Partie live im Stadion als auch die ARD-Sportschau aus dienstlichen Gründen verpasst hatte. Somit war er an jenem Sonntag doppelt erpicht auf eine ausführliche Spielberichterstattung gewesen. Einen so klaren Heimsieg mit vier Treffern ohne Gegentor hatte es für 96 seit gefühlten Ewigkeiten nicht mehr gegeben.

Aus dem Sonntagsfrühstücksritual nach einem 96-Sieg wurde jedoch nichts. Carmen musste sowohl auf frische Brötchen als auch auf die Gesellschaft ihres Mannes verzichten – und allein frühstücken.

Auch Robert hatte Pech. Steigenberger hatte für neun Uhr eine Krisensitzung in der Jägerstraße einberufen.

***

»Seid bloß froh, dass heute Sonntag ist«, erklärte der Leiter der Polizeiinspektion Celle zu Beginn der Sitzung. »Sonst stünden hier noch Staatsanwalt, Landrat und jemand vom LKA oder aus dem Innenministerium auf der Matte.«

Kurz zuvor hatte Steigenberger im kleinen Versammlungsraum des Polizeihochhauses das Team begrüßt, das für den Fall Neunwürger zuständig war: Mendelski, Schnur, Strunz, Vogelsang und Kleinschmidt vom Fachkommissariat 1.

»Wir sind ja so dankbar, dass heute Sonntag ist«, frotzelte Maike Schnur leise. Nicht leise genug, dass Steigenberger es nicht gehört hätte. Die Kommissarin war angefressen, weil Sonntag war. Und weil ihre Berliner Hertha – im positiven Sinne die Überraschungsmannschaft der Saison – gestern null zu zwei verloren hatte. Gegen diese nach Geld stinkenden Lederhosendeppen aus Bayern.

»Ich möchte Sie eindringlich bitten, die Lage ernst zu nehmen«, konterte der Kriminaldirektor mit finsterer Miene. »Der dritte Tote innerhalb von fünf Tagen. Alles Jäger aus dem Landkreis und alle Mitglied der Celler Jagdscheinprüfungskommission. Das einzig Positive an der Sache ist wohl, dass die Medien glücklicherweise noch keinen Wind von Schwabes Tod gekriegt haben. Sonst wäre hier der Teufel los.« Steigenberger lehnte sich zurück und legte die Hände in den Nacken. »Das mag zum einen daran liegen, dass das Ganze außerhalb unseres Landkreises passiert ist. Und die Soltauer halten – zu unserem Glück – den Ball flach. Zum anderen sind da die Militärpolizei und die Truppenübungsplatzkommandantur, die schon von Natur aus nur höchst ungern mit Presse und Co. zu tun haben.« Abrupt beugte er sich wieder vor und legte die Hände auf den Tisch. »Aber der Frieden wird nicht lange halten. Wenn's gut geht, vielleicht gerade noch heute. Und Sie können sich sicher vorstellen, was morgen, am Montag, hier los sein wird. Die Hölle!« Steigenberger schaute der Reihe nach jedem seiner Mitarbeiter in die Augen. »Doch ... noch haben wir einen Tag Vorsprung. Den gilt es zu nutzen.« Er wandte sich an Mendelski. »Robert, bitte.«

Mendelski schilderte in kurzen Worten, was sich am Samstag auf dem Parkplatz bei den Sieben Steinhäusern ereignet hatte. Zudem verlas er den vorläufigen Obduktionsbericht, den er am Morgen aus Soltau per E-Mail zugeschickt bekommen hatte. Dessen Ergebnisse untermauerten die These, dass sich Dirk Schwabe den tödlichen Schuss selbst mit seiner eigenen Waffe beigebracht hatte. Nichts deutete auf eine Fremdeinwirkung hin.

Er berichtete weiter, dass Maike und er im Anschluss an ihren Ortstermin in Ostenholz versucht hätten, die Witwe in Meißendorf zu befragen. Susanne Schwabe hatte jedoch einen Schwächeanfall erlitten und wollte auf Anraten ihres Arztes niemanden mehr sehen. Die Kollegen der Kripo Soltau, die kurz zuvor bei ihr gewesen waren, hatten versprochen, noch am heutigen Vormittag ihren Bericht zu schicken.

Steigenberger war aufgestanden. »Wie passt das jetzt zu den anderen beiden Todesfällen?«, fragte er in die Runde, nachdem Mendelski seinen Bericht beendet hatte. Er ließ den anderen jedoch keine Zeit für eine Antwort. Vor der Fensterfront hin- und hergehend, trug er seine Sicht der Ereignisse vor.

»Harald Urban und Heike Barth sind verunfallt – mehr oder weniger. Wegen der Zahlen auf ihren Gesichtern und wegen weiterer bisher unerklärlicher Begleiterscheinungen müssen wir davon ausgehen, dass zumindest jemand Unbekanntes vor Ort war, als die tödlichen Unfälle passierten. Dass der ominöse Unbekannte eventuell nachgeholfen hat, indem er Hochsitz, Egge, Anhänger et cetera in seinem Sinne manipulierte oder sogar handgreiflich wurde, mag naheliegend sein, ist jedoch nach wie vor nicht bewiesen. Aber bei Schwabe ist einiges anders ...« Erwartungsvoll schaute er in die Runde.

»Also ...«, meldete sich Heiko Strunz zu Wort. »Dass beim Tod von Dirk Schwabe etwas anders gelaufen sein muss als bei den Todesfällen zuvor, dafür spricht meiner Meinung nach nicht der vermeintliche Suizid. So was – das wissen wir ja zur Genüge – lässt sich manipulieren. Nein, mir gibt die fehlende Zahl auf der Stirn des Toten zu denken. Warum sollte der Täter, wenn wir ihn mal so nennen wollen, plötzlich sein Verhaltensmuster ändern?« Nach diesem für ihn ungewöhnlich wortreichen Beitrag lehnte sich Strunz mit verschränkten Armen zurück.

»Vielleicht, weil er gestört wurde«, gab Maike Schnur zu bedenken. »Weil er schleunigst verschwinden musste, da sich ein Auto näherte. Das Auto mit der Familie aus Achim.«

»Hab das vorhin wohl nicht richtig mitgekriegt«, meldete sich Ellen Vogelsang. »Wie lange hat Schwabe nach der Schussabgabe noch gelebt?«

»Etwa 'ne halbe Stunde«, antwortete Mendelski. »Aber – leben ist übertrieben. Es waren wohl nur letzte körperliche Reflexe …«

»Kein Wunder bei einem solchen Kopfschuss.« Jo Kleinschmidt zog eine Grimasse.

»In den anderen beiden Fällen waren die Opfer binnen Sekunden ihren Verletzungen erlegen«, fuhr Mendelski fort. »Der geheimnisvolle Schreiberling hatte also unmittelbar und ungestört seine Zahlen anbringen können. In diesem Falle jedoch –«

»Aber es gibt doch eine Zahl«, unterbrach ihn Maike. »Auch noch die richtige in der Reihenfolge. Nach der Neun und der Acht jetzt die Sieben. Die Sieben von den Sieben Steinhäusern. Das ist doch niemals ein Zufall. Vielleicht hätte auf Schwabes Stirn überhaupt keine Zahl gestanden, auch wenn er sofort gestorben wäre.«

»Wie sehen die anderen das?« Steigenberger hatte sich inzwischen hingesetzt und trommelte nervös mit den Fingern auf die Tischplatte. »Plötzlich hat der Täter also keine Lust mehr, Zahlen zu schreiben? Er bedient sich jetzt anderer Mittel, seine makabre Zahlenbotschaft rüberzubringen?«

»Ja, genau.« Maike ließ nicht locker. »Warum denn nicht? In diesem Fall über den Namen des vermeintlichen Tatorts.«

»Okay. Spinnen wir mal weiter«, mischte sich Heiko Strunz wieder ein. »Nach der Sieben runtergerechnet müsste jetzt die Sechs kommen. So könnten wir eventuell den nächsten Tatort vorhersagen. Die nächste Leiche wird demnach in … in … ach, zum Teufel, mir fällt auf die Schnelle kein Ort ein …«

»… die wird mit Sechsämtertropfen vergiftet«, fiel ihm Jo Kleinschmidt ins Wort. Dabei grinste er frech über beide Ohren.

Ein lautes Geräusch ließ die anderen aufschrecken.

Steigenberger hatte mit der flachen Hand auf den Tisch geschlagen. »Lasst doch diese Albernheiten«, schimpfte er. »Die

Zeit läuft uns davon.« Er hob beide Hände und wartete, bis er sich der Aufmerksamkeit aller sicher war. »Ich habe eine ganz andere Theorie, die ich gern diskutieren möchte. Was wäre denn, wenn der Fall Neunwürger mit dem Suizid plötzlich sein Ende gefunden hätte?«

Für ein paar Sekunden kehrte erstaunte Ruhe ein.

Maike Schnur war die Erste, die die Stille unterbrach: »Glaub ich nicht.« Sie reagierte intuitiv, ohne lange nachzudenken. »Da ist wohl eher ein Wunsch der Vater des Gedankens.«

»Wäre zu schön, um wahr zu sein«, kommentierte Heiko Strunz.

»So abwegig ist das gar nicht.« Steigenbergers Augen blitzten. »Wer weiß, was für Sträuße Dirk Schwabe mit Harald Urban und Heike Barth auszufechten hatte. Vielleicht war es eine profane Beziehungstat, der Rachefeldzug eines geschassten und eifersüchtigen Liebhabers, der sich nach getaner Arbeit selber richtete. Als Waidmannskollege kannte er sich bestens im Umfeld von Urban und Barth aus, konnte ihnen so nahe kommen und gewandt und jägermäßig seine tödlichen Fallen stellen. Das würde auch erklären, warum bei Schwabe selbst keine Ziffer gefunden wurde. Bevor wir anderen Phantomen nachjagen, sollten wir auf jeden Fall sein Alibi für die beiden besagten Tage überprüfen.«

Mendelski räusperte sich. »Daran hab ich auch schon gedacht«, musste er brummend zugeben. »Auch wenn mir noch kein Grund dafür einfällt, warum Schwabe den beiden anderen die Zahlen Neun und Acht verpasst haben sollte. Jedenfalls ist es ein interessanter Ansatz.«

»Sag ich doch«, triumphierte Steigenberger. »Also klemmen wir uns mit geballter Kraft erst einmal hinter die Schwabespur ...«

»Moment! Moment ...« Jetzt war es Mendelski, der die Hand hob. »Das Alibi eines Toten zu überprüfen wird nicht ganz einfach sein. Zumal seine wichtigste Bezugsperson, die Witwe, derzeit nicht vernehmungsfähig ist.« Mendelski holte tief Luft. »Und was ist, wenn wir uns täuschen? Was ist, wenn wir heute all unsere Ressourcen nur daransetzen, Schwabe als

Täter zu überführen – und am Ende feststellen, dass er es gar nicht gewesen sein kann?«

Für einen Moment sackte Steigenberger in sich zusammen. »Das wäre höchst fatal«, seufzte er. Dann raffte er sich wieder auf. »Trotzdem ist es eine verheißungsvolle Spur. Was schlägst du vor, Robert?«

»Unsere vorrangige Arbeit sollte es heute sein, eine weitere Tat, einen vierten Toten aus der Zielgruppe Jagdscheinprüfungskommission, unter allen Umständen zu verhindern. Zum einen durch Präventionsmaßnahmen wie Personenschutz und Ähnliches bei den Betroffenen, zum anderen durch Überprüfung, Vernehmung und eventuelle Festsetzung der Verdächtigen im Umfeld der militanten Tierschützer und Jagdgegner.«

»Einverstanden.« Steigenberger hatte sich erhoben. »Dann nichts wie los. Ich muss noch ein paar dringende Telefonate führen, bin aber im Haus.« Er war schon fast zur Tür hinaus, als er noch rief: »Und bitte unterrichtet mich umgehend, wenn's was Neues gibt.«

**

Feiner Nieselregen ging auf die Straßen von Groß Hehlen nieder. Alles sah deprimierend grau in grau aus, die unangenehme Nasskälte drang durch jede Ritze. Das Thermometer zeigte nur wenige Grad über null an. Ein Novembervormittag, wie er im Buche stand.

Yannik Schütz zog die Gartenpforte ins Schloss und trat auf den Bürgersteig. Der Fuchswinkel lag verwaist, außer ihm war auf der Straße keine Menschenseele zu sehen. In der Ferne waren Kirchenglocken zu hören; die Sankt-Cyriacus-Kirche lud zum Gottesdienst. Davon abgesehen herrschte sonntägliche Stille.

Dass in einem am Straßenrand geparkten Auto eine Person saß, die sich wegduckte, als er im Blickfeld erschien, bemerkte der junge Mann nicht.

Bevor Yannik Schütz loslief, steckte er sich In-Ear-Kopfhörer in die Ohren und schaltete den MP3-Player an, den er am Gürtel trug, ein hippes knallbuntes Gerät. Yannik zählte zu der Generation, die mit Musik joggte. Seine Vorlieben waren Techno und House. Wenn er schon letzte Nacht schweren Herzens auf den Besuch im Club verzichtet hatte, so wollte er sich wenigstens heute ein wenig abreagieren.

Außerdem musste er sein Trainingsprogramm einhalten.

Mit tief ins Gesicht gezogener Wollmütze und einer dünnen, kurzen Sportlerregenjacke trotzte er dem Wetter. Die hautenge schwarze Jogginghose und die neuesten Markenlaufschuhe belegten, dass sein Outfit durchdacht war – und dass er den Laufsport ernst nahm.

Kurz darauf erreichte Yannik Schütz die Straße Alt Groß Hehlen und den Friedhof. Er bog rechts ab und ließ das Dorf schon bald hinter sich.

Er wollte heute seine geliebte Laufrunde zum Wildschutzgebiet Entenfang Boye absolvieren. Aber lediglich die kurze, die Acht-Kilometer-Runde. Denn am Abend – oder besser in der kommenden Nacht – wartete ein Einsatz auf ihn. Eine geheime Mission mit Matthias und Charlotte. Für die nicht ungefährliche Aktion musste er auf den Punkt fit sein, durfte sich also am Tag nicht zu sehr verausgaben.

Verbotenerweise in einem Wasserwildreservat zu joggen hielt er für das ideale Training. Das Gelände war anspruchsvoll, und er durfte sich nicht erwischen lassen. Sein Ziel war der hölzerne Aussichtsturm, der inmitten der Teichlandschaft auf einem Damm stand.

Als linker Hand der Wald auftauchte, bog Yannik Schütz in den Weg ein, der zu dem Aussiedler-Hof in Richtung Westen führte. Nachdem er die Hofstelle passiert hatte, wechselte der Straßenbelag von Asphalt zu Schotter und Sand. Das Laufen auf dem weichen, gelenkschonenden Feldweg war deutlich angenehmer.

Da er Kopfhörer trug und sich nicht ein einziges Mal umdrehte, bemerkte Yannik Schütz nicht, dass ihm ein Auto folgte. Jenes Auto, das im Fuchswinkel geparkt hatte und seitdem in gebührendem Abstand hinter ihm herfuhr.

Es ließ sich auch nicht von dem schlechteren Zustand des

Feldweges und dem Verbotsschild am Wegesrand aufhalten. Hier war lediglich land- und forstwirtschaftlicher Verkehr erlaubt.

Als der Jogger kurze Zeit später an dem Hochsitz vorbeikam, der an der Wald-Feld-Kante unter einer mächtigen Eiche stand, stieg Groll in ihm auf. Groll, den ein hässliches Ereignis hervorgerufen hatte und der seitdem sein ständiger unterschwelliger Begleiter war.

Vor vier Jahren, am zweiten Advent, war ihr Familienhund Racker von diesem Hochsitz aus von einem Jäger erschossen worden. Racker, ein ansonsten harmloser Mischlingshund mit ausgeprägtem Jagdinstinkt, hatte in der Abenddämmerung ein Reh gehetzt. Das Reh war gesund und wäre seinem Verfolger wahrscheinlich mit Leichtigkeit entkommen, doch der Jäger auf dem Hochsitz sah das anders und ließ die Kugel fliegen. Da Gesetz und Recht auf der Seite des Waidmanns standen, verliefen alle Proteste und Klagen der Familie Schütz im Sande. Seit diesem Vorfall hasste Yannik Schütz alles, was mit Jagd und Waidwerk zu tun hatte.

In den speziellen Foren im Internet war es nicht schwer gewesen, Gleichgesinnte zu finden und sich ihnen anzuschließen.

Dafür, dass er besagten Hochsitz nicht längst zerhackt oder abgefackelt hatte, gab es gute Gründe. Zum einen hätte so etwas ihn und seine Familie natürlich sofort in Verdacht gebracht. Zum anderen war es kaum ratsam, als ein im Untergrund agierender militanter Tierschützer direkt vor der eigenen Haustür aktiv zu werden. Ein Steinmarder jagt aus weiser Voraussicht auch nicht im Hühnerstall jenes Bauernhofes, auf dessen Dachboden er wohnt.

Kurz darauf tauchte der Wolthausener Weg und die dahinterliegende Hofstelle Entenfang in seinem Blickfeld auf. Yannik Schütz lief gleichbleibend flott, die stampfenden Rhythmen der Techno-Musik trieben ihn voran. Es gab keine Veranlassung für ihn, sich umzudrehen und nach hinten zu schauen.

Das Auto, das ihm die ganze Zeit unbemerkt folgte, kam langsam näher.

Am Wolthausener Weg angelangt, legte er einen kurzen Stopp ein. Einfach geradeaus laufen konnte er nicht. Die Zufahrt zum Hof versperrte ein gelbes Schild: »Entenfang – Privatweg – Durchfahrt und Durchgang verboten«.

Auf der Stelle tretend, die Arme wie Windmühlenflügel drehend, überlegte er, ob er links- oder rechtsherum laufen sollte. Diese Frage stellte sich jedes Mal, wenn er hier ankam. Eigentlich war es völlig egal, welche Richtung er nehmen würde. Von hier aus führte ihn seine Laufstrecke im Kreis. Zu dieser Kreuzung würde er in jedem Fall zurückkehren.

Darüber, ob er an dieser Stelle nach Süden in die freie Feldmark oder nach Norden in den Wald lief, entschieden oft Kleinigkeiten: Bei heftigem Wind oder Regen zum Beispiel spielte die Windrichtung die maßgebliche Rolle, bei schönem Wetter die tief stehende, ihn blendende Sonne. Mitunter gaben auch grimmig dreinschauende Jäger in ihren Geländewagen den Ausschlag, Spaziergänger aus Groß Hehlen, denen er nicht unbedingt begegnen wollte – oder Joggerkollegen, die ihm ein Gespräch aufzwingen wollten.

Doch an diesem Tag gab es keine Entscheidungshilfen. Es war nahezu windstill, die Sonne hatte sich hinter einem dichten grauen Wolkenpaket versteckt. Und auf dem Wolthausener Weg war keine Menschenseele zu sehen. Kurz entschlossen folgte er seinem Bauchgefühl. Er lief Richtung Süden.

Das Auto hinter ihm bremste ab, schmiegte sich an die Waldkante und stoppte dann ganz. Yannik Schütz lief nun gut sichtbar ein Stück auf der Straße Richtung Boye. Mächtige Eichen säumten seinen Weg. Erst als er das westlich vom Wolthausener Weg liegende, allein stehende Anwesen erreicht hatte, bog er rechts in einen Feldweg ab. Dieser führte in spitzem Winkel zurück nach Norden.

Der Wagen setzte sich erneut in Bewegung.

An dem Feldweg standen keine Verbotsschilder, weder für Menschen noch für Fahrzeuge. Hier durfte Yannik Schütz ohne Bedenken joggen, denn die Wildschutzzone begann erst im Wald. Als er eine kurze Strecke parallel zum Wolthausener Weg lief, geriet für einen Moment das Auto in sein Blickfeld, das ihm schon die ganze Zeit folgte. Doch schenkte er dem Fahrzeug keinerlei Beachtung.

Von hier bis zum Wald legte er einen Zwischensprint ein.

Das Auto hinter ihm bog ebenfalls in den Feldweg ab und beschleunigte seine Fahrt. Erst bei der Pforte zum Eingang des Wasserwildschutzgebiets Entenfang Boye bremste der Wagen ab.

Yannik Schütz war da längst im Wald untergetaucht.

∗∗∗

»Die verbliebenen sechs Leute aus der Prüfungskommission haben sich gestern Abend getroffen«, berichtete Heiko Strunz, nachdem Steigenberger gegangen war. Er kramte einen Zettel hervor. »Kreisjägermeister Bernd Buchholz hatte sie zu sich nach Südwinsen eingeladen. Zu einer Krisensitzung. Hier noch einmal die Namen.« Er setzte seine Brille auf und las von dem Zettel ab: »Neben Buchholz noch Anke Sievers, Heinrich Gerken, Thomas Heuer, Hubertus Stolzenberg und Berthold Kaiser.«

»Ich weiß«, erwiderte Mendelski. »Habe gestern Abend noch mit Buchholz telefoniert. Sie hegen massive Zweifel an Schwabes Selbstmord, ohne jedoch irgendwelche Belege oder gar Beweise für ihre Annahme zu haben.«

»Trotzdem.« Strunz wiegte den Kopf. »Was hätte ich machen sollen? Konnte ihnen ja wohl kaum den gewünschten Personenschutz verweigern.«

»Alles gut«, beschwichtigte ihn Mendelski. »Du hast das ganz richtig gemacht.«

»Das war gar nicht einfach, das so kurzfristig zu organisieren. Aber alle sechs hatten letzte Nacht Personenschutz vor ihren Häusern. Für heute tagsüber haben sie sich selbst Hausarrest auferlegt. Sie warten jetzt auf weitere Instruktionen von uns.«

»Gut so weit.« Mendelski wandte sich Ellen Vogelsang und Jo Kleinschmidt zu. »Ihr seid doch Freitag bei diesem Verdächtigen gewesen, dem militanten Tierschützer, der damals den Stress mit Harald Urban bei der Dortmunder Jagdmesse gehabt hatte.«

»Bei Matthias Roth in Nienhagen.« Ellen Vogelsang schaltete am schnellsten. »Ja, waren wir. Den haben wir auch weiter auf dem Schirm. Ebenso seine Freundin Charlotte Krüger aus Hannover. Die hat ihm für die Tatzeit am Dienstag ein ziemlich fragwürdiges Alibi verschafft.«

»An die müssen wir heute ran«, sagte Mendelski.

»Da gibt's übrigens noch einen Dritten im Bunde.« Ellen Vogelsang klappte ihr Notebook auf. »Einen Gesinnungsgenossen von Roth, der auch hier im Landkreis wohnt. Yannik Schütz aus Groß Hehlen.«

»Von dem weiß ich ja noch gar nichts«, beschwerte sich Mendelski.

»Bis gestern kannten wir den auch noch nicht«, bemerkte Jo Kleinschmidt. »Ellen und ich haben ihn frisch aufgespürt. Bei unseren Recherchen in der militanten Tierschützerszene. Der scheint sich auch sonst öfter mit Roth zu treffen.«

»Hier, das sind die drei.« Ellen Vogelsang drehte ihr Notebook so um, dass Mendelski, Maike Schnur und Heiko Strunz den Bildschirm sehen konnten. Darauf waren drei junge Leute zu sehen, die während einer Demonstration neben einem Protestplakat posierten.

»Das Foto haben wir auf Facebook gefunden. Der große Blonde ist Roth, der kleine Dunkle Schütz. Die Frau in der Mitte –«

»Moment mal«, unterbrach sie Maike. »Die hab ich doch gestern gesehen.« Sie war plötzlich ganz aufgekratzt. »Ja! Im Café Rio's. Gestern Vormittag in der Innenstadt, als ich mit Matthew frühstücken war. Die saßen am Nachbartisch.«

»Bist du sicher?«

»Hundert pro!« Maike rieb sich den kleinen Finger der rechten Hand. »Das ist also der Matthias Roth. Sieh mal einer an.« Sie grinste vielsagend. »Den gekrümmten Finger, den er Harald Urban zu verdanken hat, hab ich auch bemerkt.«

»Und weiter …?«

»Sah aus, als wären die drei gerade von einem Geländemarsch

zurück in die Stadt gekommen. Sie waren durchgefroren, dreckig und nass.«

Mendelski kniff die Augen zusammen. Er wirkte hoch konzentriert. »Wann war das genau?«, fragte er.

Maike überlegte. »So gegen elf, halb zwölf.«

»Das könnte passen. Von Ostenholz nach Celle ... das kann man in einer halben Stunde schaffen. Ist dir sonst noch was aufgefallen?«

»Ja. Die haben sich von mir die CZ geliehen und dann ausgiebig über die Berichterstattung zu unserem Fall palavert. Da das aber derzeit halb Celle macht, hab ich mir in dem Moment nichts dabei gedacht.«

»Okay.« Mendelski knetete grübelnd seine Stirn. Dann blickte er auf. »Wir machen Folgendes: Ellen und Jo, ihr fahrt zu dem Schütz nach Groß Hehlen, Maike und ich nach Nienhagen, zu Matthias Roth. Heiko, du bleibst hier und koordinierst mit Soltau, Hannover, Steigenberger, Buchholz und seinen Schützlingen. Noch Fragen?«

∗∗∗

Südwinsen lag im sonntäglichen Mittagsschlaf. Das miese Wetter hielt selbst Hunde und Katzen davon ab, sich freiwillig vor die Tür nach draußen zu begeben. Reger Betrieb herrschte einzig auf dem Parkplatz vom Allerblick, wo sich Restaurantbesucher nach dem Mittagessen mit ihren Autos auf den Heimweg machten.

Bernd Buchholz hatte sein Mittagessen verschmäht. Schon sein Frühstück hatte er nach nur einem halben Brötchen abgebrochen. Trotz des fürsorglichen Zuredens seiner Frau bekam er außer Kaffee nichts mehr herunter. Schon die Nacht über hatte er kaum geschlafen, immer wieder war er aufgestanden und ziellos im Haus herumgegeistert. Innerhalb von nur fünf Tagen drei Todesfälle in den Reihen seiner Jagdscheinprüfungskommission – das setzte dem Kreisjägermeister mächtig zu.

Dass Dirk Schwabe, wie die Kripo annahm, gestern Selbstmord begangen haben sollte, lag außerhalb dessen, was er sich vorstellen wollte. Doch noch viel weniger teilte er die Ansicht, Schwabe könne etwas mit dem Tod der anderen beiden zu tun haben. Da machte es sich die Polizei eindeutig zu leicht …

Seine Frau hatte sich zurückgezogen. Obwohl er den Schlaf gut gebrauchen konnte, verzichtete Buchholz auch auf die Mittagsruhe. Stattdessen saß er im Büro und ging zum x-ten Mal die Listen der Jagdscheinabsolventen der letzten Jahre durch. Ganz genau schaute er sich die durchgefallenen Kandidaten an – und die Abbrecher. Doch wie schon bei der ersten Durchsicht nach dem Tod von Heike Barth stach ihm auch jetzt niemand ins Auge, dem er einen Rachefeldzug oder dergleichen zugetraut hätte.

Danach suchte er im Internet nach Informationen über radikale Tierschützer und militante Jagdgegner. Vor allem interessierte ihn der Zwischenfall auf der Dortmunder Jagdmesse vor zwei Jahren, als Harald Urban gegenüber einigen Demonstranten handgreiflich geworden war. Ein gewisser Matthias R. aus Celle, so las er, hatte damals Anzeige wegen vorsätzlicher Körperverletzung erstattet, war jedoch mit seiner Klage gescheitert. Lautstark und medienwirksam hatte er seinerzeit Vergeltung angedroht.

Das war bisher die einzige heiße Spur. Wie er von der Kripo Celle wusste, waren die an dem Verdächtigen dran.

Gähnend erhob sich Buchholz und trat ans Fenster. Von hier aus konnte er den Oheweg einsehen. Der VW Passat mit dem Celler Kennzeichen stand noch immer an der gleichen Stelle. Die beiden Insassen konnte er gut erkennen. Zwei junge Männer in Zivil, sein polizeilicher Personenschutz. Am Vormittag hatten noch eine Frau und ein Mann dort Wache geschoben.

Seit gestern Abend hielt bereits die dritte Schicht Wache auf seinem Hof. Seine Frau kümmerte sich rührend um die Polizisten. Die Brötchen, die von ihrem Mann verschmäht worden waren, hatten die Ordnungshüter vertilgt. Auch Kaffee und heißen Tee hatten sie dankend angenommen.

Sein Handy, das auf dem Schreibtisch hinter ihm lag, klingelte. In der vagen Hoffnung, endlich mal wieder eine positive Nachricht zu bekommen, nahm er das Gespräch an.

Am anderen Ende der Leitung war Anke Sievers, die einzig verbliebene Frau in der Jagdscheinprüfungskommission. Auch sie saß zu Hause in Celle, drehte Däumchen und am Rad, wie sie sich ausdrückte. Sie schlug vor, unter den sechs Betroffenen eine Telefonkette zu bilden und sich jede Stunde einmal kurz anzurufen. Auch wenn man sich vielleicht nichts Neues zu sagen hätte, so entstünde eine Art Verbundenheit, ein wenig Trost in ihrer misslichen Lage. Und es brachte etwas Abwechslung für die, die – wie sie – allein in ihren vier Wänden lebten.

»Gute Idee«, pflichtete ihr Buchholz bei. »Ich mache gleich weiter. Werde Berthold anrufen, der dann den Nächsten. Festnetz oder Handy?«

Anke Sievers empfahl das Handy. In der jetzigen Situation trugen das alle bei sich, insbesondere die Landwirte unter ihnen, die sich ja schon mal im Stall oder draußen auf dem Hof aufhalten würden.

»Dann bis in einer Stunde«, verabschiedete sich Buchholz. »Vielleicht gibt's ja dann schon Neuigkeiten.«

***

»Da können Sie lange klingeln.«

Der Mann, der das gerufen hatte, stand in der Tür des Nachbarhauses, ein älterer Herr von kugelrunder, kleiner Statur. Nicht der Jahreszeit, jedoch dem Wetter durchaus angemessen trug er Winterjacke, Wollmütze und einen dicken Schal. An der kurzen Leine hielt er einen kläffenden Rauhaardackel, der ihm in Figur und Mimik verblüffend ähnlich sah.

»Ist keiner zu Hause«, sagte er, nachdem er die Haustür hinter sich ins Schloss gezogen hatte und auf den Bürgersteig trat.

Robert Mendelski ging ihm entgegen, Maike Schnur folgte nur zögernd.

»Woher wissen Sie das denn?«, wollte der Kommissar wissen.

»Na, hören Sie mal.« Der Mann war entrüstet. »Hab schließlich Augen im Kopf.«

Sie standen sich auf dem Bürgersteig gegenüber.

»Was haben Sie denn gesehen?« Mendelski versuchte es mit einem zaghaften Lächeln.

»Und wer will das wissen?«, erwiderte der Mann. Trotz der Freundlichkeit seines Gegenübers blieb er auf der Hut, sein Blick war skeptisch. »Ich hab Sie hier noch nie gesehen.«

Mendelski zückte den Dienstausweis und hielt ihn in Augenhöhe.

»Kripo Celle. Es geht um eine Routinebefragung«, erklärte er.

»Schon wieder?« Der Mann schien nicht überrascht. »Ihre Kollegen waren doch erst neulich hier. Am Freitag, glaub ich.«

»Sie sind ja gut informiert«, sagte Maike Schnur.

»Natürlich.« Der Mann warf sich in die Brust. »Hier geht's ja nicht so zu wie bei Ihnen in der Stadt. So anonym und unpersönlich. Bei uns auf dem Land redet man noch mit seinen Nachbarn, hier kennt man sich.«

Mendelski nickte verständnisvoll. »Herr Roth hat Ihnen also von unserem ersten Besuch erzählt?«, fragte er.

»Ja, hat er. Sind nette Leute, diese Studenten.«

»Studenten?«

»Nehm ich doch an …« Der Mann wurde unsicher. »Herr Roth ist viel zu Hause und hat oft Besuch. Alles junge Leute. Am häufigsten kommt seine Freundin, die Charlotte aus Hannover. Feines Mädchen. Sowieso, die sind doch alle harmlos. Weiß gar nicht, was die Polizei von ihnen will. Die grüßen immer nett, streicheln meinen Rudi … nur die Musik ist ab und zu ein wenig zu laut.«

»Herr Roth hat Ihnen also erzählt, dass unsere Kollegen neulich bei ihm waren?«

»Genau. Es ging um 'ne Zeugenaussage, nicht wahr?«

»Kann man so sagen.« Mendelski blieb vorsichtig. »Mehr hat er aber nicht erzählt?«

»Nein.«

»Wissen Sie denn, wo Herr Roth heute ist?«, fragte Maike Schnur.

»Tut mir leid.« Der Mann schüttelte den Kopf. »Keine Ahnung. So eng ist unser Kontakt nun auch wieder nicht.«

»Wann ist er denn heute aufgebrochen?«

»Die sind schon früh los, so gegen zehn. Charlotte war auch dabei. Sie hatten Taschen und Rucksäcke dabei, aber es sah nicht aus, als ob sie verreisen wollten.« Ein breites Grinsen veränderte sein Gesicht. »Wirkte eher so, als ob sie zu einem Waschsalon wollten. Oder nach Hause, zur Waschmaschine von Mama …« Bei den letzten Worten musste er kichern.

»Gibt's hier in Nienhagen einen Waschsalon?«

»Nö. Aber in Celle. Oder in Hannover. Da wohnt ja die Charlotte. Vielleicht sind sie ja heute auch zu ihr in die Stadt gefahren.«

»Gefahren? Hat Herr Roth denn ein Auto?«

»Nein. Nur ein Fahrrad. Aber seine Freundin hat eins. So 'nen kleinen Renault. Einen roten Clio, glaub ich.«

Robert Mendelski und Maike Schnur schauten sich an. Im Moment hatten sie keine weiteren Fragen.

»Wenn das denn alles ist? Ich muss los.« Der Mann beugte sich zu seinem Hund hinab. »Gassi gehen mit Rudi. Nicht wahr, mein Guter?«

Der Dackel antwortete mit heftigem Schwanzwedeln und Gekläffe.

»Okay. Haben Sie herzlichen Dank für Ihre Auskünfte«, übertönte Mendelski das Hundegebell, das nicht enden wollte. »Schönen Sonntag noch.«

Das Vibrieren des Handys in der Jackentasche signalisierte ihm einen eintreffenden Anruf.

***

»Hier ist auch keiner.«

Ellen Vogelsang stand auf dem Bürgersteig des Fuchswinkels und telefonierte mit ihrem Chef. In Hörweite saß Jo Kleinschmidt bei geöffneter Autotür auf dem Fahrersitz und bediente ein Notebook.

»Bei Yannik Schütz macht keiner auf«, berichtete sie. »Ans Telefon geht auch niemand. Die Nachbarskinder haben uns erzählt, dass seine Eltern für zwei Wochen verreist sind. Sind irgendwo in Spanien, die Glücklichen. Sohnemann ist allein daheim und hütet ein. Bloß im Moment nicht. Aber die Kinder konnten uns nicht sagen, wo er steckt.«

»Das sind schlechte Nachrichten«, erwiderte Mendelski. »Hoffentlich hecken die drei nicht was Teuflisches aus.« Er legte eine kurze Denkpause ein, dann schlug er vor: »Wir rücken jetzt hier ab, ihr ebenso. Werde Heiko beauftragen, dass vor den Häusern in Nienhagen und Groß Hehlen jeweils ein Streifenwagen postiert wird. Wenn die Gesuchten auftauchen, sollen sie die nach Celle bringen.«

»Und was machen wir?«

»Feierabend. Ist schließlich Sonntag. Ab nach Hause, erholen, Seele baumeln lassen und Nerven schonen. Morgen geht's rund.«

✻✻✻

Bevor sie losfuhren, telefonierte Mendelski mit Strunz, um die beiden Streifenwagen für Nienhagen und Groß Hehlen anzufordern.

»Dann nimm Kontakt mit Hannover auf«, bat er. »Die sollen zur Wohnung von Charlotte Krüger fahren und nachschauen, ob Roth und sie dort sind. Und schließlich benötigen wir das Kennzeichen von ihrem Auto, vermutlich ein roter Renault Clio.«

»Mach ich.«

»Gibt's was Neues von unseren Schützlingen?«

»Nee, die scheinen alle brav zu Hause zu sitzen. Aber ich hab eine Anfrage aus Soltau gekriegt – oder eher eine Info.«

»Und?«

Strunz hüstelte. »Weiß ja nicht, ob das von Belang ist«, sagte er, nachdem er sich geräuspert hatte. »Aber … sie vermissen die Brille von Dirk Schwabe.«

»Die Brille?«, wiederholte Mendelski erstaunt.

»Ja, seine Frau sagte, er trug eine Brille. Eine Gleitsichtbrille. Er wäre weitsichtig und im Nahbereich blind wie ein Maulwurf gewesen. Die Soltauer haben das Auto noch einmal auf den Kopf gestellt, aber nirgendwo eine Brille gefunden.«

»Vielleicht ist die ja durch den Schuss nach draußen katapultiert worden? Soweit ich mich erinnere, stand das Seitenfenster offen.«

»Die Soltauer sagen, sie hätten jeden Zentimeter Boden um den Wagen und darunter untersucht. Keine Brille!«

»Hm.« Mendelski überlegte. »Würde es nützen, den Jungen, der Schwabe gefunden hat, noch einmal zu befragen?«, fragte er nach einer Weile.

»Müssen die Soltauer entscheiden. Ich schlag's mal vor.«

»Okay.« Mendelski gab Maike ein Zeichen, dass sie losfahren konnte. »Wir kommen jetzt rein.«

***

Längst hatte sich die Dämmerung über die Ortschaft Wietze gelegt. Dichter Novembernebel stieg von dem gleichnamigen, bis an die Uferböschung gut gefüllten Flüsschen auf, kroch über den Asphalt und die gepflasterten Bürgersteige und eroberte Höfe, Gärten und Wiesen. Straßenlampen und Außenleuchten an den Häusern sorgten nur für diffuse, wenig hilfreiche helle Flecke.

Das Thermometer an diesem düsteren, nasskalten Sonntagabend zeigte zwei Grad über Null. An so einem Abend blieb man am besten zu Hause in der warmen Stube, um vom Sofa aus den »Tatort« zu gucken.

Eine Schleiereule verließ ihr Tagesquartier in einem der hölzernen Bohrtürme, um auf Beutefang zu gehen. Die neblige Dunkelheit auf dem Außengelände des Deutschen Erdölmuseums machte dem Nachtvogel nichts aus.

Schleiereulen brauchen keine Scheinwerfer, um zu jagen. Sie gleiten nur wenige Meter über dem Erdboden, die Ortung der Beute erfolgt eher akustisch als optisch. Ihr exzellentes Gehör registriert jedes Geräusch, das Kleinsäuger in ihrem Revier verursachen, die so ihren Standort verraten.

Die Eule schlug ihre allnächtliche Flugroute ein, die entlang der Wietzeböschung verlief. Hier im Gras gab es reichlich Mäuse, die Leibspeise aller Eulen. Nahezu lautlos strich sie durch die Dunkelheit, ihr Gefieder verursachte so gut wie keine Strömungsgeräusche.

Die zwei menschlichen Gestalten, die am Flussufer durch die inzwischen stockdunkle Nacht schlichen, wären um ein Haar mit dem Nachtvogel zusammengestoßen.

»Matze! Verflucht!«, rief eine unterdrückte Frauenstimme. »Was war das?«

»Pssst! Nicht so laut.« Die Stimme klang männlich, gereizt und besorgt zugleich. »Und keine Namen!«

»Scheiß drauf!« Die Frau war vor Schreck in die Hocke gegangen, der Rucksack rutschte ihr von der Schulter. »Da war was, in Kopfhöhe. Hab ganz deutlich den Luftzug gespürt.«

»Mensch, Charly! Reiß dich zusammen.«

»Keine Namen, du Idiot«, giftete sie zurück. »Haste gerade selber gesagt.«

Er knurrte: »Das war 'ne Eule. Eine stinknormale Eule auf der Jagd. Los, weiter.«

Zögernd erhob sie sich. »Ich dachte schon an eine Drohne … oder so was.«

»So 'n Quatsch. Du leidest unter Verfolgungswahn«, erwiderte er, während er ihr half, den Rucksack zu schultern.

»Das ist alles Yanniks Schuld«, zeterte sie. »Ich sollte doch gar nicht hier sein. Das war sein Job. Meiner war, am Auto Schmiere zu stehen.«

»Wie oft willste das noch wiederholen? Yannik hat sicher seine Gründe, warum er nicht gekommen ist. Bei den letzten Aktionen war er immer superverlässlich. Vielleicht wird er von den Bullen beschattet und wollte sie nicht hierherlotsen. Wir hatten doch abgesprochen, in solchen Fällen Sicherheitsabstand vom Team zu halten. – Komm schon, weiter.«

Sie ließen die Uferböschung hinter sich und betraten das Museumsgelände. Auch ohne Licht fanden sie sich gut zurecht.

»Dann hätte er gefälligst Bescheid geben können«, schimpfte sie weiter.

»Wie denn? Du weißt genau, den Bullen ist alles zuzutrauen. Unsere Handys abzuhören und zu orten ist für die doch ein

Klacks. Er wird schon seinen Grund haben, dass er seins ausgeschaltet hat.«

»Jetzt übertreib mal nicht. Bisher waren wir denen immer mindestens einen Schritt voraus.«

»Ja eben. Weil wir vorsichtig agieren. Sind halt Profis.«

Nachdem sie beinahe über die im Gras verborgenen Schienen gestolpert wären, erreichten sie kurze Zeit später die stählernen Füße von Turm 70. Respektvoll berührten sie die mächtigen Pfeiler, auf denen ein Bohrgerüst von vierundfünfzig Metern Höhe ruhte – der höchste Turm des Deutschen Erdölmuseums.

An der eisernen Außentreppe, die zur Arbeitsplattform in sieben Metern Höhe führte, machten sie halt.

»Hier geht's rauf«, sagte Matthias. Er schaute nach oben, konnte wegen der Dunkelheit aber nicht viel erkennen. Nicht mal das Ende der Treppe.

»Da rauf?«, raunte Charlotte. »Super. Eine Treppe mit Geländer hatte ich nicht erwartet.«

»Freu dich nicht zu früh. Die reicht nur bis zur Arbeitsplattform. Danach geht's dann auf Leitern weiter, senkrecht nach oben.«

»Und die Tür zur Plattform kriegen wir auf?«

»Wenn's noch das gleiche Vorhängeschloss ist wie neulich, dann ja.« Er klopfte an den Rucksack, in dem neben allerhand anderem Werkzeug auch ein Bolzenschneider steckte. »Los, genug palavert. Der Turm wartet auf uns.«

Während die beiden heimlichen Museumsbesucher die nassen Stufen der Treppe von Turm 70 hinaufstiegen, erlebte die Schleiereule, die fleißig auf ihrer allnächtlichen Jagdroute an der Wietzeböschung entlanggeflogen war, ihre zweite ungewöhnliche Begegnung dieses Abends.

An der gleichen Stelle, wo sie vor wenigen Minuten auf die zwei zwielichtigen Menschen gestoßen war, huschte unvermittelt eine weitere Gestalt durch die Dunkelheit. Ebenfalls ohne Licht in der stockfinsteren Nacht unterwegs, ebenfalls in geduckter Haltung schleichend, aber ohne Rucksack.

Auch dieses Mal sorgte die Eule für einen mächtigen Schreck, als sie nur wenige Zentimeter über den Kopf des Zweibeiners hinwegsauste.

Wegen der wiederholten Störung beschloss die Schleiereule, das unerwartet gut besuchte Museumsgelände flugs zu verlassen und in dieser Nacht woanders auf Mäusejagd zu gehen.

ZWÖLF

Für Montagmorgen um neun Uhr hatte Robert Mendelski eine Lagebesprechung in der Polizeiinspektion Celle anberaumt. Anwesend waren die fünf Hauptamtlichen der Soko Neunwürger. Steigenberger hatte sich entschuldigt, er war aushäusig unterwegs. Der Landrat hatte ihn zwecks Berichterstattung über die drei Todesfälle zu sich in die Landkreisverwaltung gebeten.

»Immer noch keine Spur von den drei Verdächtigen?«, fragte Mendelski, der wie die anderen am Tisch Platz genommen hatte.

Maike Schnur schüttelte den Kopf. »Nein. Die ganze Nacht über haben sich Streifenwagen und Zivile abgewechselt und vor den Häusern von Matthias Roth und Yannik Schütz auf der Lauer gelegen. Fehlanzeige. Sowohl in Nienhagen als auch in Groß Hehlen.«

»Und in der Wohnung von Charlotte Krüger in Hannover?«

»Auch nichts«, berichtete Heiko Strunz. »Hab gerade mit Verena Treskatis telefoniert. Charlotte Krüger hatte am Samstag bis Mitternacht im Fiasko in Hannover-Linden gearbeitet. Ist danach anscheinend direkt nach Nienhagen zu ihrem Freund Matthias Roth gefahren. Jedenfalls hat sie seitdem niemand mehr in Hannover gesehen.«

»Das gilt auch für ihr Auto, den Renault Clio?«

»Ja, auch hier Fehlanzeige.«

»Ihre Handys?«

»Die drei, die wir kennen, sind ausgeschaltet.«

Mendelski schabte unruhig mit den Schuhen auf dem Fußboden. »Das gefällt mir ganz und gar nicht«, brummte er. »Die sind wie vom Erdboden verschluckt und haben sämtliche Spuren getilgt. Klingt besorgniserregend. Entweder haben sie sich abgesetzt oder hecken was aus. Hoffentlich nicht hier bei uns, sondern weit, weit weg. Meinetwegen in Bayern. Es läuft nicht zufällig irgendwo gerade 'ne Jagdmesse?«

»Hab ich schon gecheckt«, sagte Ellen Vogelsang. »Die ›Pferd und Jagd‹ in Hannover startet erst Anfang Dezember.«

»Und die Dortmunder Messe?«

»›Jagd und Hund‹ findet immer erst im Februar statt. Dann gibt's höchstens noch ›Jagen und Fischen‹ in Augsburg – die ist im Januar.«

»Oder findet irgendwo in Deutschland gerade eine Schlachthofeinweihung, Mastbetriebseröffnung oder dergleichen statt, wogegen unsere Tierschützer demonstrieren könnten?«

»Nicht dass ich wüsste.«

»Ich hab mir mal die PETA-Seiten im Netz angeschaut«, sagte Jo Kleinschmidt. »War nichts zu finden. Und die ALF ist schwer zu packen. Wenn die was Illegales planen, tummeln die sich – wenn überhaupt – ausschließlich im Darknet.«

»Bei Rothkötter, am Geflügelschlachthof in Wietze, ist lange nichts passiert«, meinte Maike Schnur. »Vielleicht ist da wieder was im Gange.«

»Könnte ich mir auch vorstellen.« Ellen Vogelsang beugte sich vor. »Bei den Brandstiftungen in den Zulieferbetrieben für Rothkötter hat es damals ALF-Bekennerschreiben gegeben. Die Brandstiftungen sind bis heute ungeklärt.«

»Ja, ich erinnere mich. Aber das war schon 2011 …«

Mendelski gähnte ungeniert dazwischen. »Lassen wir das erst mal.« Er streckte seinen maladen Rücken und lehnte sich zurück, bevor er fortfuhr: »Szenenwechsel: Was machen denn unsere Aspiranten? Die sechs Übriggebliebenen von der Jagdscheinprüfungskommission?«

»Sind soweit wohlauf«, antwortete Strunz. »Die haben das Wochenende mehr oder weniger zu Hause zugebracht.«

»Was heißt weniger?«

»Na ja. Unsere Überwachung war ja nicht hundertprozentig. Konnte sie auch nicht sein. Aber ich gehe nicht davon aus, dass sich einer von denen davongemacht und in Gefahr begeben hat.«

»Verstehe. – Neues aus Soltau?«

»Ja. Sie haben noch einmal die Familie aus Verden kontaktiert. Und insbesondere den Jungen zu der verschwundenen

Brille von Dirk Schwabe befragt. Leider Fehlanzeige. Der gesamten Familie ist keine Brille aufgefallen.«

»Sonst noch was, was ich wissen müsste?«

»Ja. Ich hab noch was aus Hannover«, erwiderte Strunz. »Die haben einen Grafologen um eine Schriftanalyse gebeten. Von den beiden Zahlen Neun und Acht.«

»*Dios mio!* Darauf bin ich ja noch gar nicht gekommen. Reichen denn dafür zwei Ziffern?«

»Anscheinend schon. Jedenfalls kommt der Spezialist zu dem Ergebnis, dass die beiden Ziffern von ein und derselben Person geschrieben wurden.«

»Hätte ich ihm auch sagen können«, kommentierte Maike frech. Sie konnte sich ein Grinsen nicht verkneifen. »Oder ging hier irgendjemand davon aus, dass es sich um zwei verschiedene Schreiberlinge handelt?«

»Nicht wirklich.« Strunz blieb gelassen. »Immerhin hat der Grafologe noch etwas Interessantes herausgefunden.«

»Was denn?«

»Mit welcher Hand unser Verdächtiger geschrieben hat.«

»Nämlich?«

»Unser Schreiberling ist eindeutig Linkshänder.«

***

An jenem Montag im November war Fred Kretzschmar spät dran. Erst gegen Mittag traf er mit seinem Opel Mokka am Erdölmuseum in Wietze ein.

Am Sonntag hatte er seinen fünfundfünfzigsten Geburtstag gefeiert. Obwohl er nicht eingeladen hatte, waren doch etliche Bekannte und Verwandte spontan bei ihm zu Hause in Hornbostel vorbeigekommen, um mit ihm zu feiern. Und um mit ihm auf seinen Schnapszahlgeburtstag anzustoßen.

Zum Glück hatte seine Frau vorgesorgt und die Speisekammer und den Kühlschrank mit allerlei Getränken bestückt. Die Folge war, dass Fred Kretzschmar, um nicht unhöflich zu sein, ziemlich viele Kurze trinken musste. Da einige Gäste – es waren natürlich die besonders Trinkfesten – erst gegen Mitternacht gingen, war er ziemlich angeschlagen, als er endlich ins Bett kam.

Am Montagmorgen fiel ihm das Aufstehen dementsprechend schwer, sein Kopf dröhnte wie eine Dampframme. Um einigermaßen auf die Beine zu kommen, brauchte er zwei Aspirin und mehrere Tassen pechschwarzen Kaffee.

So langsam kam er in Gang. Als Frührentner konnte er es sich leisten, nicht auf die Uhr zu schauen. Sein heutiges Vorhaben im Erdölmuseum würde wahrscheinlich eh nur zwei Stunden dauern. Da war es egal, ob er um neun, um elf oder erst um drei Uhr dort auftauchen würde.

Um in seinem Ruhestand eine sinnvolle Tätigkeit auszuüben, war Fred Kretzschmar Mitglied im Museumsverein geworden, dem Deutschen Erdöl- und Erdgasmuseum e. V. in Wietze. Das Museum lag nur wenige Kilometer von seinem Zuhause entfernt, und er hatte sich schon immer für das Thema Erdölgewinnung in der Südheide interessiert. Stammten seine Vorfahren doch alle aus der Umgebung und hatten am Ölboom in Klein-Texas, wie Wietze bis in die sechziger Jahre liebevoll genannt wurde, fleißig mitgewirkt.

Fred Kretzschmar war nicht nur passives Mitglied im Museumsverein, sondern betätigte sich dort auch ehrenamtlich. Als ehemaliger Waldarbeiter beim Forstamt der Stadtwerke Hannover in Wieckenberg konnte er sein Fachwissen über Bäume einbringen. Und Bäume gab es auf dem eins Komma acht Hektar großen Freigelände des Museums reichlich.

Aus Gründen der Verkehrssicherheitspflicht musste die Museumsverwaltung dafür Sorge tragen, dass für die Besucher keine Gefahr durch herabfallende Äste oder gar umkippende Bäume entstand. Um Unfällen vorzubeugen, musste der Baumbestand also regelmäßig auf Totholz, Standfestigkeit und Krankheitsbilder untersucht werden.

Für diese verantwortungsvolle Aufgabe war Fred Kretzschmar zuständig. Alle vier Wochen begab er sich auf das Museumsgelände und kontrollierte Wurzelanläufe, Stämme und Kronen der Eichen, Birken, Erlen und weiterer Baumarten. Durch Inaugenscheinnahme ohne technische Hilfsmittel –

als einzige Werkzeuge hatte er lediglich Fernglas, Beil und Sprühfarbe zum Markieren dabei – war er auf der Suche nach möglichen Schadursachen. Wurde er fündig, veranlasste er die Totholzentnahme, das Anbringen von Kronensicherungssystemen, Kroneneinkürzungen oder gar komplette Baumfällungen.

Er führte seine Kontrollen stets an Montagen durch, an dem Tag, an dem das Museum geschlossen hatte. Der Novembertermin war für ihn besonders wichtig, da die meisten Bäume ihr Laub gerade verloren hatten. Dadurch waren die Kronen gut einsehbar und leichter zu beurteilen.

Wenn nichts dazwischenkam und er sich beeilte, bewältigte er seine Baumkontrolle in weniger als zwei Stunden. Abgesehen von seinem Brummschädel waren die äußerlichen Umstände an jenem Montag ideal. Kein Sonnenschein, der ihn blenden, kein Regen, der seinen Blick trüben würde. Dass der Wind auffrischte, störte ihn nicht.

Fred Kretzschmar parkte seinen Opel am Seiteneingang, direkt neben der Feuerwehrzufahrt. Beim Aussteigen befiel ihn leichter Schwindel. Schlagartig fiel ihm ein, dass er wegen seines Restalkohols im Blut vielleicht noch nicht wieder hätte Auto fahren dürfen. Nur gut, dass er nicht in eine Verkehrskontrolle geraten war. Im Nachhinein wunderte er sich, dass seine Frau nichts dazu gesagt hatte.

Durch die kleine Holzpforte, die zum Verwaltungstrakt des Museums führte, gelangte er bequem und ohne Schlüssel aufs Gelände. Ausgestattet mit Sprühdose, Beil und Fernglas umkurvte er das Verwaltungsgebäude und steuerte zielstrebig den hohen Bohrturm an. Das Wahrzeichen des Museums stand unweit vom Ufer des Heideflüsschens Wietze und begrenzte die Südseite des Ausstellungsgeländes.

Von hier aus wollte sich Fred Kretzschmar systematisch durch den Baumbestand Richtung Hauptgebäude vorarbeiten. Das Gelände war menschenleer, außer ihm hatte hier heute keiner etwas zu suchen.

Der Baumkontrolleur benötigte kein Fernglas, um zu sehen, dass an Turm 70 etwas nicht stimmte. Am Fuße des Turms lag etwas, das da nicht hingehörte. Auf dem Schotterweg direkt neben der Rampe, die zur Arbeitsplattform führte.

Ein Bündel … ein Bündel Kleidung …

Voller böser Ahnungen beschleunigte er seine Schritte. Die Vorahnung wurde zur Gewissheit: Aus dem Bündel ragte ein Bein. Das Bein eines Jeansträgers. Den Fuß kleidete ein schwarzer Socken, der Schuh fehlte.

Unter dem Oberschenkel ragte eine menschliche Hand hervor, deren Finger gespreizt auf dem Beton klebten. Wie hingeklatscht. Ein kräftiger Windstoß ließ Haare wehen. Strähnen von üppigem blonden Kopfhaar …

»Jesus Maria!«, entfuhr es Fred Kretzschmar, als er abrupt stehen blieb. Näher als fünf Meter traute er sich nicht heran.

Auch aus der Entfernung konnte er das viele Blut erkennen, das sich unter dem Bündel ausgebreitet hatte.

Kein Zweifel, da lag ein lebloser menschlicher Körper. Derart entstellt und unnatürlich verkrümmt, dass Fred Kretzschmar unwillkürlich zu dem Schluss kam, da sei jemand vom Turm gestürzt.

Oder gesprungen.

Unfall … oder Selbstmord, ging es ihm rasend schnell durch den Kopf. Tragisch missglückter Jungenstreich oder Verzweiflungstat? Oder doch etwas anderes?

Reflexartig trat er drei Schritte zurück und schaute zur Turmspitze hinauf.

Erst dann zog er sein Handy aus der Tasche.

✳✳✳

Kopfschmerzen mitten am Tag – das erlebte Robert Mendelski selten.

Meistens ereilten sie ihn in der zweiten Nachthälfte oder am frühen Morgen. Die Schmerzen weckten ihn regelrecht. Oft wurden sie ausgelöst durch zu wenig Schlaf oder einen langen Tag mit physischen oder psychischen Anstrengungen. Auch übermäßiger Alkoholgenuss kam als Ursache in Betracht.

Seit Wochen war sein Konsum an alkoholischen Getränken

verschwindend gering gewesen. Doch als Leiter der Soko hatte er das vergangene Wochenende durchgearbeitet. Von den Ereignissen getrieben, hatte er sich völlig verausgabt und kaum eine Ruhepause eingelegt. Das rächte sich jetzt, sein Körper rebellierte, die Anstrengung forderte ihren Tribut.

Da auch die Mittagspause mit einem kurzen Spaziergang zum Französischen Garten nicht die gewünschte Linderung brachte, griff er zu Tabletten. Ihm klang noch die Warnung seines Arztes in den Ohren, das Zeug sei keineswegs magenschonend; bei seiner Veranlagung und seinem Beruf sei es keine gute Idee, sich an das Teufelszeug zu gewöhnen. Deshalb nahm er die Pillen nur im Notfall.

Gerade hatte er die zweite Tablette mit Hängen und Würgen heruntergeschluckt, als Hans Steigenberger, ohne anzuklopfen, sein Büro betrat.

»Die Tür war nur angelehnt«, entschuldigte sich der Kriminaldirektor. »Da dachte ich –«

»Ist schon gut«, unterbrach ihn Mendelski. »Nimm Platz. Ich nehme an, es geht um die Pressekonferenz.«

»Richtig.« Steigenberger schloss die Tür hinter sich.

»Bleibt es bei vierzehn Uhr?«

»Ja, sicher.« Steigenberger ließ den ihm angebotenen Stuhl zunächst außer Acht. Stattdessen trat er ans Fenster und schaute skeptisch auf den Hof hinunter. »Hast du schon auf den Parkplatz geguckt? Der quillt über.«

»Ja, hab's gesehen. War gerade kurz draußen.«

»Na, dann weißt du ja, was uns erwartet.« Steigenberger wandte sich vom Fenster ab und setzte sich. »Das gibt einen Riesenandrang«, fuhr er fort. »Außer den üblichen verdächtigen Zeitungen hier aus der Region haben sich Die Welt, die Süddeutsche und der Stern angemeldet. Vom Fernsehen kommen der NDR, SAT.1 und RTL, vom Radio ffn und Antenne Niedersachsen. Und sicher noch der eine oder andere nicht angemeldete Besucher. Das wird ein Hype wie selten.«

»Kriegen wir schon hin«, versuchte Mendelski seinen Chef zu beruhigen. So unauffällig wie möglich massierte er seine vor Schmerz pochenden Schläfen. »Die werden sich – wie du auch – auf den vermeintlichen Selbstmord Schwabes stürzen und ihn als Täter favorisieren. Am besten lassen wir sie erst mal in dem Glauben. Damit wir in Ruhe weiterarbeiten können.«

»Schaffst du das? Denen diese Geschichte unterzuschieben?«

»Ich glaub schon. Jedenfalls müssen wir verhindern, dass sich die Meute auf die drei gesuchten jungen Leute stürzt.«

»Also immer noch keine Spur von ihnen?«

»Nein. Sie scheinen wie vom Erdboden verschluckt und haben ihre Handys ausgeschaltet. Und das Auto von Charlotte Krüger ist unauffindbar.«

Steigenberger überlegte einen Augenblick. »Du hältst eine öffentliche Fahndung nach ihnen für verfrüht?«

»Nicht nur für verfrüht, sondern auch für kontraproduktiv. Wenn die drei merken, dass wir sie als Hauptverdächtige suchen, setzen die sich womöglich ab. Tauchen ab in den Untergrund oder verlassen das Land für eine Weile. ALF-Aktivisten sind weltweit gut vernetzt und helfen sich gegenseitig.«

»Okay. Also fokussieren wir die Medienmeute auf Schwabe.«

»Genau.«

»Aber dann kein Wort von der fehlenden Brille Schwabes, nicht wahr?«

»Hans, um Gottes willen!«, entrüstete sich Mendelski, »Das sind Interna. So etwas hat auf einer Pressekonferenz überhaupt nichts zu suchen.«

»Der Landrat wusste heute Morgen aber schon davon.«

»Wie bitte?«

»Er hatte in Soltau angerufen und sich nach dem aktuellen Ermittlungsstand erkundigt. Notgedrungen haben sie ihm Rede und Antwort gestanden. Kurz bevor ich bei ihm war.«

Mendelski stöhnte auf: »Auch das noch. Dann soll er das bitte schön für sich behalten.«

»Wird er. Habe ihn verdonnert und ihm ein Schweigegelübde abgerungen. Er wollte allerdings –«

Weiter kam Steigenberger nicht. Die Tür wurde aufgerissen, Maike stürmte herein.

»Leichenfund in Wietze«, hyperventilierte sie. »Auf dem

Gelände des Erdölmuseums. Hat den Anschein, dass … dass es sich um Matthias Roth handelt.«

***

Marianne Lüdeke war das Mittagessen nicht gut bekommen.

Es hatte Königsberger Klopse in Kapernsoße mit Salzkartoffeln und Krautsalat gegeben, seit Kindeszeiten in Ostpreußen ihr Leibgericht. Doch hatte sie eindeutig zu viel und zu schnell gegessen, insbesondere vom leckeren Krautsalat. Eigentlich hätte sie wissen müssen, dass sie sich in ihrem Alter ein wenig mäßigen sollte.

Die Quittung bekam sie prompt. In ihrem Magen grummelte es gehörig, an den gewohnten Mittagsschlaf war nicht zu denken. Auch einfach nur im Sessel zu sitzen und zu dösen wollte nicht funktionieren. Krampfartige und quälende Leibschmerzen machten ihr zu schaffen. So zog sie kurzerhand ihre Schuhe an, warf die leichte Strickjacke über und verließ ihr Zimmer. Vielleicht würde ein kleiner Verdauungsrundgang im Haus ihr guttun.

Im Alten- und Pflegeheim Sonnenhof gab es etliche Flure und Treppen, auf denen man lustwandeln konnte. Wegen der Mittagsruhe herrschte Stille im Haus, auch das Pflegepersonal hatte sich zurückgezogen. Marianne Lüdeke war als Einzige unterwegs.

Auf leisen Sohlen betrat sie den Südflügel. Plötzlich drang Musik an ihre Ohren. Klassische Musik. Ein beschwingtes, ihr flüchtig bekanntes Trompetenkonzert. Sie tippte auf Johann Wilhelm Hertel.

Marianne Lüdeke blieb vor einer der Türen stehen. Eindeutig: Die Musik kam aus dem Zimmer von Rolf Kitzmann.

Noch vor wenigen Minuten hatte sie neben ihm im Speiseraum gesessen und zu Mittag gegessen. Ein Krampf im Unterleib erinnerte sie an den offenbar schwer verdaulichen Krautsalat. Nach dem Essen hatte sich Rolf Kitzmann von Adnana zurück in sein Zimmer bringen lassen. Gewöhnlich hielt auch er einen ausgiebigen Mittagsschlaf.

Ob er ebenfalls solche Magenprobleme hatte, fragte sich Marianne Lüdeke. Und deshalb nicht schlafen konnte? So wie sie?

Seltsam. Sie hatte ihn noch nie Musik hörend erlebt.

Und so laut!

Ein Lachen mischte sich unter die Klänge der Blechblasinstrumente. Das Lachen einer Frau.

Das war nicht Adnana. Diese Stimme war tiefer.

Jetzt näherte sich das Lachen der Tür.

Marianne Lüdeke erschrak. Wenn sie hier jemand sehen würde, wie sie an der Tür lauschte …

Rasch ging sie weiter.

*** *** ***

Mit quietschenden Reifen trafen sie am Erdölmuseum in Wietze ein.

Maike Schnur hatte das magnetische Blaulicht aufs Dach ihres VW Passat geknallt und war gerast wie der Teufel. Gesprochen hatten sie während der Fahrt kaum. Robert Mendelski hing seinen Gedanken nach. Dank der doppelten Tablettendosis halbwegs von den Kopfschmerzen befreit, wirkte er hoch konzentriert.

Die Nachricht vom Tod Matthias Roths hatte sie auf dem völlig falschen Fuß erwischt.

Ein Kollege der örtlichen Polizeistation empfing sie am Seitentor des Museums und führte sie auf das Gelände. Als Mendelski schweigend neben Maike auf den Turm 70 zuging, kamen alte Erinnerungen in ihm hoch. Er kannte diesen Turm. Vor Jahren waren sie hier schon einmal gewesen. Ebenfalls aus dienstlichen Gründen.

Auch damals war es um einen jungen Mann gegangen. Kersten Wingenfelder. Ja, Mendelski erinnerte sich genau an den Namen und an die dramatische Rettungsaktion. Wingenfelder hatte den Bohrturm ausgesucht, um sich in den Tod zu stürzen. Mendelski war heimlich hinter ihm hergeklettert und hatte ihn nach langem Zureden überzeugen können, von seinem verzweifelten Plan abzulassen.

Maike und er schauten sich kurz an. Auch sie war damals schon dabei gewesen. Offenbar hatte sie ebenfalls ein kleines Déjà-vu-Erlebnis gehabt.

Am Fuß des Turms stoppte sie ein Absperrband, das die Kollegen von der Polizeistation Wietze weiträumig um den Fundort der Leiche gezogen hatten.

»Wieder der Turm 70«, begrüßte sie Lührs, der Chef der hiesigen Polizeistation. Schon damals, beim Fall Wingenfelder, hatte er die Einsatzleitung gehabt. Seitdem war er grauer geworden, wirkte aber noch so energiegeladen wie damals. »Heute kommen Sie leider zu spät. Schaurige Geschichte«, sagte er. »Außer dem Rucksack haben wir nichts angerührt. Lediglich der Notarzt war kurz an ihm dran, um den Tod festzustellen.«

»Und die Identifizierung?«

»Durch den Rucksack. Der lag unweit des Toten auf dem Rasen. Darin steckte unter anderem eine Geldbörse mit Personalausweis und Führerschein. Auf den Namen Matthias Roth. Nach Passfotos, Körpergröße, Alter et cetera zu urteilen, könnten die Papiere zu dem Toten passen.«

»Wir schauen mal …«

Lührs hob das Flatterband und ließ Mendelski und Maike passieren. »Kein schöner Anblick«, warnte er. »Doch wem sage ich das …«

Wenig später traten sie an den hüfthohen Sichtschutz aus weißer Plastikfolie, der den Toten von vier Seiten umgab. In sicherem Abstand standen weitere Kollegen der Polizeistation Wietze. Die Mannschaft eines Ambulanzwagens und mehrere Feuerwehrkameraden hielten sich bereit.

»Auf den Sichtschutz hätten wir verzichten können«, erklärte Lührs. »Das Museumsgelände ist eingezäunt, und weil heute Ruhetag ist, sind wir unter uns.«

»Ist schon besser so«, erwiderte Mendelski. Er schob eines der Sichtschutzelemente ein Stück zur Seite, dann traten Maike und er näher.

***

»Hallo, Anke. Bernd hier. Es gibt Neuigkeiten.«

»Gute oder schlechte?«, erwiderte eine weibliche Stimme am anderen Ende der Leitung. Den Motorengeräuschen nach zu urteilen, war Anke Sievers im Auto unterwegs.

Bernd Buchholz überlegte einen Moment, wie er es am geschicktesten formulieren sollte. Doch die Pause wurde Anke Sievers zu lang.

»Nein! Bitte nicht!« Ihre Stimme klang entsetzt. »Nicht schon wieder 'nen Toten!«

»Doch. Aber nicht aus unseren Reihen.«

»Wie? ... Gott sei Dank!«, stammelte sie. »Aber wer denn ...?«

»Ein junger Mann. Der ist im Erdölmuseum in Wietze vom Turm gestürzt.«

»Und?«

»Es soll sich um Matthias Roth aus Nienhagen handeln.«

»Wer ist Matthias Roth?«

»Das ist der, mit dem Harald Urban die Rangelei auf der Dortmunder Jagdmesse hatte. Ein militanter Tierschützer und Jagdgegner. Die Celler Kripo hatte ihn bereits in unserer Angelegenheit aufm Zettel.«

»Ach der.« Anke Sievers seufzte auf. »Und wie passt das jetzt in die Serie von ... von den Unglücksfällen?«

»Keine Ahnung. Die Kripo ist gerade draußen im Museum und nimmt den Fall auf. Einen von den Wietzer Polizisten kenne ich ganz gut. Der hat mich informiert.«

»Selbstmord?«

»Konnte er noch nicht sagen.«

»Ist schon merkwürdig, das alles.«

»Das kannst du laut sagen. Machen wir die Telefonkette?«

»Klar. So wie gestern.«

»Ich rufe Berthold an. Übernimmst du Heinrich? Dann geht's schneller.«

»Okay, mach ich.«

＊＊＊

Sie trafen nahezu zeitgleich auf dem Parkplatz vor dem Erdöl-museum ein, ungefähr eine Viertelstunde nach Robert Mendelski und Maike Schnur. Zwei Kollegen von der Kriminaltechnik mit dem Tatortwagen, Heiko Strunz, Ellen Vogelsang und Jo Kleinschmidt mit einem Dienst-Passat und die Rechtsmedizi-nerin Dr. Grote in ihrem unverwüstlichen Uralt-Kombi von Volvo.

Kurze Zeit später herrschte professionelle Geschäftigkeit am Fuß des Turms. Ausgerüstet mit Schutzanzügen, Gesichtsmas-ken sowie diversen Koffern und Taschen voller Spezialgerät-schaften, machte sich das Spusi-Team an die Arbeit. Während sich Dr. Grote unverzüglich um den Leichnam kümmerte, be-sprach sich die Soko vom Fachkommissariat 1.

»Er ist es«, erklärte Robert Mendelski. »Gar kein Zweifel. Auch wenn sein Gesicht – nein, wohl eher der halbe Kopf – völlig zerschmettert ist. Maike hat ihn an seiner rechten Hand wiedererkannt, an dem deformierten kleinen Finger.«

Ellen Vogelsang stöhnte auf, Jo Kleinschmidt knurrte etwas Unverständliches, das wie »So 'ne Scheiße …« klang. Die bei-den hatten den intensivsten Kontakt zu Matthias Roth gehabt.

»Ein Suizid?«, fragten sie wie aus einem Munde.

Mendelski verdrehte die Augen. »Die Frage kommt viel zu früh. Nach den Erfahrungen der letzten Tage halte ich mich besser mit einer Fehleinschätzung zurück. Soll erst mal Frau Dr. Grote ihre Arbeit machen. Wir kümmern uns um unseren Part.« Er nickte Maike zu.

»Okay. Zunächst zum Finder der Leiche«, begann sie. »Gegen zwölf Uhr dreißig betrat Fred Kretzschmar aus Hornbostel das Museumsgelände, um einen Bäumecheck, eine Baumkontrolle, durchzuführen. Er wollte im Bereich des Turms mit seiner Arbeit beginnen und stieß dabei auf den leblosen Körper von Matthias Roth. Ohne sich dem Toten zu nähern – nach eigenen Angaben blieb er mindestens fünf Meter davon entfernt –, alarmierte er über sein Handy zunächst uns, danach die Museumsleitung.«

»Ist der noch vor Ort?«, wollte Strunz wissen.

»Ja, drinnen im Gebäude«, antwortete Mendelski. »Wir be-fragen ihn gleich im Anschluss.«

»Nun zu dem Toten«, fuhr Maike fort. »Der Auffindesituation nach zu urteilen, ist Matthias Roth vom Turm gestürzt. Von der mittleren Plattform oder von ganz oben. Genaueres wissen wir noch nicht. Auch wann das passierte, ist noch nicht klar. Nach unserer ersten Einschätzung muss es irgendwann letzte Nacht geschehen sein. Näheres kann uns sicher Dr. Grote sagen.«

»Wie?« Fassungslos schaute Ellen Vogelsang in die Runde. »Der liegt hier am hellen Tag stundenlang wie auf dem Präsentierteller, und kein Mensch kriegt das mit?«

»Heute ist Montag«, erklärte Mendelski. »Museumsruhetag.«

»Na, aber trotzdem …« Ellen schüttelte betroffen den Kopf.

»In seinen Jacken- beziehungsweise Hosentaschen haben wir ein Klappmesser und ein Smartphone sichergestellt«, fuhr Maike mit ihrem Bericht fort. »Das Mobiltelefon wurde durch den Aufprall zertrümmert.«

»Habt ihr die SIM-Karte?«, fragte Jo Kleinschmidt.

»Ja, zum Glück. Und noch einiges Interessantes mehr. Im Rucksack steckten Bolzenschneider, Tacker, Kombizange, Kabelbinder – und ein riesiges Banner.«

»Ein Banner?«

»Ja, eine große Stoffbahn aus weißer Ballonseide. Sauber zusammengefaltet. Ungefähr fünf mal zwanzig Meter groß. Und mit mannsgroßen Lettern beschriftet.«

Um die Spannung zu steigern, machte Maike eine Pause.

Ellen Vogelsang war die Ungeduldigste. »Jetzt bin ich aber gespannt«, stieß sie hervor.

»In blutroter Schrift aufgesprayt steht da: ›STOPPT T-MORDE IN WIETZE‹.«

»›T‹ steht für Tier, nicht wahr?«

Maike nickte. »Davon gehen wir jedenfalls aus.«

»Ein Protest gegen den Geflügelschlachthof Rothkötter?«

»Ist doch naheliegend, oder?«

»Und das war für den Turm gedacht?«

»Nehmen wir an. Doch Matthias Roth ist nicht mehr dazu gekommen, das Transparent aufzuhängen. Er ist vorher abgestürzt – warum auch immer.«

»Hinweise auf Komplizen?«, wollte Strunz wissen.

»Nein, mehr haben wir noch nicht«, schloss Mendelski die Inforunde. »Vielleicht gibt es oben auf dem Turm irgendwelche Spuren von Roth. Ich brauche zwei Freiwillige, die da raufklettern. Außerdem müssen wir das gesamte Außengelände des Museums gründlich absuchen und ebenfalls die unmittelbare Nachbarschaft. Dann müssen wir in Erfahrung bringen, wie und wo Roth in den abgesperrten Bereich eingedrungen ist. Ob an der Wietze entlang oder irgendwo übern Zaun.«

»Ich mach das auf dem Turm«, meldete sich Jo Kleinschmidt. »Wer kommt mit?« Unverhohlen schielte er zu Maike hinüber.

»Auf mich musst du verzichten, ich war schon mal da oben«, entschuldigte sich Mendelski. »Ist zwar ein paar Jahre her, aber das hat mir gereicht.«

»Ist ja gut.« Maike stöhnte auf. »Mal wieder auf die Kleinen ... Aber ich mach's. Eigentlich wollte ich da immer schon mal rauf.«

In diesem Moment machte sich Frau Dr. Grote bemerkbar. Sie beugte sich über den Sichtschutz nach außen und rief: »Ich hab da was Interessantes. Kommt ihr bitte mal?«

DREIZEHN

»*Carajo!* Eine Vier? Eine grüne Vier?«

Robert Mendelski war außer sich.

»Ja. Schau her.« Dr. Grote drehte die rechte Hand von Matthias Roth so, dass alle die Zahl sehen konnten. Maike Schnur, Heiko Strunz, Ellen Vogelsang und Jo Kleinschmidt staunten nicht schlecht über die Ziffer, die den gesamten Handteller einnahm.

»Mit einem grünen Edding geschrieben. Wieder post mortem.«

»Wie kann das …?«, stammelte Mendelski.

»Das ist ganz einfach«, unterbrach ihn Dr. Grote. »Der Dreck vom Schotter ist unter der Schrift, nicht darüber. Folgerichtig hat der geheimnisvolle Schreiberling erst hier unten zugeschlagen.«

»Eine Vier …«, murmelte Mendelski. »Was zum Teufel …?« Er hielt inne, dann gab er sich einen Ruck. »Der Reihe nach. Schön der Reihe nach.« Er versuchte, seine Gedanken zu sortieren. »Matthias Roth ist also durch den Sturz ums Leben gekommen?«

»Im Moment sieht alles danach aus. Ob er von ganz oben oder von der mittleren Plattform gefallen ist, lässt sich von hier aus schwer sagen. Der Turm sollte auf Spuren untersucht werden, um die genaue Falllinie zu ermitteln. Wahrscheinlich hat der Körper irgendwo Metallstreben oder auch die Brüstung der mittleren Plattform touchiert und ist dadurch nach außen geschleudert worden.«

»Ja, sonst läge er woanders.«

»Richtig. Nach dem Aufprall hier unten am Boden hat Roth nur noch wenige Sekunden gelebt – wenn überhaupt. Weitere Einzelheiten, die unmittelbar zum Exitus geführt haben, erspare ich euch. Absolute Klarheit über vorherige Beeinträchtigungen oder Verletzungen kann erst eine Obduktion schaffen.«

»Gibt es Anzeichen einer Abwehr?«

»Nein, bisher habe ich keine Abwehrverletzungen gefunden. Handgelenke, Finger und Fingernägel, die noch halbwegs zu untersuchen waren, deuten nicht darauf hin.«

»Todeszeitpunkt?«

»Vor zwölf bis sechzehn Stunden. Genaueres später.«

»Also gestern Abend, Sonntag, zwischen zwanzig und vierundzwanzig Uhr.«

»Genau. Zur besten ›Tatort‹-Zeit.«

»Sonst noch was?«

»Nein.« Frau Dr. Grote streifte sich die Einweghandschuhe von den Fingern. »Den Rest mach ich in der Gerichtsmedizin.«

Mendelski gab sich noch nicht zufrieden. »Noch mal zu der Ziffer«, setzte er nach. »Zu der Vier. Du hast doch die grüne Neun letzte Woche bei Harald Urban gesehen. Aus nächster Nähe. Die grüne Acht kennst du von Fotos. Meinst du, es war derselbe … derselbe Verursacher?«

»Schwer zu sagen. Es scheint zumindest der gleiche Stifttyp zu sein. Alles Weitere ist Sache der Grafologen.«

»Okay. Danke.« Mendelski wandte sich den anderen zu. »Machen wir weiter. Maike und Jo klettern auf den Turm, aber vorsichtig. Holt euch Unterstützung bei der Feuerwehr. Lasst euch anseilen. Ich will nicht, dass hier am Ende noch jemand liegt.«

Die beiden machten sich davon.

»Ellen und Heiko, ihr nehmt euch das Terrain hier unten vor. Lasst euch von den Wietzer Kollegen unterstützen. Ich kläre das mit Lührs.«

»Soll ich 'nen Spürhund anfordern?«, fragte Strunz. »Dann können wir eventuell die Spur von Roth zurückverfolgen.«

»Gute Idee. Mach das. Ich kümmere mich derweil um den Baumspezialisten, den Finder der Leiche.« Mendelski schaute auf seine Armbanduhr. »So spät schon. *Caramba!* Die Pressekonferenz! Die hab ich völlig vergessen. Steigenberger wird begeistert sein.«

***

Mit zehnminütiger Verspätung trat Kriminaldirektor Steigenberger vor die Medienvertreter. Der Versammlungsraum war bis auf den letzten Platz besetzt.

»Meine Damen und Herren, es tut mir leid, aber ich habe keine gute Nachricht für Sie. Aus aktuellem Anlass müssen wir die für heute Nachmittag anberaumte Pressekonferenz kurzfristig auf morgen verschieben.«

Im Raum machte sich Unruhe breit. Unfreundliche Worte fielen, verhaltene Buhrufe und sogar ein paar Pfiffe waren zu hören.

»Diese Entscheidung ist uns nicht leichtgefallen«, setzte Steigenberger nach. »Sie war jedoch unumgänglich. Ich bitte um Ihr Verständnis.«

»Warum die Verschiebung?«, rief ein Reporter, der sich von seinem Stuhl erhoben hatte. Steigenberger kannte ihn, es war Axel Schriewe von der Celleschen Zeitung.

»Die Frage werde ich nicht beantworten«, erwiderte er betont gelassen. »Um unsere Ermittlungen nicht zu gefährden, darf ich Ihnen nicht mehr sagen.«

»Man munkelt«, fuhr Schriewe unbeirrt fort, »dass der Leiter vom Fachkommissariat 1 vor Kurzem das Haus verlassen hat. Eigentlich sollte er als Leiter der Soko Neunwürger die Pressekonferenz leiten.«

»Kein Kommentar.« Steigenberger gab sich weiter zugeknöpft.

»Und mit ihm ist sein ganzes Team ausgerückt. Das sah nach einem dringenden Einsatz aus.«

»Hören Sie –«

»Die Öffentlichkeit hat ein Recht auf adäquate Informationen der Medien«, unterbrach ihn eine junge Frau in einem roten Blazer, die in der ersten Reihe saß. Steigenberger hatte sie noch nie gesehen und ordnete sie der überregionalen Presse zu. »Gibt es etwa schon wieder einen Toten? Etwa ein weiteres Opfer unter den hiesigen Jägern?«

Die Unruhe im Raum nahm zu. Die Zwischenrufe wurden aggressiver. Fotoapparate klickten, Blitzlichter flammten auf, Fernsehkameras zeigten rote Leuchten an den Objektiven.

»Bitte beruhigen Sie sich«, rief Steigenberger den aufgebrachten Medienvertretern zu. »Wir tun das nicht, um Sie zu ärgern, sondern aus ermittlungstechnischen Gründen, die ich nicht erläutern darf. Morgen früh um elf Uhr ist der Ersatztermin. Hier an gleicher Stelle. Bis dahin bitte ich um Geduld – und um Ihr Verständnis. Guten Tag.«

Ohne weiter auf die in den Raum geworfenen Kommentare und Fragen einzugehen, verließ er mit eiligen Schritten das Versammlungszimmer.

✳✳✳

Im ersten Stock des Museumsverwaltungstrakts traf Robert Mendelski den Finder der Leiche. Fred Kretzschmar saß zusammengesunken in einem Ledersessel und wirkte wie ein Häufchen Elend. In den Händen hielt er eine dampfende Kaffeetasse, die ihm eine der Sekretärinnen gereicht hatte.

»So einen Kaffee könnte ich jetzt auch gebrauchen«, sagte der Kriminalhauptkommissar keck in Richtung Sekretariat, nachdem er sich Kretzschmar vorgestellt hatte.

»Nichts leichter als das«, kam prompt die Antwort aus einer der offen stehenden Türen. Die Stimme klang weiblich, hell und freundlich.

»Das nenn ich mal zuvorkommend«, lobte Mendelski.

»Einen Moment noch«, erwiderte die Unsichtbare. »Kommt sofort.«

Mendelski hörte, wie ein Bürostuhl bewegt wurde. Danach ertönten ein paar laute Schritte auf den Fliesen. Die freundliche und aufmerksame Museumsangestellte schien Schuhe mit hohen Absätzen zu tragen.

Mendelski schob sich einen Sessel zurecht und setzte sich neben den Zeugen.

Ohne Aufforderung begann Fred Kretzschmar zu erzählen: »Furchtbar, das Ganze«, berichtete er. »Diese Bilder – das werde ich so schnell nicht vergessen. Hatte ja immer schon damit gerechnet, aber wenn's dann eintritt, ist man doch erschüttert.«

»Womit hatten Sie gerechnet?«

»Na, dass da mal jemand hinaufklettert und runterspringt. Ein Lebensmüder.«

»Sie meinen, der Turm bietet sich dazu an.«

»Klar«, antwortete Kretzschmar dumpf und nippte an seinem Kaffee. »Da helfen auch alle Vorsichtsmaßnahmen nichts. Wenn da einer unbedingt raufwill, dann schafft er das auch.«

»Aber die Tür zur Arbeitsplattform ist doch normalerweise abgeschlossen.«

»Selbstverständlich.«

»Wurde die denn aufgebrochen?«

Das Klacken der Schuhabsätze war wieder zu hören, jetzt aber auf dem Flur. Mendelski drehte sich um.

»Jetzt kümmere ich mich um Ihren Kaffee«, sagte die Frau und trat an die Küchenzeile. Von der Stimme her hatte Mendelski sie sich ganz anders vorgestellt. Er war nicht enttäuscht, eher überrascht.

»Mit Milch und Zucker?«

»Gern mit beidem.« Er nahm den Kaffee entgegen. »Danke. Das ist sehr freundlich.«

»Ob da eingebrochen wurde, kann ich nicht sagen, ich bin nicht oben gewesen«, beantwortete Kretzschmar die Frage, nachdem die Sekretärin wieder gegangen war. »Hab nur von Weitem gesehen, dass die Tür offen stand. Aufgebrochen oder aufgeschlossen – was spielt das für eine Rolle, jetzt, wo der Bengel tot ist.«

»Uns interessiert das schon«, entgegnete Mendelski. Bedächtig rührte er mit dem Löffel in seinem Kaffee. »Schließlich müssen wir die Hintergründe des Vorfalls aufklären.«

»Klar, das ist Ihr Job«, lenkte Kretzschmar ein.

»Ansonsten ist Ihnen heute Morgen nichts Außergewöhnliches aufgefallen?«

»Heute Mittag«, korrigierte ihn Kretzschmar. »Nicht heute Morgen. Ausnahmsweise war ich heute mal spät dran.«

»Okay, heute Mittag. Also ist Ihnen denn gar nichts Besonderes aufgefallen? Ich meine, außer dem Toten und dem Rucksack? Auf dem Parkplatz zum Beispiel, am Tor oder auf dem Weg durchs Gelände?«

Kretzschmar überlegte. »Nein«, sagte er. »Es war eigentlich wie immer.«

»Nichts, was Sie im Nachhinein vielleicht anders bewerten? Ein fremdes Auto auf dem Parkplatz, ein Motorrad oder ein Fahrrad, Ihnen nicht bekannte Spaziergänger oder dergleichen?«

»Nein, nichts.«

Mendelskis Handy, das er auf lautlos gestellt hatte, vibrierte in seiner Brusttasche. Er zog es hervor und schaute aufs Display.

»Entschuldigen Sie mich einen Moment«, sagte er zu Kretzschmar und erhob sich. Mit der Kaffeetasse in der einen und dem Smartphone in der anderen Hand machte er einige schnelle Schritte den Gang entlang.

»Ja, Maike, was gibt's?«

Die Nachricht, die ihm seine Kollegin von Turm 70 hinab ins Museum übermittelte, schockierte ihn dermaßen, dass er seinen Kaffee verschüttete.

✳✳✳

Über eine nahezu senkrechte Leiter, die außen an der Südseite des Turms angebracht war, kletterte er auf die mittlere Plattform. Direkt hinter ihm folgten Ellen Vogelsang und Heiko Strunz.

Robert Mendelski war völlig außer Atem, als er Maike und Jo erreichte. Die beiden Kollegen knieten auf groben Holzbrettern. Vor ihnen lag lang ausgestreckt der leblose Körper einer Frau. Bäuchlings, mit dem Gesicht nach unten.

»Kein Zweifel«, empfing Jo Kleinschmidt die Neuankömmlinge in luftiger Höhe. »Das ist Charlotte Krüger. Die Freundin von Matthias Roth.«

Mit der behandschuhten Hand strich er das blonde Haar der Toten aus ihrer blutverschmierten Stirn, das linke, weit offene Auge der jungen Frau wurde sichtbar.

»Tatsächlich.« Ellen Vogelsang, die Charlotte Krüger ebenfalls kannte, bestätigte die Identifizierung ihres Kollegen. »Mein Gott, was ist hier bloß passiert?«

»Habt ihr … sonst noch was … gefunden? Ausweispapiere? … Handy?« Mendelski japste nach Luft, während er sich mit beiden Händen am Geländer abstützte. »Andere … persönliche Gegenstände?«

»Nur einen Schlüsselbund«, antwortete Kleinschmidt.

»Mit 'nem Autoschlüssel?«

»Ja, wahrscheinlich vom Renault Clio.«

»Dann muss der ja … hier irgendwo in einer Seitenstraße stehen.«

»Anzunehmen. Ich kümmere mich gleich drum.«

Mendelski schaute sich auf der Plattform um. Inzwischen hatte sich seine Atmung wieder etwas normalisiert. »Sie ist also ebenfalls zu Tode gestürzt, vermute ich?«

»Sieht ganz so aus.« Jo Kleinschmidt deutete mit der Hand nach oben, zur Spitze des Turms. Seine sonst nie versiegende Unbekümmertheit war geschwunden. Zwei Tote heute, nach den drei Leichen der letzten Tage, hatten jedes Grinsen aus seinem Gesicht gewischt. »Wahrscheinlich von da ganz oben. Zusammen mit Matthias Roth. Während er da drüben auf das Geländer aufgeschlagen ist und nach außen katapultiert wurde, hat es sie hier oben auf die Plattform geschmettert.«

»Habt ihr Aufschlagspuren gefunden?«

»Ja, jede Menge.« Maike wies auf die Kante des Geländers. »Blut, Haut, Haare – alles, was die KT braucht. Mehr DNA geht nicht.«

»Und Faserspuren«, ergänzte Kleinschmidt. »Von Roths dunkelblauer Fleecejacke.«

Ein Windstoß brachte Mendelski ins Wanken. Vorsichtshalber ging er in die Hocke und betrachtete die Tote genauer. »Sie ist ähnlich angezogen wie Roth«, kommentierte er, während er sich Einweghandschuhe überstreifte. »Dunkle Funktionskleidung, schwarzes Stirnband, robuste Wanderschuhe – die beiden waren ein Team. Die sind bei Nacht und Nebel in das Museumsgelände eingedrungen, um ihr Tierschutz-Protesttransparent aufzuhängen. Und dabei abgestürzt …«

»Unklar ist, ob durch fremde Hände oder durch Leichtsinn«, kam von Strunz aus dem Hintergrund.

»Gute Frage.« Mendelski riss sich zusammen und griff nach der rechten Hand der Toten. »Jedenfalls waren sie nicht allein hier.« Er drehte die Hand so, dass er die Innenfläche begutachten konnte. »Hier steht nichts geschrieben«, murmelte er.

Maike Schnur, die bemerkt hatte, wonach ihr Chef suchte, nahm die linke Hand hoch, die vor ihren Füßen auf dem Gitterrost lag.

»Aber hier«, rief sie, nachdem sie die Hand umgedreht und den anderen zugewandt hatte. »Eine Fünf. Eine grüne Fünf.«

Für einen kurzen Moment verschlug es ihnen die Sprache. Fassungslos starrten sie auf die Ziffer im Handteller, die wie die Vier bei Matthias Roth auch mit einem grünen, wasserfesten Marker geschrieben worden war.

Als Erster hatte Mendelski sich wieder gefangen. »Ich geh mal davon aus, dass das wieder post mortem geschrieben wurde?«, knurrte er unwirsch.

»Sieht ganz so aus.« Um genauer gucken zu können, hatte sich Maike dicht über die Hand gebeugt. »Die Abschürfungen in der Haut waren schon da, als das geschrieben wurde.«

»Soll Dr. Grote heraufkommen?«, fragte Strunz.

»Ruf sie an«, erwiderte Mendelski. Er erhob sich. »Das soll sie selbst entscheiden. Ich nehme jedoch stark an, dass sie auf die Turmbesteigung dankend verzichtet. Sie kann sich die Tote auch unten angucken.«

»Okay. Mach ich. Hab schon mit dem Einsatzleiter der Feuerwehr gesprochen. Die werden uns beim Bergen der Leiche behilflich sein.«

Mendelski trat einen Schritt zur Seite, ließ den Blick jedoch nicht von Charlotte Krüger. »*Dios mio!*«, stöhnte er auf. »Was für eine Entwicklung. Der Fall eskaliert immer mehr. Ich hab das Gefühl, das Ganze entgleitet uns. Sage und schreibe fünf Tote!« Mit versteinertem Gesicht wandte er sich ab und schaute in die Ferne. »Alle fünf sind auf äußerst mysteriöse Weise zu Tode gekommen. Nicht ein einziger klarer Mordfall ist dabei. Und als wäre das nicht genug, wurden alle – bis auf eine Ausnahme – nach ihrem Ableben bekritzelt.«

»Aber warum jetzt diese beiden?« Jo Kleinschmidt hatte

sich ebenfalls erhoben. »Damit haben wir doch am allerwenigsten gerechnet. Das waren bis jetzt unsere Hauptverdächtigen.«

»Die ersten drei waren Jäger beziehungsweise Jagdscheinprüfer.« Ellen Vogelsang versuchte gegen die Windgeräusche in der Höhe anzusprechen. »Jetzt hat es ihre Gegner erwischt. Das passt doch überhaupt nicht zusammen.«

»Da spielt jemand ein Spiel mit uns«, rief Maike Schnur. »Ein grausames, mörderisches Spiel.«

Mendelski hob beide Hände, nahm die behandschuhten Finger zu Hilfe und zählte auf: »Die Vier für Matthias Roth, die Fünf für Charlotte Krüger. Davor Neun und Acht für Urban und Barth. Die Sieben bei Schwabe war nicht geschrieben, sondern nur indirekt angedeutet. Da –«

»Da zählt einer runter«, fiel ihm Maike ins Wort. »Wie bei einem Raketenstart. Neun, Acht, Sieben – jetzt Fünf und Vier. Da fehlt die …«

»Die Sechs!« Mendelski lief ein Schauer über den Rücken. »Herrgott. Sollte das etwa …?«

»Nee! Oh Mann!« Maike bekam große Augen. »Du meinst doch nicht …?«

»Doch.« Mendelski kostete es einige Überwindung, seinen Gedanken auszusprechen. »Der, den wir schon seit gestern suchen: Yannik Schütz!«

***

»Kinder, ihr habt echt Glück heute!«

Karl-Heinz Meineke, der Naturschutzobmann der Jägerschaft Celle, hatte sich neben dem Schild aufgestellt, das einen Adler flügelschlagend in der Luft und einen Fisch im Wasser zeigte. Vor ihm standen neun in bunte Regenjacken gehüllte Halbwüchsige, deren Füße in Gummistiefeln steckten. Einige von ihnen hatten Ferngläser dabei. Ein Elternpaar stand etwas abseits und machte Fotos.

»Dass ihr heute hier seid, habt ihr dem Geburtstagskind unter euch zu verdanken.« Karl-Heinz Meineke schaute zu dem kleinsten seiner Zuhörer hinüber. »Na, Manuel, wie alt bist du denn heute geworden?«

»Elf«, antwortete der Junge mit einem verlegenen Lächeln. Dabei wurde eine Zahnlücke im Oberkiefer sichtbar.

»Dann noch mal herzlichen Glückwunsch. Wie mir deine Eltern erzählt haben, bist du beim NABU aktiv, im Gut Sunder in Meißendorf? Dann kannst du uns heute ja sicherlich einiges erklären, nicht wahr?«

Auf den Wangen des Jungen zeigte sich ein Hauch von Röte. »Machen Sie das lieber«, murmelte Manuel.

»Okay, okay.« Karl-Heinz Meineke erhob die Stimme. »Also: Herzlich Willkommen im Entenfang Boye. Eigentlich darf man hier nicht einfach so reinlaufen, nur in fachkundiger Begleitung. Führungen durch die siebzig Hektar große Fläche bietet die Jägerschaft Celle normalerweise von März bis Oktober an. Dass ihr heute hier sein dürft, ist eine absolute Ausnahme.«

»Und wenn sich ein Pilzsammler hierher verirrt?«, rief einer der Jungen dazwischen.

»Der wird höflich gebeten, woanders zu suchen.«

»Sehen wir auch die Entenfalle?«, wollte ein anderer wissen.

»Entenfalle?« Karl-Heinz Meineke musste lachen. »Immer langsam mit den jungen Pferden. Lasst mich erst mal drei Sätze zur Geschichte der Anlage sagen.«

Einer der Jungen gähnte.

»Ich mach's kurz. Also, der Entenfang wurde 1690 vom Herzog Georg Wilhelm angelegt. Um stets frische Enten für die Küche des herzoglichen Hofes in Celle zu haben, wurden die Tiere mit einer sogenannten Entenkoje lebend gefangen. Wie die funktioniert, erkläre ich euch später.«

»Gefriertruhen gab's damals wohl noch nicht?«, kommentierte einer der Jungen vorwitzig. Die anderen lachten.

»Das hast du gut erkannt.« Karl-Heinz Meineke zeigte sich amüsiert. »Die gab's nur im kalten Winter. Doch Spaß beiseite: Bis 1936 war der Entenfang tatsächlich für die Frischfleischbeschaffung in Betrieb. Dann wurde die Anlage umgestellt. Fortan hat man die gefangenen Enten zu Forschungszwecken mit Ringen der Vogelschutzwarte Helgoland versehen und wieder freigelassen.«

Zwei Jungs in der hinteren Reihe kabbelten sich. »Ey, meine Kappe ...«

»Hol sie dir doch ...«

»Aua ...«

Karl-Heinz Meineke guckte streng, setzte aber seinen Kurzvortrag fort. »1976 wurde die einzigartige Teichlandschaft als Wasserwildschutzgebiet unter besonderen Schutz gestellt. Wichtigste Vorschriften sind das Betretungsverbot und eine eingeschränkte Jagd und Fischerei. Seit 1997 kümmert sich die Jägerschaft Celle um die Anlage, hat einen Lehrpfad eingerichtet und veranstaltet Führungen.«

»So wie heute!«, rief ein Junge ungeduldig. »Wann geht's denn endlich los?«

»Jetzt! Auf geht's.« Karl-Heinz Meineke rückte seinen Rucksack zurecht, griff nach dem Handstock, den er neben sich in den Boden gesteckt hatte, und wandte sich zum Gehen. »Folgt mir bitte. Aber leise. Es wird nur geflüstert – und ich möchte kein Handy bimmeln hören. Wer so 'n Ding dabeihat, darf es in der nächsten Stunde höchstens zum Fotografieren benutzen.«

»Hier gibt's doch eh keinen Empfang ...«, stellte einer fest.

»Hey, das reimt sich: Im Entenfang ist kein Empfang.« Die Jungs giggelten vor Vergnügen.

Karl-Heinz Meineke stapfte los. Die Jungen folgten ihm im Gänsemarsch.

»Was soll man hier schon fotografieren?«, flüsterte einer seinem Nebenmann zu.

»Ist doch eh nichts als langweilige Natur«, pflichtete ihm sein Kumpel bei.

Karl-Heinz Meineke hatte Ohren wie ein Luchs – und genau verstanden, was die beiden Jungen hinter ihm getuschelt hatten. Er blieb kurz stehen und drehte sich um.

»Na, wartet's doch ab«, sagte er mit einem vorwurfsvollen Gesichtsausdruck. Dann grinste er verschmitzt. »Ihr werdet staunen, was es in Wald und Flur alles zu entdecken gibt.«

Er konnte nicht ahnen, welche Überraschung Wald und Flur heute bereithielten.

**

Am Fuß des Turms 70 hielten sie Kriegsrat. Robert Mendelski, Maike Schnur, Heiko Strunz und der örtliche Polizeichef Lührs. Ellen Vogelsang und Jo Kleinschmidt waren oben auf der Zwischenplattform geblieben, um weitere Spuren zu sichern und mit den Kameraden der Freiwilligen Feuerwehr Wietze die Leiche von Charlotte Krüger zu bergen. Frau Dr. Grote zog es vor, den heutigen Leichnam Nummer zwei nicht auf dem im Wind schwankenden Metallgerüst, sondern auf sicherem Erdboden zu untersuchen.

»Die Großfahndung nach Yannik Schütz ist raus?« Mendelski schaute fragend zu Maike. Die nickte nur. Aus Frust hatte sie sich von Jo Kleinschmidt eine Zigarette geschnorrt, die erste seit Monaten.

»Wir müssen noch mal und viel, viel gründlicher als bisher das Museumsgelände absuchen«, forderte er vehement. »Ebenso die weitere Umgebung. Das Wietze-Ufer, den Parkplatz, die umliegenden Straßen und Wege.«

»Können wir ja gerne machen«, erwiderte Lührs mit einem leichten Seufzer. »Doch meine Leute tun seit Stunden nichts anderes. Daher glaube ich kaum, dass wir hier eine weitere Leiche finden werden.«

»Die Leiche von Charlotte Krüger kam auch ziemlich überraschend daher.« Mendelskis Stimme klang gereizt. »Haben Sie sich schon das Museumsinnere vorgenommen? Die Ausstellungsräume, die Gästetoiletten et cetera?«

»Nein, haben wir nicht«, lenkte Lührs ein. »Okay. Habe verstanden. Wird umgehend erledigt.«

Ein uniformierter Kollege trat zu der Gruppe. Ohne große Vorrede meldete er: »Wir haben den Renault von Charlotte Krüger gefunden. Den roten Clio mit hannoverschem Kennzeichen.«

»Wo?«

»Im Fuhrenweg. Keine hundert Meter Luftlinie von hier.«

»Ordnungsgemäß geparkt und abgeschlossen?«

»Jawohl.«

»Wie kommt man von dort am einfachsten aufs Museumsgelände?«

»Sie meinen zu Fuß? Über den Bohrmeister-Hasenbein-Weg. Runter bis zur Wietze und dann über den Zaun.«

»Klingt einfach.«

»Ist es auch.«

»Rühren Sie den Wagen bitte nicht an. Bevor wir ihn abschleppen, nehmen wir ihn uns gründlich vor. Ich muss wissen, ob Yannik Schütz letzte Nacht dabei war.«

»Wenn ja und wenn er noch lebt, wäre er doch sicher mit dem Auto getürmt«, gab Maike zu bedenken. Die Asche ihrer Zigarette schnippte sie in die hohle Hand. »Ich denke, der war hier gar nicht mit dabei.«

»Das sehe ich auch so«, pflichtete ihr Heiko Strunz bei. »Bisher spricht nichts dafür, dass Yannik Schütz überhaupt auf dem Gelände war. Sämtliche Spuren beziehen sich allein auf Roth und Krüger.«

»Hm.« Mendelski knetete grübelnd sein Kinn. »Wenn der Yannik Schütz letzte Nacht nicht hier war, müssen wir ihn in Groß Hehlen suchen. Dort, wo er zuletzt gesehen wurde. Und anfangen müssen wir in seinem Elternhaus, im Fuchswinkel. Wir brauchen dringend Verstärkung aus Celle, den Schlüsseldienst und einen weiteren Mantrailer.«

»Ein Hundeteam ist bereits hierher unterwegs –«

»Dann dirigier es um«, unterbrach ihn Mendelski. Er hatte es plötzlich sehr eilig. »Die sollen zu dem Haus der Schütz-Eltern in Groß Hehlen kommen. Maike und ich machen uns ebenfalls auf den Weg dorthin. Sofort.«

»Wird erledigt.« Strunz wandte sich ab.

Mendelski marschierte Richtung Ausgang. Maike trat ihre Zigarette aus, steckte die Kippe ein und folgte ihm.

***

Von Wietze bis Groß Hehlen brauchten sie siebzehn Minuten. Maike Schnur war mit Magnet-Blaulicht und Martinshorn gefahren, hatte Ampeln und Verkehrszeichen weitestgehend ignoriert und war mit einem halsbrecherischen Tempo über die B 214 gerast. Während der Einsatzfahrt hatte Robert Mendelski Blut und Wasser geschwitzt, sich jedoch nichts anmerken lassen.

Vor dem Haus von Yannik Schütz erwarteten sie bereits zwei Streifenwagen und ihre Besatzungen, die sie zur Unterstützung angefordert hatten. Zwei der Kollegen standen auf dem Bürgersteig und unterhielten sich mit einer Frau in Kittelschürze, die aufgeregt gestikulierte.

»Frau Waschke ist die Nachbarin von Familie Schütz«, erklärte der ältere der beiden Polizisten, nachdem sich Mendelski und Schnur vorgestellt hatten. »Sie kann uns eventuell behilflich sein.«

»Um was geht es denn?«, fragte Mendelski.

»Na, um den Jungen«, antwortete Frau Waschke. Sie wirkte fahrig wie ein aufgescheuchtes Huhn. »Um den Yannik. Wie ich mitbekommen habe, wollen Sie gern mit ihm reden.«

»Das stimmt.«

»Die Eltern sind im Urlaub, auf Gran Canaria, und er hütet hier ein. Allein. Gestern sollen schon mal Polizisten hier gewesen sein und nach ihm gesucht haben.«

»Hat man mit Ihnen denn schon gesprochen?«

»Nein. Leider nicht.« Frau Waschke zog bedauernd die Augenbrauen hoch. »Ich war nicht zu Hause, sonst hätte ich Ihnen gestern schon helfen können. Wir haben in Winsen, im ›Stadt Bremen‹, den sechzigsten Geburtstag meiner Schwester gefeiert. Da bin ich erst spät nach Hause gekommen. So gegen Viertel vor zehn, der ›Tatort‹ war gerade zu Ende –«

»Verstehe«, unterbrach sie der Kommissar. Innerlich scharrte er schon mit den Hufen. »Wie können Sie uns nun weiterhelfen?«

»Das werden Sie gleich sehen. Hier im Fuchswinkel herrscht 'ne gute Nachbarschaft. Da achtet man aufeinander.«

»Das ist löblich.« Mendelskis Puls stieg, Maike musste sich

zügeln, nicht die Augen zu verdrehen. »Bitte, Frau Waschke. Kommen Sie zur Sache.«

»Moment.« Ihre Reaktion fiel eine Spur schnippisch aus. »Darf ich vorher erfahren, um was es überhaupt geht?«

»Nein, dürfen Sie nicht«, erwiderte Mendelski entschieden. »Also, gute Frau, wir haben's eilig.«

»Na gut.« Sie gab sich einen Ruck. »Aber nicht dass Sie schlecht über mich denken. Oder meinen, ich sei eine neugierige Tratschtante, die nichts anderes zu tun hat, als den ganzen Tag hinter der Gardine zu lauern und zu gucken, was die Nachbarn so treiben.«

»Nein, also … so etwas denken wir ganz bestimmt nicht«, flötete Maike.

»Weiter bitte!«, forderte Mendelski.

»Ich mach ja schon … Also, ich kann von meinem Küchenfenster aus sehr gut die Hintertür von Schützens sehen. Das ist die Tür zum Wirtschaftsraum gleich neben der Garage. Und wenn der Yannik joggen geht – und das macht er fast jedes Wochenende –, dann nimmt er nicht vorn die Haustür, sondern geht einfach hinten raus.«

»Yannik Schütz ist gestern joggen gegangen?«, fuhr Mendelski dazwischen. »Haben Sie ihn gesehen?«

»Ja, kurz vor zehn in der Früh. Ich weiß das so genau, weil gerade die Kirchenglocken geläutet hatten. Und weil ich mich gewundert habe, dass der bei dem Regenwetter überhaupt läuft.«

»Haben Sie auch gesehen, dass er zurückkam?«

»Nein. Ich musste mich ja fertig machen. Für die Geburtstagsfeier meiner Schwester. Da hatte ich keine Zeit zum Gucken. Um elf bin ich dann von meinem Schwager abgeholt worden. Der kam mal wieder zu spät, 'ne halbe Stunde, dass ich schon dachte, der hätte mich vergessen. Ich wollte gerade anrufen –«

»Zurück zu Yannik Schütz«, unterbrach Mendelski sie erneut. »Gestern Vormittag um zehn Uhr war also das letzte Mal, dass Sie ihn gesehen haben.«

»Ja. Genau. So war es.«

Die Enttäuschung war Mendelski deutlich anzusehen. »Sonst noch was?«, fragte er mit einem Seufzer.

Erst zierte sich Frau Waschke, dann antwortete sie zögerlich: »Wenn ... wenn der Schlüssel ... also wenn der noch an seinem Platz ist, bedeutet das etwa ...?«

»Was für ein Schlüssel?«, fragte Mendelski verwundert.

»Na, der Hintertürschlüssel von den Schützens«, erwiderte Frau Waschke kleinlaut. »Den der Yannik versteckt hat.«

»Sie wissen von dem Schlüsselversteck?«

»Da gehört ja nicht viel zu«, verteidigte sich Frau Waschke. »Der Yannik macht daraus kein großes Geheimnis. Er schließt die Hintertür zwar ab, nimmt den Schlüssel aber nicht mit zum Laufen. Das macht der immer so. Ich nehme an, dass ihn der Schlüssel –«

»Frau Waschke!«, blaffte Mendelski entnervt dazwischen. »Wo ist das Versteck?«

Erschrocken wich sie einen Schritt zurück. »Gleich ... neben der Hintertür«, stammelte sie. »Unter einem der Blumenkübel.«

»Los, los!« Mendelski war schon halb am Gartentor. »Zeigen Sie uns das.«

Frau Waschke setzte sich in Bewegung, Maike und die beiden Polizisten folgten. Raschen Schrittes betraten sie das Grundstück, überquerten den Rasen und gingen um das Haus herum. An der Wand neben der Hintertür standen zahlreiche Terrakottatöpfe, in denen Hortensien, Walderdbeeren und Geranien vor sich hin welkten. Bei einem kleineren Blumenkübel bückte sich Frau Waschke, hob ihn an und stellte ihn vorsichtig zur Seite.

»Sag ich's doch«, schnaufte sie. »Der Schlüssel liegt da noch.« Gerade wollte sie zufassen, als sie von hinten am Oberarm zurückgehalten wurde.

»Nicht berühren!«, rief Mendelski. »Lassen Sie mich das machen, bitte.«

»Jetzt übertreiben Sie bloß nicht.« Mit Unverständnis im Gesichtsausdruck sah sie zu, wie der Kommissar sich einen Kunststoffhandschuh aufblies und über die rechte Hand streifte. Mit spitzen Fingern nahm er den Hausschlüssel auf.

»Sie machen das wegen der Fingerabdrücke, nicht?«, wunderte sich Frau Waschke. »Meine Güte. Hat der Bengel was Schlimmes ausgefressen?«

Mendelski ignorierte die Frage. Stattdessen wandte er sich an die beiden Kollegen von der Streife. »Bringen Sie bitte Frau Waschke zurück zur Straße«, sagte er. Und zu Maike: »Wir beide gehen jetzt rein.«

✳✳✳

Die Kindergruppe hatte den Aussichtsturm erreicht, der neben der Entenkoje den Höhepunkt der Besichtigungstour darstellte: Von dem fünf Meter hohen Holzturm hatte man einen weiten Blick über die Seenlandschaft.

»Wer von euch hat ein Fernglas dabei?«, fragte Karl-Heinz Meineke leise in die Runde.

Vier der neun Kinder hoben die Hände.

»Prima, ihr seid jetzt die Ausspäher«, erklärte Meineke. »Bin gespannt, was ihr mit euren Ferngläsern alles entdeckt.«

»Schilf. Nichts als Schilf«, maulte einer der Jungen, der kein Glas dabeihatte.

»Ein Schwan!«, rief einer, der sein Fernglas auf die Brüstung gelegt hatte. »Da ist ein Schwan. Da drüben vor der Insel.«

»Sehr gut«, lobte Meineke. »Weiter.«

»Enten. Dahinten links. Jede Menge Enten.«

»Große Enten?«

»Ja, ziemlich große Enten.«

»Dann sind es Gänse.«

Der Junge verstummte ehrfürchtig.

»Kannst du auch erkennen, um welche Gänseart es sich handelt?«

»Äh?« Der angesprochene Junge guckte, als ob ihm Günther Jauch die Eine-Million-Euro-Frage gestellt hätte.

»Dann seht euch doch mal die Schautafeln an«, empfahl Meineke. »Die zeigen nicht nur die verschiedenen Gänsearten, sondern auch die Enten.«

»Graugänse«, rief einer, der am schnellsten schaltete. »Aber sogar mit Fernglas ist das ganz schön schwer.«

»Gut beobachtet«, lobte Meineke. »Anfang November hier noch Gänse oder Schwäne zu sehen, das ist was Besonderes. Als Zugvögel müssten die eigentlich längst in ihrem Winterquartier sein.«

»Also, wenn ich fliegen könnte, würde ich jeden Winter nach Afrika fliegen«, sagte sein Nachbar. »Wo's warm ist.«

»Und ich nach Mallorca«, feixte ein anderer. Die Jungs lachten.

»Da liegt was Buntes im Gras«, kam es von der Treppe. Der Junge, der seine Kapuze über den Kopf gestülpt hatte, guckte mit seinem Fernglas den Damm entlang.

»Das wird Müll sein«, schimpfte Meineke. »Schau lieber aufs Wasser oder ins Schilf.«

Der Junge mit der Kapuze schüttelte zweifelnd den Kopf. Müll mitten in einem Wildschutzgebiet, das man nicht betreten durfte? Seltsam.

Wenn sie wieder unten wären, beschloss er, würde er sich vergewissern.

***

Nachdem sie die Hintertür aufgeschlossen hatten, betraten Robert Mendelski und Maike Schnur das Haus. Den Schlüssel zogen sie vorsichtshalber wieder ab und steckten ihn ein. Das Erste, was ihnen im Wirtschaftsraum auffiel, war eine Waschmaschine, die durch kontinuierliches Blinken im Anzeigefeld das Ende des Waschvorgangs anzeigte. Ihr zweiter Blick war auf die Tür zum Flur gerichtet. Sie war nur angelehnt.

»Hallo, Herr Schütz!«, rief Mendelski ins Haus, nachdem er die Tür aufgestoßen hatte. »Sind Sie zu Hause?«

Mendelski fand, dass er der Höflichkeit halber wenigstens rufen musste. Auch wenn er wenig Hoffnung hegte, eine Antwort zu bekommen.

»Der Anrufbeantworter blinkt«, flüsterte Maike, die an ihm vorbei in den Flur gehuscht war. Mitten im Flur stand ein Schränkchen aus Kiefernholz, auf dem eine Telefonstation postiert war. »Alles Anzeichen, dass längere Zeit niemand hier war.«

»Okay. Am besten checken wir auf die Schnelle sämtliche Räume, bevor wir ins Detail gehen. Du oben, ich hier unten.«

Wenige Minuten später trafen sie sich wieder im Flur.

»Keiner da«, sagte Mendelski. »Wie erwartet. In der Küche stehen Reste eines Frühstücks, eine Schale mit angetrockneten Müsliresten. Sieht aus, als wäre das von gestern Morgen.«

»Im Zimmer von Yannik steht der Kleiderschrank offen, ein T-Shirt liegt am Boden, eine Schublade für Socken ist herausgezogen – so, als ob er sich gerade fürs Joggen umgezogen hätte.«

»Passt alles zu dem, was die Frau Waschke gesagt hat.«

Mendelski trat zur Telefonanlage und drückte auf den Knopf des Anrufbeantworters.

»Drei neue Nachrichten«, sagte die Ansagerin. »Nachricht eins. Heute, dreizehn Uhr dreiunddreißig.«

»Hallo, Yannik, hier spricht deine Mutter. Wo steckst du bloß? Es ist jetzt schon das dritte Mal, dass ich anrufe. Ans Handy gehst du auch nicht. Machst du wieder mal einen deiner heimlichen Ausflüge? Melde dich bitte. Dein Vater und ich machen uns Sorgen.«

»Nachricht zwei. Heute neun Uhr siebenundfünfzig.«

»Yannik, hier ist deine Mutter. Wir haben gerade ausgiebig gefrühstückt und gehen jetzt an den Strand. Das Wetter ist herrlich. Die Sonne scheint, es ist warm, nur der Wind ist ein wenig zu heftig. Er bläst einem den Sand um die Ohren. Nach dem Mittagessen versuche ich es noch einmal.«

»Nachricht drei. Gestern, neunzehn Uhr fünfundvierzig.«

»Hallo, Yannik. Hier spricht deine Mutter. Wollte kurz von unserem heutigen Ausflug in die Berge, in den Naturpark Bandama, berichten. Das hätte dir sicher gefallen. Jetzt bist du nicht da. Ich versuche es morgen noch mal. Viele Grüße auch von deinem Vater.«

»Sieht gar nicht gut aus«, murmelte Mendelski, nachdem sich die Wiedergabefunktion automatisch abgeschaltet hatte.

»Seit gestern Morgen verschollen. Oh Mann …« Maike Schnur studierte den Tischkalender, der neben dem Telefon auf dem Schränkchen lag. Die letzte Woche war aufgeschlagen, die Einträge schienen belanglos.

Draußen von der Straße waren Geräusche zu hören. Stimmen und Hundegebell.

Mendelski hastete zur Haustür. Der Schlüssel steckte von innen, er schloss auf und öffnete. Einer der Streifenpolizisten kam gerade durch die Gartenpforte und betrat das Grundstück.

»Die Kollegin mit dem Personensuchhund ist da«, rief er. »Soll sie ins Haus kommen?«

»Ja, sofort. Der Hund soll hier Wittrung aufnehmen. Und halten Sie sich zur Abfahrt bereit. Ich nehme an, es geht in die Feldmark oder den Wald. Wir müssen dem Mantrailer mit allen verfügbaren Kräften folgen. Gleich geht hier die Post ab.«

»Was ist mit der Bereitschaftspolizei?« Maike meldete sich lautstark aus dem Hintergrund. »Sollen wir nicht vorsichtshalber eine Hundertschaft anfordern?«

»Gute Idee, ich veranlasse das.« Mendelski zückte sein Handy.

»Und den Heli gleich mit«, riet ihm Maike. »Sicher ist sicher.«

»Geht klar.« Mendelski tippte eine Kurzwahltaste.

Während er zurück ins Haus ging und dem Rufton lauschte, murmelte er im Selbstgespräch: »Aber Frau Dr. Grote und den Leichenwagen lass ich erst noch weg.«

VIERZEHN

Die Führung endete am Eingang zur Entenkoje. Manuels Eltern, die die Besichtigungstour nicht mitgemacht hatten, warteten dort bereits.

»Na, jetzt hast du deine Entenfalle gesehen«, sagte Karl-Heinz Meineke zu dem Jungen, der ihn am Anfang der Runde danach gefragt hatte.

»Ja, auch wenn die nicht mehr funktioniert«, erwiderte der Angesprochene. »Aber ich find's gut, dass die Enten nicht mehr getötet werden.«

»Deshalb heißt es ja auch Schutzgebiet.« Meineke schob seine Schirmmütze in den Nacken. »So, habt ihr noch irgendwelche Fragen?«

Die Jungen schwiegen. In Gedanken waren sie bereits beim nächsten Programmpunkt der Geburtstagsfeier. Auf der Bowlingbahn.

»Kann ich noch schnell ein Gruppenfoto machen?«, fragte Manuels Vater. »Hallo, hallo ... Stellt euch bitte mal auf, hier vor der Holzpforte zur Entenkoje. In zwei Reihen, zusammen mit Ihnen, Herr Meineke, wenn's recht ist.«

Die Kinder murrten zunächst und stellten sich nur widerwillig auf. Weil keiner der Jungen in die erste Reihe wollte, kam es zu einem spielerischen Gerangel.

Als Niklas – so hieß der Junge mit der Kapuze – nach vorn gedrängt wurde, wehrte er sich heftig. Die anderen zerrten an seiner Kleidung, etwas rutschte aus der Jackentasche und plumpste auf den Waldboden.

Ein knallbunter MP3-Player.

»Was hast du denn da?«, fragte Manuel. Bei seinem besten Freund, mit dem er die Schulbank und sämtliche Geheimnisse teilte, hatte er dieses Gerät noch nie gesehen.

»Das hab ich gefunden«, antwortete Niklas. »Dahinten.«

Da erinnerte sich Karl-Heinz Meineke an den Zwischenruf des Jungen oben auf dem Turm: »Da liegt was Buntes im Gras.«

Er nahm Niklas den MP3-Player aus der Hand. »Am Aussichtsturm? Da hast du das gefunden?«, fragte er.

Der Junge nickte.

Im selben Augenblick zuckte er zusammen. Und nicht nur er.

Wie aus dem Nichts war der Hubschrauber aufgetaucht. Dröhnend und pfeifend schwebte er direkt über ihnen, ungefähr in dreifacher Baumhöhe.

»Ein Polizeihubschrauber«, brüllte Karl-Heinz Meineke gegen den Rotorenlärm, nachdem er die Aufschrift auf dem blau-weißen Flieger entziffert hatte. »Was zum Teufel macht der denn hier?«

Die Jungen liefen aufgeregt durcheinander. Sie waren von dem plötzlichen Erscheinen des Helikopters begeistert.

»Wir sollten zu den Autos zurückkehren. Es wird Zeit«, schlug Manuels Vater vor. »Kommt, Kinder. Machen wir uns auf den Weg.«

Die Jungen folgten seiner Anweisung nur zögerlich.

»Is doch spannend!«, rief einer. »Vielleicht verfolgen die 'nen Bankräuber.«

»Oder die suchen was anderes«, erwiderte ein anderer.

»Einen MP3-Player zum Beispiel«, alberte ein Dritter.

»Hopp jetzt!«, rief Karl-Heinz Meineke. »Ab die Post …!«

Noch bevor die Jungen der Aufforderung Folge leisten konnten, erkannten sie, dass ihnen auf dem schmalen Waldpfad etwas entgegenkam.

Vorneweg ein Hund, die Nase tief am Boden. Ein hellbrauner Bloodhound mit Hängeohren und Hängelefzen, gefolgt von einer Polizistin an der langen Leine. Dahinter weitere Polizisten in Uniform oder in Dienstwesten. Zu Fuß, im Gänsemarsch, sechs, acht, zehn – nein, es waren mehr als zwölf Männer und Frauen.

Entschlossen trat Karl-Heinz Meineke ihnen entgegen, den bunten MP3-Player immer noch in der Hand.

Freudig bellend sprang der Personenspürhund an ihm hoch.

**

Die Dämmerung setzte schon ein, als sie ihn fanden.

Er lag gut versteckt in einer Mulde. Etwa achtzig Meter entfernt von der Stelle, wo Niklas den MP3-Player gefunden hatte.

Als Erstes fielen ihnen die Joggingschuhe auf. Die blau-roten Schuhe, die aus dem verwelkten Gras ragten, hoben sich vom farblichen Einerlei der herbstlichen Bodenvegetation deutlich ab.

Der Körper lag bäuchlings und kopfüber in einer mit Wasser gefüllten Senke. Die Arme leicht angewinkelt. Regungslos.

Das Gesicht war nach unten gerichtet und gänzlich ins Wasser getaucht. Lediglich die Haare vom Hinterkopf schwammen an der Oberfläche.

Mendelskis letzte dürftige Hoffnung, Yannik Schütz doch noch lebend zu finden, erlosch. Auch wenn sie das Gesicht noch nicht gesehen hatten: Die gesamte Suchmannschaft war sicher, den Gesuchten vor sich zu haben.

Um etwaige Spuren nicht zu zertreten, blieben sie wie auf ein Kommando in gebührendem Abstand zur Fundstelle stehen. Niemand sprach ein Wort.

Die beklemmende Stille wurde nur vom Bellen des Suchhundes durchbrochen. Die Hundeführerin ließ den Bloodhound kurz an dem Leichnam schnüffeln, um ihm zu signalisieren, dass er sein Ziel erreicht hatte und die Suche zu Ende war. Als Belohnung für die geleistete Arbeit bekam der Vierbeiner einen freundlichen Klaps und ein paar Leckerlis zugesteckt. Dann zog sich das Suchgespann zurück.

Wortlos streiften sich Mendelski und Maike Handschuhe über. Behutsam, Schritt für Schritt, näherten sie sich der Leiche. Ihre Blicke waren unaufhörlich auf den Boden gerichtet. Sie mieden die zahlreichen Fuß- und sonstigen Abdrücke, die im Erdreich und Gras zu erkennen waren.

Wenn – wovon sie ausgingen – eine weitere Person vor Ort gewesen war, stammten ja eventuell nicht alle Spuren vom Opfer, sondern auch welche vom großen Unbekannten.

»Mach bitte ein paar Fotos, bevor wir ihn untersuchen«, bat Mendelski mit belegter Stimme. Sein entmutigter Blick sprach Bände.

Um das Smartphone zu bedienen, musste Maike Schnur einen ihrer Handschuhe wieder abstreifen. Sie schoss zehn, zwölf Fotos aus den unterschiedlichsten Blickwinkeln, bevor sie mit einem »Okay!« die Leiche freigab.

»Keine äußerlichen Wunden oder Verletzungen zu sehen«, sprach Mendelski mehr zu sich als zu seiner Kollegin. Er stand jetzt unmittelbar neben den Beinen des Toten.

»Bisher nicht, nein«, erwiderte Maike. Sie war neben der Leiche in die Hocke gegangen.

»Das Wasser ist nur knöcheltief.« Ohne auf seine Bürohalbschuhe Rücksicht zu nehmen, die der Marsch durchs Gelände bereits hoffnungslos ruiniert hatte, trat Mendelski ins Wasser. »Wir drehen ihn erst mal um.«

Mit vereinten Kräften wendeten sie den Körper, sodass er jetzt auf dem Rücken lag. Trotz der entstellten, vom Wasser aufgedunsenen Gesichtszüge erkannten sie Yannik Schütz. Die letzten Zweifel waren ausgeräumt.

»Der liegt hier sicher schon mehr als vierundzwanzig Stunden«, murmelte Mendelski.

Maike berührte vorsichtig seinen Unterarm. »Also wären wir in jedem Fall zu spät gekommen.«

Er schaute sie an, dann senkte er den Blick. »Passt alles. Es muss beim Joggen passiert sein.«

»Nur was?« Maike ging in die Hocke und strich dem Toten die tropfnassen Haarsträhnen aus der Stirn. »Es sind keine äußerlichen Verletzungen zu erkennen.«

»Der wird nicht an einem Herzinfarkt gestorben sein«, sagte er grimmig. »Auch nicht an einem Schlaganfall oder an einer anderen natürlichen Todesursache. Wenn doch, fress ich 'nen Besen.« Nur mühsam hatte Robert Mendelski zu seiner professionellen Coolness zurückgefunden. »Was mich im Moment viel mehr interessiert ...«

Der Kommissar griff energisch nach dem rechten Unterarm des Toten, der noch im Wasser lag. Der glitschige Kunststoff der Regenjacke rutschte ihm mehrmals aus den Händen. Schließlich hievte er den Arm an die Oberfläche und hielt ihn mit beiden Händen fest.

»Hilf mir mal«, bat er Maike. »Dreh bitte die Hand um.«

Ein Gänsepaar überflog die makabre Szene. Beim Anblick der vielen Störenfriede in ihrem Revier stießen sie gellende Warnrufe aus.

Nur zögerlich griff die Kommissarin nach der tropfnassen, schneeweißen, aufgedunsenen Hand. Mit spitzen Fingern fasste sie den Daumen des Toten und drehte die Hand so, dass sie den Handteller sehen konnten.

»Die Sechs!«, krächzte Mendelski. »*Dios mio!*«

»Grün, mit wasserfestem Edding«, ergänzte Maike leise. »Wie bei den anderen.«

✳✳✳

Kreisjägermeister Bernd Buchholz verließ sein Wohnhaus und überquerte den Hof. Er war auf dem Weg zum Kuhstall, als er sein Mobiltelefon in die Hand nahm und im Gehen eine Nummer tippte.

»Hallo, Anke«, sagte er, nachdem sich am anderen Ende der Leitung eine Frauenstimme gemeldet hatte. »Hier ist Bernd. Hab schon wieder Neuigkeiten.«

Er hörte, wie im Hintergrund die Musik leiser gestellt wurde. Anke Sievers hatte lautstark den »Boléro« von Maurice Ravel gehört.

»Von deinem Freund, dem Wietzer Polizisten?«, fragte sie.

»Richtig. Es gibt eine weitere Tote.«

»Nein …!«

»Doch. Wieder im Erdölmuseum. Die Freundin von Matthias Roth. Sie ist ebenfalls vom Turm gestürzt.«

»Wie grässlich!«

»Sie ist auf die mittlere Plattform gefallen, deshalb hat man sie erst so spät entdeckt.«

»Das heißt, sie ist zeitgleich mit ihrem Freund verunglückt?«

»Genau. Sie hatten ein Banner dabei. Ein Protestbanner gegen Rothkötter. Das haben sie wohl am Turm aufhängen wollen. Dabei sind sie abgestürzt.« Bernd Buchholz war an der Tür seines Kuhstalls angekommen, blieb stehen und holte tief Luft. »Aber es kommt noch schlimmer«, setzte er nach.

Für den Bruchteil einer Sekunde blieb es still am anderen Ende der Leitung.

»Erzähl«, kam es nach einem tiefen Seufzer.

»Die Toten hatten Zahlen. Aufgemalte Zahlen in den Handflächen. Matthias Roth eine Vier, seine Freundin eine Fünf.«

»Vier und Fünf ...«, echote Anke Sievers.

»In der Form geschrieben wie die Zahlen bei Harald und Heike. Die Neun und die Acht. Mit einem grünen Filzstift. Nur diesmal nicht auf der Stirn, sondern in den Handflächen.«

»Ich versteh gar nichts mehr. Was soll so was? Wo ist da der Zusammenhang?«

Bernd Buchholz ächzte. »Die Frage stellen sich andere auch schon. Ich kann mir jedenfalls keinen Reim darauf machen – und die Polizei wohl auch nicht. Inzwischen suchen sie einen Freund der beiden Toten. Die Nummer sechs.«

»Nummer sechs?«

»Ja, so hat es mein Informant gesagt. Es soll sich ebenfalls um jemanden aus der militanten Tierschützerszene handeln. Jemanden aus Groß Hehlen. Der wird wohl schon seit gestern vermisst. Die Kripo befürchtet das Schlimmste.«

»Du meinst ...?«

»Tja, wer weiß. Ich habe jedenfalls keine Ahnung, wie das Drama weitergeht. Egal, wir sollten die anderen informieren. Machst du wieder mit?«

»Na klar.«

»Danke. Dann wollen wir mal ein wenig telefonieren.« Bernd Buchholz öffnete die Kuhstalltür. »Bis später. Gute Nacht!«

»Dito.«

***

Im Wasserwildschutzgebiet Entenfang Boye herrschte für diese Jahres- und Tageszeit eine außergewöhnliche Unruhe. Dafür sorgte nicht, wie sonst schon mal, eine durchziehende

Rotte marodierender Sauen oder – wie neuerdings öfter – ein hungriger Wolf auf Beutezug. Nein, heute waren es Menschen mit ihren Maschinen, die zu dieser späten Abendstunde Licht, Lärm und Leben in das Naturreservat brachten.

Der Fundort der Leiche war hell ausgeleuchtet, ein brummender Dieselgenerator versorgte die mobilen Strahler mit Strom. Im Scheinwerferlicht sah der feine Nieselregen wie ein endloser dünner Vorhang aus. Und der Niederschlag wurde stärker.

»Wenn wir die Fußspuren nicht gegen den Regen abdecken, sind sie bald gar nicht mehr zu gebrauchen«, wandte sich Mendelski an Strunz. Der Leiter der Spusi-Truppe hockte am Boden, um Gipsabdrücke von verschiedenen menschlichen Trittsiegeln zu nehmen.

»Das meiste sind eh Abdrücke von den Kindern«, beschwerte sich Strunz frustriert. »Außerdem kommt die Feuchtigkeit auch von unten hoch und macht hier alles zu Brei. Brauchbare Spuren in diesem Sumpf – völlig illusorisch.«

»Dann war die Kindergeburtstagsgruppe also bis auf wenige Meter an der Leiche dran, ohne sie zu sehen?«

»Scheint so. Der Meineke sagte ja, dass die Jungen sich für alles Mögliche interessiert hätten, bloß nicht für ihre Umgebung. Nur Gealbere und Gekabbel statt Augen für die Natur.«

»Außerdem waren sie ja auch mit dem gefundenen MP3-Player beschäftigt.«

»Zumindest einer.«

»Schon gut so.« Mendelski bemerkte, dass sich still und heimlich Ellen Vogelsang zu ihnen gesellt hatte. »Dann ist ihnen wenigstens der Anblick der Leiche erspart geblieben.«

»Brauchen wir hier noch Detailfotos?«, fragte Ellen. In ihrem bis unters Kinn verschnürten weißen Schutzanzug, ergänzt mit dem gleichfarbigen Gesichts- und Fußschutz, sah sie aus wie ein Schneemann. In den Händen hielt sie eine digitale Spiegelreflexkamera. Zuvor hatte sie mit einem HDR-Dreihundertsechzig-Grad-Fotoapparat die Leiche und deren Fundort weitläufig und vollsphärisch aufgenommen.

»Nein. Ich glaube nicht«, erwiderte Mendelski. »Wie weit ist denn Dr. Grote?«

»Sie müsste gleich so weit sein.« Ellen Vogelsang drehte sich um. Um von den Scheinwerfern nicht geblendet zu werden, hielt sie schützend ihre freie Hand über die Augen. »Ach, guck, wenn man vom Teufel spricht ...«

Die Rechtsmedizinerin bog um einen kahlen Weidenbusch und kam auf sie zu. Im Schlepptau hatte sie Maike Schnur und Jo Kleinschmidt.

»Puh! Drei Leichen an einem Tag!«, stöhnte sie. »Echt heftig. So was hab ich in meiner dreißigjährigen Forensikerkarriere nur damals in Eschede erlebt.«

»Noch ist nicht aller Tage Abend ...«, kommentierte Kleinschmidt sarkastisch. »Da könnte ...« Er verschluckte den Rest des Satzes. Die angespannten Gesichter der Kollegen ließen keinen Zweifel daran, dass bissige Frotzeleien im Moment nicht willkommen waren.

Mendelski kannte seine Pappenheimer und ihre Art, mit solchen Erlebnissen umzugehen. Daher ignorierte er Kleinschmidts Einwurf mit finsterer Miene. »Drei Leichen, die uns besonders wehtun«, sagte er rau. »Denn damit hatten wir – weiß Gott – überhaupt nicht gerechnet. – Bitte ...« Er wandte sich an die Gerichtsmedizinerin.

Frau Dr. Grote räusperte sich, bevor sie loslegte: »Yannik Schütz ist acht bis zehn Stunden länger tot als die beiden aus dem Erdölmuseum. Ungefährer Todeszeitpunkt also gestern Mittag. Sonntagmittag.«

»Das kommt hin«, bemerkte Maike Schnur. »Die Nachbarin hat ihn am Vormittag gegen zehn noch gesehen.«

»Dazu passt dann auch die Zahl.« Jo Kleinschmidt gab sich einige Mühe, seinen Fauxpas von eben auszubügeln. »Hier gestern Mittag die Sechs, Stunden später in Wietze die Fünf und Vier. Da zählt einer kaltblütig –«

»Bitte!«, unterbrach ihn Mendelski. »Ich würde gern erst mal hören, was die Gerichtsmedizin über den Toten zu sagen hat.«

»Wenn ich mich nicht sehr irre, ist Yannik Schütz ertrunken«, fuhr Frau Dr. Grote mit ihrem Bericht fort. »Dem Dunsungsgrad und der Blässe der Haut nach zu urteilen, hat er die ganze Zeit, also circa dreißig Stunden, kopfüber in dem Wasserloch gelegen.«

»Todesursache ist also Ertrinken«, wiederholte Mendelski. Er runzelte die Stirn. »Aber … man ertrinkt doch nicht so ohne Weiteres in einer Pfütze, in einem knöcheltiefen Gewässer. Schon gar nicht so ein junger, durchtrainierter Mann.«

»Das muss ich wohl etwas näher erläutern.« Die Rechtsmedizinerin holte tief Luft. »Der irreführende Begriff Ertrinken geht auf den griechisch-römischen Arzt Galen zurück, der seinerzeit annahm, dass der Ertrinkende so viel Wasser schluckt, dass durch die Überfüllung des Magen-Darm-Kanals der Tod eintritt. Tatsächlich handelt es sich beim Ertrinkungstod aber um einen Erstickungsvorgang, bei dem die Ertrinkungsflüssigkeit das Einatmen verhindert.«

»Okay. Also ein Begriff, der in die falsche Richtung –«

»Moment.« Frau Dr. Grote hatte den Zeigefinger erhoben. »Ich bin noch nicht fertig. Das Ertrinken in einer Pfütze, wie Sie sagen, setzt auslösende Faktoren voraus, die letztlich zu einer Bewusstlosigkeit führen. Dadurch können – wie in diesem Fall auch – Mund und Nase unter die Wasseroberfläche geraten, sodass der Ertrinkungsvorgang einsetzt.«

»Auslösende Faktoren …?«

»Ja. Zum einen gibt es natürliche Faktoren als Auslöser. Eine schwere Krankheit zum Beispiel. Herzrhythmusstörungen, Epilepsie, ein Asthmaanfall, Zuckerschock oder dergleichen.«

»Was die Obduktion zutage bringen wird.«

»Sicher.«

»Zum anderen …?«

»Nicht natürliche Faktoren, welche die Bewusstlosigkeit und das Ertrinken auslösen.«

»Das wären?«

»Alkohol, Drogen, Medikamente, Kohlenmonoxid, Elektrizität oder Gewalteinwirkung jeglicher Art.«

»Und haben Sie irgendwas in der Richtung gefunden?«

Frau Dr. Grote nickte fast unmerklich. »Kommen Sie.« Sie hatte sich bereits zum Gehen gewandt. »Ich zeig's Ihnen.«

Wenig später standen sie an der Leiche von Yannik Schütz,

die zum Abtransport bereit auf einer Trage lag. Der schwarze Leichensack war noch nicht verschlossen.

»Schauen Sie hier.« Die Ärztin deutete auf den rechten Oberarm des Toten. Auf eine Stelle, an der das schwarze Kunststoffmaterial der Regenjacke eine Unregelmäßigkeit aufwies.

»Was ist das?«, fragte Mendelski. Er beugte sich noch tiefer hinab, um besser sehen zu können.

»Verschmortes Gewebe«, antwortete Frau Dr. Grote. »Und dann hier.«

Sie zog den Reißverschluss der Regenjacke ein Stück herunter und tippte mit dem Zeigefinger auf den oberen Rand des Sweatshirts, im Bereich des Schlüsselbeins.

»Ebenfalls verschmortes Gewebe«, murmelte der Kommissar.

Die Rechtsmedizinerin schob den Pullover einige Zentimeter nach unten, sodass nackte Haut zum Vorschein kam. Unterhalb des Schlüsselbeins wurde ein violettschwarzer Fleck sichtbar. Ein kreisrunder Fleck von ungefähr drei Zentimetern Durchmesser.

»Brandverletzungen«, rief Mendelski. »Sieht aus wie eine Strommarke.«

»Genau. Daran habe ich auch gedacht«, pflichtete ihm Frau Dr. Grote bei. »Und davon gibt es noch weitere. Zwei an den Oberarmen. Zwei weitere am Rücken. Und eine im Nacken.«

»Etwa von einem Elektroschocker?« Jo Kleinschmidt drängte sich nach vorn.

»Ja. Könnte gut sein.« Die Ärztin trat einen Schritt zurück, nahm ihre Brille ab, um die Regentropfen abzuwischen. »Ich tippe auf ein Hand- oder Stabgerät.«

»Elektroschocker können die Zielperson durchaus bis zu einer Minute lang lähmen und dadurch kampf- und bewegungsunfähig machen«, erklärte Kleinschmidt. »Außerdem kann es als Sekundärwirkung zur Hyperventilation kommen, durch den extremen Schmerz und den dadurch verursachten außergewöhnlichen Stress. Im Wasser liegend wäre das fatal. Wie lange dauert es, bis so jemand ertrunken ist?«

»Drei bis fünf Minuten.«

»Und wenn man den Taser mehrmals, also immer wieder neu einsetzt?«

»Dann paralysiert das die Muskulatur der betroffenen Person für mehrere Minuten. Wenn man das im Genick macht, kann das schnell zur Bewusstlosigkeit führen …«

»… und dann kann man die Person ohne große Kraftanstrengung ins Wasser drücken, bis sie sich nicht mehr rührt.«

In der Runde kehrte beklommene Stille ein. Lediglich der Generator brummte im Hintergrund.

»Die Obduktion wird zeigen, ob es so passiert ist«, brach Frau Dr. Grote das Schweigen. »Ich muss jetzt los. Morgen erwartet mich ein langer Tag … und jede Menge Arbeit.«

»Uns auch«, schloss sich Mendelski an. »Ich mag gar nicht an Morgen denken …«

Eine halbe Stunde später gingen im Wasserwildschutzgebiet Entenfang Boye die Lichter aus. Die menschlichen Eindringlinge zogen sich zurück. Der Regen hörte mit einem Schlag auf.

Trügerische Ruhe legte sich über das malerische Teichgebiet.

FÜNFZEHN

Klarer Himmel und Sonnenschein begrüßten den Dienstagmorgen in Celles Innenstadt. Nach etlichen trüben Novembertagen mit Dunst, Nebel, Dauer- und Nieselregen trauten sich viele endlich mal wieder hinaus auf die Straße.

Da der Wetterbericht ab Mittag bereits wieder eine Verschlechterung angekündigt hatte, beschloss Marianne Lüdeke, die Gunst der Stunde zu nutzen, um gleich nach dem Frühstück eine Runde zu Fuß zu drehen. Sie wollte bis zum Schlosspark und zurück laufen. Über die Trift hin, über die Bahnhofstraße retour. Für den Rückweg hatte sie Stopps bei der Sparkasse Celle, einem Kiosk und einer Apotheke eingeplant.

Auf dem Weg durchs Haus wunderte sie sich über eine bemerkenswerte Betriebsamkeit in den Fluren. Doch niemand schien – wie sie – hinaus an die frische Luft zu wollen. Keiner hatte sich zum Ausgehen umgezogen. Denn nicht in den hauseigenen Garten oder in die Stadt strebten ihre Mitbewohner, sondern in den Speisesaal.

Sie wusste, dass um diese Zeit gewöhnlich die Zeitungsrunde stattfand, jedoch hatte es so einen Andrang dort schon lange nicht mehr gegeben. Neugierig legte Marianne Lüdeke am Speisesaal einen außerplanmäßigen Halt ein. Sollte sie eine eventuelle Programmänderung nicht mitbekommen haben?

»Was gibt's hier denn Schönes?«, fragte sie eine Seniorin aus dem gleichen Flur, die gerade an ihr vorbeidrängte.

»Die Zeitungsrunde«, kam die knappe Antwort. »Ich muss mich beeilen, sonst krieg ich keinen Platz mehr.«

»Gibt's denn was Besonderes?«, rief sie ihr noch hinterher. Doch die Antwort blieb aus.

»Liebe Frau Lüdeke, sehen Sie keine Nachrichten?«, hörte sie plötzlich eine männliche Stimme hinter sich. Sie drehte sich um.

»Ach, Sie sind's, Herr Schulte. Seit wann interessieren Sie sich denn für die Zeitungsrunde?«

»Seitdem Celle in aller Munde ist«, erwiderte der Senior mit dem Glasauge und dem grauen Pullunder. »Gestern hat man im Landkreis drei weitere Leichen gefunden. Drei junge Leute, die sehr wahrscheinlich alle mit dem Neunwürger-Fall zu tun haben.«

Marianne Lüdeke legte schockiert die Hand ans Kinn. »Das ist ja entsetzlich.«

»Sehen Sie, der Fall ist jetzt bundesweit in den Schlagzeilen. Und bei der Celleschen Zeitung vorn auf der ersten Seite. Da will natürlich jeder wissen, was los ist.«

»Darf ich bitte mal durch?« Der schlohweiße Vollbartträger mit Nickelbrille wollte forsch an ihnen vorbei. Unterm Arm trug er nicht nur die CZ, sondern auch noch andere Tageszeitungen.

Marianne Lüdeke machte einen Schritt zurück in den Flur, um den Vorleser durchzulassen.

»Ach, das muss ich mir nicht anhören«, sagte sie kleinlaut und wandte sich zum Gehen. »Diese Gräuelgeschichten bringen mich nur um den Mittagsschlaf. Da geh ich lieber spazieren.«

»Ich kann Ihnen ja später davon berichten«, rief ihr der Glasaugenmann nach. Doch das bekam sie nicht mehr mit, sie war bereits außer Hörweite.

Im Flur kam ihr Adnana entgegen, die einen Rollstuhl vor sich herschob. Rolf Kitzmann saß wie immer in sich zusammengesunken, den Kopf schief und nach unten gerichtet. Die hellblonden Haarsträhnen hingen ihm tief in die Stirn und verdeckten seine Augen.

Marianne Lüdeke blieb stehen und machte den beiden Platz.

»Guten Morgen, ihr zwei«, sagte sie freundlich.

Adnana stoppte den Rollstuhl. Marianne Lüdeke beugte sich zu Rolf Kitzmann hinab und richtete ein paar Worte an ihn.

»Ich wünsche Ihnen eine unterhaltsame Vorlesestunde. Wie ich gehört habe, gibt es Spannendes zu berichten.«

»Eher Grausames«, erklärte Adnana. Sie zeigte ein besorgtes Gesicht. »Ich weiß auch nicht, was da draußen in der Welt los ist.«

Marianne Lüdeke stutzte. Sie bildete sich ein, Rolf Kitzmann habe leicht mit dem Kopf geschüttelt. Doch angesichts seines Zustandes vermutete sie, dass er zu so einer Regung eigentlich gar nicht fähig war. Neugierig beugte sie sich tiefer hinab, um in seine Augen sehen zu können.

Überrascht stützte sie sich am Rollstuhl ab. Noch nie hatte sie bei Rolf Kitzmann einen derartigen Gesichtsausdruck gesehen.

Auch wenn er seine Gesichtsmuskulatur nicht mehr steuern konnte, vermochte er doch, seinen Gemütszustand auszudrücken. Da war sie sich sicher. Denn die Augen verrieten, wie er sich fühlte. Und die wirkten heute erschreckend leidend, unsagbar traurig.

***

»Bevor Robert und ich den hungrigen Medienlöwen zum Fraß vorgeworfen werden, möchte ich mit Ihnen noch ein paar Dinge durchsprechen.«

Steigenberger stand am Fenster des Versammlungsraums. Mit ernster Miene schaute er vom sechsten Stock aus in die Tiefe, hinunter auf den Parkplatz, wo sich dicht an dicht Übertragungswagen verschiedener Fernsehsender und Radiostationen drängten. Die Parabolspiegel auf den Dächern der Fahrzeuge waren bereits ausgerichtet.

»Die Meute wartet schon.« Sein Blick fiel auf die Uhr an der Wand. Es war kurz vor zehn. »Uns bleibt noch eine Stunde. Aber wer weiß, vielleicht geschieht in den nächsten sechzig Minuten ja noch ein Wunder.«

Er schaute in fünf erschöpfte Gesichter. Robert Mendelski und seine Kollegen waren erst weit nach Mitternacht ins Bett gekommen. Doch man sah ihnen nicht nur ihre Müdigkeit, sondern auch ihre Ratlosigkeit an – und ihre Frustration.

»Es ist, wie es ist«, erwiderte Mendelski trocken. »An Wunder glaub ich nicht.«

Steigenberger zog die Augenbrauen hoch und schnaufte wortlos.

»Wir können uns weder Täter noch Motiv aus den Rippen schneiden«, setzte Mendelski nach. »Das Einzige, was uns bleibt, ist, akribisch in der Vergangenheit der sechs Opfer zu forschen. Es muss irgendeinen Zusammenhang zwischen ihnen geben, einen Berührungspunkt, den wir bisher nicht gefunden haben. Aber das braucht Zeit. Zeit und Präzision.«

»Hoffentlich lässt uns der Täter die Zeit dazu, bevor er das nächste Opfer präsentiert.« Steigenberger zählte auf: »Dienstag Harald Urban, Donnerstag Heike Barth, Samstag Dirk Schwabe und vorgestern, am Sonntag, dann die drei jungen Leute auf einen Schlag. Sechs Tote in sechs Tagen! Unglaublich! So eine Serie hat es meines Wissens in Deutschlands Kriminalgeschichte noch nicht gegeben.«

»Die Einschläge werden dichter und häufen sich.« Heiko Strunz strich sich mit der Hand durch seinen Ziegenbart. »Wir kommen kaum nach, die vielen Spuren auszuwerten.«

»Deswegen bleibt uns nur, von der routinemäßigen Vorgehensweise abzuweichen und Prioritäten zu setzen«, erklärte Steigenberger. »Dazu Vorschläge Ihrerseits?«

»Ich glaube, die Zahlen sind der Knackpunkt.« Maike blickte aus müden Augen nachdenklich drein. »Wenn wir erst wissen, was die zu bedeuten haben, kennen wir auch das Motiv.«

»Das sehe ich auch so«, pflichtete ihr Ellen Vogelsang bei. »Mit den Zahlen will jemand eine Botschaft übermitteln.« Maike raffte sich auf. »Sonst würde er dieses absurde, hochriskante Spiel nicht spielen.«

»Eine Botschaft für wen?«, fragte Jo Kleinschmidt. »Eine Botschaft für uns? Für das nächste Opfer, oder wie …?«

»Fangen wir mit der Neun an«, wich Maike der Frage aus. »Warum die Neun? Wie wir später herausbekommen haben, zählte die Celler Jagdscheinprüfungskommission neun Mitglieder. Nach den folgenden Todesfällen von Heike Barth und Dirk Schwabe, der Acht und der Sieben, waren wir uns sicher, dass wir auf der richtigen Spur sind. Es war doch ganz klar: Da hatte es jemand auf die Prüfer des grünen Abiturs abgesehen.«

»Die Sieben fiel aber ein wenig aus der Rolle.«

»Geschenkt.« Maike winkte genervt ab. »Der Zahlenschmierfink hatte jedenfalls sein Ziel erreicht. Ein Etappenziel, wie wir jetzt im Nachhinein wissen. Zwei Etappenziele, genau genommen. Erstens: Angst, also Todesangst, für die übrig gebliebenen sechs Prüfer, Buchholz und Co. Die hatten die Hosen voll und verkrochen sich in ihren Häusern.«

»Und zweitens?«

»Zweitens ging es darum, unsere Reaktion, unsere Schlussfolgerungen durcheinanderzuwirbeln. Wir hatten uns zwangsläufig vor allem auf zwei Spuren konzentriert. Die von Dirk Schwabe – trotz der Zweifel daran, dass der mutmaßliche Selbstmord ein Schuldeingeständnis war. Und die der drei militanten Tierschützer und Jagdgegner, mit denen Harald Urban schon einmal unschönen Kontakt gehabt hatte. Letztere erschien uns vielversprechend.«

»Pustekuchen! Dann kam der GAU am Sonntag ...« Jo Kleinschmidt machte aus seiner Ratlosigkeit keinen Hehl.

»Genau. Just als wir uns auf die drei jungen Leute als Täter eingeschossen hatten, wurden sie uns vor die Füße gelegt. Tot, mit den Nummern vier, fünf und sechs. Nein, ich korrigiere mich: mit sechs, fünf und vier. Denn die Reihenfolge scheint mir wichtig.«

»Warum?«, wollte Ellen wissen.

»Das ist wieder eine Botschaft vom Täter. Der ist noch nicht fertig. Da kommt noch was. Und zwar die Ziffern Drei, Zwei –«

»Frau Schnur, bitte!«, unterbrach Steigenberger sie. »Malen Sie doch den Teufel nicht an die Wand.«

»Nein, nein, sie hat völlig recht«, lobte Mendelski seine Kollegin. »Teufel hin, Teufel her: Besser hätte ich das auch nicht zusammenfassen können.«

»Zurück zum Hier und Jetzt«, verlangte der Kriminaldirektor. »Wir müssen da gleich raus und den Reportern was erzählen.«

»Okay.« Mendelski lächelte sparsam. »Zurück zur Routine.«

»Sind inzwischen alle Angehörigen informiert?«, fragte Steigenberger.

»Ja«, meldete sich Ellen Vogelsang. »Die Eltern von Yannik Schütz sind auf der Rückreise von Gran Canaria. Sie werden gegen Mittag in Frankfurt landen und kommen dann mit dem Zug. Unsere Leute nehmen sie am Bahnhof in Empfang. Der Vater von Matthias Roth – seine Mutter lebt nicht mehr – wohnt in Berlin und trifft ebenfalls heute in Celle ein. Charlotte Krügers Eltern sind bereits gestern Nacht hier gewesen. Sie wohnen nur eine gute Autostunde entfernt, in Barsinghausen.«

»Haben sie ihre Tochter schon identifiziert?«

Ellen Vogelsang nickte.

»Anschließend sollten wir unverzüglich die Befragungen der Angehörigen durchführen«, ordnete Steigenberger an.

»Das haben wir vor«, antwortete Mendelski.

»Knöpft euch danach die drei Wohnungen der Opfer vor. Nehmt sie auseinander, dreht jeden Stein, jedes Brett, jede Tapete um. Bringt die PCs, Notebooks, Handys et cetera her, damit wir alles bis ins Kleinste analysieren können.«

»Wer soll das alles schaffen? Dafür brauchen wir Verstärkung«, wandte Heiko Strunz ein.

»Kriegt ihr. Die anderen Kommissariate stellen Leute für diesen Fall ab. So viel wie nötig. Hannover wird sich um Charlotte Krügers Wohnung und ihr Umfeld kümmern. Wenn Amtshilfe vom LKA notwendig ist, sagt Bescheid, darum kümmere ich mich.« Steigenberger war aufgestanden. »Irgendwo – verdammt noch mal – muss es doch einen Hinweis auf diesen Serienmörder und sein Motiv geben. Niemand bringt sechs Leute um, ohne die leiseste Spur zu hinterlassen.« Kämpferisch schaute er in die Runde. »Wir lassen uns nicht kleinkriegen. Auf gar keinen Fall! Wir kriegen den! So, und jetzt an die Arbeit!«

***

Eigentlich war das Wetter viel zu schön, um sich am helllichten Tag einfach ins Bett zu legen. Außerdem sollte man Tage wie diesen im November unbedingt nutzen. Wer wusste schon, wie schrecklich lang, grau und eklig kalt der bevorstehende Winter werden würde.

Doch Florian Goldenstahl war fix und fertig. Ihm steckte

nicht nur die Nachtschicht, sondern obendrein der anstrengende Wochenenddienst in den Knochen. Als Intensivpfleger in der Chirurgie des KRH Klinikums Großburgwedel zu arbeiten war ein harter Job. Den Schlaf hätte er bitter nötig – und verdient.

Trotzdem raffte er sich schweren Herzens auf. Schließlich hatte er am nächsten Tag, dem Mittwoch, frei. Da konnte er ausschlafen. Heute Mittag, nach seiner Fahrradtour, würde er sich ein heißes Bad gönnen, danach zwei seiner geliebten Thunfisch-Fertigpizzen und einen Liter Alsterwasser verdrücken, um anschließend selig ins Bett zu sinken.

Den Luxus einer Badewanne hatte er in seiner alten Wohngemeinschaft nicht gehabt. Seine letzte Bleibe in der Celler Innenstadt war sowieso unter aller Sau gewesen. Arschkalter, schimmeliger Altbau über einer stinkenden Pommesbude. Hier in Großburgwedel, in seiner komfortablen Zwei-Zimmer-Wohnung, gab es neben anderen Annehmlichkeiten wie dem Balkon und dem eigenen Kellerraum tatsächlich noch eine Badewanne. Und diese Wanne war so groß, dass er sich mit seinen mehr als zweieinhalb Zentnern Lebendgewicht darin einigermaßen mit Wasser benetzen konnte. Dafür fehlte eine Duschkabine. Dieses Manko nahm Florian Goldenstahl jedoch gern in Kauf, er konnte ja in der Wanne duschen.

Während er anfing sich umzuziehen, fuhr er seinen Rechner hoch. Bevor er auf Tour ging, wollte er sich im Burgwedeler Geocache- und Lost-Places-Forum anmelden. Als Neubürger – Florian Goldenstahl wohnte und arbeitete erst seit acht Wochen in Großburgwedel – hatte er großes Interesse daran, sowohl neue Leute als auch die Gegend kennenzulernen. Das Forum half ihm dabei. Auf diesem Weg hatte er schon nette Bekanntschaften mit örtlichen Geocachern gemacht.

Um sich ein Ziel für die heutige Fahrradtour auszugucken, öffnete er zunächst die Seite vom Lost-Places-Atlas. Er fuhr die Satelliten-Europakarte auf eine regionale Luftbildaufnahme in einem Maßstab herunter, mit dem man vernünftig arbeiten konnte. Die spitzen gelben Dreiecke mit den schwarzen Buchstaben LP waren leicht zu finden.

Jetzt wollte Florian Goldenstahl herausfinden, welchen Lost Place im Burgwedeler Raum er noch nicht besucht hatte.

Die ehemalige Waldgaststätte Tanneneck bei Fuhrberg kannte er schon. Dort war er als Erstes gewesen, der Platz hatte ihn aber nicht sonderlich begeistert. Außerhalb der Ortschaft und direkt an der L 310 gelegen, handelte es sich um einen verlassenen und verwahrlosten Gebäudekomplex, dem jeglicher morbider Charme fehlte. Das leer stehende Gemäuer war einfach nur langweilig. Er hatte gerade mal ein einziges Foto geschossen.

Sein zweites Ausflugsziel, das Jagdhaus bei Wettmar, hatte ihm schon besser gefallen. Das in grüner Tarnfarbe gestrichene Bauwerk – komplett aus Eisen – stand auf fünf Meter hohen Stelzen im Wald. Ein inzwischen zugeschütteter Swimmingpool und ein garagenähnlicher Schuppen gehörten ebenfalls zum Ensemble. Versteckt im dichten Kiefernwald fernab des Dorfes zeugte das Jagdhaus von besseren Zeiten: Ein betuchter, weltbekannter Keksfabrikant aus Hannover, dem das Jagdrevier seinerzeit gehörte, hatte es in den vierziger Jahren errichten lassen.

Florian Goldenstahl klickte also auf das nächste Lost-Place-Dreieck.

Beim ehemaligen Munitionsdepot der Bundeswehr – offiziell »Nato Korpsdepot Oldhorst« – war er ebenfalls schon gewesen. Allerdings hatte er es nur von außen gesehen. Denn das achtzehn Hektar große Areal war von einem zwei Meter hohen Maschendrahtzaun und Stacheldraht umgeben. Ein Schild am Eingang wies auf einen Wachdienst hin. Die im Wald versteckten sechsundfünfzig Bunker kannte er daher lediglich von Fotos, die im Netz zuhauf zu finden waren.

Er scrollte auf der Karte ein paar Kilometer weiter in Richtung Süden, bis er zum nächsten LP-Punkt kam, dem Freizeitpark Kirchhorst. Die in den dreißiger Jahren gegründete und 1985 stillgelegte Vergnügungsanlage kannte er auch schon. Die war aber nicht so interessant, denn inzwischen fand man kaum noch etwas von den ehemaligen Spielgeräten. Ein paar Ruinen, marode Fundamente und jede Menge Schrott – das waren die einzigen Zeugen einer anderen Zeit. Kaum wert, Fotos davon zu machen.

Weiter in den Süden zog es Florian Goldenstahl nicht. Schließlich musste sein Ziel per Fahrrad erreichbar sein. Mit der Maus bewegte er die Karte wieder Richtung Norden, an Neuwarmbüchen und Großburgwedel vorbei zur Autobahn, der A 7, bis zu dem See, wo die A 352 auf die A 7 traf. Südlich des Gewässers, ganz in der Nähe des Landschulheims Heideheim, stieß er auf den nächsten Ort: Haus Eichengrund in Kleinburgwedel-Wietze. Das klang spannend. Und dort war er noch nicht gewesen.

Florian Goldenstahl hatte sein Ziel für den heutigen Trip gefunden.

∗∗∗

Robert Mendelski saß allein in seinem Büro. Er genoss die Ruhe vor dem Sturm.

Es war wenige Minuten vor elf Uhr. Bald würde er sich auf den Weg in den sechsten Stock machen, zur Pressekonferenz. Doch zuvor klingelte das Telefon auf seinem Schreibtisch.

»Schön, dass ich Sie noch vor der Pressekonferenz erwische«, sagte Frau Dr. Grote. »Ich habe interessante Neuigkeiten.«

»Schießen Sie los.«

»Erst einmal zu Yannik Schütz. Er ist tatsächlich ertrunken, so wie ich angenommen hatte. Dann: Wie bereits gestern am Tatort festgestellt, wurde das Opfer mit einem Elektroschocker traktiert. Am Oberkörper und den Armen habe ich insgesamt sechs Strommarken identifiziert. Hinzu kommt ein Hämatom im Nackenbereich. Schütz ist wahrscheinlich unter Wasser gedrückt worden, nachdem ihn die Stromstöße nahezu bewegungsunfähig gemacht hatten. Wahrscheinlich war er dadurch sogar bewusstlos, was die Tat vereinfachte.«

»Würgemale einer Hand?«

»Nein, eher Druckstellen. Wie von einem Knie oder Fuß.«

»Sonst keine Auffälligkeiten?«

»Reicht Ihnen das nicht?«

»Doch, doch«, beschwichtigte Mendelski. »Todeszeitpunkt?«

»Wie gehabt. Sonntagmittag.«

»Okay ...« Mendelski schaute auf seine Armbanduhr. Es war drei Minuten vor elf. »Sonst noch was?«

»Nicht zu Yannik Schütz.« Dr. Grote machte eine Kunstpause. »Aber zu den beiden anderen.«

»Bitte in Kurzform. Ich werde erwartet.«

»Matthias Roth und Charlotte Krüger sind – wie schon vermutet – jeweils durch Stürze vom fünfzig Meter hohen Turm im Erdölmuseum ums Leben gekommen. Fraglich blieb aber bislang, ob sie durch eigene Unachtsamkeit verunfallten, freiwillig gesprungen sind oder ob ein Dritter nachgeholfen hat.«

»Und?« Mendelski hörte, wie Dr. Grote kurz die Luft anhielt und dann kräftig nieste.

»Gesundheit. Bitte weiter.«

Sie schnäuzte in ein Taschentuch – für Mendelski gefühlt eine Ewigkeit – und fuhr fort: »Beide Leichen – Matthias Roth wie Charlotte Krüger – weisen ebenfalls Strommarken auf.«

»Nein!«

»Doch. Bei dem nicht gerade appetitlichen Gesamtbild der zerschmetterten Körper war das erst auf den zweiten Blick zu sehen. Strommarken an den Armen, am Oberkörper, an Oberschenkeln. Jeder hatte mindestens drei Stück.«

»Wieder der Elektroschocker.« Mendelski schluckte. »Wie bei Yannik Schütz.«

»So scheint es.«

»Und es sind wirklich frische Spuren?«

»Na, vom Vortag natürlich.« Dr. Grote reagierte ungehalten. »Meiner Einschätzung nach sind die beiden oben auf dem Turm mit dem Elektroschocker attackiert worden. Das kann in fünfzig Meter Höhe fatale Folgen haben. Man ist für Minuten paralysiert, es ist für den Täter ein Leichtes, auf sein Opfer einzuwirken. Dann reicht bereits ein kleiner Schubser ... ein Bein stellen, übers Geländer drängen ... und schon ...«

»Verstehe«, unterbrach er sie mit heiserer Stimme. »Den ausführlichen Bericht …«

»… bekommen Sie natürlich schriftlich.«

»Okay. Danke. Muss jetzt los … Wiederhören.«

Nachdem Mendelski den Telefonhörer aufgelegt hatte, verharrte er einen Moment regungslos tief in Gedanken.

»Elektroschocker …«, murmelte er im Hinausgehen. »Schon wieder … Das macht es eindeutig!«

Als er den Flur entlangeilte, stand sein Entschluss fest. Davon würde er auf der Pressekonferenz nichts verraten.

✳✳✳

Florian Goldenstahl rief die Seite eines regionalen Lost-Places-Forums auf und tippte eine Nachricht ein: *Steuere »Haus Eichengrund« an. Komme aus dem Osten über die Würmseestraße. Jemand mit von der Partie?*

Während er den Rechner laufen ließ, zog er sich weiter um. Funktionsunterwäsche in der Größe XXXL, eine schwarze, enge Radler-Kombi, die seiner übergewichtigen Figur nicht gerade schmeichelte, dazu Trekkingschuhe so groß wie Elbkähne. Danach suchte er seine Ausrüstung zusammen und stopfte sie in seinen Fahrradrucksack: GPS-Gerät, dazu Stabtaschenlampe, Schweizer Offiziersmesser, Trinkflasche, Schreibblock, Kugelschreiber und Smartphone.

Als er zehn Minuten später auf den Monitor schaute, stand da doch tatsächlich eine Antwort: *Gute Idee bei dem Wetter. Komme von Westen. Treffen uns dort. Wann ungefähr?*

Anonym. Der Absender nutzte das Kürzel LP-ELFE.

Florian Goldenstahl tippte: *Habe sieben Kilometer zu radeln. Brauche ungefähr eine halbe Stunde.*

Die Antwort kam prompt: *Perfekt. Muss mich dann aber beeilen. Bis gleich.*

Bis gleich.

✳✳✳

Maike Schnur ersparte sich die Pressekonferenz.

Sie überließ es ihren beiden Chefs, mit der Medienmeute zu rangeln. Es gab Besseres und vor allem Wichtigeres zu tun. Robert Mendelski war daher auch nicht traurig gewesen, als sie sich abgemeldet hatte.

Kurz nach elf hatte sie von ihm noch eine Textnachricht aufs Handy bekommen – die musste er bereits aus dem Versammlungsraum geschickt haben. Er hatte ihr auf die Schnelle die Neuigkeiten von Frau Dr. Grote berichtet.

»Sag's den anderen«, endete seine Textbotschaft.

Sie fand Ellen Vogelsang und Jo Kleinschmidt bei Heiko Strunz in dessen Büro.

»Es gibt Neuigkeiten.«

Gespannt lauschten die Kollegen Maikes Ausführungen.

»Wieder eine Elektroschocker-Attacke? Bei beiden?« Kleinschmidt schüttelte ungläubig den Kopf. »Oben auf der Turmspitze? In fünfzig Metern Höhe? Das ist heftig!«

»Auch ohne so eine Attacke wäre mir da oben schon schwindelig«, warf Ellen Vogelsang ein.

»Von dem … Verursacher will ich mal sagen … bisher keine Spur.« Heiko Strunz hielt einen Aktendeckel hoch. »Was wir da oben gefunden haben, ist durchweg den beiden Opfern, Matthias Roth und Charlotte Krüger, zuzuordnen.«

Da die drei Stühle im Raum besetzt waren, lehnte sich Maike kurzerhand an die Schreibtischkante. »Trotzdem waren die zu dritt da oben auf dem Turm«, sagte sie. »Nachts, im Dunkeln. Vielleicht sogar zusammen, zunächst in Eintracht. Dann löste irgendetwas einen Streit aus, der eskalierte, es kam zu dem Elektroschocker-Einsatz und sie –«

»Oder …«, fiel ihr Jo Kleinschmidt ins Wort. »Oder der große Unbekannte kletterte den beiden heimlich nach und griff sie dort oben unvermittelt an.«

»Ja, auch das ist denkbar. In beiden Fällen hat der Täter anschließend den beiden Opfern die Zahlen verpasst.«

»Und Yannik Schütz?«

»Ertrunken, nachdem er vorher per Elektroschocker außer Gefecht gesetzt worden war. Neu für uns ist die Druckstelle im Nacken. Anscheinend wollte jemand auf Nummer sicher gehen, dass der mit dem Gesicht im Wasser liegen bleibt.«

»Und danach wieder die Zahl«, ergänzte Ellen.

»Ja, immer diese Scheißzahlen!«, brach es aus Maike heraus.

»Aber ein Gutes hat die Attacke mit dem Elektroschocker ...« Jo Kleinschmidt schien laut zu denken.

»Sorry, daran kann ich nun wirklich nichts Gutes finden«, antwortete Maike ungewohnt emotional.

»Stimmt. Trotzdem hat es was Gutes – für uns: Die Strommarken belegen eindeutig, dass es Mord oder Totschlag war. Das Rätselraten um Unfall oder Missgeschick mit tödlichem Ausgang ist vorbei.«

Es klopfte an der Tür. Eine Kollegin steckte den Kopf herein. »Der Vater von Matthias Roth ist da. Kann sich einer von euch um ihn kümmern?«

***

Neben dem Interesse an Lost Places und dem Geocachen hatte Florian Goldenstahl ein weiteres Steckenpferd. Trotz seiner für den Radsport untauglichen Figur – weil zu groß und zu schwer – war er ein passionierter Mountainbiker.

Was die Südheide an Bergen zu bieten hatte, hielt sich in Grenzen. Der Wietzer Ölberg, der Brelinger Berg, der Monte Kali in Wathlingen – das war's auch schon in näherer Umgebung. Wenn er mit seinem Rad Downhill fahren wollte, musste er in den Deister oder zu einem anderen Mittelgebirge südlich von Hannover reisen. Oder gar in den Harz. Doch auch die Heide bot dem Mountainbiker einige Reize. In naturnaher Landschaft gab es unzählige anspruchsvolle Trails. Sie verliefen durch tiefen Wald oder weitläufige Heideflächen, durch Moore und Kieskuhlen. Über Flussdünen, Hügelgräber oder alte Bahndämme, durch tiefen Sand und ausgetrocknete Gräben, über Stock und Stein.

Voller Vorfreude und Neugier stieg Florian Goldenstahl auf sein Fahrrad und radelte los. Das Wetter war göttlich. Die November-Nachmittagssonne stand zwar tief, doch ihre Strahlen bewiesen noch enorme Kraft.

Kurz darauf fuhr er unter der Bahnlinie hindurch, kreuzte die Nordumgehung von Großburgwedel und nahm den Eingang zum Zweiten Mühlenbruchdamm.

Noch rollten seine Stollenreifen über glatten Asphalt. Er trat munter in die Pedale, denn er wollte seine Verabredung, sein Blind Date im Wald, nicht unnötig warten lassen.

Florian Goldenstahl war gespannt, wen er da treffen würde. LP-ELFE, das klang geheimnisvoll. Nach Märchen und Sagen. Oder war ELFE nur eine profane Abkürzung, Teil eines Namens, so wie bei seinem eigenen, nicht besonders einfallsreichen Kürzel FloGo? Hinter ELFE könnte sich auch ein weiblicher Name verbergen. Vielleicht eine hübsche Elfe, etwas jünger, so Mitte zwanzig, nicht ganz so korpulent wie er, unbedingt blond, blauäugig … Seine Phantasie ging mit ihm durch.

Sein Weg führte parallel zur Hengstbeeke bis zum Großburgwedeler Klärwerk. Dort endete der Bitumenbelag, der Wirtschaftsweg ging in einen Erdweg über. Das Mountainbike mit seiner Geländebereifung spielte erst hier seine Vorteile aus.

Florian Goldenstahl überholte eine Joggerin mit einem großen, frei herumlaufenden Hund. In Aussehen, Figur und Alter entsprach die Frau in etwa seinem Beuteschema. Als der Radler vorbeiraste, kläffte der Labrador kurz – vermutlich mehr erschreckt als verteidigungsbereit.

Vielleicht war das da ja meine ELFE, kam es ihm plötzlich in den Sinn. Neugierig und unvermittelt drehte er sich nach ihr um, was sein Rad ins Schlingern brachte. Die Joggerin war stehen geblieben, um mit ihrem Hund Stöckchen-Werfen zu spielen.

Aber nein! Da war wohl mehr der Wunsch der Vater des Gedankens. Denn was hatte ELFE geschrieben? »Komme von Westen.« Also nicht aus Burgwedel, das wäre Osten gewesen, sondern aus der direkt an den LP-Punkt angrenzenden Wedemark.

Seine Gedanken kreisten weiter um die Frauen, um die unzähligen kurzen Beziehungen, die er durchweg dem Internet zu verdanken hatte und die in aller Regel unglücklich geendet hatten. Er wusste auch nicht, woran es lag. Vielleicht war es die

Kombination von Namen und Aussehen, die sein Glück beim weiblichen Geschlecht trübte. Denn von einer Ähnlichkeit mit seinem Beinahe-Namensvetter Florian Silbereisen konnte – weiß Gott – keine Rede sein.

Die ewigen Anspielungen auf den Fernsehmoderator und Schlagersänger und die diesbezüglichen Hänseleien, die er sich nicht nur auf der Arbeit im Krankenhaus, sondern auch privat anhören musste, waren Fluch und Segen zugleich. Schön, es wurde über ihn und mit ihm gesprochen. Nicht so schön war dagegen, dass es meist um platte Witze auf seine Kosten ging. Insbesondere im Krankenschwesterkollegium …

Schlamm drüber, wie ein Bekannter zu sagen pflegte. Und Schluss mit den Phantastereien. Wahrscheinlich war ELFE ein Kerl von einem Mann, Typ Schwarzenegger, ein Meter neunzig groß, pechschwarze Haare, Vollbart Marke Waldschrat, mit Händen wie Schubkarren …

Auf einer Zickzackroute radelte er Richtung Norden, passierte den Trülldamm und erreichte bald die K 119, die Würmseestraße. Hier hatte er wieder Asphalt unter den Reifen, er kam schnell voran. Die im Forum angekündigte halbe Stunde Fahrzeit würde er nicht brauchen.

Rechts und links der Straße dehnten sich dichte Wälder kilometerweit aus. Hier gab es einen illegalen Trail, der mitten durch den Busch bis zum Staatsforst führte. Den hatten Motocrossfahrer angelegt, die – der Obrigkeit und ihren Verboten trotzend – mit Helmen vermummt, ohne Nummernschilder zwischen den Bäumen herumknatterten und sich auch von heimtückisch ausgelegten Nagelbrettern nicht aufhalten ließen.

Florian Goldenstahl blieb brav auf der Straße, strampelte keuchend die Autobahnbrücke über die A 7 hinauf und ließ sich auf der anderen Seite über holpriges Kopfsteinpflaster hinabrollen.

Jetzt war es nicht mehr weit bis zu seinem Ziel Haus Eichengrund.

***

Die Befragung von Ansgar Roth übernahmen Maike Schnur und Heiko Strunz.

»Wann haben Sie Ihren Sohn das letzte Mal gesehen?«, wollte Maike Schnur wissen, nachdem sie sich vorgestellt und ihr Beileid ausgesprochen hatten.

»Im Sommer, im August«, antwortete er leise. Die imposante Gestalt hockte geknickt auf einem Stuhl ihnen gegenüber. Der braun gebrannte, breitschultrige Mann hatte wallendes, inzwischen ergrautes Haar und markante Gesichtszüge. Man hätte ihn für einen Künstler halten können. »Da war Matthias wegen eines Open-Air-Konzerts in Berlin gewesen, blieb bei mir über Nacht.«

»Haben Sie zwischendurch miteinander telefoniert?«

»Selten. Vielleicht einmal im Monat.«

Maike beugte sich leicht vor. »Erzählen Sie uns von Ihrem Sohn«, sagte sie einfühlsam.

Ansgar Roth stiegen Tränen in die Augen. Er drehte den Kopf zur Seite. »Was … was soll ich über ihn sagen …«, murmelte er kaum hörbar.

»Das, was Sie möchten.«

Mit einem Seufzer raffte sich Ansgar Roth auf. »Wir hatten es nicht leicht miteinander. Als Matthias fünfzehn war, starb seine Mutter. Ich … ich war völlig hilflos. Und Matthias in der Pubertät. Da hat es oft gekracht zwischen uns beiden.«

»Aber richtig entzweit haben Sie sich nie?«

»Nein. Auch wenn Matthias schon mit siebzehn ausgezogen ist, blieb er immer noch in Kontakt mit mir. Als er neunzehn war – damals lebte er in einer Wohngemeinschaft in Hannover – bin ich nach Berlin gegangen. Eine Art Neuanfang für mich. Matthias war zu der Zeit schon recht weit, er machte einen erwachsenen Eindruck und wusste, was er wollte.«

»Hat er Ihnen von seinen Tierschutzaktivitäten erzählt?«

»Klar. Auch wenn er sicher vieles für sich behielt: Davon erzählte er oft.«

»Auch davon, dass er sich dabei häufig jenseits der Legalität bewegte?«

Ansgar Roth zuckte müde mit den Schultern. »Das müssen

Sie als Polizisten wohl so sehen«, antwortete er. »Aber es gibt Schlimmeres, als sich für das Wohl der Tiere einzusetzen.«

»Haben Sie von dem Zwischenfall in Dortmund etwas mitbekommen? Als er mit einem Jäger aus Celle aneinandergeriet und verletzt wurde?«

»Nur am Rande. In der Zeit war gerade – na ja, Sendepause. Er rief an, um sich nach unserer Rechtsschutzversicherung zu erkundigen. Die konnte ihm aber nicht helfen.«

»Wussten Sie, dass genau dieser Jäger, der mit Ihrem Sohn Streit hatte, vor einer Woche auf mysteriöse Weise ums Leben gekommen ist?«

»Nein, das wusste ich nicht.« Ansgar Roths Verwunderung schien echt. »Meinen Sie etwa, dass Matthias etwas damit zu tun hatte?«

»Das lässt sich noch nicht abschließend sagen. Die Untersuchungen laufen noch.«

Ansgar Roth winkte resigniert ab: »Was spielt das denn jetzt noch für eine Rolle … jetzt ist doch eh alles zu spät für –«

Maike Schnur unterbrach ihn sanft: »Wann, sagten Sie, haben Sie das letzte Mal miteinander telefoniert?«

»Vor etwa drei Wochen.«

»Ist Ihnen bei diesem Gespräch irgendetwas aufgefallen? Klang er anders als sonst? Besorgt? Bedrückt? Hatte er Wünsche?«

Ansgar Roth überlegte angestrengt. »Nein. Er war wie immer. Distanziert, aber durchaus freundlich.«

Maike lehnte sich zurück, ihr Blick suchte den ihres Kollegen.

»Herr Roth«, übernahm Heiko Strunz. »Kannten Sie Charlotte Krüger, die Freundin Ihres Sohnes?«

»Ja. Matthias schleppte sie ja überall mit hin … Charly, er und ich haben uns ein paarmal getroffen. Vielleicht fünf-, sechsmal. In Berlin, aber auch hier in Celle.«

»Wie lange waren die beiden schon zusammen?«

Wieder zuckte Ansgar Roth mit den Schultern. »Kann ich nicht genau sagen. Zwei Jahre, glaube ich, oder auch drei. Jedenfalls war es was Ernstes.«

»Wie meinen Sie das? Wollten die beiden heiraten?«

»Heiraten?« Ansgar Roth schüttelte den Kopf. »Nein, sicher nicht! Weder Matthias noch Charlotte hatten für so spießbürgerliche Rituale etwas übrig.«

Heiko Strunz rückte seine Brille zurecht, bevor er fortfuhr: »Engagierte sich Charlotte Krüger denn ebenfalls für den Tierschutz?«

»Keine Ahnung. Ich nehme es aber stark an. Wie ich meinen Sohn kenne, hat er sie infiziert.«

»Oder andersherum?«

»Glaube ich nicht. Dazu war Matthias zu dominant.«

Da Heiko Strunz eine Verschnaufpause einlegte, stellte Maike Schnur die nächste Frage: »Herr Roth, haben Sie irgendeine Idee, mit wem Ihr Sohn im Clinch gelegen haben könnte? Hatte er Feinde? Wussten Sie von Auseinandersetzungen, Streitigkeiten, welcher Art auch immer?«

»Sie meinen, ob ich eine Ahnung habe, wer die beiden da oben auf dem Turm angegriffen und in den Tod gestürzt hat?«

»So ungefähr.«

Für einen Moment verlor Ansgar Roth die Fassung. »Ja glauben Sie, ich würde dann so ruhig mit Ihnen plaudern?«, schnauzte er Maike an. Sein Gesicht lief vor Zorn rot an. »Wenn ich wüsste, wer das war … den würde ich mir aber vorknöpfen. Den würde ich gnadenlos auf … auf diesen … diesen Bohrturm schleifen. Und mit ihm das machen, was er meinem Jungen angetan hat. Das schwöre ich Ihnen.«

»Bitte entschuldigen Sie«, versuchte Heiko Strunz, die Situation zu entschärfen. »Wir müssen solche Fragen stellen.«

»Oder haben Sie eine Idee«, fuhr Maike unbeirrt fort, »was die Zahlen bedeuten, die der Täter Ihrem Sohn und Charlotte auf die Handflächen geschrieben hat?«

Ansgar Roth nahm sich zusammen. Nach einem Räuspern antwortete er: »Die Vier und die Fünf? Nein, habe keinen blassen Schimmer. Das müssten doch eigentlich Sie wissen. Soweit ich erfahren habe, gibt es bereits eine ganze Serie von diesen Zahlenmorden?«

»Ja, leider.«

»Da muss ein Irrer am Werke sein. Ein kranker Geist, ein Psychopath … das ist doch alles Wahnsinn …«

Maike Schnur und Heiko Strunz nickten wortlos.

***

Nachdem er am Gelände des Landschulheims Heideheim vorbeigefahren war, ließ Florian Goldenstahl sein Fahrrad ausrollen. Er steuerte die Waldkante am Wegesrand an, um ein Versteck für das Mountainbike zu suchen. Ab hier wollte er zu Fuß weiter.

Er kettete sein Rad an einer Birke fest, holte sein GPS-Gerät aus dem Rucksack und schaltete es ein. Die Koordinaten von Haus Eichengrund hatte er bereits zu Hause eingegeben. Es dauerte eine Weile, bis das Gerät hier, zwischen den Bäumen, seine Position bestimmt hatte.

Schließlich zeigte das Display das anvisierte Ziel an: vierundsechzig Meter in nordwestlicher Richtung.

Vierundsechzig Meter Luftlinie. Das war nicht weit. Da es jedoch durch dichten Wald ging, musste man Umwege in Kauf nehmen, deshalb konnten daraus rasch hundert Meter und mehr werden.

Bevor er loslief, kehrte Florian Goldenstahl noch einmal zum Weg zurück. Er wollte sichergehen, dass ihn niemand gesehen hatte. Der Ehrenkodex der Geocacher forderte, sich beim Aufsuchen eines Cache nicht von Nicht-Geocachern beobachten zu lassen. Sonst bestand die Gefahr, dass die Muggel – so wurden die Nicht-Cacher in Anlehnung an die Nicht-Zauberer in den Harry-Potter-Geschichten genannt – die mühselig angelegten Verstecke fanden und verrieten.

Obendrein wollte Florian Goldenstahl nachschauen, ob sich seine Forenbekanntschaft ELFE vielleicht schon blicken ließ. Doch der Würmseeweg lag verwaist, weit und breit war keine Menschenseele zu sehen. Lediglich das Rauschen der nahen Autobahn war zu hören. Die A 352, die Eckverbindung zwischen A 7 und A 2, grenzte direkt an den Wald, in dem das Haus Eichengrund liegen sollte.

Die versteckte Zufahrt zu dem Grundstück fand Florian Goldenstahl erst nach längerem Suchen. Mit dem GPS-Gerät in der Hand folgte er dem zugewachsenen, schmalen Weg. Noch sechsundvierzig Meter, noch vierzig, fünfunddreißig – da entdeckte er das Haus.

Unter drei mächtigen Stieleichen, die ihr Laub schon abgeworfen hatten, stand ein einsames und verlassenes Holzhaus. Mit seinen dunklen Brettern, den aufgeklappten grünen Fensterläden, offenen oder eingeschlagenen Fensterscheiben und den wehenden Gardinen sah es wie die Kulisse eines Gespensterfilms aus.

Vorbei an rostigen Zaunresten, Gerümpel und Hausrat aus vergangenen Zeiten näherte sich Florian Goldenstahl vorsichtig dem Gebäude. Eine aufgegebene Sickergrube ließ ihn die Nase rümpfen. Aus der Nähe konnte er jetzt erkennen, dass unzählige Spinnweben an der dunklen Holzverschalung des Hauses hingen. Das Dach bedeckte eine durchgehende Moosschicht, die noch wenigen heilen Fensterscheiben waren vom Alter blind oder arg verschmutzt.

Er erwischte sich dabei, auf leisen Sohlen zu schleichen, auch wenn er sich nicht erklären konnte, warum. Die Natur schwieg. Kein Vogelgezwitscher war zu hören, kein Rauschen der Baumkronen. Nur das dumpfe Dröhnen der nahe gelegenen Autobahn lieferte den Hintergrund-Sound zu diesem Abenteuer. Das schaurige Ambiente von Haus Eichengrund hatte ihn in seinen Bann gezogen.

Das GPS-Gerät nützte ihm jetzt, wo es darum ging, den Cache zu entdecken, nichts mehr, also steckte er es in den Rucksack. Den Lost Place hatte er erreicht, den Cache musste er ohne technische Hilfe aufspüren.

Auf der Suche nach dem Eingang ging er um das Haus herum. Wie wohl etliche vor ihm durch eines der Fenster einzusteigen war ihm nicht geheuer. Als er zu dem verandaartigen Eingangsbereich kam, sah er, dass die Haustür fehlte. Irgendjemand – ob Vandale oder Nutznießer – musste sie weggeschleppt haben.

Unschlüssig blieb Florian Goldenstahl stehen. Zwar war es

völlig offensichtlich, dass hier niemand mehr wohnte. Dennoch scheute er davor zurück, einfach so einzutreten.

»Hallo!«, rief er verhalten. Dann etwas lauter: »Hallo! Ist da jemand?«

Ein Geräusch ließ ihn zusammenfahren.

Es kam aus dem Haus. Ein blechernes Geräusch. Als wäre etwas umgefallen. Es klang wie das Scheppern einer Dose.

Bevor er sich richtig gruseln konnte, entdeckte er den Verursacher der Aufregung. Eine schwarz-weiß getigerte Katze war aus einem der glaslosen Fenster gesprungen und machte sich mit großen Sätzen durch den Wald davon. Wahrscheinlich hatte er das Tier mit seinem Rufen bei der Mäusejagd gestört.

Florian Goldenstahl atmete tief durch und betrat das Haus.

Behutsam Fuß vor Fuß setzend, bahnte er sich einen Weg durch den Unrat. Der Fußboden war übersät mit Papieren, Müll und Haushaltsgegenständen. Marode Möbel lagen kreuz und quer, Schubladen waren herausgerissen und ihr Inhalt ausgekippt. An den Wänden, an den Schränken und sogar an der Decke klebten unzählige Zettel, Notizen, Fotos.

Es schien, als sei das Haus über Nacht und unter chaotischen Umständen verlassen worden. Die vorherigen Bewohner hatten – sicher nicht freiwillig – ihr sämtliches Hab und Gut, sogar ganz persönliche Habseligkeiten, zurückgelassen. Wie Florian Goldenstahl aus dem Cache-Forum wusste, musste der plötzliche Auszug, wenn man es nicht Flucht nennen wollte, in den späten achtziger Jahren passiert sein. Die letzten Zeitungsausschnitte und Telefonbücher, die zu finden waren, stammten aus dem Jahr 1987.

In diesem Tohuwabohu glich die Suche nach dem Cache der Suche nach der berühmten Stecknadel im Heuhaufen. Also zog Florian Goldenstahl sein Smartphone hervor, um sich Hilfe zu holen. In einem Rätsel auf der Internetseite des Geocache fand er den verschlüsselten Hinweis, man solle in der Küche suchen.

Wie alle Räume des Hauses war auch die Küche noch komplett möbliert. Spüle, Herd, Kühlschrank, Waschmaschine, Schränke, Stühle, sogar elektrische Küchengeräte – alles stand oder lag noch mehr oder weniger an seinem Platz.

Florian Goldenstahl hatte eine Nase für solche Verstecke. Bereits beim Öffnen der ersten Schranktür wurde er fündig. Es war ein ziemlich großer Cache: ein verschlossener Plastikbehälter in der Größe eines Schuhkartons.

Mit dem Cache in den Händen machte er einen Schritt zurück, um in dem Durcheinander einen Abstellplatz für den Behälter zu suchen.

Plötzlich knackte und krachte es unter seinen Füßen. Der morsche Holzfußboden gab nach.

Geistesgegenwärtig ließ er den Behälter fallen und machte einen Ausfallschritt – doch in die falsche Richtung. Das Krachen wurde lauter. Auch wenn sein Gewicht von gut hundertfünfunddreißig Kilogramm sich auf die relativ große Fläche von Schuhgröße 48 verteilte: Er war einfach zu schwer.

Das Holz des Fußbodens barst und splitterte. Florian Goldenstahl brach ein und sackte senkrecht, wie von einer Dampframme getrieben, einen guten Meter in die Tiefe.

Instinktiv warf er sich zur Seite, doch das half nicht. Beide Beine waren bis zu den Oberschenkeln eingekeilt. Er saß fest.

Als der Staub, den er aufgewirbelt hatte, sich legte, sah er das Malheur. Er war in den Kriechkeller eingebrochen, dessen Eingang direkt neben der Küche lag.

Schmerz spürte er noch nicht. Doch er sah das Blut, das unter der aufgerissenen Radlerhose hervorquoll und an der Innenseite des rechten Beines hinablief. Ein langer, scharfer Holzsplitter hatte den Oberschenkel aufgerissen. Schon spürte er, wie das Blut den Schuh erreichte. Sein Fuß wurde feucht und warm.

Panik erfasste ihn. Als Krankenpfleger wusste er, dass so eine starke Blutung lebensgefährlich war. Die Arme ausgestreckt wie ein Schlittschuhläufer, der ins Eis eingebrochen war, schaute er sich verzweifelt um.

Da hörte er plötzlich eine Stimme über sich.

»Ach, da steckst du!«

SECHZEHN

»Sag mal, war die Pressekonferenz denn wirklich so schlimm?«
Maike Schnur steuerte den Dienstwagen vom Parkplatz auf die
Jägerstraße.

»Du kannst dir vorstellen, was ›Grill die Kripo‹ bedeutet?
Also lass uns über wichtigere Dinge reden.« Robert Mendelski
sah mitgenommen aus. »Erzähl mir lieber, was ihr heute alles
rausbekommen habt.«

»Das war nicht viel.« Sie bog links ab, Richtung Westen, zum
Bahnhof.

»Der Vater von Matthias Roth konnte uns genauso wenig
helfen wie die Eltern von Charlotte Krüger. Vielleicht haben
wir ja mit den Eltern von Yannik Schütz mehr Glück.«

Mendelski schaute auf seine Armbanduhr. »Wann sollen die
ankommen?«

»In fünf Minuten. Um sechzehn Uhr fünf. Mit dem Metronom aus Hannover.«

»Schaffen wir.«

»Natürlich schaffen wir das.«

Sie fuhren in den Kreisel und sofort die erste Ausfahrt wieder
raus. In die Fuhsestraße.

»Ellen und Jo sind noch unterwegs?«

»Ja. Sie drehen gerade die Wohnung von Matthias Roth auf
links.«

»Noch keine Ergebnisse?«

Maike schüttelte den Kopf. »Sagte ich doch bereits.«

»Sorry.« Mendelski lächelte müde. »Anschließend fahren
wir die Eltern Schütz zu sich nach Hause, nach Groß Hehlen,
und befragen sie dort?«

»Vorher müssen wir mit denen aber noch zur Identifizierung
der Leiche ins AKH.«

»Mein Gott!«, stöhnte er auf. »Das auch noch.«

Sie hatten die Bahnhofstraße erreicht und bogen links ab.

»Und Heiko? Hat denn wenigstens er was gefunden?«, versuchte Mendelski es erneut. »Die Smartphone-Auswertung der drei? Das muss doch irgendwas gebracht haben.«

»Guck dir die Protokolle an«, konterte Maike verbissen. »Nichts. Schlichtweg nichts. Die drei haben operiert wie erfahrene Profis. Wahrscheinlich hatten sie zusätzlich noch Prepaidhandys am Laufen.«

»Glaub ich nicht.« Mendelski schüttelte den Kopf. »Die hätten wir doch längst gefunden ...«

»Oder wir finden sie noch.« Maike blieb stur. »Nachher bei den Schützens können wir ja noch mal schauen. – So, da wären wir.«

Sie bog in den Bahnhofsplatz ein.

»Da vorn links ist ein freier Parkplatz«, schlug Mendelski vor.

»Hab ich auch schon gesehen«, erwiderte Maike trotzig. Sie ordnete sich links ein und trat auf die Bremse.

Sie parkten den Dienstwagen direkt gegenüber dem Alten- und Pflegeheim Sonnenhof.

***

Clara Weber erlebte ihren ersten Tag im Sonnenhof.

Am Vormittag hatten Sohn und Schwiegertochter sie aus ihrer Drei-Zimmer-Wohnung im Stadtteil Neuenhäusen abgeholt und in die Altersresidenz gegenüber vom Bahnhof gebracht. Obwohl die Familie nicht weit weg von Celle, in Bockelskamp bei Wienhausen, wohnte, hatte es einen tränenreichen Abschied gegeben.

Zusammen mit Marianne Lüdeke, einer ehemaligen Kollegin von der Stadtverwaltung, unternahm Clara Weber am Nachmittag einen ersten Erkundungsrundgang durchs Haus.

»Weißt du, ich war einfach das Alleinsein satt«, erzählte die rüstige Seniorin ihrer Begleiterin, während sie über die Flure schlenderten. »Seitdem mein Udo und mein Mucki von mir gegangen sind, habe ich viel zu oft Trübsal geblasen.«

Marianne Lüdeke stupste ihre Freundin neckend in die Seite. »Hättest dir eben einen Neuen besorgen sollen.«

»Was? Einen neuen Mann oder 'nen neuen Dackel?«

Die beiden Frauen kicherten wie Teenager. Dass sie sich zum Nachmittagstee einen Sherry gegönnt hatten, half ihrer guten Laune kräftig auf die Sprünge. Für Clara Weber war ihr erster Tag im Sonnenhof Grund genug, ein wenig zu feiern.

»Ich find's jedenfalls toll, dass du dich für den Sonnenhof entschieden hast«, sagte Marianne Lüdeke. »Da können wir zwei auf unsere alten Tage noch was zusammen unternehmen.«

»An was hattest du denn gedacht?« Clara Weber grinste vielsagend. »Eigentlich hätten wir ja auch eine Wohngemeinschaft aufmachen können. Schöner Altbau, Parterre, direkt am Französischen Garten, Café Müller gleich um die Ecke, dazu zwei adrette Männer, die gut … gut kochen können …«

»Nee, nee. Bloß nicht. Lieber zwei Dackel.«

Wieder gackerten die beiden um die Wette.

»Komm, wir schauen noch rasch in den Garten«, schlug Marianne Lüdeke vor. »Bevor es dunkel wird.«

Draußen unter dem Holzdach stießen sie auf Adnana und Rolf Kitzmann. Die Auszubildende löste gerade die Rollstuhlbremse, um mit ihrem Patienten ins Haus zurückzukehren.

»Es wird frisch«, begrüßte Adnana die beiden Frauen. »Sie sollten vielleicht nicht ohne Jacken rausgehen.«

»Ach, diese eine Minute …«, wiegelte Marianne Lüdeke ab. Sie beugte sich zum Rollstuhl hinab. »Hallo, Herr Kitzmann. Darf ich vorstellen: Clara Weber, eine alte Bekannte von mir. Sie wohnt seit heute bei uns.«

Rolf Kitzmanns Kopf, der seitlich herabhing, blieb regungslos. Lediglich seine blonden Haarsträhnen wippten im Wind.

»Wir gehen jedenfalls lieber ins Haus«, schlug Adnana vor. »Zum Abend hin wird es doch empfindlich kühl. Außerdem bekommt Herr Kitzmann gleich Besuch.«

»Schon wieder?« Marianne Lüdeke wunderte sich. »Ist ja ein gefragter Mann neuerdings.«

Adnana lächelte entwaffnend. »Na, ist da jemand eifersüchtig?«

»Um Gottes willen!«, lachte Marianne Lüdeke. »Nein, ich

bin lediglich an meinen Mitbewohnern interessiert. Kommt denn wieder seine Schwester?«

Doch Adnana ließ sich nicht aus der Reserve locken. »Kein Kommentar«, sagte sie bestimmt.

Marianne Lüdeke ließ nicht locker: »Oder etwa doch eine Liebschaft?«

Adnana lachte. »Nein, nein. – So, wir müssen jetzt rein. Können Sie uns bitte die Tür aufhalten?«

»Was ist denn mit dem passiert?«, wollte Clara Weber von Marianne Lüdeke wissen, nachdem Rolf Kitzmann und Adnana im Haus verschwunden waren. »Der sieht noch so jung aus?«

»Ja, ist mit Abstand der Jüngste hier im Heim. Ich glaube, die fünfzig hat er noch nicht mal voll.«

»Schlaganfall?«

»Ich denke schon, ja.«

»Weißt du das denn nicht? Spricht man hier im Haus nicht über seine Malaisen?«

»Rolf Kitzmann kann nicht reden.«

»Aber die Pfleger …«

»Die verraten nichts. Hast du doch gemerkt.«

»Na, wart's nur ab.« Clara Weber zwinkerte ihr zu. »Ich kriege schon raus, was mit Rolf Kitzmann passiert ist.«

✳✳✳

»Wir können auch ein Taxi nehmen.«

Fredo Schütz hatte den Arm um die Schulter seiner Frau gelegt, während sie über den Krankenhausparkplatz schritten. Es war schwer gewesen und hatte erhebliche Überredungskünste gekostet, Sonja Schütz von ihrem toten Sohn loszueisen.

»Wir fahren Sie doch gern«, entgegnete Robert Mendelski.

»Ihr Gepäck ist doch schon bei uns im Auto«, setzte Maike Schnur nach. »Und Groß Hehlen liegt quasi auf unserer Route.«

Das war zwar geflunkert, interessierte jedoch im Augenblick niemanden. Das Ehepaar Schütz hatte andere Sorgen, als zu hinterfragen, was die Kripo an diesem Abend noch vorhatte.

Sie stiegen in den Dienst-Passat. Maike und Mendelski vorn, ihre beiden Fahrgäste hinten.

Bis sie aus Celle heraus waren, sprach keiner ein Wort. Das Funkgerät hatten sie leise gedreht. Nur ab und zu war ein Schluchzen auf der Rückbank zu hören. Ein heftiges, herzzerreißendes Schluchzen. Sonja Schütz, Hand in Hand mit ihrem Mann, ließ ihrer Trauer und ihrem Kummer freien Lauf.

Als sie Hehlentor und die Bahnlinie passiert hatten und auf der B 3 Richtung Norden fuhren, brach Fredo Schütz das Schweigen.

»Wer tut so was?«, fragte er leise. Mehr zu sich selbst als zu den anderen.

Maike schaute in den Rückspiegel, Mendelski drehte sich nach hinten um, schwieg aber zunächst.

»Warum löscht jemand so ein junges Leben aus?« Fredo Schütz wurde nun lauter. »Es waren doch Idealisten. Junge, ungestüme Idealisten. Die sich für eine sinnvolle und gerechte Sache eingesetzt haben.«

Mendelski ließ ihn gewähren. Es war nicht der passende Augenblick, auf Recht und Gesetz hinzuweisen und den trauernden Vater diesbezüglich zu belehren.

»Oder sind Sie anderer Meinung?« Schütz hatte die Frage direkt an ihn gestellt. »Denken Sie, dass sich jemand das Recht herausnehmen kann, unseren Jungen …?«

»Nein.« Mendelski fühlte sich unbehaglich. Er räusperte sich. »Natürlich nicht.«

»Und alles nur, weil damals dieser schießwütige Jäger unseren Racker erschossen hat«, kam es tränenerstickt von Frau Schütz.

»Ihren Racker …?«

»Ja. Unseren Hund.« Fredo Schütz beugte sich vor. »Diese Wahnsinnstat, diese gemeine Ungerechtigkeit … das hat unseren Yannik verändert.«

»Was war passiert?«

Fredo Schütz ließ sich wieder zurück auf die Rückbank fallen. »Ach, das ist lange her.« Er seufzte auf. »Vier Jahre ungefähr. Ein Jäger aus der Nachbarschaft hatte unseren Mischlingshund erschossen. Angeblich, weil der gewildert hätte. Völliger Blödsinn, das war keinen Kilometer von unserem Haus entfernt. Aber danach ist Yannik zum Jagdgegner und Tierschützer geworden.«

»Sie wussten von seinen Aktivitäten?«

»Nicht so genau. Er hat nur selten davon erzählt. War mir auch lieber so.«

Nun war es Maike, die sich räusperte. »Entschuldigung.« Sie schaute in den Rückspiegel. »Wir sind bereits in Groß Hehlen. War das richtig? Da vorn links?«

Fredo Schütz steckte seinen Kopf zwischen den Sitzen hindurch nach vorn.

»Genau. Entweder die Bürgermeister-Heine-Straße oder eine weiter, Alt Groß Hehlen. Das ist egal.«

Maike nahm den ersten Abzweig.

»Und dieser Jäger aus der Nachbarschaft?«, hakte Mendelski nach. »Der, der Ihren Hund erschossen hat? Sind Sie gegen ihn vorgegangen?«

»Natürlich. Aber es war zwecklos. Racker hätte ein Reh gehetzt, hat er behauptet. Wer's glaubt, wird selig. Jedenfalls stand der Richter auf seiner Seite und hat unsere Klage abgewiesen. Für Yannik ist eine Welt zusammengebrochen.«

»Und dann? Wie ging's weiter?«

»Gar nicht. Das war's. Wir brachten es nicht übers Herz, uns einen neuen Hund anzuschaffen.«

»Und hatten Sie noch Kontakt zu dem Jäger? Oder Yannik?«

»Nein. Der ist ein Jahr später plötzlich krank geworden und danach aus Groß Hehlen weggezogen. Wir waren heilfroh darüber. Ähem, ich meine, wir waren heilfroh darüber, dass er weggezogen ist, nicht, dass er krank wurde.«

»Wohin ist er gezogen?«

»Keine Ahnung. Da müssen Sie die Behörden fragen.«

»Können Sie uns den Namen und die alte Adresse des Mannes geben?«

»Selbstverständlich. Habe alles in der Prozessakte.«

Maike hielt an einer Vorfahrtsstraße. »Ach, hier sind wir …«, murmelte sie.

»Über die Kreuzung geradeaus und die nächste dann rechts«, erklärte Fredo Schütz.

»Von hier aus finde ich allein zu Ihrem Haus«, erwiderte Maike und gab Gas.

***

»Schön, dass ihr euch heute Nachmittag die Zeit genommen habt, um herzukommen«, empfing Bernd Buchholz seine fünf Gäste. »Und das ohne Reporter im Schlepptau. Bei dem Medienrummel, der hier derzeit tobt, ist das keine Selbstverständlichkeit.«

Die verbliebenen Mitglieder der Jagdscheinprüfungskommission hatten in üblicher Reihe im Wohnzimmer Platz genommen: Anke Sievers, Heinrich Gerken, Thomas Heuer, Hubertus Stolzenberg, Berthold Kaiser. Vor ihnen standen Tassen und Teller, in der Mitte des Eichentisches zwei Kaffeekannen und eine große Platte mit Zuckerkuchen.

»Beerdigungskuchen«, frotzelte Heinrich Gerken voller Sarkasmus, während er als Erster zugriff. »Passt doch genau zu unserem Thema.«

Keiner ging auf den Spruch ein. Wortlos bedienten sie sich am Kaffee.

»Bevor wir über die Beerdigung von Harald Urban sprechen, möchte ich euch auf den neuesten Stand der Ermittlungen bringen.« Bernd Buchholz hatte einen aufgeschlagenen Schreibblock vor sich liegen und einen Kugelschreiber in der Hand. »Es gibt mittlerweile so viele Personen, die in den Fall involviert sind, dass man leicht den Überblick verlieren kann. Deshalb führe ich neuerdings eine Art Tagebuch.«

»Das mach ich auch.« Anke Sievers warf ihm einen aufmunternden Blick zu.

»Von dem mittlerweile sechsten Toten in dem Fall habt ihr ja alle in den Medien gehört.« Die anderen nickten zustimmend. Buchholz schaute auf seinen Block. »Ein gewisser Yannik Schütz aus Groß Hehlen wurde gestern tot aufgefunden. Auf dem Gelände vom Entenfang.«

»Ausgerechnet da«, stöhnte Thomas Heuer auf. »Direkt an dem Lehrpfad, den die Jägerschaft Celle betreut.«

»Da darf doch eigentlich niemand anders außer uns hin«, setzte Berthold Kaiser nach.

»Genau. Deshalb schrillen bei mir auch schon wieder die Alarmglocken.« Buchholz schaute in die Runde. »Den Entenfang Boye kennt ihr doch alle, oder?«

Alle nickten, bis auf Anke Sievers. »Ich hatte noch nicht das Vergnügen«, sagte sie.

»Dann wird's aber Zeit. Wir Älteren von der Jägerschaft haben da alle schon ehrenamtlich gewerkelt: Schautafeln angebracht, Bäume ausgeschnitten, Wege geharkt, Führungen geleitet und so weiter.«

»Beim nächsten Mal bin ich gern dabei«, erwiderte Anke Sievers. »In meinem ersten Jahr in Celle konnte ich ja nicht alles auf einmal schaffen.«

»Apropos Führungen.« Buchholz blätterte in seinem Block. »Habe gestern Abend noch mit Karl-Heinz Meineke telefoniert. Der war ja dabei, als sie den Toten gefunden haben. Gottlob waren die Kinder, mit denen er unterwegs war, da schon weg. Die haben nichts von der Leiche mitbekommen.«

»Was hat er denn noch erzählt?«, fragte Berthold Kaiser. »In der Zeitung stand, dass ein Kind was gefunden hatte, das dem Toten gehörte?«

»Ja. Einer der Jungs hat 'nen Walkman oder so was Ähnliches im Gras entdeckt und eingesteckt. Das Gerät soll von Yannik Schütz stammen, sagt die Kripo. Mehr weiß ich auch nicht.«

»Einen MP3-Player«, korrigierte ihn Thomas Heuer. »So stand's jedenfalls in der CZ.«

»Auch egal«, wiegelte Buchholz ab. Er holte tief Luft. »Nach den beiden Toten im Erdölmuseum hatte ich schon die leise Hoffnung, dass wir Jäger bei dem Fall erst mal aus dem Schneider sind. Und dann liegt die nächste Leiche ausgerechnet im Wasserwildschutzgebiet …«

»Der Schütz aus Groß Hehlen soll auch so 'n militanter Jagdgegner gewesen sein?«, wollte Hubertus Stolzenberg wissen.

»Richtig.«

»Und dem hatte man auch wieder eine Zahl auf den Körper geschrieben?«

»Wie mein Informant sagte, ja. Es soll eine grüne Sechs gewesen sein. Wieder in die Hand geschrieben. So wie bei dem Matthias Roth und …«, Buchholz musste in seinen Block schauen, »… und Charlotte Krüger. Die, die vom Turm gefallen sind.«

»Also Vier, Fünf, Sechs für die drei jungen Leute, Sieben, Acht, Neun für unsere drei.«

»Genau so.«

»Die Sieben bei Dirk Schwabe war aber nicht eindeutig … und auch die Todesursache nicht?«, bohrte Berthold Kaiser weiter.

»Doch, doch.« Bernd Buchholz ließ da keine Zweifel aufkommen. »Also der Dirk hat sich nicht selbst erschossen. Niemals. Auch wenn die geschriebene Zahl bei ihm fehlte, passt alles einwandfrei in das … in diese Mordserie rein. Das meint übrigens auch die Kripo.«

»Noch mal zurück zu dem Yannik Schütz«, meldete sich Heinrich Gerken zu Wort. »Hatten die Schützens nicht mal Stress mit einem Jagdpächter?«

»Nicht mit dem Jagdpächter«, korrigierte Buchholz. »Mit einem Jagdausübungsberechtigten. Ich hab das mal recherchiert. Das Ganze ist vor vier Jahren in Groß Hehlen passiert. Vielleicht erinnert sich der eine oder andere von euch noch an den …« Er blätterte in seinem Schreibblock, ohne die betreffende Stelle zu finden. »Mist, den Namen finde ich jetzt nicht auf die Schnelle. Ist vielleicht auch nicht so wichtig. Jedenfalls hat der Waidgenosse den Hund dieser Leute beim Wildern erwischt und geschossen. Die Familie hat zwar geklagt, aber verloren.«

»Der ist doch längst aus Groß Hehlen weggezogen«, meinte Gerken. »Der Name fällt mir im Moment aber auch nicht ein.«

Buchholz legte den Block auf der Tischplatte ab. »Fakt ist also«, fuhr er fort, »dass es unter den letzten drei Opfern immerhin zwei gibt, die mit uns Jägern schon mal aneinandergeraten sind, Matthias Roth und Yannik Schütz. Und wer weiß, vielleicht entdecken wir bei Charlotte Krüger ja auch noch so was in der Richtung.«

»Die halte ich eher für ein Anhängsel«, sagte Anke Sievers. »Vielleicht war die einfach zur falschen Zeit am falschen Ort.«

»Könnte stimmen«, bemerkte Thomas Heuer. Mit einem Seufzer setzte er nach: »Jetzt steht's also drei zu drei. Drei Grünröcke gegen drei Bambischützer. Aber verdammt noch mal, wie geht's jetzt weiter? Wo ist das System dahinter? Ist zur Abwechslung mal wieder einer von uns dran? Es fehlen ja schließlich noch die Zahlen Eins bis Drei …«

»Nun mal bloß nicht den Teufel an die Wand«, rief Anke Sievers dazwischen. »Vielleicht ist es ja jetzt vorbei.«

»Und wenn nicht?«

»Da ist ein Irrer am Werk, wenn ihr mich fragt«, rief Hubertus Stolzenberg dazwischen. »So Bekloppte, die sind doch nicht berechenbar.«

»Trotzdem, wir müssen was unternehmen«, meinte Thomas Heuer nachdrücklich. »Oder hast du Lust, weiter rumzusitzen und Däumchen zu drehen …«

»Moment mal!« Bernd Buchholz trommelte mit seinen Fingern auf der Tischplatte herum. »Vor allem müssen wir einen klaren Kopf behalten. Unsere Celler Kripo ist mit den sechs Leichen doch völlig überfordert. Die Spurenauswertung dauert wahrscheinlich noch Wochen. Bis dahin fließt viel Wasser die Aller hinab, da kann also viel passieren. Oder auch nicht.«

»So ganz versteh ich dich nicht, aber … egal. Was schlägst du vor?« Berthold Kaiser war ganz Ohr.

»Zwei Dinge.« Buchholz schaute auf seine Unterlagen. »Erstens, dass wir weiterhin intensiv und offensiv für unsere eigene Sicherheit sorgen. Wie gehabt mit Personenschutz, soweit wir ihn bekommen, dazu keine alleinige Jagdausübung, keine alleinigen Reviergänge und so weiter.«

»Das kennen wir ja schon«, warf Heinrich Gerken grimmig ein. »Und zweitens?«

»Zweitens, dass wir auch selber ermitteln. Eine neue Spur

ist doch zum Beispiel dieser Jäger, der den Hund der Schützens erschossen hat. Den sollten wir kontaktieren und ausfragen. Dann hätte ich gern noch einmal den Dortmunder Zwischenfall, also den mit Harald Urban und Matthias Roth, intensiver beleuchtet. Wer war da – außer den beiden – noch beteiligt?« Der Kreisjägermeister blickte auffordernd jeden Einzelnen an. »Obendrein sollten wir uns noch mal sämtliche Anfeindungen der Jägerschaft durch militante Tierschützer und scheinbar harmlose Mitbürger in den vergangenen Jahren anschauen. Schmierereien an den Hochsitzen, Belästigungen im Revier, Auswertung von Leserbriefen et cetera, jedes noch so kleine Detail. Mir schwant, dass wir irgendwas Bedeutendes übersehen haben.«

»Da gibt's aber reichlich zu tun«, entgegnete Heinrich Gerken. »Jedes Revier kann dazu bestimmt eine lange Liste schreiben.«

»Egal. Da müssen wir jetzt durch.«

Heinrich Gerken kramte sein Handy heraus, er hatte eine SMS bekommen. Nachdem er sie überflogen hatte, meldete er sich ab: »So 'n Mist. Ich muss los. Gibt Probleme mit der Biogasanlage. Die Aufgaben, die ich ... also die für mich, die könnt ihr mir ja mailen. Aber bevor ich abhaue, lasst uns noch kurz über die Beerdigung von Harald reden.«

»Okay, meinetwegen.« Bernd Buchholz schaute in die Runde. »Geht auch ganz schnell: Die ist am Sonnabend, um elf Uhr in Feuerschützenbostel. Urnenbeisetzung im kleinen Kreis.«

»Im RuheForst beim von Harling?«

»Genau.«

»Was heißt denn kleiner Kreis?«

»Nur die Familie. Und wir sechs. Kein Pfarrer, keine Trauerrede, nichts.«

»Ist doch peinlich ... typisch für Yvonne Urban.«

Bernd Buchholz zuckte bedauernd mit den Schultern. »Tja, ich konnte sie nicht umstimmen. Also dann ... Und bringt eure Hörner mit.«

»Ich denke, sie wollte nicht, dass wir blasen?«

»Da kann die sich auf den Kopf stellen. ›Jagd vorbei‹ und ›Halali‹. Das sind wir Harald schuldig. Punkt.«

✳✳✳

Einmal mehr waren sie auf der Rückfahrt nach Celle.

Hinten im Passat stand der Computer von Yannik Schütz und ein bis zum Rand mit Papieren und Akten gefüllter Karton.

»Schon bemerkenswert, wie sehr sich der Vater zusammengenommen hat uns gegenüber«, sagte Maike Schnur, die wie üblich den Dienstwagen steuerte. »Uns in dieser Situation ins Haus zu lassen, dann auch noch Yanniks persönliche Sachen zu übergeben und unsere Fragen zu beantworten …«

»Ja, fand ich auch.« Doch Robert Mendelski hörte nur mit halbem Ohr zu. Er las nebenbei seine Textnachrichten im Smartphone.

»Dafür hat’s seine Frau umso schlimmer erwischt. Die tat mir richtig leid, die Arme.«

»Bloß gut, dass gleich der Arzt kam«, murmelte Mendelski.

Nach einer kurzen Pause begann Maike erneut: »Eine Sache ist mir noch aufgestoßen. Yannik Schütz, das war doch ’n Tierfreund, sogar ein militanter Tierschützer. Warum joggt der dann regelmäßig und verbotenerweise in einem Wildschutzgebiet? So als Quasi-Naturschutzfachmann musste er doch wissen, dass er in ein Reservat eindringt und da stört.«

»Ich nehme an, das spielte nicht die große Rolle für den.« Mendelski schaute von seinem Handy auf. »Immerhin lief er auf dem für die Öffentlichkeit gesperrten Lehrpfad. Einem Rundweg, den die Jägerschaft angelegt hat. Vielleicht gab ihm das einen gewissen Kick. Er wollte es den verhassten Jägern zeigen. Nach dem Motto: Ihr könnt mich alle mal.«

»Aber … ohne Rücksicht auf die Natur?«

»Zumindest nahm er Rücksicht auf die Brut- und Setzzeit, sagte doch sein Vater. Von April bis Juli hat er das Gebiet gemieden.«

Mendelski kramte seinen Notizblock aus der Jackentasche und schlug ihn auf. Sein rechter Zeigefinger suchte und fand einen Namen samt Adresse, den er ganz unten auf der Seite notiert hatte.

»Werde mal Heiko anrufen und ihm den Namen von diesem eifrigen Jäger durchgeben«, sagte er, während er mit der freien Hand sein Handy einschaltete. »Dann kann er den schon mal überprüfen.«

»Jetzt noch?« Maike guckte amüsiert. »Um diese Zeit …«

Mendelski drückte unbeirrt eine Zielwahltaste.

»… wird er wohl kaum noch im Büro sein«, beendete Maike ihren Satz. Sie deutete auf die Uhrzeit auf dem Fahrzeugdisplay in der Mittelkonsole. Es war achtzehn Uhr sieben.

Als niemand ans Telefon ging, gab auch Mendelski auf.

»Na dann … Feierabend für heute«, knurrte er.

SIEBZEHN

Seit ewigen Zeiten machten Luuk und Lynn van Wijk Station am Springhorstsee in Großburgwedel.

In diesem Jahr allerdings waren sie spät dran. Normalerweise kehrten die beiden Ruheständler bereits im Oktober von ihren Reisen zurück nach Groningen, wo sie den Winter in ihrer Drei-Zimmer-Wohnung verbrachten. Spätestens im März zogen sie mit ihrem Fiat Ducato wieder los. Halb Europa hatten sie mit ihrem Wohnmobil bereits unsicher gemacht.

Wenn die van Wijks aus dem Harz in Richtung Heimat im Norden Hollands unterwegs waren, legten sie gern einen Zwischenstopp auf dem strategisch günstig in der Nähe der Autobahn A 7 gelegenen Campingplatz ein. Umgeben von idyllischer Landschaft und an einen künstlichen See geschmiegt, war der Platz bereits mehrmals ausgezeichnet worden. Zudem gab es direkt am Seeufer ein ansehnliches Restaurant.

Auf ihren Reisen vertrieben sich die beiden Holländer die Zeit mit der modernen Variante der Schnitzeljagd, dem Geocaching. Auf elektronische Schatzsuche mit dem GPS-Gerät gingen sie schon seit mehr als fünf Jahren. Wenn ihre Buchführung stimmte, hatten sie sich in dieser Zeit in mehr als zweitausend Logbücher eingetragen.

So ganz harmlos war ihr Hobby allerdings nicht. Denn beim Suchen der Verstecke hatten sie schon so manches Abenteuer erlebt. In Split waren sie beide ins Hafenbecken gefallen, als sie einen Hardcore-Cache an der Mole suchten. Nahe Kitzbühel hatten sie sich vor gefährlichem Steinschlag erst im letzten Augenblick in eine Schutzhütte retten können, als beim Auffinden eines Multi-Cache ein Unwetter über sie hereinbrach. Bei Granville in der Normandie waren sie von einem Schäferhund angegriffen und gebissen worden, während sie auf einem angeblich aufgegebenen Bauernhof einen Brunnenschacht für einen Nacht-Cache inspizierten. Und in der Nähe von Esbjerg hatte sie ein dänischer Lkw-Fahrer mit der Waffe bedroht, weil er sie auf einem Autobahnparkplatz beim Stöbern nach einem Rätsel-Cache wegen ihrer Heimlichtuerei für Diebe gehalten hatte.

Eine Leiche hatten die van Wijks beim Cachen allerdings noch nie gefunden.

***

Robert Mendelski biss gerade in das Mettwurstbrötchen, als der Anruf kam. Es war kurz nach halb elf, Zeit für ein zweites Frühstück. Die dampfende Kaffeetasse stand direkt neben dem Telefon.

Wegen des Gegenlichts, das durch das Fenster fiel, kniff er die Augen zusammen, um die Nummer auf dem Display entziffern zu können. Er erkannte die Vorwahl 0511 für Hannover, auch der Rest der Nummer war ihm geläufig.

Verena Treskatis versuchte, ihn zu erreichen. Jedenfalls kam der Anruf von ihrem Apparat.

Noch während er kaute, nahm Mendelski den Hörer ab und hielt ihn an sein Ohr.

»Robert?«, hörte er Treskatis fragen. »Bist du's?«

»Mm-mmh«, brummte der Kommissar mit geschlossenem Mund. Dann endlich klarer: »Jetzt aber. Esse gerade eine Kleinigkeit.«

»Verena hier. Verschluck dich nicht. Denn ich hab schlechte Neuigkeiten.«

»Bitte nicht!« Mehr brachte Robert Mendelski nicht heraus. Er ahnte Schlimmes.

»Eine weitere Leiche«, sagte sie leise.

»Die zu unserer Serie gehört?«

»Anzunehmen. Sonst würde ich dich wohl kaum anrufen.«

»Oh, Herr im Himmel … erzähl!«

»Vor fünf Minuten kam die Meldung rein. In einem verlassenen Holzhaus wurde die Leiche eines gewissen Florian Goldenstahl aus Großburgwedel gefunden. Krankenpfleger, siebenundzwanzig Jahre alt. Ist entweder verunfallt oder wurde erschlagen. Auf der Handfläche hat er eine grüne Drei.«

»*Dios mio!*«

»Bitte?«

»Wirklich? Zweifellos eine grüne Drei?«

»Ja.«

»Trittbrettfahrer oder Nachahmungstäter habt ihr ausgeschlossen?«

»Dazu kann ich noch nichts sagen, ich war noch nicht da. Aber wir rücken jetzt aus. Was ist mit euch?«

»Wir kommen natürlich auch.«

»Hier die Adresse: Würmseeweg in 30938 Burgwedel.«

»Hausnummer?«

»Gibt's da nicht. Liegt mitten im Wald, direkt an der A 352. Ihr werdet uns da schon sehen.«

»Bin so gut wie weg …«

Mendelski sprang auf. Das angebissene Mettwurstbrötchen nahm er auf die Faust. Die dampfende Kaffeetasse blieb zurück.

❋❋❋

Hinter dem Landschulheim Heideheim stand der Würmseeweg voller Autos, in Reih und Glied am Wegesrand geparkt. Drei Streifenwagen, zwei Spezialfahrzeuge vom Zentralen Kriminaldienst Hannover, Kranken- und Leichenwagen, zwei Fahrzeuge der Freiwilligen Feuerwehr Kleinburgwedel und diverse Pkw, allesamt mit hannoverschen Kennzeichen. Bei genauerem Hinsehen entpuppten sich diese als zivile Dienstwagen der Kripo.

Nur bei einem Fahrzeug lag ein Presseschild hinter der Windschutzscheibe.

An der Spitze der Autoschlange parkte ein schneeweißes Wohnmobil, ein Fiat Ducato mit holländischem Nummernschild.

Robert Mendelski und Maike Schnur setzten ihren Passat am Ende der Schlange auf den Seitenstreifen. Schließlich waren sie in der Region Hannover nur zu Gast.

Eine Feuerwehrfrau, die in der offenen Fahrertür eines Rüstwagens saß, wies ihnen den Weg.

»Da vorn rechts in den Wald«, sagte sie. »Einfach dem schmalen Fußpfad folgen.«

Der ausgetretene Pfad war leicht zu finden. Er ähnelte einem Pirschweg, der zu einem Hochsitz führt, dachte Mendelski. Erst später erfuhren sie, dass es sich dabei um eine sogenannte Cacher-Autobahn handelte. So werden die Trampelpfade abfällig genannt, die durch die Aktivitäten der Geocacher entstehen.

Hinter der Baumreihe am Wegesrand lag eine Blöße, die sie eilig überquerten. Fundamentreste aus Beton und Steinen zeugten davon, dass hier mal ein Haus oder eine Hütte gestanden haben musste. Die Fläche war frisch mit Douglasien aufgeforstet worden.

Vorbei an tief betrauften Fichten, Zaunresten und allerhand Unrat erreichten sie wenig später die drei mächtigen Eichen, in deren Mitte das verlassene Holzhaus stand. Das Areal war, wie es sich für einen Tatort gehörte, weiträumig mit Flatterband abgesperrt. Zwei Polizisten von der Streife stoppten die Celler Beamten, um ihre Dienstausweise zu kontrollieren.

»Ist schon gut.« Verena Treskatis hatte sich aus einer Ermittlergruppe gelöst und kam ihnen entgegen. »Die gehören zu uns.«

»Hallo, Verena«, begrüßte Mendelski seine langjährige Bekannte und Kollegin. »Hatte eigentlich nicht erwartet, dass wir uns so schnell wiedersehen. Jedenfalls nicht dienstlich.«

»Ist wohl nicht zu ändern.« Sie zuckte mit den Schultern. Ein Lächeln huschte über ihr angespanntes Gesicht. »Hallo, Maike.«

»Dein Verdacht hat sich hoffentlich nicht bestätigt?«, ging Mendelski gleich in medias res.

»Leider doch.« Treskatis streifte ihre Einweghandschuhe ab und steckte sie ein. Mit einer sparsamen Geste deutete sie zu dem Holzhaus. »Der Gerichtsmediziner ist gerade dran. Außerdem versuchen unsere Kriminaltechniker, in dem Durcheinander da drinnen Spuren zu sichern. Noch können wir nicht rein.«

»Okay.« Ungeduldig schaute Mendelski durch eines der offenen Fenster auf die weißen Kapuzengestalten im Haus. »Erzähl, was du weißt.«

»Der Notruf ging heute Morgen um neun Uhr einunddreißig ein«, begann sie. »Über 110. Von einem älteren Ehepaar aus Holland, das auf der Suche nach einem Geocache war. Die Daten hatten sie aus dem Internet. Wenn man im Netz ›Villa Eichengrund‹ oder ›Haus Eichengrund‹ eingibt, stößt man auf einen sogenannten Lost Place. Wisst ihr, was –«

»Kennen wir«, unterbrach Maike sie forsch. »Haben davon reichlich im Landkreis Celle. Weiter bitte.« Mendelski guckte etwas konsterniert, aber Treskatis fuhr fort:

»Jedenfalls werden solche Kombis, also Geocache- und Lost-Place-Punkte, stark frequentiert. Unsere Zeugen, das Ehepaar aus Holland, waren heute Morgen hier auf der Suche, als sie die grausige Entdeckung machten. In der Küche, dort, wo auch der Cache versteckt ist, stießen sie auf einen Toten. Eine männliche, übel zugerichtete Leiche.«

»Florian Goldenstahl.« Mendelski hatte sich den Namen gemerkt.

»Richtig. Der steckte bis zur Hüfte im morschen Holzfußboden. War wahrscheinlich eingebrochen. Unter der Küche befindet sich ein Kriechkeller, deshalb der Hohlraum. Was ihm danach widerfahren ist, wissen wir noch nicht. Auf seinem Oberkörper lag kreuz und quer ein Berg von Möbeln: Küchenschrankteile, Stühle, Regale, Schubladen, ein Kronleuchter und einiges mehr, das halbe Inventar des Raumes. Nur der rechte Arm ragte aus dem Tohuwabohu hervor. Der mit der grünen Drei in der Handinnenfläche.«

»Todeszeitpunkt?«

»Vor fünfzehn bis zwanzig Stunden. Also gestern gegen Mittag.«

»Todesursache?«

»Wahrscheinlich erschlagen. Der Kopf weist erhebliche Verletzungen auf, ebenso beide Arme und der Schulterbereich.«

»Erschlagen? Durch was? Oder womit?«

»Wissen wir noch nicht. Ein eindeutiges Tatwerkzeug konnten wir noch nicht finden. Aber dass die Möbel von allein über ihm zusammengestürzt sind, dass es sich also um einen Unfall handelt, können wir getrost ausschließen. Dazu war alles zu sorgfältig drapiert, zu aufwendig arrangiert. Ein Kapitalverbrechen, also ein Tötungsdelikt, halte ich für naheliegender. Schon wegen der grünen Ziffer.«

»Passt zu unserer Serie«, murmelte Maike. »Wieder ist das Ganze halbwegs als Unfall getarnt. Nur, wie passt der Mann zu unseren sechs anderen Opfern?«

»Über den Toten haben wir noch nicht viel«, erwiderte Treskatis. »Florian Goldenstahl ist nicht aktenkundig. Was wir wissen: siebenundzwanzig Jahre alt, alleinstehend, wohnt und arbeitet in Großburgwedel, im Regionskrankenhaus als Intensivpfleger. Ist mit seinem Fahrrad hergekommen, wahrscheinlich um zu geocachen. Haben neben seinem Handy ein GPS-Gerät, Taschenlampe und andere Utensilien sichergestellt, die höchstwahrscheinlich ihm gehören.«

»Hatte er den Cache gefunden, bevor er starb?«, fragte Maike.

»Ist das wichtig? Wir nehmen es jedenfalls an. Die versteckte Plastikbox war nicht mehr an ihrem Platz, sie lag am Boden.«

»Hat er den Cache denn geloggt?«

»Wie bitte?«

»Hat er noch etwas ins Logbuch geschrieben?«

»Haben wir noch nicht gecheckt. Machen wir aber gleich.« Sie deutete zum Haus. »Meinetwegen auch zusammen.«

Maike nickte.

»Also gibt es keine eindeutigen Berührungspunkte zu unseren bisherigen Opfern?«, stellte Mendelski eine eher rhetorische Frage. »Ich meine, außer der Zahl …«

»Weder Jäger noch Jagdgegner?«, ergänzte Maike.

»Jäger? Nein«, erwiderte Treskatis. »Hab ich überprüft. Ob Jagdgegner, kann ich noch nicht sagen. Jedenfalls ist er diesbezüglich nicht aktenkundig.«

»Opfer Nummer sieben, mit einer geschriebenen Drei …« resümierte Mendelski gedankenverloren.

»Vielleicht gibt es doch einen Berührungspunkt«, unterbrach ihn Treskatis. »Einen kleinen, aber immerhin.«

»Und der wäre?«

»Florian Goldenstahl lebte erst seit zwei Monaten in der Region Hannover.«

»Und vorher?«

»In Celle.«

»Ach.« Maike wechselte einen vielsagenden Blick mit ihrem Chef.

»Er hatte dort als Pfleger im Allgemeinen Krankenhaus gearbeitet.«

»Schau mal einer an.« Mendelski pfiff durch die Zähne. »Also kommen alle sieben Opfer aus dem Landkreis Celle.«

»Mehr oder weniger.«

✳✳✳

Als Anjuta Kassabova mit ihrem klapprigen Mitsubishi zur Arbeit fuhr, fürchtete sie, dass sie eigentlich noch nicht wieder hinterm Lenkrad sitzen durfte.

Ihr brummender Schädel erinnerte sie daran, dass sie garantiert noch weit über ein Promille Restalkohol im Blut hatte. Zu lecker war gestern Abend der Oblak gewesen. Dem beliebten Mixgetränk aus ihrer bulgarischen Heimat, das aus dem Anisschnaps Maskita und dem Pfefferminzlikör Menta bestand, hatte sie nicht widerstehen können. Rumena und Donka, zwei altgediente Berufskolleginnen, die genau wie sie aus der Nähe von Plowdiw stammten, hatten ihr einen Besuch abgestattet, um ihren siebenunddreißigsten Geburtstag nachzufeiern.

Sie hatte also allen Grund, sich unauffällig zu verhalten. Doch das grenzte ans Unmögliche, denn der Auspuff ihres aus dem Jahr 1998 stammenden Japaners war defekt. Dadurch machte der Wagen einen derartigen Radau, dass man ihn meilenweit orten konnte. Es war also nur eine Frage der Zeit, bis sie von der Polizei angehalten würde.

Bitte nicht ausgerechnet heute, flehte Anjuta Kassabova innerlich, als sie Celle auf der B 214 in Richtung Südosten verließ. Sie schaute im Rückspiegel in ihr Gesicht und stöhnte auf. Ihren misslichen Zustand konnte man ihr deutlich ansehen. Kleine, blutrot unterlaufene Äuglein, darunter tiefe bläulich dunkle Ränder.

Zum Glück zeigten sich die meisten ihrer Kunden solchen Details gegenüber schmerzbefreit. Deren Interesse richtete sich auf das, was unterhalb ihres Kinns begann. Und das konnte sich trotz ihres für ihren Job fortgeschrittenen Alters sehen lassen ...

Auf der langen Gerade kurz hinter Altencelle überholte sie einen mit Holz beladenen Lkw. Etwas riskant, musste sie sich eingestehen, denn sie hatte das entgegenkommende Fahrzeug, einen schnellen Porsche, zu spät bemerkt.

Um noch rechtzeitig an dem schwerfälligen Truck vorbeizukommen, musste sie ordentlich Gas geben, dabei lärmte ihr kaputter Auspuff für drei.

Der Lkw-Fahrer hupte wütend, als er abbremsen musste, der Porschefahrer stieg in die Eisen und zeigte ihr den Stinkefinger. Immerhin krachte es nicht.

Heute war einfach nicht ihr Tag.

Trotzig setzte Anjuta Kassabova ihren Weg fort. Sollte die *politsiya* doch kommen, höhnte sie innerlich. Die würden sich gar nicht trauen, ihr was anzuhängen. Viele Beamte der örtlichen Polizei kannte sie durch ihren Job. Netterweise patrouillierten die Streifenwagen häufig an ihrem Standplatz an der Landkreisgrenze. Der galt als Gefahrenschwerpunkt. Und einer der älteren Polizisten kam sogar regelmäßig nach Feierabend vorbei. Ganz privat. Auch wenn er nicht sie besuchte, sondern ihre Nachbarin ...

Wie der Teufel es wollte, bog an der Ampelkreuzung in Eicklingen ein Polizeiauto von rechts, aus Wathlingen kommend, auf die Landstraße. Die Streife setzte sich direkt vor ihren Japaner und fuhr exakt mit den vorgeschriebenen fünfzig Stundenkilometern durch die Ortschaft in Richtung Süden.

Anjuta Kassabova blieb brav dahinter. Sie wollte weder ihren Auspuff noch ihre Nerven ein weiteres Mal überstrapazieren. Erst als die Ordnungshüter in Bröckel die B 214 wieder verließen, traute sie sich, etwas schneller zu fahren.

Drei Minuten später erreichte sie ihren Arbeitsplatz. Er lag in der Nähe vom Weghaus am Straßenrand.

Dass vor ihrem Sexmobil bereits Freier warteten, weil sie die Ersten sein wollten oder weil sie es nicht länger aushalten konnten, kannte sie schon. Dass aber eine Frau auf sie wartete …

✻✻✻

»Wir dürfen rein.«

Verena Treskatis hatte von einem der Kriminaltechniker ein Zeichen bekommen und ging voran. Durch die überdachte Veranda betraten sie das Haus. Scherben knirschten unter ihren Füßen, Papier vermischt mit Eichenlaub knisterte, eine im Wind wehende Gardine schlug gegen den Fensterrahmen.

»Ein richtiges Geisterhaus«, schauderte Maike, als sie sich im Gänsemarsch einen Weg in die Küche bahnten. »Ein Glück, dass wir am helllichten Tag hier sind. Bei Nacht oder sogar bei Vollmond kriegt mich hier keiner her. Dann spukt's bestimmt …«

Zettel's Traum, kam es Mendelski verrückterweise in den Sinn, als er die Tausenden Stücke Papier sah, die Fußboden, Wände, Möbel und sogar die Decke fluteten. Arno Schmidts opulentes Werk und besonders sein Protagonist Edgar Allan Poe und dessen gruselige Geschichten ließen schön grüßen …

»Der oder die Bewohner müssen das Haus über Nacht verlassen haben. Sie sind nie mehr zurückgekehrt«, erklärte Treskatis.

»Wann war das?«, fragte Mendelski. »Ist schon 'ne Weile her, nehme ich an.«

»Vor ungefähr dreißig Jahren. Also Ende der Achtziger.«

»Und so lange stand das hier leer?«

»Anzunehmen.«

Als sie die Küche betraten, erhob sich der Gerichtsmediziner aus der Hocke. In den Händen hielt er eine blutverschmierte Schere und eine Pinzette. Hinter ihm am Boden lag ausgestreckt die Leiche von Florian Goldenstahl. Dessen Hosenbeine sowie die Funktionsunterwäsche waren aufgeschnitten. Neben dem Toten klaffte ein großes Loch im Holzfußboden, in dem das Opfer gesteckt hatte.

»Dr. Fesenfeld«, stellte Treskatis den Arzt vor. »Die Kollegen Mendelski und Schnur von der Polizeiinspektion Celle.«

»Guten Tag«, erwiderte dieser trocken. »Ich habe eine handfeste Überraschung für Sie.«

»Was denn?« Verena Treskatis zog die Augenbrauen hoch. In der Enge der Küche versuchte sie, an dem Mediziner vorbei einen Blick auf die Leiche zu werfen.

»Es geht um die Todesursache.«

Er deutete auf das Gerümpel, welches in einer Ecke aufgestapelt lag. Schrankteile, Schubladen, Metallstühle, ein Kronleuchter.

»Das alles hat auf dem Oberkörper des Opfers gelegen«, referierte Dr. Fesenfeld. »Jemand muss es auf ihn geworfen haben, als er hilflos in dem Loch feststeckte. Das zeigen unzählige äußerliche Verletzungen an Kopf, Armen und Thorax.«

»Da haben wir doch die Todesursache«, meinte Treskatis missgestimmt.

»Schön langsam«, erwiderte der Mediziner. »Ich muss gestehen, das war auch meine erste Diagnose. Allerdings musste ich die revidieren, nachdem wir den Toten aus dem Loch gezogen hatten.«

»Wieso das?«

»Als ich mir seinen rechten Oberschenkel angeschaut habe, kam ich zu dem Schluss, dass die Verletzungen am Oberkörper nicht tödlich waren. Ein ziemlich langer, scharfer Holzsplitter aus den Bodendielen hat die Beinschlagader erwischt und aufgerissen.«

»Er ist also verblutet?«

»Richtig.«

»Wie lange dauert so etwas?«, wollte Maike wissen.

»Schon einige Minuten«, meinte der Arzt. »Bewusstlos war er aber wohl ziemlich schnell. Unklar ist, ob Goldenstahl von den Verletzungen am Oberkörper noch viel mitbekommen hat. Zweifellos wurden die ihm noch zu Lebzeiten beigefügt.«

»Mein Gott, wer macht denn so was?« Verena Treskatis schüttelte ungläubig den Kopf. »Da steckt einer hilflos in diesem Loch fest. Jemand anderes schlägt wild auf ihn ein. Prügelt und schmettert ihm alle möglichen Gegenstände auf den Leib, bis nichts mehr von ihm zu sehen ist.«

»Ausgenommen die Hand, die aus dem Haufen ragte«, ergänzte Mendelski. »Apropos Hand …«

»Wie viel Hass muss da im Spiel gewesen sein …«, unterbrach ihn Treskatis. Die Kommissarin beugte sich zu dem Loch im Holzfußboden hinunter. Dann wandte sie sich erneut an Dr. Fesenfeld. »Und wohl auch Kalkül. Meinen Sie, die Stelle war präpariert? Ich meine, hatte dort jemand eine tödliche Falle gestellt?«

»Schwer zu sagen. Von meiner Warte kann ich das nicht beurteilen.« Der Gerichtsmediziner wiegte den Kopf. »Das werden wohl Sie herausfinden müssen – oder die Kriminaltechnik. Ich habe allerdings den Eindruck, dass das Opfer eher zufällig durch die Bodendielen gebrochen ist.«

»Zurück zur Hand.« Mendelski startete einen zweiten Versuch. »Können wir die bitte mal sehen? Die mit der Zahl.«

»Selbstverständlich.« Dr. Fesenfeld ging erneut in die Hocke. Er nahm die erstarrte rechte Hand des Toten und drehte sie um.

»Einwandfrei eine Drei«, ächzte Mendelski. »Kein spiegelverkehrtes E und auch kein um neunzig Grad gedrehtes W. Eine grüne Drei. Geschrieben mit einem gewöhnlichen wasserfesten Permanentmarker. Solche Zahlen sind uns leider sehr vertraut.«

Die letzte Hoffnung, dass eventuell doch ein Trittbrettfahrer oder ein Nachahmungstäter am Werke gewesen war, erlosch.

»Post mortem geschrieben, nehme ich an?«

»Muss nicht sein«, erwiderte der Arzt. »Unabhängig von der Bewusstlosigkeit, die früher als der Exitus eingesetzt haben dürfte, war der Arm des Opfers durch die Gegenstände fixiert, bevor der Tod eintrat. Insofern war es wohl einfach, die Hand zu greifen und etwas hineinzuschreiben.«

»Ist doch pervers, so was«, entfuhr es Maike. Immer weniger gelang es ihr, professionelle Distanz zu wahren. »Da steckst du lebendig begraben, erleidest Höllenqualen, und dein Peiniger schnappt sich deine Hand …« Sie brach ab.

»Einfach widerlich«, stimmte Verena Treskatis ihr zu. »Wozu Menschen doch fähig sind.«

✳✳✳

»Da sind Sie ja endlich«, begrüßte die Fremde sie.

Anjuta Kassabova hatte ihren Mitsubishi ein Stück von der Landstraße entfernt geparkt. Auf ihrem Stammparkplatz am Waldrand, jedoch in Sichtweite ihres Arbeitsplatzes. Würde sie ihr Auto unmittelbar neben dem Sexmobil abstellen, kämen ihre unbedarften Freier zu dem Schluss, sie hätte bereits Kundschaft. Das wollte sie vermeiden.

Das kurze Stück zurück zum zur Liebesschaukel umfunktionierten Wohnmobil war sie zu Fuß gelaufen. Die frische Luft tat ihrem Brummschädel gut.

»Wen interessiert das?«, fragte sie schnippisch in nahezu akzentfreiem Deutsch. »Sie sehen nicht so aus, als wären Sie von der Sitte.« Dabei musterte sie die Frau unverhohlen, die im Schatten des Wohnwagens wartete.

Die Frau war um die vierzig, trug eine große Sonnenbrille, eine Schirmmütze auf dunklem lockigem Haar und einen beigefarbenen Trenchcoat mit hochgeschlagenem Kragen. Es war ganz offensichtlich, dass sie nicht erkannt werden wollte.

Ein geparktes Auto war weit und breit nicht zu sehen.

»Können wir das drinnen besprechen?«, fragte die Fremde und deutete auf die Tür des Sexmobils. Nervös schaute sie sich um.

»Ich mach's nicht mit Frauen«, sagte Anjuta Kassabova. »Das können Sie sich abschminken.«

»Ich möchte was ganz anderes von Ihnen.«

»Dann sagen Sie mir das hier draußen.«

»Das ist zu delikat.« Der Holz-Lkw von vorhin fuhr an ihnen vorbei. Der Fahrer hupte. Die Fremde wandte abrupt den Kopf von der Straße weg zur Seite.

»Sie wollen nicht erkannt werden, nicht wahr?«

»Richtig.« Sie fischte mehrere Geldscheine aus der Brusttasche ihres Trenchcoats. Nach der grünen Farbe zu urteilen, waren es Hundert-Euro-Scheine. »Ich möchte Ihnen ein kleines Geschäft vorschlagen.«

Anjuta Kassabova war auf der Hut. Dass man ihr – vor allem in ihrem Alter – noch besondere Geschäfte vorschlug, war ungewöhnlich. »Ich brauch keinen Zuhälter«, konterte sie kalt. »Und schon gar nicht 'ne Puffmutter.«

»Mein Vorschlag geht in eine andere Richtung.«

Wieder tönte die Hupe eines vorbeifahrenden Autos. Die männlichen Insassen im Führerhaus des Lieferwagens schienen beim Anblick der beiden Frauen am Wohnwagen ihren Spaß zu haben. »Können wir nicht endlich reingehen?«

»Wenn's unbedingt sein muss«, gab Anjuta Kassabova nach. »Das kostet Sie aber 'nen Hunderter.« Sie zog den Schlüssel aus der Tasche und schloss auf. »Bitte, nach Ihnen.«

Die beiden Frauen stiegen in das Sexmobil, die Bulgarin schloss die Tür hinter sich.

»Sie können ruhig ablegen«, sagte Anjuta, nachdem sie sich gesetzt hatten. »Hier drinnen sieht Sie keiner. Und Kameras habe ich auch nicht.«

»Nein. Ich bleibe lieber so. Kommen wir zur Sache.«

»Okay, was wollen Sie?«

»Ist das Ihr eigenes Wohnmobil?«

»Äh, was soll das?« Anjuta war genervt. »Sind Sie doch von der Sitte?«

»Nein.« Die Fremde wechselte ihre Strategie. »Nun gut. Reden wir Klartext. Diese nicht mehr fahrtaugliche Schrottlaube gehört einem Typen aus Celle. Sie mieten von dem Mann Fahrzeug und Standplatz für hundertfünfzig Euro den Tag. Dieses Geld müssen Sie erst mal verdienen, bevor was für Sie übrig bleibt, richtig?«

Anjuta Kassabova guckte skeptisch, verkniff sich aber eine Antwort.

»Sie schulden dem Besitzer dieses Wagens also hundertfünfzig Euro täglich. Egal, ob Sie arbeiten oder nicht.«

Anjuta blieb weiterhin stumm. In ihrem Kopf ratterte es, die Kopfschmerzen nahmen zu.

»Wie gesagt, ich möchte Ihnen ein kleines Geschäft vorschlagen«, wiederholte die Fremde. Sie legte ein Bündel Hundert-Euro-Scheine auf den Tisch. »Ich gebe Ihnen das Zehnfache: tausendfünfhundert Euro.«

Anjuta Kassabova bekam große Augen. »Wofür?«

»Für einen kleinen Gefallen. Mehr nicht. Sie überlassen mir für heute das Fahrzeug. Das ist alles.«

»Das Sexmobil?«

»Natürlich.« Die Fremde zeigte zum ersten Mal so etwas wie Regung. »An Ihrem klapprigen Pkw hab ich kein Interesse.«

»Sie wollen sich hier reinsetzen und –«

»Was ich vorhabe, spielt keine Rolle«, unterbrach sie die Frau. »Machen wir den Deal? Oder nicht?«

Die will ihrem Ehemann auflauern, schoss es Anjuta Kassabova durch den Kopf. Und ihn brüskieren. Oder sie ist eine vögelwilde Nymphomanin, die den Kick mit fremden Männern sucht – so was soll's geben.

Gierig schaute sie auf die grünen Scheine. Kann mir doch egal sein, dachte sie. Wenn die Kohle stimmt, mach ich das. Hab heute eh keine Lust auf geile Hurenböcke. Schon gar nicht auf diesen Typen, der jeden Mittwochnachmittag kommt und so widerliche Dinge fordert ...

»Zweitausend«, sagte sie forsch. »Sonst läuft nichts.«

»Dann geh ich zu einer anderen.« Die Fremde raffte das Geld wieder zusammen und erhob sich.

»Nein, nein. Warten Sie.« Anjuta Kassabova war nicht gut im Zocken. Zu rasch gab sie auf. »Meinetwegen«, willigte sie ein. »Und wie läuft das jetzt?«

»Ganz einfach.« Die Fremde hatte sich wieder gesetzt. »Ich gebe Ihnen das Geld, und Sie verschwinden. Umgehend. Und Sie tauchen erst morgen wieder hier auf.«

»Und der Schlüssel vom Wagen?«

»Den verstecke ich heute Abend in der vorderen Stoßstange. Da gibt's eine gute Stelle ...«

Anjuta Kassabova nahm die Geldscheine und steckte sie in ihre Handtasche.

»Wer Sie sind, wie Sie heißen, verraten Sie mir nicht?«

»Nein.«

»Okay. Na dann viel Spaß.« Sie erhob sich. Im Hinausgehen blickte sie sich noch einmal um. Die Fremde saß immer noch auf der flachen Pritsche und zupfte an ihrem Haar.

Wenn das mal echt ist, spekulierte Anjuta Kassabova, nachdem sie die Tür hinter sich zugeschlagen hatte. Sieht doch sehr nach einer Perücke aus.

***

Nachdem der Leichnam von Florian Goldenstahl fortgeschafft worden war, sahen sich Robert Mendelski und Maike Schnur den Tatort etwas näher an. Verena Treskatis blieb bei ihnen.

»Im Logbuch ist nichts eingetragen«, sagte Maike. Sie hatte sich schon Einweghandschuhe übergestreift und untersuchte den Cache. Die Plastikschachtel hatte in dem Durcheinander am Boden gelegen. »Der letzte Eintrag ist vom 5. November, vorgestern, am Montag um fünfzehn Uhr fünfundvierzig. Von einem gewissen ›Baumläufer-17‹. Das ist ein Forenname, die Person könnte man also kontaktieren, wenn nötig.«

»Das Logbuch wird konfisziert«, sagte Treskatis. »Wenn es Sinn macht, werten wir es aus. Aber wie dem auch sei: Der Cache wird jedenfalls stillgelegt.«

»Goldenstahl hatte das Versteck wahrscheinlich gerade gefunden, als das Unglück über ihn hereinbrach. Der hatte nicht mal mehr Zeit, sich einzutragen.«

Mendelski stand vor dem Loch im Fußboden und starrte hinab. »Über zwanzig Stunden hat der hier gelegen, bis er entdeckt wurde. Hat ihn denn niemand vermisst?«

»Anscheinend nicht.« Treskatis trat zu ihm. »Er lebte allein. Und hatte heute einen freien Tag. Im Krankenhaus war er erst morgen früh wieder eingeplant. Auf seinem Smartphone ist in den zwanzig Stunden, die er hier gelegen hat, nicht ein einziger Anruf in Abwesenheit eingegangen.«

»Arme Socke«, murmelte Mendelski. Dann etwas lauter: »Das Handy habt ihr also sichergestellt?«

»Ja, steckte in seiner Hosentasche. Die Auswertung der letzten Gespräche und Textnachrichten läuft. Aber da war nicht viel.«

»Keine Vermisstenmeldung, keine Anrufe.« Mendelski schaute bekümmert drein. »Ach herrje. Muss ein einsamer junger Mann gewesen sein. Hatte er Angehörige? Gibt's etwa jemanden bei uns im Landkreis Celle?«

»Goldenstahl kommt ursprünglich aus dem Osten, irgendwo aus Mecklenburg-Vorpommern. Der Vater lebt nicht mehr. Die Mutter ist neu verheiratet in Frankfurt/Oder. Keine Geschwister. Mehr weiß ich noch nicht.«

»Wir sollten uns seine Wohnung anschauen«, schlug Maike vor. »Vor allem den PC. Solche Leute haben oft Internetbekanntschaften.«

»Den Wohnungsschlüssel habe ich«, sagte Treskatis. »Wir können jederzeit hinfahren.«

»Apropos Wohnung«, wandte Mendelski ein. »Bevor ich es vergesse: Was hat eigentlich die Durchsuchung der Wohnung von Charlotte Krüger ergeben?«

»Nichts. Reinweg nichts. Allerdings fehlt noch die Auswertung ihres Computers. Der ist mit einem Passwort gesichert. Unsere Computerfreaks nehmen ihn gerade auseinander. Ich werde … Entschuldigt bitte …«

Verena Treskatis' Handy bimmelte, sie nahm das Gespräch an.

»Nein, ich glaube nicht«, sprach sie ins Telefon. »Moment, ich frage noch mal nach.« Sie suchte den Blickkontakt zu Mendelski. »Das holländische Ehepaar, das den Toten gefunden hat, möchte weiterfahren. Oder sollen sie noch bleiben? Habt ihr noch Fragen an die beiden?«

»Ihr werdet sie schon nach allem Nötigen gefragt haben, nehme ich an«, entgegnete Mendelski. »Von daher … meinetwegen sollen sie fahren.«

»Lasst sie ziehen«, sagte Verena Treskatis ins Telefon. »Ihre Daten haben wir ja.«

Sie steckte ihr Handy wieder ein und folgte Mendelski in den Nachbarraum. Während er versuchte, einen der handgeschriebenen Zettel an der Wand zu entziffern, sagte er: »Die

Krankenhauskollegen von Goldenstahl müssten doch eigentlich etwas über ihn erzählen können.«

»Die in Burgwedel oder die in Celle?«

»Wohl eher die in Celle. In Großburgwedel arbeitete er ja noch nicht so lange.«

»Schlage vor, ihr übernehmt euer Krankenhaus in Celle, wir hier checken Burgwedel.«

»Einverstanden.«

Nun war es Mendelskis Handy, das brummte. Widerwillig zog er es hervor und schaute aufs Display.

»Oh, der Chef. Will sicher einen Lagebericht.« Er stakste durch den Unrat am Boden in Richtung Ausgang.

»Na, viel Spaß dabei«, raunte ihm Treskatis hinterher. »Und er soll uns die Medien vom Hals halten«, fügte sie noch hinzu.

Doch da war Mendelski schon außer Hörweite.

ACHTZEHN

Nach dem Telefonat mit Mendelski suchte Steigenberger Heiko Strunz in dessen Büro auf.

»Haben Sie's schon gehört?«, platzte er mit der Neuigkeit heraus, kaum dass er im Raum war. Der Kriminaldirektor hielt einen DIN-A4-Zettel in der Hand.

»Was denn?« Strunz warf die Stirn in Falten.

»Das von dem nächsten Toten, dem mit der Nummer drei. Bei den Hannoveranern, in der Nähe von Großburgwedel.«

»Hat es sich also bewahrheitet?«, stöhnte Strunz. »Robert und Maike hatten mich unterrichtet, als sie heute Morgen rausgefahren sind. Von unterwegs. Da kannten sie noch keine Details.«

Steigenberger ließ die Tür offen und schob sich einen Stuhl zurecht. Erschöpft ließ er sich darauf nieder.

»Ja, es hat sich bewahrheitet«, erklärte er. »Leider. Wir haben die nächste Leiche in der Serie. Die Leiche Nummer sieben. Es ist nicht zu fassen.«

»Mit einer geschriebenen grünen Zahl auf der Hand?«

»Exakt.«

»Wissen Sie schon Näheres?«

»Natürlich.« Steigenberger wirkte gereizt. »Deswegen bin ich ja hier.« Er reichte Strunz den Zettel über den Schreibtisch. »Hier, das ist, was ich von Robert erfahren habe. Name des Opfers, Todesursache, Todeszeitpunkt, Alter, Beruf, Anschrift und so weiter … Aber Sie werden gleich sehen, dieser Florian Goldenstahl passt so gar nicht in die Reihe der vorherigen sechs.«

Strunz überflog das Blatt Papier. »Er ist also nicht aktenkundig. Womit fangen wir an?«

»Erstens: ob er irgendeine Verbindung zu militanten Tierschützern hatte. Insbesondere zur Animal Liberation Front, der ALF. Vom Alter her würde er zu den drei jungen Leuten, Roth, Schütz und Krüger, passen.«

»Dazu muss ich aber ins Darknet.«

»Meinen Segen haben Sie.«

»Okay. Und weiter?«

»Zweitens: Wir müssen Goldenstahls Vergangenheit hier in Celle ausleuchten. Bis ins kleinste Detail. Da muss es – verdammt noch mal – irgendeine Verbindung zu den anderen sechs geben.«

»Viereinhalb Jahre hat er hier gelebt«, las Strunz ab. »Da wird er irgendwelche Spuren hinterlassen haben.«

»Schicken Sie jemanden ins Krankenhaus. Klopfen Sie dort gründlich auf den Busch, beim ehemaligen Kollegium, den Vorgesetzten …«

»In Ordnung.«

»Gut, dann nichts wie los.« Steigenberger erhob sich.

»Die Hannoveraner recherchieren parallel?«, fragte Strunz.

»Ja, aber in anderen Bereichen. Die stürzen sich auf die jüngste Vergangenheit des Opfers. Auf die zwei Monate, die er in Großburgwedel wohnte.«

»Robert und Maike …?«

»Sind mit den Hannoveranern unterwegs. Sie wollen in die Wohnung des Opfers.« Steigenberger wollte schon gehen, drehte sich aber noch mal um. »Übrigens: Robert wollte unbedingt wissen, was mit dem Jäger ist. Er meinte den Jäger aus Groß Hehlen, der Schützens Hund erschossen hat.«

»Ach der. Ja, hab ich inzwischen herausbekommen.« Strunz kramte in seinen Unterlagen. »Holger Strohbusch. Zuletzt wohnhaft in Lüneburg. Können wir allerdings vernachlässigen, weil schon vor einem Jahr gestorben.«

Steigenberger zog die Augenbrauen hoch. »Wie das, bitte?«

Strunz winkte ab. »Ganz natürlich. An Lungenkrebs.«

✳✳✳

Wie viele niedergelassene Ärzte nahm sich Ludger Wolf den Mittwochnachmittag frei.

Die Gemeinschaftspraxis für Orthopädie und Unfallchirurgie, in die er vor einem Dreivierteljahr eingestiegen war, verließ er gegen vierzehn Uhr zehn. In der Tiefgarage des modernen Neubaus stieg er in einen silberfarbenen Audi Q5.

Kurze Zeit später steuerte er das Fahrzeug über die Hafenstraße auf den Neumarkt. Als er an der Ampel warten musste, fiel sein Blick aufs Café Rio's gegenüber, vor dem er um sechzehn Uhr mit seiner Frau verabredet war. Von hier aus wollten sie zusammen zum Shoppen in die Stadt.

Er schaute auf seine Armbanduhr, eine protzige Breitling Navitimer mit braunem Lederband.

»Schaff ich locker«, murmelte er vor sich hin. Die Ampel sprang auf Grün, er fuhr an und bog in den Nordwall ein. Keine fünf Minuten später verließ er Celle über die Braunschweiger Heerstraße.

Ludger Wolf und seine Frau bewohnten ein Fachwerkhaus in Wieckenberg. Im Umkreis des idyllischen, verschlafenen Heidedorfs pflegten sie ihr soziales Umfeld. Beide waren aktive Reiter, jeder hatte sein eigenes Pferd, im örtlichen Reitverein waren sie ehrenamtlich tätig.

Wieckenberg lag weit im Westen des Landkreises Celle. Wenn Ludger Wolf etwas unternehmen wollte, was nicht unbedingt an die Öffentlichkeit gelangen sollte, dann fuhr er in die entgegengesetzte Richtung, weit in den Osten des Landkreises.

Prostituiertenbesuche gehörten zu solchen Unternehmungen, bei denen er unentdeckt bleiben wollte.

Ludger Wolf war zwar erst seit dreieinhalb Jahren verheiratet, doch ausgefüllt war sein Sexualleben schon lange nicht mehr. Seine Vorliebe für Sadomaso-Praktiken stieß bei seiner Frau auf wenig Begeisterung. Anfangs, als sie frisch verliebt waren, hatte sie sich noch auf seine Wünsche eingelassen, seine Rollenspielchen mitgespielt. Doch mit der Zeit hatte das rapide abgenommen. Folglich sah sich Ludger Wolf genötigt, sich seine sexuelle Befriedigung außerehelich zu holen – bei einer Professionellen.

Regelmäßig und pünktlich wie ein Beamter fuhr er jeden Mittwochnachmittag nach der Arbeit zum Weghaus nach Bröckel. Zu den Wohnwagen, die unmittelbar neben der B 214 am Straßenrand standen. Am liebsten steuerte er das Sexmobil der Bulgarin Anjuta Kassabova an, seiner Lieblingsprostituierten.

Als sich Ludger Wolf fünfzehn Minuten später dem Weghaus näherte, konnte er schon von Weitem sehen, dass kein Auto neben – oder besser hinter – dem Wagen von Anjuta parkte. Sie hatte also gerade keinen Kunden. Sehr schön.

Die tief stehende Sonne spiegelte sich in der Windschutzscheibe des Wohnmobils, daher konnte er nur schemenhaft erkennen, dass eine Frau auf dem Beifahrersitz saß. Abrupt bremste er und bog mit quietschenden Reifen von der Landstraße ab. Während er einen Parkplatz unter den Bäumen suchte, fiel ihm auf, dass der Mitsubishi von Anjuta nicht an seinem gewohnten Platz stand.

Ist die alte Karre endlich hin, fragte er sich, während er den Motor ausschaltete und ausstieg. Die arme Anjuta, dachte er boshaft. Sie wird doch nicht mit dem Bus gekommen sein …?

Kurz bevor Ludger Wolf das Sexmobil erreichte, öffnete sich von innen die Seitentür.

Er stutzte.

»Mach dir bloß nicht ins Hemd!«, fauchte ihn eine tiefe, rauchige Frauenstimme an. »Anjuta ist heute nicht da. Also werd ich's dir besorgen …«

Seine Augen brauchten einen Augenblick, um sich an die Dunkelheit im Fahrzeug zu gewöhnen. Vor ihm saß breitbeinig und vulgär eine Frau in einem hautengen schwarzen Latexoverall. Ihre hellen Haare waren streng nach hinten frisiert. Die Hände steckten in Lederhandschuhen, die Füße in langen Lederschaftstiefeln, beides ebenfalls in glänzendem Schwarz. Ihre Augen verbarg eine Zorromaske aus Stoff, in den Händen hielt sie eine kurze Peitsche und ein Paar Handschellen.

»Ich mecker doch gar nicht«, unterwarf sich Ludger Wolf augenblicklich und stieg in den Wohnwagen.

✳✳✳

Wieder ein Fax.

Bernd Buchholz erhob sich von seinem Schreibtischstuhl und ging zum Faxgerät, das neben dem Aktenschrank stand. Zwei Blätter quollen aus dem alten Apparat. Handgeschrieben.

Typisch Hubertus Stolzenberg, dachte er, während er zurück zum Schreibtisch ging. Altmodisch, wie der war, verweigerte sich der pensionierte Bundesbahnbeamte weitgehend den neuen Kommunikationstechniken. E-Mails und Internet nutzte er nur in Ausnahmefällen.

Im Gehen überflog Buchholz die Seiten. »Anschläge und Vergehen militanter Jagdgegner in den letzten drei Jahren in Eschede« hieß die Überschrift. Die Liste war akribisch angelegt; sie begann mit dem Datum, es folgten der Ort, das Revier, schließlich der zu berichtende Vorfall. Zerstörung einer Ansitzleiter, Farbschmiererei an Autos während des Ansitzes, Entfernen von Salzlecksteinen und Wildkameras oder Zerstörung von Kirrplätzen, stand da unter anderem. Eine Liste von Zeugen war angehängt. Bis auf einen Fall, bei dem betrunkene Jugendliche auf ihrer Vatertagstour eine Kanzel umgeschmissen hatten, waren alle Vorgänge bis heute ungeklärt.

Bernd Buchholz setzte sich wieder. Er schob die beiden Blätter in eine Klarsichthülle und legte sie auf einen Stapel Papier an der äußersten Ecke des Schreibtisches. Seit dem Treffen gestern Nachmittag waren bereits etliche Listen bei ihm eingegangen. Die Prüfungskommissionskollegen machten ihre Hausaufgaben, denn sie nahmen das Thema ernst. Sehr ernst sogar.

Danach wandte sich der Kreisjägermeister wieder seiner eigenen Liste zu. Die hatte er nicht in Papierform, sondern auf dem Bildschirm vor sich. Er war dabei, eine Übersicht zu erstellen, die ausschließlich Störungen beziehungsweise Anschläge während der Jagdscheinprüfungen berücksichtigte. Dabei beschränkte er sich – wie schon die anderen – zunächst auf die letzten drei Jahre.

Als heftigste Attacke schätzte er den Brandanschlag auf den Schießstand in Scheuen vor zwei Jahren ein. Am Morgen des Schießprüfungstages hatte ein Nebengebäude in Flammen gestanden. Nur mit viel Glück konnte ein Übergreifen des Feuers auf das Hauptgebäude verhindert werden. Die Polizei ging von Brandstiftung aus und vermutete, dass der Täterkreis bei militanten Tierschützern, bei der ALF, zu suchen sei. Ein Bekennerschreiben war jedoch nicht eingegangen.

Sechs weitere nennenswerte Ereignisse im Zusammenhang mit der Jagdscheinprüfung hatte Bernd Buchholz aufgeführt:

– lautstarke und medienwirksame Proteste einer Gruppe von PETA-Aktivisten während der schriftlichen Jagdscheinprüfung vor dem Kreishaus in der Trift
– ein Buttersäureanschlag auf das Waldklassenzimmer des Hegerings Bergen
– das mutwillige Ansägen von Leitersprossen an einem Hochsitz, der bei der Revierprüfung benutzt wurde
– Parolenschmierereien mit blutroter Farbe an Schautafeln im Prüfungsrevier in Wohlde
– zerstochene Reifen an den Autos von Prüflingen
– ausgelegte Nagelbretter auf der Zufahrt zum Schießpark Celler Land in Scheuen

Verglichen mit dem, was in anderen Landkreisen passierte, war das normal, dachte Bernd Buchholz. Er stand in regem Kontakt mit den anderen Kreisjägermeistern in ganz Niedersachsen. Der Landkreis Celle lag im Ranking der Anschläge im Mittelfeld. Insbesondere in Ballungsgebieten, in der Nähe von Städten wie Hannover, Braunschweig, Göttingen oder Hamburg, beklagten die Grünröcke viel höhere und häufigere Vorfälle als im ländlichen Raum. Wegen der dortigen Bevölkerungsstruktur war das nachvollziehbar.

Bernd Buchholz rief sich die sieben Ereignisse ins Gedächtnis. Sosehr er auch grübelte, vermochte er keinen Zusammenhang mit der Unfall- oder Mordserie herzustellen.

Nachdem er das Dokument gespeichert hatte, rief er sein Mailprogramm auf. Er begann, eine Rundmail an die anderen fünf zu tippen:

Liebe Mitstreiter, werte Waidgenossen,
folgende neue Informationen an euch. Das mit dem Jäger aus Groß Hehlen hat sich erledigt. Der ist schon letztes Jahr verstorben.
Zum Thema Dortmund und zu den Ereignissen während

der Jagdmesse gibt es nichts Neues. All meine Recherchen diesbezüglich sind im Sande verlaufen.

Im Anhang findet ihr von mir eine Auflistung der Zwischenfälle, die sich in den letzten drei Jahren während und um die Jagdscheinprüfungen herum abgespielt haben. Wenn einer von euch noch einen Kommentar, eine Ergänzung dazu hat: bitte schön.

Euch allen noch einen geruhsamen Abend

Horrido und Wmh
B. B.

Bevor er die Nachricht abschicken konnte, klingelte das Telefon. Die Nummer auf dem Display verriet, dass der Anruf aus Celle kam.

»Polizeiinspektion Celle – Steigenberger«, hörte er am anderen Ende der Leitung. »Haben Sie schon gehört? Es gibt einen weiteren Toten und eine weitere Ziffer ...«

Bernd Buchholz blieb die Spucke weg. Er hatte noch nichts vom Tod Florian Goldenstahls gehört. Gespannt hörte er sich weitere Details an. Nachdem er dem Kriminaldirektor versichert hatte, mit dem Namen des Toten nichts anfangen zu können, beendeten sie das Gespräch.

Gedankenverloren starrte Bernd Buchholz auf den Bildschirm vor sich. Dann tippte er: *PS: Es gibt doch noch Neuigkeiten ... schaurige Neuigkeiten ...*

***

Kurz vor Feierabend, gegen siebzehn Uhr fünfzig, kamen sie noch einmal zu einer Abschlussbesprechung zusammen. Wegen der Zuspitzung der Lage hatte Steigenberger die Hauptverantwortlichen der Soko Neunwürger zu dieser späten Uhrzeit in den Besprechungsraum gebeten.

»Was bringt ihr aus Hannover mit?«, wandte er sich ohne große Vorrede an Mendelski und Maike Schnur.

»Wenig Neues«, begann Mendelski mit seinem Bericht.

»Wir waren mit den Hannoveranern in der Wohnung von Goldenstahl. Konnten auf den ersten Blick nichts Auffälliges feststellen. Ganz stinknormale Junggesellenwohnung. Nichts auf dem AB, keine auffälligen Dokumente, keinerlei Hinweise auf Aktivitäten in der Tierschützerszene. Lediglich jede Menge Fotos von sogenannten Lost Places. Wisst ihr, was das ist?«

Die anderen nickten.

»Der Tatort war so ein Lost Place. Was noch aussteht, ist die Auswertung des PCs von Goldenstahl. Da kamen wir nicht dran, der war mit einem Passwort geschützt. Hannover hat den Rechner eingesackt. Sie melden sich umgehend, sobald sie was haben.«

Steigenberger rümpfte unzufrieden die Nase. »Mehr nicht?«

»Verena Treskatis und ihre Truppe bekommen morgen Unterstützung von einem Fallanalysten vom LKA. Davon könnten auch wir profitieren.«

»Hoffentlich … Herr Strunz«, wandte sich der Polizeichef an den Nächsten. »Wie sieht es bei Ihnen aus?«

»Die Auswertungen der Rechner und Handys von Schütz und Roth laufen noch. Ergebnisse wahrscheinlich morgen.«

»Und zu Goldenstahl?«

»In der Kürze der Zeit war nicht viel zu holen. Bisher gibt es keine Hinweise auf ALF-Verbindungen oder Kontakte zu ähnlichen Tierschutzorganisationen. Von seinen ehemaligen Kollegen im Krankenhaus habe ich eine Liste angefertigt. Die sollten wir morgen vor Ort abarbeiten.«

»Seine Angehörigen im Osten? Seine Mutter …?«

»Das übernimmt Hannover«, sagte Mendelski.

»Okay. Nun zu Ihnen.« Steigenberger wandte sich an Ellen Vogelsang und Jo Kleinschmidt. »Gibt es Neues von Roth, Schütz und Co.?«

»Auch hier mehr oder weniger Fehlanzeige«, berichtete Ellen Vogelsang. »Wir haben uns noch einmal die Wohnung von Matthias Roth vorgenommen und etliches an Material eingetütet. Aber ob das was hergibt …«

»Dann sind wir in Groß Hehlen bei den Eltern von Yannik

Schütz gewesen«, ergänzte Jo Kleinschmidt. »Die beiden – insbesondere der Vater – waren sehr kooperativ. Aber auch hier nichts Neues. Die schriftlichen Berichte folgen.«

»So eine Scheiße«, rutschte es Steigenberger heraus. »Sieben Tote. Vier bei uns, zwei in Hannover, einer im Heidekreis. Und wir kommen keinen Millimeter voran. Zum Glück treibt sich die Medienmeute gerade in Hannover herum. Aber spätestens wenn die morgen mitbekommen, dass Goldenstahl aus Celle stammt, stehen die wieder hier bei uns auf der Matte. Und dazu unsere üblichen Verdächtigen ...«

»Haben wir wirklich keine anderen Sorgen?«, entfuhr es Maike Schnur. Ihre Augen blitzten ärgerlich. »Sollten wir tatsächlich untätig zuschauen, bis es neun Tote sind?«

»Wieso?« Auch Steigenberger merkte man seine nervliche Anspannung deutlich an. »Ach so ... Sie meinen, die Serie hört erst auf, wenn Nummer zwei und eins ...?«

Maike verdrehte die Augen. »Wenn wir – und zwei weitere Opfer – Pech haben, dann ja.« Sie redete sich in Rage. »Man muss doch kein Fallanalyst oder Profiler sein, um das Muster in diesem Fall zu erkennen. Da ist ein durchgeknalltes, hochintelligentes Hirn am Werke, das uns alle an der Nase herumführt.«

»Wie kommen Sie ...?« Steigenberger konnte seine Zwischenfrage nicht beenden.

»Warum sonst die Zahlen? Das gilt doch uns. Uns Ermittlern. Nach dem Motto: Ätsch, ich kann machen, was ich will, töten, wie es mir passt. Ihr kriegt mich nicht.«

»Ich glaube, da steckt mehr dahinter«, entgegnete Mendelski. »Da verfolgt jemand ein eindeutiges Ziel. Ein Ziel, das ...«

In diesem Augenblick klopfte es an der Tür. Ungestüm und laut. Ein uniformierter Kollege trat ohne Zögern ein. »Entschuldigung, wenn ich störe. Aber alle Ihre Handys sind aus.«

»Aus gutem Grund.« Steigenberger reagierte ungehalten.

»Wurde soeben gemeldet«, fuhr der Mann unbeirrt fort. »Männliche Leiche bei Bröckel. An der B 214, in einem Sexmobil.«

»Und? Kann das nicht warten?«

»Dem Mann hat jemand eine Zahl auf die Brust geschrieben. Eine grüne Zwei.«

***

Der Standort des Wohnwagens war hell ausgeleuchtet.

Meterhohe mobile Sichtschutzwände aus Kunststoff verhinderten, dass Autofahrer von der nahe gelegenen B 214 einen Blick auf das Gewusel am Tatort werfen oder Fotos und Filmchen machen konnten. Das Lichtspektakel in der Dunkelheit zog die Gaffer magisch an, und die Polizei hatte alle Hände voll zu tun, den Verkehr am Laufen zu halten.

Robert Mendelski und Maike Schnur standen – oder besser drängten sich – im engen Wohnmobil. Vor ihnen auf der Pritsche lag eine männliche Leiche. Auf dem Rücken, lang ausgestreckt. Bis auf eine schwarze Lederkopfmaske, Latexhandschuhe und Socken war der Tote nackt. Um den Hals hatte jemand mehrmals den Lederriemen einer Peitsche gewickelt. Dann fest zugezogen und verknotet. Beide Hände waren oberhalb des Kopfes mit Handschellen an einer Metallöse fixiert, die Füße mit Kabelbindern gefesselt.

Mitten auf seiner nackten unbehaarten Brust prangte eine grüne Zwei.

»Puh!«, stöhnte Maike. »Dass es so rasant weitergeht …«

Doch Mendelski ließ sich nicht ablenken. »Lies bitte vor«, sagte er, während sein Tatort-Ermittler-Tunnelblick nicht von der Leiche wich.

»Ludger Wolf«, las sie von ihrem Klemmbrett ab, »siebenunddreißig Jahre, verheiratet, keine Kinder, Orthopäde in Celle, wohnhaft in Wieckenberg, nicht aktenkundig.«

»Kein Jäger, kein Tierschützer?«, fragte Mendelski ungehalten.

»Bitte?«

»Ach vergiss es! Weiter!«

»Karin Gerlach, eine Prostituierte, deren Wagen ungefähr fünfzig Meter von hier entfernt steht, hatte sich gewundert, dass der Audi des Freiers so lange bei ihrer Kollegin stand. Es gäbe zwar Kunden, die sich schon mal etwas Zeit ließen, aber länger als eine halbe Stunde wäre sehr ungewöhnlich.«

»Wann war das?«

»So gegen fünfzehn Uhr dreißig. Also rief sie Anjuta Kassabova an, in der Annahme, dass ihre Kollegin eventuell Hilfe benötigte. Die beiden Frauen hatten schon vor Längerem ihre Telefonnummern ausgetauscht. Aus Sicherheitsgründen. Doch die Bulgarin war nicht an ihrem Arbeitsplatz, sondern zu Hause.«

»Wie denn das?«

»Anjuta Kassabova hatte das Sexmobil weitervermietet. Kurzfristig. An eine ihr nicht weiter bekannte Frau. Sie schlug vor, Karin Gerlach sollte ihr Auto erst noch in Ruhe lassen. Könnte gut sein, dass sich darin ein Ehestreit abspielte – oder eine heiße Orgie. Oder beides. Also wartete ihre Kollegin weiter ab.«

»Hatte sie denn den Wagen die ganze Zeit im Blick?«

»Nein. Sie hatte auch Kunden in der Zwischenzeit, konnte also nur ab und zu hier herüberschauen.«

»Sie hat also niemanden kommen oder gehen sehen?«

»Nein.« Maike schaute erneut auf das Klemmbrett. »Eine Stunde später, so gegen sechzehn Uhr dreißig, hielt sie es nicht länger aus. Sie hatte ein ungutes Gefühl. Also lief sie hierher und klopfte an. Doch niemand reagierte. Sie versuchte, die Tür zu öffnen, aber vergebens.«

»Der Vogel war schon ausgeflogen.«

»Wahrscheinlich. Jedenfalls rief sie wieder bei Anjuta Kassabova an. Die sagte, sie solle in der Stoßstange vorn nachschauen, ob da der Wagenschlüssel läge. Fehlanzeige. Also schlich die Gerlach noch mal um das Fahrzeug herum, dabei fand sie schließlich eine Lücke in den Gardinen, die ansonsten als Sichtschutz sehr sorgfältig zugezogen waren. Durch diesen Spalt konnte sie ins Wageninnere gucken.«

»Und da sah sie den Toten?«

»Na ja, sie sah zumindest einen gefesselten und geknebelten Mann da liegen, der auf ihr Klopfen nicht reagierte. Der musste ja nicht gleich tot sein. Also rief sie noch mal Anjuta an …«

»*Conjo!*«, fuhr Mendelski aufgebracht dazwischen. »Immer noch nicht bei uns. Nicht zu fassen. Und kostbare Zeit verstreicht ...«

»Richtig. Anjuta Kassabova machte sich mit einem Reserveschlüssel auf den Weg hierher. Als sie gegen siebzehn Uhr eintraf, öffneten die beiden Frauen gemeinsam das Auto. Da sahen sie die Bescherung. Sie riefen umgehend die Polizei.«

»Sind die beiden noch hier?«

»Ja. Drüben im Wohnwagen von Karin Gerlach. Wir können gleich zu ihnen rübergehen.«

Zum ersten Mal wandte Mendelski seinen Blick von der Leiche ab. »Persönliche Habseligkeiten vom Opfer?«, fragte er, während er sich im Wagen umschaute.

»Anscheinend alles da. Vollständige Kleidung, Brieftasche mit sämtlichen Papieren und zweihundertzehn Euro Bargeld, Smartphone, sauteure Armbanduhr, Schlüsselbund mit Autoschlüssel. Sieht aus, als würde nichts fehlen.«

»Handy ist ausgeschaltet, nehme ich an.«

»Richtig.«

Hinter ihnen klopfte jemand an die offen stehende Wohnmobiltür.

»Darf ich reinkommen?«, fragte Frau Dr. Grote.

❊❊❊

Es war kurz nach dem Abendbrot.

Auf dem Flur vom Sonnenhof begegnete Adnana einer späten Besucherin. Der Schwester von Rolf Kitzmann.

»Gut, dass ich Sie treffe«, empfing die Pflegerin die Frau.

»Was gibt's denn?«, erwiderte diese. Durch die offene Jacke und die losen Haarsträhnen in der Stirn wirkte sie gehetzt und gereizt.

»Ihr Bruder verweigert seit heute Morgen das Essen.«

»Das hat er doch schon öfter gemacht.«

»Außerdem wollte er weder zur Zeitungsrunde noch hinaus in den von ihm sonst so geliebten Garten.«

»Wie?« Die Frau klang schnippisch. »Wollen Sie mir weismachen, Sie könnten die Wünsche meines Bruders von seinen Lippen ablesen?«

»Nein.« Adnana hielt dem spöttischen Blick stand. »Aber von seinen Augen.«

»Ich bitte Sie ...«

»Sein Gemütszustand, sein Lebenswille, all das ...« Adnana suchte nach passenden Worten. »Jedenfalls mache ich mir große Sorgen um ihn.«

»Wie ... sein Gemütszustand?« Die Stimme wurde schärfer. »In seiner Lage kann man doch mal einen Durchhänger haben, oder?«

»Ja, schon ...« Adnana gab noch nicht auf. »Aber ... ich habe den Eindruck, dass ihn etwas bedrückt. Etwas Besonderes. Das nichts mit seiner Krankheit zu tun hat. Sein Gesichtsausdruck ... seine Augen sind so schrecklich traurig.«

»Seine Augen, seine Augen ...« Die Schwester von Rolf Kitzmann fuchtelte mit den Armen. »Ach, Kindchen! Du musst noch viel lernen.« Sie drängte sich an Adnana vorbei. »Lass mich mal machen. Ich werde ihn schon wieder aufheitern. Habe gute Nachrichten für ihn ...«

***

»Was haben David Carradine und Michael Hutchence gemeinsam?«, fragte Frau Dr. Grote, nachdem sie aus dem Sexmobil gestiegen war.

»Bitte wer ...?« Mendelski hielt die Hand schützend vor die Augen. Die mobilen Scheinwerfer der Feuerwehr blendeten ihn.

»Tod beim Sex durch Strangulierung«, antwortete Maike Schnur. »Carradine war dieser Kung-Fu-Schauspieler, Hutchence Sänger bei der australischen Band INXS.«

»Sehr gut.« Dr. Grote nickte zufrieden. »Beide sind in Hotels, der eine in Bangkok, der andere in Sydney, tot aufgefunden worden. Die Todesursachen waren nicht so leicht zu klären. Nach langem Hin und Her kam man zu dem Schluss: autoerotische Asphyxiation.«

»Wie …?« Mendelski schien nicht begeistert. »Autoerotische … also Selbstbefriedigung? Das bedeutet, der war allein? Niemals.«

»Moment.« Die Rechtsmedizinerin grinste ironisch. »Bin ja noch nicht fertig. Ich wollte bei meinem vorläufigen Obduktionsbericht nur ein wenig ausholen.«

»Da bin ich aber beruhigt …«

»Also, dann mach ich's eben konventionell.« Um dem grellen Licht zu entgehen und um sich besser konzentrieren zu können, senkte Dr. Grote den Blick. »Ludger Wolf ist durch Erdrosseln ums Leben gekommen. Strangulierwerkzeug ist ein etwa hundertzwanzig Zentimeter langer und einen Zentimeter breiter Peitschenriemen aus Leder. Die Drosselmarke verläuft mit gleichbleibender Ausprägung horizontal, die Drosselfurche ist nicht besonders tief. Die blauviolette Gesichtsfärbung, eine mäßige Dunsung sowie feine, punktförmige Hautblutungen im Gesicht und auf der Halshaut belegen diesen vorläufigen Befund.«

»Kann man durch so eine Maske ausreichend atmen?«

»Ja. Die sind so konzipiert. Trotz integriertem Knebel. Die Nasenlöcher sind frei.«

»Todeszeitpunkt?«

»Circa fünfzehn Uhr.«

»Abwehrverletzungen?«

»Negativ. Wie auch. Der war gefesselt und geknebelt. Zudem trug er Latexhandschuhe.«

»Selbststrangulierung scheidet aus?«

»Ja.«

»Ich meine nicht als Suizid, sondern als Unfall.«

»Habe schon verstanden. Aber beides nein.«

»Hm. Sonst noch was?«, grummelte Mendelski.

»Derjenige, der den Riemen zugezogen hat, könnte auf dem Opfer gesessen oder gehockt haben. Vielleicht hat er auch neben der Pritsche gestanden. Kein Auffinden von Samenflüssigkeit. Fremde DNA auf dem Körper oder daneben zu finden … das ist jetzt euer Job.«

»Halten Sie Vorsatz für zwingend?«

Frau Dr. Grote guckte auf. »Das hier ist ja nicht mein erster Sadomaso-Toter. Wenn da nicht diese Zahl auf der Brust wäre ... wenn wir nicht schon eine ganze Serie ähnlich bemalter Todesfälle hätten ... dann würde ich hier eventuell einen tragischen Sex-Unfall in Erwägung ziehen. Aber so ...«

»Also wieder so ein Beinahe-Unfall«, kommentierte Maike.

»Noch mal zum Mitschreiben.« Mendelski hatte den Zeigefinger erhoben. »Outfit und Auffindesituation legen nahe, dass Wolf Anhänger von Sadomaso-Praktiken war. Er hat sich mehr oder weniger freiwillig fesseln, vermummen und knebeln lassen, er hat es gefordert – oder zumindest toleriert.«

»Wahrscheinlich.«

»Das Abschnüren der Atemwege kann bekanntlich zu einer intensiveren sexuellen Stimulation führen. Es ist also durchaus möglich, dass Wolf die Strangulierung von seinem Sexpartner gewünscht hat?«

»Richtig.«

»Gut. Bis hierhin läuft das alles freiwillig. Seine Gespielin – gehen wir mal von einer Frau aus – stranguliert ihn mit dem Lederriemen, sie sitzt auf ihm, er ist gefesselt, kann sich nicht wehren, ist geknebelt und vermummt, kann sich also auch nicht artikulieren, kann nicht äußern, dass es genug ist.«

»Manche Leute können nicht genug kriegen«, warf Maike routiniert ein. »Die sagen nicht Stopp, die wollen den absoluten Kick. Den Überblick und die Kontrolle über die Situation muss dann der Partner behalten.«

Mendelski warf einen schiefen Blick auf seine Kollegin. »Du scheinst dich in dem Metier ja gut auszukennen«, frotzelte er kaum hörbar.

Maike winkte müde ab. »Haha ...«

»So, das war's von meiner Seite. Jedenfalls für heute.« Frau Dr. Grote wandte sich zum Gehen. »Alles Weitere dann im Obduktionsbericht.« Sie schaute Mendelski in die Augen. »Sie sollten auch Feierabend machen, werter Kollege. Morgen erwartet Sie sicher ein nervenaufreibender Tag.«

»Das ist noch geschmeichelt.« Mendelski fuhr sich mit beiden Händen durch die Haare. »Aber vorher müssen wir noch die Zeuginnen befragen, die beiden Prostituierten. Die warten schon auf uns.«

**

Kurz vor der »Tagesschau« klingelte bei Bernd Buchholz das Telefon. Dran war sein Bekannter, der bei der Wietzer Polizei arbeitete und der sich umgehend hatte melden wollen, wenn es Neuigkeiten zu berichten gäbe.

»Der nächste Todesfall«, eröffnete sein Informant ohne Umschweife das Gespräch. »Ein Arzt aus Celle ist in einem Sexmobil bei Bröckel tot aufgefunden worden. Mit einer Zahl auf der Brust. Soweit ich mitbekommen habe, war es eine Zwei.«

Buchholz schnaufte heftig: »Name des Mannes?«

»Hab ich noch nicht. Kriegst du heute aber noch.«

»Ein Jäger?«

»Keine Ahnung. Das Einzige, was ich noch weiß, ist, dass er in Wieckenberg wohnen soll.«

»In Wieckenberg?« Buchholz überlegte fieberhaft. »Da kenne ich keinen jagenden Arzt. Wenn's da einen gibt, kriege ich das schnell raus.«

»Von Jäger war auch keine Rede.«

»Und von Tierschützer?«

»Auch nicht. Du, ich muss Schluss machen. Hab 'nen Einsatz. Melde mich später noch mal.«

Bernd Buchholz beendete das Gespräch. Doch sofort tippte er eine neue Nummer in den Apparat.

**

»Sie haben also den Toten gefunden?«, fragte Mendelski, nachdem Maike und er sich bei den Frauen vorgestellt hatten. Zu viert quetschten sie sich an den kleinen Tisch im Sexmobil.

»Ja«, erwiderte Karin Gerlach, in deren Fahrzeug sie saßen. »Zusammen mit meiner Kollegin Anjuta.«

»Angefasst oder weggenommen haben Sie aber nichts.«

»Nein. Gott bewahre.« Die Prostituierte hob beide Hände.

»Wir sind nur kurz rein und haben den Kerl … den Toten angesprochen.«

»Wirklich nicht angerührt?«

»Na ja«, räumte Karin Gerlach ein. »Vielleicht kurz am Fuß gerüttelt. Dachten ja, der liegt im Delirium oder so.«

Mendelski guckte in seine Unterlagen »Frau Kassabova«, sagte er. »Sie haben zu Protokoll gegeben, dass Sie das Wohnmobil, das Sie eigentlich für sich selbst gemietet hatten, für einen Tag, oder besser für einen Nachmittag, jemand anderem überlassen haben.«

»Ja, das hab ich.« Der Bulgarin war nicht wohl in ihrer Haut, das sah man ihr deutlich an.

»Erzählen Sie.«

»Da gibt's nicht viel zu erzählen.« Sie riss sich zusammen. »Als ich heute Nachmittag hierher zur Arbeit kam, wartete bereits eine Frau auf mich. Die hatte ich noch nie gesehen. Sie überredete mich, ihr den Wagen für heute zu überlassen.«

»Und das haben Sie einfach so gemacht?«

Anjuta Kassabova zuckte lediglich mit den Schultern.

»Ist das in Ihrer Branche so üblich, dass man seinen Wagen an wildfremde Frauen abtritt?«

»Mir war heute Morgen nicht gut. Hatte Kopfschmerzen. Da war ich froh, dass jemand anderes den Job machen wollte.«

Mendelski ließ nicht locker. Er rieb Daumen und Zeigefinger gegeneinander. »Wie viel hat sie Ihnen denn geboten?«

Zunächst zierte sich die Bulgarin und druckste herum. »Tausend Euro«, log sie dann.

»Tausend Euro. Donnerwetter! Beschreiben Sie uns die Frau.«

»Da gibt es nicht viel zu beschreiben. Die hatte sich verkleidet.«

»Wie, verkleidet?«

»Na, mit Perücke, Sonnenbrille, Baseballkappe, hochgeschlagenem Mantelkragen und so.«

»Alter?«

»Um die fünfunddreißig bis vierzig.«

»Größe?«

»Normal. So wie ich in etwa. Ein Meter siebzig.«

»Figur?«

»Auch normal. Eher schlank.«

»Geschminkt?«

»Nein, ich glaube nicht.«

»Irgendeine Auffälligkeit? Schmuck, Ringe, Tattoos, Leber-flecken, Narben …?«

Anjuta Kassabova überlegte kurz, schüttelte dann aber den Kopf.

»Trotzdem machen wir eine Phantomzeichnung.« Diese Worte richtete Mendelski mehr an Maike Schnur neben sich als an sein Gegenüber.

Er wandte sich wieder an die Prostituierte. »Neben der Skizze brauchen wir dann noch eine genauere Beschreibung der Kleidung und der Perücke. Stoffe, Art, Farbe et cetera.«

»Ich versuch's …«

Bevor er weiterfragte, schlug Mendelski eine neue Seite in seinem Schreibblock auf.

»Wie war die Frau unterwegs? Sie muss doch mit einem Auto hergekommen sein?«

»Hab keins gesehen.«

»Wie?« Der Kommissar schaute skeptisch zu Karin Gerlach hinüber. »Diesen Parkplatz erreicht man doch praktisch nur mit dem Auto. Oder kommt Ihre Kundschaft auch zu Fuß?«

»So was gibt's«, sprang Karin Gerlach ihrer Kollegin bei. »Wenn Freier partout nicht erkannt werden wollen, parken sie ihr Auto weiter weg und kommen zu Fuß. Die nennen wir Infanteristen …« Sie kicherte kurz.

»Sie haben also auch nichts gesehen?«

»Nee.« Karin Gerlach wurde wieder ernst. »Weder die Frau noch ihr Auto. Ich hatte heute Nachmittag gut zu tun. Sie ver-stehen, Schichtwechsel bei VW.«

»Bei VW in Wolfsburg? Das macht sich bis hierher bemerk-bar?«

»Oder VW in Braunschweig. Na klar. Viele pendeln ja aus Celle dorthin.«

Mendelski seufzte auf. »Okay. Letzte Frage, oder besser gesagt: bitte.« Er wandte sich wieder an Anjuta Kassabova. »Wir brauchen das Geld.«

»Wie …?«

»Die tausend Euro, die Ihnen die Frau gegeben hat. Für Fingerabdrücke, DNA-Spuren et cetera.«

»Aber …« Die Prostituierte sah ihre außergewöhnliche Tageseinnahme schwinden.

»Keine Angst. Wir wollen es nur ausleihen, gegen Quittung. Sie kriegen es garantiert zurück.«

»Hab's … nicht dabei«, stammelte sie.

»Dann holen wir es ab. Eine Streife wird Sie begleiten.«

»Nein, bloß das nicht.« In Anjuta Kassabovas Augen machte sich Panik breit. »Was sollen denn die Nachbarn denken. Ich … ich bringe es Ihnen vorbei. Gleich morgen früh. Zu Ihnen in die Jägerstraße, ich weiß, wo das ist. Ich wohne da um die Ecke. Dann können wir auch die Zeichnung machen.«

»Okay, okay.« Mendelski ließ sich breitschlagen. »Hier ist meine Karte.« Er schob ihr seine Visitenkarte über den Tisch. »Was für Scheine waren das denn?«

»Hunderter. Fünfzehn grüne … äh, ich meine, zehn Stück.« Ein Hauch von Röte machte sich auf ihrem Gesicht bemerkbar. Mendelski grinste breit. »Also tausendfünfhundert …«

Ein dringendes Klopfen an der Wohnmobiltür bewahrte Anjuta Kassabova vor weiteren peinlichen Fragen.

»Die Ehefrau des Getöteten ist hier«, meldete ein Streifenpolizist atemlos. »Die ist kaum zu bändigen …!«

NEUNZEHN

In der Nacht brach der angekündigte Herbststurm über Norddeutschland herein. Mit einem Temperatursturz von mehr als zehn Grad, begleitet von Böen der Windstärke neun und mehr, gingen heftige Graupel- und Hagelschauer in Celle und Umgebung nieder.

Doch es lag nicht am Sturm, dass Bernd Buchholz zunächst keinen Schlaf finden konnte. Um dreiundzwanzig Uhr hatte er einen weiteren Anruf von seinem Polizistenfreund und Informanten aus Wietze erhalten, der ihm den Namen des Mannes verriet, den man gestern in Bröckel tot aufgefunden hatte.

Ludger Wolf, siebenunddreißig Jahre alt, Orthopäde in Celle, wohnhaft in Wieckenberg – mehr wusste er nicht.

Anfangs konnte der Kreisjägermeister damit nichts anfangen. Wolf war ein geläufiger Nachname, auch wenn ihm auf Anhieb kaum jemand einfiel, der so hieß.

Auf der Landwirtschaftsschule hatte es damals einen Michael Wolf gegeben, einen Mitschüler aus Südniedersachsen, aus Uslar. Aber das war lange her. Christian Wolff mit zwei f ... hieß so nicht vor Jahren ein Fernseh-Förster, der im Forsthaus Falkenau? Und die Wolfsburger Kicker, die hatten kurioserweise mal einen Trainer, der so hieß ... ausgerechnet auch noch Wolfgang Wolf.

Bernd Buchholz grübelte, zermarterte sich das Hirn. Irgendwie war er davon überzeugt, dass ihm vor gar nicht allzu langer Zeit jemand mit diesem Namen in seinem Wirkungsfeld als Kreisjägermeister, also im Landkreis Celle, begegnet war. Aber wo?

Es hatte auch irgendwie mit dem unter Naturschutz stehenden Raubtier gleichen Namens zu tun, vermutete er. Die Rückkehr des Wolfes und dessen rasante Ausbreitung in Niedersachsen beschäftigten und spalteten sowohl Jägerschaft als auch Bevölkerung in Befürworter und Gegner. Kein anderes

Thema polarisierte derzeit im Landkreis Celle so sehr wie die Ausbreitung des *canis lupus*.

Damals hatte Buchholz noch Andeutungen über diese Problematik gemacht, als er mit jemandem scherzte. Mit jemandem, der Wolf hieß.

Doch wo? Und wann?

Verflixt, es wollte ihm nicht einfallen. Erschöpft und entnervt knipste er gegen ein Uhr morgens seine Nachttischlampe aus.

Draußen rüttelte derweil der Sturm an den Dachpfannen des alten Bauernhauses.

***

Ellen Vogelsang konnte in dieser Nacht keinen Schlaf finden. Die Kriminalkommissarin brütete über den mysteriösen Zusammenhängen des Neunwürger-Falles. Der gegen die Fenster trommelnde Regen lieferte die passende akustische Untermalung dazu. In eine Decke gehüllt hockte sie auf dem Sofa und beschäftigte sich mit einem seltsamen Puzzle.

Auf dem Tisch lagen kleine Zettel, beschriftet mit den Zahlen Neun bis Zwei, den Namen der Getöteten und der Einordnung in eine Gruppe: Jagd, Tierschutz, Medizin. In der Mitte ein größeres Blatt mit einem großen Fragezeichen drauf, ergänzt um verschiedene Stichworte wie »plant akribisch«, »agiert skrupellos«, »hat Insider-Kenntnisse« oder »von starken Emotionen getrieben«.

Normalerweise achtete Ellen Vogelsang darauf, Arbeit und Privates sorgfältig zu trennen. Normalerweise ließ sie die Fakten, die Menschen und die Bilder, mit denen sie als Kriminalkommissarin konfrontiert wurde, im Präsidium, wenn sie nach Hause fuhr. Und normalerweise verfolgten sie die Erlebnisse um die Verbrechen, an deren Aufklärung sie mitarbeitete, nicht bis in den Schlaf. Normalerweise.

Doch bei diesem Fall war nichts mehr normal. Die anfängliche Unsicherheit, ob sie es mit Unfällen – die sich der zahlenmalende Unbekannte zunutze machte – oder mit exakt geplanten

Tötungsdelikten zu tun hatten, war der Gewissheit gewichen, einen eiskalten Serientäter zu verfolgen. Wie die anderen des Teams belasteten sie die Zweifel, ob nicht das fortwährende Töten vielleicht von der eigenen Unfähigkeit begünstigt wurde. Dass sie durchaus in der Lage wären, dem bösen Treiben ein Ende zu machen – wenn sie nur das Puzzle vervollständigen konnten.

Aber wie, in drei Teufels Namen?

Einmal mehr schob sie die Zettel in einer anderen Gruppierung zusammen. Wer sagte denn, dass es wirklich die Jagdscheinprüfung war, die die ersten drei Toten miteinander verband? Vielleicht gab es irgendetwas Gemeinsames jenseits der Jagd, etwas, was einen Bezug zwischen den Nummern neun, acht und sieben und den drei folgenden Toten herstellte? Ein gemeinsames Hobby, von dem die Ermittler keine Ahnung hatten? Irgendeine Aktivität, irgendein finsteres Geheimnis? Etwas, das nichts mit Jagd und Tierschutz zu tun hatte? Und das auch die letzten beiden Todesfälle mit den anderen in einen sinnvollen Zusammenhang brachte?

In ihrem Kopf entfaltete sich ein düsteres Kaleidoskop. Die Fotos der Tatorte, der magischen Zahlen auf Stirnen und Händen der Getöteten. Mit jeder weiteren Leiche fiel es ihr schwerer, eine gesunde Distanz zu den Geschehnissen zu wahren. Sonst hatten sie und ihre Kollegen in einem Mordfall wochenlang Zeit, um Bilder und Eindrücke zu verarbeiten. Doch bei diesem Fall prasselten die immer neuen, immer wieder grässlichen Szenen im Dauerfeuer auf sie ein.

Sie wusste, dass Robert Mendelski unter migräneartigen Kopfschmerzen litt, dass Maike Schnur sich mit fast übertriebener feierabendlicher Aktivität ablenkte, dass Jo Kleinschmidt plötzlich doppelt so viel rauchte und dass Heiko Strunz Schlaftabletten nahm.

Ratlos stand sie auf und stellte sich ans Fenster, um in die sturmgepeitschte Nacht hinauszuschauen.

***

Was für ein Glück, dass wir so ein Scheißwetter haben, befand Mendelski, als er am nächsten Morgen die Einfahrt zur Polizeiinspektion nahm.

Es regnete immer noch in Strömen. Und es stürmte. Unzählige Blätter, kleine Zweige, Papierfetzen und anderer Unrat flogen mehr oder weniger waagerecht durch die Luft. Dazu die ungeheuren Wassermassen, die ungebremst vom Himmel rauschten. Die Scheibenwischer liefen auf höchster Stufe, trotzdem kamen sie kaum gegen das viele Wasser auf der Windschutzscheibe an.

Rechts und links neben der Einfahrt standen fremde Fahrzeuge Spalier. Von Presse, Funk und Fernsehen. Deren Vertreter – sonst eine aufdringliche Meute – saßen jetzt brav im Trockenen und warteten. Der sintflutartige Regen hielt sie davon ab, die Einfahrt zum Präsidium zu blockieren, um Mendelski in einem Blitzlichtgewitter mit Fragen zu bombardieren. Bei trockenem Wetter wäre das für ihn ein Spießrutenlauf geworden.

Nachdem er mit seinem Chip das automatische Schiebetor geöffnet hatte, rollte sein Privat-Pkw unbehelligt auf das Gelände der Polizei.

Zwischen Parkplatz und Nebeneingang lagen nur wenige Meter. Doch obwohl er diese kurze Distanz im Laufschritt mit der Aktentasche über dem Kopf absolvierte, wurde er nass wie eine Katze.

Vor dem Aufzug traf er Maike Schnur. Auch sie triefte vor Nässe.

»Bist du etwa mit dem Fahrrad …?«, begrüßte Mendelski sie.

»Nee. Mit dem Bus.«

»Wurscht. Mit 'm Auto war's auch nicht besser – sieh mich an.«

Die Fahrstuhltür öffnete sich, sie traten ein und hinterließen eine beachtliche Pfütze im Erdgeschoss.

»Hast du schon gehört?«, fragte sie und drückte auf die Taste mit der Sechs.

»Bin doch gerade erst reingekommen. Was meinst du?«

»Der Kollege von der Wache hat gesagt, wir sollen gleich

in den Sechsten kommen. Krisensitzung im großen Versammlungsraum.«

»Überrascht mich nicht.«

»Landrat, Staatsanwalt, dazu ein Fallanalyst vom LKA, unsere gesamte Spitze und zig Kollegen. Hannover ist über Video
zugeschaltet. Sie haben nichts ausgelassen.«

»Na dann …«

Der Fahrstuhl stoppte, die Tür öffnete sich.

***

Beim Frühstück sprach Bernd Buchholz mit seiner Frau über
den Toten vom Vorabend.

»Ludger Wolf? Aus Wieckenberg, sagst du?« Sie schüttelte
den Kopf. »Nie gehört.«

»Ein Arzt, Orthopäde, in Celle. Sagt dir das nichts?«

»Nein.« Erneut schüttelte sie den Kopf. »Googel den doch
mal.«

»Gute Idee. Mach ich sofort.«

»Ich fahr dann gleich los. Zum Landfrauentreffen in Bergen.
Bin aber erst heute Nachmittag zurück.«

Nach dem Frühstück begab sich Bernd Buchholz in sein Arbeitszimmer. Er schaltete den Rechner ein, startete den Browser
und gab »Ludger Wolf Celle« in die Suchmaschine ein. Als
Erstes erschien die Seite der Gemeinschaftspraxis am Markt,
allerdings ohne ein Foto von ihm und seinen Kollegen. Dazu
spuckte der Webdienst Hinweise auf etliche spezielle Arzt-
portale aus: DocInsider, Med-Kolleg, Jameda – und natürlich
DasÖrtliche.

So kam er nicht weiter. Bernd Buchholz schaltete das Such-
ergebnis auf Bilder um. Sofort blätterten unzählige Fotos über
den Bildschirm, meist Porträts von Männern. Jedoch von zig
verschiedenen. Er benötigte eine Weile, bis er eins von Ludger
Wolf aus Celle herausgefiltert hatte.

»Meine Güte, ja«, entfuhr es ihm. »Den kenn ich doch …«

Auf den Bildschirm starrend raufte er sich die Haare. Der
war ihm schon mal über den Weg gelaufen, da war er sich sicher.

Doch wo? Wann? Weshalb? Ihn schauderte. Irgendwie keimte der Gedanke in ihm auf, dass es damals keine besonders nette Begegnung gewesen war.

Bernd Buchholz ließ den Rechner laufen und griff nach dem Aktendeckel, der zuoberst auf dem Schreibtisch lag – dem Ordner mit der Liste, die mit den Jagdscheinprüfungen in den letzten Jahren zu tun hatte.

Irgendwie wurde er den Verdacht nicht los, dass der Name Ludger Wolf im Zusammenhang mit einem dieser Ereignisse stand.

Als Erstes ging er die Namen der Jagdscheinprüflinge durch, die durchgefallen waren oder abgebrochen hatten. Dabei erweiterte er den Zeitraum auf fünf Jahre.

***

»Sehr geehrter Herr Landrat, sehr verehrter Herr Staatsanwalt«, begann Steigenberger mit der Begrüßung der Anwesenden. »Sehr geehrte Damen und Herren, werte Kollegen. Und …« Er drehte sich zur Leinwand um, auf der Verena Treskatis in ihrem Büro zu sehen war. »… ein herzliches Willkommen auch nach Hannover.«

»Guten Morgen nach Celle«, hörte man die Kommissarin aus der Landeshauptstadt über die Lautsprecher.

Steigenberger wandte sich wieder dem Plenum zu. »Leider müssen wir heute Morgen eine weitere Hiobsbotschaft überbringen. Gestern Nachmittag wurde ein gewisser Ludger Wolf, wohnhaft in Wieckenberg, tot bei Bröckel aufgefunden. Er lag gefesselt, geknebelt und erdrosselt in einem Sexmobil. Der Leichnam trug eine Zahl, eine post mortem geschriebene Zwei auf der nackten Brust. Daher müssen wir wohl davon ausgehen, dass es sich um ein weiteres Tötungsdelikt der Neunwürger-Serie handelt.«

Steigenberger setzte seine Brille auf und schaute in sein Redemanuskript. Dann fuhr er fort: »Am Dienstag voriger Woche, am 30. Oktober, begann die Reihe mysteriöser Todesfälle mit dem tragischen Unfall von Harald Urban in Hermannsburg.

Jemand hatte ihm kurz nach seinem Ableben eine Neun auf die Stirn geschrieben. Es folgten die Todesfälle Heike Barth in Hannover mit der Nummer acht, Dirk Schwabe auf dem Parkplatz ›Sieben Steinhäuser‹, Yannik Schütz in Boye als Nummer sechs, Matthias Roth und Charlotte Krüger in Wietze mit den Zahlen Fünf und Vier, Florian Goldenstahl in Großburgwedel mit der Drei und als bislang Letzter Ludger Wolf in Bröckel als Nummer zwei. Acht Tote innerhalb von neun Tagen. Wenn wir den Täter oder die Täterin nicht bald ermitteln und aus dem Verkehr ziehen, müssen wir wohl oder übel mit dem neunten Opfer, der Nummer eins, rechnen.«

Steigenberger machte eine Pause.

Mendelski stutzte und schaute zu Maike hinüber. Auch der war es aufgefallen, sie erwiderte den Blick. Acht Tote innerhalb von neun Tagen, hatte Steigenberger gesagt. Neun waren angekündigt. Hatten sie etwa eine Leiche übersehen?, schoss es ihnen gleichzeitig durch den Kopf.

Ein Kollege in Uniform unterbrach ihre Gedankengänge. Er hatte sich hereingeschlichen und reichte Mendelski wortlos ein Blatt Papier. Darauf stand: »Die Zeugin Anjuta Kassabova ist unten. Soll sie warten?«

»Ja, unbedingt«, schrieb Mendelski zurück. Er reichte den Zettel dem Beamten, der sich wieder zurückzog.

***

Die Namensliste der Jagdscheinprüflinge, die in den letzten fünf Jahren durchgefallen waren oder die Prüfung abgebrochen hatten, brachte Bernd Buchholz nicht weiter. Also schaute er sich noch einmal die sieben Fälle an, bei denen es zu Störungen während der Jägerprüfung gekommen war.

Das meiste Material hatte er zum Brandanschlag auf den Schießstand in Scheuen. Seite für Seite arbeitete er sich vorwärts. Die Akte schloss mit einem ernüchternden Ergebnis: Der Fall konnte nie geklärt werden. Namen von irgendwelchen Verdächtigen: Fehlanzeige.

Die PETA-Aktion während der schriftlichen Prüfung im

Kreishaus in Celle stand als Nächstes auf der Liste. Die Polizei hatte die Namen sämtlicher Protestler festgestellt und in der Akte vermerkt. Doch ein Ludger Wolf war nicht dabei.

Die Untersuchungen zum Buttersäureanschlag auf das Waldklassenzimmer des Hegerings Bergen waren im Sande verlaufen. Daher: keine Namen.

Das heimtückische Ansägen von Leitersprossen an einem Hochsitz durch Unbekannte kurz vor der Revierprüfung … das war vor eineinhalb Jahren passiert. Ein Prüfling hatte sich dabei verletzt, damals herrschte große Aufregung, Polizei und Notarzt waren im Einsatz. Die Prüfung wurde schließlich abgebrochen. Verdächtige: keine.

Moment mal!

Bernd Buchholz hielt inne. Irgendetwas klingelte in seinem Hinterkopf. Notarzt?

Der Kreisjägermeister wurde hektisch. Mit fliegenden Fingern blätterte er die Unterlagen zu dem Fall durch. Erst beim letzten Blatt stieß er auf das Gesuchte: eine Kopie des Einsatzberichtes vom Deutschen Roten Kreuz.

Auch der Name des damals im Einsatz tätigen Notarztes wurde genannt. Er hieß Ludger Wolf.

***

»Die ersten drei Opfer waren aktive Jäger«, setzte Steigenberger seine Einführung fort. »Alles ehrenamtliche Mitglieder der Celler Jagdscheinprüfungskommission. Die Nummern neun und acht. Die siebte Leiche war zwar nicht explizit beschriftet, doch der Leichenfundort legt diese Ziffer nahe. Die nächsten drei Opfer, von denen zwei ebenfalls aus dem Landkreis Celle stammen, eines aus Hannover, waren militante Tierschützer und Jagdgegner. Junge Leute, die seit Jahren ihre illegalen Aktivitäten im Untergrund durchführten. Wahrscheinlich als selbstständige Zelle der Animal Liberation Front, kurz ALF. Die Nummern sechs, fünf und vier. Die letzten beiden Opfer – die Nummern drei und zwei – verbindet, dass sie im medizinischen Bereich tätig waren. Der eine als Krankenpfleger in Großburgwedel, der andere als Arzt in Celle. Ob sie jemals dienstlich miteinander zu tun hatten, wird zur Stunde überprüft.«

Steigenberger machte erneut eine kurze Pause und ordnete seine umfangreichen Unterlagen.

Robert Mendelski, der in der Nähe der Tür saß, spürte ein leichtes Fingertippen auf seiner Schulter. Der Polizist von eben stand schon wieder da – mit einem neuen Zettel.

Mendelski nahm ihn seufzend entgegen. Machte Anjuta Kassabova etwa Schwierigkeiten?

Dann las er: »Ein Bernd Buchholz ist am Apparat. Er lässt sich nicht abwimmeln. Es wäre höchst wichtig.«

Robert Mendelski schlich sich hinaus.

***

»Na endlich!«, hörte Mendelski den Kreisjägermeister ins Telefon rufen. Er war die vier Stockwerke in sein Büro hinunter zu Fuß gelaufen. »Ich habe eine heiße Spur.«

»Schießen Sie los.«

»Ludger Wolf, der tote Orthopäde, war vor eineinhalb Jahren bei uns im Lehrrevier. Als Notarzt. Während der Revierprüfung war es zu einem Zwischenfall gekommen. Militante Jagdgegner hatten die Leitersprossen eines Hochsitzes angesägt, ein Prüfling stürzte vier Meter tief und verletzte sich.«

»Okay …« Mendelski überlegte fieberhaft. »Klingt interessant. Weiter?«

»Raten Sie mal, wer die drei verantwortlichen Offiziellen bei der Revierprüfung waren?«

»Doch nicht Harald Urban, Heike Barth und Dirk Schwabe?«

»Ganz genau.«

»Das wäre ja … Und die, die den Hochsitz angesägt haben, das waren Yannik Schütz, Matthias Roth und Charlotte Krüger?«

Bernd Buchholz wiegelte ab. »Das ist nur Spekulation. Die Täter wurden nie gefasst.«

»Aber der Wolf ... der kam doch noch ins Spiel. Als Notarzt. War er denn allein?«

»Nein, die waren insgesamt zu viert. Zwei Sanitäter im Rettungswagen, dazu Arzt und Fahrer im Notarzteinsatzfahrzeug. Ich weiß das noch so genau, weil die sich im Wald fürchterlich verfahren hatten und dadurch erst ziemlich spät am Unfallort ankamen. Das gab nachher Stress.«

»Die beiden im Rettungswagen ... die Sanitäter. Können Sie sich an die erinnern?«

»Ja. Zwei junge Leute. Eine Frau und ein Mann.«

»War der junge Mann groß und dunkelhaarig? Und nicht gerade schlank?«

»Der Sanitäter? Klar. Den hab ich noch genau vor Augen. Groß und tapsig ... ein bisschen wie 'n Mondkalb.«

Mendelski spuckte den Namen förmlich aus: »Florian Goldenstahl ...« Er überlegte fieberhaft. »Es stimmt. Es passt alles. Das muss die Verbindung sein.«

»Was jetzt?«, hörte er Buchholz zögerlich fragen.

»Was ... was ist denn aus dem Prüfling geworden?«, fragte der Kommissar. Seine Worte nahmen Fahrt auf. »Aus dem, der vom Hochsitz gestürzt ist?«

»Der ... der hat nicht bestanden. Hab keine Ahnung, was der –«

Mendelski unterbrach ihn: »Ich meine, wie schwer waren seine Verletzungen?«

»Wohl nicht so schlimm. Der war meines Wissens noch nicht mal im Krankenhaus. Wolf, der Notarzt, hielt das damals für überflüssig.«

»Name, Adresse?«

»Moment.« Bernd Buchholz blätterte in seinen Unterlagen. Dann sagte er:

»Kitzmann, Rolf Kitzmann. Die Adresse hab ich irgendwo ...«

***

Zwei Minuten später verließen Heiko Strunz, Ellen Vogelsang, Jo Kleinschmidt und Maike Schnur so unauffällig wie möglich die Krisensitzung. Mendelski hatte nach ihnen geschickt. Steigenberger war zu diesem Zeitpunkt mit seiner Einführungsrede immer noch nicht zu Ende.

»Was ist los?«, fragte Maike voller Neugier. So wie sie ihren Chef kannte, musste etwas Gravierendes passiert sein, dass er sie aus der Versammlung holte.

»Heiko!« Ohne auf Maike einzugehen, reichte Mendelski Strunz einen Zettel. »Von diesem Mann brauche ich den aktuellen Aufenthaltsort. Schnell. Die alte Adresse stimmt nicht mehr.«

»Okay«, erwiderte Strunz und verschwand im Nachbarraum.

In aller Kürze berichtete Mendelski den anderen von seinem Telefonat mit Bernd Buchholz.

»Also, wir gehen wie folgt vor«, sagte er. »Ellen und Jo, ihr fahrt zum Krankenhaus und checkt, ob Ludger Wolf vor eineinhalb Jahren im Mai zusammen mit Florian Goldenstahl Dienst hatte. Wir benötigen alles über diese beiden im besagten Zeitraum: Dienstpläne, Protokolle, Fahrtenbuch und so weiter. Und ganz wichtig: Wir brauchen alles über die Einsatzfahrt in den Wald zu Rolf Kitzmann. – Fragen?«

Mit einem »Sind schon unterwegs!« verschwanden die beiden im Flur.

Mendelski erhob sich von seinem Schreibtischstuhl. »Maike, wir beide –«

Ein Klopfen an der offenen Tür unterbrach ihn.

»Entschuldigung«, sagte eine heisere Frauenstimme mit leichtem Akzent. »Passt es jetzt?«

Anjuta Kassabova stand im Türrahmen. In den Händen einen Briefumschlag.

»Ach, Sie sind's.« Mendelski war deutlich anzusehen, dass ihm der Besuch gerade sehr ungelegen kam.

Heiko Strunz rettete die Situation. Er drängte sich an der Prostituierten vorbei in den Raum. Dabei wedelte er mit einem Stück Papier.

»Alten- und Pflegeheim Sonnenhof«, sagte er verhalten. Aus Rücksicht auf die Zivilistin im Büro flüsterte er sogar: »Bahnhofsplatz 7.«

»Alten- und Pflegeheim …?« Mendelski entriss ihm das Papier. »Danke.« Und an Anjuta Kassabova gewandt: »Kollege Strunz wird sich um Sie kümmern. Er weiß Bescheid. Ich muss leider dringend zu einem Außentermin.«

Heiko Strunz nickte loyal. Mendelski griff nach der Jacke.

»Heiko, du hältst hier die Stellung. Bei dir laufen alle Fäden zusammen.«

Und zu Maike: »Komm. Es geht los.«

✻✻✻

Mit unverminderter Heftigkeit fegte der Herbststurm über Celle hinweg.

Die überhöhte Geschwindigkeit, das viele Laub auf dem Asphalt und die Nässe waren schuld daran, dass der Dienstwagen ins Schlingern geriet, als sie vom Gelände der Polizeiinspektion in die Jägerstraße einbogen. Dank des dürftigen Verkehrs an diesem Vormittag blieb ihre Rutschpartie ohne Folgen. Im Schlepptau hatten sie einen Streifenwagen mit drei Mann Besatzung.

Die Strecke bis zum Bahnhofsplatz schafften sie in weniger als zwei Minuten. Die Polizeifahrzeuge waren kaum auf dem Bürgersteig vor dem Sonnenhof ausgerollt, da sprangen die Insassen aus dem Auto.

»Zwei Leute hier an den Eingang«, wies Mendelski die Kollegen von der Streife an. »Einer zum Hintereingang. Sie lassen niemanden ohne Rücksprache aus dem Haus.«

Danach hasteten sie die Treppenstufen hinauf.

Mit vorgelegten Dienstausweisen verlangten sie, sofort mit Rolf Kitzmann zu sprechen.

»Tja, sprechen wird schwierig«, erwiderte die Frau. »Herr Kitzmann ist …«

»Ist er etwa nicht im Haus?«, unterbrach sie Mendelski voller Ungeduld.

»Doch, doch. Ich nehme an, er ist in der Zeitungsrunde.«

»Wo ist das?«

»Im Speisesaal. Gleich hier vorn den Gang entlang. Dann die dritte Tür rechts. Aber …«

»Danke. Wir schauen selbst …«

Vor der Tür des Vorleseraums trafen sie auf Adnana.

»Nein. Der ist heute nicht gekommen«, entgegnete die Auszubildende auf die Frage nach Rolf Kitzmann. »Der ist auf seinem Zimmer.«

»Führen Sie uns zu ihm, bitte.« Mendelski und Maike hielten ihr die Dienstausweise unter die Nase. »Es ist dringend.«

»Wenn's denn sein muss.« Adnana machte auf den Hacken kehrt. »Bitte folgen Sie mir.«

Als sie vor der Zimmertür standen, zögerte Adnana anzuklopfen. Durch die Tür drang leise Musik. Klassische, schwermütige Musik.

»Sie müssen wissen, Herr Kitzmann ist seit einigen Tagen gar nicht gut beieinander, seine Stimmung ist extrem schlecht. Irgendwie scheint er niedergeschlagen zu sein. Seit gestern verweigert er sogar das Essen. Er trinkt nur noch, aber auch das nur in kleinen Mengen.«

»Keine Sorge«, beruhigte sie Mendelski. »Wir gehen pfleglich mit ihm um. Bitte.« Er wies auf die Tür.

Sie klopfte, wartete einen Moment und trat dann als Erste ein.

Mendelski und Maike griffen automatisch zu ihren Waffen im Hosenbund. Als sie jedoch die zusammengekrümmte Gestalt von Rolf Kitzmann vor sich im Rollstuhl sitzen sahen, ließen sie die Hände wieder sinken.

Die Enttäuschung stand ihnen ins Gesicht geschrieben.

Adnana trat zum CD-Player und stellte die Musik leiser. Dann beugte sie sich zum Rollstuhl hinab. »Herr Kitzmann, es ist Besuch für Sie da«, sagte sie ihm ins rechte Ohr. Auch heute hing sein Kopf schief nach vorn, die blonden Haarsträhnen verdeckten seine Augen wie ein Schleier.

»Herr Kitzmann, guten Morgen. Mendelski und Schnur von der Kripo Celle. Wir hätten da ein paar Fragen an Sie …«

Keinerlei Regung.

Langsam dämmerte es Mendelski, dass diese Befragung wohl nicht ganz einfach werden würde. Er wandte sich hilfesuchend an Adnana.

»Kann Herr Kitzmann in irgendeiner Weise mit seinen Mitmenschen kommunizieren?«

»Ja. Kann er. Aber nur, wenn er wirklich will«, erwiderte Adnana. »Mit wohligen Grunzlauten oder mit bösem Knurren. Seit seinem Schlaganfall hat Herr Kitzmann kein klares Wort mehr gesprochen.«

»Sie kennen ihn nur so?«

»Ja. Aber ich bin erst seit vier Monaten hier. Wie ich von den Kolleginnen weiß, wurde er schon in diesem Zustand hier eingeliefert. Das muss ungefähr vor einem Jahr gewesen sein.«

»Wie alt ist Herr Kitzmann?«

»Dreiundvierzig, nein, vierundvierzig Jahre.«

»Gibt es Angehörige?«

»Ich kenne nur eine Schwester.«

»Haben Sie ihren Namen und Adresse?«

»Ich nicht. Aber vorn in der Anmeldung müsste das hinterlegt sein.«

»Okay. Vielen Dank erst mal. – Auf Wiedersehen, Herr Kitzmann.« Mendelski wandte sich bereits zum Gehen, als Maike ihn in die Seite stupste. Nervös deutete sie auf ein gerahmtes Foto, das neben dem Fernseher auf einem Sideboard stand. Es zeigte Rolf Kitzmann im Rollstuhl und eine Frau, die hinter ihm stand. Eine blonde Frau mit ernstem Gesichtsausdruck.

Mendelski nahm das Bild in die Hand. Doch ohne seine Lesebrille nahm er die beiden Abgebildeten nur verschwommen wahr.

Ungestüm riss Maike Schnur ihm das Foto aus der Hand. »Ich fass es nicht!«, entfuhr es ihr.

Mendelski ahnte Schlimmes. »Was denn?«

»Ist das die Schwester von Rolf Kitzmann?«, fragte Maike die Altenpflegerin brüsk.

Adnana erschrak über die heftige Reaktion. »Ja, wieso …?«

Maike knallte das Foto auf den Tisch. »Robert, komm! Abflug!«

***

Ellen Vogelsang und Jo Kleinschmidt hatten endlich den richtigen Ansprechpartner im Allgemeinen Krankenhaus gefunden. Aber erst nachdem sie ordentlich Druck gemacht und mit rechtlichen Schritten gedroht hatten, verwies der Verwaltungschef sie an eine Angestellte.

Susanne Lorenz bediente mit flinken Fingern ihren PC, als die Kripo-Beamten ihr gegenüber am Schreibtisch Platz nahmen.

»Mai vergangenen Jahres, sagten Sie?«

»Richtig«, antwortete Ellen Vogelsang.

»Genauer geht's nicht?«

»Leider nicht. Nur, dass die Einsatzfahrt nach Bergen-Wohlde in den Wald ging. Zu einem Hochsitzunfall.«

»Einsatzfahrten von Ludger Wolf ...«, murmelte Susanne Lorenz vor sich hin. »Da haben wir es ja schon. 24. Mai. Leichtverletzter nach Sturz von Hochsitz im Wald bei Wohlde. Name des Patienten: Kitzmann, Rolf, geboren –«

»Das ist es«, unterbrach sie Jo Kleinschmidt. »Drucken Sie uns das bitte aus. Wir brauchen sämtliche Daten zu diesem Einsatz.«

»Kann ich machen ...« Susanne Lorenz blickte weiterhin auf den Bildschirm.

»Können Sie direkt sehen, wer außer Herrn Wolf an diesem Einsatz beteiligt war?« Ellen Vogelsang wollte nicht auf den Ausdruck warten und hatte ihren Notizblock gezückt.

»Ja – einen Moment.« Susanne Lorenz tippte auf ein paar Tasten, dann klickte sie mit der Maus in irgendein Bildschirmformular.

»Das waren ...« Susanne Lorenz zog die Worte künstlich in die Länge: »Nolte, Raimund ... der hat damals den Notarztwagen gefahren. Und die Besatzung des RTW ... der Fahrer war Goldenstahl, Florian, und ...«

»Bingo!«, entfuhr es Ellen und Jo unisono.

»Ach ... wenn Sie den sprechen wollen: Der ist nicht mehr bei uns«, setzte Susanne Lorenz nach. »Er hat sich vor zwei Monaten versetzen lassen ... nach Großburgwedel, ins dortige Regionskrankenhaus.«

»Sind das alle?«, forschte Jo Kleinschmidt.

»Bis auf den Rettungsassistenten im RTW, das war Martin Kurtz.«

Die beiden Kriminalbeamten schauten sich an.

»Noch zwei also ...«, murmelte Ellen Vogelsang und wandte sich an die Krankenhausangestellte. »Wo finden wir die beiden, den Raimund Nolte und den Martin Kurtz?«

»Raimund war hier bekannt wie ein bunter Hund. Ein feiner Kerl. Ist aber seit einem halben Jahr als Entwicklungshelfer irgendwo in Afrika.«

»Okay, dann können wir den wohl außer Acht lassen. Und der Vierte, Martin Kurtz?«

»Keine Ahnung. Der hat – glaube ich – den Beruf gewechselt. Viele bleiben nicht lange im Rettungsdienst ...«

***

»Anke Sievers?«, fragte er entgeistert. Robert Mendelski hastete hinter Maike durch die Flure vom Sonnenhof zum Ausgang. »Bist du sicher?«

»Ganz sicher.«

Auf der Treppe trafen sie auf die beiden wartenden Polizisten.

»Nächster Einsatzort Heese, Welfenallee«, rief sie ihnen zu. »Hausnummer 43. Bitte folgt uns.«

»Du hast die Adresse im Kopf?«, fragte Mendelski verblüfft, während sie in ihren Wagen stiegen.

»Klar. Die von allen sechs verbliebenen Prüfern. Vom Personenschutzeinsatz. Außerdem wohnt im gleichen Haus ein Bekannter von Matthew.«

Bevor Maike die Fahrertür zuzog, knallte sie das Magnet-Blaulicht aufs Autodach. Mit Martinshorn brausten sie los, unter der Bahnunterführung hindurch stadtauswärts.

»Anke Sievers ... die Schwester von Rolf Kitzmann!« Mendelski konnte es immer noch nicht fassen. »Die Schwester eines gescheiterten Jagdscheinabsolventen. Einer, der obendrein durch einen Anschlag der Tierschutzaktivisten verletzt wurde.«

Maike trat das Gaspedal durch.

»Und einer, der von Ludger Wolf behandelt wurde«, schob sie nach. »Jedenfalls kurz. Das muss die Verbindung zu all den Opfern sein.«

Mit fast hundert Stundenkilometern rasten sie über den regennassen Asphalt. Mendelski gelang es nur mit Mühe, auf seinem Smartphone die richtige Kurzwahl zu erwischen – die von Heiko Strunz in der Zentrale.

»Heiko. Anke Sievers ist unsere Frau. Wir fahren zu ihrer Wohnung. Welfenallee 43. Haben drei Mann Verstärkung dabei. In Kürze mehr.«

Kaum hatte er aufgelegt, meldete sich Ellen Vogelsang. Sie hatten richtiggelegen mit Florian Goldenstahl, bestätigte sie. Nach einem weiteren Sanitäter würde sich Heiko Strunz erkundigen. Mendelski berichtete in knappen Worten von Anke Sievers.

»Ihr stoßt bitte umgehend zu uns«, schloss er das Gespräch. »Welfenallee 43. Bis gleich.«

»Tssss!«, zischte Maike böse. »Anke Sievers als Racheengel für ihren kleinen Bruder. Und das direkt vor unseren Augen.«

»Trotzdem … da bleiben noch jede Menge Fragezeichen«, dämpfte Mendelski seine und Maikes Euphorie. »Kann eine einzelne Person acht Morde in neun Tagen durchführen?«

Die beiden Polizeifahrzeuge überquerten die Fuhse und bogen links in die Welfenallee ein. Einen Lieferwagen, der nicht schnell genug zur Seite fuhr, überholte Maike trotz Gegenverkehrs mit einem abenteuerlichen Manöver. »Wohl schwerhörig, wie?«, rief sie aufgebracht.

Mendelski klammerte sich krampfhaft am Griff in der Tür fest.

»Noch dazu eine Frau, wolltest du sagen … stimmt's?« Maike guckte grimmig. »Zum Glück hast du dir das verkniffen.«

Mendelski schüttelte zum wiederholten Mal den Kopf. »Ist nicht zu glauben«, grummelte er. »Wenn sie wirklich bei allen acht Fällen die Täterin war … wie schafft man das ohne Helfershelfer?«

»Die hat das alles sicher akribisch geplant. Allein. Mitwisser sind viel zu gefährlich.«

»Mach besser die Tröte aus.« Mendelski tastete nach dem Sicherheitsgurt. »Und auch das Blaulicht.«

Das Martinshorn verstummte. Die Streifenwagenbesatzung hinter ihnen folgte ihrem Beispiel.

Rechts und links der Welfenallee tauchten Reihenhäuser auf. Ihr Auto wurde langsamer.

»Da vorn«, sagte Maike. »Das vierte Haus auf der linken Seite. Liegt etwas zurück.«

Entgegen der Fahrtrichtung stoppten die Fahrzeuge halb auf dem Gehsteig, genau vor dem Haus. Zu fünft rannten sie über eine Rasenfläche direkt auf den Haupteingang des Hauses zu. Windböen klatschten ihnen die Regentropfen waagerecht ins Gesicht.

»Überfallkommando?«

Der Mann, der das fragte, hielt ihnen die Tür auf. Der blaue Kittel, der Cordhut und der Besen in der Hand wiesen ihn als Hausmeister aus.

»Kann ich Ihnen helfen?«, fragte er.

»Wir wollen zu Anke Sievers!«, rief Mendelski. Gleichzeitig hatte er seinen Dienstausweis gezückt.

»Die is nich da.« Der Hausmeister wirkte glaubwürdig. »Is vor 'ner halben Stunde ausm Haus. Ich hab ihr bei dem Sturm noch die Türe aufgehalten.«

»Hat sie gesagt, wo sie hinwollte?«

»Zur Jagd, sagte sie mir. Würde den ganzen Tag dauern.«

»Bei diesem Wetter?«

»Habe mich auch gewundert. Aber ich wollte nicht weiter nachfragen – geht mich ja nichts an. Jedenfalls hatte sie Gewehrtasche und 'nen Rucksack dabei.«

»*Caramba!*«, schimpfte Mendelski. Zur Sicherheit schickte er trotzdem die drei Streifenpolizisten ins Haus. Sie sollten zusammen mit dem Hausmeister kontrollieren, ob Anke Sievers wirklich nicht in ihrer Wohnung war.

»Großfahndung! Volles Programm!«, sagte er zu Maike.

Auf dem Gehweg kamen Ellen Vogelsang und Jo Kleinschmidt angelaufen. Maike verschwand im Treppenhaus, um besser mit Heiko Strunz telefonieren zu können.

»Ausgeflogen«, empfing Mendelski die beiden Neuankömmlinge. »Mist!«

Unruhig wie ein Tiger im Käfig hastete er durch den Flur.

»Wo ist sie hin? Was hat die vor?«, fragte er mehr sich selbst als die anderen.

Ellen Vogelsang zuckte mit den Schultern.

»Anke Sievers!« Jo Kleinschmidt war noch ganz außer Atem. »Wär ich nie drauf gekommen ...«

»Völlig klar, wo sie ist.« Maike stand plötzlich hinter ihnen.

»Ist die Fahndung raus?«, fragte Mendelski, ohne auf Maikes Behauptung einzugehen.

»Läuft.«

»Du weißt, wo sie ist?«, fragte Ellen Vogelsang.

»Nein, aber was die vorhat.«

»Nämlich?«

»Ganz klar: Sie will die neunte Tat vollbringen. Die letzte ...« Maike kniff die Augen zusammen und kräuselte die Lippen. »Die Nummer eins ausschalten.«

ZWANZIG

Langsam machte sich Bernd Buchholz ernsthafte Sorgen wegen des Sturms. In Südwinsen blies der Wind bereits seit Stunden mit unveränderter Wucht. Dazu diese ungeheuren Wassermassen. Laut landwirtschaftlichem Wetterdienst sollte das Unwetter erst gegen Mittag abflauen.

Ob seine Frau gut in Bergen beim Landfrauentreffen angekommen war, wusste er nicht. Er nahm es jedoch an, sonst hätte sie sich bestimmt längst gemeldet.

Auch sonst war das Telefon still geblieben. Nach dem Gespräch heute Morgen mit Mendelski von der Kripo Celle hatte er nicht mehr telefoniert. Er hatte dem Kommissar versprochen, den anderen fünf erst mal nichts von Rolf Kitzmann und seiner Entdeckung zu erzählen. Zu heikel und noch nicht belastbar wäre diese Information gewesen.

Bernd Buchholz zog sich Gummistiefel und Regenjacke an, setzte einen breitkrempigen Hut auf. Dann steckte er Handy und Arbeitshandschuhe ein. Er wollte die unwetteranfälligen Stellen auf dem Hof kontrollieren: Dachüberstände, Dachrinnen, Fallrohre und Sickergruben.

Das Haus verließ er durch die Dielentür. Beim Überqueren des Hofes fiel sein Blick auf die Einfahrt. Das Auto von heute Nacht war verschwunden. Die Personenschützer der Polizei fuhren meist morgens nach durchwachter Nacht nach Celle zurück. Die Streifenwagen von der Polizeistation Winsen kamen dafür tagsüber vorbei. Sporadisch und in unregelmäßigen Zeitabständen.

Bernd Buchholz hatte gerade die Scheune und das schützende Vordach erreicht, als ein Motorengeräusch ihn aufhorchen ließ. Ein Auto mit Fernlicht kam auf den Hof gefahren.

Den Wagen kannte er.

***

Selbst der Hausmeister wunderte sich, als er einen Blick in die Wohnung von Anke Sievers warf. Er hatte aufgeschlossen, musste sich jedoch – wie von Mendelski gefordert – danach zurückziehen.

Die Drei-Zimmer-Wohnung war spartanisch eingerichtet und penibel aufgeräumt. Es fehlten nahezu sämtliche persönliche Gegenstände, die darauf hinwiesen, dass hier jemand lebte. Leer gefegte Tische und Regale, nur spärlich bestückte Schränke. Eine nackte Pinnwand, weder Bilder noch Fotos an den Wänden, kein Nippes, keine Stehrumchen, keine einzige Blume. Mendelski und seine Crew glaubten, in eine lieblos eingerichtete Ferienwohnung geraten zu sein.

Einzig der Kühlschrank, das Badezimmer und ein geöffneter Kleiderschrank wiesen darauf hin, dass kürzlich jemand hier gewesen war.

»Das ist was für unseren Polizeipsychologen«, meinte Maike, während sie eilig den Mülleimer in der Küche inspizierte. Auch dieser war leer.

»Psychologen? Nein. Wenn Anke Sievers für die acht Taten verantwortlich ist, ist sie ein Fall für die Psychiatrie«, ergänzte Ellen Vogelsang. »Mindestens.«

»Kein PC, kein Telefon, kein AB.« Jo Kleinschmidt kam ebenfalls in die Küche. »Könnte so was wie 'ne Zweit- oder Scheinwohnung sein.«

»Okay, okay.« Mendelski reagierte zunehmend unruhig. Um sich die Aufmerksamkeit der anderen zu sichern, klopfte er auf den Küchentisch. »Lassen wir mal die Wohnung. Die Zeit drängt. Konzentrieren wir uns lieber auf das neunte mögliche Opfer. Wen könnte sie im Visier haben? Brainstorming. Hopp, hopp!«

»Drei Jäger, drei Tierschützer, drei Mediziner«, platzte es aus Maike heraus. »Das wäre eine gewisse Symmetrie. Den Rettungssani aus dem Krankenwagen … oder vielleicht gibt's noch einen weiteren Arzt, der Kitzmann behandelt hat und den seine Schwester aufm Kieker hat.«

»Gute Idee. Setze gleich Heiko drauf an.« Mendelski zückte sein Smartphone. »Weiter.«

Während er kurz mit Strunz telefonierte und ihn bat, am

Apparat zu bleiben, begann Kleinschmidt zu reden: »Täter wie Anke Sievers … die sind nicht berechenbar. Wenn sie – wie wir annehmen – ihren Bruder rächen will, kann das sonst wen treffen. Jäger, Tierschützer, Mediziner hatten wir schon. Vielleicht jemand vom Pflegeheim. Eine zickige Angestellte vom Sonnenhof …«

»Nicht schlecht.« Mendelski nahm sein Smartphone hoch. »Heiko, hast du mitgehört? Sofort eine Streife zum Sonnenhof.«

»Schon unterwegs«, antwortete Strunz. »Übrigens: Um Martin Kurtz, den vierten Mann vom Rettungseinsatz im Wald, brauchen wir uns nicht zu kümmern. Der arbeitet derzeit auf einer Bohrinsel in Norwegen.«

»Okay, wieder einer weniger«, kommentierte Mendelski sichtbar erleichtert.

Die vier standen um den Küchentisch herum, als nähmen sie in einem TV-Studio an einem Quizduell teil.

»Vielleicht hat sie sich den Wichtigsten fürs Finale aufgehoben.« Ellen Vogelsang sprach leise, aber eindringlich. »Denjenigen, der ihrer Meinung nach die Hauptverantwortung für das Schicksal ihres Bruders trug.«

»Wen meinst du?«

»Alles fing doch mit der Jagdscheinprüfung an. Mit dem Sturz vom Hochsitz, gefolgt von der unzureichenden Versorgung des Verletzten. Und … wer trägt die Hauptverantwortung bei den Jägerprüfungen?«

»Der Kreisjägermeister«, antwortete Jo Kleinschmidt wie aus der Pistole geschossen. »Der oberste Jäger des Landkreises Celle.«

Ellen Vogelsang nickte zustimmend: »Genau. Bernd Buchholz.«

»Heiko, hast du gehört?«, fragte Mendelski erneut ins Telefon. »Ruf bitte umgehend …« Der Kommissar unterbrach sich selbst. »Nein, lass mal. Das machen wir selbst.«

Maike legte ihr Smartphone auf den Küchentisch, während sie die Handynummer von Bernd Buchholz aufrief. Sie hatte den Lautsprecher aktiviert.

Keiner sprach ein Wort.

»Wenn der jetzt nicht rangeht ...«, raunte Mendelski kaum hörbar. »Ich hatte ihm extra gesagt, er solle erreichbar bleiben ...«

Bei Bernd Buchholz klingelte es lange. Dann meldete sich – die Mailbox.

»*Dios mio!*« Mendelski raufte sich die Haare. »Bernd Buchholz!«, ächzte er. »Sollte der tatsächlich die Nummer eins sein?«

»Das können wir so nicht klären«, erwiderte Maike, während sie ihr Handy aufnahm und in die Tasche steckte. »Da müssen wir hin.«

Mendelski wandte sich zur Tür und rief: »Alle verfügbaren Kräfte sofort nach Südwinsen!«

***

Der Regen peitschte mit unverminderter Heftigkeit gegen die Scheiben des Versammlungsraumes.

Kriminaldirektor Steigenberger hatte die Abwesenheit seiner Soko-Spitze während der mittlerweile zwei Stunden dauernden Krisensitzung gut kaschiert. Über Headset stand er in ständigem Kontakt mit Heiko Strunz, der vier Etagen tiefer die Informationsfäden in der Hand hielt.

Der Landrat hatte die Sitzung längst verlassen. Zurzeit referierte der Fallanalyst vom Landeskriminalamt in Hannover über den mutmaßlichen Serienmord. Er hatte in aller Eile ein Täterprofil erstellt, das im Großen und Ganzen besagte, das die gesuchte Person wahrscheinlich weiblich war, fünfundzwanzig bis fünfunddreißig Jahre alt, ledig, Linkshänderin, hochintelligent, sportlich, eigenbrötlerisch, mit wenigen sozialen Kontakten. Und Jägerin.

Bei Verena Treskatis, die weiterhin über den Bildschirm präsent war, machte sich Unruhe breit. In ihrem Büro war eine Person aufgetaucht, die ihr einen Zettel reichte. Danach wandte sie sich der Kamera zu.

»Wenn ich kurz stören dürfte«, nutzte sie eine kurze Redepause des Referenten.

»Ja, bitte.« Steigenberger, der als Moderator fungierte, sprach ins Mikrofon.

»Die Spezialisten vom LKA haben den PC von Florian Goldenstahl geknackt. Dabei sind sie auf einen Schriftverkehr gestoßen, den das Opfer kurz vor seinem Tod in einem sogenannten Lost-Place-Forum getätigt hat. Er hatte seine Fahrradfahrt zum Haus Eichengrund angekündigt, und jemand hat ihm geantwortet.«

»Anonym, nehme ich an.«

»Richtig.« Verena Treskatis schaute auf ihr Blatt Papier. »Die Person nannte sich E-L-F-E. Klingt weiblich, kann aber ein Ablenkungsmanöver gewesen sein. Jedenfalls hat die Person dem Treffen zugestimmt.«

»Na, immerhin etwas.«

»Die Nachricht wurde in einem Internet-Café geschrieben. Bei euch in Celle. Im Interpool in der Bahnhofstraße. Datum und Uhrzeit liegen vor.«

»Sehr schön. Danke.« Steigenberger gab dem Polizeibeamten neben sich einen Wink. »Senden Sie bitte alles rüber. Wir schicken sofort jemanden hin.«

***

Als sie viel zu schnell auf den Buchholz-Hof einbogen, wären sie beinahe in einen Streifenwagen gekracht. Bei dem vielen Wasser hatte Maike den Bremsweg zu kurz eingeschätzt. Es schüttete zwar weiterhin wie aus Kübeln, aber der Wind hatte etwas nachgelassen.

Ein zweiter Streifenwagen stand abseits neben einem grünen Pkw-Kombi. Einem Ford Mondeo. Wie sie vom Fahndungsaufruf wussten, sollte Anke Sievers solch ein Auto besitzen.

»Im Wohnhaus scheint keiner zu sein«, empfing sie ein Streifenpolizist. Regenjacke und Mütze trieften vor Nässe.

»Sind Sie sicher?« Mendelski und Maike sprangen aus ihrem Wagen.

Hinter ihnen kamen noch weitere Fahrzeuge zum Stehen.

Zivile und offizielle. Auf allen Autodächern blinkten Blaulichter.

»Na ja. Wir sind zu fünft schnell durch den Wohnbereich. Die Nebengebäude haben wir noch nicht. Aber so 'n Bauernhof ist riesig.«

Sie liefen auf das Wohnhaus zu.

»Wie lange suchen Sie schon?«

»Zehn Minuten vielleicht.«

»Das ist ja gar nichts. Stand das Haus offen?«

»Ja. Die Dielentür da vorn war nicht abgeschlossen, da konnten wir rein.«

»Wo sind Ihre Leute jetzt?«

»Zwei in den Scheunen und zwei in den Stallungen.«

Mendelski war stehen geblieben. Er deutete auf die offene Doppelgarage. Dort stand lediglich ein Pick-up.

»Ein Auto fehlt?«

»Ja, ein Mercedes der C-Klasse. Eine dunkelgrüne Limousine. Gehört Buchholz.«

»Habt ihr das Kennzeichen?«

»Ja.«

»Gut. Nach dem Auto muss sofort eine Fahndung raus.«

»Wird erledigt.« Der Beamte zog sein Funkgerät aus der Tasche.

»Hier sammeln«, brüllte Mendelski, als sie an der Dielentür angekommen waren. Mit hektischen Gesten winkte er die anderen herbei. »Wir müssen uns aufteilen. Koordiniert!«

***

Der Fallanalyst vom LKA hatte soeben seinen Vortrag beendet. Eigentlich stand jetzt eine kurze Kaffeepause auf der Agenda, als Steigenberger unplanmäßig das Wort ergriff.

»Meine Damen und Herren. Darf ich kurz um Aufmerksamkeit bitten.« Er nestelte an seinem Ohrhörer. »Wie ich soeben erfahre, sind unsere Leute auf einer heißen Spur. Einer sehr heißen Spur. Umfangreiche Einsatzkräfte sind nach Südwinsen unterwegs. Und wir fahnden nach einem Mercedes. Mehr kann ich jetzt noch nicht sagen. Sobald es Neuigkeiten gibt, informiere ich Sie.«

Ein beifälliges Raunen ging durch den Versammlungsraum.

**

Zu viert hasteten sie durch die Diele ins Haus. Robert Mendelski und Maike Schnur, die von ihrem Besuch letzte Woche die Räumlichkeiten bei Buchholz in etwa kannten, eilten den anderen beiden voran.

»Jo, Ellen – ihr geht nach oben«, kommandierte Mendelski. »Maike und ich nehmen das Erdgeschoss.«

Die alte Holztreppe knarrte, als Ellen Vogelsang und Jo Kleinschmidt die Stufen hinaufstürmten. Im Laufen zogen sie ihre Dienstwaffen.

»Zuerst ins Arbeitszimmer«, sagte Mendelski zu Maike. »Ich glaube, das ist die Tür da vorn rechts.«

Auch sie hatten ihre Waffen gezückt. Sich gegenseitig Deckung gebend öffneten sie die Bürotür und traten ein.

Der Raum war menschenleer. Das Zweite, was ihnen auffiel, war, dass der Anrufbeantworter auf dem Schreibtisch blinkte.

Sie traten näher. Mit der linken Hand zog Mendelski sein Stofftaschentuch hervor, legte es über seine Finger und betätigte die Abspieltaste.

»Eine neue Nachricht«, sagte die automatische Frauenstimme. »Heute, zehn Uhr vierzehn.«

»Hallo, Bernd. Hier ist Jutta. Wollte nur sagen, dass ich gut in Bergen angekommen bin. Trotz der miesen Straßenverhältnisse. Damit du dir keine Sorgen machst. Bis heute Nachmittag.«

»Aha!« Mendelski atmete tief durch. »Die Fahndung nach dem Mercedes können wir uns also sparen. Informierst du bitte Heiko.«

Maike zog ihr Handy hervor. »Das heißt aber auch«, raunte sie, »dass Buchholz und Sievers höchstwahrscheinlich noch in der Nähe sind.«

»Wird wohl so sein.« Unwillkürlich trat er ans Fenster. Der Blick in den Garten wurde ihm durch den peitschenden Regen verwehrt. »Und zwar irgendwo, wo es trocken ist. Kein Wetter zum Spazierengehen.«

Während Maike mit Celle telefonierte, begann Mendelskis Handy zu bimmeln. Eilig nahm er das Gespräch an. Es war der Streifenpolizist von vorhin. Da nicht genügend Funkgeräte vorhanden waren, hatten sie beide verabredet, sich über Mobiltelefon zu verständigen.

»Ein leeres Gewehrfutteral …?«, wiederholte der Kommissar. »Ja, wir kommen raus. Und sagen Sie Ihren Leuten, sie sollen vorsichtig sein. Die Frau scheint aufs Ganze zu gehen.«

»Was ist los?«, fragte Maike, nachdem sie ihr Gespräch beendet hatte.

»Im Auto von Anke Sievers liegt ein leeres Gewehrfutteral«, berichtete er. »Komm, wir müssen raus hier. Die Musik spielt wahrscheinlich woanders.«

An der Treppe auf dem Flur blieben sie kurz stehen.

»Ellen, Jo!«, brüllte Mendelski nach oben.

»Ja, was gibt's?« Jo Kleinschmidts Kopf tauchte am Treppengeländer auf.

»Die Sievers ist mit einem Gewehr bewaffnet. Also Obacht.«

»Verstanden.«

»Maike und ich gehen raus. Macht ihr das mit dem Haus zu Ende.«

»Okay, geht klar.«

✳✳✳

»Neuigkeiten aus Südwinsen«, ließ Steigenberger über Mikrofon verlauten.

»Moment«, hörte er eine männliche Stimme aus Hannover. Verena Treskatis war nicht an ihrem Platz, sondern ein junger Kollege in Zivil. »Ich rufe eben die Chefin.«

Sekunden später war die Kriminalhauptkommissarin wieder im Bild. Mit einer dampfenden Tasse Kaffee in der Hand.

»Bin schon so weit«, erklärte sie gehetzt. »Das geht ja Schlag auf Schlag.«

»Die Fahndung nach dem Mercedes der C-Klasse ist abgeblasen«, berichtete Steigenberger. »Dafür – und das ist umso schlimmer – ist davon auszugehen, dass die Verdächtige mit einem Jagdgewehr unterwegs ist. Auf dem Gelände eines landwirtschaftlichen Betriebes in Südwinsen. Leider hat es den Anschein, dass die Täterin es auf Bernd Buchholz, den Kreisjägermeister, abgesehen hat. Von ihm fehlt jede Spur.«

∗∗∗

»Das Auto von der Sievers war nicht abgeschlossen«, empfing sie der Streifenpolizist auf dem Hof.

Wieder standen Mendelski und Maike im Regen. Das Wasser durchweichte ihre Haare in Sekundenschnelle, lief ihnen über den Nacken bis in den Rücken. Es kümmerte sie nicht. Um sie herum wuselten immer mehr Einsatzkräfte, die nach und nach eintrafen. Der Bauernhof tauchte unter in einem Meer aus zuckenden Blaulichtern – und Wasser.

»Außer dem leeren Gewehrfutteral lag da eine angebrochene Patronenschachtel auf dem Beifahrersitz«, berichtete der Polizist.

»Schrotpatronen?«

»Ja. Vier Millimeter. Zwei Stück fehlten.«

»*Conjo!*«, entfuhr es Mendelski. »Hoffentlich kommen wir nicht zu spät.«

»Meine Leute müssten gleich mit den Nebengebäuden durch sein. Im Kuhstall und der großen Scheune scheinen sie nicht zu sein. Es sei denn, sie haben sich im Stroh versteckt …«

Eine junge Polizistin kam plötzlich quer über den Hof gesprintet.

»Kommen Sie … schnell«, japste sie atemlos. »Wir haben sie. In der Wildkammer …!«

EINUNDZWANZIG

»Die sind da drin!«, flüsterte die Beamtin, die vorangeeilt war.

Mit gezogenen Pistolen waren Robert Mendelski und Maike Schnur der Kollegin gefolgt. Die letzten Meter schlichen sie auf Zehenspitzen.

Die Wildkammer lag, etwas zurückgesetzt hinter einem Vordach, in einem unscheinbaren Nebengebäude zwischen Kuhstall und großer Scheune.

Die schwere Kühlkammertür stand eine Handbreit offen. Bläulich weißes elektrisches Licht fiel durch den Spalt nach draußen unter das Vordach, auf das lautstark der Regen prasselte.

Trotz des Lärms konnten sie in der Wildkammer jemanden sprechen hören. Eine weibliche Stimme. Hysterisch und laut.

»Sie hat eine Waffe«, raunte die Beamtin. »Eine Doppelflinte.«

»Das wissen wir bereits. Hat die Frau Sie bemerkt?«

»Nein, ich glaube nicht. Die ist zu sehr mit ihrer Geisel beschäftigt.«

»Geisel?«

»Ja, schauen Sie.«

Mendelski und Maike näherten sich dem Türspalt. Vorsichtig spähten sie um die Ecke. Was sie sahen, ließ ihnen das Blut in den Adern gefrieren.

Mitten in dem bis unter die Decke gefliesten und hell erleuchteten Raum von rund vier mal vier Metern stand Bernd Buchholz auf einer leeren, hochkant gestellten wackeligen Bierkiste. Regungslos, die Hände mit Panzertape auf den Rücken gefesselt, den Kopf nach oben gestreckt. Das dünne Drahtseil des Flaschenzuges, an dem normalerweise Wildtiere wie Rehe, Hirsche oder Sauen hängen, lag um seinen Hals.

Neben ihm stand Anke Sievers. In der einen Hand das Bedienteil für den Flaschenzug, in der anderen die Doppelflinte. Zu ihren Füßen lag ein Elektroschocker.

»Los, wiederhole!«, keifte sie Bernd Buchholz an. Ihre blonden Haare waren klitschnass und hingen wirr ins Gesicht.

»Ja, ich bin schuld«, schnaufte der Kreisjägermeister. »Wie …
wie oft soll ich das denn noch sagen …«

»Immer wieder! Tausendmal!« Ihre Stimme überschlug sich.
»Wiederhole …!« Sie drückte kurz einen Knopf auf dem Bedienteil. Das Drahtseil spannte sich etwas mehr.

Mendelski und Maike schauten sich an. Sollten sie? Ein weiterer Klick mit dem Steuergerät, ein Fußtritt gegen die Bierkiste – und Buchholz würde hängen. Dazu die schussbereite
Flinte …

»Ja, ja! Ich … ich red ja schon«, krächzte Bernd Buchholz. »Ich bin schuld am Elend von Rolf Kitzmann. Ich hab
den falschen … falschen … Notfalltreffpunkt durchgegeben.
Dadurch … hat sich der Notarzt verspätet … um eine halbe
Stunde. Das … das waren entscheidende Minuten … wie sich
später heraus…stellen sollte.«

»Weiter!«

»Als Kreis…jägermeister bin ich der … der Hauptverant-
wortliche für … für die Jagdscheinprüfungen. Bei dem Unfall …
da habe ich … meine Fürsorgepflicht verletzt. Und ich … ich
habe mich nicht ausreichend um deinen Bruder gekümmert.«

»Weiter!«

»Auch im Nachhinein habe ich mich nicht mehr mit dem
Thema –«

»Thema?«, kreischte sie mit sich überschlagender Stimme.
»Das ist kein Thema, das ist ein Drama. Das Drama um ein
unschuldiges Menschenleben. Ein Menschenleben, das zerstört
wurde. Ein Mann im besten Alter, der noch so viel vorhatte.
Der jetzt ein Wrack ist und nicht mal mehr reden kann. Wiederhole!«

»Okay.« Bernd Buchholz war die Anstrengung anzusehen –
und anzuhören. »Auch im Nachhinein …«, stammelte er, »…
hab ich mich nicht … nicht um deinen … Bruder gekümmert.
Habe nicht geforscht, was … was aus ihm geworden ist. Habe
dadurch …«

In diesem Moment meldete sich Mendelskis Smartphone. Er
hatte vergessen, es auf leise zu stellen. Für seine Nachlässigkeit
hätte er sich in den Hintern treten können.

Anke Sievers fuhr herum.

»Habe Sie längst bemerkt«, schrie sie Richtung Türspalt. Mit dem Flintenlauf zielte sie jetzt auf die Tür. »Wollte nur, dass Sie sein Geständnis hören. Wenn Sie reinkommen, schieße ich. Und Buchholz hängt.«

»Red mit ihr!«, flüsterte Mendelski hastig Maike zu. »Irgendwas. Halt sie hin.«

In gebückter Haltung zog er sich zurück.

* * *

Ellen Vogelsang und Jo Kleinschmidt, die das Wohnhaus durchkämmten, hatten mitbekommen, dass draußen auf dem Hof etwas passierte. Plötzlich liefen alle in die gleiche Richtung.

»Ich ruf mal kurz Robert an«, sagte Jo Kleinschmidt, der durch ein Flurfenster im ersten Stock einen Teilbereich des Hofes einsehen konnte.

Er wartete vergebens.

»Geht nicht ran. Komm, wir sehen mal nach, was da los ist.«

Auf dem Hof lief ihnen ein Streifenpolizist entgegen.

»Geiselnahme in der Wildkammer«, rief er. »Die Frau bedroht Buchholz mit einem Gewehr.«

»Weiß Celle schon Bescheid?«, wollte Ellen Vogelsang wissen.

»Keine Ahnung.«

Während sie Richtung Wildkammer liefen, telefonierte Jo Kleinschmidt mit Heiko Strunz. Der nahm das Gespräch sofort an.

»Geiselnahme auf dem Buchholz-Hof«, rief Jo ohne große Vorrede. »Wir brauchen SEK, Heli, Ambulanzen ... Das volle Programm ... jetzt!«

Plötzlich stand Mendelski vor ihnen. »Wir müssen den Strom abschalten«, rief er. »Schnell, sucht den Hauptschalter. Oder den Sicherungskasten.«

* * *

Maike benötigte einige Sekunden, bis sie in die neue Situation fand. »Frau Sievers!«, rief sie durch den Türspalt. »Hier spricht die Polizei. Legen Sie Ihre Waffe weg und kommen Sie mit erhobenen Händen heraus.«

Anke Sievers lachte nur. Böse, schrill und laut.

Maike versuchte ruhig zu bleiben: »Frau Sievers! Sie haben keine Chance. Das Gebäude ist umstellt.«

»Chance?«, höhnte sie. »Wer keine Chance hat, sind Sie. Oder Bernd Buchholz. Der Letzte auf der Liste. Die Nummer eins, der Neunte.«

»Das hat doch alles keinen Zweck mehr. Der ganze Hof steht voller Polizei –«

»Keinen Zweck?«, unterbrach sie Maike. »Ha! Dass ich nicht lache. Ich habe mein Ziel erreicht. Sie haben es doch gehört. Buchholz hat unsagbar große Schuld auf sich geladen. Sehen Sie doch selbst, er fühlt sich so schuldig, dass er nicht mehr länger leben will.«

Wieder drückte sie kurz auf den Knopf des Bediengerätes. Das Drahtseil surrte.

»Ich … ich … krieg keine Luft mehr«, krächzte Buchholz. Er balancierte mittlerweile auf Zehenspitzen und schwankte bedrohlich.

Wie aus dem Nichts stand Mendelski wieder neben Maike. »Präg dir die Räumlichkeiten ein«, raunte er ihr zu. »Wenn gleich das Licht ausgeht, stürmen wir.« Er reichte ihr eine schusssichere Weste und Ohrstöpsel. »Ohne Strom ist es stockdunkel … und den Flaschenzug kann sie nicht mehr straffer ziehen.«

»Genial«, lobte ihn Maike flüsternd.

Hinter ihnen hatten sich still und heimlich weitere Beamte postiert, mit gezogenen Waffen und in Schutzwesten.

***

»Verdammt, wo ist dieser Scheißsicherungskasten?«, brüllte Jo Kleinschmidt.

Zusammen mit Ellen Vogelsang und zwei weiteren Polizisten raste er durch die geräumige Diele des Bauernhauses. Zu beiden Seiten gab es mehrere Türen.

»Schaut in jeden Raum«, rief er den beiden Beamten zu. »Wahrscheinlich hängt der Kasten in einer Art Wirtschaftsraum oder Werkstatt. Wir nehmen das Wohnhaus.«

Sie hatten den Flur erreicht. Mit ihren Blicken tasteten sie sämtliche Wände ab. Doch zwischen Garderobe, Spiegel, Eichenschrank und den unzähligen Trophäen an den Wänden war kein Kasten zu entdecken, in dem sich die Sicherungen für die Stromversorgung des Hauses befinden konnten.

Auch in der Küche und der angrenzenden Vorratskammer fanden sie nichts.

»Vielleicht im Keller«, schlug Ellen Vogelsang außer Atem vor. »Hast du schon einen entdeckt?«

Zurück im Flur rissen sie sämtliche Türen auf. Eine Kellertür war nicht dabei.

»Hierher!«, hörten sie da einen der beiden Polizisten in der Diele rufen. »Wir haben ihn.«

»Warten Sie«, brüllte Jo Kleinschmidt. Er sprintete in die Diele zurück. »Nicht anrühren. Lassen Sie mich das machen.«

**

»Hey, ihr da draußen«, schrie Anke Sievers. »Macht keine Dummheiten. Sein Leben hängt … am seidenen Faden …« Sie lachte irre.

Mendelski beugte sich vor zum Türspalt. »Frau Sievers!«, rief er laut. »Hier spricht Robert Mendelski. Lassen Sie uns reden. Ich persönlich kann gut verstehen, dass Sie wütend darüber sind, wie Ihr Bruder behandelt wurde. Das war nicht fair. Man hätte sich viel mehr um ihn kümmern –«

»Die Prüfer haben sogar gelacht«, keifte sie dazwischen. »Das müssen Sie sich mal vorstellen. Die haben sich amüsiert, statt ihm zu helfen. Die dachten, Rolf simuliert. Dabei war seine Wirbelsäule angeknackst.«

»Irren ist doch menschlich«, versuchte Mendelski sie zu beruhigen. Gleichzeitig fragte er sich verzweifelt, warum zum

Teufel es so schwer war, auf dem Hof den Hauptschalter oder Sicherungskasten zu finden.

»Vorbei! Schluss ist mit Sich-Irren!«, schrie sie zurück. »Der Notarzt irrte, der Sanitäter irrte. Das haben sie davon. Jetzt haben sie ihre gerechte Strafe. Alle …«

»Ich … ich … kann …« Mehr bekam Buchholz nicht heraus. Im gleichen Augenblick ging das Licht aus.

Ein spitzer, unartikulierter Schrei. Dann ein dröhnender, ohrenbetäubender Knall.

Anke Sievers hatte tatsächlich geschossen.

✳✳✳

In der Jägerstraße in Celle brach hektische Betriebsamkeit aus.

Die Krisensitzung wurde für unbestimmte Zeit unterbrochen, Leute rannten durch die Flure, die Telefonleitungen liefen heiß.

Steigenberger war hinab zu Heiko Strunz gestürmt. Der befand sich nicht mehr in seinem Büro, sondern in der Wache im Erdgeschoss, um den Funk mitzuhören.

»Was gibt's Neues?«, fragte er atemlos.

»Anke Sievers hält Bernd Buchholz mit einer Flinte in Schach. In der Wildkammer.«

Steigenberger setzte sich neben Strunz. »SEK?«

»Ist unterwegs. Die Rettungsdienste ebenfalls.«

»Helikopter?«

»Bei diesem Sturm nicht einsatzfähig.«

»Was hat Mendelski –«

»Der Strom ist weg«, schallte es aus dem Lautsprecher.

»Stromausfall auf dem Buchholzhof«, rief Strunz. Seine volle Konzentration galt dem Polizeifunk.

»Alles dunkel«, hörten sie über den Lautsprecher. »Und … da ist gerade ein Schuss gefallen. Offenbar in der Wildkammer. Der Zugriff läuft.«

✳✳✳

Mendelski hatte angeordnet, den Strom lediglich für fünf Sekunden abzuschalten. Danach sollte er wieder eingeschaltet werden.

Fünf Sekunden sollten reichen – für einen Überraschungsangriff auf eine einzelne Person in einem engen Raum. Nach fünf Sekunden wäre es auch höchste Zeit, einen Aufgehängten vor dem Exitus vom Seil zu befreien.

Doch fünf Sekunden konnten verdammt lang sein. Insbesondere dann, wenn man nicht sehen kann, was los war.

Als das Licht erlosch, hatten er und Maike die Tür aufgerissen und waren in den Raum gestürmt. Blind ins Schwarze, ohne eine Taschenlampe zu benutzen. Sie wollten sich Anke Sievers nicht leichtfertig als Zielscheibe präsentieren.

Auf einen Schuss waren sie zwar vorbereitet. Doch die Detonation in einem geschlossenen Raum mit gefliesten und dadurch ungedämmten Wänden hatten sie unterschätzt. Die Druckwelle war gewaltig. Ohne die Ohrstöpsel hätten sie wahrscheinlich ein Knalltrauma davongetragen.

Als das Licht endlich wieder anging, wimmelte es in der Wildkammer von Polizisten. Mendelski und Maike lagen gemeinsam auf Anke Sievers am Boden. Sie drückten ihr Gesicht nach unten auf die Fliesen, ihre Arme und Beine hatten sie fest im Griff.

Die Flinte lag in einer Ecke, das Steuergerät für den Flaschenzug pendelte am Kabel frei in der Luft.

Bernd Buchholz stand immer noch auf seiner Bierkiste, schwankte jedoch bedrohlich. Zwei uniformierte Polizisten packten seine Beine und hielten ihn fest. Ein anderer schnappte sich das Bediengerät und drückte die Abwärtstaste. Der Kreisjägermeister sackte mit einem lauten Seufzer in sich zusammen, weitere Beamte fassten ihn und ließen den schweren Mann zu Boden gleiten.

»Ist er verletzt?«, brüllte Mendelski, noch voller Adrenalin.

»Anscheinend nicht«, rief ein Polizist. »Oder nur leicht.« Mit dem Kopf deutete er auf den metallenen Unterschrank einer Spüle, die an der gegenüberliegenden Wand stand. Der Schrank war völlig zerfetzt, von den Türen war nur noch durchlöchertes Blech übrig. »Die Schrotgarbe ist da drüben eingeschlagen. Zum Glück!«

Handschellen klickten.

»Okay!« Mendelski brüllte immer noch. »Abführen!«

Maike und er halfen sich gegenseitig auf die Beine.

Zwei Polizisten packten Anke Sievers rabiat an den Armen und schleiften sie hinaus. Dabei rutschte ihr ein kleiner Gegenstand aus der Jackentasche und plumpste auf die Fliesen.

Mendelski hob ihn auf und hielt ihn hoch.

Es war ein grüner Edding.

***

Heiko Strunz stand die Erleichterung ins Gesicht geschrieben.

»Es ist vorbei«, rief er laut durch die Funkzentrale. »Alles gut gegangen. Die Geiselnehmerin ist gefasst, der Geisel geht's den Umständen entsprechend gut. Und – ganz wichtig – keine Verletzten auf unserer Seite.«

In den Fluren des Polizeihochhauses brach Jubel aus.

Der Staatsanwalt nahm Steigenberger zur Seite.

»Sagen Sie, der Serienkiller soll eine Frau sein?«, fragte er.

»Geben Sie mir bitte noch zehn Minuten Zeit«, bat der Kriminaldirektor um Verständnis. »Bevor ich Ihnen für weitere Auskünfte zur Verfügung stehe, möchte ich erst mit Robert Mendelski telefonieren.«

ZWEIUNDZWANZIG

»Meinen Sie wirklich, dass Sie fit genug sind für eine erste Befragung?«, wandte sich Mendelski an Bernd Buchholz.

Der Kreisjägermeister saß ihnen munter gegenüber, frisch geduscht und verarztet. Seinen Hals zierten mehrere Pflaster. In den Händen hielt er eine halb volle Bierflasche.

Die Vierertruppe von der Kripo Celle und der Hausherr hatten am großen Eichentisch im Wohnzimmer Platz genommen.

»Nee, nee, das geht schon«, erwiderte Buchholz aufgeräumt. »Nur ... durch den Schuss ... da hör ich nicht so gut gerade. Mein Tinnitus hat tüchtig zugelegt ...«

»Das kenn ich.« Mendelski lächelte verständnisvoll.

»Und ... ganz ehrlich ... ich kann's immer noch nicht glauben, dass die Sievers hinter alldem gesteckt haben soll.« Fassungslos schüttelte Buchholz den Kopf, riss sich aber schnell wieder zusammen. »Sind Sie ganz sicher, dass Sie kein Bier möchten?«, fragte er Jo Kleinschmidt und Robert Mendelski. Beide verneinten.

»Oder ein Schluck Sekt oder Prosecco für die Damen?«

Maike Schnur und Ellen Vogelsang winkten ab.

»Schließlich ... es gibt doch was zu feiern«, rief Buchholz, dessen Adrenalinspiegel immer noch recht hoch zu sein schien. Die halbe Flasche Bier auf nüchternen Magen heiterte ihn auf, doch viel mehr beflügelte ihn der glückliche Ausgang seines lebensgefährlichen Abenteuers.

»Sie haben mir das Leben gerettet. Dafür kann ich Ihnen gar nicht genug Danke sagen«, rief er selig. »Und die Schuldige an diesen Wahnsinnstaten ist überführt, der Fall geklärt. Das ist doch ganz bestimmt ein großer Moment für Sie.«

»Ist es auch«, erwiderte Mendelski gelassen. »Da können Sie sicher sein. Nur ... sehen Sie, wir müssen unseren Job noch zu Ende bringen.«

»Verstehe. Protokolle, Berichte und so.« Er deutete auf

das eingeschaltete Aufnahmegerät, das vor ihm auf dem Tisch stand. »Na, dann schießen Sie mal los.«

»Nein. Erst mal schießen Sie los. Was war passiert?«

»Also gut.« Er nahm einen weiteren Schluck Bier und stellte die Flasche ab. Dann begann er: »Weil das heute Morgen so stürmte, wollte ich gegen zehn einen Kontrollgang machen, nach dem Rechten sehen. Kaum war ich draußen, da kam die Sievers auf den Hof gefahren. Ich war überrascht, dass sie hier bei diesem Mistwetter und unangemeldet auftauchte.«

»Ich dachte, Frau Sievers jagt bei Ihnen im Revier?«, forschte Mendelski.

»Ja. Ab und zu. Eher selten. Schon gar nicht bei so einem Sturm und auch nicht mitten am Tag. Sie sagte, sie hätte neulich ihr Jagdmesser bei mir in der Wildkammer vergessen und wollte es holen. Ich erklärte ihr, ich hätte kein Messer gefunden, aber wir könnten ja zusammen mal nachschauen.«

»Sie sind also zusammen zur Wildkammer?«

»Ja. Ich vorneweg, sie hinter mir her. Erst als wir unterm Schauer waren, sah ich, dass sie ihre Flinte geschultert hatte. ›Was willst du denn damit?‹, hab ich sie gefragt. ›Kann ich doch nicht im Auto lassen‹, antwortete sie. ›Das ist gesetzeswidrig.‹ Da hab ich mich das zweite Mal über sie gewundert.«

»Und dann?«

»Tja, und dann ging alles ganz schnell. Kaum waren wir in der Wildkammer, da holte sie einen Elektroschocker aus ihrer Jackentasche und rammte mir den in die Seite.« Buchholz zog sein Hemd hoch und zeigte ungeniert mehrere blaurote Flecken im Hüftbereich und am Bauch.

»Haben Sie schon mal Bekanntschaft mit so 'nem … so 'ner fiesen Waffe gemacht?«, fragte er in die Runde. Maike Schnur und Ellen Vogelsang schüttelten den Kopf, Robert Mendelski und Jo Kleinschmidt zeigten keinerlei Regung.

»Das haut einen augenblicklich aus den Puschen«, erklärte er. »Und tut dermaßen höllisch weh. Immer und immer wieder hat sie mich mit dem Ding attackiert. Ich bin zusammenge-klappt, hab mich auf den Fliesen gekrümmt. Und als ich dann so für Minuten außer Gefecht gesetzt war, muss sie mich gefesselt und an den Flaschenzug gehängt haben. Erst unter den Armen durch, dann am Hals. Mich mit dem Ding hochzuziehen ist ja ein Kinderspiel. Da hingen schon ganz andere Kaliber dran. Dafür ist es ja schließlich gebaut. Jedenfalls – als ich wieder einigermaßen klar denken konnte, steckte mein Kopf in der Drahtseilschlinge, mit den Füßen balancierte ich auf 'ner wackeligen Bierkiste. Den Rest kennen Sie.«

»Okay.« Mendelski nickte. »Kommen wir zu den Anschuldigungen von Frau Sievers. Was ist denn da dran?«

»Nun ja …« Buchholz zauderte erst, dann legte er los. »Das war schon eine sehr dumme und unglückliche Geschichte. Während der Revierprüfung letztes Jahr kam es zu einem Unfall. Der Prüfling Kitzmann stürzte von einem Hochsitz, dessen Leiter in der Nacht zuvor von Unbekannten angesägt worden war. Wahrscheinlich von militanten Jagdgegnern. Erst sah es wohl ziemlich schlimm aus, der Gestürzte krümmte sich am Boden, wurde zeitweise ohnmächtig. Die drei Verantwortlichen von der Prüfungskommission, Urban, Barth und Schwabe, riefen bei mir an. Ich befand mich zufällig in unmittelbarer Nähe. Auf dem Weg zum Unfallort hab ich Rettungswagen und Notarzt angefordert, aber dabei machte ich einen Fehler.«

»Sie beorderten ihn an die falsche Stelle?«

»Ja. Sie wissen, was Notfalltreffpunkte im Wald sind?«

»Selbstverständlich.« Mendelski sprach für alle.

»In der Aufregung hab ich wohl CE16 anstatt CE17 gesagt«, räumte Buchholz ein. »Dadurch kam der Rettungswagen über eine halbe Stunde später. Bei der Suche nach dem richtigen Weg haben die sich zu allem Überfluss auch noch festgefahren. Der Fahrer – so 'n junger Bengel – hat den tonnenschweren RTW in einen Matschweg gesteuert.« Der Kreisjägermeister holte tief Luft. »Jedenfalls war Kitzmann in der Zwischenzeit wieder so halbwegs auf den Beinen. Der Notarzt hat ihn untersucht, konnte aber anscheinend nichts Ernsthaftes feststellen. Danach sind die wieder abgerauscht.«

»Ohne weitere Untersuchungen anzuordnen?«

»Na ja, der Notarzt meinte, der Verunfallte habe noch mal

Glück gehabt. Aber er lag ziemlich daneben, der gute Mann –
wie wir heute wissen.«

»Und Rolf Kitzmann?«

»Ach, wissen Sie …« Buchholz suchte nach den richtigen
Worten. »Kitzmann, das war ein Eigenbrötler. Ein Sonderling,
Einzelgänger – so 'n richtiger Besserwisser. Der war schon mal
durch die Prüfung gerauscht. Wiederholte also.«

Der Kreisjägermeister griff nach der Bierflasche und hielt
sie mit beiden Händen fest, ohne zu trinken. »Als der Unfall
passierte, sah es nicht gut aus für ihn. Kitzmann hatte vorher
am Tag schon keine besonders guten Leistungen gebracht, es
sah so aus, als würde er noch mal durchfallen. Harald Urban
hat ihn auf den Hochsitz geschickt, um ihm eine Chance zu
geben. Es ging um Waffenhandhabung beim Besteigen einer
jagdlichen Einrichtung …« Buchholz hielt inne.

»Und …?«

»Also, Kitzmann muss selbst gemerkt haben, dass er nicht so
gut abgeschnitten hatte und kurz vorm nächsten Durchfallen
war. Denn nach dem Unfall, als er sich wieder berappelt hatte,
wollte er abbrechen, er verlangte eine Wiederholung an einem
anderen Tag, eine neue, dritte Chance …«

»Und? Haben Sie ihm die gewährt?«

»Nein. Also nicht ich persönlich, sondern die gesamte Prüfungskommission hat das abgelehnt.«

»Anke Sievers war damals noch nicht dabei?«

»Richtig. Die ist ja erst dieses Jahr zu uns gestoßen. Jetzt …
na, so langsam dämmert es mir, warum. Wahrscheinlich nur für
ihren irrsinnigen Rachefeldzug …«

»Und danach haben Sie Kitzmann aus den Augen verloren?«

»Ja. Ich hatte auch keine Ahnung, dass er danach noch so
schwer krank geworden ist.« Buchholz nippte an seinem Bier.
»Stimmt es denn, dass … wie die Sievers behauptet … dass der
Jagdunfall damals schuld an seiner jetzigen Situation ist? Dass der
Sturz vom Hochsitz den späteren Schlaganfall ausgelöst hat?«

»Dazu kann ich Ihnen nichts sagen, das ist Sache der Ärzte«,
entgegnete Mendelski. »Außerdem … wir wissen ja erst seit
heute von Rolf Kitzmann und seiner Schwester.«

»Oh Mann ... neun Leute hatte die auf ihrer Liste«, resümierte Buchholz. »Acht hat sie erwischt. Und ich ... ich sollte der Neunte sein ... der Letzte. Was hatte ich doch für ein Glück!«

Mit einem Zug trank er die Bierflasche aus.

»Glück? Sicher, das können Sie laut sagen ... Aber Sie haben uns ja auch auf die richtige Spur gebracht.«

Die Tür zum Flur wurde aufgerissen, Jutta Buchholz stürmte herein. Ihr verstörter Gesichtsausdruck verriet, dass sie erst vor wenigen Minuten von den dramatischen Ereignissen auf dem Hof erfahren hatte.

»Ist bei den Landfrauen denn schon Schluss?«, begrüßte ihr Mann sie scheinheilig grinsend.

DREIUNDZWANZIG

»Ich muss Sie darauf hinweisen«, erklärte Mendelski, nachdem er ihre Personalien ins Mikrofon gesprochen hatte, »dass Sie das Recht haben zu schweigen. Alles, was Sie sagen, kann und wird vor Gericht gegen Sie verwendet werden.«

»Bla, bla, bla …«, entgegnete Anke Sievers. »Können wir nicht endlich anfangen? Meine Ohren nerven. Die summen nach dem Flintenschuss wie tausend Bienen …«

Am frühen Nachmittag war Anke Sievers nach Celle überstellt worden. Um sie vor der in der Jägerstraße lauernden Medienmeute zu schützen, hatte man sie in einem Lieferwagen mit abgedunkelten Scheiben transportiert.

Die erste Vernehmung der mutmaßlichen Serienmörderin übernahmen Robert Mendelski und Maike Schnur. Die Befragung begann um siebzehn Uhr fünfunddreißig und wurde aufgezeichnet.

»Außerdem haben Sie das Recht«, fuhr Mendelski fort, »zu jeder Vernehmung einen Verteidiger hinzuzuziehen. Wenn Sie sich keinen Verteidiger leisten können, wird Ihnen einer gestellt. Haben Sie das verstanden?«

»Das kann ich alleine«, antwortete sie frech und trotzig wie ein kleines Kind. »Das geht schneller. Überhaupt: Sie können mir gar nichts. Das waren alles Unfälle. Unglückselige Unfälle!«

Robert Mendelski klappte den Aktendeckel auf, der vor ihm auf dem Tisch lag.

»Frau Sievers, beginnen wir mit Ihrer Rückkehr nach Deutschland. Laut Meldebehörde sind Sie erst voriges Jahr im Sommer aus den USA wieder nach Europa gekommen.« Der Kommissar blätterte zur nächsten Seite um. »Sie waren mit Ihrem damaligen Ehemann, Henry Sievers, zehn Jahre lang verheiratet. Seit zwei Jahren sind Sie geschieden. Ihr Ex-Mann ist in den USA geblieben, Sie allerdings –«

»Hab viel zu lange mit der Scheidung gewartet«, fuhr sie dazwischen. »War vergeudete Zeit mit dem Kerl. Haben uns fast nur gestritten. Und Kinder kriegen konnten wir eh nicht ...«

»Sie sind dann zurück nach Celle, zu Ihrem einzigen Angehörigen: Rolf Kitzmann, Ihrem Bruder. Ihre Eltern sind bei einem Verkehrsunfall ums Leben gekommen, da waren Sie beide noch Kinder?«

»Rolf war vier, ich war sieben Jahre alt«, antwortete sie versonnen. »Wir sind bei Onkel Waldemar in Hildesheim aufgewachsen. Der reinste Horror ...«

»In den ersten Jahren haben Sie sich sehr um Ihren jüngeren Bruder gekümmert. Bis Sie heirateten und in die USA auswanderten. Ab da gingen Sie beide getrennte Wege – oder hatten Sie noch intensiven Kontakt?«

»Tja, was man so Kontakt nennt ... 'nen Anruf hier und da. Das war der größte Fehler meines Lebens. Ich habe Rolf im Stich gelassen. Er hat sehr darunter gelitten, damals aber nicht darüber gesprochen.«

»Als Sie vergangenes Jahr nach Deutschland zurückkehrten, da war gerade der Unfall im Wald passiert. Wie kam es zu dem Schlaganfall?«

»Bin ich der Arzt?« Empört schlug sie die flachen Hände auf den Tisch. »Was ich sicher weiß, ist, dass Rolf einen Wirbelsäulenanbruch hatte. Von dem Sturz vom Hochsitz, wovon denn sonst? Wochenlang musste er liegen. Erst im Krankenhaus in Hannover, dann zu Hause hier in Celle. Aber da konnte ich noch mit ihm sprechen. Manche Stunde hab ich bei ihm am Bett gesessen. Er erzählte, ich hab zugehört.«

Anke Sievers zog ihre Hände vom Tisch. »Immer wieder fing er von dieser Hochsitzgeschichte an, von dem Unfall. Das ließ ihn nicht los. Aber er wollte partout nicht, dass ich die Schuldigen, die Jagdscheinprüfer, diese kriminellen Hochsitzsäger und den unfähigen Notarzt, vor Gericht bringe. Ich weiß nicht, warum. Heute glaube ich, dass er heimlich selbst einen Racheplan schmiedete. Wenn er erst wieder fit wäre, würde er es denen zeigen ...«

Resigniert legte sie die Hände in den Schoß. »Dazu kam es nicht mehr: Er kriegte diesen Schlaganfall. Noch im Bett. Das machte ihn zum Krüppel. Und von einem Tag auf den anderen konnte ich nicht mal mehr mit ihm sprechen.«

Nach einer kurzen Pause setzte Mendelski sachlich nach: »Wie ging es weiter?«

»Ich war völlig am Boden zerstört. Total verbittert. Das können Sie sich ja vorstellen. Das Einzige auf der Welt, das ich noch hatte, wurde mir genommen. Oder fast.« Energisch beugte sie sich vor. »Und so fing ich an, den Racheplan zu entwerfen. Meinen Plan!«

»Sie wollten das vermeintliche Unrecht, das Ihrem Bruder widerfahren war, rächen?«

»Vermeintlich? Nichts da. Nicht das vermeintliche. Das Unrecht, ja. Zum Glück hatte ich meinen Nachnamen noch nicht geändert. Eigentlich wollte ich das verhasste ›Sievers‹ loswerden, mich wieder Kitzmann nennen. Doch für meine Rache ging das nicht, da durfte ich meinen Mädchennamen noch nicht wieder tragen. Also blieb es bei Anke Sievers. Und mit dem Namen trat ich der Jägerschaft Celle bei.«

»Sie hatten bereits einen Jagdschein?«

»Ja, schon lange. Henry, also mein Ex, ist ein leidenschaftlicher Nimrod. Ihm zuliebe bin ich ja erst Jägerin geworden. Vor mehr als zehn Jahren.«

»Wie kam es, dass Sie so schnell in die Prüfungskommission berufen wurden?«

»Och, das ging ganz einfach. Ich hatte ja bereits über viele Jahre einen gültigen Jagdschein, bin ausgebildete Biologin. Und für so 'n Ehrenamt stehen die Leute nicht gerade Schlange. Somit war ich dieses Jahr das erste Mal mit dabei.«

»Sie haben dieses Amt für Ihre Recherchen zum Jagdunfall Ihres Bruders ausgenutzt?«

»Nicht nur dafür. Neben dem Unfallhergang wollte ich vor allem die Schuldigen ausspionieren, ihre Gewohnheiten, Vorlieben und Schwächen kennenlernen. Um dann gezielt zuschlagen zu können.«

Mendelski atmete durch und nickte leicht. Dann wandte er sich an Maike: »Übernimmst du bitte?«

»Kommen wir zum ersten Tötungsdelikt«, begann Maike Schnur schwungvoll. »Am Dienstag, den –«

»Tötungsdelikt? Wenn Sie mir weiter solche Anschuldigungen unterschieben, sag ich kein Wort mehr.« Anke Sievers lehnte sich zurück und verschränkte die Arme vor der Brust. Die fest zusammengepressten Lippen sprachen Bände.

Maike und Mendelski schauten sich erstaunt an.

»Was soll ich denn sonst sagen?«, fragte Maike. »Mord darf ich es dann wohl auch nicht nennen, oder? Ist Ihnen Todesfall, Leiche oder ... Opfer lieber?«

Anke Sievers überlegte: »Opfer klingt nach Unschuldslamm. Nein, nein, das waren die gewiss nicht. Einigen wir uns auf Tote. Einfach Tote. Das ist unverfänglich.«

»Okay.« Maike lenkte ein. »Also, der erste Tote ... Am Dienstag, den 30. Oktober, kam Harald Urban ums Leben. Er fiel in der Nähe von Hermannsburg vom Hochsitz –«

»Genau wie Rolf«, fuhr Anke Sievers dazwischen. »War doch genial, nicht? Auge um Auge, Zahn um Zahn.«

»Auf den ersten Blick ...«, fuhr Maike unbeirrt fort, »... handelte es sich um einen Jagdunfall mit schweren Folgen. Urban stürzte auf eine Egge, die Sie –«

»Jagdunfall ist richtig«, unterbrach Anke Sievers sie erneut. Mit einem frechen Feixen. »Jetzt haben Sie's endlich kapiert.«

Maike stöhnte auf: »Okay. Weiter. Erzählen Sie uns doch, wie's passiert ist.«

»Es war gar nicht so schwer, herauszukriegen, wo und wann Harald Urban zur Jagd ging. Ich saß jetzt an der Quelle, war einer von ihnen, hatte alle Informationen, die ich nur brauchte. Also bin ich hin, hab mich auf den Hochsitz gesetzt und auf ihn gewartet. Als er dann die Leiter hochgeklettert kam ... in der trügerischen Annahme, er sei allein mit sich und Mutter Natur ... da hat er sich so über mich erschreckt, dass er den Hochsitz heruntergepurzelt ist. So einfach war das.«

»Sie haben ihn nicht geschubst oder gestoßen?«

»Nein, Gott bewahre! War außerdem gar nicht nötig.«

»Und die Egge unterm Hochsitz?«

»Das war reiner Zufall. Hab keine Ahnung, wer die da hingeschleppt hat. Das waren wahrscheinlich irgendwelche Jäger, die den Wildacker bestellen wollten.«

Maike verschlug es die Sprache. So viel Kaltschnäuzigkeit hatte sie nicht erwartet.

»Wie ging's weiter? Sie sind runter vom Hochsitz und haben sich die Bescherung angesehen?«

»Genau. Urban war bereits mausetot. Also habe ich meinen Edding gezückt und ihm die Neun auf die Stirn geschrieben. Danach bin ich abgehauen.«

»Warum das?«

»Warum ich abgehauen bin und nicht bei der Polizei angerufen habe?«

»Nein. Warum die Neun?«

»Das gab Ihnen wohl reichlich zu knabbern, was?« Anke Sievers grinste diabolisch. »Ganz einfach: Rolf hatte immer von neun Schuldigen gesprochen. Immer wieder hat er mir ihre Namen aufgezählt. Aber weil man mit ihm nicht mehr normal kommunizieren kann, sollte er über die Medien erfahren, dass unsere Rache ihren Lauf nahm.«

»Was nimmt Ihr Bruder denn noch wahr?«

»Mehr, als Sie glauben. Er sieht – und er hört. Er versteht wahrscheinlich vieles von dem, was um ihn herum geschieht, aber er kann sich anderen gegenüber nur schlecht mitteilen.«

»Für Ihr erstes Opfer – Pardon – für den ersten Toten haben Sie also die Neun gewählt.«

»Richtig. So erfuhr Rolf quasi ganz offiziell und öffentlich über die Medien vom Beginn des Rachefeldzugs. Die Zahlenschreiberei brachte übrigens zwei sehr willkommene Nebeneffekte. Erstens: Den übrigen Jagdscheinprüfern saß dadurch die schiere Todesangst im Nacken. Und zweitens: Die Zahlen bei den ersten drei Toten schickten euch von der Kripo komplett auf den falschen Dampfer.« Anke Sievers grinste.

Maike musste sich zusammenreißen, um nicht die Fassung zu verlieren. »Aber Sie haben auch ein Foto von Urban gemacht, dass Sie unter anderem an die CZ geschickt hatten. Hätte das nicht gereicht?«, hakte sie nach.

»Nee, nee!«, empörte sich Anke Sievers. »Das hab ich ja nur

zur Sicherheit gemacht.« Sie holte tief Luft. »Für den Fall, dass die Kripo die Ziffern gegenüber der Presse verschwiegen hätte. Aber Sie haben ja von Anfang an mit offenen Karten gespielt. Das fand ich gut, das passte prima in meine Pläne. So konnte ich mit der Zahlenschreiberei weitermachen. Schließlich war das ja erst der Anfang …«

Maike hatte erst mal genug. »Machst du bitte weiter …«, bat sie Mendelski.

»Erzählen Sie uns vom zweiten Todesfall, nur zwei Tage später. Von Heike Barth.«

»Ja, ja, die Heike …« Anke Sievers senkte den Kopf. »War auch ganz simpel. Sie selbst hatte mir ausführlich von den Jagdtagen im Tierpark erzählt. Sie war scharf auf Damwildbraten, so etwas haben wir hier im Landkreis Celle ja nicht. Hier gibt's nur Rotwild, Rehe und Sauen. Sehr bald wusste ich genauestens Bescheid. Dass sie nicht vom Hochsitz aus jagte, wie sie pirschte, dass sie die Gebäude und herumstehenden Anhänger als Deckung nutzte.«

»Was war mit dem toten Marder?«, fragte Mendelski.

»Den hab ich natürlich dahin gelegt. Hab ihn zufällig auf 'ner Landstraße gefunden. Irgendwie musste ich die gute Heike ja zu meinem Anhänger lotsen. Und das hat bestens geklappt.«

»Sie hatten sich also auf dem Anhänger versteckt?«

»Klar. Ich wollte mir einfach mal anschauen, wie so 'ne Jagd im Tierpark abläuft. Heike kam auch prompt zu dem Wagen, auf dem ich hockte. Aber irgendwie muss die Anhängerflachte lose gewesen sein, ein Windstoß, und zack, knallte das schwere Ding der Heike auf die Birne. Sie war auf der Stelle tot. Ein weiterer tragischer Jagdunfall.«

»Und dann sind Sie seelenruhig vom Anhänger geklettert, haben die Acht geschrieben und sind auf und davon?«

»Genau.« Anke Sievers zuckte bedauernd mit den Schultern. »Ich konnte ja eh nichts mehr für sie tun.«

»Todesfall Nummer drei«, übernahm Maike erneut die Befragung. »Wieder zwei Tage später. Samstag, den 3. November. –

Bei Dirk Schwabe lief einiges anders«, begann sie. »Dieses Mal keine Jagd, keine Zahl …«

»Richtig. Das war schon eine andere Nummer …« Sie kicherte wegen des Wortspiels. »Dabei war es ganz einfach, Dirk Schwabe um den Finger zu wickeln. Man musste ihm als Frau nur schöne Augen machen, schon spurte er.«

»Wie haben Sie ihn denn auf den einsamen Parkplatz gelockt?«

»Na, genau so«, antwortete sie mit kokettem Augenaufschlag. Doch sofort kehrte sie zu ihrem vorherigen Verhalten zurück. »Nein, mit einem waffentechnischen Vorwand natürlich. Ich bat Dirk, mir seine Kurzwaffe, die Pistole Glock 43, zu erklären. Wegen der beiden Todesfälle sollten wir ja aufrüsten. Ich log ihm vor, dass ich mir die gleiche Waffe wie er beschaffen wollte.«

»Sie haben sich also auf dem Parkplatz ›Sieben Steinhäuser‹ verabredet? Warum ausgerechnet da?«

»Dazu hab ich mich kurzfristig entschieden. Einmal der Dauerregen … dadurch wusste ich, da sind wir relativ ungestört. Dirk machte sich natürlich noch andere Hoffnungen, der alte Macho. Zweitens kannte ich den Schleichweg, um den Wachmann zu umgehen. Und weil Dirk schön brav an der Schranke vorbeifuhr, stand amtlich fest, dass er sich mutterseelenallein auf dem Parkplatz herumtrieb. Und drittens: Sich auf 'nem Schießplatz zum Schießen zu verabreden hat doch was, oder?«

Mendelski ging auf diesen makabren Scherz nicht ein. Mit unbewegter Miene fragte er: »Und dann?«

»Ich hatte schon auf ihn gewartet. Wir stiegen in sein Auto – es regnete die ganze Zeit – und dann holte er seine Pistole hervor. Geladen. Er zeigte mir, wie man sie entsichert, prahlte herum, posierte mit dem Ding, begann auch, mich zu befummeln und – bums – löste sich plötzlich ein Schuss.«

»Von ganz allein«, kommentierte der Kommissar trocken.

»Ja, natürlich. Wieder ein Unfall. Es war widerlich. Das viele Blut …« Anke Sievers wandte den Kopf angeekelt zur Seite. »Habe mich davon übergeben müssen.«

»Wie? Dort auf dem Parkplatz?«

»Nein. Später, beim Wegfahren über den Schleichweg. Dort habe ich auch die Brille verschwinden lassen.«

»Dirk Schwabes Brille hatten Sie mitgenommen?«

»Ja, aber nur kurz. Aus Versehen. Nach dem Schuss war die Brille von seinem Kopf geflogen, in meinen Schoß. In der Hektik muss ich sie automatisch eingesteckt haben. Dann bin ich raus aus dem Wagen ...«

»Da hat Dirk Schwabe aber noch gelebt?«

»Genau. Jedenfalls bin ich weg, ohne die Sieben zu schreiben. Das viele Blut, sein Gestöhne und Geächze. Ich bin ja schließlich auch nur ein Mensch ...«

»Ach ja?« Mendelski konnte sich den Sarkasmus nicht verkneifen.

»Jedenfalls fand ich es im Nachhinein gar nicht schlimm, dass es da keine Zahl gab. Parkplatz ›Sieben Steinhäuser‹ – wenn das nicht reicht ... Außerdem hab ich Rolf zur Sicherheit sieben rote Rosen geschickt.«

»Na dann ...« Mendelski schaute Maike an. »Willst du ...?«

»Dann nehmen wir die nächsten ... Toten«, schlug Maike vor. »Wie sind Sie auf die jungen Tierschützer gekommen? Polizei und Jägerschaft tappten doch völlig im Dunkeln. Wie haben Sie herausgefunden, dass ausgerechnet Schütz, Roth und Krüger für das Ansägen der Hochsitzleiter verantwortlich waren?«

»Tja, das war eine harte Nuss«, räumte Anke Sievers ein. Selbstbewusst setzte sie sich in Positur. »Hat 'ne Weile gedauert, bis ich die geknackt hatte. Bin im Darknet fündig geworden. Dort haben diese Dämels eine Anleitung hochgeladen, mit Videos, wie man möglichst effektiv Hochsitzleitern ansägt. Genau die gleiche Methode, die Rolf zum Verhängnis wurde. Das war eindeutig Täterwissen. Außerdem prahlten sie noch damit, eine Jägerprüfung gestört zu haben. Da brauchte ich nur noch eins und eins zusammenzählen.«

»Aber – im Darknet hinterlässt doch niemand seinen Namen und seine Anschrift ...«

»Brauchte ich gar nicht. In einem der Filmchen war kurz

die Hand eines der Aktivisten zu sehen. Die Hand eines Mannes – mit einem verkrüppelten kleinen Finger. Harald Urban hatte mir von dem Zwischenfall in Dortmund erzählt, von der Rangelei und dem kaputten Finger. Das war's dann. Und als ich den Roth hatte, wusste ich auch schnell, wer die andern beiden waren, mit denen er ständig herumhing.«

»Alle Achtung!« Maike zeigte sich beeindruckt. »Wirklich gut recherchiert.«

»Der Schütz wollte mir an die Wäsche, dieser eingebildete Schnösel«, fuhr Anke Sievers ungefragt fort. »Am Sonntagmorgen war ich dienstlich für die Jägerschaft im Wasserwildreservat ›Entenfang Boye‹ unterwegs – übrigens ein herrliches Fleckchen Erde. Da kam plötzlich dieser Bengel angelaufen.«

»Wie das denn? Ganz zufällig? Genau da, wo Sie waren?«

»Ja«, erwiderte sie scheinheilig. »Zufälle gibt's … Jedenfalls ließ er anzügliche Bemerkungen los. Er kam immer näher, wurde immer dreister, fasste sich in den Schritt, sodass ich mich genötigt sah, mich zu wehren.«

»Mit einem Elektroschocker?«

»Ja. Den hab ich immer dabei, wegen der Wölfe. Oder Pfefferspray. Das ist 'ne Empfehlung der Jägerschaft, denn abschießen dürfen wir die Biester ja nicht.«

»Sie haben also Yannik Schütz mit Ihrem Elektroschocker attackiert?«

»Genau. Mehrmals. War eindeutig Notwehr. Der Bursche ließ ja nicht locker. Anscheinend machte ihn der E-Schocker noch wilder. Jedenfalls lag er plötzlich da im Sumpf, und ich hab gesehen, dass ich fortkam.«

»Sie haben ihm nicht den Kopf ins Wasser gedrückt?«

»Nein! Um Himmels willen!« Anke Sievers zeigte sich entrüstet. »Warum sollte ich so was Schreckliches tun? Dafür, dass er zufällig mit dem Gesicht im Wasser gelandet ist, kann ich doch nichts. Das war wieder so 'n Unfall. Blöd gelaufen eben.«

»Ist klar!« Maike musste sich arg beherrschen. »Sie sind also weg von dort. Aber Sie haben doch eine Zahl hinterlassen?«

»Ja, aber erst später. Als ich merkte, dass er mich nicht verfolgte, bin ich umgekehrt. Bei so was kriegt man ja doch ein schlechtes Gewissen, oder? Jedenfalls lag er da, mit dem Kopf im Wasser. Jämmerlich ertrunken.«

»Und weil er mit dem Kopf im Wasser lag, haben Sie ihm die Zahl nicht auf die Stirn, sondern in die Hand geschrieben.«

»Stimmt.«

»Nun zu Matthias Roth und Charlotte Krüger.« Mendelski blätterte seinen Schreibblock um. »Das war am selben Tag. Sonntag, der 4. November.«

»Alle an einem Tag. Drei Tote. Das war schon heftig.« Anke Sievers seufzte theatralisch auf. »Sonntagabend, es war schon dunkel, das Erdölmuseum lag völlig verwaist. Ich bin den beiden gefolgt, wollte mal sehen, was die wieder Verbotenes aushecken. Als sie auf den Turm kletterten, bin ich heimlich hinterher. Oben auf dem Turm hab ich sie dann zur Rede gestellt. Dass sie den Unfug bleiben lassen sollten, ich würde sie sonst anzeigen. Da wurden die beiden rabiat, handgreiflich. Und das in fünfzig Metern Höhe. Das muss man sich mal vorstellen. Direkt lebensgefährlich war das. Mir blieb nichts anderes übrig, als mich mit meinem Elektroschocker zu wehren. Als sie fliehen wollten, sind sie wohl etwas ungeschickt auf diese steile Leiter geklettert und runtergepurzelt – wie die Fliegen. Noch so ein bedauernswertes Unglück.«

Mendelski zog hörbar die Luft ein.

»Die Ziffern haben Sie dann beim Runterklettern in die Hände geschrieben.«

»Genau so. Erst hab ich noch überlegen müssen, welche Zahlen jetzt dran waren. Bei drei Toten an nur einem Tag ... da kann man schon mal den Überblick verlieren.«

»Erzählen Sie uns von dem Toten aus Großburgwedel.« Maike war wieder an der Reihe. »Zwei Tage später, am Dienstag, den 6. November. Florian Goldenstahl.«

»Ja, das war auch so 'n Kandidat.« Anke Sievers winkte lässig ab. »Da brauchte ich gar nicht viel tun. Das erledigte sich fast von ganz allein.«

»Erzählen Sie.«

»Der Wolf als Notarzt und der Dicke als Sani und Fahrer – diese beiden Kadetten wurden für meinen Bruder zum Verhängnis. Die Namen waren aktenkundig, da brauchte ich nicht viel zu recherchieren. Genauso einfach war es, herauszubekommen, dass Goldenstahl umgezogen war, und vor allem, wohin. Also hab ich ein bisschen spioniert. Bald wusste ich, wann er nachmittags freihatte. Und ich wusste von seinen Vorlieben für Lost Places und Geocachen. Also hab ich ihn einfach über ein Forum im Netz kontaktiert und mich mit ihm verabredet. War kinderleicht. Als ich in dieses verwaiste Waldhaus kam, steckte er bereits halb tot fest. Eingebrochen in den morschen Fußboden, der Arme. Den hätte ich da niemals rausziehen können, dazu war der viel zu schwer. Pech gehabt. Muss wohl verblutet sein, oder?«

»Er lag begraben unter Schrankteilen, Stühlen und anderen Möbeln. Wie erklären Sie sich das?«, wandte Maike ein.

»Keine Ahnung, wie die da hingekommen sind«, antwortete Anke Sievers mit gespielt harmlosem Gesichtsausdruck. »Die sind wahrscheinlich von allein umgefallen, als der Fußboden nachgab. In der Bruchbude ist es eben saugefährlich, wie man sieht. Den Cache sollte man schleunigst entfernen und die Hütte behördlich zusperren.«

»Wir werden uns darum kümmern.« Maike zeigte sich von ihrer ironischen Seite. »Und die Zahl?«

»Ja, die Drei. Wieder in die Hand. Die ragte als Einziges noch aus dem Gerümpel heraus.«

»Aber warum Florian Goldenstahl? Der war doch nur Sanitäter und Fahrer …?«

»Er und dieser Arzt, der Ludger Wolf, die haben kollektiv versagt. Wolf mit seiner eklatanten Fehldiagnose, Goldenstahl mit seiner unverantwortlich schlampigen, grob fahrlässigen Fahrweise. Als säße der zum ersten Mal am Steuer, hat er den Rettungswagen in ein Schlammloch gesteuert und sich dabei festgefahren. Das Auto mit dem Notarzt kam da nicht dran vorbei. So vergingen weitere kostbare Minuten.«

»Bleibt noch der letzte Tote. Der achte, mit der Nummer zwei. Ludger Wolf.« Man sah Mendelski an, dass es ihm reichte. Er wollte zum Schluss kommen. Jedenfalls für heute.

»Nur einen Tag später. Am Mittwoch, den 7. November, haben Sie sich auf den Weg nach Bröckel gemacht ...«

»Ja. Dank meiner umfangreichen Recherchen wusste ich, dass Wolf mittwochnachmittags gern zu Prostituierten fuhr. Vorzugsweise an der B 214 hinter Bröckel. Also bin ich da hin und hab einer Dame, von der ich wusste, dass Wolf am liebsten zu ihr ging, den Wagen abgequatscht. Na ja, eher abgekauft. Für diesen Nachmittag.«

»Wissen wir. Für tausendfünfhundert Euro.«

»Sie sind ja gut informiert. Hat die Gute geplaudert? Ja? Schön dämlich von ihr, Ihnen den korrekten Preis zu verraten.«

»Hat sie nicht. Weiter.«

»War wieder ganz leicht: Wolf kam pünktlich. Er hat mich problemlos als neue Domina akzeptiert, ließ sich von mir auf eigenen Wunsch die Maske aufsetzen und knebeln – aber ohne Rückfahrtschein.«

»Aber letztendlich haben doch Sie den Peitschenriemen um seinen Hals zugezogen und ihn erdrosselt.«

»Nee, nee!« Anke Sievers schüttelte energisch den Kopf. »Das hängen Sie mir nicht an. Die Peitsche, die hat er sich selbst um den Hals geknotet. Erst danach habe ich ihm die Handschellen angelegt. Er wollte das so, war so verabredet. Ausdrücklich. Der Kunde ist König. Schließlich hat er für den Akt dreihundert Euro gezahlt. Vorkasse, versteht sich.«

»Sie ... Sie haben sich von Wolf auch noch bezahlen lassen?« Einmal mehr verschlug es Mendelski die Sprache. »Dafür, dass Sie ihn umge–«

»Vorsicht! Überlegen Sie sich genau, was Sie sagen.« Anke Sievers' Stimme klang schrill. »Sie haben nicht den Schimmer eines Beweises. Sie können mir nichts. Gar nichts!«

»Also zum Letzten auf Ihrer Liste.« Auch Maike sehnte den Feierabend herbei. Die Anspannung war verflogen, es fehlte nicht viel, und sie hätte gegähnt. »Zu Bernd Buchholz.«

»Ja. Schade«, sagte Anke Sievers, wieder im Normalton, »dass das nicht geklappt hat. Am Anfang dachte ich ja noch, er sieht sein Versagen, seine Schuld ein und erhängt sich. Doch er war störrisch. Und viel zäher, als ich angenommen hatte.«

»Sie wollten seinen Tod also auch als Unfall oder besser als Selbstmord hinstellen?«

»Natürlich. Als Kreisjägermeister trägt er schließlich die Hauptverantwortung für Rolfs Unglück, wie auch für die Prüfungen und alles, was da drum herum passiert ist. Als wäre das nicht schon genug, hatte er obendrein den falschen Notfalltreffpunkt durchgegeben. Was für eine Katastrophe!« Anke Sievers geriet wieder in Rage. »Die Notfalltreffpunkte im Wald werden dafür angelegt, damit Einsatzkräfte in kürzester Zeit zum richtigen Ort gelangen. Denn im Wald gibt es keine Straßennamen und Hausnummern, nur diese Punkte. Und ausgerechnet bei dieser überlebenswichtigen Einrichtung vertut er sich, unser Oberjäger Buchholz. Unentschuldbar. Für diese Glanztat ohne Beispiel sollte er die Nummer eins kriegen.« Ihr böser Blick war auf Mendelski gerichtet. »Und wenn Sie nicht dazwischengeraten wären, hätte er sich selbst gerichtet. Da bin ich mir sicher.«

Maike schaute zu Mendelski hinüber. Der nickte und verstaute seine Papiere.

»Frau Sievers, es reicht. Für heute ist Schluss«, sagte er. Maike und er erhoben sich. »Morgen geht's weiter. Vielleicht ändern Sie ja noch Ihre Sichtweise.«

»Bitte? Meine Sichtweise ändern? Wer sind Sie eigentlich? Was glauben Sie, was Sie sich erlauben können?«

Ihre Stimme war wieder schrill geworden. Plötzlich schob sie ihren Stuhl zurück und sprang auf.

»Sie können mich jetzt nicht einfach einsperren«, schrie sie. »Das ist gesetzwidrig, das ist schiere Willkür. Sie haben nichts gegen mich in der Hand!«

Mendelski gab den beiden Polizeibeamtinnen, die neben der Tür gewartet hatten, einen Wink.

»Ich werde Sie verklagen!«, kreischte Anke Sievers weiter. »Das wird Ihnen noch leidtun. Bereuen werden Sie das, bitter bereuen.« Ansatzlos hatte sie nach dem Mikrofon auf dem Tisch gegriffen. Doch bevor sie damit werfen konnte, wurde sie von den beiden Polizistinnen an den Armen gepackt.

Fluchtartig verließen Maike und Robert Mendelski den Vernehmungsraum.

***

Im Flur des zweiten Stocks trafen sie auf Anjuta Kassabova.

»Ja, sind Sie immer noch hier?«, fragte Mendelski verwundert.

»Nein, nein«, antwortete die Bulgarin. »Schon wieder. Zweites Mal heute. Hab im Radio gehört, dass Sie die Frau gefasst haben. Dann krieg ich doch jetzt mein Geld zurück, oder?«

»Ach, Frau Kassabova.« Mendelski musste schmunzeln. »Das dauert noch 'ne Weile. Wir brauchen die Scheine als Beweismittel. Melden Sie sich bitte nächste Woche noch einmal.«

»Aber ich krieg sie wirklich zurück?« Ohne Rücksicht auf Maike zu nehmen, blinzelte sie Mendelski verschmitzt an und richtete dabei ihr Dekolleté. »Sie können mir das Geld auch gern … persönlich vorbeibringen …«, hauchte sie.

»Ganz … ganz sicher«, erwiderte er. »Sie kriegen Ihre Scheine zurück. Aber ich schicke doch lieber Frau Schnur vorbei.« Er konnte sich ein erneutes Grinsen nicht verkneifen. »Vorsichtshalber.«

VIERUNDZWANZIG

Am Freitagmorgen herrschte bei den Medienleuten eine auffallend rege Geschäftigkeit.

Dass im Fall Neunwürger eine Hauptverdächtige gefasst worden war, hatte bereits am Vorabend die Runde gemacht. Nicht nur in der Stadt Celle, sondern auch im Landkreis und im benachbarten Hannover. Doch noch hielten die Eingeweihten dicht. Weder Polizei noch Staatsanwaltschaft, weder die Angehörigen der Getöteten noch die am Rande Beteiligten gaben irgendwelche Informationen zu dem Fall preis.

Für fünfzehn Uhr war eine Pressekonferenz anberaumt worden. Bis dahin hatten sich die Medienvertreter zu gedulden.

Oder auch nicht.

Einer, der es hasste, sich gedulden zu müssen, war Axel Schriewe von der Celleschen Zeitung. Als gewiefter Lokalreporter mit Heimvorteil, dachte er, müsste es doch möglich sein, vor allen anderen herauszubekommen, wen die Kripo gestern festgenommen hatte. Schließlich kannte er in Celle und umzu alles, was Rang und Namen hatte – und obendrein etliche Leute, auf die das nicht zutraf.

Seit sieben Uhr morgens saß er am Telefon, klingelte bei allen möglichen Leuten durch. Verflixt, es musste doch irgendjemand etwas von dem Polizeieinsatz mitbekommen haben. Für gewöhnlich zogen Streifenwagen neugierige Blicke auf sich.

Dumm nur, dass gestern dieser Sturm gewütet hatte. Polizei und Feuerwehr waren deshalb zu etlichen Einsätzen ausgerückt. Zu differenzieren, welche Blaulichtfahrt mit dem Sturm zu tun hatte und welche nicht, war schwer. Sowieso hatte sich bei dem Mistwetter kaum jemand auf die Straße getraut.

Bei Robert Mendelski und Maike Schnur, die er immerhin persönlich kannte, war Axel Schriewe abgeblitzt. »Heute Nachmittag fünfzehn Uhr«, war ihre Antwort gewesen.

Weitere Versuche bei Krankenhäusern und Rettungsdiensten, bei den Feuerwehren und dem THW, bei Bestattungsfirmen und der Jägerschaft Celle schlugen ebenfalls fehl. Angeblich wusste kein Mensch etwas.

Gegen halb zehn – Axel Schriewe war der Verzweiflung nahe – hatte er Lothar Döpke in der Leitung. Einen Taxifahrer, der seit fünfundzwanzig Jahren in Celle Leute kutschierte und dabei stets Augen und Ohren offen hielt.

»Einen Polizeieinsatz? Gestern? Na klar!«, antwortete Döpke. »Jede Menge.«

»Nein, es geht um einen, der nichts mit dem Sturm zu tun hatte. Wo die Kripo dabei war. Du kennst doch deren Autos.«

»Klar kenne ich die. Da war tatsächlich was …«

»Wo und wann?«

»Gestern Vormittag am Bahnhof.«

»Mensch, Lothar, mehr …!«

»Ich stand am Ende der Taxischlange, als plötzlich ein Zivilfahrzeug, so 'n Passat, und ein Streifenwagen auftauchten. Stoppten direkt gegenüber auf dem Bürgersteig, sprangen aus den Autos und die Treppe hoch zum Sonnenhof.«

»Sonnenhof?«

»Ja. Alten- und Pflegeheim Sonnenhof. Die beiden Kripo-Leute und ein Polizist liefen rein. Zwei von der Streife blieben draußen an der Tür.«

»Wie sahen die Kripo-Leute aus?«

»Ein älterer Mann im Trenchcoat und eine flotte Junge mit Kurzhaarschnitt und Lederjacke …«

»Bingo!«, rief Axel Schriewe. »Wie ging's weiter?«

»Ungefähr zehn Minuten später – ich kriegte gerade Kundschaft – kamen sie wieder heraus und rasten davon.«

»Hatten sie noch jemanden dabei?«

»Nee, nur die fünf.«

»Wohin sind sie gefahren?«

»Zurück, unter der Bahn durch. Also stadtauswärts. Mehr weiß ich aber nicht.«

»Danke, Lothar. Großartig. Hast 'n Weizen bei mir gut.«

✳✳✳

Durch den Seiteneingang im Souterrain schob eine junge Frau den Rollstuhl hinauf auf den Bürgersteig vom Bahnhofsvorplatz. Als sie schwungvoll um die Ecke bog, wäre das Gefährt samt Insasse um ein Haar umgekippt.

Schon beim Frühstück hatte Adnana in Rolf Kitzmanns Augen gelesen, dass er mal wieder rauswollte. Nicht nur in den Garten, sondern richtig in die Stadt. Seit vielen Wochen zum ersten Mal wieder. Auch das Wetter spielte halbwegs mit, denn es stürmte und regnete nicht mehr wie am Vortag.

Sie wollten den Kreisel umrunden und in die Biermannstraße einbiegen, zur nahen Allerbrücke. Wie Adnana glaubte, liebte es Rolf Kitzmann, auf den Fluss zu schauen. Auch sah er gern den Zügen zu, die nur hundert Meter entfernt über eine zweite Allerbrücke ratterten.

Sie waren noch nicht am Kreisel angekommen, als sie plötzlich von einem Mann angesprochen wurden.

»Entschuldigung. Kommen Sie aus dem Alten- und Pflegeheim Sonnenhof?«

»Warum wollen Sie das wissen?«, fragte Adnana. Misstrauisch musterte sie den Mann mit Baseballkappe und Fototasche.

»Wenn Sie vom Sonnenhof sind«, wich er mit einem charmanten Lächeln aus, »könnten Sie mir eventuell einen Gefallen tun?«

»Sind Sie etwa von der Presse?« Sie deutete auf die Fototasche.

»Ja. Von der hiesigen CZ.« Schriewe gab sein Bestes, um vertrauenswürdig zu wirken. »Nicht von der BILD.«

»Von mir erfahren Sie nichts.« Adnana schob den Rollstuhl weiter. »Fragen Sie besser meinen Chef.«

»Ihre Kollegin an der Anmeldung hat mich abgewiesen«, startete er einen neuen Versuch. »Dabei brauche ich nur eine klitzekleine Auskunft.«

»Keine Chance!«, erwiderte Adnana resolut. Sie standen am Zebrastreifen an der Trift. Schriewe hatte sie überholt und sich vor den Rollstuhl gestellt.

»Okay, verstehe«, wechselte der Reporter seine Strategie. »Sie haben Order, den Mund zu halten. Es ehrt Sie, dass Sie sich daran halten. Aber vielleicht kann ich mich ja kurz mit dem Herrn hier im Rollstuhl unterhalten.«

Adnana zögerte. Dann sagte sie: »Moment, ich frag mal.« Die Auszubildende beugte sich zu Rolf Kitzmann hinab, der scheinbar teilnahmslos auf den Asphalt vor sich stierte. Sie flüsterte ihm etwas zu. Danach richtete sie sich wieder auf und sagte: »Sie sollen sich zum Teufel scheren, hat er gesagt.« In Adnanas Augen blitzte der Schalk. »Wenn Sie nicht Platz machen, soll ich Sie über den Haufen fahren. Oder er holt seine große Schwester. Die wird Ihnen Beine machen.«

**

Der Samstag war ein Herbsttag, wie er im Buche stand.

Über den blauen Himmel zogen Schäfchenwolken, die ein strammer Nordwestwind über die Südheide blies. Die milden Temperaturen passten eher in den September als in den November.

Auf dem Parkplatz vom RuheForst in Feuerschützenbostel standen deutlich mehr Autos als erwartet.

»Donnerwetter, was ist denn hier los?«, entfuhr es Robert Mendelski, als sie einen Stellplatz unter den Eichen suchten. »Ich dachte, es ist eine Beisetzung im allerkleinsten Kreis.«

Yvonne Urban hatte ihn und Maike als Einzige von der Polizeiinspektion Celle eingeladen. Wohl auch als kleine Anerkennung dafür, dass sie den vermeintlichen tödlichen Unfall ihres Mannes aufgeklärt und die Schuldige dingfest gemacht hatten.

»Schönes Fleckchen Erde …«, sagte Maike, während sie sich umschaute. »Bin noch nie hier gewesen.«

Mit quietschenden Bremsen kam ein Geländewagen neben ihrem Auto zum Stehen. Ein großvolumiger Pick-up niedersächsischen Fabrikats, unter dessen dicker Schmutzschicht sich dunkelgrüne Farbe verbarg.

»Das trifft sich ja gut«, begrüßte Bernd Buchholz sie, nachdem er ausgestiegen war. »Telefonisch sind Sie ja nicht zu erreichen.«

»Stimmt«, erwiderte Mendelski. »Auch Kripo-Beamte haben mal Wochenende.«

Vertraut tippte der Kreisjägermeister Mendelski an den Unterarm. »Das haben Sie sich aber auch verdient. Nach der tagelangen aufreibenden Ermittlungsarbeit, vor allem nach dem erfolgreichen Ausgang … Aber sagen Sie mal, was passiert nun mit der Sievers? Wird sie ihre gerechte Strafe bekommen?«

»Mit Sicherheit«, erwiderte Mendelski. »In einer Justizvollzugsanstalt oder in der Forensischen Psychiatrie.«

»Sie kann sich also nicht mit ihren kruden Unfall-Märchen aus der Affäre ziehen?«

»Nein. Allein das, was Sie Ihnen vor Zeugen, also zweifelsfrei angetan hat – Freiheitsberaubung, schwere Körperverletzung, Bedrohung mit Schusswaffe, versuchter Mord –, würde für ein paar Jährchen hinter Gittern reichen.«

»Man wird ihr also den Prozess machen …«

»… bei dem Sie als einer der wichtigsten Zeugen auftreten müssen«, fiel ihm Mendelski ins Wort. »Aber darüber reden wir nächste Woche. Die Trauerfeier wartet.«

»Okay, dann bis später.« Bernd Buchholz öffnete die Beifahrertür seines Pick-ups und nahm ein Jagdhorn vom Beifahrersitz. »Ich muss in die andere Richtung.«

»Sind Sie nicht bei der Beisetzung dabei?«, wunderte sich Maike.

»Nicht direkt.« Bernd Buchholz zwinkerte ihr spitzbübisch zu. »Ich bin ja nicht eingeladen …«

***

Auch in Düsseldorf schien an jenem Samstagvormittag die Sonne. Und es war noch ein paar Grad wärmer als im dreihundertvierzig Kilometer entfernten Hermannsburg.

Trotz Wochenendes war Claus Benrath zu einer dringenden Kurzbesprechung in die Zentrale gerufen worden. Wegen seiner leitenden Position bei Rheinmetall kam es häufiger vor, dass seine Meinung und Sachkenntnis kurzfristig gefordert waren. Insbesondere dann, wenn es um heikle Auslandsgeschäfte ging.

Die Besprechung hatte nicht mal eine Stunde gedauert. Als Claus Benrath kurz nach elf Uhr in seinen BMW stieg, beschloss er, noch einen kurzen Abstecher zum Rhein zu machen. Mit seiner Frau hatte er sich für zwölf Uhr im Café Bazzar verabredet.

Er hatte Glück. Auf dem kleinen Parkplatz am Robert-Lehr-Ufer wurde gerade eine Lücke frei, in die er seinen Wagen steuerte.

Während sein Blick einem rheinabwärts fahrenden Frachtschiff mit holländischer Flagge folgte, überlegte er, ob er es wagen sollte. Ob er das Wagnis eingehen sollte, Frauke in Hermannsburg anzurufen. Trotz des gegenseitigen Versprechens, für ein paar Wochen Ruhe zu bewahren. Außerdem war der Samstagvormittag kein besonders günstiger Zeitpunkt, um ungestört mit seiner heimlichen Liebe zu telefonieren. Denn Fraukes Mann hatte sicher frei und konnte in ihrer Nähe sein.

Doch seine Sehnsucht war größer als die Vernunft. Kurz entschlossen nahm er sein Smartphone in die Hand und tippte die Nummer.

»Ich hätte mir denken können, dass du nicht durchhältst«, begrüßte sie ihn vorwurfsvoll. »Weißt du schon nicht mehr, was wir verabredet hatten?«

Ihr Ärger war nur gespielt, das merkte Claus Benrath sofort. »Komm, lass das«, erwiderte er erleichtert. »Sag mir lieber, ob du ungestört reden kannst.«

»Kann ich. Bin allein zu Hause.«

»Und Michael?«

»Ist einkaufen. Im Baumarkt. Er kann jeden Moment zurück sein. Aber ich hab unsere Einfahrt im Blick.«

»Gut.« Claus Benrath lehnte sich weit in seinem Autositz zurück und schloss die Augen. »Bin nächste Woche oben. Können wir uns sehen?«

»Eigentlich hatten wir –«

»Ich weiß, ich weiß«, unterbrach er sie. »Unsere Absprache. Aber … bitte. Ich halt's nicht länger aus ohne dich.«

»Du alter Schwerenöter.« Sie seufzte laut. »Mir geht es nicht besser. Ich hätte dich heute auch angerufen.«

»Du vermisst mich ... also auch?«

»Darüber reden wir später. Und ... wir können uns wieder treffen, ungestört. Die Kripo will sicher nichts weiter von uns.«

»Wieso das?«

»Ja guckst du denn keine Nachrichten? Diese mysteriösen Todesfälle hier bei uns ... das ist vorbei.«

»Was?« Claus Benrath setzte sich mit einem Ruck wieder auf. »Die ... die Zahlenmorde sind aufgeklärt?«

»Genau. Gestern Nachmittag war 'ne große Pressekonferenz, da haben sie die Schuldige präsentiert und die ganze Geschichte aufgedeckt.«

»Eine Sie?«

»Ja, eine Frau aus der Jägerschaft, die den Unfall ihres Bruders bei der Jägerprüfung rächen wollte. Stell dir vor, die hat acht Leute auf dem Gewissen.«

»Erzähl –«

»Nicht jetzt«, unterbrach sie ihn hastig. Um nicht von ihrem Mann gesehen zu werden, trat sie vom Küchenfenster zurück. »Michael kommt gerade nach Hause.«

»Okay.« Claus Benrath schaltete schnell. »Wann und wo?«

»Wie immer: Dienstagabend.«

»Und wo? Wieder Misselhorner Heide?«

»Gott bewahre, nein. Nehmen wir ...« Sie überlegte fieberhaft. »Gerdehaus. Du weißt schon ... Das ist unverfänglich.«

**

Schon zu Lebzeiten hatte sich Harald Urban eine Grabstelle ausgesucht. Eine knorrige Stieleiche im Wald, von der man sowohl das Herrenhaus der von Harlings als auch das Heideflüsschen Örtze sehen konnte – jedenfalls jetzt, wo der imposante Mischwald sein Laub abgeworfen hatte.

Zusammen mit ihrer Freundin Sandra Keller ließ Yvonne Urban die Urne mit der Asche ihres Mannes an einer Schnur in den Waldboden hinunter.

Danach trat sie einen Schritt zurück, gefasst und mit klarem Blick. Mit ruhiger Hand zog sie ein weißes Blatt Papier aus ihrer Jackentasche und setzte eine Lesebrille auf. Laut und deutlich sagte sie: »Dieses Gedicht von Joseph von Eichendorff soll ich vorlesen. Das hat sich Harald so gewünscht.« Sie räusperte sich.

»Der Abend

Schweigt der Menschen laute Lust:
Rauscht die Erde wie in Träumen
Wunderbar mit allen Bäumen,
Was dem Herzen kaum bewusst,
Alte Zeiten, linde Trauer,
Und es schweifen leise Schauer
Wetterleuchtend durch die Brust.«

Nachdem sie geendet hatte, trat für einen Moment Stille ein. Nur das Astwerk hoch über ihnen rauschte im Wind, die Blätter am Boden raschelten leise.

Mendelski und Maike schauten sich kurz an. Die friedvolle, beschauliche Stimmung der Waldbestattung berührte sie.

Da erklangen Jagdhörner.

Von gar nicht weit her. Vom Garten der von Harlings.

Die kleine Trauergemeinde reckte verwundert die Hälse. In den Augen von Yvonne Urban und Sandra Keller blitzte es ärgerlich.

Durch die Bäume hindurch erkannten Mendelski und Maike die Bläser. Die fünf verbliebenen Mitglieder der Jagdscheinprüfungskommission: Bernd Buchholz, Heinrich Gerken, Hubertus Stolzenberg, Thomas Heuer und Berthold Kaiser. Sie bliesen wunderschön rein die beiden Signale »Jagd vorbei« und »Halali«.

Als der letzte Ton verklang, war Yvonne Urbans Ärger verflogen. Sie hatte Tränen der Rührung in den Augen.

∗∗∗

»Hat schon was …«, flüsterte Maike beim Hinausgehen. »Ich glaube, ich möchte für mich auch so eine Waldbestattung.«

»Was für einen Baum würdest du denn wählen?«, fragte Mendelski leise.

»Hab ich mir noch nicht überlegt.« Maike schaute in die Baumwipfel hoch über sich. »Muss aber nicht unbedingt so 'ne gewaltige Eiche sein.«

»Für mich schon.« Mendelski klopfte liebevoll gegen den Stamm einer Stieleiche, an der sie gerade vorbeigingen. »Ist mein Lieblingsbaum.«

»Mir reicht auch was Kleineres. Meinetwegen gar kein Baum, sondern nur ein Busch. Hauptsache, die Grabstelle ist im Wald.«

»Da hätte ich was für dich«, sagte Mendelski mit unbewegter Miene. »Was gut zu dir passt.«

»Was denn?«

»Ist ein einheimischer Strauch, der unter Naturschutz steht.«

»Na, sag schon.«

»Hat schöne rote Beeren und ist immergrün.«

»Robert … bitte!«

Mendelski wusste, wie er Maike zur Weißglut treiben konnte. »Aber die Beeren sind hochgiftig. Und die Blätter auch. Außerdem piksen die fürchterlich.«

Maike verkniff es sich, noch weiter nachzufragen. Sie gähnte stattdessen.

»Ilex«, sagte er kurz und knapp. In seinen Augen funkelte der Schalk. »Auch Stechpalme genannt. Passt zu dir wie die berühmte Faust aufs Auge.«

Ehe sich Mendelski versah, rammte ihm Maike die Faust in die Seite.

Glossar

Erläuterungen zu den in diesem Roman verwendeten Ausdrücken aus der Jägersprache und dem Forstbereich:

Albino – Tier mit erblichem Farbstoffmangel in Haut, Augen, Haar und inneren Organen

Ansitz – Einzeljagd, wobei der Jäger das Wild in guter Deckung erwartet (in der Regel vom Hochsitz aus)

Ansitzbock – niedriger Hochsitz, speziell für Drückjagden

äsen – aufnehmen von pflanzlicher Nahrung durch Wild

äugen – blicken, sehen (bei allen Wildarten)

Balg – Fell vom Fuchs oder anderem Haarwild

betrauft – tief beastet

brechen – den Boden bei der Suche nach Fraß aufwühlen

Brunft – Paarungszeit des wiederkäuenden Schalenwildes

Damwild (Dama dama) – mittelgroßer Cervide (Hirschart)

Drückjagd – Form einer Treibjagd auf Schalenwild

Fallwild – im Gegensatz zu erlegtem alles aus sonstiger Ursache tot aufgefundene Wild

Gehöre – Ohren bei Raubwild und Nagetieren

Geweih – Stirnwaffen der Cerviden aus Knochensubstanz, werden jährlich abgeworfen und neu gebildet

Isegrim – Fabelname für den Wolf

Kahlwild – das weibliche Wild bei den Hirscharten (Ausnahme Rehwild)

Kalb – Jungtier im ersten Lebensjahr bei den Hirscharten, ausgenommen Rehwild

Kirrplatz – Ausbringungspunkt für kleine Futtermengen zum Anlocken von Wild

Kugelfang – ein hinter dem Ziel befindliches Hindernis (z.B. Baum, Erdwall), das das Geschoss auffängt

Kugelschlag – Aufschlaggeräusch des Geschosses auf ein Ziel

Lauscher – Ohren beim Schalenwild (ausgenommen Schwarzwild, dort Teller)

Lunte – buschig behaarter Schwanz beim Fuchs oder Marder

Nachsuche – Suche (in der Regel mit einem Jagdhund) nach einem beschossenen Stück Wild

Nimrod – nach dem Alten Testament ein babylonischer Machthaber und »großer Jäger vor dem Herrn«; Bezeichnung für passionierten Jäger

Notfalltreffpunkt – beschilderter Rettungspunkt im Wald für Unfallopfer, Verletzte etc.

Pirsch – Einzeljagd; aufmerksames, langsames, leises Durchstreifen des Reviers

Pranten – auch Branten; Pfoten beim Raubwild

Ranz – Paarungszeit beim Raubwild

Rotwild (Cervus elaphus) – größter einheimischer Cervide (Hirschart)

Rüde – männlicher Hund sowie männliches Tier des hunde- und marderartigen Raubwildes

Rudel – Gemeinschaft (Sozialverband) beim Schalenwild, ausgenommen Schwarz- und Rehwild

Salzleckstein – Lecksalz (Kochsalz) fürs Wild

Schalenwild – dem Jagdrecht unterliegende Paarhufer, wie z.B. Reh-, Rot-, Dam- und Schwarzwild

Schaufel – Verbreiterung des Geweihs beim Damhirsch und Elch

schnüren – ruhige Fortbewegung beim Wild, Tritte ohne Seitenabweichungen hintereinander (wie auf einer Schnur aufgereiht)

schrecken – bellend Warnlaut geben (bei Reh- und Rotwild)

Schwarzwild (Sus scrofa) – Wildschweine

Schweinesonne – umgangssprachlich für Mond

Sechser – Sechsender; Hirsch oder Rehbock mit sechs Enden im Geweih bzw. Gehörn

Stück – allgemeine Bezeichnung für das einzelne Tier beim Schalenwild

verenden – infolge von Verletzungen aufgrund akuter äußerer Einwirkungen ums Leben kommen (alle Wildarten)

verhoffen – in der Bewegung innehalten, stutzen

waidmännisch – waidgerecht (Beherrschung des Jagdhandwerks)

Weißling – Tier mit abnorm völlig weißem (farblosem) Haar bzw. Federkleid

Wildbret – auch Wildpret; Fleisch des erlegten Wildes, soweit es für den menschlichen Genuss bestimmt ist

Wildkammer – Zerwirkraum und Kühlkammer fürs Wildbret

Wind holen – Wild sowie Hunde »holen sich Wind«, um sich geruchlich zu orientieren

Wittrung – Duft, Geruch

Wmh – Abkürzung für Waidmannsheil

zerwirken – zerlegen des Wildkörpers in die einzelnen Wildbretteile

Zwangswechsel – Pfade, die das Wild infolge besonderer Geländeverhältnisse oder Hindernisse zwangsweise einhalten muss

Danksagung

All denen, die mit Informationen, Rat und Tat zum Gelingen dieses Buches beigetragen haben, möchte ich an dieser Stelle herzlich danken:

Alexander Aulfes – Großburgwedel
Thomas Behling – Revierförsterei Burgdorfer Holz
Jörg Brand – Bezirksförsterei Hermannsburg
Thomas Giese – Tiergarten Hannover
Stefan Hausmann – Bezirksförsterei Flotwedel
Hans Jürgen von Harling – Feuerschützenbostel
Corinna Lieding – Sonnenhof Celle
Claudi und Dirk Martens – Brelingen
Karsten Meiertöns – Bezirksförsterei Wolthausen
Angela Meyer – Erdölmuseum Wietze
Albrecht Meyer – Lutterloh
Helene Pede – Hermannsburg
Anja und Holger Plesse – Kleinburgwedel
Alfred Rabe – Bezirksförsterei Lachendorf
Bettina Reimann – Wedemark
Antje Richardt – Polizeiinspektion Celle

Ganz besonderer Dank gilt »Uli« Ulrich Hilgefort, seiner Frau Barbara Sonderfeld und natürlich meiner Familie.

Lust auf mehr? Laden Sie sich die »LChoice«-App runter, scannen Sie den QR-Code und bestellen Sie weitere Bücher direkt in Ihrer Buchhandlung.

Christian Oehlschläger
SCHWANENHALS
Broschur, 256 Seiten
ISBN 978-3-89705-798-2

»Sehr empfehlenswert!«   www.deutsche-krimi-autoren.de

Christian Oehlschläger
KOHLFUCHS
Broschur, 272 Seiten
ISBN 978-3-89705-861-3

»Für den Kenner entlegener Orte wie Sprakensehl und Unterlüß nimmt die Spannung beim Gedanken daran, dass das Böse ganz nah ist, zuweilen unerträglich an Fahrt auf. Oehlschlägers neuer Roman kommt einem zwar bekannt vor. Doch seine literarische Genese vereint Hermann Löns mit Alfred Hitchcock – versetzt mit einer Milieukenntnis, die an Starautor Martin Suter erinnert.«
Jäger Magazin

www.emons-verlag.de

Christian Oehlschläger
WOLFSFEDER
Broschur, 272 Seiten
ISBN 978-3-89705-989-4

»Der Buchautor ist selbst Förster. Seine Romane vereinen detailgetreue Schilderungen mit authentischen Charakteren und faszinierenden Schauplätzen. Fazit: spannend bis zur letzten Seite!«
Jäger Magazin

Christian Oehlschläger
WALDVOGEL
Broschur, 304 Seiten
ISBN 978-3-95451-097-9

»Mit seinem Kriminalroman ›Waldvogel‹ überzeugt Christian Oehlschläger wieder auf ganzer Linie. Unterhaltsam, ereignisreich und spannend bis zur letzten Seite bietet Oehlschläger einmal mehr fesselnde Krimilektüre.« Celler Presse

www.emons-verlag.de

Christian Oehlschläger
HIRSCHLUDER
Broschur, 304 Seiten
ISBN 978-3-95451-963-7

Im winterlichen Klosterforst von Wienhausen ist ein finnischer Waldarbeiter enthauptet worden – mit einem Harvester, einer mächtigen
Holzerntemaschine. Nach einem Arbeitsunfall sieht es allerdings
nicht aus. Bevor sich ein Kolkrabe über den Kopf des Getöteten
hermachen kann, fällt ein Schuss – und Robert Mendelski und Maike
Schnur von der Kripo Celle haben ihren fünften Einsatz …

www.emons-verlag.de